LAS MÁSCARAS DEL HÉROE

El Club Diógenes
SERIE «AUTORES ESPAÑOLES»

JUAN MANUEL DE PRADA

LAS MÁSCARAS DEL HÉROE

VALDEMAR

1997

Primera edición: septiembre de 1996
Segunda edición: octubre de 1996
Tercera edición: diciembre de 1996
Cuarta edición: enero de 1997
Quinta edición: abril de 1997
Sexta edición: octubre de 1997
Séptima edición: noviembre de 1997

Dirección editorial:
Rafael Díaz Santander
Juan Luis González Caballero

Diseño de colección:
Cristina Belmonte Paccini ©

Ilustración de cubierta:
JMP & Valdemar
(montaje sobre la figura de Pedro Luis de Gálvez)

© Juan Manuel de Prada, 1996
© de esta edición: Valdemar ®

Gran Vía 69 / 28013 Madrid
Telf.: (91) 542 88 97 – Fax: (91) 547 82 55

ISBN: 84-7702-172-4
D.L.: M-39.728-1997

Impreso en España

LAS MÁSCARAS DEL HÉROE

LAS MÁS ARAS DEL HÉROE

A mi abuelo Juan Manuel, profesor de genética

No habría que describir minuciosamente al hombre más importante de su época, o señalar a los más célebres del pasado, sino narrar con igual preocupación las existencias únicas *de los hombres, tanto si fueron divinos, mediocres o criminales.*

MARCEL SCHWOB

AGRADECIMIENTOS Y ADVERTENCIAS

Los libros los escribe quien figura en la portada, o sus negros, pero ayudan a escribirlos otras personas que no merecen la recompensa avara del anonimato. Las máscaras del héroe *no habría sido posible sin los madrugones y sufrimientos de Iñaqui, que además me facilitó las localizaciones geográficas, y también cierto equilibrio mental y cierta confianza ciega en mis posibilidades. A Luis García Jambrina debo, entre otros tesoros, el acicate de la amistad y la cordura. Gracias a don Mariano Herrero pude elucidar las postrimerías de Gálvez; gracias a él, descubrí el hondo civismo de aquellas generaciones que crecieron con la República y fueron apabulladas con lo que vino después: pese a los años que nos separan, creo que congeniamos bastante bien. Una simple conferencia telefónica bastó para que José Luis Melero, en quien se juntan bibliofilia y generosidad, me fotocopiara tres obras rarísimas de Pedro Luis de Gálvez; ahora que ya lo conozco, puedo certificar que tengo en él a uno de mis lectores más entusiastas y apostólicos. Don Alberto Escudero Ortuño me proporcionó las peripecias psiquiátricas de Armando Buscarini, que yo luego he falseado en esta novela: a quienes deseen conocer la biografía de este niño poeta los remito a mi semblanza* Armando Buscarini o el arte de pasar hambre *(AMG Editor, Logroño, 1996). Si Andrés Trapiello no existiera, habría que inventárselo: aunque todavía no me haya invitado a un café, me ha regalado conversaciones inolvidables y muchos endecasílabos. Y cómo dejar de lado a Luis Alberto de Cuenca, que me emborrachaba de cócteles en Balmoral y me inspiró el título de esta novela. Gracias, sobre todo, a la legión creciente de mis odiadores: sin vuestro estímulo, quizás me hubiese quedado en el camino.*

Un par de advertencias, para terminar, que a muchos se les antojarán superfluas (a mí también, pero conviene resaltar lo que parece obvio, aun a riesgo de incurrir en el pleonasmo). Fernando Navales, el antihéroe que se erige en narrador durante la mayor parte de este libro, nada tiene de mí (y menos las opiniones que expresa), salvo muchas horas de fatiga e insomnio: lo digo, porque, en este país, al punto de vista se le considera "solidaridad del autor con sus personajes". Por lo demás, Las máscaras del héroe no aspira a ser una historia fidedigna: el respeto minucioso por el pasado es una coartada que emplean quienes necesitan ocultar su mala prosa. Lytton Strachey comentaba, al referirse a Gibbon, que en sus escritos había algo que condicionaba el tratamiento del material e incluso la propia naturaleza de su obra, y que ese "algo" era el estilo. Si esta afirmación puede hacerse de un historiador, con mayor motivo de un novelista: Las máscaras del héroe no aspira a la verdad, sino a la recreación de la verdad. Con ello, no estamos afirmando que mentir y decir bellas falsedades sea la única misión del arte, como quería Oscar Wilde, sino que, con demasiada frecuencia, la verdad sólo encubre la falta de imaginación. Como dijo Marcel Schwob (y basta de citas): «El biógrafo no debe preocuparse por ser verdadero; debe crear, dentro de un caos, rasgos humanos».

Y ahora, lector, no sé a qué esperas para zambullirte en ese caos.

Salamanca-Zamora, mayo de 1996

I. DE PROFUNDIS

Yo no sé si las leyes son justas
o si las leyes son injustas;
todo lo que sabemos los que estamos en la cárcel
es que el muro es sólido,
y que cada día es como un año,
un año de días muy largos.

OSCAR WILDE
(Trad. de Jesús Munárriz)

[Carta de Pedro Luis de Gálvez a D. Francisco Garrote Peral, inspector de prisiones, fechada el 14 de octubre de 1908 en el Presidio de Ocaña. El texto no muestra mutilaciones ni tachaduras, tampoco la rúbrica que, por aquella época, los alcaides de las prisiones estampaban a modo de permiso o aprobación sobre la correspondencia reservada, por lo que deducimos que la presente carta llegó a su destinatario a través de un conducto especial que eludió los mecanismos carcelarios de inspección y censura (sólo así se explica la virulencia de algunos pasajes). Reproducimos a continuación el texto íntegro del documento, respetando las incursiones de Gálvez en el terreno de lo chusco, lo blasfemo o lo meramente patético.]

Muy Ilustre Señor:

Después de tantos meses de larga e infructuosa espera, he decidido a la postre escribirle yo (con la dificultad sobreañadida que el ejercicio de la pluma me impone, tales son los obstáculos y cortapisas que los esbirros de esta institución siembran en el camino de quienes, como yo, profesamos culto a las musas), esperando que, al recibo de la presente, su severidad se torne algo más benévola y su silencio algo más elocuente, como corresponde a un varón justo y de calidad, partidario de un alivio en las condenas y de un trato más amable a los reclusos. Y, francamente, me sorprende que un hombre tan magnánimo como usted, haya dado la callada por respuesta siempre que a él me he dirigido en demanda de atención o auxilio. De nada sirvió (y permítame aquí, señor, siquiera retóricamente, que afee su displicencia) que le enviara, hace ahora dos años, un ejemplar de mi novela *Existencias atormentadas o Los aventureros del arte,* que tantos trabajos, entorpecimientos y berrinches me costó, pues hube de escribirla en la soledad del calabozo, donde toda incomodidad tiene su asiento. De nada sirvieron las peticiones de clemencia que, con mi conocimiento, algunos próceres de nuestras letras le dirigieron en fechas recientes. Como tampoco ablandó su corazón (que ya, después de tantas decepciones, se me antoja de duro pedernal) el escrito que cientos de periodistas, acaudillados por don Miguel Moya, director del rotativo madrileño *El Liberal,* le dirigieron solicitando mi indulto. En verdad, en verdad le digo que ese silencio, lejos de ratificar la probidad debida en todo funcionario, no hace sino dibujar ante la opinión pública una imagen de su persona en exceso cruel; imagen que contradice el espíritu de nuestra época y que, en última instancia, desobedece aquel consejo que nuestro hidalgo inmortal dispensó a su escudero, después de que lo nombraran gobernador de la ínsula Barataria, y que, en resumidas cuentas, venía a decir que, cuando la justicia fuese dudosa, el juzgador debería inclinarse por la equidad, pues sólo actuando así se granjearía el favor de sus súbditos. Y no osaré yo añadir una sola palabra a las del manco de Lepanto, pues de sobra sé que cada una de sus reflexiones y aforismos los ha meditado y digerido usted sobradamente.

Permítame, en cambio, que lo ilustre con un resumen detallado de los mil y un avatares que han empujado mis huesos hasta este purgatorio de Ocaña, donde, si usted no lo remedia pronto, feneceré. Voy a empezar confesando (pues, ante todo, deseo sincerarme) mi culpabilidad. Postrado aquí, en esta celda misérrima, vestido con un uniforme de arpillera, mugriento y lleno de desgarrones, infamado por los hombres y abrumado por el recuerdo, reconozco mi culpa. Me culpo, en primer lugar, de haber nacido, aunque quizá debiera culpar a los padres que me engendraron, para deleite grosero de sus cuerpos, sin considerar que ese niño que iban a traer al mundo estaba predestinado a pasar hambre y penalidades sin cuento. Me culpo, y no me cansaré jamás de hacerlo, de haber nacido en el seno de una familia intransigente, que me privó de esa infancia medianamente feliz a la que todo hombre, por la simple razón de haber nacido, tiene derecho. Vine al mundo en Perchel, un barrio de Málaga, apenas un puñado de casitas blancas a orillas del Mediterráneo, con geranios floridos y persianas echadas en los balcones. Mi padre, un general carlista muy bravo, muy severo y muy católico que había sido expulsado del ejército (aunque todavía, en sus delirios, aspirase el olor de la pólvora y remembrara el fragor del combate), consumía una existencia sin más alicientes que el tedio, trabajando de cajero en una compañía al borde de la bancarrota, presenciando cómo la polilla le iba comiendo el lustre a su uniforme militar y cómo el moho iba ensuciando el filo de su espadón, antaño ahíto de sangre y hazañas. El dinero que llevaba a casa se revelaba insuficiente para las nueve bocas que había que alimentar (éramos siete hermanos, cada cual más tragón), así que nuestro padre empezó a estudiar la manera de deshacerse de una prole tan abundante. Las chicas se las fue endosando a una alcahueta, dueña de un taller de costura, para que les enseñara el oficio de modistas y ese otro oficio tan antiguo como la misma Humanidad; tanto empeño puso la mujeruca en la enseñanza, y tanta aplicación mis hermanas en el aprendizaje, que, con los años, arrojadas al lodazal de la vida, pudieron sobrevivir, alternando el cosido de sus agujas con el descosido de su virtud.

En cuanto a los hijos varones, descartada la carrera castrense (el baldón de un general derrotado se extendía a sus vástagos, a quienes se vedaba la entrada en el ejército), nuestro padre estimó que la mejor dedicación, la más descansada y favorecida, sería la eclesiástica. Fue así como, ya desde tierna edad, y por satisfacer las aspiraciones un tanto megalómanas de mi progenitor, que soñaba con verme al frente de una diócesis, coronado por una mitra y merendando torrijas y chocolate, ingresé en el seminario de Málaga, a la sazón regentado por unos padres jesuitas que me enseñaron la teología y los latines para mayor gloria de Dios y mayor escocedura de mis orejas, que recibían, cada vez que me equivocaba en una perífrasis verbal o en la enumeración de los coros angélicos, tan descomunales tirones y tan recia lluvia de garrotazos que, aún hoy, cuando se trama una tormenta, parece que las orejas me lo avisan con una especie de sobrecogimiento o principio de sabañones. Había en concreto un catedrático de latín, hombre rutinario y falto de sentido común, que, cada vez que me sorprendía despistado o trazando garabatos en la gramática, me zamarreaba las orejas con tanta disciplina y denuedo que, al concluir el castigo, me resbalaban por el cuello gotas de sangre, gordas como cuentas de un rosario; don Lorenzo, se llamaba aquel jesuita del diablo, a quien ojalá los gusanos hayan despachado en la tumba, pues sólo de evocar su nombre se me revuelven las tripas. Quiso la fortuna, sin embargo, que yo lo sorprendiera en labores poco piadosas, con lo que remitieron sus castigos, aunque no el tostonazo de sus clases.

Resultó que una de esas noches en que el bochorno y la inminencia de la pubertad no me dejaban conciliar el sueño, bajé a la capilla del seminario, por ver si el recogimiento de la oración me aquietaba los sofocos del espíritu; cuál no sería mi perplejidad al descubrir en la penumbra del altar a este padre Lorenzo de·mis pecados, arrodillado ante una figura de la Virgen que allí se venera, bajo la advocación de Nuestra Señora de la Victoria, figura que, según cuenta la leyenda, había sido modelada por los ángeles en los talleres del cielo (porque en el cielo también hay ángeles imagineros, y aun imaginarios) y donada milagrosamente a los Reyes Católicos, en una de sus visitas a la ciudad de Málaga. Ahora bien, no se crea usted que el noctámbulo jesuita se había arrodillado por venerar la imagen, no señor; lo que hacía el muy bellaco, según comprobé enseguida, tan pronto como mis ojos se acostumbraron a la exigua luz del sagrario, era despojarla de sus vestiduras y sustituirlas por otras más mundanas y propias de barragana que de Madre de Dios, puesto que incluían camisas y corsés y enaguas de batista, con encajes y lazos de la más refinada coquetería. Y parecía sentir, a juzgar por el embeleso y la trémula morosidad que empleaba al vestir el maniquí sagrado, que la Virgen no tuviese las piernas separadas, para haberla podido pertrechar con medias de seda. Delatada mi presencia por los crujidos de la madera, don Lorenzo se escabulló en la sacristía, dejando en la estacada a Nuestra Señora de la Victoria con tan sacrílego atuendo. Yo mismo me encargué de deshacer el desaguisado, antes de que tocaran a maitines, y acordé con el depravado jesuita una respetable cantidad de beneficios académicos y materiales a cambio de mi reserva. Si ahora traigo a colación este nefando episodio con tanta minuciosidad no es —créame— por regodearme en la descripción de las debilidades y pecados ajenos, sino por justificar esa aversión que profeso al clero (o, mejor dicho, a cierto clero, pues también me he tropezado con varones caritativos y temerosos de Dios entre los pertenecientes a este gremio, como luego se verá), aversión que, en su momento, expresé en libelos y alocuciones difamatorias que el tribunal que me juzgó consideró como agravantes de mi delito.

Así transcurrieron la última porción de mi niñez y el primer tramo de mi adolescencia, entre la exégesis de la teología tomista y la memorización de las declinaciones y los aoristos griegos; a las clases de latín, como tenía el aprobado en el bolsillo, comencé a faltar ostensiblemente, y, para distraer el ocio, me junté con una pandilla de pícaros de mi misma edad, eruditos en el estudio de la gramática parda, que es la única provechosa en la escuela de la vida, con quienes correteaba por la orilla del Guadalmedina, con el cigarrillo en la boca (había aprendido a fumar, y de qué modo) y los libros abandonados sobre la hierba. Solíamos adentrarnos, a la búsqueda de pendencias y caricias mercenarias, en los barrios más retirados de la ciudad, Santo Domingo o la Trinidad, y allí, al aliento tibio de las tabernas y los burdeles, crecíamos, en compañía de truhanes y meretrices, olvidando las enseñanzas inútiles del seminario.

Llegado el estío, regresaba a la casa paterna, cada vez más acosada por las zarpas de la necesidad, donde se me dispensaban honores propios de un cardenal. Mi padre, a quien sólo llegaban de mí buenas referencias (de mis correrías por el Guadalmedina y mis subidas a la Trinidad y Santo Domingo nada sabía), ya se frotaba las manos imaginando la carrera fulgurante de su retoño, que, en imparable ascensión, me llevaría hasta la curia vaticana; proyectos que quizá (y perdóneme la inmodestia) se habrían cumplido de no haberse tropezado en mi camino una vecinita algo mayor que yo, de nombre Elisa, rubiales y generosa de carnes, a quien me gustaba avizorar todas las mañanas, por la mirilla de la puerta, cuando volvía de hacerle los recados a su madre y se agachaba en el rellano para dejar sobre el suelo la cesta de la compra, instante que yo aprovechaba para entrever bajo el escote sus senos apenas púberes que, sin embargo, ya contenían una promesa de opulencia. Después de aquella visión, fugaz pero enjundiosa, me encerraba en el retrete, a solas con mi niñez marchita, a solas con mi pecado, y a la imaginación me acudía, raudo como un facineroso, el fantasma del sacrilegio: casi inconscientemente, Elisa se me aparecía en el altar de la capilla del seminario, acurrucada en una hornacina de madera, con la camisa y las enaguas remangadas, cubriéndose las vergüenzas con unas manos pudorosas aunque, desde luego, nada virginales. Así, en la clandestinidad del retrete, supe que las aspiraciones de mi padre no se verían realizadas, y que yo no tardaría mucho en colgar los hábitos; ahora, casi quince años después, considero que más me habría valido ahorcarme en mi celda de seminarista con cualquier soga o cordel que hubiese hallado, antes que padecer una existencia como la que padezco, sin más horizonte que el tragaluz de mi calabozo, y sin otra expectativa que la del encierro y la penuria. Pero es voluntad de Dios que el hombre nazca ignorante de su destino.

Gracias a mi hermana Frasquita, que compartía con Elisa una cierta amistad, pude llegar a intimar con la musa de mis pecados. Bajábamos los tres a la playa, en aquellas tardes casi sagradas del verano, a recoger conchas de nácar y a escuchar el rumor insomne y espiral de las caracolas marinas. Al lado de Elisa, contagiado por el bullicio de sus carcajadas y la tibieza dulce de su piel, saboreando la delicia de su charla y aun otras delicias que excluían la conversación, me olvidaba de los tirones de orejas padecidos y de mis trapisondas por tascas y lupanares. Elisa, vestida de blanco, me mostraba como por descuido un seno o un muslo que hubiese querido cubrir de caricias, y me pedía descuentos sobre mi vida en el seminario, mientras mi hermana Frasquita, a lo lejos, se burlaba de mí, me llamaba curita y me recordaba que los clérigos no pueden tener novia. Yo, entonces, sentía correr un escalofrío por el espinazo al recordar las aulas frías y oscuras, las celdas propicias al pecado en soledad, las horas malgastadas en el estudio, paseando los ojos indiferentes ante las páginas del Kempis, y me entristecía ante la proximidad de septiembre, asaltado por un vago malestar que enseguida se convertía en repugnancia. ¡Volver al seminario de los jesuitas! Cierto que allí me aguardaban el triunfo, la coronación de los afanes, la remuneración a tantas noches de vigilia, pero, ¡cuán costosa era la renuncia! ¡Cuán dolorosa la separación! ¡Cuán larga la espera hasta que llegara otro verano que me devolviese los paseos por la playa y la compañía de Elisa!

Como el tiempo, ese gran contraventor del sentimiento humano, discurre más aprisa cuanto más deseamos aprehenderlo, vino septiembre en apenas un suspiro, y con él vino mi desdicha. De vuelta al seminario, comencé a leer a escondidas, por el mero placer de infringir las ordenanzas religiosas, libros excomulgados o anotados en el *Índice,* como aquel de Eugenio Sue, *El judío errante,* que tanto influiría en mi opinión sobre la Compañía, pues me ayudó a comprender que el fin que persiguen los discípulos de San Ignacio de Loyola no excluye los medios más abominables. Había, entretanto, cumplido los catorce años, y los jesuitas, deseosos de familiarizarme con la liturgia, me habían agregado a la parroquia de Nuestra Señora de las Mercedes, donde llegué a vestir la sobrepelliz en algunas ceremonias concelebradas. Allí, al arrullo de las salmodias, fortalecido por las notas de un órgano que ascendían entre nubes de incienso y sermones tediosos al cielo; allí, entre bosques de cirios y palabras que salían disparadas como piedras de los púlpitos, recibí el estigma del Arte, esa llama vigorosa, purificadora como aquella otra que el Espíritu Santo depositó sobre los Apóstoles el día de Pentecostés, que definió ya para siempre mi vocación. Yo habría de ser artista, o ardería Troya.

No quise aguardar al verano para dar por concluida mi formación eclesiástica. Una noche en que la luna, oscurecida por trágicos nubarrones, auspiciaba mi deserción, escalé el muro que separaba el seminario de ese mundo multiforme, milagroso y redentor, que me recibió con los brazos abiertos, orgulloso de incorporar un nuevo cofrade a su hermandad de bohemios. Menos hospitalario y comprensivo resultó mi padre, que había depositado en mí toda su confianza para salvar del naufragio la maltrecha economía familiar; convencido de mi determinación, y viendo cómo, al colgar yo los hábitos, se disipaban los privilegios y prebendas que, como allegado a un futuro hombre de Dios, le iban a corresponder, quiso emular a mis antiguos maestros dispensándome un castigo que incluyó, amén de cachetes y pescozones y tirones de orejas y bofetadas y patadas en salva sea la parte (minucias, a fin de cuentas, a las que ya estaba acostumbrado), un encierro de casi treinta días en la bodega de la casa, privado de visitas y alimentos, escarmiento que ahora se me antoja excesivo para un chiquillo a quien aún no asomaba la barba, y que a punto estuvo de enviarme al otro barrio.

Quiso mi naturaleza, sin embargo, resistir la reclusión y el ayuno, de manera que, transcurrido el mes de castigo, salí de la bodega, más canijo y desnutrido que cuando entré, pero igualmente dispuesto a colgar los hábitos. Esa misma tarde de mi liberación, sin tiempo para reponer fuerzas, enflaquecido y melenudo, bajé a la playa en busca de Elisa; no tardé en encontrarla, acompañada de mi hermana Frasquita, merendando manzanas sobre una barca varada. Ambas habían cambiado mucho desde el verano anterior: las noté más espigadas, más adustas (o adultas), más desdeñosas también. Llevaban vestidos muy decentes (nada que ver con los de antaño, tan permisivos y escotados), con botonaduras hasta el cuello, y se protegían del sol con quitasoles de raso que sostenían con mucho melindre. Mordían las manzanas con una mezcla mal asumida de pudor y desparpajo. Les propuse reanudar los juegos del verano anterior, aquellas carreras que solían concluir entre revolcones y salpicaduras, pero se excusaron alegando que no querían manchar sus vestidos ni mojarse los zapatos. Elisa me lanzó una pulla, mientras mordisqueaba su manzana: «—¿Es que todavía no te han enseñado que los curas no pueden juntarse con las chicas?» Envanecido, aproveché para contarles mi fuga del seminario y mi propósito firme de no recibir la tonsura. La noticia no pilló desprevenida a mi hermana, pero sí a Elisa, que no logró disimular un gesto de desagrado: «—Verás —se disculpó—, el caso es que íbamos a subir a la ermita, Frasquita y yo, para llevarle flores a la Virgen». El mar se iba desangrando sobre la playa, en olas perezosas, como lenguas de espuma a punto de extenuarse.

Yo me quedé allí, junto a la barca varada, con tres palmos de narices, viendo marchar a las muchachas, que, a medida que se alejaban de mí, caminaban más aprisa, dejándome como único consuelo la estela confusa de sus huellas sobre la arena. Subieron, apoyándose la una en la otra, por los acantilados, y se internaron entre los pinos del bosque, cuya sombra hacía inútiles o superfluos los quitasoles. Iba a perderlas ya de vista cuando me pareció vislumbrar que, aprovechándose de la impunidad que les proporcionaba la espesura, caminaban abrazadas del talle. Asaltado por una monstruosa sospecha, me decidí a seguirlas; me costó al principio una carrera, pero luego sólo hube de acompasar mi paso al de ellas y mantener las distancias. Con frecuencia interrumpían su paseo para recolectar flores; se agachaban sobre las matas y, después de diezmarlas, reanudaban la marcha, siempre agarradas de la cintura y tapándose con las sombrillas. Por un segundo, a la luz de aquel sol de estío que penetraba entre las copas de los pinos y alumbraba el aire con una limpieza que no dejaba resquicio a la suciedad de mis recelos, me sentí mezquino por haberme figurado lo que me había figurado. Elisa y Frasquita correteaban por un claro del bosque, entre amapolas que tenían la intensidad de hogueras. De repente, como acometidas por una decisión unánime, se reclinaron ambas sobre la hierba. ¿Irían a improvisar una merienda campestre? ¿Habrían notado mi espionaje y querido gastarme una broma?, me pregunté. Pero había otra interrogación más grave e imperiosa que no llegué a formular y que me torturaba sobremanera.

Me acerqué al lugar donde se hallaban, procurando no hacer ruido. Mi hermana se inclinaba sobre Elisa y le hurgaba por debajo del vestido, mientras la otra se quitaba los botones que entorpecían su exploración y se masajeaba los pechos. Ambas miraban sin ver, con un mirar manso y lelo, como vacas parturientas. Formaban una figura obscena y grata a partes iguales, una fusión de cuerpos en los que, por un momento, desaparecían los brazos o las piernas entre la ropa, en un abrazo que me turbaba con su blancura. Ambas tenían una piel blanca, incontaminada de sol, como esas estatuas de la Antigüedad. Disfrutaban de su amor sáfico como rameras de la más baja ralea que ya han saboreado todas las formas de abyección, pero a la vez tenían algo de ángeles perversos, virginizados por su lujuria. Frasquita picoteaba con su lengua entre los muslos de Elisa, y también en ese otro lugar que, por el sucio conducto que acoge, repugnancia inspira a los delicados espíritus. Las increpaciones acudieron a mis labios, tras el inicial estupor: «—¿Qué hacéis ahí, cochinas? ¿No ibais a la ermita?» A lo que Elisa, interrumpiendo sus transportes, repuso colérica: «—¿Y a ti qué te importa, sacristanucho de mierda?» Eso me llamó, *sacristanucho de mierda,* antes de reanudar sus jadeos. Frasquita, mi hermana, ni siquiera manifestó interés por mí. Volví a casa, aturdido y humillado como un ciego que recupera la vista y lo primero que descubre es que su cuerpo padece otras muchas taras. Si aún me quedaba algún vestigio de candor, después de los años de aprendizaje en compañía de clérigos infames, lo perdí aquella tarde, puede creerme.

En casa, los acontecimientos comenzaron a precipitarse. La compañía en la que mi padre prestaba servicios había quebrado, dejando a sus empleados en la calle. Por fortuna, todas sus hijas ya estaban suficientemente criadas y encarriladas por vías que, si bien no resultaban del todo católicas, al menos garantizaban el sustento y una clientela copiosa. Durante casi un año, mientras mi padre encontraba trabajo, no entraron en casa otras pesetas que las que mis hermanas conseguían con sus bordaduras y encajes; también Frasquita se incorporó a la hilatura, descuidando sus amores lésbicos con Elisa, pues lo mismo valía para un roto que para un descosido. Al cabo de un tiempo, cuando más gusto le estábamos cogiendo al negocio (mi madre ya era ducha en alcahueterías, y yo hacía mis pinitos como chulo o rufián con los clientes más remisos al pago), vino mi padre diciendo que un amigo suyo, millonario y dueño de media provincia de Albacete, le había hecho administrador de sus fincas.

A Albacete nos fuimos a seguir padeciendo, como suele ocurrir a quien cambia de lugar, pero no de costumbres. La vida campesina, en exceso deudora de las estaciones y los cambios climáticos (que hasta en esto ha querido Dios mortificar al hombre, malogrando sus cosechas por puro capricho), me hacía añorar mis veranos malagueños, en los que vivía entretenido y feliz.

Hasta Albacete, como sin duda usted sabrá, el mar no entra, por impedimento de Murcia, lo cual hace de esta provincia una tierra poco regalada para la vista, en la que se crían quesos y navajas para cortar esos quesos y, ya de paso, propiciar las pendencias entre albaceteños, que son una gente brava y muy amiga de llegarse a las manos por un quítame allá esas pajas. Por si el aburrimiento de la vida campesina no fuese ya suficiente contrariedad, mi padre, que en lo tocante al sueldo no se podía quejar, empezó a ser víctima de las chanzas de su amo: aunque el cargo que mi progenitor desempeñaba consistía en repasar cuentas y hacer balances, el terrateniente, tan pronto como lo sorprendía ocioso, la emprendía con él y lo obligaba a disfrazarse de espantapájaros, para rechifla de sus invitados. Era un primor ver a mi padre, desposeído ya de esa dignidad que presumimos en un veterano de las guerras carlistas, con los brazos en cruz, ataviado con unas ropas raídas y un sombrero de paja, haciendo muecas y visajes con los que pretendía ahuyentar a las urracas que malograban la cosecha. Y eso cuando a nuestro patrón no le daba por proponer a mis hermanas, que aún conservaban la maña de su anterior oficio, que le hiciesen carantoñas y arrumacos, mientras se distraía ejercitando la puntería sobre mi padre, quien, amén de actuar como espantapájaros impertérrito, tenía que ejercer de diana. En efecto, aquel terrateniente albaceteño era un gran tirador, una criatura que, de haber padecido necesidad, se habría ganado el sustento exhibiéndose en los circos; como tenía dinero para empapelar de billetes un palacio, se conformaba con lucir sus habilidades delante de sus amigotes, tirando sobre blancos difíciles, que no eran otros que el sombrero de mi padre, o su bigote, que crecía en dos guías finas y escaroladas. Mi padre, aunque varón de muchas agallas y habituado a hacer la estatua desde que mis hermanas emprendieron la vida airada, llegó a cansarse de aquella situación estrafalaria: «—Ándese con tiento, señor, que me puede matar, no vayamos a tener que lamentarnos», imploraba a su amo, cuando ya las balas le habían afeitado las guías del bigote. Reía el millonario a mandíbula batiente, secundado por el coro de sus amigotes, y aun por el de mis hermanas, que se consolaban, mientras las emplumaban, viendo cómo su progenitor era desplumado. Como estas escenas se repetían más de lo que el decoro o el heroísmo trasnochado de mi padre consentían, dejamos la colocación y nos vinimos con las maletas a la Corte, azuzados por nuestro antiguo patrón, que nos persiguió a tiro limpio hasta alcanzar la raya de Cuenca, y más que nos habría perseguido si sus dominios se hubiesen extendido a esta provincia.

A Madrid llegamos en la festividad de San Isidro, hará unos diez años. Mientras mi padre buscaba alojamiento por hospederías no muy aseadas, mis hermanas y yo nos llegamos a la Puerta del Sol, ágora de truhanes, nuevo patio de Monipodio donde se chalaneaba con colillas de cigarro y virginidades fiambres, mentidero en el que se reunían los políticos menos conspicuos para conspirar y los hampones para planear sus sablazos. A mis hermanas, ya fuera porque ciertos ademanes de mujer pizpireta delatasen su condición, ya porque las ojeadoras que por allí merodeaban tuviesen mucha maña para captar nuevas pupilas, enseguida se las comenzaron a disputar media docena de señoras muy charlatanas que les tomaban medidas y comprobaban la dureza de sus carnes, como quien revisa una mercancía antes de adquirirla, por no llevarse una maula. Como mis hermanas, pese a los arrechuchos que la necesidad les había propinado, aún conservaban una apariencia lozana e invitadora, las madamas (pues no otra cosa eran aquellas mujeres) se las disputaban con promesas de discreción y remuneración semanal. Después de muchos regateos, se llevó el lote la más vocinglera de las licitadoras, una mujerona que respondía al mote de *La Cibeles* y regentaba un burdel en la calle de Hortaleza, uno de esos negocios para señoritas de clase media a los que acuden parroquianos en busca de excentricidades importadas del extranjero. Por lo que deduje de mis visitas a tan sofisticado lupanar, nunca mis hermanas habían ganado tanto por intervenciones tan poco ardorosas: su cometido consistía en pasearse por una sala en penumbra, empapelada de terciopelo granate (la penumbra disimulaba la mugre del terciopelo), recostarse sobre unos divanes y hacer simulaciones de amor lésbico, empresa en la que mi hermana Frasquita descollaba por encima de las otras. Un grupo de ricachos, mientras tanto, las observaba (sabían que eran hermanas, y la posibilidad del incesto los excitaba aún más), sin osar intervenir, con sus sombreros de copa cubriéndoles la entrepierna.

Como mis hermanas garantizaban, al menos mientras estas depravaciones hallasen cultivadores, el cocido de la familia, decidí encomendarme al Arte. A la edad de quince años escribí mi primer soneto; me lo inspiró una paloma a la que veía languidecer, entre zureos y nostalgias de un azul infinito, en su jaula, colgada de un balcón que había enfrente de nuestra hospedería, pero por entonces no me consagré a la poesía, sino a la pintura, que me gustaba con delirio. Aprendí, sin haber recibido jamás nociones de dibujo, a copiar a los maestros del Museo, e ingresé por oposición en la Academia de Bellas Artes de San Fernando con el número dos, siendo únicamente superado por un tal López Mezquita, que ahora empieza a cosechar honores y medallas en las exposiciones. En los pocos meses que allí estuve, me destaqué en el dibujo a plumilla y en el aguafuerte, granjeándome la desconfianza (y en algunos casos la envidia o el rencor) de mis profesores, que veían en mí a ese discípulo que pronto, una vez asimiladas sus enseñanzas y dominada la técnica que impartían, habría de superarles en maestría. Esta ojeriza creciente, unida a esa fatalidad que desde el instante de mi concepción me persigue, arruinarían mi carrera de pintor.

Y es el caso que yo, por entonces, mancebo de muy gallardos dieciséis años, aún no conocía mujer en el sentido bíblico del término, con lo cual ya podrá imaginarse usted las llamaradas de lujuria y concupiscencia que me acometían cada vez que al taller de pintura acudía una de esas muchachas a quienes la Academia contrataba para que posasen desnudas delante de los alumnos. A mí, con el desasosiego que me entraba al contemplar aquellas teticas y aquellas coyunturas entre los muslos de las que florecía una madeja capilar, me salían unos retratos muy poco ortodoxos, con pinceladas al desgaire, que luego, a la hora de la calificación, procuraba defender ante mis profesores adscribiéndolos a esa corriente impresionista, legado de los gabachos, que por entonces causaba furor. Como me gustaba extasiarme en el examen de las modelos, solía demorarme en la ejecución de los bocetos, y esperaba a que los demás alumnos despejaran el aula para intentar mis aproximaciones. Algunas muchachas me permitían, con la disculpa de mejorar un escorzo o evitar un contraluz, que las palpase en sitios poco recomendados por la Santa Madre Iglesia, pero también las había que, en cuanto les rozaba un pelo del sobaquillo, me mostraban las uñas y corrían a taparse las vergüenzas, con la amenaza de que, si intentaba forzarlas, me denunciarían a las autoridades. Con una de estas últimas, más remilgada de lo que su oficio exigía, debí toparme aquel día que, embravecido por las dimensiones de su trasero, decidí saltarme los preliminares e irrumpir en parajes recónditos de su anatomía. Enseguida, y al primer envite, la muchacha del diablo empezó a reclamar auxilio con gritos desaforados, como si yo fuese uno de esos gañanes que intentan gozar de las mujeres contrariando su voluntad. El testimonio de la muy honesta doncella sirvió, sin embargo, para que un juez así lo consignase en su veredicto. Con diecisiete años recién cumplidos me internaron en un correccional para menores, erigido bajo la advocación de Santa Rita, patrona de los imposibles.

¡El correccional de Santa Rita! Si hubiese entrado en aquel infierno con alguna inocencia (pero ya hacía tiempo que me había desprendido de estas rémoras), no habría tardado en extraviarla. Si, como algunos sostienen, la libertad es el don más precioso de cuantos dispone el hombre, más, incluso, que su propia vida, allí, entre vigilancias que excedían las de una prisión y aflicciones que deben de superar a las que Pedro Botero reserva para los pecadores más recalcitrantes, aprendí a prescindir de ese don, preparándome para un porvenir todavía más ingrato que haría de mi libertad una especie de puta por rastrojo, con perdón. Todo lo que había de mansedumbre en mi corazón se convirtió en ferocidad, y la barbarie de los castigos hizo de mí un tigre. Allí era el llanto y crujir de dientes, allí las noches de claro en claro, allí la humedad que criaba verdín en las paredes de las celdas y que nos iba reblandeciendo los tuétanos a los internos, hasta que la locura aplacaba el sufrimiento. A la fuerza teníamos que coser zapatos, cultivar la huerta y componer alcuzas desportilladas. Y todos estos trabajos mortificantes estábamos obligados a ejecutarlos con la salmodia de fondo del capellán, un individuo tripudo que nos leía fragmentos del Eclesiastés, y nos recomendaba templanza y resignación y continencia y no sé cuántas paparruchas más, como si en aquel odioso establecimiento pudiésemos elegir entre la austeridad y la participación en orgías. Un día que el sonsonete del capellán se me antojó especialmente fastidioso, me colé de rondón en la capilla del correccional y empecé a destrozar los objetos de culto y a defecar en ellos, ante la mirada conminatoria de cierta imagen de Santa Rita, que no salía de su asombro. Al estruendo originado por el entrechocar de los cálices y las vinajeras hechas añicos, acudió el capellán, interrumpiendo su lectura del Eclesiastés, pero yo enarbolé un martillo que a la sazón llevaba e hice ademán de clavarle una escarpia en la frente, para que pudiese presumir de estigmas, igual que la santa patrona de aquella institución, amenaza ante la cual el capellán puso pies en polvorosa. Así, después de algunos tiras y aflojas, y a costa siempre de causar destrozos y anunciar nuevos sacrilegios, los mandatarios del correccional abreviaron mi condena y me expulsaron por incorregible.

Retorné, pues, a esa sociedad que había hecho de mí un proscrito, una alimaña envilecida por el desprecio de sus semejantes y la falta de aspiraciones. Como no estaba dispuesto a mendigarle ni una perra chica a mis hermanas (con quienes solía encontrarme en los cafés de moda, colgadas del brazo de algún potentado, muy pintarrajeadas y enseñando hasta el ombligo), me subí al carro de la farándula. Hice papelitos de meritorio, y llegué a aparecer con letras de molde en el reparto de una comedia que me procuró una celebridad efímera, de ésas que remiten tan pronto como la obra desaparece de cartel; como la tiranía de los ensayos y el deber de resultar gracioso ante un público de niños litris y señoritas pazguatas, no se avenían demasiado bien con mi temperamento, no tardé en hacer mutis. Reuniendo algunos ahorros y propinillas, puse tierra de por medio y me dirigí a París, olla donde se cuece el potaje de las artes.

Recién llegado a la capital de la Francia, me hospedé en un hotelucho del Barrio Latino, y trabé conocimiento con Enrique Gómez Carrillo, que tenía su tertulia en el Café Napolitain, en pleno Boulevard des Italiens. Yo a Gómez Carrillo lo conocía por sus crónicas en *El Liberal,* que reflejaban, con deleitoso colorido y simpática frivolidad, figuras y episodios de aquel París de fin de siglo: desde los últimos coletazos del asunto Dreyfus hasta sus coqueteos con las coristas del *Folies Bergères.* Gómez Carrillo cultivaba cierta fama de burlador que su físico no desmentía: tenía un aspecto imponente, y unos ojos de gato montés, de un verde profundo, que parecían condensar todo el ajenjo que había bebido en su vida, que era mucho, al parecer. Vivía en el *quartier* de Passy, amancebado con una hispanoamericana de ilustre cuna que, según su propio testimonio, era una tigresa en las lides del amor, con lo cual el contubernio felino estaba más que asegurado. Gómez Carrillo, que con las mujeres se desvivía, trataba a los hombres con una cortesía algo distante, sobre todo si eran compañeros de profesión que pudiesen hacerle la competencia; a mí, aunque jamás me invitó a su casa (tendría miedo de que la tigresa se le desmandase), me trataba con una cierta deferencia, pues no veía en mí a un rival. Yo, por entonces, cultivaba la caricatura y el retrato callejero sin demasiado éxito, y llevaba una existencia más bien disipada en Montmartre y el Barrio Latino, rodando de cabaré en cabaré y de taberna en taberna, como un Toulouse-Lautrec algo menos chaparro. Puesto que la literatura, fuera de aquel soneto que escribí, inspirado en el cautiverio de una paloma, aún no me había atacado con su veneno, más nocivo que el ajenjo, Gómez Carrillo me concedía su protección y obraba conmigo de cicerone. Cuando comprobó que las caricaturas no iban a solucionarme el condumio, fue el primero que me recomendó el regreso a la patria, y el único que me ayudó a reunir el dinero para el billete de vuelta, aún ignoro si por generosidad o por quitarme pronto de su vista. Sea como fuere, abandoné París, roto y sin un franco en el bolsillo, un París que, al natural, me decepcionó, comparado con ese otro, más profuso y misterioso, que Balzac y Víctor Hugo han inmortalizado en sus novelas.

En Irún, pasada la frontera, me hube de topar con José Nakens, el viejo director de *El motín,* fustigador de gobiernos a quien nadie escuchaba. Llevaba ocultos en el equipaje pasquines con propaganda revolucionaria, en los que se acusaba a Su Majestad Alfonso XIII de andar esquilmando el erario público con sus correrías sexuales y sus devaneos, y, ya de paso, se le adjudicaba una sífilis mal curada (con perdón) que, de vez en cuando, se manifestaba con supuraciones de oído. Los pasquines, abarrotados de una tipografía muy menuda, apenas legible, contenían otros denuestos, no menos agresivos, contra los miembros del gabinete ministerial y el clero. Nakens pretendía (pero carecía de seguidores que extendiesen su evangelio) distribuirlos entre las poblaciones mineras del Sur, cuyos integrantes padecían, más que ningún otro mortal, «las injusticias de una sociedad regida por carroñeros». Por gratitud a aquel hombre, que me trató como a ser humano y compartió conmigo su tortilla de patatas en el tren que nos llevaba a Madrid, me ofrecí a distribuir los pasquines por la geografía andaluza. Nakens, que tenía la lagrimilla fácil, me estrechó entre sus brazos, mientras el tren nos iba llevando, entre retrasos y traqueteos, a la capital.

Me despedí en la Estación del Mediodía de Nakens, que me ungió con sus besos y bendiciones y me encomendó a esa Providencia cochambrosa en la que sólo creen los ateos y los curas renegados. Tomé el rimero de pasquines, y me bajé con ellos a la Andalucía más mísera y sufriente. ¡Maldita sea la hora en que se me ocurrió semejante dislate! Predicar la república, o la revolución, que ambas cosas son hermanas, pues ambas son hijas del desorden, me llevaría al presidio donde todavía hoy languidezco.

¡Y todo por devolver un favor a una reliquia andante, a un verdadero Matusalén! La república (esto no me detuve a pensarlo entonces, pero ahora lo tengo bien meditado, y espero que usted, don Francisco, repare en los signos de mi arrepentimiento), de no haber venido con el desastre de las Colonias, no ha de venir nunca; no porque tal sistema sea pernicioso (que sí lo es, y ahí tenemos, como muestra de nación degenerada, a Francia), sino porque en España no hay republicanos ecuánimes, sino bocazas y cantamañanas, monicacos que no alcanzan la categoría de hombres. Tantos meses de presidio me han escarmentado (fíjese, don Francisco, en mi propósito de enmienda): lo que el país necesita es una buena administración y mano dura. Nuestros gobernantes de hoy maldito si me hacen pizca de gracia, pero, ¿qué harían los cofrades de Salmerón, una vez instalados en el Palacio de Oriente? Como ha dicho el venerable Armando Palacio Valdés, conservador hasta la médula y persona libre de mancha, amén de prolijo novelista: «Si con sólo hacer diputados o senadores a los republicanos no se ocupan de otra cosa que de acrecer el bufete, hacer negocios, colocar a sus parientes, vivir bien y darse tono, ¿qué sucedería el día que llegasen al poder?» Palabras que, desde aquí, suscribo (¿quiere mayor prueba de lealtad a la Corona?), añadiendo incluso que la *evolución* es siempre mejor que la *revolución* para mejorar la marcha del género humano, y que hacemos mucho más por éste cuando directamente y con tenacidad trabajamos que lanzándonos en aventuras peligrosas. Mejorar la vida de la Humanidad no es obra de una generación, sino de muchas y de muchos esfuerzos. Trabajemos en nuestra esfera por difundir la cultura, que ésta y sólo ésta concluirá con los abusos o al menos los menguará. ¡Viva España! ¡Viva el Rey!

(No deje usted de mostrar este último párrafo, a modo de descargo, en la próxima reunión que tenga con don Juan de la Cierva, Ministro de Gobernación, por ver si así agilizamos el indulto).

A todas estas conclusiones he llegado ahora, cuando la penitencia del castigo y el mero sentido común han aplacado mis fervores juveniles. El hombre nace engañado y muere desengañado, como dijo Baltasar Gracián, y yo por entonces aún vivía en el limbo que habitan los ilusos. Recorrí las tierras andaluzas, pronunciando en Círculos y Ateneos un discurso estrambótico sobre el Alma andaluza y otras patochadas limítrofes, y cuando más adormecido tenía a mi público, me destapaba con injurias al clero o a nuestro sacrosanto ejército, o con insinuaciones de dudoso gusto sobre nuestro Rey. En Pueblo Nuevo del Terrible, una localidad cordobesa, nefasta como su topónimo, donde los lugareños sobreviven gracias a las perforaciones del suelo, no me anduve con circunloquios, y eso que una pareja de la Guardia Civil merodeaba por allí: convoqué a los vecinos en la Plaza Mayor (que, por cierto, ostentaba en su centro una picota, como símbolo premonitorio y de mal agüero), y después de repartir unas octavillas entre la concurrencia, improvisé una arenga de puños negros, con veladas referencias al tamaño del testiculario monárquico (que Dios me perdone) y a su trato con meretrices y modistillas. Envalentonado, y en un órdago final, inflamé a los mineros con imágenes de conventos en llamas y caciques con la cabeza clavada en lo alto de aquella picota. Ya para rematar la faena, dije que el Rey (que Dios me perdone y Su Majestad jamás incurra en tan cochino hábito) se escarbaba mucho los oídos, no porque le fabricaran cera, sino porque le rezumaban pus y humores sifilíticos. Los de la Benemérita, que hasta ese momento habían permanecido amodorrados a la sombra de sus capotes, se sobresaltaron con los aplausos y la general rechifla que habían causado mis últimas revelaciones, y corrieron a prenderme por soliviantador y blasfemo. Yo intenté escabullirme, aprovechando el tumulto, pero los jodidos mineros, que un segundo antes jaleaban mis barbaridades, no me dejaron escapar. Fui, en definitiva, confinado en la única celda disponible en Pueblo Nuevo del Terrible (corría el mes de marzo del año cinco), donde me hicieron un retrato que luego coloqué en el frontispicio de mi novela *Existencias atormentadas*. En la fotografía aparezco con mi aspecto de entonces, las greñas algo más crecidas de la cuenta y el bigote ancho, escribiendo o haciendo como que escribo sobre unas cuartillas, con un par de botellas de tintorro sobre la mesa; porque ha de saber usted que los guardias de aquel Pueblo Nuevo del Terrible (¿cabe nombre más macabro para un asentamiento humano?) se dejaban sobornar por una perra gorda; y, en las semanas que en aquel calabozo estuve, nunca me faltó una garrafa en la que refrescar la garganta.

De Pueblo Nuevo del Terrible me llevaron a Cádiz, donde comparecí ante un Consejo de Guerra, como reo de un delito de lesa majestad, siendo condenado a catorce años de presidio en el Penal de Ocaña, donde se encierra a los criminales más peligrosos del país. En mi descargo diré que, durante el proceso (sumarísimo y sin las garantías debidas), no formulé queja alguna por no disponer de defensa frente a las acusaciones del tribunal, como tampoco protesté por la pena que se me impuso, pues la consideré en proporcionada correspondencia con la magnitud de mi pecado.

Ingresé, pues, en este penal de Ocaña donde ahora me hallo, en cuya puerta podría campear esa inscripción que el Divino Dante colocó sobre el dintel del infierno. El alcaide, don Segismundo Heno (aunque más acorde con la crueldad de sus instintos hubiese sido apellidarse *Hiena*), me puso al corriente de los métodos inquisitoriales que regían la penitenciaría: métodos que enseguida verifiqué en carne propia, como a continuación detallaré. Durante los primeros meses de encierro, escribí un libro de narraciones, con el título poco meritorio de *En la cárcel*, que publiqué en una edición paupérrima y desastrosa. El libro, al menos, ya que no reconocimiento, me reportó una cierta fama de preso que se sobrepone a la adversidad mediante el empleo de la pluma, aunque de ella sólo saliesen tartajosas impresiones.

Pero no quiero dejar pasar la ocasión sin hacer una mención al trato que don Segismundo Hiena y sus secuaces dispensan a los reclusos, en todo contrario a las medidas de dulcificación y humanidad que hoy imperan en Europa y usted mismo predica (y a los predicadores yo siempre les aconsejo que desciendan de su púlpito y prediquen a ras de tierra, a ser posible con el ejemplo, pues así la perspectiva mejora). En Ocaña, don Segismundo y sus chacales nos infligen las más sanguinarias sevicias: amparándose en un régimen carcelario petrificado en anacronismos medievales, los internos somos bárbaramente apaleados por cualquier minucia, verbigracia, la de no haber cumplido con puntualidad las tareas que nos asignan los cabos de limpieza, mientras ellos, cruzados de brazos, no se dignan tomar entre las manos una escoba. ¿Y qué decir de las feroces palizas que recibimos por no querer delatar las travesuras sin importancia de nuestros compañeros? ¿Y cómo narrar el infierno que sobreviene cada noche? Suena el toque de recuento, y un grupo de carceleros, encabezado por el oficial de llaves, recorre las celdas repartiendo estacazos y —lo que aún resulta más humillante— sometiéndonos a ultrajes espirituales. Una hora más tarde, cuando el toque de queda parece haber puesto fin al sufrimiento, comienzan a oírse a través de los pasillos, como un eco espectral, los ayes de los presos que habitan calabozos de castigo, *amarrados en blanca,* que en la jerga carcelaria significa, como usted sin duda sabrá, estar sujeto a la pared por una cadena de apenas tres eslabones.

No tardé yo en visitar uno de estos calabozos, y todo por promover entre los reclusos una protesta contra la comida puerca e insuficiente que recibimos, una comida que hubiese hecho suculenta y sabrosa aquélla otra que el licenciado Cabra brindaba a sus pupilos. No me quejaré, para que no se me acuse de tiquismiquis, de que el caldo del rancho sea tan claro que, reflejándose en él, hubiese peligrado Narciso más que en la fuente; tampoco de que las porciones de carne, entre lo que se pega a las uñas y lo que queda entre los dientes, dejen descomulgadas las tripas; o de que el protagonismo del tocino se reduzca a unas visitas someras o enjuagues en la olla. Hay otros motivos de queja más justificados: me consta, mi muy respetado don Francisco, que los cocineros, antes de repartir las escudillas, cambian en ellas el agua de las aceitunas, quiero decir que orinan. Respóndame, ¿no tenía yo razón al protestar por semejante atropello? ¿Acaso el asunto de la alimentación no merece que el lamento de los presos halle eco en la opinión pública y remedio por parte de nuestras piadosas autoridades?

No seguiré pintando con tan grueso trazo el espantoso trato que se nos dispensa. Fui conducido a una celda de castigo y amarrado en blanca con un grillete que, oprimiéndome el tobillo de la pierna izquierda, me obstruía el riego sanguíneo. En poco más de una semana, mi pierna, afeada por una hinchazón cárdena que a punto estuvo de degenerar en gangrena, era tres veces más gruesa que la derecha. Yo me consolaba en mi laceria, recordando a aquel San Simeón Estilita, patrono de funámbulos y volatineros, que vivió encaramado en una columna con un pie en vilo, como las grullas; claro que, al menos, los devotos, para hacerle más liviana la penitencia, le llevaban a San Simeón comida, que él recogía desde arriba atada a la punta de una soga, mientras que a mí los carceleros me tiran el pan sobre el charco de mis orines, sin contemplaciones de ningún género. Así dio comienzo una larga agonía que ya va durando tres años: sólo disfruto de dos horas de claridad diarias, tan esquinado y raquítico es el tragaluz de mi calabozo; la cadena me impide moverme y aun posar el pie izquierdo en el suelo (con lo que, al evacuar, más parezco perro que hombre); y la razón, combatida por la soledad y el insomnio, cada vez con mayor frecuencia se me despeña por los cerros de Úbeda.

Decir que ansío la muerte sería exagerar y mentir, porque nadie se aferra más a la vida que el moribundo. La oscuridad del calabozo me ha hecho nictálope, y no me extrañaría que con el tiempo me haga lechuza o luciérnaga. Una mañana (pero, para mí, las mañanas no se distinguen de las noches, salvo por el ajetreo de los oficiales que hacen su ronda), escuché un ruidillo como de alguien o algo que escarbaba la pared. Era una rata gorda, vieja, ágil a pesar de la vejez y la gordura, con unos bigotes blancos y unos dientes amarillos de sarro, que se relamía, mientras roía los mendrugos de pan que yo le acercaba, reblandecidos de orines. Le cogí un cariño súbito, irracional, pero el animalito, que tenía las pupilas más acostumbradas a la oscuridad que yo mismo, se escabullía después de pegarse el hartazgo, y se refugiaba en su madriguera, que nunca llegué a localizar, por mucho que tanteé todos los rincones del calabozo. Un día, cuando finalmente, tras haber probado todos los trucos y argucias, logré capturarla, la cobijé en mi pecho, le acaricié los bigotes y, agradeciéndole a

Dios la compañía que me había brindado su infinita bondad, le pinché al animalito los ojos con un alfiler, para que así, contrarrestada su mayor agilidad con la ceguera, pudiéramos tratarnos de tú a tú, en igualdad de condiciones.

Hermanados en la desgracia, con la noche como única aliada, le fui contando a la rata mi historia con amarguísima delectación, más o menos como ahora se la cuento a usted. Yo fui, durante meses, el lazarillo del animalito, un nuevo santo de Asís que descubre la piedad de Dios en sus criauras más insignificantes (a veces, incluso, me entraban remordimientos por haberla dejado tuerta de ambos ojos, no se crea). Para nosotros (y ahora hablo en representación del roedor), el tiempo no avanzaba, sino que giraba en torno a un único motivo de dolor: el cautiverio, esa inmovilidad que regulaba nuestra vida en cada una de sus circunstancias, según un patrón invariable. Hasta el sol y la luna nos habían robado; ya podía ser afuera el día luminoso y caliente, que la luz que se filtraba por el tragaluz seguía siendo mortecina, apenas un espejismo miserable y gris.

Por fortuna, la rata seguía compartiendo conmigo esa noche irremediable: acudía al sonar la corneta del rancho, y se me acercaba piadosamente, guiada por la memoria táctil de sus bigotazos. Una tarde, mientras yo hablaba en voz alta, quizá porque se desprendiera del tenor de mis palabras la muerte de mi fe, un hombre religioso que, sin yo saberlo, me escuchaba, me interrumpió: «—No, no, hijo mío. Debes creer. La misericordia de Dios se extiende hasta los abismos de este infierno». Había pronunciado estas frases de consuelo un recluso que ocupaba un calabozo frontero al mío, al otro lado del corredor; había sido canónigo en la catedral de Sevilla, y estaba preso por un robo de tapices que él no había cometido, sino un hermano suyo a quien no había querido denunciar. Ya señalé más arriba que no todos los clérigos son tan lujuriosos y fementidos como aquel jesuita del seminario: aunque el hábito suele hacer al monje, y aunque la clerigalla tienda, por inercia, al abuso y el libertinaje (formas de depravación propiciadas por el imperio que ejercen sobre las almas), siempre se dan honrosísimas excepciones, como la de aquel canónigo, sin cuyo concurso, y a pesar de los servicios que la rata me prestaba, quizá hubiese puesto fin a mi vida, condenándome irremisiblemente.

En efecto, aunque apartado de su profesión pastoral, el clérigo seguía recibiendo muestras de aprecio por parte de sus feligreses más devotos, y aun por parte de algunos compañeros del gremio. Junto a las muestras de aprecio (que podrán servir, no lo niego, de apoyo espiritual, pero con eso no se come), a nuestro clérigo de Sevilla, que ocupaba una celda paredaña con la calle, los caritativos transeúntes le echaban viandas y botellas de licor, y hasta pitillos y lápices, y papeles, tantos que al canónigo le bastaban y sobraban para escribir su diario. Puesto que el trueque entre reclusos está prohibido (o monopolizado por oficiales corruptos), amaestré a mi ratita ciega para que, subrepticiamente, y con una cuerda atada a la cola, me sirviese de correo entre el canónigo y yo. Todos los días, la hacía deslizarse por debajo de la puerta de mi calabozo y, sin abandonar una línea recta (la ceguera favorecía esta trayectoria sin meandros), pasar a la celda del canónigo, quien, acogiendo a la rata con toda afabilidad, le amarraba a la cuerda cuartillas, cigarros y a veces un lápiz. Con las cuartillas fui juntando poco a poco un rimero que (ignoro a ciencia cierta cuál fue la razón: quizá que la blancura del papel me daba rabia, en contraste con la tenebrosidad del calabozo) estimuló mis aficiones literarias dormidas. Con mucha paciencia y a costa de mis vapuleadas tripas, fui apartando los escasísimos pedazos de tocino que me daban con el rancho, y una vez que hube reunido bastantes, hice con ellos una vela, utilizando como mecha jirones de tela que desgarraba de mi camisa y que, ensartados en los pedazos de tocino, ardían divinamente. De esta guisa, alumbrándome con una vela de fabricación casera y con la pierna izquierda en suspenso, amarrada a la pared por una cadena de no más de medio metro, comencé a pergeñar mi novela *Los aventureros del arte*, primera —me atrevería a presumir— de cuantas hay en el mundo escrita del mismo modo que las cigüeñas duermen; una novela que mis editores me quitaron de las manos, de tan deseosos como estaban de publicarla, y cuyas galeradas apenas pude corregir, de ahí las erratas que usted habrá notado a poco que haya paseado sus ojos miopes por sus páginas. Y digo ojos miopes, y no me retracto, porque sólo quien padece miopía de espíritu podría, sabiendo —o intuyendo— los muchos desvelos que me ha costado este libro, omitir un juicio indulgente después de haberlo leído. Ahora se me ocurre que quizá no elegí bien al hombre que interceda por mí ante los ministros de Su Majestad para que me saquen de esta cloaca donde agoniza mi juventud.

Al canónigo de Sevilla, en el ínterin, tras demostrarse que el autor del hurto no había sido él, lo habían puesto en libertad y repuesto en su canonjía, desde la que me mandaba epístolas de aliento e incluso, aprovechando que la correspondencia de los clérigos no puede ser revisada por los oficiales de la prisión, alguna hostia consagrada que, con los trasiegos y sacudidas que sufre el correo, llegaba hecha migas e inservible para la comunión. Claro que, aunque hubiese estado de una pieza, yo no la habría tomado, pues, como se sabe, recibir a Dios en pecado mortal constituye sacrilegio; de modo que, por no desperdiciar aquel alimento espiritual, espolvoreaba las migas sobre una escudilla y se las daba a mi fiel compañera, la rata ciega, que, acostumbrada al pan rancio, se relamía con la golosina y hacía unas digestiones la mar de ligeras, como si levitase.

Yo, como podrá usted figurarse, estaba a un punto de la desesperación. Mi libro *Existencias atormentadas o Los aventureros del arte* no suscitaba el esperado entusiasmo entre sus lectores, quizá porque, aun habiendo frescura y verdad en sus descripciones, le falta cuidar algo más el estilo. Este mal funcionamiento de las ventas me hubiese quitado las ganas de escribir, si la Providencia no hubiese puesto en mi camino a un nuevo carcelero que, contrariando las directrices que recibía del alcaide, trataba de aliviar la pesadumbre de los reclusos con palabras fraternales y estampitas de mujeres en cueros y algún que otro vaso de vino. Fue este carcelero, hombre leído y melancólico, quien, después de haber frecuentado algunas de mis páginas, transportado de admiración (no como otros), me animó a seguir emborronando cuartillas. *El Liberal,* periódico regentado por don Miguel Moya (ese buen samaritano que, a impulsos de un corazón que no le cabe en el pecho, terminará sacándome de este calabozo, si a usted no le da la gana de proponer al Rey mi indulto), *El Liberal,* digo, acababa de convocar la tercera edición de su ya prestigioso concurso nacional de cuentos. El carcelero, cuya identidad prefiero ocultar, pues las revelaciones que me hizo aconsejan que la mantenga en el anonimato, verdadero ángel de la guarda, me incitó a participar en este concurso, ofreciéndose a mecanografiar lo que yo escribiese con lápiz; tanto insistió, y tan buenas razones adujo (la mejor de todas, y más determinante, la reservo para el final de esta misiva, no se impaciente), que acepté su proposición. La víspera del día en que se iba a cerrar el concurso, después de que el carcelero me curase la herida que el grillete me había hecho en el tobillo de la pierna izquierda (todas las mañanas, en un ejercicio cotidiano de caridad, me la limpia con agua oxigenada) y me abriese el ingenio con una botella de Valdepeñas, decidí ponerme manos a la obra. En menos de tres horas, sin otros utensilios que unas colillas de lapicero y unos recortes de papel de estraza, ya había escrito *El ciego de la flauta,* que el carcelero de inmediato sacó en limpio y depositó en la redacción de *El Liberal,* apenas dos horas antes de cerrarse el plazo. Lo que allí habló el carcelero con don Miguel Moya (confidencias que de momento éste mantiene en secreto, a la espera de que a usted se le ablande el corazón leyendo esta carta), junto a las calidades indiscutibles de mi cuento, hicieron que yo saliese vencedor en el certamen. Todo eso que luego se ha dicho, sobre el asombro que causó a los miembros del jurado que el autor estuviese preso en Ocaña y demás zarandajas, no son sino adornos que se inventa la prensa, pues de sobra sabían los jurados qué cuento tenían que votar. Siguieron las instrucciones de don Miguel Moya, como correctos asalariados, y santas pascuas.

Conque, siquiera por una vez o de casualidad, las intrigas y el compadreo vinieron a premiar una obra intrínsecamente valiosa. Esto no lo digo solamente yo (mi presunción no alcanza tales cimas de soberbia), sino quienes leyeron el cuento y convinieron en elogiarlo. Elogios que, aun levantando ruido y polvareda, y aun despertando voces que reclamaban la reducción de mi pena y hasta mi indulto, no han conmovido las entrañas del Gobierno. De modo que la vida sigue (para algunos, maravillosamente), mientras yo continúo en esta vasta prisión, donde no soy más que un número en la camisa y una letra sobre el dintel de la puerta de mi celda. No mencionaré, por no alargar más estas cuartillas, y porque (ya lo habrá comprobado usted) detesto regodearme en los pormenores más escabrosos, los atropellos a que me someten algunos oficiales, hijos bastardos de Sodoma, ni la matonería con la que desempeñan su vicio, una matonería que aúna el sadismo, el sarcasmo más cruel y la hipocresía. No mencionaré abusos de este jaez: la delicadeza de mis sentimientos me lo impide. Sí diré, en cambio, que en mi existencia no hay más acontecimiento que la pena y el desgarro; mido el tiempo (ahora que ya no me queda ni el consuelo de la rata ciega, pues hace poco, en un acceso de vesania, me la comí cruda y casi viva, después de pisotearle el cráneo) por los espasmos de mi dolor, y languidezco en medio de la aflicción, que ya es lo único que me mantiene vivo. Esa desesperación salvaje que antes anidaba en mí, esa amargura llena de ira y angustia, esa rebeldía que me hacía llorar a gritos y proclamar mi arrepentimiento, han sido sustituidas por una tristeza muda, resignada, por una suerte de abandono que me deja impotente ante la injusticia y reclama un desenlace airoso a esta ignominia.

La opresión de la cadena sobre mi tobillo me ha marcado con un marchamo indeleble que se extiende más allá de la hinchazón y las llagas; la soledad me oprime; la comida me corrompe el estómago; la oscuridad me va cubriendo la vista con una telaraña de pesadillas... Sepa usted que ya he sufrido bastante; sepa que ya he purgado mi culpa; sepa que al fin he calibrado mi error; sepa que ya veo con claridad lo que, apenas trasponga la verja de esta cárcel, tengo que hacer para compensar el mal que infligí a Su Majestad; sepa que mi conducta, una vez otorgado el indulto, será intachable y ejemplar, de inquebrantable adhesión a la Corona; sepa que, del mismo modo que, durante mi primer año de reclusión, no hice sino retorcerme de rabia y lamentar mi infortunio, ahora he recapacitado, y hasta en los momentos de mayor envilecimiento y tortura, me digo: «¡Qué oportunidad, santo cielo, qué oportunidad se me abre para iniciar una nueva vida!» Sepa que tiemblo de anticipado placer cuando pienso en las lágrimas que usted derramará al leer estas líneas; sepa que tiemblo de anticipada felicidad cuando pienso en el día en que mi indulto se haga efectivo y pueda expresarle con abrazos y dádivas mi agradecimiento. Sépalo, señor.

Y por si acaso no te diera la gana saberlo, o aun sabiéndolo te hicieras el longui, me guardaré en la recámara las confidencias que me hizo el carcelero, esas mismas confidencias que ya don Miguel Moya, director de *El Liberal,* conoce, y que aguardan en un cajón una señal mía para aparecer en la portada de su periódico con titulares que hasta los miopes como tú, cabronazo, veréis inevitablemente. Has de saber, ladrón más miserable que el mismísimo Caco, pues éste robaba para que luego los hombres hiciésemos de su nombre un arquetipo, mientras que tú robas para pegarte la vidorra padre y para ponerle los cuernos a tu esposa y para inyectarte la morfina que te inyectas, degenerado inmundo, has de saber que conozco el contubernio que te traes con los alcaides de varias prisiones del Reino, y me he enterado de que, de la suma diaria de cincuenta céntimos que el Estado español consagra para la manutención de los presos, vuestro sucio apetito desvía treinta y cinco a vuestros bolsillos, con lo cual esa flaca suma queda reducida a un residuo de quince céntimos por preso y día. ¡Así me explico que en el caldo no haya carne, y que la sustancia de la grasa la sustituyan los cocineros con sus meadas! ¡Valiente panda de buitres la que capitaneas, cacho maricón! ¡Valiente servicio el que prestáis a la patria, canallas! No os conformáis con medrar a costa del contribuyente, sino que además robáis a los más necesitados para sufragaros vuestras furcias y vuestras comilonas. No os bastan los billetes que os lleváis cada mes del fondo de reptiles, que encima desviáis partidas del presupuesto. Mira, Paquito, que te aviso, que si no te bajas del peral en el que habita tu segundo apellido te preparo una marimorena como no la has visto en tu vida. Mira, que si no te das prisa en conseguirme ese indulto, a lo mejor sufres en el gaznate la opresión de tu primer apellido. Mira Paquito, rata pestilente (aunque llamarte rata equivale a injuriar la memoria de mi antigua compañera, que en paz descanse), que como no te apresures, de nada te van a servir los méritos acumulados durante tu carrera. Date prisa, mameluco, bestia, bandido, y si la molicie no te permite correr, métete una guindilla por tu asqueroso culo lleno de mierda y de semen, y consígueme ese papelucho firmado por el Rey, o por La Cierva, o por quien cojones corresponda, pero consíguelo raudo, porque como no me vea en la calle en menos de quince días, te vas a enterar de lo que vale un peine. ¡Ah, se me olvidaba! Quiero que me abras una cuenta con cinco mil del ala (ya ves con cuán poco me conformo) en cualquier banco, que me pienso gastar en una sola noche y a tu salud, perro sarnoso, jodiendo con todas las putas de Madrid, en desagravio de los muchos años que llevo sin catar un coño. Así que, ya sabes, quince días te concedo para que efectúes el ingreso; mi compinche el carcelero te dirigirá otra carta, mucho más escueta, porque él no es tan amigo de florituras como yo, en la que te hará parecidos requerimientos. Quedo a la espera de tus noticias, mamarracho, sarasa, morfinómano, y los pies y las manos y la punta del capullo que te los bese tu putísima madre.

PEDRO LUIS DE GÁLVEZ

II. Museo de Espectros

*Cual la generación de las hojas, tal
es la de los hombres.*

Homero

Y todos los que fueron raros, o extraviados, o francamente monstruos para las líneas normales del gusto popular o para los arquetipos académicos, conocerán también su obra de clara gloria.

Rafael Cansinos-Asséns

I

La decadencia familiar[1] había comenzado antes incluso de que yo naciera, concretamente con el desastre de Cuba, que ocasionó la pérdida de nuestras plantaciones de caña y tabaco. A la bancarrota se sumó la muerte de mi madre, a la que no llegué a conocer, pues murió víctima de una hemorragia durante el parto; al parecer, los médicos que la asistieron, aconsejados por mi padre, prefirieron salvarme a mí, único vástago del matrimonio. El fantasma de la esposa fallecida martirizó ya para siempre las vigilias de mi padre y pobló durante años nuestro caserón de la calle Serrano, con su presencia multiplicada en daguerrotipos y su perfume repartido en los armarios, entre el almidón de sus vestidos y el granizado de alcanfor. Mi padre, trabajado por los remordimientos (esos remordimientos que acometen al asesino por omisión, mucho tiempo después de su crimen), envejecía en silencio, cada vez más abandonado por sus correligionarios (antaño había sido furibundo canovista y diputado en Cortes), cada vez menos rodeado de servidumbre, en aquel caserón que aún albergaba, como un rescoldo que se resiste a ser ceniza, la sombra de una esposa sacrificada para la perpetuación de la estirpe.

Agazapado entre las grietas de las paredes, el aire viscoso de la decadencia se extendía sobre el mobiliario (una capa de polvo así

---

1 Los textos reunidos bajo los epígrafes de *Museo de espectros* y *La dialéctica de las pistolas* forman parte de unas memorias hasta ahora inéditas de Fernando Navales (1896-1942); la ordenación en capítulos, así como la exclusión de algunos pasajes que no afectaban al curso de nuestra historia, son de nuestra entera responsabilidad. Agradecemos a Soledad Blanco Navales, única heredera de su autor, la cesión desinteresada que nos ha hecho de estas memorias, así como el permiso para su publicación.

lo testimoniaba), apagaba el calor de la chimenea y amortiguaba el rumor de un pasado espléndido. Mi padre, antes de alquilar la parte alta del caserón, se pasaba las noches en un noctambulismo de ultratumba, intentando descifrar, entre la maraña de ruidos agigantados por el silencio, el lenguaje elegido por su esposa para entrar en comunicación con él. Así, arrastrando unos pies ya reumáticos por el suelo, alumbrado de candelabros y palmatorias, recorría las dependencias de la parte alta del caserón, como un ladrón torpe de su propia intimidad.

—Padre, acuéstese. Mamá se lo agradecerá igual.

Mi padre iba envejeciendo muy deprisa, quizá por falta de sueño o por excesivos cargos de conciencia; tenía una fisonomía resquebrajada, una nariz borbónica, unos ojos enterrados en la calavera que casi se le traslucía, ojos de reptil o de estatua, apenas humanos, que ni siquiera parpadeaban.

—Acuéstese, y no dé más la murga.

Pero él prefería purgar su pecado con el tributo del insomnio, y se detenía ante cada retrato de la difunta, que lo miraba desde el otro lado del tiempo, impermeable a la compasión y a las lágrimas, endurecido por una rigidez sepia y *post mortem*. De mi madre yo había heredado una constitución algo endeble, una mirada exenta de crueldad (lo cual demuestra que los ojos no son el espejo del alma) y unas manos femeninas, como de pianista o estrangulador. Mi padre, ajeno a mis reconvenciones (yo, por entonces, tendría doce o trece años), seguía convocando en un idioma ininteligible una comitiva fúnebre de seres que ya navegaban en la corriente caudalosa del olvido, los convocaba con labios que hablaban de genealogías extintas, como en letanía, y los próceres y monarcas respondían a su llamada y desfilaban ante mi mirada incrédula, como esqueletos de vacaciones. En la parte alta del caserón había una atmósfera sofocante, en la que se mezclaba el olor rancio del óleo (había cuadros de nuestros antepasados), el olor a magnesio de los daguerrotipos y el olor repugnante del tiempo detenido.

El caserón nos quedaba demasiado grande, y alquilamos aquel piso alto por una renta que mi padre administraba con tacañería o liberalidad, según le dictase su locura. Aceptó como inquilina (lo cual demuestra hasta qué punto había aflojado en sus convicciones políticas) a una tal Carmen de Burgos, escritora sin gracia, partidaria acérrima de una república federal, sufragista y algo machorra. Firmaba Carmen de Burgos sus obras con el seudónimo de Colombine, que parecía haber elegido su enemigo más burlón, pues nada recordaba en la escritora esa aura de inquietante misterio que atribuimos a la amada de Pierrot. Ella se excusaba con etimologías latinas:

—Firmo Colombine porque en mi corazón late una paloma.

Podría latirle una paloma o un guacamayo de la selva amazónica, pero a la envoltura de carne le sobraban arrobas por los cuatro costados. Carmen de Burgos, *Colombine,* recorría los Círculos Culturales pronunciando conferencias para un público femenino en las que se empezaba vindicando el divorcio y se terminaba, en medio de un frenesí de aplausos, instaurando un régimen de matriarcado donde no se excluyesen el amor sáfico y la castración. Antes de aceptarla como inquilina, mi padre le hizo prometer que no llevaría al caserón compañías poco recomendables ni organizaría saraos tumultuosos. Colombine no vaciló:

—Se lo prometo, pierda usted cuidado.

Pero, por supuesto, incumplió su promesa desde el primer día. Carmen de Burgos, *Colombine,* tomó posesión de la parte alta del caserón, y dejó que el aire renovado del presente ventilase toda la podredumbre espiritual que allí se almacenaba: sustituyó la decoración antigua por otra, menos prolija y solemne, e impregnó el aire con su presencia amplia y nutritiva, como de nodriza de la literatura. Vivía con una hermana más bien esmirriada, de mirada clorótica, y con una hija ilegítima, fruto de su nomadismo sentimental. Los miércoles, a eso de las ocho, reunía en el salón de su vivienda a un enjambre de poetas modernistas, políticos jubilados y escritores genialoides; la reunión nacía con pretensiones de cenáculo, pero se iba ramificando de bullicios, hasta adquirir un clima de verbena con churros. A una indicación de mi padre, me tocaba subir a reclamar silencio:

—Que dice mi padre, señora Colombine, que a ver si organizan menos jaleo.

Carmen de Burgos me miraba desde su escote frondoso, adornado con un collar de perlas falsas.

—Anda, Fernandito, deja que tu padre se chinche, y pasa con nosotros a tomar una copita de anís.

Colombine, maestra de escuela por oposición y escritora didáctica por vocación, paseaba sus noventa quilos, esquivando los muebles que surgían a su paso, como cadáveres de dinosaurios, y se pavoneaba ante sus invitados con ademanes de gallina clueca. Al parecer, había sido amante del secretario de Romanones y de Vicente Blasco Ibáñez, pero antes de estos idilios ilustres (de los que se vanagloriaba) había sufrido el despecho y el abandono de hombres anónimos y juerguistas que, aprovechando su furor uterino, se la habían beneficiado. De la época ya remota de su juventud, Colombine guardaba una bicicleta con la que había cubierto las distancias entre los distintos pueblos de la sierra (había ejercido de maestra interina o itinerante) y una hija muy revoltosa, llamada Sarita, que se escarbaba las narices y luego se comía los mocos con gran fruición. Carmen de Burgos presumía de su belleza oronda, y también de cierto coraje ingénito que le había permitido criar a su hija y triunfar en la república de las letras sin más aportaciones masculinas que las estrictamente seminales.

—Mira, Fernandito, te presento a mi hermana Ketty.

Aquel nombre me pareció impostado, además de ridículo, y propio de una puta de postín. Ketty de Burgos era una muchacha de apenas veinte años (mucho más joven que su hermana), de ademanes lentos, falsamente pavisosa y morigerada. Poseía una belleza andrógina, exenta de sinuosidades, como una antítesis de Colombine, que empleaba para seducir a escritores jóvenes cuyo modelo estético, tras la lectura de Baudelaire y demás autores franceses, exigía más huesos que carne. Ketty mantenía noviazgos de mírame y no me toques con algunos asiduos al salón de su hermana, noviazgos que nacían en el balcón, aprovechando la clandestinidad húmeda de la noche y morían en alguna alcoba o retrete, entre masturbaciones más bien apresuradas (Ketty cotizaba su virginidad) que dejaban insatisfecho al pretendiente de turno. Por entonces, Ketty coqueteaba con un joven escritor de cara larga y sonrisa de caballo exhausto, con dientes grandes como teclas de clavicordio. Se llamaba Rafael Cansinos-Asséns, cultivaba una prosa algo recargada, y los maldicientes le atribuían una prosapia judía que él no se preocupaba de desmentir.

—Encantado, señorita Ketty.

La hermana de Colombine ensayaba un aire mustio, como de virgencita de escayola o princesa de Rubén Darío, con el que ponía cachondos a sus pretendientes. Fingía castidad y melindres, pero luego, en la intimidad, sometía a sus amantes a una gimnasia de coitos orales que los dejaba sin saliva y sin palabras. Ketty pedía a sus novios ocasionales que la sometiesen a tocamientos por encima de la enagua, pero rehusaba la penetración, amparándose en no sé qué votos ficticios. Era una maniática de su himen.

—No sé si conocerás a Rafael y Ramón. Son los dos jóvenes más prometedores de nuestra literatura.

En Rafael Cansinos, el último pretendiente de Ketty, ya me había fijado antes, pues su envergadura destacaba sobre los demás invitados; tenía los ojos somnolientos, atufados por el humo de un brasero, y la sonrisa triste, como de enterrador. El otro, por contraste, era rechoncho y cejijunto, como un Napoleón de paisano; tenía cara de niño que se atiborra de barquillos y merengue, y hacía como que fumaba una pipa sin tabaco: se llamaba Ramón Gómez de la Serna, y se tiraba eructos que olían a horchata de chufa. Abstemio y caprichoso, hablaba a gritos, como un pavo real o una gaviota obesa:

—Buenas noches, chavalito. ¿Te apetece colaborar en mi revista *Prometeo*?

Acababa de terminar la carrera de Derecho con apenas veinte años y su papá le financiaba una revista, para mantenerlo entretenido y que no diese mucho la lata. Ramón aborrecía las imposiciones del clasicismo y, para contrarrestarlas, se inventaba una vanguardia cada día. Andaba flirteando con Colombine, cuarentona pero todavía de buen ver, y le tocaba el culo a dos manos, aprovechando las apreturas de la reunión.

—Mira, que te pego una bofetada, Ramón, que no me gusta que te propases en público.

A lo que Ramón no osaba rechistar, sonrojado o sonrosado como un bebé que le ha mordido el pezón a su ama de cría. Aquella noche, según me informó Colombine, le habían preparado un homenaje a Pedro Luis de Gálvez, un escritor malagueño que, después de casi cuatro años encerrado en el Penal de Ocaña, acababa de obtener el indulto del Rey. De Gálvez se hablaba mucho por entonces en los periódicos, sobre todo en *El Liberal* de don Miguel Moya, y se glosaban sus desventuras juveniles en artículos que reclamaban al Gobierno su libertad. Don Miguel Moya había orquestado una campaña feroz, excesiva para la escasa entidad del personaje, hasta obtener su indulto. Yo había leído un par de crónicas de Gálvez en *El Liberal* (a escondidas de mi padre, que no admitía en casa un periódico que había promovido varias crisis ministeriales), movido por la curiosidad, y había descubierto una prosa disparatada y absurda en la que no faltaban, sin embargo, algunos destellos de genialidad. Gálvez tenía un estilo de corte cervantino, casi añejo, un estilo como de novela ejemplar con alubias y chorizo, salvado por algún improperio y algún comentario lindante con la blasfemia. En sus crónicas de *El Liberal*, Gálvez retrataba a esa multitud de holgazanes, galloferos y truhanes que habita los aledaños de la literatura, esa legión de merodeadores del Arte entre quienes se movía como pez en el agua. Gálvez, autor sin mesura ni constancia, personificaba un tipo de escritor caótico, que lo mismo escribe una novela en un día que se tira un año tumbado a la bartola. Una filosofía vital que su director, don Miguel Moya, no compartía:

—Ese Pedro Luis es un vivo. Voy a mandarlo a Melilla, a ver si los moros lo meten en cintura.

Don Miguel Moya era un hombre cincuentón, apresurado, con una barba espesa entre la que asomaban los fideos de la cena que no le había dado tiempo a limpiar con la servilleta. Nadie se explicaba los motivos que lo habían impulsado a premiar, en la última convocatoria del certamen organizado por su periódico, un cuento de Pedro Luis de Gálvez titulado *El ciego de la flauta*, de virtudes bastante dudosas, como tampoco se explicaba nadie que Gálvez disfrutara en *El Liberal* de privilegios que ni siquiera gozaban los redactores-jefes. Colombine se colocaba los senos en el sostén, grande como una albarda; dijo, para comprobar la reacción de Ramón:

—Pues yo, señores, también me voy al África. *El Heraldo* me quiere al pie del cañón.

—Eso no es oficio para señoras, Carmen, no me sea bruta —protestó don Miguel Moya—. Una cosa es la promoción de la mujer y otra muy distinta ponerse pantalones. Además, ¿no ha oído usted que los moros están más salidos que una mona?

Ramón se sacó la pipa de los labios y formuló a grito pelado una de sus ocurrencias extemporáneas:

—Y yo me pregunto, señoras y caballeros: cuando un moro las diña, las viudas del harén, ¿cómo afrontan las deudas del marido? ¿Por solidaridad o por mancomunidad?

La greguería ya asomaba en su pregunta, pero el título reciente de abogado aún le oprimía la imaginación con tecnicismos que nadie entendía. Sentada en su butaquita, perezosa y gorda como una reina madre, Colombine decidió que había que desvirgar a aquel muchacho tan pedante antes de cruzar el Estrecho. Rafael Cansinos-Asséns, el joven de la dentadura equina, hablaba desde el balcón de su noviazgo, o desde la sinagoga de sus ensoñaciones:

—Yo creo que la guerra de Melilla sólo beneficia a los capitalistas, que ven peligrar el negocio de sus minas.

Acababa de llegar José Nakens, un periodista libertario y anticlerical a quien ya sólo leían los muertos y los resucitados:

—Eso es precisamente lo que digo yo en la edición de mañana. Ya estoy harto de esa prensa que habla de patriotismo y prestigio nacional y otras zarandajas sacrosantas para justificar la catástrofe colonial. ¿Qué es patriotismo? ¿Explotar minas que no son de España, mientras en la provincia de Huelva una compañía inglesa, la de Riotinto, es dueña absoluta del término municipal? ¡A otro ratón con ese queso!

Cansinos-Asséns soltó un tímido relincho desde el balcón, en señal de asentimiento. José Nakens era un viejo flaco y anacrónico, molesto como un moscardón, que disfrutaba de un cierto predicamento por haber acogido al prófugo Mateo Morral, después de su regicidio frustrado. Nakens, cuando supo que la bomba de Morral, a pesar de haber diezmado la población de marquesas, no había impedido que el Rey Alfonso y su prometida, la princesa Victoria Eugenia, consumaran su matrimonio, lo expulsó de su casa, por incompetente. Luego, Mateo Morral se suicidaría de un tiro en el velo del paladar y Nakens volvería a la redacción de su periodicucho, a enfermar de anonimato y gargajos.

—¡Los años del desastre vuelven a atormentarnos de nuevo! —se lamentó—. ¿A quién le puede extrañar que los obreros, que siempre son los primeros en ser reclutados, se hayan opuesto al embarco de tropas para Melilla?

Empleaba Nakens ese tono agorero de aquéllos que, habiendo perdido el tranvía de la Historia (perdón por la mayúscula), quieren hacernos creer que han sido ellos, precisamente, con su intervención, quienes lo han encarrilado y puesto en marcha de un empujoncito. Cansinos y su novia Ketty habían concluido los tocamientos preliminares y se retiraban, cogiditos de la mano, a un lugar más discreto. Por el balcón entraba una música plebeya, estrepitosa de pasodobles y verbenas, que alivió, siquiera por unos instantes, el bochorno que se respiraba en el salón. La noche se agigantaba a lo lejos, sobre la ciudad erizada de tejados. Colombine dijo:

—Se ha declarado la huelga general en Barcelona. Allí sí hay conciencia de proletariado, no como aquí, que sólo pensamos en llenar el buche.

—Y Lerroux ha soliviantado a las masas, exhortándolas a la quema de conventos —apuntó don Miguel Moya, mientras se atusaba su barba de soldado flamenco.

Los obreros textiles de Barcelona se habían opuesto a abandonar sus telares para ir a una guerra demasiado exótica o demasiado injusta. Maura, en connivencia con el Gobernador Civil de Barcelona, había declarado el estado de guerra en la ciudad y auspiciado una represión que no desdeñaba el latrocinio ni la efusión sangrienta.

—Pero la culpa no la tiene Maura, sino la propaganda izquierdista, que ha ido envenenando a los ciudadanos —intervino Ramón.

—Usted todavía está entre pañales, joven, perdone que se lo diga —le reprendió Nakens.

Ramón se inhibió, y volvió a chupetear el biberón de su pipa. Aunque su atuendo delataba al burgués (aquella corbata de precio módico, aquella estilográfica sobresaliendo del bolsillo de su chaqueta), su fisonomía revelaba a un chico que aún se halla mareado por el advenimiento de la pubertad y, sin embargo, se esfuerza por parecer adulto. Esfuerzos con los que intentaba hacer respetable su literatura, y no emitir opiniones políticas, puesto que la política, y en general el universo, le importaban un bledo.

—No se ensañe usted con Ramón, que es mi protegido —amonestó Colombine al viejo anarquista—. Pertenece a una nueva generación, a la que sólo le interesa el Arte.

Sarita, la hija natural de Colombine, corría al vestíbulo cada vez que alguien golpeaba la aldaba. Era una niña de belleza visionaria, algo desmejorada por la ingestión de mucosidades; tenía ojos grandes de azabache, demasiado sensuales para su edad. Unos años más tarde, cuando ya dejó la costumbre de hurgarse las narices, tuve la oportunidad de besarla repetidamente, pero siempre lo hice con algo de grima retrospectiva, recordando los hartazgos de mocos que se pegaba de pequeña.

—¡Las nuevas generaciones! Señoritingos que se cansan de escribir a la tercera cuartilla.

El reproche lo había formulado un hombre desaliñado que acababa de entrar, guiado por Sarita. Iba en alpargatas, o de alpargatas, o con alpargatas, que la gramática es a veces confusa en la expresión, y disfrazado de pobre, con ropas algo raídas y una bufanda incongruente con el verano madrileño. Se llamaba Pío Baroja, y era el novelista más cazurro y vigoroso del nuevo siglo; escribía con un estilo no exento de remiendos y chapucerías que, sin embargo, cautivaba al lector por el nervio de la trama, la fortaleza de sus personajes y el fondo ácido de sus ideas. Detrás de él, fumando cigarrillos kedives y rememorando las guerras carlistas, llegaba una figura tremolante de barbas, melenas y mangas vacías: era don Ramón María del Valle-Inclán, marqués imaginario y cascarrabias. Vestía, por contraste con Baroja, botines de piqué y un traje entallado que algún sastre devoto le confeccionaba siguiendo patrones extranjeros. Ambos eran ácratas de mentirijillas, cada uno a su peculiar manera.

—Me río yo de las nuevas generaciones —seguía despotrican-
do don Pío, y sus reproches, dirigidos a Ramón, pecaban de in-
justos, puesto que aquel muchachito regordete llegaría, con el
tiempo, a escribir tanto o más que él—. Para llegar a ser un verdadero escritor hay que emborronar muchos pliegos de papel y
trabajar como un galeote.

Baroja, en sus novelas, preconizaba un anarquismo de saldo,
para palurdos y enfermos de epilepsia, mezclando topicazos de
Kropotkin, Gorki y Nietzsche. Cuando le escaseaba la imaginación, no se recataba de interpolar aforismos extraídos de *Así habló
Zaratustra*.

—Hablábamos de la represión de Maura en Barcelona —aclaró Nakens, que estaba muy interesado en conocer la opinión de
los recién llegados.

Baroja se sentó en una butaquita sin despojarse de la bufanda,
deseoso de participar en la discusión; era un polemista sedentario
y tímido que desahogaba su vocación a través de la literatura.
Valle, cuya aversión a los borbones ya se iba fraguando (no sólo
por sus simpatías carlistas, sino porque el Rey se negaba a otorgarle
el título de Marqués de Bradomín), aspiraba a un vago anarquismo estético, desembarazado de doctrina y puesto al servicio de su
obra, que pronto discurriría por los espejos deformantes del callejón del Gato, evolucionando del primitivismo poético al esperpento, sin renunciar nunca a una exhibición de belleza formal.

—¡Viva la huelga de proletarios! —exclamó Valle, contagiado
del habla popular—. ¡Abajo Maura y sus secuaces!

—Así me gusta, amigo. ¡Chóquela!

Nakens le tendió una mano sarmentosa, ultrajada por el vitíli-
go, que Valle no estrechó, amparándose en su manquedad. Aunque no lo quisiera reconocer, a Valle le molestaba que lo compa-
rasen con Cervantes, siquiera en lo referente a mutilaciones;
tenía, además, otros motivos de enfurruñamiento: el Gobierno,
los escritores naturalistas y las mujeres de tobillo gordo. Era un
protestón sublime, reñido hasta consigo mismo, que, al hablar,
por encima de su acento galaico, fingía otro acento canalla, casi
ceceante, en un intento de acercarse al pueblo. Parecía un perso-

naje del Greco, evadido del entierro del conde de Orgaz, o un pope bizantino.

—Que digo que los obreros hicieron bien quemando conventos.

Aquí lo que sobra es clerigalla —proseguía Nakens, fiel a sus fobias.

—Y, además, que lo hicieron con cortesía —apuntó Baroja con su voz de nicotina—. Antes de prenderles fuego, invitaron a salir a sus moradores. Ni siquiera Dios en la Biblia se anda con tantos miramientos. Acuérdense de lo que ocurrió en Sodoma y Gomorra.

—Ni Dios ni sus católicos. ¿Qué hacían los carlistas con los liberales que hallaban refugiados en las iglesias? Pues quemarlos, nos ha fastidiao.

Aquí Valle pegaba un respingo, herido en sus convicciones:

—Oiga, Nakens, no me busque las cosquillas. Ya sabe que me sublevo, en tocándome la causa carlista.

Y por la manga vacía le asomaba la boina de requeté o el gorro frigio, prendas ambas que, aparte la identidad de color, simbolizaban (siquiera en la imaginación mistificadora de Valle) la rebeldía frente a una realidad mostrenca.

—Pero los acontecimientos se desbocaron —intervino don Miguel Moya—. Hubo quienes cometieron tropelías con las monjitas, ustedes ya me entienden.

—Y algunos cabecillas de la revuelta, después de incendiar un convento de jerónimas, profanaron las tumbas del sótano y bailaron un chotis con una momia.

Valle había contado la anécdota con una mezcla de fascinación y espanto, ahuecándose su melena modernista.

—Repórtense, señores, que hay niños delante —los llamó al orden Colombine.

Pero los únicos niños presentes, Sarita y yo, escuchábamos embelesados, empapándonos en la sangre todavía tibia de la actualidad.

—A los niños hay que contarles la verdad desde pequeños, para que no crezcan idiotizados —dijo Valle—. Y la verdad es que Maura es un tipejo intransigente y presumido.

—Dicen que antes de meterse con su mujer en la cama baja a la carnicería a comprar vísceras, porque su olor le excita —exageró Baroja.

—Lo que de verdad le excita es ponerse la levita y subirse al estrado de las Cortes, para anunciar la degollina proletaria.

—Pues cuidado no le salga la paloma cuca. En la prensa vamos a plantarle batalla. Como al final ejecuten a Ferrer y Guardia, menuda bronca se va a organizar —aseguró don Miguel Moya.

Francisco Ferrer y Guardia era un maestrillo anarquista, fundador de unas escuelas en las que se impartía el evangelio de Bakunin adaptado a la mentalidad infantil.

—Unamuno ha dicho que Ferrer es un imbécil y un malvado, y lo que dice Unamuno va a misa —terció Colombine.

—Por favor, señora: Unamuno utiliza la tinta para confundir a sus adversarios, como el calamar. En realidad, no es más que eso: un calamar disfrazado con chaleco de *clergyman* —contestó Valle.

Así, entre aversiones y rencillas, se dispendiaba aquella generación de hombres valiosos. Sus mezquindades los mostraban a mis ojos más humanos, más carnales, apartando el velo de la ilusión admirativa. Los miembros del 98 eran hombres afanados por la conquista de la gloria, propagandistas de sí mismos que ejercían el autoelogio tácitamente, mediante la descalificación del prójimo. Y entre censuras y depredaciones mutuas se habían hecho un hueco en el solar apretado de las letras: el escritor de raza se distingue del diletante por su instinto asesino, lo cual no quiere decir que escriba mejor o peor.

—Parece que tarda mucho ese Gálvez —dijo Ramón, impaciente por naufragar entre los senos de Colombine.

Don Miguel Moya, que debía regresar pronto a la redacción de *El Liberal* para cerrar la edición, esbozó una sonrisa apenas perceptible entre la barba:

—Andará extorsionando a alguien. Es su especialidad.

Dejó la frase en suspenso, como si un secreto de confesión lo obligase a no aportar más detalles. Aunque, a juzgar por su enigmático silencio, parecía aludir a extorsiones menos triviales, todos entendieron que se refería a los sablazos de Gálvez, que ya se habían hecho famosos en Madrid por su variedad e ingenio, y eso que su autor sólo llevaba tres meses en la capital.

—Y el caso es que, cuando llegó, parecía nadar en la opulencia —dijo Colombine.

—Pues a mí me tiene frito —intervino don Miguel Moya—. No se conforma con lo que le pago por sus colaboraciones, bastante birriosas, por cierto, que encima me pide prestado. «Déme un anticipo, don Miguel, que se lo devuelvo en menos de quince días», me dice, el muy tunante. Como la generosidad de uno también tiene sus límites, le di instrucciones al conserje del periódico, para que no lo dejara pasar a mi despacho. Pues, ¿qué dirán que hizo, ante la negativa del conserje? Le tendió una tarjeta en la que figuraba en letras de molde el nombre de Miguel de Cervantes Saavedra. Al portero la tarjeta le causó impresión y vino a mostrármela, ignorante de que el autor del *Quijote* ya lleva varios siglos bajo tierra. «Que pase», ordené, ansioso por ver quién podría ser el descarado usurpador. Entró el inevitable Pedro Luis, y con zalamerías y reverencias me dijo: «Es que, como usted es mi protector el Conde de Lemos, bien puedo yo pedigüeñear como Cervantes». Nada, nada, que lo mando a Melilla no tardando mucho.

Todos se rieron, con mayor o menor desgana, de las tretas empleadas por Gálvez. Nadie entendía, sin embargo, por qué don Miguel Moya favorecía a un vago, pudiendo contratar por menos dinero a cientos de plumillas y gacetilleros que navegaban a la deriva por aquel Madrid absurdo, brillante y hambriento.

—Verán, es que Pedro Luis está muy bien informado. Los años de presidio le permitieron conocer los desmanes que el Gobierno maurista ha perpetrado en el sistema penitenciario, y ya saben ustedes que en mi periódico queremos la cabeza de Maura a toda costa...

No convencieron sus explicaciones. La noche ardía en mil hogueras, fragmentaria de faroles y pecados; el retraso de Pedro Luis de Gálvez empezaba a hacerse excesivo, dada la escasa entidad del homenajeado. Colombine, para distraer la espera, se estaba trasegando una botella de anisete, hasta alcanzar ese estado, entre la laxitud y la embriaguez, que la tornaba blanda y practicable. Baroja, individualista y selvático como casi todos los vascos, se había retrepado en su butaca, emboscado en un silencio más grueso que una corteza de corcho, sin prestar demasiada atención a Valle-Inclán, quien, en un delirio de heroicidad, contaba las hazañas de una juventud apócrifa. A Baroja, la incontinencia verbal de Valle empezaba a abrumarle, y mostraba su fastidio arrugando el ceño, fingiendo una dolencia gástrica o protestando por una corriente de aire.

—Pero si estamos en pleno verano, don Pío —lo importunó Ramón.

—Usted se me calla ahora mismo y no me discute, que por algo he sido médico.

Ramón Gómez de la Serna rehusó entablar diálogo con Baroja y Valle, después de aquel intento fallido, y empezó a charlar en un aparte con don Miguel Moya sobre las chamarilerías y los puestos del Rastro, que eran la inspiración de su literatura, algo lastrada de amor por el detalle y por las cosas chiquitas. Ramón, una vez que tomaba carrerilla, hablaba sin reposo; se había incrustado en el ojo izquierdo un monóculo con aro de plata, pero sin cristal: para que a nadie se le escapase este rasgo de ingenio, metía el dedo por el aro, como atravesando el cristal ficticio, se frotaba las legañas y reía su propia broma, como un payaso que necesita suplir la falta de entusiasmo de su público con una cierta dosis de narcisismo. Valle, que contemplaba estupefacto la pantomima del joven, interrumpió la enumeración de sus glorias ficticias para observar:

—Oiga, don Pío, ese muchachito es un tontuelo.

A pesar de haber paseado muchas veces juntos por la calle de Alcalá y la carrera de San Jerónimo, nunca se llegaron a tutear. Baroja soltó un bufidito por debajo de aquella bufanda, grande como una toquilla, que ya le hacía sudar:

—¿Sólo tontuelo? A mí me parece un fatuo. Mire cómo se ajusta el monóculo. Parece un ministro de la República de Andorra que pensara: «¿Qué actitud debemos tomar con los Estados Unidos?»

La malicia y el chismorreo los mantenían vivos, frente a la avalancha de jóvenes literatos. Cansinos y su novia Ketty volvían de sus intimidades, con los ojos alumbrados por un fuego íntimo, como adolescentes empachados de estrellas. Cansinos, como los pecadores del Antiguo Testamento, se sentía vigilado por el ojo triangular de Yavhé, que le censuraba la infracción de algún precepto, de manera que farfullaba una excusa y corría a refugiarse en su casa de la Morería, junto al Viaducto; allí, en señal de penitencia y reafirmación de su celibato, escribía parrafadas de una prosa espesa e inútil, olorosa de ungüentos y sinestesias, una prosa a la que le faltaba un puñal en la mano, ese instinto asesino del que sólo gozan los escritores de raza. Ketty, la hermana de Colombine, no padecía estos remordimientos, quizá porque tampoco se había impuesto penitencias.

—¿Volverás el próximo miércoles, Rafael?

—Eso nunca se sabe —farfullaba Cansinos con fatalismo, mientras se dirigía al vestíbulo y se disponía a marchar, sombrero en mano (casi nunca se lo colocaba, porque eso habría agravado su fisonomía de caballo percherón), derrotado por un anonimato que lo iba corroyendo por dentro, como un cáncer invasor.

En el vestíbulo, se cruzó con Pedro Luis de Gálvez, que al fin llegaba, tras un periplo nocturno, acompañado de Emilio Carrere, el poeta favorito de las porteras y las modistillas, un bohemio de pacotilla que cantaba a las musas del arroyo y al potaje gallego sin cambiar de registro, en poemas que olían a simbolismo de barraca. Gálvez hizo sonar su voz cetrina, enronquecida de licores y carraspeos:

—Maestro Cansinos, ¿no irá a marcharse precisamente ahora?

La apelación al magisterio sonaba cínica o burlona entre dos hombres más o menos coetáneos. Gálvez tenía la mirada sucia hasta la criminalidad, y las pupilas crueles, agrandadas por unas gafas de cristales gruesos. Como empequeñecido por esa mirada acusatoria, Cansinos dio un paso atrás:

—Bueno, si usted me pide que me quede...

Sobre Pedro Luis de Gálvez circulaban leyendas por todo Madrid que mezclaban la hipérbole con el patetismo, la hagiografía con el disparate. Visto de cerca, impresionaba su aspecto de hereje, su indumentaria rescatada de alguna trapería, su piel atezada por un betún moral (o inmoral), sus ademanes histriónicos. Era más bien bajo y de constitución endeble, pero ante mis ojos de niño aparecía revestido con un prestigio de noches pasadas a la intemperie, sobre los bancos del Parque del Oeste, producto de mis lecturas incipientes y mal digeridas. Colombine logró incorporarse a duras penas de su butaca; al andar, parecía un barco ebrio de marejadas:

—Que ya está bien el retraso, Pedro Luis. A los amigos no se les hace esperar tanto.

Gálvez apartó de un empujón a Cansinos (se tomaba demasiadas confianzas con su "maestro") y corrió a rendir los honores debidos a su anfitriona. El aire de la libertad le había añadido una expresión torva, un victimismo hipócrita que lo impulsaría a la mendicidad y la truhanería. Hallaba cierta delectación morbosa en el servilismo:

—¡Oh, mujer incomparable, que ha hecho de su hogar burgués cenáculo de la bohemia! ¡Oh, santa mujer, que reparte el pan y lava nuestras heridas con un ánfora llena de bálsamos!

Colombine interrumpió la salutación, un tanto mosqueada:

—Bueno, bueno, Pedro Luis, no me sea tan zalamero y explíqueme cómo es que ha venido tan tarde.

Baroja, por debajo del bigotito y de la bufanda, metió cizaña:

—Cenáculo de la bohemia, no te jode. Yo a los bohemios no les tengo ni pizca de lástima. Que trabajen como trabaja uno. Es muy bonito eso de no escribir una línea y andar mendigando adhesiones...

Valle no dijo nada, atraído por el verbo churrigueresco de Gálvez (siempre le había fascinado el *lumpen* literario). Él, sin ser tan trabajador como Baroja, aquel galeote de la pluma, también había rehuido la bohemia, por dignidad o dandysmo, aun a costa de comer sólo un par de veces por semana, régimen de austeridad y gallardía que había hecho de él lo que era: un personaje del Greco, amojamado y barbudo (la barba se la dejaba crecer para taparse las facciones famélicas). Ramón Gómez de la Serna miraba a Gálvez con definitivo desprecio, casi con asco, el mismo que empleaba siempre con quienes cultivan la literatura para suscitar compasiones.

—Verá, Colombine, me encontré de camino con Carrere. Yo...

—Menos disculpas, Gálvez —se inmiscuyó don Miguel Moya, decidido a enviar al bohemio de corresponsal a Melilla—. En Madrid le sobran pasatiempos. Usted lo que está pidiendo a gritos es un cambio de aires.

—Pero déjenme que les explique... —protestó Gálvez con una sombra de abatimiento.

Cansinos-Asséns incorporó su voz de gramófono:

—Pues yo digo que Madrid necesita gentes pintorescas como Pedro Luis. Sin ellas, sería una ciudad de oficinistas y guardias municipales.

—No habría guardias si no hubiese vagos y maleantes —terció Baroja, escudándose bajo la bufanda.

Emilio Carrere dio un paso al frente, como un convidado de piedra que, de pronto, se tambalea en su pedestal. Tenía una cara gorda y pálida, como de vejiga de pescado, en la que ya le azuleaba una barba pugnaz (se afeitaba varias veces al día, pero enseguida le volvían a asomar los cañones, como testimonios múltiples de su virilidad). Fumaba en pipa un tabaco apestoso, al que añadía las pelusas y cazcarrias que se encontraba en el fondo de los bolsillos, y miraba con ojos revirados, víctimas de un mareo producido por el humo de la pipa. Llamaban la atención las guías de su bigote, a la moda borgoñesa, y los puños de su camisa, que se pintaba con tiza para tapar la mugre.

—He tenido yo la culpa —dijo—. Me encontré con Pedro Luis, y le pedí que me acompañara, a ahogar mi llanto en las tabernas. Esta noche ha ocurrido una tragedia que a todos nos pone de luto: Alejandro Sawa ha muerto de pura miseria.

Hizo un pucherito y rompió a llorar con un llanto entrecortado y poco varonil, contradictorio de su barba. Valle, que años atrás había oficiado de lazarillo para Alejandro Sawa y había comulgado su palabra eucarística, se llevó las manos a las sienes y se lamentó:

—¡Pobre Alejandro! La última vez que hablé con él me dijo que su cuerpo estaba maduro para la tumba.

A ningún otro de los asistentes pareció afectarle la noticia. Tan sólo Baroja tuvo un recuerdo para la viuda:

—Y ahora, ¿cómo saldrá adelante Juanita? ¿Qué hará esa pobre mujer sin dinero, lejos de París?

Gálvez, apretando los puños, dijo:

—Yo tenía unos ahorros en el banco. Los he puesto a su nombre. Alejandro Sawa era malagueño, como yo. Griego de raza, pero nacido en Málaga.

Tenía el pelo alborotado por la generosidad o la vida de crápula, repartido en greñas que lo aureolaban con una nube de oro negro. A Ramón, la muerte de Alejandro Sawa lo dejaba frío e inapetente, como dejan frío e inapetente los crímenes de los suburbios al niño mimado de un barrio céntrico. Alejandro Sawa, como Pedro Luis de Gálvez, pertenecía al suburbio de la literatura, a ese asilo de cochambre y olvido en el que se recluyen los desposeídos de las letras. Ramón, que más tarde, en su época gloriosa de Pombo, aceptaría como discípulos a señores que habían sido alcaldes de Ciudad Rodrigo o tratantes de ganado en Zafra, no aceptaba ni reconocía a Alejandro Sawa, porque su concepto caudaloso de la literatura, en donde tenían cabida por igual madrigalistas empalagosos y apóstoles de la vanguardia, exigía guantes blancos y traje de etiqueta. Gálvez y el difunto Sawa eran los últimos fieles de una religión extinta, limosneros de la literatura que, para escribir un buen soneto, necesitaban revolcarse en los márgenes de la clandestinidad. La nueva literatura que Ramón abanderaba no admitía entre sus filas a señores que desconocían el uso del jabón.

—Pues yo, con su permiso, pienso acercarme al velatorio —dijo Valle, poniéndose de pie, como un espectro adelgazado de metáforas.

Baroja se había incorporado con menos donosura, exagerando unos achaques que no tenía:

—Déjeme que le acompañe.

—Propongo que vayamos todos juntos, en señal de duelo —dijo Gálvez, con el asentimiento de Carrere.

—¿Habráse visto gente más desagradecida? ¿Para eso preparo yo homenajes? Primero el homenajeado se hace esperar, y luego, cuando por fin llega, provoca la desbandada de los invitados.

La muerte de aquel bohemio borroso había malogrado la velada organizada por Colombine, que intentaba inútilmente impedir la dispersión, cayendo sobre sus invitados como un murciélago hembra, pegajoso de cortesía y anisete.

—También tendrá que disculparme a mí, señora Colombine, pero es que se me cierran los ojos —se excusó Nakens, más decantado hacia la muerte que hacia el sueño—. Otro día nos reuniremos.

—Y yo tengo que llegar al cierre de la edición —dijo don Miguel Moya, con esa mala conciencia furtiva del hombre que, la noche anterior, le había negado al difunto Sawa una colaboración.

Uno tras otro, los invitados fueron desfilando, escamoteándose de una anfitriona que en el fondo les aburría. Colombine sólo logró retener a Ramón, que ya se había resignado a compartir lecho con aquella soltera recalcitrante que le doblaba la edad; en el fondo, lo que el joven escritor esperaba sacar de aquel idilio —además de protección en las noches de tormenta— era material para sus greguerías. A lo mejor, los senos de Colombine manaban horchata de chufa.

—Hasta mañana, señora Colombine —me despedí. Sarita, su hija, me miraba marchar con un deseo todavía no formulado.

—Oye, Fernandito, no se te ocurra ir con esos señores, que eres muy pequeño para trasnochar. Además, tu padre estará intranquilo.

—No se preocupe, señora Colombine. Mi padre ya llevará un rato dormido.

Dormido, o tal vez náufrago en su soledad, habitada de estirpes fantasmagóricas. El salón de Colombine se había quedado casi vacío, infeliz y sucio como una muchacha a quien su novio abandona, después de un desahogo venéreo. Bajé las escaleras de tres en tres, y salí a la calle detrás de Gálvez, Carrere, Baroja y Valle, que no pusieron reparos a mi compañía. En la noche confusa de olores vernáculos me sentí traspasado de literatura, como si un asesino bondadoso me hubiese herido por la espalda con la hoja de su cuchillo. Aquella herida no iba a cicatrizar nunca.

Camino del callejón de las Negras, donde Alejandro Sawa había alquilado años atrás una buhardilla, y donde se celebraba el velatorio de su cadáver, Valle se paraba en las esquinas, se desabotonaba la bragueta y sacaba un falo laberíntico de venas, curtido de soles íntimos, que sostenía con su única mano, como si de una serpiente doméstica se tratara. Valle aguardaba unos segundos, mientras le acudía el orín a la uretra, y al final soltaba una meada parabólica, rotunda como la de un caballo, pero turbia de una sustancia rojiza.

—Es que padece hematurias —susurraba Baroja, con un secretismo no exento de malicia.

—¿Y qué es eso? —preguntaba yo.

—Pues que orina sangre.

Valle se mantenía ajeno a nuestros cuchicheos, digno como un hidalgo leproso, soltando aquella meada que le brotaba del alma. Su falo se iba refrescando de luna, y se aquietaba entre contracciones; abajo, sobre los adoquines, quedaba un charco que parecía el vestigio de un altercado con navaja.

—Eso tiene que doler de cojones —dictaminó Gálvez—. No le arriendo la ganancia.

Pero Valle se incorporaba al grupo sin síntomas de dolor: el cultivo de la literatura lo predisponía a esta forma de ascetismo. El callejón de las Negras tenía un espesor de vino barato y esclavitud hacinada, un olor casi africano. A la buhardilla de Alejandro Sawa se subía por una escalera de peldaños desiguales, como derrengada por el peso de muchos ataúdes. No había timbre ni aldaba en la puerta, así que pasamos sin llamar; en el centro de una habitación reblandecida de humedades, con las paredes empapeladas de autógrafos de escritores que lo habían abandonado en la hora definitiva, se hallaba el cadáver de Alejandro Sawa, embellecido por una rigidez faraónica. Un quinqué al que casi se le había agotado el aceite alumbraba su rostro de párpados cerrados, sus barbas de nazareno que seguían creciendo, ajenas a la gangrena paulatina de la muerte. Tenía una cabeza grande, de vagabundo aristócrata, que parecía esculpida en escayola. El ataúd perfumaba la buhardilla con un olor de resina y bosque, el incienso de los velatorios pobres.

—Juanita, te acompañamos en el sentimiento —dijo Valle.

Jeanne Poirier, la viuda de Alejandro Sawa, era una mujer de perfil avejentado y canoso, que quizás hubiese sido rubia y bella en su juventud, en aquel París de poetas parnasianos y simbolistas que Sawa llegó a conocer. Una luz funeraria se colaba por la claraboya y se derramaba sobre el ataúd, haciéndolo zozobrar. Jeanne Poirier se quedaba viuda en una ciudad hostil, de idioma jeroglífico, con una hija pequeña, que se retorcía en un rincón, poseída por la epilepsia de la orfandad. Desde que la ceguera acometiese a Alejandro Sawa, ambas habían mendigado por periódicos y editoriales, intentando colar cuentos y artículos que Sawa les dictaba letra a letra (ambas eran reacias a la ortografía), en un ejercicio agotador y estéril del que se resentía la sintaxis. Jeanne Poirier agradecía con una sonrisa desmayada las palabras de pésame que iba recibiendo, palabras que gravitaban unos segundos en la penumbra y luego escapaban por entre las grietas de las paredes.

—Juanita, ya sabes que, cuando lo necesites, puedes recurrir a nosotros.

La piel de Alejandro Sawa había cobrado una textura como de pergamino. La buhardilla iba adquiriendo una temperatura humana, a pesar de la lluvia que de repente empezó a caer, repiqueteando sobre la claraboya y el tejado.

—Una tormenta de verano. Durará poco.

El cadáver de Alejandro Sawa, a la luz apolillada del quinqué, iba adquiriendo ese hieratismo que poseen los reptiles en hibernación. Los hilos de lluvia correteaban sobre el cristal de la claraboya, y también, por un curioso efecto óptico, sobre el rostro de Alejandro Sawa, bruñido de muerte, que, con el reflejo del agua, parecía desmenuzarse. Comenzaron a llegar en riada hombres andrajosos y cabizbajos, miembros o cofrades de una especie de sociedad cooperativa que Alejandro Sawa había acaudillado hasta su muerte. Encabezaba el grupo un bohemio de barba roja, emigrado polaco, llamado Ernesto Bark; se había granjeado en

Madrid cierta fama como estratega en atentados de poco fuste, tan grotescos como inofensivos: tracas de petardos en algún desfile militar, barreños de agua arrojados desde los balcones en las procesiones del Corpus, etcétera. Presumía (pero nadie se había molestado en verificar sus afirmaciones) de haber obtenido el título médico por la Universidad de Cracovia. Ante la pasividad o estupor de los asistentes, se acercó al cadáver de Sawa y, después de aflojarle la mortaja, arrimó la oreja al pecho.

—¡Está vivo! ¡Aún late su corazón! —gritó como un orate.

Nadie le prestó atención al principio, pensando que deliraba, pero insistió tanto, y adujo tantos precedentes clínicos, que logró suscitar la credulidad de algunos. La viuda Poirier, exhausta de dolor, preguntó sin ironía:

—¿Y qué hace, entonces? ¿Dormir la siesta?

Gálvez, que había leído las narraciones de Poe, en traducción de Baudelaire, dijo:

—Tal vez nos hallemos ante un caso de catalepsia...

—Eso, eso, catalepsia —corroboró Ernesto Bark, dando un puñetazo al aire—. Desde que entré aquí tuve ese presentimiento. Vamos a despertarlo ahora mismo.

La noche añadía al cadáver de Alejandro Sawa una belleza meridional, casi arábiga. La tormenta aniquilaba los contornos de las cosas y arrojaba una metralla líquida que nos hacía viejos y pesimistas. Bark agarró el cadáver de Sawa por las solapas de la chaqueta y lo zamarreó con violencia, despeinándole la melena. Un clavo con la punta torcida que asomaba en el ataúd arañó la frente de Sawa, justo en el lugar donde años atrás Víctor Hugo lo había ungido con sus besos (desde entonces, y según la leyenda que circulaba por Madrid, Sawa no se había vuelto a lavar la cara); brotó un hilo de sangre que cuajó enseguida.

—¡No lo decía yo! A los muertos, cuando les pinchan, no les sale ni gota. ¡Alejandro, yo te invoco, regresa al mundo de los vivos!

Los relámpagos atravesaban la noche como cicatrices repentinas, y las barbas de Ernesto Bark parecían incendiarse con un penacho de fuego. Pidió una vela y probó a verter cera derretida sobre la herida reciente, pero el semblante de Sawa no se contrajo.

Carrere propuso hacer la prueba del espejito; sonó un trueno y, a continuación, infringiendo las leyes de la naturaleza, llegó el relámpago, sobrecogiéndonos con su itinerario quebradizo y mortal. Justo entonces, Valle se interpuso con esa hidalguía de los muy caballeros:

—Quienes deseen aprender anatomía, que se apunten a la facultad de San Carlos. Un respeto a los muertos.

Había hablado en un tono conminatorio al que nadie osó rechistar. Entre los asistentes al velatorio se contaba Enrique Cornuty, el lazarillo que Sawa se había traído de París. Era feo, bisojo y juanetudo, y cultivaba una perilla que acentuaba su parecido con una gárgola. Las malas lenguas aseguraban que había recibido una jugosa herencia, y que Sawa se la había esquilmado, tras embaucarlo con palabras persuasivas y lapidarias, porque Sawa hablaba en libro, y reservaba para la conversación la brillantez que se echaba de menos en sus obras.

—¡Amigo queguido! —gangoseaba Cornuty, al estilo gabacho—. ¡Nunca volvegá a habeg un hombge como tú! ¡Nunca!

Impúdicamente, cayó de rodillas y empezó a llorar. Lo acompañaba un perrazo grande como una mula, acezante y mohíno; tenía una piel moteada en la que se entrecruzaban todas las razas caninas. Era *Belami,* el perro que acompañaba a Sawa en sus caminatas.

—También sufren los animales —apuntó Gálvez, que tenía los ojos llorosos, y se los secaba con los puños cerrados.

Belami olfateó el cadáver de su amo y le pasó por la frente una lengua larga y caritativa, borrando la herida que acababa de hacerle aquel clavo herrumbroso. Sus gañidos fueron agigantándose, hasta acallar el fragor de la tormenta. Los bohemios se compadecían del animal, y le acariciaban el lomo famélico; se destacaba, por su serenidad y dotes de mando, un joven poco agraciado físicamente, con la piel de la cara mordida por el herpes y de un color entre amarillo y verdoso, como de gargajo; firmaba con el seudónimo de Dorio de Gádex, y se jactaba de ser hijo ilegítimo del mismísimo Valle-Inclán.

—Don Ramón, ese tipejo dice que es usted su padre —cuchicheó Baroja, emboscado en su bufanda, con más ganas de propiciar broncas que de informar.

—¿Cómo ha dicho usted? ¿Ese mamarracho hijo mío?

—Como lo oye. De eso presume, al menos.

Una sonrisa pequeña y esquinada dulcificó las facciones de Baroja, asomándole por debajo del bigotillo. Valle perdió su mansedumbre, transfigurado por un ardor guerrero: llevó a un aparte al impostor, que antes de justificarse ya se deshacía en reverencias y muestras exageradas de afecto.

—Mire, joven, no le parto aquí mismo esa cara de batracio por respeto al muerto. ¿Qué coños anda usted diciendo por ahí? ¿Se piensa que mi prosapia la ensucia cualquier pelagatos?

Valle, lo mismo que Baroja, le otorgaba gran importancia a las genealogías, y en especial a la propia, preservándola de contactos espurios y ramas colaterales. Dorio de Gádex bajaba la voz:

—Cuidado, don Ramón, no vayamos a organizar un escándalo.

—O me da usted satisfacción o mañana mismo le envío a mis padrinos —amenazó Valle.

Dorio de Gádex se rascó la mejilla purulenta de granos y al fin arrancó a hablar; lo hizo en un murmullo (tenía la dentadura contaminada de sarro y farsanterías), como en un confesionario:

—Fue en Cádiz, señor. Usted regresaba de Méjico. Mi madre era cupletista y buena moza, y no le importó entregar su virtud a la gloria más preclara del país.

Valle jamás había estado en Cádiz, y su viaje a Méjico lo había realizado quince años atrás (calculaba que aquel joven podría tener veinticinco, aunque las constituciones enfermizas suelen aparentar más edad), pero el elogio lo desarmó, y se rindió a la superchería. En su código caprichosísimo de valores, anteponía la mentira formulada con brillantez sobre la verdad mediocre.

—¡Ahora recuerdo, joven! —exclamó con una voz recia que alborotó el sosiego del velatorio, y, volviéndose a Baroja, que no salía de su perplejidad, tomó a Dorio de los hombros y dijo—: La madre de este chico fue una de las damas más honestas de su tiempo. Si alguien lo pone en duda, tendrá que vérselas conmigo en singular combate.

Lejos de Baroja la intención de pleitear, y menos la de darse de puñadas por un tipejo zarrapastroso. Ante el ataúd de Alejandro Sawa iba desfilando una procesión de poetastros, aquella riada de hombres sin otra riqueza que la de sus versos inéditos, sacerdotes de una religión extinta, soldados de un ejército erosionado por la barbarie de una época que ya no les pertenecía. Se habían subido todos al barco de la bohemia, pero el tiempo, la fatalidad o el mero azar los habían castigado a navegar por océanos sin destinatario, con la bodega haciendo aguas y las velas desgarradas. Ya no les quedaba otro remedio que morir de hambre o ahorcarse del palo mayor, para escarnio y alimento de tiburones. La bohemia, que había nacido por oposición a una sociedad filistea que ya no quería ejercer su mecenazgo sobre el escritor, iba a ser devorada o estrangulada por una joven generación, a medio camino entre el gamberrismo y las vanguardias, integrada por escritores a tiempo parcial que vendrían a sustituir ese ideal del *escritor perpetuo* hasta entonces vigente, escritores dotados de una ambición escasa, pero de un gran sentido práctico, que reducirían la literatura a pasatiempo, afición más o menos aplicada o mero diletantismo. El nuevo siglo iba a borrar de un plumazo al escritor heroico e inadaptado, y lo iba a sustituir por otro, disciplinado y funcionarial, que se encerraba en su despachito para escribir una frase por semana.

Ante el ataúd de Alejandro Sawa desfilaban Pedro Luis de Gálvez, Emilio Carrere, Ernesto Bark, Dorio de Gádex y otros muchos que yo aún, niño con apenas doce o trece años, no conocía, pero que seguramente irán apareciendo en estas páginas, como aquel Pedro Barrantes, bondadoso y ebrio, que, al inclinarse sobre el ataúd, se despojó de su dentadura postiza, para que su beso último no lastimara al muerto. Todos, al pasar, iban improvisando endecasílabos, embalsamando de ripios a Alejandro Sawa, que moría como un monarca de la bohemia, bajo un cielo amoratado que se estrellaba contra el vidrio de la claraboya. La buhardilla, de repente, se convirtió en una cueva apenas alumbrada por el quinqué.

—Vámonos. Aquí ya no pintamos nada —dijo Valle.

Salimos al callejón de las Negras, Baroja, Valle, Carrere, Gálvez y yo, aplastados aún por el mensaje último de la muerte. La noche, después de la tormenta, había recuperado su pureza originaria. Caminábamos en silencio, deteniéndonos de vez en cuando para que Valle se vaciara de hematurias que ensuciaban los charcos con un repiqueteo; observé que sus botines se habían salpicado con pequeñas gotas de sangre, como aves de blanco plumaje inmoladas en algún sacrificio bárbaro. Mientras Valle se abotonaba la bragueta, Gálvez se recostó en una esquina, para encender un cigarro; formaba una estampa de tenebroso costumbrismo, con un trozo de pared al fondo y un farol que le alumbraba la barba casi azul, la piel cetrina, poblada ya de arrugas, a pesar de su juventud.

—¿Alguien se viene conmigo a la calle de Ceres?

En la calle de Ceres se hacinaban, como en un arrabal de leprosos, las mujeres de la vida que no habían encontrado un refugio más habitable. Yo, que jamás había frecuentado esa calle, había oído hablar de su mezcolanza de lupanares y confiterías, de cafetines y anticuarios, de librerías de saldo y mataderos que extendían su olor de carne descuartizada. Carrere ya se había incorporado a la expedición; Baroja y Valle, envanecidos por un sentimiento de clase, preferían infectarse de gonorrea con las meretrices del café Regina, que les escuchaban sus disquisiciones sobre las guerras carlistas y les hacían cosquillas en el escroto en el trance del orgasmo. Voceé, viendo que Gálvez y Carrere ya se alejaban, rumbo a una madrugada de pecados mortales:

—¡Yo también quiero ir con ustedes!

Gálvez se volvió, brusco como una herida; tenía la voz amortiguada por el desdén:

—Tú te quedas ahí. En el sitio al que vamos no se admiten mocosos. Además —añadió, reanudando la marcha—, eres un señorito de mierda. A mí es que me joden mucho los señoritos.

Creo que lo odié, con toda la arbitrariedad ofendida de mis doce o trece años. Sobre los tejados húmedos, se oía el aullido de un perro: quizá fuese *Belami,* que se despedía de su amo.

II

La campaña de Marruecos nos iba trayendo, como mercancías mortales, las remesas de soldados caídos, con el uniforme todavía manchado de coágulos y los ojos condensados de pavor. A lo largo de casi un semestre, en las estribaciones del monte Gurugú y en el llamado Barranco del Lobo, los moros desplegaron una estrategia simple, más antigua que los ejércitos, de emboscadas y ataques por sorpresa, al abrigo de un terreno que conocían mejor que el entramado de sus vísceras. Los soldados españoles, mientras tanto, morían sin demasiado aspaviento, entre las ruinas de un Imperio en el que ya nadie creía, ni siquiera nuestros gobernantes. El olor de la mortandad germinaba en Madrid y extendía sus vapores por las calles, abofeteaba las conciencias y nos sumergía en ese clima viscoso que sólo poseen las pesadillas y los mataderos.

Yo subía a casa de Colombine a leer los *Episodios Nacionales* de don Benito Pérez Galdós, colocados en hilera sobre una estantería, para refrescarme en el magma cruel de nuestra Historia (perdón por la mayúscula). Sarita, la hija de Colombine, pegaba sus mocos en los márgenes de los libros, para entorpecer mi lectura, y mientras yo me esforzaba intentando despegar las hojas sin desgarrarlas, me manoseaba la bragueta y me practicaba unas masturbaciones hábiles y perplejas con sus manos que ya olían a pubertad, mientras los cadáveres de los soldados españoles se amontonaban en el Barranco del Lobo, como escombros humanos, iluminados por el epitafio sangriento de la luna. Pedro Luis de Gálvez había sido nombrado por don Miguel Moya corresponsal de guerra en Melilla, desde donde mandaba unas crónicas inactuales que *El Liberal* publicaba por obligación, pues alguna noticia tenía que ofrecer a sus lectores sobre el desastre africano. Sarita me enseñaba su pubis lampiño, y yo le abría aquellos labios que nadie había besado aún, y le buscaba con el dedo índice la membrana del himen, como una película de celuloide blando. Leíamos cada mañana las crónicas de Gálvez, lastradas por una prosa arcaizante, contradictorias con ese rudimento básico del periodismo que exige presencia inmediata en el corazón de la noticia. Sarita se dejaba ensalivar el surco de las nalgas, el perineo breve, la vulva que ya crecía con una hinchazón incipiente, y me anegaba en la materia caudalosa de sus flujos; nuestras masturbaciones transcurrían como una gimnasia muda, como acrobacias furtivas, pues no convenía llamar la atención de su madre. Reproduzco a continuación una crónica de Gálvez, titulada *La leyenda del río,* que a Sarita le gustaba escuchar después de nuestros escarceos, y que yo leía en voz alta, reposadamente, incrédulo de que aquello pudiera llamarse "crónica de guerra":

Cuéntase que un mercader judío nombrado David habitaba en Melilla una casita no distante del lugar donde se encuentra hoy el barrio del Polígono, y que este mercader tenía una hija tan linda, discreta y bien compuesta que, cuantos mozos la veían, quedábanse al punto prendados de su gentileza y hermosura. Yasiva era el nombre de la muchacha. Y sus cabellos tan rubios como el trigo maduro, y tan negros sus ojos como el interior de la casa de su padre en noche de sábado. Flor de nardo parecía su piel por lo blanca. Era su boca pequeña, y tan roja como las rosas de Jericó. Tenía su cuerpo fino la agilidad de la cervatilla; su voz era música y miel; el tabernáculo de sus pechos, más codiciado y rico que el tabernáculo del templo de Salomón.

Guardábala su padre con el mismo exquisito cuidado que guardaba sus cuantiosas riquezas; pues ha de saberse que el viejo David poseía enormes cantidades de oro, plata y piedras preciosas, cobradas en el comercio de sedas con Alejandría; y que tenía además dos bajeles que iban desde la costa africana hasta Málaga y Cádiz con la opulencia de sus mercaderías: riquísimas telas de Oriente, ajorcas valiosísimas, aljófares de Golconda, brocados de Damasco y la desmedida avaricia de su dueño.

Presentóse un día en casa de David el hijo de otro mercader, amigo suyo, que en Córdoba negociaba al amparo de las leyes de aquel sabio príncipe que ciñó a sus sienes de bronce una corona de mirtos. Y, cual a todos acontecía, prendóse el cordobés de Yasiva, siendo la mayor desventura del viejo David que Yasiva quedase a la vez prendada de Isacar —así era el nombre del atrevido cortejador—, bello como Absalón, y tan enamoradizo como bravo; y cuentan que bravo lo era mucho.

No se detiene la leyenda en relatarnos minuciosamente los amores de Isacar y Yasiva. Nos dice tan sólo la coyuntura en que se conocieron; que tenazmente se opuso David a estos amores, sin otro consejo que el de su avaricia; y luego nos da cuenta del trágico fin de los amantes, precipitándose juntos en el río.

Érase una noche del mes de Nizán. David, el anciano mercader de la barba copiosa y florida, leía en su costrosa Biblia de pergamino un versículo del Libro de Job, cuando golpearon fuertemente la puerta de su casa. Levantóse reposadamente y abrió.

Un vecino llegaba a noticiarle la catástrofe.

Desgarró el viejo avaro sus vestiduras, puso ceniza sobre su cabeza y corrió hasta la orilla del río, exhalando gritos de angustia, partido el corazón de padre en dos mitades.

Y vio flotando sobre las aguas la rubia cabellera de Yasiva, como un disco de oro que arrastrara la corriente hacia el mar.

Y entonces el viejo soltó una risa de locura, y, extendiendo los flacos brazos, pidió a grandes voces le rescatasen aquel oro que había sido robado a sus arcas.

—¡Yo daré un dracma y otros dos al que me traiga el oro del río!

Y todas las tardes, hasta el último día de su vida, fue a sollozar David junto a las aguas de la Muerte; y si, por acaso, encontraba algún pastor que abrevaba el ganado o un arriero que daba de beber a su recua, decíale al punto:

—Yo te daré un dracma y otros dos si me traes el oro del río.

Tal es la leyenda trágica de las aguas del río Oro, que fueron *regalo del paladar y aquietamiento del estómago. Y os digo que la escuché de labios de una hebrea tan linda, discreta y bien compuesta como debió de serlo la infortunada Yasiva.*

También en el salón de Colombine se leían y comentaban las crónicas de Pedro Luis de Gálvez, con más rechifla que indignación, hecha la salvedad de don Miguel Moya, que asistía acongojado al descenso de ventas de su periódico: el público solicitaba una información puntual y necrológica sobre las campañas africanas, y Gálvez sólo mandaba leyendas aliñadas de folclore y arcaísmos.

—Ustedes, los escritores —bramaba, dando golpes con el puño sobre la mesa camilla—, son la perdición de un periódico. Anteponen el lucimiento personal al negocio, y eso no puede ser.

La noche se desplomaba con estrépito, como un armario arrojado desde los desvanes de Dios. Don Miguel Moya se atusaba la barba entreverada de fideos y rumiaba una venganza contra ese corresponsal que amenazaba con arruinarlo. Sarita y yo nos incorporábamos a la tertulia, después de las masturbaciones vespertinas, y sonreíamos con una timidez taimada, al comprobar las tribulaciones de aquel magnate de la prensa. Cansinos-Asséns, el novio de Ketty, contagiado de nuestro regocijo, mostraba su dentadura de caballo mansurrón. Don Miguel Moya lo reprendía:

—¿Y usted de qué coños se ríe? ¿Le hace gracia que yo me arruine, o qué?

Represión que borraba de sus labios todo vestigio de hilaridad y lo hacía retraerse, como a un molusco que se refugia en su concha. Ketty le acariciaba el cabello levemente ensortijado, como quien acaricia las crines de un potro. Su hermana, Colombine, se afanaba preparando su equipaje, que ya abarcaba varios baúles; *El Heraldo,* órgano de la prensa izquierdista, la destinaba a Melilla, a cubrir la información de retaguardia. Parecía orgullosa de ser la primera mujer española con corresponsalía de guerra:

—Yo creo, don Miguel —dijo, rebatiendo la afirmación que acababa de formular el director de *El Liberal*—, que el lucimiento personal del escritor y el negocio del periódico no están reñidos. Lo que pasa es que usted se ha puesto en manos de un pillo.

Colombine profesaba una especie de rencor bondadoso (si la contradicción es admisible) a Pedro Luis de Gálvez, desde aquel miércoles, algo lejano ya, en que el bohemio desdeñara el homenaje que la escritora le ofrecía, a modo de bienvenida.

—Ya verá cómo las crónicas que yo publique en *El Heraldo* no van a ahuyentar a los lectores —subrayó.

—Así que se nos marcha, Carmen. Pues espero que tenga suerte y que los moros no se le echen encima —dijo don Miguel Moya, con malicia demasiado tosca—. ¿Y cómo ha recibido la noticia su querido Ramón?

Colombine ensayó un pucherito poco convincente:

—Pues cómo quiere que la reciba: con gran desconsuelo. El pobre muchacho se desvive por mí.

En realidad, se iba a Melilla un tanto saturada por las atenciones que le prodigaba Ramón Gómez de la Serna, su recién estrenado amante, aquel doncel achaparrado y voluble que había pasado de la indiferencia o indefinición sexual al deslumbramiento por la mujer, o, más en concreto, por los senos de la mujer, esos órganos dúctiles que inspiraban su literatura y la nutrían de metáforas dulces como leche condensada.

—Usted, con su vida íntima, puede hacer lo que le venga en gana, pero a mí ese Ramón me parece un pelmazo —dijo don Miguel Moya—. Sólo sabe escribir pijaditas.

Ramón había conseguido suscitar cierta antipatía entre los asistentes al salón de Colombine, que lo consideraban una especie de niño precoz y pedantuelo. La hostilidad se había hecho tan notoria que la anfitriona había excluido a su amante de aquellas tertulias de los miércoles para evitar fricciones; a cambio, Colombine reservaba para Ramón el último rinconcito de la noche. Cansinos-Asséns, el pretendiente de Ketty, no desaprovechaba ninguna oportunidad de denigrar al ausente:

—Yo opino lo mismo que usted, don Miguel: ese chico es un escritor de muy poco fuste, un vendedor de retales.

Lo había dicho con una voz fatigada, casi puesta de rodillas.

Colombine salió en defensa de su amante:

—Prefiero a un vendedor de retales, si es honesto con su mercancía, que a uno de esos charlatanes que quieren venderte una pieza de tela de muchos metros con agujeros de polilla.

Su comentario iba dirigido contra el propio Cansinos, que escribía en un estilo funesto y como enjaulado en sí mismo. Ketty salía en defensa de su novio, ya que él, por timidez o vagancia, no reaccionaba:

—Pues a mí, Carmen, tu prometido me parece que actúa como un payaso.

—Perdona, Ketty, pero a lo mejor es que los tiempos que corren exigen un poco de histrionismo. Hay que atraer la atención del público como sea.

Don Miguel Moya denegaba con tozudez; parecía un buey que espantase moscas o pensamientos lascivos:

—Como sea, como sea, no. Fíjense en Gálvez: escribe esas chuminadas para no pasar desapercibido. Tendré que relevarlo en la corresponsalía, o despedirlo sin más preámbulos.

A eso de la medianoche, cuando el último tranvía discurría por Serrano, aparatoso como un rinoceronte sonámbulo, se disolvían las veladas, en un clima de bostezos y ojos escocidos de legañas. Al cuarto de hora escaso, llegaba Ramón, como un príncipe que disfruta de sus dominios en la clandestinidad; después de disparar algunas greguerías, mandaba a Colombine que se recostara sobre un diván y le exigía:

—Desabotónate la blusa.

Colombine obedecía, con resignación vacuna, y dejaba que Ramón le aflojara el sostén y liberara sus senos, que enseguida empezaba a magrear, como un xilofonista de anatomías invertebradas. Sarita y yo asistíamos al espectáculo táctil desde el vestíbulo, apostados detrás de la puerta, y comprobábamos que Ramón, por razones de escrúpulo estético, no incurría en el coito: entendía el sexo, igual que la literatura, como un ejercicio de malabarismo y cosificación, de ahí su preferencia por los preliminares.

—¿Ves cómo para ponerse cachondo no hace falta meterla en el agujero? —me decía Sarita.

Y allí mismo, en el vestíbulo, perpetrábamos un simulacro sexual que ya se iba haciendo aburrido, y nos besábamos someramente, pues la saliva de Sarita, mezclada de mocos, me producía cierta repugnancia, como ya consigné. Sarita me masturbaba con una codicia sedienta, como si quisiera extraer agua de un pozo; a fuerza de repetirse, fue aminorando mi pasión y agotando mis reservas seminales, todavía exiguas, pues acababa de inaugurar la pubertad. Ramón, después de su ración de xilofonía carnal, se quedaba dormido, acurrucadito sobre el regazo de Colombine.

—Este muchacho no tiene remedio —se lamentaba ella.

El sexo sin penetración, que como rareza o capricho puede resultar entretenido, llega a convertirse en una condena sin alicientes que ni siquiera obedece a la satisfacción previa del pecado. Me despedía de Sarita y bajaba por las escaleras crujientes de sigilo y carcoma hasta la planta del caserón que mi padre se había reservado como vivienda, una planta desdoblada en habitaciones como nichos que ya iba cobrando cierto aspecto de bodega sin ventilación o catacumba donde se almacenan cadáveres putrefactos de olvido. El cáncer óseo o los remordimientos de conciencia habían postrado a mi padre en la cama; en su habitación, se respiraba un aire contaminado de bacterias y de fantasmas. Reclinado sobre la almohada, asomaba su rostro de facciones como de pergamino; en las sienes le palpitaban unas venas obturadas de sangre reseca o medicamentos adulterados.

—¿Has visto a tu madre? —me preguntaba, con una voz prófuga en los laberintos de la locura.

—Madre murió hace muchos años. Descanse y no diga bobadas.

Su cuerpo se iba descomponiendo desde dentro, en una gangrena inversa a la que sufrían los soldados destacados en el monte Gurugú y en el Barranco del Lobo. Colombine viajó a Melilla, decidida a cambiar el curso de la guerra, y empezó a mandar unas crónicas indignadas, dirigidas sobre todo a esas madres proletarias que se quedaban huérfanas de hijos, exhortándolas a la esterilidad, unas crónicas de un feminismo rudimentario (frente al feminismo científico que vendría después) que fueron recibidas con entusiasmo en Madrid, al revés que los artículos añejos que enviaba Gálvez. Aunque frecuentaban ambientes más bien dispares y casi refractarios, Colombine coincidió en un par de ocasiones con Pedro Luis de Gálvez en la oficina de telégrafos: iba vestido —según nos contaría a su regreso— al estilo bereber, con chilaba y turbante y babuchas de un color pardusco, como de arena sucia; lo acompañaban un par de muchachas indígenas (probablemente putas, pues no se cubrían el rostro con un velo) con las que se entendía en un dialecto entre español y beduino, una especie de aljamía que restaba sordidez al cortejo. Seguramente, a Pedro Luis de Gálvez le gustaban las moras porque le recordaban a las gitanas del barrio de Trinidad, en Málaga, pero con más roña intrauterina. A Colombine le había costado reconocer a Gálvez, no sólo porque su indumentaria dificultase sus facciones:

—Tenía un aspecto feroz y renegrido, como esos hombres del desierto. Su salario de corresponsal se lo gastaba en tabernas. ¡Cómo le apestaba el aliento!

Me imaginé a Gálvez hablando con una voz pastosa, por culpa de aquel vino africano que se coagula en la garganta, como una sangre con excedente de plaquetas. Acababa de recibir un telegrama de don Miguel Moya, en el que se le comunicaba su despido, y sus ojos refulgían con un brillo anticipatorio del delito.

—Me aseguró que se vengaría —dijo Colombine, con un escalofrío—. Y vaya si se vengó.

Sin escrúpulos patrióticos ni de ningún tipo, Gálvez decidió colaborar con los moros que asediaban el monte Gurugú. Empezó a traficar con mulas, un negocio que, años más tarde, en el curso de la Gran Guerra, haría ricos a muchos ganaderos españoles que, con el beneplácito de Romanones, comerciarían con sus recuas a través de los Pirineos: la mula española es un animal obstinado, sordo y estéril como el argumento de un político, una bestia que no se arredra en el fragor del combate. Gálvez, perdidas ya esas reticencias iniciales que dificultan el desarrollo de los bajos instintos, planeó los pormenores de aquella operación: compró media docena de mulas al ejército español, presentándose como periodista y poniendo a don Miguel Moya como garantía de pago; luego, inició tratos con las cabilas atrincheradas en el Barranco del Lobo. La transacción se llevó a cabo en el interior, junto a los oasis de Tafilalet; Pedro Luis de Gálvez consiguió revender las mulas por una suma que triplicaba su precio originario (un precio que ni siquiera había tenido que desembolsar, pues el ejército español había aceptado el aval ficticio de don Miguel Moya). Con los beneficios de la reventa, pudo comprar mil y una noches de amor mercenario.

A su regreso de África, Colombine narraba las trapisondas de Gálvez con mucho aspaviento e indignación, que lograba transmitir a sus oyentes. Sólo yo la escuchaba con una fascinación trémula y admirativa: la figura de Gálvez se agigantaba a mis ojos, envuelta en una aureola de prestigio delincuente. Yo, de mayor, quería ser como Gálvez; quería, incluso, excederlo en sus hazañas.

El principal perjudicado por esta bellaquería, don Miguel Moya, tuvo que satisfacer su deuda con el ejército sin atreverse a formular preguntas sobre el destino de aquellas mulas, por no verse envuelto en un escándalo de alta traición, justo entonces, cuando su periódico suplía la escasez de noticias sobre la guerra del Rif hurgando en las alcantarillas del poder, exhumando fondos de reptiles y comisiones poco ortodoxas y acusando a varios inspectores de prisiones de haber formado una trama que desviaba a sus bolsillos parte del presupuesto destinado a la manutención de los reclusos. El contubernio, que salpicó a varios funcionarios del Ministerio de Gobernación, se habría dirimido ante el Tribunal Supremo, después de muchos recursos y meandros judiciales, si los fiscales de este tribunal, entre quienes se encontraba el padre de Ramón Gómez de la Serna, hubieran hallado motivos para fundamentar una acusación (pero quizá ellos también participaban en el reparto de beneficios); las organizaciones anarquistas, que por entonces abastecían las prisiones del país, anunciaron represalias contra el estamento judicial. En ausencia de Colombine, que seguía atendiendo su corresponsalía en Melilla, Ramón buscaba consuelo en su hermana Ketty; entraba en el caserón de la calle Serrano y anunciaba, con una voz de plañidera:

—Los anarquistas le mandan anónimos a mi padre, y lo amenazan con secuestrar a sus hijos.

A Ramón, nacido con vocación feliz y despreocupada, se le venían encima unos acontecimientos tan caudalosos como su propia literatura, y lloraba sin pudor (nunca lo tuvo: era un exhibicionista) sobre el regazo de Ketty, siempre húmedo a causa de los tocamientos y manipulaciones deshonestas. Su novio, Cansinos-Asséns, la malquistaba contra Ramón, a quien ya profesaba una rivalidad sorda y asimétrica: sorda, porque nunca se atrevió a expresarla; asimétrica, por esa ausencia de reciprocidad que Cansinos encontró siempre en su antagonista: mientras él cultivaba un odio minucioso, Ramón se limitaba a ningunearlo.

—¡Mira que si me secuestran los anarquistas y piden rescate por mí! ¡Imagínate el disgusto de mis padres!

Ramón había olvidado el monóculo sin cristal y la pipa sin tabaco y los demás adminículos que utilizaba para confundir a sus interlocutores; su llanto resonaba en el salón, hueco y definitivo como la digestión de una ballena muerta. Cansinos le propinaba puñetazos en el pecho, exigiéndole entereza, aunque, a juzgar por la saña que empleaba, más bien parecía querer hundirle el esternón. A Ramón, con el berrinche, se le subía a los mofletes toda la sangre de repuesto.

—Lo que debe hacer es independizarse, como hemos hecho los demás —le aconsejaba Cansinos, con una malicia que no se conciliaba demasiado bien con su cara de percherón bondadoso—. Hágame caso: alquílese un estudio por ahí, usted tiene medios.

De modo que Ramón alquiló un estudio en la calle Velázquez, esquina con Villanueva, con vistas al bosque clausurado del Retiro. El estudio, que él, pomposamente, llamaba Torreón, lo decoró (o mejor, lo atestó) con figuritas y retratos y armatostes más o menos desvencijados que iba rescatando de sus peregrinaciones por el Rastro. Forró el techo con un papel azul cobalto y lo tachonó con estrellas de hojalata y bolas de colores, como un árbol de Navidad. El Torreón era en realidad un cuchitril bajo y estrecho, con pretensiones de nicho y temperatura de placenta: justo lo que su inquilino necesitaba para sustituir la maternidad de Colombine. Ramón nos invitaba, a Sarita y a mí, a pasar las tardes en el Torreón; nos recibía en zapatillas, con una bata muy apretada que estrangulaba su barriga y dificultaba su respiración. Sarita, yo creo que por fastidiar, aprovechaba que Ramón no la miraba para hurgarse las narices y rebozar sus mocos en las figuritas de porcelana.

—¿Y de dónde has sacado este pájaro tan raro?

Ramón compraba canarios de trapo que encerraba en jaulas de barrotes sobredorados, con forma de pagoda china; si se les apretaba un resorte, los canarios lanzaban unos trinos de resonancias metálicas. Además del pájaro de trapo, había cajas de música que tocaban himnos patrióticos y relojes de bronce unánimes, quiero decir sincronizados. Entrar en aquel recinto era como hacerlo en el despacho de un aduanero que, por perversidad o mero afán acaparador, confiscase a los turistas todos los objetos de adorno o *souvenirs* que hubieran adquirido en sus visitas al extranjero. Ramón tenía el vicio del chamarilero, y aspiraba a rodearse de un Rastro en miniatura.

—¿Y para qué te sirve este catalejo, Ramón?

—Es para ver las ardillas del Retiro.

Mentía: por las noches (que él pasaba en vela, escribiendo con una tinta insomne), espiaba a las parejas de enamorados que intercambiaban flujos en la fronda, y analizaba sus besos con técnicas de laboratorio, pues sólo a través de este recurso distanciador (y no a través de su mero disfrute) llegaba a comprender el fenómeno del amor entre adultos. Con el alba, después de una noche ajetreada de literatura y *voyeurismo*, Ramón caía en la cama como quien entra en un sueño de cloroformo. Ya no se le podía molestar hasta las tres de la tarde.

—Ya sabéis, chicos: no me despertéis, a no ser que veáis venir a un facineroso con pinta de anarquista.

Sarita y yo madrugábamos para ver amanecer sobre Madrid desde el Torreón, cuando Ramón ya se disponía a encamarse, legañoso de metáforas que se le habían coagulado en las comisuras de los párpados, torpe como un sereno que ha extraviado su chuzo y su farol. Había trabajado durante ocho horas ininterrumpidas sobre un escritorio de madera taraceada, en cuyos cajones almacenaba objetos que, dependiendo de su humor o del asunto sobre el que versara su escritura, propiciaban su inspiración: cuando escribía sobre mujeres difuntas (uno de sus temas predilectos), abría un cajón en el que guardaba un pollo desplumado y le acariciaba la piel granulosa y fría; cuando escribía sobre mujeres vivas, abría otro cajón lleno de una masa con levadura en la que clavaba las uñas y hundía los dedos. Así, mediante el tacto de objetos más o menos limítrofes con el asunto de su literatura, lograba comunicar a sus palabras un chispazo de genialidad. Muchas veces, Sarita y yo preferíamos cerrar los ojos para no ver los objetos que Ramón escondía en los cajones: patas de conejo, renacuajos desecados, testículos de algún animal cuadrúpedo y otras asquerosidades y desechos. El sol crecía sobre Madrid, que más que una ciudad parecía un paisaje ártico, sin fronteras ni horizontes, cuyas calles, a través del catalejo, se mostraban cóncavas y remotísimas, como replegadas en un sueño de siglos. Los mendigos del Retiro defecaban sobre la hierba, para delimitar su territorio con el olor de los excrementos, un olor que llegaba hasta el Torreón, caliente y circular como una hogaza recién sacada del horno.

—Fijaos qué montón de cuartillas he escrito hoy, chicos.

Del mismo modo que otros escriben por disciplina o por sublimación de su pereza, Ramón lo hacía compulsivamente, atiborrándose de palabras, igual que un enfermo de bulimia sacia su hambre comiendo hasta el hartazgo. Esta voracidad le producía cólicos y digestiones lentas, y le impedía escribir novelas de trama fluida; además, no había bicarbonato que la solucionase. Sarita se apartaba por un segundo del catalejo:

—¿Y cómo se distingue a un anarquista de una persona normal y corriente?

Ramón chupeteaba su pipa sin tabaco. Tenía una cara ancha, rolliza, que se le amontonaba sobre los cuellos de la camisa:

—Van mirando de reojo a todas partes. Son flacos y pálidos, como si se alimentaran con vinagre. Llevan las manos en los bolsillos de la chaqueta, para disimular el temblor que les acomete antes del asesinato.

En su adolescencia, Ramón se había juntado, por veleidad o esnobismo, con un grupo de anarquistas desnutridos, pero una bronca del padre y un par de sopapos bien dados le habían hecho distanciarse de sus doctrinas. Desde entonces, Ramón cultivaba en su vida cotidiana un anarquismo sin bombas (sus horarios, opuestos a los del común de los mortales, lo demostraban), una forma de acracia pacífica que a veces asomaba en su literatura. El otro anarquismo, desgañitado y traumático, no le interesaba lo más mínimo, por estar sometido a directrices políticas.

—¿Y por qué te persiguen los anarquistas, Ramón?

—Yo qué sé. Será porque mi padre los mete en la cárcel. Son así de burros.

—¿Y no será porque se lleva dinero del fondo de reptiles?

—Pues a lo mejor; vete tú a saber.

Los anarquistas aún poseían cierta capacidad, inédita en las sociedades modernas, para indignarse ante la injusticia. Formaban una religión de hombres hirsutos que aspiraban a instaurar un reino de buena voluntad en la tierra; en cierto modo, se asemejaban a esos cristianos primitivos que se reunían en las catacumbas, aunque careciesen de la organización y la liturgia que hicieron del cristianismo una religión perdurable. Por lo demás, los apóstoles anarquistas, lejos de imitar el boato eclesiástico, eran unos señores muy desgreñados que no imponían respeto (si acaso, inspiraban compasión); disponían, eso sí, de un martirologio profuso (quienes atentaban contra el Rey o contra sus ministros terminaban suicidándose, para que la policía no los capturase) y de una legión de vírgenes voluntariosas, disponibles para un desahogo, siempre que redundase en provecho de la causa.

—No te preocupes, Ramón. Nosotros te avisamos en cuanto veamos a un tipo con mala catadura. Descansa tranquilo.

Ramón dormía a un extremo de la buhardilla, con el techo a un palmo de distancia de su cabeza; así, cuando la lluvia reavivaba las goteras, podía amamantarse desde la cama con aquella agua filtrada del tejado, blanquecina de yeso, que él, en su disparatada imaginación, convertía en leche de la cabra Amaltea. Sarita abandonaba su puesto de vigilancia a los pocos minutos, una vez que la respiración de Ramón adquiría una cadencia rugosa, y orinaba con mala fe, como una criatura de Georges Bataille, sobre las cajas de música que ya nunca más volverían a tocar himnos patrióticos, y sobre los cajones del escritorio, donde Ramón guardaba las panaceas de su inspiración. El chorro rubio golpeaba contra la madera, corrosivo como un ácido de confección casera, oxidaba los amuletos de Ramón y embrutecía la atmósfera del Torreón, tornándola irrespirable.

—¿Tú crees que el pis es potable, Fernando?

—El tuyo seguro que sí —decía yo, y le depositaba un beso sobre su hendidura rosa, que aún permanecía intacta.

Ramón suplía la ausencia de Colombine con una muñeca que le habían traído de París, articulada y de tamaño natural. La había vestido con un traje de raso azul, y la iba ensortijando poco a poco con joyas de oro o bisutería. La muñeca tenía un cutis de esmalte que resaltaba en la sombra, y unos párpados como persianas que se abrían o cerraban según estuviese de pie o tumbada; por debajo de los párpados y las pestañas postizas, la muñeca miraba con unos ojos de insobornable fijeza, con pupilas de un azul insolente, ojos de muerta o meretriz que hipnotizaban a quien los contemplase desprevenidamente. Ramón se acostaba con la muñeca, pero antes le colocaba debajo de la espalda una bolsa de agua caliente, para que se le ablandara un poco la cera y su cuerpo se hiciese más maleable. Nos aseguraba que su noviazgo con el maniquí era un noviazgo casto, pero yo mismo había comprobado que el fabricante, en un exceso naturalista, le había abierto a la muñeca, por debajo de las braguitas de encaje, dos orificios forrados de hule, cada uno en su sitio correspondiente, que admitían la espeleología genital. Ramón se defendía:

—Os juro que no hago cochinadas. Me acuesto con ella porque es la única que me comprende. Y, además, no le salen granos, a diferencia de lo que ocurre con las demás mujeres.

En su predilección por las muñecas, Ramón demostraba un temor encubierto a la carne, que no se está quieta y además padece sarpullidos y forúnculos y urticarias, formas de ebullición cutánea muy difíciles de asimilar para un hombre que adoraba el reposo de los objetos inertes, un reposo que luego él animaba mediante su prosa, como un demiurgo doméstico. Ramón se despertaba a las tres, abrazadito a su muñeca, con esa puntualidad inútil de los oficinistas jubilados que ya no tienen que ir a la oficina. Se frotaba las telarañas de los ojos y nos decía:

—Niños, os invito a tomar un helado de arroz.

Aunque la alusión a la niñez nos soliviantaba un poco, aceptábamos. En la calle de Carretas, había un café cuya especialidad eran los helados de arroz, incluso en invierno; el café se llamaba Pombo, y estaba enfrente de una tienda de ortopedia cuyo escaparate —tan turbador— mostraba prótesis y bragueros para hernias y también suspensorios. Ramón, a cambio del convite, nos hacía entrar en la ortopedia y preguntarle al dependiente los precios de todos aquellos artilugios. Exagerábamos las cifras, para que Ramón no se gastase el dinero de los helados en una pierna artificial o algo por el estilo.

—¡Quince pesetas por una prótesis! ¡Pero eso es carísimo! Así me explico yo que nadie quiera ser cojo.

El antiguo café y botillería de Pombo estaba en los bajos de una casona vetusta y maciza; se respiraba allí una humedad poco higiénica, como de cementerio o quirófano en el que se deja morir a los enfermos. A Ramón le gustaba respirar aquel aire subterráneo, apestoso de fantasmas hogareños.

—Algún día organizaré aquí una tertulia que será la más famosa de todo Madrid.

Los helados de arroz tenían un sabor añejo, como de leche fósil, que pronto aborrecí. Sarita, en cambio, los degustaba con fruición, como si fuesen mocos, dejando que se derritiesen sobre el velo del paladar. Por las tardes, el café Pombo se ponía imposible de señoras con mantilla que, antes de ir a misa, se comían su heladito de arroz con toda la glotonería del mundo, para después comulgar en pecado, que es como más provechosa y gratificante resulta la comunión (la gula es uno de los siete pecados capitales, aunque goce de menos predicamento que los otros seis). En la calle de Carretas, recorrida por tranvías que a duras penas lograban avanzar entre la multitud, nos encontrábamos casi todas las tardes con don José Canalejas, jefe del Gobierno, que venía de despachar con el Rey; Canalejas era un hombre afable, feo y voluminoso, con una cabezota rectangular, que me recordaba a esos villanos que salían en las películas mudas (pero entonces todas las películas eran mudas), pegándole mamporros a Charlot. Paseaba sin escolta, con esa falta de prevención que acomete a quienes viven ebrios de su popularidad, estrechando la mano de los transeúntes que lo paraban en la calle. Era un liberal muy religioso que, sin embargo, había emprendido una modernización del Estado, confinando a los obispos en sus respectivas diócesis. Las católicas de mantilla que venían de comerse su heladito de arroz se lo reprochaban:

—Canalejas, mamón, ateo, vete con los socialistas, que son los únicos que te comprenden.

Pero ni siquiera los socialistas, encabezados por un tipógrafo senil, lo comprendían. Canalejas se había propuesto abrir las ventanas al huracán de la modernidad, pero la gente se resistía, temerosa de que se le volasen las boinas con la corriente. Las católicas de mantilla, tras comprobar que Canalejas no les hacía demasiado caso, lo seguían en comitiva y lo iban increpando con una letanía de insultos groseros, alusivos a su virilidad. Canalejas, tocado en su orgullo, se volvía y enseñaba los dientes:

—Una palabra más, señoras, y me las beneficio aquí mismo a todas.

Esto lo decía exagerando sus facciones de villano de cinematógrafo, atusándose las guías de su bigotón y enarcando las cejas. Las católicas disolvían la comitiva y escapaban, tropezándose con los adoquines y cayendo aparatosamente al suelo, con mucho revuelo de mantillas. Canalejas recobraba su aspecto de bestia inofensiva y pedía disculpas a los transeúntes congregados en su derredor, que le aplaudían y jaleaban; luego, volvía a su casa, a proseguir con sus reformas laicas, dejando a su paso una estela de abrótano macho.

—A este Canalejas no lo dejarán gobernar a gusto, ya lo veréis —pronosticaba Ramón—. Es un político demasiado civilizado. Aquí es que somos más papistas que el Papa.

En la calle de Carretas se respiraba un aire alborotado, de una promiscuidad plebeya. De los balcones brotaban músicas de gramola, y en los tranvías viajaba un público mestizo, confluente de razas y conversaciones, que se dirigía a la calle de Atocha o a los barrios bajos, a proseguir sus tareas delictivas o meramente atávicas. Había vendedores de crecepelos y elixires que voceaban su mercancía, y rateros que te birlaban la cartera al más ligero despiste. Hasta desembocar en la Puerta del Sol, sufríamos empujones y vaivenes, y a Sarita le tocaban mucho el culo, más por picardía que por concupiscencia, pues había poco que tocar: demasiado suplicio por un helado de arroz que sabía a leche fósil.

—Mira, Ramón, mejor es que la próxima vez vayas tú solo con Sarita, mientras yo me quedo vigilando en el Torreón, por si a los anarquistas se les ocurre hacer una visita.

—¿Y qué vas a hacer tú solo contra esos asesinos?

—No te preocupes, que ya sabré defenderme.

A solas en el Torreón de Velázquez, con aquel sol higiénico que entraba por los ventanales, divisaba la ciudad a través del catalejo, y espiaba a esas parejas que, después de dar un paseo por el Palacio de Cristal, se amaban sin demasiada clandestinidad, como ofuscadas de transparencia. También la muñeca de Ramón tenía una transparencia que la hacía deseable, a pesar de su parálisis y de la fijeza de su mirada. El sol de la tarde le había ablandado la cera y las articulaciones, le había dulcificado el esmalte de la cara, hasta otorgarle una belleza esquiva, como de mujer adúltera que seduce a los donceles. Yo era un doncel de trece años que lo desconocía casi todo sobre el sexo, salvo la necesidad de encajar un apéndice en un orificio: esta mecánica, que se antoja sencilla y rudimentaria incluso para quienes nunca la han practicado, me afianzaba en mi determinación. El maniquí de cera, con su cara de burguesita amable y consentidora, halagaba la parte más corrompida de mi espíritu. Le levanté la falda, le acaricié los muslos y le bajé las bragas, muy festoneadas de encajes, de un fetichismo cabaretero y francés (seguro que Ramón se las había robado a una bailarina de cancán). El vientre de la muñeca me asustaba de tan liso (ni siquiera lo perturbaba un ombligo), pero a la vez me incitaba con esa tersura de los vientres incólumes, que han preferido la esterilidad al embarazo. Tumbé a la muñeca bocabajo sobre la cama, para evitar la mirada atroz de sus ojos, abultados como los de un pez que agoniza, y me tendí sobre ella con más lujuria que oficio para consumarla. Vista de espaldas, la muñeca conservaba una pureza de instrumento musical, una limpieza obscena, dócil y ligeramente triste. La penetré por los dos orificios de hule que su fabricante le había incorporado (el orificio que había entre las nalgas era más practicable que el otro, por oposición a la naturaleza), sintiendo cómo se extendía sobre mí el calor sintético de la muñeca, la humedad grata de sus entrañas o engranajes, que Ramón había lubrificado antes que yo. La muñeca se dejaba poseer y desgarrar (el hule de sus orificios era membranoso como un himen), sin proferir una sola queja, en un silencio de párpados cerrados, con esa paciencia mitológica de las estatuas que por la noche se bajan de su pedestal y dejan que los mendigos de los parques se froten contra su culo. Por los ventanales del Torreón se veía a esos mendigos, que perseguían a los cisnes del estanque del Retiro y los sacrificaban, retorciéndoles con alevosía el cuello. También yo, después de haberlo intentado infructuosamente por ambos orificios (la fornicación exige otro ritmo más sosegado que el masturbatorio), después de haber probado posturas poco ortodoxas, le retorcí el cuello a la muñeca, y tiré de él, hasta desgajarlo del tronco. La cabeza de la muñeca, separada de su cuerpo, ni siquiera tenía el prestigio de las cabezas decapitadas que miran la muerte con ojos impertérritos: sus párpados habían caído como persianas, el esmalte se había resquebrajado, y su pelo, postizo y ensartado de horquillas, parecía de estropajo.

Me masturbé sobre el cadáver mutilado de la muñeca, ahora que al fin había perdido su dignidad de estatua. Al acabar, arrojé su cabeza desde los ventanales del Torreón, y contemple cómo, al chocar contra los adoquines y hacerse añicos, lanzaba al aire, como lágrimas de un cristal coagulado, sus dos ojos redondos y nítidos, que parecían acusarme de algún delito. A lo lejos, la ciudad, ese gran arrabal lívido de crepúsculos, se iba poblando de legionarios borrachos y de anarquistas que fabricaban bombas en los sótanos. Un vencejo suicida que chocó contra los ventanales interrumpió mi contemplación.

Los soldados llegaban a Madrid, victoriosos tras la campaña de África (pero era la suya una victoria sostenida sobre muletas), en trenes casi parturientos, dramáticos de vapor y resoplidos, que a duras penas lograban abrirse paso entre el gentío que abarrotaba los andenes. Madrid (sobre todo su población femenina) se incorporaba con alborozo a la romería de los homenajes y los recibimientos, para saludar a los héroes que habían sobrevivido a la morisma, esos héroes maltrechos que venían de salvar el último jirón del Imperio. Los soldados se asomaban a las ventanillas del tren, tostados de pólvora, condecorados de vendajes (casi todos se habían descalabrado en el Barranco del Lobo, y, los que no, se habían descalabrado pegándose golpes con la culata del fusil, para no ser menos), y mostraban a la muchedumbre de viudas y solteras y malcasadas sus heridas de guerra, sus mutilaciones diversas, sabedores de que una llaga seduce más que una medalla. Las mujeres de Madrid formaban, en aquel momento, un harén inmensamente más numeroso y solícito que el de cualquier moro, y practicaban un fetichismo a la inversa que las hacía enamorarse de aquellos soldados a quienes les faltaba un dedo, un ojo o un testículo. La guerra de África, que aquellas mujeres sólo conocían de oídas, como narración más o menos prolija (desde luego, nada épica) de emboscadas y asedios, o por las fotografías idealizadas que aparecían en las revistas de papel cuché, se hacía carne y sangre en los hombres que regresaban, después de haber exterminado a los infieles, más piojosos y lujuriosos que nunca, quizá porque la proximidad de la muerte cría piojos y lujuria.

Aquél fue el primer triunfo del proletariado, después de tantas huelgas frustradas y tantos sindicatos inoperantes. En las campañas del Rif no participaban los jóvenes de postín (tampoco cumplían el servicio militar: a cambio de una cuota, la patria los dejaba exentos o los declaraba inútiles); quienes, a la postre, resultaban reclutados eran los obreros, los campesinos, los artesanos sin oficio, los parados, los pobres de solemnidad, toda esa marea de hombres aplastados de miseria que cogían el fusil sin oponer demasiada resistencia y se liaban a tiros por una limosna o un rancho de poca sustancia. A su regreso, estos hombres lograron, gracias a ese barniz efímero que conceden las guerras, seducir a las mujeres más bellas e inasequibles de Madrid, marquesas, viudas de coroneles o mantenidas de banqueros, que por primera vez en su vida se saltaron los prejuicios clasistas para copular con unos parias que, en circunstancias menos heroicas, sólo les habrían suscitado asco. De aquellas copulaciones nació una generación de niños bastardos, una nueva raza irrespetuosa de los estamentos que, al introducir sangre espuria entre la aristocracia del dinero, iba a promover el fin de una época. El mestizaje desdibujó las fronteras entre clases sociales: a los ricos los destruye la fascinación por el barro, esa sexualidad urgente de las criadas y los chóferes, a la que no se saben resistir. La lucha de clases no la ganan los proletarios en la fábrica, sino en la cama, que es donde se saben irresistibles y casi divinos.

Pedro Luis de Gálvez llegó a la estación de Atocha en un convoy que transportaba mulas y heridos (a él le habían clavado una navaja en el vientre, en el curso de una reyerta tabernaria, pero la herida de navaja apenas se distingue de la herida de alfanje), convaleciente de una cicatriz que se le había infectado, y en pugna con una septicemia que quería envenenar su sangre, ya envenenada previamente de latrocinios. A Sarita le habían anunciado que su madre viajaba en aquel convoy, de modo que la acompañé hasta la estación de Atocha, para preservarla de achuchones y quién sabe si de raptos por parte de la soldadesca.

—¡Hombre, pero si es la hija de Colombine! —saludó Gálvez, mientras bajaba de su vagón—. ¡Y el señorito que nos acompañó al velatorio de Alejandro Sawa! Vaya, estáis hechos unos mozos.

Se había acentuado su aspecto de animal de presa: la barba crecida, la melena descuidada y grasienta, la mirada oscurecida por noches que se habían sedimentado sobre su piel, como una pátina de asfalto, le otorgaban un aspecto de poeta romántico en pleno proceso degenerativo. Iba vestido a la moruna, con babuchas, cananas, bragas de fieltro hasta las rodillas y un fez comprado en algún zoco de Tánger. Descendió del tren agarrándose la tripa y haciendo visajes, para llamar la atención de unas enfermeras voluntarias que correteaban por el andén, reclutadas entre señoritas de buena familia.

—¿No viaja mi madre con usted, señor Gálvez? —preguntó Sarita.

—Vendrá en otro tren más civilizado, seguramente esta tarde.

Detrás de Gálvez, bajó un hombrecito canijo y aceitunado de piel, vestido con un uniforme legionario del que colgaban, como desgarraduras de carne o cerezas maduras, unas borlas que excedían el número reglamentario, según las ordenanzas castrenses. Reviraba los ojos, como un ogro que carece de otros recursos para asustar a los niños, y exhalaba un olor caliente y solidario, un olor como de letrina en la que cagan todos los soldados del regimiento.

—Os presento a un amigo —dijo Gálvez—: Alfonso Vidal y Planas, escritor gerundense.

Vidal y Planas nos sonreía a Sarita y a mí con una sonrisa de hampón desangelado, mayoritaria de encías. Al igual que Gálvez, había sido seminarista en su juventud (los arrabales de la literatura se abastecían de curas renegados y curas en ciernes) y, como él, había frecuentado la cárcel a causa de unos pasquines poco comprensivos de las debilidades monárquicas. Vidal y Planas había participado en los sucesos de la Semana Trágica de Barcelona antes de intervenir en la campaña del Rif: en el pellejo se le notaban las señales actualísimas del sufrimiento. Miraba a Sarita con ojos de visionario, fermentados de locura y evangelio.

—Mi amigo Alfonso es un anarquista cristiano —nos aclaró Gálvez, mientras una pareja de enfermeras le hurgaban en su cicatriz mal curada con un algodón. Se quejó—: ¡Señoras, por favor, vayan con cuidadito!

Las enfermeras lo habían reclinado en una camilla de sábanas arrugadas de fiebre y almidón. Además de las cananas y las babuchas y el fez encarnado y las bragas de fieltro, Gálvez llevaba sobre los hombros una casaca con charreteras y remates de astracán en el cuello y las bocamangas que había expoliado —según manifestó— a un brigadier del regimiento de húsares caído en combate, aunque dudo mucho que los húsares tuviesen veleidades africanas. Gálvez se había creado su propio uniforme, juntando prendas incongruentes, al estilo de lord Byron; no sé quién dijo que los españoles somos muy amantes del uniforme, con tal de que sea multiforme.

—Por favor, Pedro Luis —suplicó Vidal y Planas—: te pido un poquito de discreción. Los compañeros de la CNT me han mandado aquí en misión secreta, así que no te vayas de la lengua.

—¿Acaso me he ido yo de la lengua, Alfonso? Yo lo único que he dicho es que eres un anarquista de la rama cristiana. Hay muchas ramas dentro del anarquismo.

Incluso en el terreno más puramente literario, cabía distinguir el anarquismo pusilánime de Azorín, el anarquismo bronco y sedentario de Baroja, el anarquismo estético de Valle-Inclán y ya, por último, el anarquismo de los bohemios, al que seguramente se adscribía aquel escritor gerundense, un anarquismo disparatado, inoperante y caritativo que se conformaba con dinamitar el edificio de la Real Academia de la Lengua. Gálvez, escéptico de todas las ideologías, se dejaba curar por las enfermeras, y las hacía agacharse, para depositar su mirada en los escotes maduros y blancos. Las enfermeras que atendían a Gálvez, como casi todas las voluntarias reclutadas para la ocasión, desconocían concienzudamente su oficio, pero se redimían de la ignorancia a través de su entrega y docilidad. Eran samaritanas embellecidas por la euforia de los heridos, que donde sólo había una muchacha más bien feúcha veían una diosa pagana, quizá porque las nubes de pólvora les habían enturbiado la mirada. Gálvez dejaba que las voluntarias le desinfectasen la herida con yodo, y apenas protestó cuando le inyectaron una solución antitetánica, pero a cambio les levantaba el vuelo de la falda y les tocaba los muslos por encima de las medias. Los muslos de las enfermeras tenían un color de cera manoseada, como la muñeca de Ramón, pero temblaban al contacto de una mano masculina, a diferencia de las muñecas, y se endurecían como murallas a medida que la prospección iba adquiriendo altitud.

—Estése quieto, coronel, que esta herida requiere cuidados —decían las enfermeras.

La estación de Atocha retemblaba con la llegada de otro tren africano. Aquel ascenso brusco en el escalafón militar desconcertó a Gálvez, pero a la vez le proporcionó una mayor impunidad en sus tanteos. Las enfermeras completaron un vendaje de poco fundamento y se marcharon a otra parte con el viático de sus atenciones. Gálvez las miró alejarse con un rencor de tullido:

—Habráse visto, qué maleducadas. Si de verdad fuera coronel, les habría convocado de inmediato un consejo de guerra.

Vidal y Planas se reía como un perrillo sarnoso:

—Seguro que te dejaron por otro más guapo, Pedro Luis.

Gálvez recompuso su casaca de húsar y echó a andar con muchas ínfulas, afianzando los dedos pulgares en la canana. Vidal lo seguía a duras penas, arrastrando un pie cojo: al parecer, un moro le había mordido el tobillo y le había arrancado un pedazo de carne.

—¡Espera, Pedro Luis, que yo no puedo ir a tu paso!

—El que no pueda seguirme, que abandone mi séquito. Yo soy el príncipe de mí mismo —dijo Gálvez, al salir de la estación, mientras respiraba el aire sin carbonilla del exterior, el aire huérfano de aquel invierno (su primer invierno en Madrid), que habría de ser largo y difícil.

—Anda, Alfonso, ya que no quieres hablar de tu misión secreta, cuéntales a los niños cómo conciliaste anarquismo y religión.

Caminábamos por el barrio de Embajadores, a través de un Madrid aldeano y babilónico, entre un enjambre de soldados borrachos de gloria y semen retenido, forasteros en aquella ciudad que salía a los balcones, para homenajearlos con banderas y pétalos resecos, como en una nueva consagración de la primavera. Vidal y Planas hablaba sin parar, exagerando su estrabismo:

—Libertad, Felicidad y Amor —utilizaba mayúsculas en su conversación, eso se notaba a la legua—: en estas tres palabras se resume el catecismo ácrata. ¿Acaso el Evangelio no predica lo mismo?

A los balcones se asomaban mujeres en bata, con los senos colgando del balaústre y la mirada extraviada por una especie de misticismo sexual. Aclamaban a la tropa:

—¡Vivan los soldados del Tercio! ¡Vivan los salvadores de la patria!

Gálvez saludaba a todas las solteras y viudas y malcasadas que se acercaban a él, para tocarle la cicatriz de la tripa, supuestamente heroica. De vez en cuando, se palpaba su pelliza de húsar, en cuyo forro llevaba escondido el dinero que había obtenido en sus trapicheos con las mulas, y sonreía, al comprobar que aún permanecía allí.

—En la Cárcel Modelo de Barcelona —proseguía Vidal, poniendo voz de cura tronado—, donde me encerraron después de mi participación en la Semana Trágica, había un Cristo en la Cruz presidiendo las cinco galerías. Yo, antes de entrar en mi celda, volví los ojos hacia Él, para encomendarme a su protección. Entonces... Os juro que no fue una alucinación. ¿Sabéis lo que vi?

Vidal y Planas nos miraba con ojos de iluminado, babeantes de lágrimas, que restaban fuerza a su juramento. Sarita, con la intriga, empezó a comerse los mocos.

—Os lo diré: Cristo se había desclavado los brazos del madero y esgrimía en el aire los puños cerrados con iracundia. ¡Aquellos brazos de Cristo se movían, se agitaban furiosamente, como los de un desesperado, y reclamaban justicia!

Calló un segundo, para que el supuesto milagro ablandase nuestra incredulidad. Arrastraba su cojera por las calles, rechazando a las mujeres saludables y limpias que se le acercaban para ofrecerle su hospitalidad y a lo mejor su virtud.

—Me concedieron la amnistía a cambio de alistarme en el Tercio y guerrear contra los moros —escupió una saliva oscura, casi torrefacta—. He tenido que matar infieles para comprar mi libertad. Ahora necesito purificarme.

Gálvez le palmeó la espalda. El sol de África había atemperado las aristas de su rostro con una luz como de miel:

—Eso es, Alfonso. Necesitas purificarte. Una mujercita de éstas que nos aclaman serviría.

Vidal y Planas denegó con la cabeza:

—Te equivocas, Pedro Luis. Yo no deseo otro cariño que el de los burdeles. —Hizo una pausa y luego añadió, como argumento de autoridad—: También Cristo prefirió instaurar su Reino entre prostitutas y ladrones.

La calle se llenaba de un fervor democrático y dominical (quizá fuese domingo, quizá alguien había decretado la democracia por unas horas). Los soldados detenían los tranvías y se subían a ellos, sin pagar billete (algunos trepaban al techo), como huestes de facinerosos. Una banda municipal se incorporó al jolgorio con música de Chapí y Bretón.

—Antes de marchar a Melilla, vendí mis memorias a un editor, que me dio noventa pesetas por anticipado. En Algeciras compré dos docenas de pares de medias de seda, que pienso regalar a las meretrices.

—Eso son manías tuyas, Alfonso. Manías galantes —le recriminaba Gálvez, sujetándose su cicatriz sarracena, para que no se le saliesen los intestinos.

En la calle de las Maldonadas, cabecera del Rastro, entre ropavejerías y casas de empeño, había un burdel de putas románticas, tísicas y lectoras de Emilio Carrere. Vidal tiraba de Gálvez, que se resistía a abandonar la celebración colectiva:

—Pedro Luis, me apetece regalarles a esas pobres meretrices las medias que compré en Algeciras. Vamos a alegrarles el alma.

Gálvez no compartía aquel raro misticismo de su compañero:

—¿Pero desde cuándo las putas tienen el alma en las pantorrillas?

Subimos por una escalera acribillada de chinches y cagadas de gato. El jolgorio de la calle se iba apagando, a medida que ascendíamos aquellos peldaños erosionados por el tráfago de hombres e infecciones venéreas. Vidal sacó del petate un rebujón de medias que mostró a la propietaria del burdel, una mujeruca agreste con el rostro cruzado de arrugas, como un palimpsesto de escritura cuneiforme. Un cigarro casi consumido le humeaba en los labios.

—Vengo a regalar medias a las pupilas de esta santa casa.

Vidal hablaba en un idioma vehemente y ridículo que la dueña del burdel no entendía. En las manos, portaba un orinal de porcelana empedrado de esputos como claveles de una tuberculosis mal curada.

—¿No vendréis a pegarnos unas purgaciones? —dijo, con una voz como de estopa.

—Le juro que no, señora —respondió Vidal, en un tono casi implorante—. Sólo quiero resguardar del frío las piernas de sus niñas, y que ellas me purifiquen con sus besos.

Del burdel salía un olor podrido, casi diurético. La madama se apartó de los labios el rescoldo del cigarrillo y nos señaló a Sarita y a mí:

—Ya, ya. ¿Y esos niños? ¿No seréis vosotros unos degenerados?

Escupió de soslayo en el orinal, despertando en la porcelana una vibración que se mantuvo perezosamente en el aire. Gálvez salió en defensa de Vidal, haciendo valer sus distintivos de brigadier del regimiento de húsares:

—Señora, está usted ultrajando la venerable institución del Ejército. Aquí, mi amigo Alfonso no tiene enfermedades venéreas ni de las otras, salvo una alferecía mal curada. De mí excuso decirle nada, pues el rango que ostento hace las veces de certificado de buena salud.

—¿Y los niños? No quiero problemas con la policía.

—Los niños ya no son tan niños, y están deseosos de aprender cosas. Alguien se las tendrá que enseñar.

Me sentí algo enojado por no haber podido alegar mi repertorio de experiencias anteriores, pero el trato con muñecas y las masturbaciones no cuentan en el mercado de la carne. La mujeruca nos dejó pasar a regañadientes y llamó a sus pupilas, que salieron al vestíbulo con un revuelo triste y pálido, como un rebaño congregado al reclamo del dinero; eran muchachas cansadas, sosas, con los senos vacíos por la lactancia de muchos clientes. Gálvez les pasó revista, como un moro ante su harén; Vidal y Planas agitó el rebujo de las medias y, remangándose la camisa, voceó:

—¡Besadme las manos, purificad con vuestros besos estas

muñecas de hombre libre, antaño prisioneras de unas esposas! ¡Besadme aquí con vuestros labios corrompidos por la sífilis, y yo, a cambio, cubriré de seda vuestras rodillas!

A los gritos de Vidal, las putas se miraron entre sí, poseídas por un pavor recíproco. Una de ellas murmuró:

—Este hombre está como un cencerro...

Pero Gálvez las tranquilizó sacándose unos duros del forro de la casaca, duros de purísima plata, redondos y milagrosos como hostias, que las hipnotizaron con su tintineo. Las muchachas, resignadas a su papel de putas evangélicas, fueron desfilando ante Vidal, y le depositaron su ósculo en las muñecas. Él, transportado al cielo de un erotismo malsano, monologaba en voz alta:

—¡Picoteadme, palomitas! ¡Venid a comer de mi mano, mujeres bellísimas, entre cuyos muslos parpadea la más hermosa estrellita del cielo! ¡Besadme, mujeres bíblicas, porque algún día estaréis conmigo en el paraíso!

Sarita asistía al espectáculo con visible desagrado. Gálvez se había sentado sobre una silla despeluzada; parecía un dios milenario, chapado en bronce, que de pronto se detuviera a descansar. Las muchachas se lo disputaban, deslumbradas por sus monedas y por el uniforme que vestía, híbrido de latitudes y ejércitos; entreabrían sus blusas y le enseñaban unos senos mustios y demasiado salobres. A duras penas conseguía Gálvez reprimir una mueca de repugnancia:

—Mejor otro día, chicas. Hoy estoy extenuado.

—Nosotras aliviaremos tu cansancio. Déjanos hacer.

Y se quedaban desnudas ante él, sostenidas por unos muslos con varices, flacos y olorosos de menstruación. Gálvez se acordaba con nostalgia de las enfermeras que lo habían curado en la estación. Una de las putas le había desliado sus calzones de fieltro y le ensalivaba la cicatriz con una lengua que se demoraba en los rebordes.

—Es inútil, hoy no se me levanta —concluyó Gálvez—. ¿Por qué no probáis con el chaval? Es un señorito, pero seguro que no pone pegas.

Vidal y Planas ya repartía las medias entre aquel gineceo de putas ruidosas; algunas, en la prisa por estrenarlas, les hacían carreras con las uñas de los pies, para desesperación de Sarita, a quien el ruido de la seda rasgada producía dentera. Siguiendo las indicaciones de Gálvez, una puta rubiasca y algo fúnebre me tomó de la mano y me llevó casi en volandas a una habitación fría, adornada con biombos y motivos japoneses más bien menesterosos. Había una ventana sin cristales, o con los cristales rotos, por la que entraba un rectángulo de cielo sin color, agitado por esas golondrinas que cada invierno prefieren no emigrar y quedarse en Madrid, para llevarle la contraria a Bécquer y morir ateridas; también llegaba, como en sordina, el rumor agitado de la victoria, una confusión de himnos patrióticos, proclamas y alboroto municipal. Junto a la cama de sábanas no demasiado limpias, había una palangana para las higienes rápidas; el sol de noviembre se depositaba sobre el agua, como un gran disco de oro, incendiándola y matando sus gérmenes.

—Vamos, desnúdate —me apremió la puta.

—Ya voy.

—¿Es la primera vez?

Asentí, sin mencionar mis incursiones en la muñeca de Ramón. La puta me tumbó sobre la cama y se subió sobre mí, sin darme apenas tiempo a que me bajase los pantalones, atenazándome con sus manos labriegas. Llevaba unas bragas de satén negro que le cubrían el culo y el nacimiento de los muslos, allí donde una trama sutilísima de venas y arterias abultadas amorataba su piel. La puta (la llamaré así porque ni ella me dijo su nombre ni yo se lo pregunté) manipulaba mi cuerpo como si de un maniquí se tratara, más o menos como yo había manipulado antes la muñeca de Ramón, amparado en esa falta absoluta de respuesta que padecen los objetos inanimados, y me manoseaba el falo con sus manos resquebrajadas (y quizá húmedas) de lejía, manos que me mareaban con su olor rudo y excesivo y cuyo contacto me escocía en el glande. Cuando ya creía que me iba a masturbar, se apartó a un lado las bragas (no se las llegó a quitar, por pudor o economía de gestos) y empezó a frotarme el glande en sus labios vaginales, entre la carne curtida por tantas y tantas fornicaciones. Los pelos de su pubis, negrísimos y ensortijados, me transmitían un cosquilleo grato, más placentero que la mera penetración; alcancé el orgasmo como quien se desangra con una hemorragia inconsciente, fluvial, apenas blanca. La puta, antes de que me hubiese vaciado, ya se había desprendido de mí, con esa indiferencia que practican las profesionales más rigurosas, y que les permite pasar de cliente en cliente sin recibir demasiados estigmas.

—Ya está, chico. ¿Te ha gustado?

—No me he enterado siquiera —contesté sin atisbo de rencor, por un prurito de sinceridad.

La muchacha (no sé por qué escribo ahora muchacha en lugar de puta, será que me estoy haciendo viejo) se había puesto en cuclillas sobre la palangana; tenía una vulva casi vegetal, como una floración de carne. Noté que la piel entre los senos se le había empezado a agrietar, y también en las comisuras de los párpados: la decrepitud acechaba su organismo, como una enfermedad irrevocable.

—Pero tendrás que pagarme igual —dijo, lavándose en el agua áspera de la palangana.

Del vestíbulo llegaba la voz apabullada del místico Vidal, que adoctrinaba a las putas, después de haberles regalado aquella remesa de medias:

—Si ser anarquista consiste en ser partidario del amor universal, me declaro anarquista. Si ser anarquista es ser contrario a toda forma de poder y opresión sobre los débiles, también me declaro anarquista.

Gálvez seguía sentado, inmóvil como una estatua calcificada, bostezando con ese dandysmo incongruente que le proporcionaban las babuchas, el fez y la pelliza de húsar.

—¿Acabaste ya? —no supe si se dirigía a Vidal o a mí—. Pues vámonos pitando, que no quiero perderme el desfile.

Sarita me miraba sin parpadear, clavándome unos ojos más elocuentes que las palabras, dolorosos como un escarnio o un escarmiento. Las putas se arremolinaban en torno a Gálvez, erotizadas por el heroísmo que le presumían. Vidal y Planas, mientras tanto, repartía bendiciones como un mesías de pacotilla:

—Estas chicas parecen criaturas salidas de una novela de Dostoyevsky, ¿verdad, Pedro Luis?

—No me digas, yo no leo a los rusos. Todavía no he aprendido el alfabeto cirílico —dijo, y arrojó unos duros al orinal de la madama, que sonaron como un pedrisco de esputos.

—Para eso están las traducciones, Pedro Luis, no te burles de mí.

Las putas nos vieron marchar entre el orgullo de haber merecido la visita de unos mártires de guerra y la perplejidad —todavía mayor— de haber cobrado un generoso estipendio por unos servicios mínimos. El paso de la tropa por la calle había dejado un reguero de papeles y trapos y partituras de orquesta, como si de repente la ciudad se hubiera mudado de sitio; sólo el burdel de la calle de las Maldonadas no participaba de aquella mudanza colectiva y se quedaba atrás, como una basílica inundada de aguas residuales. Sarita caminaba a mi lado, con ese silencio lacerante de quienes nos reprochan una debilidad.

—Fernando —se decidió al fin—. Yo también puedo hacerte lo que te hizo esa mujer. Si a ti te apetece, claro.

Sarita se resignaba a sacrificar su virginidad, con tal de no perderme: me sentí envejecido por sus palabras, como desgajado de un mundo que se empeñaba en recuperar su juventud. La puta de las Maldonadas me había transmitido por vía venérea todo el desconsuelo que albergan las razas de humillados y ofendidos, un desconsuelo que incluía cierta dosis de escepticismo e inquina hacia el resto de la humanidad. Por los soportales de la calle de Toledo, con un desorden muy cristiano, desfilaban los supervivientes del Rif, una multitud fragmentaria de cojos, mancos, tuertos, parapléjicos y cadáveres sonrientes. Era una multitud hidrófoba, borracha de necesidad, puesto que había derramado casi toda su sangre en África y la poca que le quedaba enseguida se anegaba de alcohol. Vidal y Planas había sacado del petate una botella de coñac, y bebía del gollete, antes de pasársela a Gálvez; yo también probé aquel licor, calentorro y valiente como un guerrero cartaginés, y me dejé poseer, mientras caminaba, por su mareo dulce, que se ramificaba por dentro, forrándome los intestinos.

En la plaza de la Constitución, el desfile se nutrió de pícaros, floristas y profesionales del timo, hasta formar, al calor de aquella primavera falsa, un conjunto barroco, tumultuoso de anacronismos y piojos, que se regodeaba en una alegría más o menos postiza, esa alegría de los charlatanes que resulta casi obscena a la luz del día.

—En serio, Fernando —insistía Sarita—, cuando quieras me puedes hacer tuya.

—Déjame en paz.

Me separé de la celebración, hastiado, y me fui a casa por calles mutiladas o ciegas (la geografía de la ciudad se hacía solidaria con los soldados que regresaban del África), perseguido por mi propia sombra, que crecía sobre las cenizas de la infancia. En el caserón de Serrano no había lugar para la victoria: mi padre, encerrado a solas con los retratos de su esposa difunta y sus antepasados (esos inquilinos que no pagan alquiler, esos inquilinos que se desdoblan y procrean y terminan por habitarnos), enloquecía pacíficamente y moría por consunción, sin intromisiones de una realidad que se había quedado afuera, detrás de las persianas. Había sido diputado canovista, había heredado un árbol genealógico profuso de ramas, pero caduco de hojas, según demostraba entonces, en el invierno de su existencia. El tamo crecía debajo de los muebles, y el polvo se iba sedimentando en los rincones, como una alfombra tejida con la urdimbre del pasado.

—¿Quién es? ¿Quién ha entrado? —hablaba sin tino, sin llegar a reconocerme, como mirando a través de siglos concéntricos.

—Acuéstese, padre, el médico se lo ha recomendado.

—Hablaba con los hombres de mi familia. Déjame en paz.

Desde las paredes me acusaban los hombres de la familia, espesos de óleo y de sombra (con el correr de los años, cualquier cuadro se decanta por el tenebrismo), mejorados por el uniforme de mariscal o virrey o maestre de campo.

—Padre, acuéstese, todos han muerto ya.

Me repugnaba oficiar de niñera para un hombre al que no profesaba ningún cariño, extraño a mí como un perfume antiguo: el médico le había diagnosticado un cáncer óseo, pero el cáncer no bastaba para explicar las enfermedades del alma y de la estirpe. Empezaban a llegar facturas de acreedores remotos, apercibimientos de embargo, avisos notariales, saldos bancarios más exiguos que un arroyo en verano. Hasta los curas del Colegio de San Miguel, donde yo estudiaba, se resistían a fiarle, pero yo, antes que soportar una caridad humillante, prefería faltar a clase y curtirme en la escuela de la vida, que es una asignatura inabarcable.

—Con cuidado, padre, no se enganche con la colcha. Así, así, despacito.

El médico le había recomendado reposo y morfina para mitigar el dolor, pero las drogas ya eran caras entonces (nunca el paraíso se vendió gratis o de saldo), y nos faltaba el dinero para pagarlas. Tampoco le habíamos pagado sus honorarios al médico que diagnosticó el cáncer, el mismo médico que había asistido a Cánovas y que le había recomendado viajar al balneario en el que los anarquistas lo asesinaron; perdido su principal cliente, se dedicaba, por fidelidad o nostalgia, a suministrar una muerte plácida a los que acompañaron a Cánovas en su gobierno. Acosté a mi padre en la cama y lo tapé con las sábanas que ostentaban en el embozo un escudo bordado con hilo de plata.

—Me duelen los huesos —se quejaba.

Yo entonces le inyectaba agua o suero de la leche, o cualquier líquido con apariencia medicinal, y mi padre aflojaba la cabeza sobre la almohada, agonizando entre delirios que él creía ocasionados por la morfina, amortajado entre sábanas que olían a carne corrupta. Lo atendía entre la desgana y la repulsa, apartándole la ropa meada y cagada (la mierda es una forma menos civilizada de desangramiento), y le espantaba las moscas que se le posaban sobre la bragueta. Intentaba rehuir su mirada recriminatoria, esmaltada de morfina o suero de leche, mientras el cáncer continuaba su labor secreta, abriendo llagas en su piel, gangrenando su carne vieja y purulenta.

—A lo mejor esta enfermedad es hereditaria —la lengua se le enrataba al hablar, viscosa de malicia.

—No lo creo, padre.

—Tú qué sabes.

—Muérase ya, cabrón.

Era dulce la venganza en el momento irremediable en que comenzaban a sacudirle los estertores de la agonía. Crecemos los hombres sobre la experiencia de la muerte y el sexo, crecemos como el moho, sobre la podredumbre de otros. Yo, que hasta entonces sólo conocía la muerte como acto consumado (había asistido al velatorio de Alejandro Sawa), veía morir a mi padre después de haber fornicado superficialmente con una puta: el recuerdo, todavía reciente, de la fornicación se extendía como un organismo parasitario sobre la imagen moribunda de aquel hombre, casi un extraño, y de esta simbiosis nacía una lucidez nueva, un desciframiento de los mensajes que, como heridas minuciosas, la vida nos va deparando. Morir, dormir, tal vez soñar, un proceso paulatino en el que mi padre, cada vez menos humano, cada vez más carroña, se iba desprendiendo de la vida, para abrirme paso a mí, en una especie de canibalismo familiar.

—Tú quieres que yo me muera. Pero sólo te dejo deudas, embargos, hipotecas.

—Muérase ya, cabrón.

Había intervalos de quietud en nuestro intercambio de insultos, silencios que volaban, como pájaros de mal agüero, sobre el caserón de Serrano, sobre el rostro congestionado de mi padre. Un frío afilado se me clavó en el vientre, produciéndome retortijones:

—Prefiero que no haya dinero. Así no podré pagar su funeral, y a usted lo enterrarán en la fosa común.

Yo no había leído a Freud, ni lo iba a leer nunca, pero allí estaba realizando el designio máximo del hombre, que es el asesinato del padre; un asesinato por omisión, además, que resulta mucho más culpable, porque eleva la crueldad a refinamiento. Afuera, el tiempo discurría sin remisión sobre los hombres y sobre el paisaje repetido de la ciudad, pero a mí ni siquiera me rozaba. En la hora de la muerte, mi padre tomó aire, y llenó sus pulmones encharcados con una herrumbre definitiva. La claridad dudosa del atardecer se sobreponía a las persianas e inflamaba las sábanas con una luz aséptica, emergida de algún continente blanco. Mi padre se fue yendo, en un encharcamiento progresivo de la carne, y por sus esfínteres se deslizó un río de fluidos orgánicos, pus, mierda y suero de leche. Extendió sus brazos hacia mí, crispados ya por la parálisis, en un signo tardío de conciliación que no acepté. Murió mirando de cara al más allá, con unos ojos grandes en cuyas comisuras se detenían las moscas para abrevar esa lágrima última que tanto les gusta, quizá porque es la única lágrima dulce que derramamos. Abrí las ventanas, para recuperar el latido de la calle, el rumor afanado de la vida, que era mi única pertenencia; mi padre se había reunido ya con sus antepasados, en una eternidad con manteles blancos y candelabros de bronce. La luz del atardecer penetraba por las rendijas de la persiana, alborotada de polvo, retorciéndose en la penumbra como una columna salomónica. También mi padre, como los guerreros victoriosos del África, había obtenido al fin su reposo.

III

Carmen de Burgos, *Colombine,* regresó de Melilla algo ensordecida por el estruendo de los cañones, algo más delgada y morena, y de inmediato se consagró a su literatura y a Ramón: hasta entonces había dilapidado su talento en tareas subalternas de periodismo, traducción o mera retórica, y se había disgregado entre amantes que desfallecían bajo las arrobas de su cuerpo, pero ahora volvía dispuesta a cultivar esas dos únicas vocaciones (las llamo vocaciones porque ambas exigían sacerdocio). Enterada del fallecimiento de mi padre, quiso adoptarme o reclamar mi tutela, pero yo me opuse, horrorizado ante la idea de que alguno de sus amantes pretéritos, o incluso Ramón, figurase en las crónicas del chisme como mi padre putativo. Colombine abandonó el caserón de Serrano, previendo que los acreedores de mi padre intentarían desahuciarla, y se instaló en un estudio de la calle Luchana, junto a la glorieta de Bilbao, con Sarita, su hermana Ketty y al menos media docena de baúles que a duras penas abarcaban su vestuario. La vi marchar una tarde sin sol, oprimida de refajos y collares, como una alegoría de esa República que ella misma preconizaba, seguida de un cortejo de ganapanes que transportaban sus pertenencias.

Un juez de menores encomendó mi tutela a la tía Remedios, hermana de mi madre, con la que yo hasta entonces no había mantenido trato, supongo que por obstruccionismo de mi padre, que había preferido preservarme de la parentela materna, demasiado modesta o menestral. Tía Remedios era una mujer corpulenta y tirando a machorra, poseída de esa generosidad indiscriminada que lo mismo acoge a un sobrino ya talludito que a un niño expósito; lo primero que hizo, nada más conocerme, fue ensalivarme de besos y refrescarme las mejillas con el sudor tibio de su bigote (tenía un bigote o bozo que jamás se depilaba). Estaba casada con Ricardo Vega, más conocido en el negocio como Veguillas, un prestamista compasivo y pequeñín que vestía de riguroso luto para teñir de severidad su apariencia frágil y evitar así que los clientes se le subiesen a las barbas. Habían empezado en la miseria, como pícaros trashumantes, alquilando ropa de segunda mano en la cabecera del Rastro, pero por aquella época ya poseían dos tiendas de empeños, una en la plaza de Santo Domingo y otra en la calle del Clavel, que eran como dos faros para navegantes en aprietos. Mi tío Ricardo Vega, más conocido en el negocio como Veguillas, lo aceptaba todo, desde un piano desafinado a una jaula de grillos, en especial las jaulas de grillos, porque su psicología práctica le enseñaba que los hombres depositan su sentimiento en las cosas más insignificantes, no en las joyas ni en los abrigos de pieles. Las casas de empeños de Veguillas habían salvado más estómagos que los comedores de beneficencia.

Tía Remedios y su marido vivían en la calle de Segovia, que pasaba por debajo del Viaducto, en una casa habitada por los espíritus de los suicidas. En la calle de Segovia había una losa partida en cuatro pedazos, resquebrajada de tantas y tantas cabezas que se habían estrellado allí, grávidas de honores ultrajados o fracasos prematuros, cabezas que iban dibujando sobre la piedra una estrella densa de sangre, tan distinta de aquellas otras que tejían su alfabeto vertiginoso en lo alto. Desde el Viaducto se arrojaban los opositores sin fortuna, desmelenados o alopécicos, con el mamotreto del Código Civil atado al cuello, como una rueda de molino. Desde el Viaducto se arrojaban, insatisfechos como Ícaros, los muchachitos soñadores de una gloria literaria que no llegaba a consumarse. Desde el Viaducto se arrojaban muchas madres solteras, acompañadas de sus hijos todavía lactantes (esos hijos cuya bastardía las impulsaba a saltar), lívidos a causa de la leche que no habían llegado a digerir. Desde el Viaducto se arrojaban todos los amargados de Madrid, una lluvia de espectros o meteoros que bajaba, en mitad de la noche, con esa vertiginosa lentitud de los cadáveres que se caen de una nube por negligencia de Dios. Yo los veía pasar desde mi habitación, acodado en el alféizar de la ventana, como quien ve bajar estatuas de lo alto.

Una parálisis previa a la muerte crispa el ademán de los suicidas y los hace morir en posturas poco favorecedoras. Tía Remedios y tío Ricardo me habían acondicionado una habitación en el altillo o desván de la casa, y desde allí contemplaba cada noche el desfile vertical de los muertos, su trayectoria rectilínea de cometas que han perdido la luz y el rumbo. Había hombres que caían gritando, y mujeres con una sonrisa imbécil que se despedían (¿de quién?) agitando una mano, como vírgenes de ida y vuelta que, por exceso de población, expulsara Dios del cielo. A veces, cuando el altruismo se imponía sobre el puro ensimismamiento que me producía aquel espectáculo, alargaba inútilmente una mano, intentando agarrar de la cabellera a alguna de aquellas mujeres, borrachas de luna, que caían a trompicones, rebotando en las esquinas del aire, como funámbulas desequilibradas por el peso de sus entrañas (la mayoría de las mujeres estaban embarazadas, por obra de hombres o del Espíritu Santo). Al día siguiente, amanecían sobre la acera de la calle de Segovia los cadáveres inconfesos de los suicidas, formando una montaña de vísceras desparramadas que nadie se preocupaba de retirar; elevaban al aire un olor corrompido (todos los pecados que no habían confesado antes de morir fermentaban) que se me quedaba clavado en las narices, como un catarro indeleble. De la sierra bajaba una bandada de buitres que se posaban sobre los cadáveres y los iban desembarazando de carne, hasta dejar la osamenta limpia e irreconocible. Los buitres, sobre el paisaje castizo del Viaducto, adquirían un prestigio de apocalipsis, como aves enviadas para imponer una condena; inclinaban sus cuellos sobre la carroña y picoteaban, disputándose la presa, abriendo al sol de la mañana la envergadura casi mitológica de sus alas. Dejaban para el final los ojos de los cadáveres, que eran su manjar más preciado, pues en ellos se agolpaba la impresión vívida y veloz de la muerte.

—Fernandito, acuéstate y baja la persiana. A los que van a morir no les gusta que los anden espiando —me reprendía cada noche tía Remedios.

Yo fingía obediencia mientras ella permanecía en el desván, moviéndose con dificultad entre los cachivaches que se agolpaban en el suelo. Tía Remedios avanzaba con bamboleos, resoplando como un ballenato con asma, parándose a descansar a cada poco. Me daba un beso de buenas noches en la frente (los pelos de su bigote me frotaban la piel, como un felpudo mínimo) y me dejaba a solas con mis masturbaciones y con los suicidas del Viaducto. En el desván de la casa guardaba tío Ricardo los excedentes de su negocio, todos aquellos objetos que, después de años o de siglos, nadie se había preocupado de desempeñar. Había baúles de ropa que olían a alcanfor o a sepultura vacía; había relojes de carillón con el tictac detenido; había animales disecados en posturas acechantes o meramente feroces; había cajas de latón salpicadas de óxido, llenas de estampas pornográficas con mujeres que también posaban en actitud acechante o meramente feroz (lo cual indica que la pornografía es otra forma de taxidermia); había armarios roperos en los que tío Ricardo guardaba abrigos de visón, astracán o marta cebellina, nutria, armiño o leopardo, como un atlas de faunas remotas, como fantasmas propietarios de una percha y una etiqueta, como cadáveres peludos y sedentarios, inútilmente disponibles. Yo me asomaba a los armarios, en aquellas noches inmóviles del desván (sólo los suicidas ponían un rastro de movimiento en la ventana), y me internaba entre los abrigos, como un Sacher-Masoch de secano, jugaba a imaginarme a sus dueñas, probablemente marquesas arruinadas, o mantenidas de algún ministro caído en desgracia, o cortesanas emigradas de la Rusia zarista, acariciaba los distintos pelajes y aprendía a distinguirlos, mientras las estrellas asistían a mi pecado, como un sínodo de luciérnagas. Los abrigos desprendían un perfume antiguo, lujoso y lujurioso a partes iguales, de mujeres que agonizan encerradas en un armario, necesitadas de aire fresco y de un hombre que las fecunde. Me metía en los armarios, me internaba entre la selva de los abrigos, y me masturbaba violentamente, frotando el glande contra el astracán o el visón o la marta cebellina, que al contacto genital se convertía en un pubis extenso, en una vagina dúctil, húmeda como un reptil (pero la humedad se la transmitía mi propio glande). Me masturbaba una y otra vez, inasequible a la extenuación, alumbrado por un charco de luna que había en los espejos del ropero, columpiándome en las perchas y dejando el rastro viscoso de mi pubertad entre aquel mapamundi de fantasmas.

Salía del armario, furtivo como un amante que teme el regreso del marido burlado (la invención de un rival acrecienta el placer), y me contemplaba en los espejos del ropero, desnudo y con una erección que sobrevivía al orgasmo, demorándome hasta encontrar esas discrepancias que el reflejo incorpora al modelo, diferencias apenas perceptibles que suelen pasar desapercibidas para el ojo no amaestrado: una arruga en el entrecejo, una sombra de dureza en la barbilla, una fisonomía más adulta. En el desván de aquella casa aprendí, después de familiarizarme con la vigilia y con los muertos del Viaducto, que los espejos flanquean nuestra vida, como ángeles de la guarda, prefigurando al hombre futuro que ya pronto seremos, ese hombre envejecido por las claudicaciones y los anhelos no realizados. Los espejos no *reflejan* la realidad, sino que la anticipan. Yo asistía a la metamorfosis de mi propio cuerpo ante los espejos del ropero, y dialogaba con el hombre que pronto sería, mucho más cínico y rencoroso que yo mismo, mucho más viejo también. El amanecer, con su luz tuberculosa, disipaba estas adivinaciones; tía Remedios me subía el desayuno a la cama, una taza de chocolate con picatostes.

—Han venido Sarita y su madre a hacerte una visita.

Carmen de Burgos, *Colombine,* recorría Madrid en bicicleta (nostalgias de su época de maestra rural), pedaleando por calles dormidas, promoviendo escándalos entre quienes todavía confundían deporte y pecado. El pedaleo le producía agujetas y escoceduras en los muslos, pero aun así perseveraba, pues con su ejercicio contribuía a la causa de la liberación femenina. Colombine, al pedalear, enseñaba más pierna de lo debido y congregaba a su paso una multitud de hombres cazurros que se agachaban y le miraban por debajo de la falda. En el trasportín de la bicicleta, Colombine llevaba a su hermana Ketty o a Sarita, para airearlas un poco y, ya de paso, propiciar sus respectivos noviazgos con Cansinos-Asséns, que vivía cerca del Viaducto, y conmigo. El noviazgo de Ketty andaba por entonces algo estancado (Cansinos, con esa pereza irremisible de los célibes, no iba más allá de los tocamientos deshonestos), y el de Sarita conmigo tampoco se había consumado, aunque entre tía Remedios y Colombine mediara el secreto pacto de destinarnos el uno para el otro, en sacrosanto matrimonio. Yo procuraba desbaratar las alcahueterías de tía Remedios con comentarios groseros o disparatados:

—Esta noche he tenido una aventura con una cortesana rusa.

En realidad, la aventura había sido con un abrigo de rabos de zorro, pero con la mentira, además de enunciar un principio del erotismo malsano (la sustitución de la mujer por su fetiche), estaba formulando una metonimia. Apuntaba ya mi vocación literaria.

—Fernandito, déjate de burradas. Vas a espantar a las visitas.

—Pero si es verdad lo que digo, tía.

El chocolate me transmitía un calor guerrero, elocuente y espeso. Colombine, más morena que de costumbre (el sol de Melilla la había mejorado), me reía las gracias y se rascaba por encima de la falda las escoceduras de los muslos.

—Es el sillín de la bicicleta. Me roza muchísimo.

Tenía muslos de amazona, casi tan morenos como su rostro (aunque quizá fuesen las medias las que disimulaban su palidez), cansados de pedalear o de abrirse para Ramón. Se rumoreaba que Julio Romero de Torres, pintor de gitanerías y decadentismos, había pedido a Colombine que posara para él, corpulenta y desnuda, deslumbrado por ese par de muslos como continentes de carne recóndita. Al lado de su madre, Sarita parecía hecha de alfeñique; su belleza caligráfica, apenas púber, la asemejaba a un ángel prerrafaelista.

—Pues Sarita te guarda fidelidad desde que te conoció, y eso que no le faltan pretendientes.

—Para que veas —subrayó tía Remedios.

Sarita se ruborizó, más por falsa modestia que por otra cosa; le habían crecido unos senos casi mamíferos por debajo de la blusa, contradictorios con su cuerpo esmirriado, como réplicas en miniatura de los de su madre. Procedente de la calle, llegaba el rumor creciente de la ciudad, el aleteo frondoso de los buitres que se disputaban los cadáveres de los suicidas. Tía Remedios me limpiaba con el pico de una servilleta los restos de chocolate que me quedaban en las comisuras de los labios.

—Usted lo mima mucho, señora Remedios —dictaminaba Colombine.

—A ver. Como si fuera mi propio hijo.

Me molestaba, como a todo hombre que empieza a emerger de la niñez, ser viviseccionado por mujeres que prescindían de mi presencia. Sarita intentaba meter baza, casi siempre sin éxito, con una voz tartamuda:

—Lo que necesita Fernandito es mano dura.

Tácitamente, me seguía reprochando aquel episodio en la calle de las Maldonadas. Sarita abría y cerraba las piernas, en un juego de ventilación, como abanicándose a sí misma; comprobé que no llevaba bragas: la visión de su coño me ofuscó por un momento, mientras Colombine formulaba no sé qué loas sobre el matrimonio y la procreación. Colombine, que por escrito propugnaba la república y el sufragio femenino en un tono beligerante, se volvía pequeñoburguesa en la conversación, quizá porque todos los progresistas teóricos tienen aspiraciones poco proclives a la epopeya. Me cambié de postura en la cama, para que las sábanas no delatasen mi erección.

—Fernandito lo que tiene que hacer es estudiar, licenciarse y formar familia —dijo Colombine, aquietándose con las manos el sofoco de los senos.

—De eso nada. No pienso estudiar.

Me estaba fabricando un futuro acorde con la imagen que me mostraban los espejos del ropero: la de un hombre autodidacto y poco dócil.

—¿Cómo que no quieres estudiar? Mañana mismo te buscamos colegio tu tío y yo.

—Que no, tía. Que en los colegios sólo apacientan borregos.

Tía Remedios profesaba a la enseñanza esa veneración casi religiosa que las clases analfabetas profesan a la letra impresa (sólo se venera lo que se desconoce); Colombine, menos inocente o más civilizada que tía Remedios, improvisó un alegato a favor de la pedagogía.

—A mí no me venga con paños calientes, Colombine —la interrumpí. Me sorprendió a mí mismo tanta vehemencia—: Usted barre para casa. Además, que aquí no hay escuelas laicas. Los curas tienen el monopolio.

Tía Remedios se llevó las manos a la cabeza, como conteniéndose la jaqueca del escándalo:

—¡Encima nos sale anticlerical!

—Anticlerical y ateo, si hace falta, tía. Tengo ya catorce años y sé lo que me conviene. Por el colegio no piso, se lo aseguro.

Sarita me miraba con ojos cada vez más grandes y admirativos. En mi terquedad de adolescente (todos los adolescentes se erigen en mesías de sí mismos y de quienes les rodean), creía que aún era posible crecer y formarse al margen de academicismos y educaciones impuestas, incontaminado de dogmas, como las alimañas crecen en el bosque, afilando las uñas y el olfato.

—Pues algo tendrás que hacer, Fernandito. Lo que no se puede es estar de brazos cruzados con catorce años.

—Claro que pienso hacer algo. Mañana mismo empiezo a trabajar con el tío Ricardo.

Sentí que un aire de rebeldía me refrescaba (pero nadie había abierto la ventana) y ayudaba a crecer. Mi determinación contrariaba los planes de Colombine, que planeaba reservar a su hija para un hombre de provecho, glorificado de estudios y burocracias, con posibilidades de trepar en el escalafón de los prestigios sociales, y no para un aprendiz de prestamista.

—Eso tendrás que meditarlo a conciencia antes de tomar una decisión definitiva, niño.

Colombine había adoptado un tono agrio, como de institutriz con inminencias de menopausia, y perdido su alegría gorda y pedaleante: a lo mejor, las escoceduras de la entrepierna contagiaban su carácter.

—Ya lo tengo decidido, señora Colombine. Cuando se me mete una cosa entre ceja y ceja no hay quien pueda conmigo.

—Estás labrando tu desgracia, niño.

—Cada uno labra su pedacito de tierra. Otros tienen aspiraciones de latifundistas y así les luce el pelo. Y haga el favor de no joderme más: ya no soy un niño.

Sarita se mordió los labios, amilanada o definitivamente cachonda ante el estallido de violencia verbal. A su madre se le subió la ira al rostro, como una congestión súbita o un coágulo de sangre. Marchó sin despedirse, desoyendo las excusas de tía Remedios, que no se explicaba muy bien mis groserías. Al quedarme sólo, me hundí en las sábanas voluptuosamente, satisfecho de mi brutalidad, aspirando el olor a ropa limpia con un alivio criminal y somnoliento.

—Hijo, hay que respetar a los mayores —la tía Remedios me hablaba desde el umbral de la puerta con una voz cohibida, una vez que nos quedamos solos.

La brusquedad como método. Había descubierto que sólo así lograría imponer mi voluntad sobre los adultos; sólo así demarcaría mi territorio en medio de ese infierno que son los otros. Colombine y Sarita se alejaban, calle abajo, subidas en una bicicleta que les iba frotando la entrepierna y el alma, hasta desgastárselas.

—Menos monsergas. Dígale a tío Ricardo que mañana me incorporo de aprendiz.

En la plaza de Santo Domingo, entre floristerías mustias y pastores que instalaban su puesto en la calle, para vender un requesón agrio y reblandecido, estaba la tienda de préstamos de tío Ricardo, más conocido en el negocio como Veguillas, en un sótano profundo que olía a mausoleo. Se bajaba a la tienda por unas escaleras crujientes como un hojaldre arqueológico, pero más frágiles aún, alumbradas por un quinqué que me golpeó la cabeza el primer día, y me la seguiría golpeando en días sucesivos, hasta que me habitué a esquivarlo. Era un local tenebroso, sin luz eléctrica, alumbrado por lámparas de aceite que suministraban una muerte gradual por asfixia; tío Ricardo, ya de por si traslúcido, se

tornaba transparente en la penumbra, entre el humo que cubría
las paredes.

—Fernandito, ponte enseguida un guardapolvo, que si no te
vas a ensuciar la ropa.

Se respiraba allí un aire subterráneo, casi carbonífero. Sobre
unos anaqueles combados por el peso, se amontonaban las mercancías que tío Ricardo tomaba en depósito, una confusión de
objetos superfluos, joyas sin brillo y animales en cautiverio que
tío Ricardo alimentaba, a falta de otra indicación por parte de sus
dueños, con una dieta unánime (y bastante barata) de peladuras
de patata, lo mismo daba que fuesen grillos, tortugas o gatos callejeros. La tienda de empeños de tío Ricardo tenía algo de biblioteca náufraga o colección de despojos: allí, cada objeto escondía,
por debajo de las telarañas o el caparazón de polvo, una biografía
distinta, barnizada de miseria o sacrificio, millonaria en anécdotas y penalidades. Cada objeto contenía un pálpito de vida, una
premonición fúnebre, y bastaba acercarlos al oído para escuchar
su historia susurrada (en cierto modo, eran como caracolas vara-
das en una playa), una historia casi humana de envilecimientos y
transacciones y simbólicas condenas. Más que sus propios dueños, hombres y mujeres que entraban atolondradamente en la
tienda, como quien visita por primera vez un confesionario o un
prostíbulo, chocándose con el quinqué de la escalera, los objetos
me transmitían el calor casi extinto de otras manos anteriores a
las mías que los poseyeron con firmeza o temblor, con convicción
o desgana, esa temperatura enferma (apenas unas décimas) o im-
pregnada de sudor que dejamos las personas sobre las cosas en
nuestro contacto inconsciente o cotidiano. Supe, entonces (igual
que lo supo Ramón al comenzar a escribir), que los objetos están
dotados de un alma infinitamente más sutil que la de sus dueños,
un alma que además de explicarse a sí misma nos explica a quienes la poseyeron, igual que los distintos sustratos de tierra nos ex-
plican el discurrir de las eras geológicas. También las cosas se
componen de sustratos, capas que se sedimentan sobre su superficie, puliendo las aristas, redondeándolas, incorporando un rico
caudal biográfico, una *fisicidad* que excede las fronteras del reino

inanimado. Quizá los muebles viejos que se compran a los anti-cuarios nos atraen, más que por un interés artístico o cronológi-co, por esa sedimentación de almas humanas que presumimos en un objeto con varios siglos de vida. Tío Ricardo me enseñaba los rudimentos del oficio:

—Hay que adivinar, en primer lugar, si lo que el cliente quiere empeñar tiene algún valor sentimental para él. Nunca aceptes co-sas sin personalidad, cosas nuevas o demasiado mecanizadas.

—¿Por qué?

—Porque terminarías llenando la tienda de armatostes. Hay que conseguir que el cliente no se olvide de lo que ha empeñado, porque así creas en él una dependencia, y la próxima vez que ne-cesite dinero volverá aquí, para ver cómo le cuidas lo que te dejó.

—¿Tanto cariño despiertan esos trastos?

—Tanto y más. Tú piensa que a través de nuestras pertenen-cias perduramos.

—O sea, que nos ayudan a vivir.

—Y a morir. Cuando otros las heredan, es como si nos reencar-náramos en ellos. Ésta es la única forma posible de inmortalidad.

Demasiada metafísica para un simple empeñista, pensé. Por la noche, cuando tío Ricardo cerraba su negocio al público para ha-cer inventario de existencias, los objetos cobraban una vida autó-noma, sobrenatural y políglota: hablaban idiomas ininteligibles, un pentecostés de confidencias poco celosas de su intimidad (pero, ahora que lo pienso, la confidencia siempre infringe la in-timidad, propia o ajena). La tienda, entonces, envenenada por el humo de las lámparas, cobraba un aspecto de cementerio locuaz. Tío Ricardo me advertía:

—No te acerques tanto a la lámpara, no te vayas a atufar.

Él escudriñaba los anaqueles hasta encontrar el objeto que buscaba; se movía por la tienda con una agilidad perezosa (si la contradicción es admisible), rectificando continuamente su tra-yectoria, como un roedor. A los clientes que llegaban avergonza-dos los atendía con un paternalismo apenas perceptible, para evi-tarles el mal trago de la humillación. Al sótano de la plaza de Santo Domingo bajaban poetas recién llegados a la conquista de

Madrid que deseaban hipotecar sus versos y niñas que se dejaban cortar la trenza a cambio de un par de duros.

—¿Y por qué quieres cortarte la trenza, niña? ¿Para que una marquesa calva se haga con ella una peluca? Anda, toma los dos duros y déjatela crecer.

La niña sonreía sin comprender, asomando unos dientes menudos, apenas renovados.

—Vamos, márchate antes de que me arrepienta.

Tío Ricardo, más conocido en el negocio como Veguillas, tenía un carácter blando, propicio a los sentimentalismos y poco acorde con el oficio que desempeñaba. Al reclamo de su debilidad acudían, procedentes de los arrabales de la mala literatura, personajes enloquecidos, turbios y desastrados, una colección de monstruos que alternaban sonetos y sablazos con idéntica impunidad (por lo común, los sonetos resultaban más nocivos que los sablazos), amparados en sus cataduras (que suscitaban pavor) y en su labia (que suscitaba lástima). Pedían limosna con tal acopio de argumentos y citas, mayormente apócrifas, que al final el mecenas, al acceder a sus súplicas, tenía la sensación de estar remunerando un favor. A tío Ricardo lo tenían inscrito en su lista de benefactores con letras de molde, encabezando el apartado de «espléndidos». Entraban en la tienda tropezándose con sus propios harapos, manoteando nerviosamente; el aliento les apestaba a vinazo del malo:

—¡Salve, Veguillas! —lo saludaban—. ¿Cuánto me daría por este chaleco de terciopelo?

Le mostraban una prenda de tejido irreconocible, condecorada de lamparones y gargajos, como un archipiélago de suciedad.

—Porque me cae usted simpático, tres pesetas.

Y les extendía una papeleta a modo de justificante. No porfiaban, porque tío Ricardo siempre tasaba por lo alto, en un alarde de generosidad. Poco a poco, fuimos reuniendo en la trastienda una trapería pestilente, populosa de piojos y otras faunas aún más diminutas, que agravaba nuestros problemas de ventilación.

—Mire, tío, entre el humo de las lámparas y los andrajos de esos tipejos no vamos a poder respirar.

Tío Ricardo sacudía la cabeza, como espantando algún fantasma juvenil:

—Y qué quieres que yo le haga. Siento debilidad por los poetas. Los poetas lo merecen todo.

—Los poetas a lo mejor, aunque eso habría que discutirlo, pero no los hampones.

Ya actuaba en mí, que todavía no había escrito ni una sola línea, ese odio generacional que el escritor practica con sus antecesores (también con sus inmediatos sucesores), y que no es sino una manifestación del instinto de supervivencia. Tío Ricardo hablaba como un misionero del amor fraterno:

—No quiero cargar sobre mi conciencia la muerte de uno de esos pobres hombres.

—¿Pobres hombres? —lo corté—. Son unos extorsionadores y unos mangantes que utilizan la coartada de la poesía. Se creen geniales porque no se lavan, como si el genio rechazase la compañía del jabón.

—Pero, a veces, en señal de gratitud, me dedican algún soneto...

—¿No le digo? Su coartada. Un mal soneto cada cinco años les da derecho a todos los cinismos.

Un análisis menos partidista de aquel fenómeno, mixto de literatura y truhanería, me habría explicado las razones que justificaban a los últimos poetas del arroyo. Desde la muerte de Alejandro Sawa, la bohemia, obstinada en mantenerse al margen de una sociedad cada vez más filistea, había sustituido su antigua postura de enfrentamiento, ya insostenible, por otra de acatamiento y resignación; los bohemios, huérfanos de un caudillo espiritual, se habían agarrado a la cola de esa misma sociedad que antaño repudiaban, y habían desarrollado una picaresca organizada, un inframundo de golfos que utilizaban su musa como recurso folletinesco. Pronto se incorporó a esta cofradía lírica o delictiva, expulsado de todas las redacciones de los periódicos, Pedro Luis de Gálvez, que ya por entonces vivía del crédito que le producían sus sonetos, de un estilo bronco y aguzado de escabrosidades, como aquel que dedicó a Antinoo:

Fuiste frágil y hermoso como una cortesana,
compartiste tu lecho con un emperador,
florecieron tus labios una rosa liviana:
eras esclavo, y era tu esclavo tu señor.

El Nilo fue sepulcro de tu belleza humana
—¡crisantemo marchito del jardín del Amor!—;
pero de Roma el alma decadente y pagana
te alzó estatuas y templos con heroico impudor.

Muchos años Adriano te lloró inconsolable.
De la mente del viejo, tu recuerdo inefable
ya no pudo borrarlo ninguna esclava vil...

Y en las fiestas, el pueblo, consternado, veía,
cómo el César —¡sin pulsos!— hasta tu altar subía
y acercaba sus labios a tu emblema viril...

Como nadie se los quería publicar (eran quizá demasiado osados para la sensibilidad timorata de entonces), Gálvez los vendía manuscritos, con esa caligrafía redonda y teologal que le habían enseñado los jesuitas en el seminario y que tanto rechinaba con el trasfondo hereje de los sonetos. Gálvez empezó a frecuentar el sótano de la plaza de Santo Domingo; solía ir acompañado de Vidal y Planas, el anarquista cristiano, cada vez más canijo y visionario.

—¡Vaya con el señorito! ¿Qué hace el hijo de un diputado canovista trabajando de dependiente en una casa de empeños?

Gálvez me saludaba con sorna, con cierto recochineo incluso. Los ojos, disminuidos por las gafas de lentes gruesos, parecían peces boqueando en una pecera. Tenía el rostro entorpecido de barba, como un bosque calcinado. Vidal caminaba a su lado, sin apartarse, como un lazarillo.

—¿Los conoces? —me preguntó mi tío la primera vez que aparecieron por allí.

—De vista tan sólo —mentí—. Gálvez iba por el salón de Colombine, cuando vivía en la casa de Serrano.

Acuciado por el hambre o por sus vicios, Gálvez se iba desprendiendo de aquel uniforme heterodoxo que se trajo de Melilla. Primero le tocó el turno al fez, cuyo anterior propietario, según el testimonio poco fidedigno de Gálvez, había sido un rifeño de la jarca de Beni-du-Gáfar, la última en someterse. A continuación, quiso empeñar la canana y las bragas de fieltro, que una vez desliadas en nada se distinguían de un turbante, salvo en que llevaban incorporadas una costra de mierda, como huella oscura de una menstruación viril.

—No sé, no sé, Gálvez —dudaba tío Ricardo—. No creo yo que valgan mucho unas bragas cagadas por un moro anónimo.

Entonces Gálvez, para ablandar a mi tío, exageraba las penalidades de su estancia en Ocaña y le mostraba, alzándose el pantalón, la señal que el grillete le había dejado a la altura del tobillo, una pulsera de lividez e hinchazón.

—Éste es mi marchamo de presidiario, Veguillas —decía, con victimismo hipócrita, subiendo la pierna sobre el mostrador.

Así, a fuerza de patetismos, conseguía empeñar sus trofeos de guerra. La pelliza de húsar nos la endosó a un precio desorbitado, jurando y perjurando que pertenecía a un general caído en combate; para fortalecer su patraña, la había agujereado a la altura del pecho con la brasa de un cigarro, para fingir un disparo mortal, y la había manchado con sangre de morcilla fresca.

—¡Yo mismo vi con estos ojos cómo moría el general, atravesado por la bala adversa! —gritaba Gálvez, llevándose los dedos a los lentes de culo de botella, llenos de círculos concéntricos—. ¡Se lo juro, Veguillas!

Envalentonado por la credulidad de mi tío, empezó a profanar tumbas y a traernos a la tienda calaveras de hipotéticos héroes de la campaña africana. Solía taladrarlas con un berbiquí en la zona parietal, e introducirles una bala de fusil, para mayor verismo. Gálvez llevaba las calaveras envueltas en papel de periódico, haciéndolas sonar como si fuesen una maraca; todas tenían una sonrisa monótona y orificada.

—Mire, mire, Veguillas, ponga el ojo en el orificio de la bala —lo animaba Gálvez.

Al fondo, entre la tiniebla craneal, se atisbaba un cerebro amojamado, del tamaño de un higo paso, y una bala con su carga de pólvora intacta. Años atrás, tío Ricardo ya le había aceptado una calavera a Francisco Villaespesa, aquel modernista de relumbrón (calavera que tío Ricardo utilizaba a guisa de pisapapeles), y Gálvez se amparaba en este precedente para vencer sus reticencias:

—Mire, Veguillas, usted aceptó el cráneo de un tatarabuelo de ese poetastro, de modo que sólo le pido un trato igualitario.

—Pero aquéllos eran otros tiempos, Gálvez.

—También las calaveras que yo le ofrezco son muy distintas. Ésta, en concreto, pertenece al teniente coronel y escritor ilustre Ibáñez Martín, que para más señas era tuerto y usaba ojo artificial.

Con artes bastante zafias, Gálvez le había encajado a la calavera una canica con irisaciones que le otorgaba un dandysmo hortera, como si fuera un monóculo de carnaval. Recordé, inevitablemente, aquellos versos célebres de Campoamor, que tratan sobre el color del cristal con que se mira el mundo y que no reproduzco por pudor estético.

—¿Qué? ¿Se la queda o no? ¿Cuatro pesetitas le parecen bien? —insistía.

Tío Ricardo encogió los hombros, aceptando el latrocinio. Envolvió la calavera con hojas de periódico y la hizo rodar por el mostrador.

—Anda, Fernandito, extiéndele una papeleta a este señor.

Gálvez se escupía las manos y se las frotaba, formando barrillo.

—Vengan las cuatro pesetas —dijo.

En pocos meses, nos invadió la tienda de calaveras, que almacenábamos en los rincones, formando montoncitos que al menor roce se derrumbaban, como pirámides egipcias. Parecía que estuviésemos en una catacumba mortuoria. Y el caso es que las calaveras sonreían.

Eduardo Zamacois era un cubanito altiricón y petimetre, mascarón de proa de una nueva generación de escritores posterior al noventa y ocho, en su mayoría novelistas de poco fuste que introdujeron en España una concepción de la literatura como herramienta de triunfo erótico. Cultivaban un estilo galante, más sugerido que explícito, siguiendo la moda gabacha, y abominaban de la tradición hispánica, por parecerles más propia de palurdos que de escritores. A Zamacois se le veía pasear por la calle de Alcalá, con bastoncito y gabán entallado, haciendo ondear su cabellera de aladares blancos y lanzando besitos (tenía unos labios muy besucones, gruesos como muslos de pollo) a las costureras y a las sirvientas que se cruzaban en su camino, dejando tras de sí un reguero de suspiros y embarazos. Se le notaba orgulloso de su nuevo invento editorial, una publicación titulada *El Cuento Semanal,* en la que, a diferencia de las revistas de variedades (*La Esfera, Nuevo Mundo* y demás publicaciones de papel cuché), no había espacio para reportajes ni crónicas de sociedad: se abastecía exclusivamente con novelas cortas escritas por autores contemporáneos.

El Cuento Semanal se convirtió en un éxito ruidosísimo que llegaría a desbancar a las restantes publicaciones periódicas. En veinticuatro páginas de papel satinado, con ilustraciones en color y tipografía menos ilegible de lo habitual, la revista de Zamacois se distribuyó por quioscos y agotó tiradas de muchos miles de ejemplares, cifras de escándalo que hasta entonces nadie había alcanzado, ni siquiera Blasco Ibáñez. Un público abigarrado, compuesto de artesanos, modistillas, soldados tullidos, oficinistas y solteronas con sarpullido, que repudiaba los libros al uso por considerarlos artilugios esotéricos, sólo comprensibles para una secta muy reducida de sabihondos, manifestaba así su sed de lectura: la literatura, que recluida en las catedrales del saber repugnaba al pueblo, trasplantada a recintos más plebeyos y administrada en dosis menos indigestas, se hacía eucaristía de la que comulgaban miles y miles de almas. Eduardo Zamacois encabezó una promoción muy homogénea en su estilo e intenciones, en la que destacaban Alberto Insúa, Alfonso Hernández Catá, Antonio de Hoyos y Vinent, Felipe Trigo, Pedro Mata, Joaquín Belda y otros muchos cortados por el mismo patrón, cultivadores de un naturalismo decadente y cursi, nombres que en los primeros veinte años del siglo eran sinónimo de popularidad y que hoy ya sólo sirven para amueblar un museo de espectros.

A Pedro Luis de Gálvez lo reclutó Zamacois para *El Cuento Semanal*, aprovechando esa aureola de malditismo que acompañaba al bohemio en su vagabundeo por cafés y tabernas. Zamacois, hombre atildado, tenorio cosmopolita (sabía la media docena de frases necesarias para el cortejo en más de treinta idiomas), se sentía fascinado por Gálvez, que mostraba sin tapujos los estragos de una mala alimentación y de las noches pasadas a la intemperie con piculinas (lo siento, así llamábamos a las putas); fascinación que nacía, sin duda, de ese impulso de atracción hacia el abismo que hasta los más refinados (o sobre todo los más refinados) no pueden reprimir. Al café El Gato Negro, en la calle del Príncipe, donde Gálvez tenía su tertulia, se acercó una tarde Zamacois, para exponerle las condiciones pecuniarias del contrato, que eran las únicas que interesaban a Gálvez. Zamacois, demasiado guapo para ser buen escritor, lucía zapatos de charol y bastón con empuñadura de nácar.

—Usted me entrega cuatro novelitas al año, en fecha que ya fijaremos, y yo le pago a usted cinco mil pesetas, mil por adelantado y mil a medida que me vaya entregando los originales.

Era una suma fastuosa, a cambio de la cual exigía exclusividad en el contrato. Gálvez se frotó los ojos exhaustos de vigilias:

—Trato hecho. Pero el caso es que acabo de vender mi máquina de escribir. A lo mejor mi letra no la entiende usted bien.

Gálvez lanzó un guiño cómplice a sus contertulios. Yo solía incorporarme a estas reuniones, a las que asistían varios proletarios de las letras, al acabar mi jornada como aprendiz de empeñista; tío Ricardo, que se compadecía de los escritores bohemios y los contaba entre sus clientes más asiduos y practicaba a su costa una caridad inofensiva, no veía sin embargo con buenos ojos que me juntara con ellos (la piedad es un sentimiento de lejanías), pero le faltaba autoridad para prohibírmelo.

—No se preocupe —dijo Zamacois, mientras abría su pitillera, pertrechada de cigarrillos turcos—. Mañana mismo le presto una *Underwood* que tengo en casa muerta de risa. Lo importante es que entregue los trabajos a su debido tiempo.

Gálvez se comprometió, mientras expoliaba la pitillera de Zamacois:

—Trato hecho. En cuanto tenga la máquina me meto en el tajo.

Zamacois abandonó el café, dejando en el aire un rastro de perfume antillano. Algunas mujeres se quedaban mirándolo con inequívocas intenciones genitales.

—Lo primero que haré cuando me haya dado el dinero es ir al sastre —dijo Gálvez a sus contertulios—. El talento no vale nada. Las mujeres se fijan en el traje. ¿Os habéis fijado en el figurín de Zamacois? Tengo entendido que moja todas las noches, el muy cabrón.

Las novelas de Gálvez se fueron sucediendo durante aquel año, con argumentos más bien tremebundos que incluían raptos y acababan con el seductor escarmentado y la doncella en un convento de clausura, según la más trasnochada tradición cervantina. Estaban aderezadas con digresiones pornográficas, recuerdos de su juventud en el seminario, retruécanos, discursos anticlericales, apostasías y blasfemias sugeridas: Gálvez, a diferencia de Cervantes, se afanaba por parecer que tenía de prosista la gracia que no había querido darle el cielo. En el acaloramiento de la escritura, se dejaba llevar por invocaciones y retoricismos que rompían el hilo de la narración; recuerdo aquel apóstrofe que uno de sus personajes, inspirado por una musa culinaria, realiza ante un plato de cocido: «¡Oh, prosaico garbanzo, tiranuelo de la voluntad, omnipotente regulador de los humanos destinos, monarca de la honradez y príncipe de la bellaquería, único burlón que tiene la nariz de loro y rubios los carrillos!» A los lectores de la revista, acostumbrados al decadentismo galante de Zamacois y comparsa, se les atragantaba un plato tan castizo.

Yo, semienterrado en el sótano de la plaza de Santo Domingo, entre cráneos de héroes apócrifos y anaqueles en los que anidaba el olvido, también participaba del furor suscitado por *El Cuento Semanal*. Leyendo aquellas revistas, recién sacadas del horno fresco de las linotipias, fragantes de tinta, participaba yo, siquiera desde lejos, de la literatura, esa ceremonia privada y al mismo tiempo solidaria, y soñaba, sin haber escrito una sola línea, con un triunfo plural que abarcase las revistas, los periódicos, los escenarios teatrales, las editoriales de Madrid o Barcelona; para realizar esta misión, no hubiese desdeñado (no iba a desdeñar) el crimen o la impudicia. Levantaba de vez en cuando la mirada de las revistas y la fijaba en tío Ricardo, que atendía a su clientela con una felicidad dócil, sin otros horizontes que la repetición infinita de unos mismos trámites; sentía entonces asco y lástima (más asco que lástima) por lo que mi tío era o representaba.

—Fernandito, toma esta papeleta y tráele su reloj a este señor.

—Lo siento, tío, pero ya es la hora de marcharme —me excusaba, con rigurosa puntualidad.

Al terminar la jornada, tío Ricardo se quedaba a solas en la tienda, atufado por el aceite requemado de las lámparas, como una lechuza que se alimentara por inhalación, haciendo inventario de existencias y escuchando el lenguaje babélico que le susurraban los objetos empeñados. Camino de El Gato Negro, en la calle del Príncipe, se me iba disipando la vergüenza de ser dependiente en una casa de empeños, y me creía traspasado por el metal de la literatura, que ya concebía yo como una especie de bautismo que lavaría mi pasado indigno en el sótano de la plaza de Santo Domingo.

El Gato Negro era un café que jamás habría inspirado el cuento homónimo de Poe: de ambiente señoritingo y cursi, poseía una decoración empalagosa, más propia de la sala de espera de un dentista que de un establecimiento al que acudían escritores en ciernes. Detrás de una columna con mayólicas se sentaba don Jacinto Benavente, rodeado siempre de jovencitos ambiguos o directamente sodomitas, que se dejaban ganar al ajedrez y se perfumaban con pachulí. Don Jacinto Benavente tenía cara de profesor de esperanto o de duendecillo conservado en un frasco de formol; hablaba con frases lapidarias, como un Oscar Wilde de saldo, y soltaba epigramas como quien suelta escupitajos. En cierta ocasión se le acercó una marquesa, cuyas insinuaciones y requiebros había ignorado el dramaturgo (las mujeres, incluidas las marquesas, le daban asco a Benavente) y, estampándole un beso sobre la calva, le dijo:

—Hermosa cabeza, pero sin *sexo.*

A lo que Benavente, parodiando la fábula de Samaniego, repuso:

—Le dijo la zorra al busto.

Y se rió con su risita gangosa, como un Mefistófeles de pacotilla, mientras la marquesa se retiraba, corrida de vergüenza; la ocurrencia fue muy celebrada entre el séquito de Benavente, aquella *troupe* de jovencitos florales, ociosos y arribistas. Pedro Luis de Gálvez, después de su incorporación a la nómina de *El Cuento Semanal,* había quemado sus andrajos y mandado hacerse unos trajes de rayadillo, al estilo de un dandy anglosajón. Presumía de haber seducido a una meritoria del Teatro de la Comedia, una tal Carmen Sanz, hija de un ropavejero del Rastro.

—Fijaos que, en cuanto vio mi retrato en la portada de las revistas, se encaprichó conmigo. Cualquier día de éstos pienso raptarla, porque la verdad es que su padre me cae algo gordo.

—¿Y no terminarás casándote, Pedro Luis? —le preguntaba Vidal y Planas, el anarquista cristiano.

—¿Casarme yo? Siempre he sido rebelde a todo formulismo, y el casamiento no es más que un contrato repugnante. Vender el corazón, bajo escritura firmada ante notario, como si fuera una finca, es algo que me asquea.

Eugenio Noel, casado y con un hijo que lo seguía a todas partes, no se atrevió a disentir; tenía cara de mejillón cocido, melena de paje trasquilado y bigotes a la borgoñesa, y vivía en la más lujosa de las miserias, habitando el sótano de un palacio que le había cedido gratuitamente una aristócrata para la que su madre había trabajado como ama de cría. Se ganaba la vida escribiendo artículos contra la fiesta nacional (siempre ha habido en España detractores de la tauromaquia, quizá porque llevar la contraria es otra forma de pintoresquismo); esta disidencia le había granjeado la animadversión de los aficionados, que cada vez que se tropezaban con él en una calle poco concurrida, le rapaban las melenas.

—Esperemos que no se te haya ido la fuerza con el corte de pelo, como le ocurrió a Sansón —bromeaba Gálvez.

Eugenio Noel bebía cerveza sin levantar la jarra del velador, como si abrevase. La espuma se le quedaba adherida a los bigotes, que parecían dos alambres nevados, y la cerveza se le bajaba al culo, donde se le iba sedimentando. Eugenio Noel tenía un culo fondón, casi femenino (pero de una feminidad rolliza), apelmazado por la vida sedentaria y el terciopelo de los divanes. A su hijo, que era un niño larguirucho y pálido, alimentado con vinagre y requesón, lo hacía estar de pie, para que no criase michelines; daba lástima aquel pobre niño, con su trajecito estrecho, su esclavina raída y la corbata de lazo oprimiéndole el cuello como una mariposa siniestra.

—¡Hombre, Emilio! Qué honor contar con tu presencia.

A la tertulia de Gálvez asistía Emilio Carrere, antes de iniciar su periplo por tabernas y lupanares. Carrere trabajaba de incógnito en el Tribunal de Cuentas, haciendo sumas erróneas y llevándose comisiones bajo cuerda, pero él prefería cultivar una pose bohemia y atribuir sus ganancias a la literatura. Vestía un chambergo negro que le cubría hasta los tobillos, almidonado y con hombreras postizas, otorgándole un cierto aspecto de ataúd ambulante. Tenía una papada episcopal y una barba de crecimiento acelerado, como de puercoespín.

—Yo a ti te conozco de algo, muchacho —me decía.

Gálvez aprovechaba para inmiscuirse; se había arrellanado en su silla, y se acariciaba la tripa:

—El día que murió Alejandro Sawa, ¿no te acuerdas?, nos acompañó al velatorio. Se llama Fernando Navales; es un señorito venido a menos.

También rondaban la tertulia de Gálvez, como ánimas en pena o navegantes sin brújula, otros cofrades de la hermandad de la bohemia: Ernesto Bark, el anarquista pelirrojo, doctor en medicina por la improbable Universidad de Cracovia; Dorio de Gádex, hijo fantasmagórico de Valle-Inclán; y Pedro Barrantes, que nada más entrar en el café se quitaba la dentadura postiza y empezaba a recitar sus poemas macabros, para espantar a la concurrencia: como sin la dentadura no controlaba el flujo de saliva, iba rociando con su hisopo a cuantos se acercaba. A las mujeres se les revolvía el estómago, y los hombres fingían indignación para irse sin pagar. Pedro Barrantes aprovechaba las deserciones para apurar las copas de licor abandonadas en el mostrador.

—¡Así es como se vence al filisteo! —aplaudía Gálvez desde la mesa.

Vidal y Planas, entretanto, exponía a los otros su peculiar fe:

—Algún día desaparecerán las naciones, las fronteras y las cárceles.

Ernesto Bark se atusaba su barba de filibustero en salazón; no se la rapaba nunca, por temor a que le saliesen canas.

—Pero para que ese día llegue, hay que pasar a la acción, Alfonso.

—Eso mismo le digo yo —intervino Gálvez—. Con discursitos no se arregla nada. Los anarquistas catalanes lo nombraron delegado en Madrid, con la encomienda de buscarles un escondrijo, para cuando tengan que refugiarse, después del atentado que planean contra Canalejas, y hasta hoy.

Vidal protestó:

—Te he dicho cientos de veces que no hables de eso en público, Pedro Luis. Es una misión secreta.

—Bah, tanto secreto ni tanta leche. Han pasado siete meses y aún no les has encontrado ese escondrijo. Cualquier día se te presentarán aquí, y tendrás que alojarlos en una pensión.

—Aún me queda tiempo, Pedro Luis. No es tan fácil como tú te piensas. Además, que se me pasan los días haciendo apostolado. Ésa es mi verdadera vocación.

Vidal se había propuesto, por excentricidad o perversión, visitar todos los burdeles de Madrid e ir extendiendo entre sus pupilas el evangelio anarquista; esta tarea casi infinita, que hubiese requerido una naturaleza más longeva que la suya, lo absorbía por completo, y a ella se dedicaba, día y noche, con esa fanática laboriosidad del misionero que desobedece las directrices vaticanas.

Eugenio Noel había pedido otra jarra de cerveza; con el último sorbo de la anterior, se enjuagaba la boca, hasta que la espuma le hinchaba los carrillos y se le salía por las comisuras de los labios, como en una epilepsia sin espasmos. Rápidamente, su hijito le tendía un pañuelo, con el que se limpiaba.

—Ya no quedan sitios seguros en Madrid —dijo, en apoyo de Vidal—. La policía registra las casas, casi siempre sin orden judicial, en busca de propaganda clandestina.

—Y, si no tienes casa, te aplican la ley de vagos y maleantes y te enchironan —certificó Pedro Barrantes, limpiando minuciosamente su dentadura postiza con la punta de la lengua—. Alfonso, si quieres encontrar un lugar que no despierte sospechas, pregúntale a Emilio: se sabe de memoria todos los rincones de Madrid.

Emilio Carrere se rascó la papada, que sonó con un sonido áspero, como de lija. Jamás había salido de Madrid (pertenecía a ese gremio de paletos madrileños que creían que, más allá de las Rondas, estaba el finisterre), y ese sedentarismo le había permitido reunir unas erudiciones topográficas que excedían a las de cualquier guía municipal; su madrileñismo, más bien energúmeno, lo había impulsado a afirmar que el Manzanares no tenía nada que envidiar al Sena, y que el Barrio Latino de París palidecía al lado de la calle de San Bernardo. A veces, incluso, cuando los vapores del ajenjo le fermentaban bajo el sombrero, se creía una reencarnación de Verlaine.

—Conmigo no contéis como encubridor de vuestros desmanes. Ya sabéis que soy hombre de orden.

Dorio de Gádex, con su cara de queso agujereado, se había internado hasta el fondo del café, para intentar colocarle a don Jacinto Benavente un ejemplar de su última obra, un plagio mal traducido de D'Annunzio. Dorio dedicaba sus libros a senadores, toreros, cupletistas y aristócratas con ínfulas de mecenazgo, y se decía que ya había logrado colocar por este método cerca de veinte mil ejemplares.

—Don Jacinto, dígnese comprarme un librito.

Benavente se fumaba un puro habano, y llenaba el café de un humo como de infierno doméstico, que era lo que se correspondía con su aspecto de diablillo enjuto.

—Mire, joven, yo sólo leo prospectos profilácticos.

Los jovencitos que lo rodeaban rieron aliviados, en la esperanza de que don Jacinto aplicase en la práctica sus lecturas y no los fuese a contagiar por vía rectal. Oscurecía, y los parroquianos de El Gato Negro, a la luz leprosa del crepúsculo, cobraban una inmovilidad de estatuas abandonadas en un jardín. Se me ocurrió intervenir:

—Oye, Alfonso, yo sé de un sitio donde podrías esconder a tus correligionarios.

—¿Dónde?

—En el Torreón de Gómez de la Serna, en la calle Velázquez. Su padre trabaja en la judicatura: a ningún policía se le ocurriría husmear allí. Últimamente, Ramón pasa más tiempo con Colombine que en su Torreón, así que no creo que le causéis demasiadas molestias.

—Y si se las causamos, que se joda —bramó Gálvez, que tenía vocación de agente de desahucios—. La propiedad es un invento burgués.

A eso de las nueve, Carmen Sanz, la meritoria de la que ya nos había hablado Gálvez, acababa los ensayos en el Teatro de la Comedia, cuyos bastidores comunicaban con El Gato Negro, y se incorporaba al grupo. Carmen Sanz era una muchacha de apenas dieciséis años (poco mayor que yo), de una belleza suburbial y ascética, quizá demasiado sosa, que con el tiempo haría carrera en los escenarios y en las alcobas de muchos empresarios teatrales. Por de pronto, don Narciso Caballero, dueño del Teatro de la Comedia, ya le había regalado un mantón de Manila, obsequio poco acorde con su rango de meritoria; don Narciso Caballero era por entonces lo que hoy llamaríamos un galán otoñal, triponcito y con barba recortada, que miraba a las mujeres con ojos de hipnotizador o rabino (el teatro era su sinagoga). Carmen entraba todas las tardes en El Gato Negro del brazo de su jefe, para desesperación de Gálvez, que, a pesar de sus alegatos en favor del amor libre, padecía más celos que un extremeño de Cervantes. Aunque allí nadie mencionase los cuernos, se formaba un silencio afilado de carraspeos que desazonaba al bohemio.

—Carmen, palomita, no me gusta que andes con ese hombre. Tiene fama de donjuán.

—Pero si lo único que quiere es encauzar mi carrera, Pedro Luis.

Carmen era de tipo delgado, y hablaba con estudiada vulgaridad, con un pudor procaz y madrileñísimo. Tenía unos ojos miopes, grises y algo viciosos (la miopía mal corregida les añadía sensualidad) y unos brazos atolondrados, que movía al hablar con cierta gracia patosa. Era la sexta hija de un ropavejero del Rastro, llamado el tío Carcoma a causa de su proverbial tacañería, que había logrado reunir un cierto capital prolongando hasta lo inverosímil el uso de los harapos y alimentando a sus hijas con pan y cebolla. A Carmen le correspondía en el negocio familiar el oficio de planchadora, último eslabón en una cadena de lavanderas y modistillas y bordadoras. Carmen olía a jabón barato y vapor de agua, como corresponde a una planchadora limpia; el trabajo le había cuarteado las manos, incorporando un matiz de rudeza o envilecimiento a su cuerpo espigado, casi museístico. Recuerdo que tenía la nariz respingona, los pómulos salientes, el pelo de un castaño mate, recogido en un moño; era bella como una flor del arroyo.

—Anda, paloma, cuéntale a estos señores cómo nos conocimos.

Había sido en un baile de criadas gallegas, en el barrio de Tetuán, entre charangas rústicas y soldados de permiso que se ponían ciegos tocando culos. Para Carmen, que había padecido novios vulgares y agropecuarios, Gálvez supuso una especie de deslumbramiento: entre sus adoraciones, figuraban los escritores de *El Cuento Semanal,* y jamás hubiese soñado con conocer a uno de ellos en persona. Tetuán ardía en medio del verano, y las criadas gallegas bailaban el chotis mostrando unas pantorrillas gordas, como en un cuadro de Solana; contagiados por el fervor de la música, Gálvez y Carmen también bailaron, en un remolino de lujuria. Pero al tío Carcoma no le agradaba aquel noviazgo (quizá intuyese la escombrera moral que todo escritor esconde), y había llegado a perseguir a Gálvez con un revólver cargado.

—El muy bestia me exige cinco mil reales, como si fuera el marido el que tiene que aportar la dote al matrimonio. ¿Vosotros creéis que a esta paloma se la puede tasar, como si fuese una alfombra? Pero yo te raptaré, Carmen, y dejaremos a ese tirano con tres palmos de narices.

Gálvez había novelado sus amores con la meritoria Carmen en *La chica del tapicero,* una novelita que acababa de aparecer en librerías, protagonizada por un trasunto del autor. Lo que Gálvez no incluía en su narración (demasiado almibarada o narcisista, me temo) es que el anterior novio de Carmen era un verdugo llamado Onofre, de fisonomía macilenta y amojamada, como corresponde a su oficio. Carmen, cuando se sentaba con nosotros en el Café, pedía una horchata fresca y se la bebía a sorbos, haciendo mucho ruido en la deglución; la horchata le añadía un cerco blanco a los labios, y parecía aflojarle la lengua:

—Me sorprendía una barbaridad que mi novio vistiese de negro, incluso en verano, y que fuese por ahí con aquella maleta que sonaba como una caja de herramientas.

Gálvez la interrumpía, azorado:

—Déjalo, Carmen, no conviene remover el pasado.

Temía que sus contertulios se burlasen luego de él, por acostarse con una muchacha cuyo cuerpo había sido acariciado por las manos de un verdugo, tan cuidadosas de los preliminares, tan ceremoniosas y fúnebres. Pero Carmen proseguía:

—Cuando salíamos de paseo, los hombres lo miraban con rabia y blasfemaban, y las viejas se persignaban. Yo era demasiado niña para comprender, y mi padre me respondía con evasivas cada vez que le preguntaba por el oficio de mi novio. Onofre me llevaba hasta su casa y me mordía los pechos, el muy marrano.

A Carrere se le escapó una lagrimita que detuvo antes de que le resbalara mejilla abajo. Aquellos hombres, adultos y habituados a todas las infamias, escuchaban el relato de Carmen, entre el folletín y la crónica de sucesos, conmovidos y como dispuestos a vengar el agravio.

—No creo que debas seguir, paloma... —refunfuñó Gálvez.

—Pedro Luis, ya sabes que así me quito un peso de encima.

Onofre vivía en una casuca que parecía embrujada. «¿Tú quién eres? —le pregunté—. ¿Por qué se aparta de ti todo el mundo?» Yo temblaba de miedo. Abrió su maleta, donde reposaban, sobre un estuche de terciopelo rojo, los instrumentos de su oficio. Me seguía mordiendo los pechos, rabioso de lujuria, mientras montaba las piezas del garrote vil y me arrastraba hasta la cama con avaricia de poseerme.

—¿Y usted, señorita, no gritó ni reclamó auxilio? —preguntó Ernesto Bark, golpeando la mesa con sus manazas de escultor rústico.

—La voz se me había pegado a la garganta, del miedo que tenía. Al muy criminal los ojos le brillaban de júbilo. De su boca escapaban gruñidos de salvaje ansiedad, mientras sujetaba el garrote al catre de la cama y me atornillaba el cuello. «Ni una palabra —me amenazó—, o te estrangulo aquí mismo». Cuando el muy puerco hubo cebado sus asquerosos instintos, se vistió y aflojó la argolla de hierro que me impedía moverme. «Ya sabes cuál es mi oficio y cuáles son mis gustos —me dijo—. Si quieres vivir conmigo, ésta es tu casa. Si prefieres marcharte, hazlo, antes de que me arrepienta».

Vidal sollozaba sin rebozo, clavándose las uñas en la frente. Preguntó:

—¿Y usted qué hizo?

—Abandoné aquella casa donde se había consumido mi infortunio y anduve durante horas y horas, desorientada y errante. Tendría yo catorce años recién cumplidos.

Se hizo un silencio dramático, arañado de lágrimas. Vidal se levantó con mucha prosopopeya y se encaró con Gálvez:

—Pedro Luis, te exijo que restaures con tu apellido el honor de esta mujer —Gálvez hizo un ademán de protesta—. Sí, ya sé que el matrimonio es uno de los basamentos sobre los que se funda la sociedad burguesa. Ya sé que la familia es una institución perniciosa que nos impide mirar como hijos nuestros a todos los niños de la calle, y como esposas a todas esas mujeres necesitadas de cariño. Ojalá todos los hombres formásemos una misma familia feliz, sana y laboriosa. Pero hasta que esa utopía se encarne en la realidad, querido amigo, existen obligaciones más perentorias que llaman a nuestra puerta. Esta mujer fue deshonrada precisamente por uno de esos sicarios que el Estado emplea para ajusticiar a quienes se rebelan contra su opresión. Nosotros somos partidarios de un mundo sin verdugos ni jueces. Por eso, yo te digo, Pedro Luis: lava las heridas de esta joven. Cásate con ella, y déjate de raptos y majaderías, para que aparezca pura a los ojos de los hombres.

Este parlamento improvisó Vidal y Planas, poniendo voz de fraile iluminado o diputado en Cortes. Los otros bohemios asintieron con esa tenacidad cazurra y piadosa que tanto me repugnaba, por ser una manifestación más de su sentimentalismo. Carmen sonreía, satisfecha de legalizar su estado, aunque para conseguirlo hubiera tenido que amañar aquella historia peregrina. Gálvez accedió a hacerla su esposa, y, de inmediato, don Narciso Caballero, el empresario del Teatro de la Comedia, que merodeaba por allí, se ofreció para sufragar los gastos de boda. Hacía gala de una generosidad untuosa y artificial, impropia de un hombre con cara de rabino.

—Parece que quiere usted sacar tajada de esa boda —le dije en un aparte, aprovechando que el grupo de Gálvez se embarullaba de brindis y enhorabuenas.

Don Narciso Caballero me apartó de un manotazo; tenía los dedos pesarosos de sortijas y adiposidades. Yo insistí:

—Lo que usted pretende es tener colocada a la muchacha, para luego actuar sin compromiso. Como ya estará casada, usted podrá joder tranquilamente con ella.

El empresario teatral crispó los puños, como un boxeador sonado y artrítico; tenía una voz recia, sin inflexiones, como afeitada con navaja:

—¿Buscas dinero, chaval?

Yo era un adolescente satanizado por lecturas poco recomendables, encanallado por secretas desolaciones. Un sol último, lindante con la ceguera, ametrallaba los espejos del café.

—Si le parece bien, le puedo preparar los encuentros con su amiguita. Gálvez no sospechará de mí.

Don Narciso Caballero bajó la guardia. Los párpados le caían como cortinones que ocultasen una escena lúbrica:

—¿Y qué esperas a cambio?

No tuve que meditar la respuesta:

—Que me haga un huequecito en su despacho. Déjeme trabajar para usted como secretario.

—Pero si eres un crío. Te faltará experiencia.

—La experiencia la cojo sobre la marcha, no se preocupe.

El café se espesaba de humos y olores de achicoria quemada, aunque su clientela ya comenzase a ralear. Gálvez, alentado por un optimismo prenupcial, había invitado a sus contertulios a una ronda de coñac, y Benavente, aburrido de ganar partidas de ajedrez, se relamía el bigote, como un gatazo satisfecho. Los espejos del café me retrataban sesgadamente, de frente o de perfil, como a un delincuente común.

—Ya veo que eres ambiciosillo —dijo don Narciso—. ¿Y cómo se llama mi futuro secretario, si puede saberse?

—Navales. Fernando Navales, para servirle.

Pasó un tranvía por la calle del Príncipe, con su carga dominical de muertos, y retemblaron los espejos, como recipientes de un agua sólida. En la cabeza me había comenzado a zumbar, como una abeja sin aguijón, el rumor sagrado de la literatura. Mi carrera en pos del triunfo había comenzado.

IV

Gálvez se casó con Carmen Sanz, la meritoria, al mes siguiente de haberse declarado furibundo detractor del matrimonio. Para la boda, alquiló un chaqué que le venía holgado; aunque aspiraba a una elegancia convencional, parecía un mayordomo de costumbres relajadas, de ésos que aprovechan la ausencia de su amo para saquear la despensa, pegarse un trago de coñac y orinar en los jarrones. A Carmen, el traje nupcial le comunicaba una cierta anticipación luctuosa, como si el satén blanco, y el velo de gasa, y los mitones, y el ramo de azucenas, acentuasen su palidez. Don Narciso Caballero no dejó de sonreír con sorna durante toda la ceremonia; se había teñido de negro la barba y las cejas, por coquetería de viejo verde, y se entretuvo propinándome codazos de complicidad mientras los novios recitaban los juramentos y fórmulas de compromiso. Entre los asistentes, no faltaron los contertulios de Gálvez, aquella legión de poetas, poetastros o meros frotaesquinas que participaban en la misa con un latín macarrónico y fumaban unos cigarros que luego apagaban en los tapices que forraban los muros de la capilla, supongo que por inquina al patrimonio eclesiástico.

Después de la misa, fuimos a Lhardy, en la carrera de San Jerónimo, donde Gálvez había reservado un gabinetito para los más allegados. Nos sirvieron un cocido voluminoso de berza, pedregoso de garbanzos, que a muchos abasteció para varias semanas, pues el estómago de los bohemios, como las jorobas de un camello, cumple una función aprovisionadora, más que propiamente digestiva. A la hora de los brindis, Carrere recitó un epitalamio en alejandrinos, y Vidal formuló deseos pretendidamente joviales que suscitaron lágrimas: era un cenizo, el pobre. No hubo discursos, ni aplausos, ni regalos para los novios, que se retiraron antes que sus invitados, en medio de un silencio desparramado. Lhardy parecía la antesala de un patíbulo.

Gálvez se había gastado en el banquete de boda casi todos sus ahorros. Como el sueldo de Carmen no ayudaba demasiado (todavía no ocupaba un lugar destacado en los repartos, a pesar de las promesas de don Narciso Caballero), alquilaron una buhardilla en la calle de la Aduana, lóbrega y traspasada de humedades, con vistas a un patio de vecindad casi silvestre, donde las ratas —cientos de ratas— fornicaban y se apareaban a muerte. Carmen también fornicaba a muerte (pero sin aparearse) con don Narciso Caballero, aprovechando las ausencias de su marido, sobre las mismas sábanas que, pocos meses antes, habían cubierto su tálamo. Don Narciso me mandaba de emisario o heraldo media hora antes de llegar él, por evitarse encuentros intempestivos con Gálvez; si el camino estaba expedito, subía a la buhardilla, mientras yo velaba armas en el rellano de la escalera, no fuera que al esposo burlado le diese por regresar y sorprender a los adúlteros en coito flagrante, como solía ocurrir en las novelas más abominables de la época. De vez en cuando me podía la curiosidad, y espiaba por el agujero de la cerradura (pero mi espionaje resultaba siempre fragmentario e insatisfactorio), por ver las acrobacias que allí dentro se practicaban. Don Narciso, que era muy pudoroso, se desnudaba detrás de un biombo; si vestido aún conservaba cierta prestancia, en cueros desmerecía mucho, y se le quedaba aspecto como de princesita fofa.

—Te voy a vendar los ojos, Carmen, porque me da mucha vergüenza que me veas.

—Ya sabe que no me gustan las rarezas —protestaba ella.

—Más raro era tu novio Onofre, hija.

—Menos pitorreo, que la historia del verdugo me la mandó inventar usted, para que Pedro Luis se compadeciera.

Carmen accedía a regañadientes, desgreñada y como somnolienta, a las rarezas de su mentor. Don Narciso cultivaba unas manías de alcoba importadas de Francia, o leídas en alguna revista sicalíptica, como aquélla de obligar a Carmen a calzarse unos zapatos de tacón, con los que tenía que hacerle cosquillas en la barriga y el ombligo. Don Narciso Caballero se dejaba caer sobre la cama como un paquidermo derrengado, e iba depositando sobre la mesilla billetes y monedas con un sentido fenicio de la dosificación, a medida que Carmen ejecutaba sus peticiones. Después de un preámbulo rutinario y casi protocolar, y en medio de perversidades patéticas, don Narciso alcanzaba la erección.

—Yo ya no estoy para estos trotes. Tienes que ponerte tú encima, Carmen.

La mujer de Gálvez desempeñaba su cometido sin inmutarse, como una amazona que cabalga un caballo con mataduras. Tenía un cuerpo intemporal sobre el que no dejaban huella los hombres, un cuerpo frondoso de axilas, iluminado de aristas, hermoso como una estatua, pero dotado del alma que las estatuas no poseen. El amor mercenario, que en otra mujer hubiese significado un envilecimiento irremisible, en ella se hacía borroso y perecedero como un mensaje escrito en la arena. Aprendí de Carmen que las claudicaciones no deben necesariamente quedarse grabadas a modo de tatuajes en la piel de quienes las aceptan, sino que pueden pasar desapercibidas, sin dejar señal, o en todo caso dejando una muesca que nos sirva de apoyo para salir del albañal que habitamos. Don Narciso Caballero alcanzaba el orgasmo en varios idiomas, sin necesidad de traductores. Carmen, a falta de otra treta anticonceptiva, se restregaba la entrepierna con una esponja húmeda de vinagre.

—No sé si esto será solución, don Narciso. Cualquier día me deja usté palante, y a ver quién carga luego con el mondongo.

—Ya nos las ingeniaríamos, mujer.

Por la ventana de la buhardilla entraba un olor dulce y nauseabundo, como de melones pochos. A don Narciso Caballero, los esfuerzos del fornicio le hacían sudar como a un enfermo de fiebre terciana; por las patillas le bajaban unos goterones que le desteñían el cabello, hasta dejárselo de un color pardusco.

—Volveré mañana, Carmen.

Carmen, la meritoria, adquiría después del intercambio sexual un hermetismo de virgen resentida. Hubo un día que se cansó de malgastar su juventud con aquel viejales que, a cambio, sólo le procuraba calderilla y buenas palabras, e ingresó en una compañía teatral de la competencia, donde llegó a alcanzar honores de primera actriz, sospecho que utilizando su cuerpo como moneda de cambio, igual que antes había hecho con don Narciso. La deserción de Carmen me privó de las propinas y sobresueldos con que el empresario de la Comedia recompensaba mis labores de intermediario y alcahuete, pero al menos mantuve mi puesto de secretario particular, con lo que me di por satisfecho. Para don Narciso, el inesperado desplante de Carmen constituyó un varapalo del que tardó en reponerse; durante semanas, practicó una continencia sexual que le iba agriando el carácter e inflamando el escroto.

—Lo decían los antiguos, Fernando —me explicaba, midiendo su despacho con zancadas poco ágiles—: el semen almacenado es peor que el veneno.

El Teatro de la Comedia era una basílica empapelada de terciopelo, una catedral fría y ajada, de la que habían retirado el sagrario para representar los dramones de Echegaray. El despacho de don Narciso Caballero, que se comunicaba con los camerinos a través de un pasadizo que propiciaba los pecados, era una especie de sacristía forrada con paneles de madera que silenciaban los ruidos y los crímenes. Don Narciso me adjudicó una mesa cubierta por un hule que siempre estaba pegajoso, por mucho que lo fregaran, sobre la que reposaba una máquina de escribir mal engrasada, maciza y hostil como una mujer de la estepa.

Yo llegué al despacho de don Narciso sin saber apenas teclear, y salí de allí convertido en un pianista de las palabras. Don Narciso me dictaba cartas de cortesía, dirigidas a críticos, autoridades y personas influyentes, que yo trasladaba al papel con las dificultades propias de un mecanógrafo primerizo o simplemente manco. La máquina de escribir estaba fabricada (también las teclas) con una aleación inexpugnable de plomo y bronce que me dejaba los dedos agarrotados, pero con el tiempo logré vencer su resistencia, lubricar sus mecanismos con el aceite del uso, hasta contagiarla de humanidad y hacer de ella un instrumento a mi servicio. Las teclas cedían, ante la presión de mis dedos, ablandándose como cera derretida, mientras, sobre el papel, esculpidas en un bajorrelieve de tinta, surgían las palabras que don Narciso me dictaba, como en una metamorfosis milagrosa. La voz del empresario, llena de recovecos, quedaba prisionera de las teclas, y yo asistía maravillado a la conversión de sonidos en signos sobre la partitura del papel. Escribir a máquina era como cincelar palabras.

En el despacho de don Narciso hacía un calor insalubre y como de horno crematorio, en contraste con el resto del edificio, camerinos, escenario, platea, palcos y gallinero, donde sólo la respiración solidaria del público y los actores lograba contrarrestar el frío. Don Narciso Caballero mantenía este sistema de calefacción humana, alegando dificultades de presupuesto, pero en su despacho acababan de instalar un chubesqui que consumía más carbón que una locomotora. Los chubesquis (por deformación de Choubertsky, un fabricante eslavo) eran unas estufas de latón, panzudas y con patas, que desalojaban los humos a la calle a través de un tubo que recorría el techo, como una serpiente fósil; emitían un calor tórrido, casi metalúrgico, que por entonces hacía furor en los cafés de la calle de Alcalá. Don Narciso alimentaba el chubesqui sin descanso, como un fogonero con órdenes de forzar la caldera; cada vez que abría la compuerta para echar una paletada de carbón, salía del chubesqui una bocanada de aire infernal que le socarraba la barba. El termómetro de pared marcaba una fiebre alta y preocupante.

—Pero, don Narciso, ¿quiere que nos abrasemos?

—Aguarda un poco, que yo tengo mi estrategia.

Don Narciso, a pesar de tener ocupadas todas las plazas femeninas en su compañía, desde la primera actriz a las meritorias, pasando por el harén feo de las llamadas "características", aprovechaba los días más rigurosos del invierno para convocar a nuevas aspirantes. A estos simulacros de prueba acudían cientos de candidatas, en su mayoría muchachas plebeyas y en edad de merecer, que se aferraban a esa última oportunidad antes de probar suerte en los burdeles de la calle de Carretas, muchachas laboriosas, expulsadas de sus oficios por capricho del patrón o desliz del novio, que siempre las dejaba embarazadas. Don Narciso las citaba a una hora muy temprana y las hacía esperar durante toda la mañana en la calle Núñez de Arce, donde tenía el Teatro de la Comedia su puerta de servicio; había dado órdenes a sus empleados de prohibirles el paso y tenerlas en ayunas durante horas, hasta que la clarividencia del frío o el hambre las hiciesen desfallecer. Yo las veía desde los ventanales del despacho, como un rebaño sin pastor, arracimadas entre sí, encogidas en sus abrigos, demasiado cortos para impedir que la gangrena del frío les atenazase los tobillos; aunque cada una era distinta, poseían todas una misma belleza proletaria, erosionada por la intemperie, trémula de amaneceres y desasosiegos, que las dignificaba. El aliento les brotaba de la boca como una gasa enferma que se desvanecía en el cielo purísimo de Madrid.

—Por Dios, don Narciso, hasta cuándo piensa tenerlas ahí.

—Hasta que San Juan baje el dedo.

A eso del mediodía, un portero les franqueaba el paso y las mandaba entrar de una en una. Las muchachas se tambaleaban por los pasillos que conducían hasta el despacho de don Narciso, y notaban cómo crecían dentro de su carne, como un embrión maligno, los primeros síntomas de la pulmonía. Don Narciso las recibía en mangas de camisa y las invitaba a sentarse; sonreía taimadamente, mostrando su diente de oro, y se remangaba como un matarife que, antes de descargar el hacha, examina el género.

—Por favor, señorita, quítese el abrigo. De lo contrario, se achicharrará.

El calor del chubesqui reconfortaba a las muchachas y las hacía revivir. En un momento, se disipaban sus prevenciones o recelos y empezaban a celebrar los piropos del empresario con una risa floja, como de ventrílocuo borracho. El calor las mareaba, las adormecía (quizá el carbón del chubesqui mezclase entre sus humos una dosis mínima de monóxido de carbono), las arrullaba, las envolvía en una placenta dulce y reparadora, las aislaba de la realidad circundante. Don Narciso les rogaba entonces que se alzaran la falda y acercaba una mano estrictamente profesional a los muslos morenos, apretados de carne o sabañones, y los auscultaba hasta encontrarles ese latido íntimo, sofocado como un gorrión que agoniza, que cobijaban dentro de sí. Las muchachas que subían al despacho de don Narciso no llevaban por lo general medias, pero la intemperie, que siempre se alía con los pobres, las había revestido con una pátina oscura, de color humo, mucho más erotizante. Don Narciso abusaba de ellas impunemente, las seducía con promesas de éxito y compraba su silencio con un bocadillo de mortadela o una caja de bombones.

—En fin, señorita, que de momento no podemos hacerle un hueco. Queda usted en la lista de espera. Pásese por aquí cada quince días, por si hubiera algún puesto vacante.

Nunca lo denunciaban (ningún tribunal hubiera atendido esas denuncias), nunca emitían una protesta, nunca se atrevían a murmurar, y así el abuso se fue consolidando, hasta convertirse en norma. Don Narciso Caballero siguió celebrando la misma ceremonia durante años, engañando a muchachas que se dejaban aturdir por su facundia y por el calor del chubesqui. Algunas reincidían, incitadas por esa forma de tenacidad ilusa de quienes ya han aceptado su derrota, y volvían una y otra vez al despacho del empresario, en un peregrinaje previo a la ronda de los parques (*peripatéticas*, llamábamos entonces a las mujeres que cultivaban la prostitución ambulante). Algunas, incluso, se consolaban en la desgracia:

—Oiga, don Narciso, ¿me dejará que presuma por ahí, diciendo que he sido amante suya?

—Pues claro, hija, pues claro.

Así se iba labrando su prestigio erótico, a costa de las muchachas que se arrojaban al arroyo. Por el despacho de la Comedia también desfilaban autores noveles, aprendices de dramaturgo y esbirros de la literatura (*negros*, los llamábamos, por delimitación racista, y *negros* se les sigue llamando) que nos ofrecían sus comedias ilegibles, dispuestos a renunciar a su autoría a cambio de un porcentaje en los beneficios. A todos los despedía don Narciso con parecidas excusas, pues se hallaba bien abastecido con las reposiciones de Echegaray, que seguía ganando batallas después de muerto, y con los dramas más amables de Benavente, que conjugaban la sátira de costumbres con un psicologismo aparentemente culto importado de Europa. Entre las obras desechadas abundaban las de ambiente obrero o libertario, y también, por contraste, las que recreaban en verso ciertos episodios pestilentes de la Reconquista. Don Narciso Caballero espantaba a los moscardones más recalcitrantes y los desviaba hacia mí, aduciendo que entre las competencias de un secretario se hallaba la de desengañar a los autores noveles. Algunos se soliviantaban:

—¿Cómo va a juzgar mi obra un mequetrefe de dieciséis años?

Don Narciso se encogía de hombros, o arrojaba una paletada de carbón al chubesqui, que llameaba como un infierno enjaulado. Por el despacho de la Comedia hizo entonces su aparición Pedro Muñoz Seca, un hombre sonrosado y pulcro, de voz casi litoral, que tenía facciones de maestre de campo dulcificadas por el sol de Cádiz y se había dejado crecer unos bigotes problemáticos para cualquier retratista, puesto que se le salían siempre del estrecho reducto de las fotografías. Pedro Muñoz Seca, animal de teatro desde la lactancia, aún no había alcanzado ese estado de gracia que pronto lo convertiría en el favorito del público, por encima incluso de Benavente. Era un señor bondadoso, carnosito como un bebé, capaz de escribir una comedia en cuatro días; tenía, al parecer, el duodeno algo ulcerado, pero sabía convertir el dolor íntimo en regocijo general, lo mismo que más tarde haría Jardiel, con un humor algo más deshumanizado y tributario de las vanguardias. Para ser un humorista cabal, hay que padecer algún desarreglo gástrico.

—Pues ahora, don Narciso —decía Muñoz Seca, fumándose unos cigarros con cuya nicotina anestesiaba su úlcera de duodeno—, ando dándole vueltas a una especie de parodia del teatro romántico. Ya sabe, Zorrilla y comparsa.

—Un bombazo. Seguro que será un bombazo, te lo dice un menda.

También solía subir al despacho de la Comedia Pedro Luis de Gálvez, desvencijado de madrugadas y cornamentas, dándose golpes contra las paredes, como un Minotauro que quisiera desmocharse las astas. Zamacois no le había renovado el contrato para *El Cuento Semanal,* y Gálvez, que necesitaba dinero para sufragar los gastos de la vida conyugal, probaba fortuna con el teatro, una vez descartada la poesía, que no generaba ingresos. Llevaba bajo el brazo algunos vodeviles que reinterpretaban jocosamente la Historia Sagrada (perdón por las mayúsculas), poniendo en boca de los patriarcas diálogos picantes y haciéndolos retozar con eunucos y cortesanas.

—Esto es irrepresentable, Gálvez, al menos en un teatro serio. Búsquese patrocinio en los cafés danzantes de la calle Hortaleza.

—Hable con La Chelito —apuntó Muñoz Seca—. Ésa se atreve con todo.

—O negocie con alguna compañía de provincias. O viaje a Barcelona: allí son más liberales. Pero, compréndame, yo no puedo sacar a escena a Abraham dictando bandos a los sodomitas —dijo don Narciso: uno de los vodeviles se titulaba *Abraham, alcalde de Sodoma*—. ¿No ha oído usted hablar de la censura eclesiástica?

Gálvez se atrincheraba en un caparazón de silencio, segregando una sustancia más oscura que el odio o el betún. Muñoz Seca le daba palmaditas en la espalda y le aconsejaba:

—Con la Iglesia es mejor estar en buenas relaciones, Pedro Luis. Aprenda de mí: lo primero que hice, nada más llegar a Madrid, fue pedir audiencia al secretario de la Nunciatura y expresarle mis respetos. Lo cual luego no quita para que uno haga de su capa un sayo.

Muñoz Seca sermoneaba sin acritud, como un cura que comete pecados veniales y persevera en ellos. A Gálvez le afloraban detrás de las gafas dos lagrimones espesos que no terminaban de caer.

—El caso es que necesito dinero, don Pedro. Usted tiene rentas, y no sabe lo que es pasar necesidad.

—Pero hombre, con lo bien que paga Zamacois a sus colaboradores...

Gálvez se golpeó el pecho, compungido:

—El cabrón de Zamacois me ha borrado de la nómina. Dice que tengo una prosa de anticuario.

—Algo habrá ahorrado... —adujo Muñoz Seca, cuyo optimismo lindaba con la insensatez.

—Soy un manirroto, lo reconozco. Y, además, cometí el error de casarme con una mujer que es más manirrota que yo, todavía.

Don Narciso Caballero se entrometió, impulsado por unos celos retrospectivos:

—¿Y en qué se gasta el dinero Carmen?

—En lo que pilla —Gálvez hablaba con una tristeza resignada, inamovible y antigua—: en trapos, en alternes, en darse tono. Casi todos los días me mete en casa a sus cinco hermanas con sus novios respectivos, y los invita a comer, y...

Hizo una pausa en sus lamentaciones; don Narciso lo azuzó:

—¿Y?

—Y encima creo que me engaña. Como ustedes comprenderán, mi literatura se resiente...

Ensayé un vago gesto contrito. Gálvez justificaba su fracaso literario con coartadas amorosas, fisiológicas o meramente pecuniarias: un artículo mal pagado, una gripe mal curada, un ataque imprevisto de celos le servían íntimamente para tejer una red de influjos y repercusiones que alcanzaba a su producción creativa; era una teoría poco original que ya otros habían formulado antes que él, con parecida falta de pudor y acompañamiento de gimoteos. El fracaso literario, en hombres como Gálvez, se convertía en un fenómeno concéntrico que contaminaba los demás aspectos de su existencia mediante una especie de irradiación, un fenómeno al que se entregaban, ignoro si rendidos por la fatalidad o congratulados de revolcarse en el cieno. Gálvez se daba puñadas en la frente, cumpliendo quizá una penitencia espontánea; don Narciso fingió consternación:

—No me extraña que se resienta, Gálvez, no me extraña. Pero usted debe perseverar. Yo creo que el que vale, teniendo coraje para vencer las dificultades, triunfa. Querer es poder.

—Eso es muy fácil decirlo cuando se está en la cima —Gálvez se había alborotado el cabello, yo creo que por impresionar a sus interlocutores—. No saben ustedes las letras que hay que escribir para lograr un puñado de calderilla... Los editores no tienen alma.

Intervino Muñoz Seca, con su sonrisa de angelote sonrosado:
—Hay que tener paciencia, amigo Gálvez. Confórtese con los versos del maestro Rubén Darío: «El secreto está en ser tranquilo y fuerte; / con el fuego interior todo se abrasa, / se triunfa del rencor y de la muerte / y hacia Belén la caravana pasa».

—Les repito lo de antes —Gálvez no disimulaba su feroz hastío—: desde la cima se predica cojonudamente. Rubén está en la cima, y yo no puedo levantarme del barro. Ésa es la diferencia.

Y bajo sus palabras comenzó a circular un llanto seco, casi espasmódico, que dolía como una náusea sin vómito. Don Narciso y Muñoz Seca le daban palmaditas en la espalda, como si quisieran ayudarle a expectorar.

Lejos de levantarse del barro, Pedro Luis de Gálvez fue hundiéndose más y más. Trabajó de negro para su paisano, el escritor y académico Ricardo León, y para Enrique Larreta, un modernista criollo, cobrando poco más de doscientas pesetas por cada novela entregada; esta labor mercenaria fue suscitando en él cierto resentimiento de clase: mientras otros ponían la firma a cambio de gloria y sumas opulentas, él se quemaba las pestañas en un oficio sin recompensa, condenado a pasar desapercibido. Gálvez imitaba la prosa de Ricardo León y Enrique Larreta sin meterse en dibujos ni complicaciones, con sentido gremial de su trabajo, como un albañil que pega los ladrillos con cemento hasta formar una hilera, y después una pared, y, ya por último, un edificio, contrahecho y mal cimentado, pero edificio a fin de cuentas. El estilo castizo de aquellos autores, de una ramplonería prolija y arcaizante, lo remedaba a la perfección, quizá porque también era el suyo. Por las tardes, multiplicado por los espejos del café El Gato Negro, Gálvez descargaba con sus contertulios la belicosidad que llevaba dentro, y nos hacía partícipes de sus múltiples fracasos:

—¡Así se malgasta a un escritor en este país! Mientras otros hacen vida social y escriben versos en los abanicos de las damas, nosotros tenemos que escribir novelas a cincuenta céntimos la cuartilla. Y, encima, esas novelas circularán con otro nombre que no es el nuestro, y serán celebradas y enriquecerán al editor, sin que nosotros podamos participar de sus beneficios.

Eugenio Noel habló con una voz que parecía emitida desde un tonel de cerveza:

—Chantajea a tus explotadores. Seguro que les sacas algo.

—O si no, escribe siempre lo mismo —propuso Carrere, maestro del refrito—. Repite páginas, capítulos enteros, cambia sólo el comienzo y el desenlace. Los lectores se darán cuenta, protestarán, y se descubrirá el fraude.

Más desesperada aún era la situación de Alfonso Vidal y Planas, enflaquecido por las enfermedades venéreas y las lecciones de catecismo libertario que impartía por los prostíbulos. Ningún editor quería publicar sus libritos deslavazados, de un lirismo aborigen, y los anarquistas catalanes le enviaban telegramas cifrados, instándole a buscar refugio para un tal Manuel Pardinas, un activista que acudiría a la capital con la misión inaplazable de asesinar a Canalejas. A Vidal empezaban a acosarle los primeros escrúpulos de conciencia:

—Cuando me quedo dormido en algún banco del Parque de Oriente, sueño con el fantasma de Canalejas, que desciende sobre mí y me culpa por no haberlo dejado morir en paz con Dios. Está pálido, y le mana sangre de la cabeza, y, antes de regresar al purgatorio, me pide que le rece unas misas... Mi vida es un caos de desesperación; yo no puedo seguir así. ¿Es que nadie se compadece de mi lucha?

Las peticiones de auxilio de Vidal se difuminaban, entre conversaciones nuevas o reanudadas, dejándolo a solas con unos remordimientos previos a la comisión del delito. Entre los contertulios de Gálvez, yo había dejado de ser una mera excrecencia: mi puesto de secretario en el Teatro de la Comedia, y el ascendiente que me suponían sobre don Narciso Caballero, los obligaban a considerarme, haciéndome objeto de una devoción falsa e interesada. Muchos se me acercaban con su manuscrito, me invitaban a un vermú e intentaban, al calor del convite, obtener una recomendación ante el empresario de la Comedia. Yo los despachaba a todos con parecidas palabras, entre el desdén y la tibieza, saboreando prematuramente el caramelo del triunfo, esa sensación de conquista social que nos produce disponer a nuestro libre antojo de otras personas y traficar con sus anhelos y felicidades postergadas, con sus apremios y paulatinas angustias. Comencé a fumar, más como signo de distinción que como necesidad o mero pasatiempo; el humo me iba ensuciando por dentro, se iba ramificando como un veneno, matando los gérmenes de inocencia que aún anidaban en mi organismo.

Un día se presentó en El Gato Negro un hombre con cara de degollado, vestido de negro, con ese atildamiento fúnebre de los embalsamadores y los mozos endomingados. Era menudo y renegrido, y se ladeaba hacia la izquierda por culpa de una maleta de cartón con remaches metálicos en cuyo fondo sonaba, como un sonajero de ultratumba, el pistolón de los asesinos.

—Buenas tardes. Me llamo Manuel Pardinas. ¿Alguno de ustedes es por casualidad Alfonso Vidal y Planas?

Sentí el cosquilleo del protagonismo histórico. Pardinas nos iba mirando a todos, uno por uno, descifrando nuestras fisonomías, desmenuzándonos con sus ojos asimétricos, ojos de bizco o de retrato cubista. Tenía las mejillas oscurecidas por una barba viajera, y un bigotillo como de trapo, torcido también hacia la izquierda, que se pretendía nietzscheano. Por los ventanales del café entraba un sol de lámina, caudaloso y lento como un hombre que agoniza. Vidal se levantó, después de algunos titubeos; le temblaba la voz:

—Bienvenido. Yo soy el hombre por el que pregunta.

Pardinas permanecía quieto en mitad del café, inclinado por el peso de su maleta, molestando a los camareros que discurrían con bandejas y botellas; el sol le daba de frente y acentuaba su aspecto de degollado.

—¿Me ha buscado alojamiento?

Hablaba con una clandestinidad teñida de laconismo, como

esos cazurros que se dedican al contrabando. Sujetaba la maleta de cartón con manos delictivas, con una firmeza trémula que lo delataba. Me anticipé a Vidal, que ya empezaba a desmoronarse:

—Sí, señor. Venga con nosotros.

Pardinas se cercioró antes de moverse:

—¿Es de confianza el muchacho?

—De absoluta confianza —ironizó Gálvez.

Dirigí la expedición hasta el Torreón de Velázquez, donde Ramón greguerizaba y ejercía su concubinato adolescente con Carmen de Burgos, *Colombine*. Detrás de mí, además de Pardinas y Vidal, iban Gálvez y los demás contertulios de El Gato Negro: Eugenio Noel, Emilio Carrere, Dorio de Gádex, Ernesto Bark y Pedro Barrantes, entre otros; formaban un cortejo disperso y como perezoso que iba perdiendo unidades a medida que discurríamos por cafés propicios al sablazo. Hacía una tarde desapacible, mareada por vientos antagónicos, poseída por ese designio turbio que tienen algunas tardes de cuaresma. El Torreón de Velázquez lucía como un incendio en mitad del bosque; a través de las ventanas, se veía la silueta laboriosa de Ramón, escribiendo ocurrencias con las que entretenía la espera, hasta que le llegase la inspiración, que siempre lo pillaba trabajando. Pardinas me agarró del hombro antes de subir al Torreón; tenía una mano morena (pero todos los asesinos tienen las manos morenas, abrasadas por la sangre que derramaron), con las uñas muy recortadas y, sin embargo, delimitadas por un reborde de mugre:

—Y ése de ahí arriba, ¿no le irá con el cuento a la policía?

—No se preocupe. Es más inofensivo que un niño paralítico. Usted déjelo escribir, y santas pascuas.

Gálvez metió cizaña:

—¿Y no sería mejor pegarle un tiro, para que no rechiste? —preguntó, con una sonrisa repentina como un cuchillo—. ¿Quién nos asegura que no empieza a berrear y a llamar a su madre para que le cambie los pañales?

—Déjenme pasar a mí primero, y verán cómo lo aplaco —dije.

Golpeé la aldaba una, dos, hasta tres veces. Ramón salió a abrir en bata, sin asomarse antes a la mirilla, esbozando por encima y por debajo de la pipa una sonrisa de labios gruesos. Tenía el pelo pegado a las sienes, apelmazado de gomina o saliva reciente.

—¡Anda, Fernandito, cuánto tiempo! Por la manera de llamar, pensé que era Colombine.

Pardinas introdujo un pie en el quicio de la puerta y se abrió paso con la maleta, venciendo la resistencia poco convincente de Ramón.

—Y este hombre tan bruto, ¿de dónde sale?

Ramón contemplaba a Pardinas con esa perplejidad ultrajada del aristócrata que habita una mansión y de repente recibe un apercibimiento de desahucio. A Pardinas, con los nervios de la intromisión, se le había descolocado un poco más el bigote, probablemente postizo. Intenté apaciguar a ambos:

—No te preocupes, Ramón. Es un huésped que te traigo por un par de días tan sólo. No te causará problemas.

—Mira, Fernandito, que no me fío de ti. Todavía no me has pagado el estropicio de la muñeca. Me la descabezaste y me costó mucho la reparación.

Lo corté con un exabrupto, pues no me apetecía que revelase algunos aspectos sórdidos de mi relación con la muñeca delante de aquella gente. Pardinas ya había tomado posesión de su refugio, y curioseaba entre la profusión de idolillos, máscaras africanas, recortes de periódico, bolas de colores y figuritas de porcelana que se amontonaban en la buhardilla y estrechaban su cerco, hasta asfixiarlo; no entendía el truco literario que pudiese ocultar aquella decoración:

—Este tío está loco de atar. Aquí no hay quien viva, entre tanto cachivache.

Se dejó caer sobre la cama, al lado de la muñeca ya restaurada, que asistía impávida y sin pestañear al allanamiento de morada, como un rehén sorprendido en tareas poco honrosas. Pardinas sacó de la maleta el pistolón (era su único equipaje) y lo guardó debajo de la almohada. Con su nueva cabeza, la muñeca parecía más humana aún, más confortable o acomodaticia: tenía facciones de gitana, ojos de ninfómana y una peineta clavada sobre la peluca; Ramón le había pinchado las orejas para ponerle unos pendientes rescatados del Rastro, le había pintado los labios con un mohín muy sugestivo y le había añadido unas pestañas que le hacían sombra en los pómulos. Pardinas, con su traje de enterrador y sus ojos a la virulé, parecía más muerto que la muñeca.

—Hay que ver: es como una mujercita de verdad —dijo, entre la zozobra y una leve concupiscencia.

Pardinas le había alzado la falda, descubriendo que las bragas estaban arrebujadas a la altura de las rodillas; avanzó una mano hacia la zona de la ingle, que lo sorprendió con una temperatura casi carnal. Ramón quiso intervenir, para evitar la profanación de su compañera, pero yo se lo impedí, por deferencia al anarquista, que moriría pronto y también tenía derecho a un desahogo póstumo. Pardinas se abrazaba a la muñeca con desesperación de suicida, aplastado por la noche que ya se apropiaba de los ventanales. El pistolón enseñaba la culata por entre las sábanas, como un bicho agazapado.

Todos los días, durante más de dos meses, Pardinas merodeó por la Puerta del Sol, patio público de las Españas, mentidero máximo, cónclave de piojos y timadores, al acecho de su víctima. La facha de enterrador, el bigote ladeado, el bulto de la pistola bajo la chaqueta como un corazón inflamado, hacían que su presencia no pasase desapercibida para casi nadie, excepto para Canalejas, que una mañana de noviembre coincidió con su asesino en la esquina de la calle de Carretas, de camino al Ministerio de Gobernación, donde tenía que despachar algunos asuntos. Lucía un sol frío y delator, y Canalejas iba de levita, sin escolta, arrebatado por los reproches que a su paso le dirigían algunas beatorras. Pardinas le salió al encuentro, tropezándose con los cordones de los zapatos, arrastrado por su propia inercia; cuando tuvo a su víctima a un par de metros de distancia, se llevó la mano a la pistola que le habían prestado sus compañeros de organización y la enarboló, como un estandarte. Canalejas se detuvo en una librería que hacía chaflán, a contemplar las portadas de los semanarios galantes, donde se exhibían algunas señoritas más desvestidas de lo que permitían las ordenanzas de prensa. Tardó en descifrar la misión que llevaba inscrita en los ojos aquel hombre de aspecto fúnebre que se abalanzaba sobre él: sólo la intuyó cuando Pardinas ya lo apuntaba en el entrecejo con su pistola. Por un segundo, sopló un viento vertical y velocísimo, más veloz aún que las balas.

—¡Por la acracia! ¡Mueran los tiranos! —gritó Pardinas.

Sonó una detonación, en mitad de la mañana, que hizo detenerse a los transeúntes, y después una segunda, ya innecesaria, que dejó un agujero limpio en el escaparate de la librería. La primera bala, disparada a bocajarro, le había atravesado a Canalejas su cabezota, dejando un rastro de sangre coagulada, como un excremento último que le salía de las orejas. Canalejas cayó al suelo blandamente, sin aspavientos, y dejó sobre la acera un charco mínimo, como un halo de santidad roja alrededor de su coronilla. Pardinas intentó escabullirse entre el corro de curiosos, pero enseguida una pareja de agentes lo arrinconó contra el escaparate de la librería y lo instó a entregarse; el anarquista, poseído por una pavorosa lucidez, alargó el pescuezo para volver a gritar:

—¡Por la acracia! ¡Mueran los tiranos!

Y, a continuación, se pegó dos tiros, uno en cada sien, ante una multitud que pasaba del estupor al regocijo, a medida que el tiroteo ocasionaba bajas. Pardinas se fue vaciando lentamente por los orificios de las sienes, como una cigüeña desvencijada, dejando tras de sí un reguero fértil de sangre, una hemorragia profusa e inagotable que manchó los uniformes de los policías y las batas de los enfermeros que lo transportaron hasta una casa de socorro de la Plaza Mayor; Canalejas, mientras tanto, que sólo había sangrado lo justo, iba adquiriendo una rigidez amoratada, preludio quizá de una apoplejía (porque también hay apoplejías póstumas). La Puerta del Sol se llenaba de un hormiguero humano que ya entrecruzaba las primeras versiones contradictorias, exageradas o falaces del suceso, esas versiones que completan la realidad o la suplantan. Lucía un sol frío y delator, y hubo un perro que se acercó a lamer la sangre coagulada de Canalejas. Luego, el perro también moriría de apoplejía.

Manuel Pardinas disfrutó (si es que a los muertos se les permite disfrutar de algo) de una celebridad efímera que duró hasta que la temporada taurina trajo las primeras cornadas y los primeros toreros tullidos. En el gran cementerio de la Historia (perdón por la mayúscula), Pardinas fue un epitafio que la amnesia, o la aparición de otros magnicidas más notorios, fue erosionando. Incluso Ramón, que lo había alojado en su estudio y le había cedido el derecho de pernada sobre su muñeca, llegaría a olvidarlo, aunque es probable, considerando su dedicación ensimismada a la literatura, que nunca tuviese conciencia de haber acogido al asesino de Canalejas, o si la tuvo, prefirió adormecerla en el desván de los remordimientos. Quienes sí tenían conciencia de haber participado activamente en el magnicidio (participación que exageraban, hasta atribuirse categoría de cómplices o encubridores) fueron Gálvez, Vidal y demás contertulios del café El Gato Negro, que suspendieron sus reuniones y procuraron que nadie los viese juntos, como si la disolución del grupo pudiese disolver las sospechas. Algunos, como Vidal, se hospedaron en pensiones de los arrabales, que no abandonarían ni siquiera cuando los periódicos y la policía dieron por concluida la investigación sobre Manuel Pardinas, a quien consideraban un anarquista solitario y esquizofrénico, sin contactos en la capital; cuando los amigos de Gálvez volvieron a frecuentar los cafés próximos a la calle de Alcalá, mostraban unas fisonomías como de enfermos de catalepsia que han pasado una larga temporada bajo tierra, encerrados en un ataúd. Caminaban de perfil, arrimados a las paredes, y miraban a derecha e izquierda, con unos ojos casi subterráneos, enfermos de pesadillas. De Pedro Luis de Gálvez no habían vuelto a saber nada:

—¿Ni siquiera sospecháis dónde se ha escondido? —les preguntaba yo.

—Chico, ni idea. Pregúntale a su mujer.

Carmen Sanz comenzaba por entonces a interpretar en los escenarios unos papelitos secundarios que, si no fama, al menos le proporcionaban el cortejo de un puñado de admiradores que perfumaban su camerino con flores ajadas y adornaban su piel con bisuterías y la sacaban a pasear en carruajes de alquiler, en un exhibicionismo bastante grosero. Carmen Sanz se dejaba patrocinar por estos amantes, a los que expoliaba metódicamente y, después de aguantar sus asedios, los llevaba a la buhardilla de la calle de la Aduana, cuyo aspecto poco higiénico los disuadía en sus aproximaciones amorosas.

—Pero yo no puedo hacerlo en este sitio, Carmen —le decían—. Está guarrísimo.

—Pues ya puedes largarte con viento fresco, rico.

Abajo, en el patio de vecindad, las ratas, menos melindrosas que los amantes de Carmen, fornicaban y se apareaban en un guirigay de chillidos y dentelladas. Yo solía tropezarme en la escalera con alguno de estos amantes furtivos, casi siempre algún terrateniente a quien, a pesar del traje y los afeites y el adobo de la colonia, se le seguía notando el pelo de la dehesa. Al abrir la puerta, Carmen me miraba con unos ojos irisados de lejanas miopías que dificultaban sus labores de reconocimiento; la decoración cochambrosa de la buhardilla le comunicaba un prestigio de virgen gótica hallada en un estercolero.

—¡Hombre, mira quién me visita! ¡Fernandito, el alcahuete de don Narciso Caballero! —se burlaba—. ¿Y qué es lo que te trae por aquí, si puede saberse?

Los hombres seguían sucediéndose sobre su cuerpo sin dejar huella, inofensivos como animales con las zarpas melladas. Me volvió la espalda, en una actitud de indiferencia o desasimiento; la tela del camisón se le hundía en el surco de las nalgas.

—Venía a preguntarte por tu marido.

Carmen había tomado entre sus manos una palangana de agua turbia, exhausta de abluciones, que arrojó por el ventanuco de la buhardilla; el líquido cayó sobre las ratas que fornicaban en el patio de vecindad y las hizo huir en desbandada, malogrando sus coitos.

—¿Pedro Luis? Debe de estar escondido en algún pueblo de Cuenca, pero me manda unas cartas extrañísimas, con imaginarios viajes por Europa. Creo que me he casado con un fantasioso.

No había decepción en sus palabras, si acaso la constatación resignada de un error. Apuntó hacia una mesilla sobre la que se desperdigaban unos sobres con matasellos de Cuenca; la letra de las cartas, redonda y teologal, parecía un ejercicio de caligrafía.

—Puedes echarles un vistazo —me animó.

A Gálvez, la experiencia carcelaria le había inculcado un sentimiento mixto de pavor y manía persecutoria que lo impulsaba a
fabricarse coartadas inverosímiles: en aquellas cartas narraba con
una minuciosidad casi cartográfica una improbable excursión
por Italia, Francia, Bélgica, Holanda y Alemania, detallando las
escalas, los paisajes recorridos, los tropiezos pretendidamente
azarosos con personajes de la alta diplomacia o la política. En una
carta que parecía escrita bajo los efectos de un alucinógeno,
Gálvez contaba su encuentro con el príncipe Guillermo de Wied,
aspirante al trono de Albania, quien, al parecer, lo había invitado
a incorporarse a su ejército, con rango de teniente; se sucedía, a
continuación, un relato de hazañas bélicas que parecía directamente extraído de alguna leyenda balcánica. Y el caso es que,
mientras Gálvez redactaba aquellas cartas, escondido como un
ermitaño en algún pueblo inhóspito de Cuenca, Europa ya se
tambaleaba con los primeros intercambios de pólvora.

—¿Y hasta cuándo piensa estar escondido? La policía hace
tiempo que dio por cerrado el asesinato de Canalejas.

Carmen examinaba su rostro en un fragmento de espejo que
añadía a sus facciones un matiz delictivo. Por el ventanuco entraba una luz lóbrega que se posaba sobre las sábanas, desvelando
manchas de semen o vestigios de lepra.

—No me digas, rico —dijo, encogiéndose de hombros—.
Pero que no se piense que voy a estar esperándolo de brazos cruzados. Yo tengo que labrarme mi futuro.

Y se despojó del camisón, en un gesto resuelto o desabrido;
comprobé que su cuerpo tenía una grandeza casi intacta, como un
campo en barbecho. Gálvez no llegaría a tiempo para la siembra.

V

Fue por aquella época cuando inauguré mi vida de crápula, tan insalubre para un adolescente. Por las noches solía acercarme al palacio donde residía el escritor Antonio de Hoyos y Vinent, homosexual y botarate, aristócrata y merodeador de los barrios bajos, en la calle del Marqués de Riscal, para entrevistarme con su amante, Pepito Zamora, un figurinista muy cotizado a quien don Narciso Caballero quería contratar en exclusiva como escenógrafo del Teatro de la Comedia. Pepito Zamora y Antonio de Hoyos formaban una pareja estrambótica, degenerada y risueña, sobre la que ya empezaban a circular chismes en aquel Madrid mojigato de entonces, casi tan mojigato como el de ahora. Tía Remedios, cuando supo que mis obligaciones laborales me exigían el trato con semejantes individuos, se alborotó:

—Pero, hijo, si esos hombres son un par de diablos. Dicen que organizan bacanales y misas negras en las que devoran niños crudos.

Como las llamas del infierno siempre han ejercido sobre mí una atracción compulsiva (en especial si ese infierno, mantenido a distancia, sólo alcanza a ponerme moreno o, en todo caso, a producirme quemaduras leves), desoí los consejos de tía Remedios. El palacio de Antonio de Hoyos y Vinent lindaba con unos solares en los que retozaban las parejas de enamorados, revolcándose entre escombros y amapolas mustias. Salía a abrirme un mayordomo provecto, agravado de reúmas, que miraba a los visitantes con recelo, como dudando de su virilidad o atribuyéndoles episodios a cuatro patas.

—Pase a la biblioteca. Enseguida lo recibirán los señores.

La biblioteca de Antonio de Hoyos, marqués de Vinent, confusa de humos y telarañas, olía a incienso, semen reseco y pastillas de almizcle. Había un diván con cojines recamados en un oro pálido, como achacoso de siglos; no me gustaba sentarme en él, pues se me antojaba demasiado muelle y voluptuoso para una espera que se presumía corta (aunque Antonio de Hoyos, lo mismo que Pepito Zamora, se acicalaba para recibir a sus visitas). En aquella casa había alfombras de piel de oso en las que se hundían los zapatos al andar, y una decoración suntuosa y rococó, con mucha estatuilla en las repisas, mucha litografía de Beardsley en las paredes, mucha cornucopia en los espejitos y mucho capricho en la disposición del mobiliario (había, por ejemplo, más reclinatorios que sillas, y eso que en aquella casa no se rezaba mucho). Antonio de Hoyos había encuadernado los libros de su biblioteca en terciopelo negro, con una corona dorada en el lomo; abundaban las obras del decadentismo francés, los estudios patológicos y las noveluchas de efebos que se dejan desvirgar por una propina: más o menos los mismos ingredientes que componían la literatura de Hoyos, una literatura indigesta, pródiga en folclore y torerillos, que, sin embargo, gozaba de aceptación entre los lectores de las revistas noveleras. Una noche, inopinadamente, coincidí con Pedro Luis de Gálvez en la biblioteca de Hoyos: su aparición, tras el largo destierro conquense que él había disfrazado de viaje cosmopolita, he de reconocer que me sobresaltó. Su rostro, lindante con el ascetismo o la barbarie, y su atuendo delataban un pasado de penitencias; iba arropado con un gabán que le quedaba demasiado grande y demasiado intempestivo en medio del verano. Para amortiguar mi desconcierto no se me ocurrió otra cosa que preguntarle:

—Coño, Gálvez, cuánto tiempo. ¿Qué haces tan abrigado, en pleno mes de junio?

Hacía al menos un par de años que no publicaba nada con su firma, ni siquiera en los periódicos, y el deterioro de sus ropas indicaba que, a su regreso a Madrid, no había encontrado otra ocupación más lucrativa que la de *negro*. Empezó a vaciar las estanterías de libros y a llenar los bolsos interiores de su gabán, mientras liaba un cigarrillo de picadura con la mano que le quedaba libre: el cultivo frecuente del hurto le permitía estos malabarismos.

—¿Qué te habías creído, majete? ¿Que el gabán lo llevaba de adorno, o qué?

Encendió el cigarrillo con un chisquero, haciendo pantalla con una mano; el resplandor de la lumbre acuñaba su rostro en bronce. No cruzamos más palabras, a pesar de la larga separación, pues ambos teníamos la certeza aciaga de que nuestros destinos iban a seguir entrecruzándose, inevitablemente. Después de expoliar varias estanterías y llenarse los bolsillos de libros que luego vendería a peso en cualquier puesto del Rastro, escapó por la ventana, no sin antes aplastar la colilla en el alféizar, como una rúbrica que reivindicase la autoría del robo. Gálvez corrió en dirección a los solares de la calle Marqués de Riscal, tremolante de harapos y melenas, y, al llegar a las escombreras, interrumpió su carrera para liarse a patadas con las parejas que fornicaban allí, o para escupirles en mitad del culo. Antonio de Hoyos entró en la biblioteca, envuelto en una bata con bordaduras chinescas, cuando Pedro Luis ya había desaparecido, y bramó, al descubrir los huecos en las estanterías:

—¡Cojones! Ya ha estado aquí Gálvez. Si por lo menos me dijera dónde vende los libros, para poderlos recuperar...

Tenía un vozarrón desentonado, igual que el de un hipopótamo que está aprendiendo los rudimentos del idioma. Desde la niñez le afligía una sordera irreductible, como consecuencia de un catarro mal curado, que obligaba a sus interlocutores a repetir las palabras (aunque con dificultades, sabía leer el movimiento de los labios) o a expresarse a través de las manos. Antonio de Hoyos y Vinent era un hombre bondadoso y fofote, de una envergadura considerable que él, además, exageraba con zapatos de tacón. Recibía a sus huéspedes con una sonrisa grasienta, como sostenida entre dos belfos, y los invitaba a merendar té con *croissants*. Durante el día era un monstruo mansurrón, y por la noche se fingía perverso, y frecuentaba tascas en los barrios más canallas, acompañado por Pepito Zamora, que actuaba de alcahuete en sus transacciones con chulos y muletillas; con frecuencia, regresaba de estas excursiones con los morros hinchados o alguna costilla rota, pero así y todo perseveraba. En sus libros, Antonio de Hoyos procuraba describir con crudeza y tremendismo ese inframundo suburbial que conocía por sus expediciones nocturnas, pero el estilo de su prosa lo traicionaba, diluyendo estos ambientes en un cuadro costumbrista que sonaba más falso que unas castañuelas de latón. Pepito Zamora, más ajetreado de hematomas que su amigo, protestaba:

—¡No te acompañaré más, Antonio! El día menos pensado nos clavan una navaja y nos mandan al otro barrio.

Pepito Zamora era revoltoso, ocurrente y canijo como un bufón o un macaco; causaba impresión pensar que su cuerpecillo sufría los embates de Hoyos. Ambos eran, desde luego, unos homosexuales pacíficos, tirando a juguetones, y no esos ogros abominables, devoradores de niños y oficiantes de liturgias prohibidas que quería la malevolencia popular. Antonio de Hoyos levantaba la voz sobre las protestas de su amante, para monologar:

—Pepito, no seas cobardica. Dejemos que la noche y el perfume de los efebos nos arrebaten. Dejemos que la lujuria implacable nos arrastre a través de calles y de plazas, de pasadizos y jardines...

Como no podía escuchar su propio discurso, incurría en algunos errores de entonación. Antonio de Hoyos, que se creía una mezcla de monarca pagano y eremita, gustaba de frecuentar los antros habitados por truhanes, vestido con sus mejores galas, pero Pepito Zamora (a cuyos oídos llegaban los improperios que algunos desalmados les dedicaban), más hogareño o pusilánime, se declaraba partidario de organizar la diversión en casa:

—¿Quién nos manda ir a buscarla afuera? Hay muchachos de buena familia que, por menos de veinte duritos, se dejan querer, y además son discretos y no te amenazan ni te hacen chantaje. ¿Qué más quieres, Antonio?

El sordo, que tardaba en asimilar el mensaje de sus labios, respondía:

—¿No está claro lo que quiero? Enfangarme en el cieno de las clases populares. Quiero salir en busca del pecado, como sir Galahad salió en busca del Grial, y no esperar a que el pecado llame a mi puerta.

Pepito Zamora se soliviantaba; el rostro se le ramificaba de venillas, como suele ocurrirles a los hombres chiquitines, que son los más propensos al berrinche:

—Yo ya tuve tiempo de saturarme en mi juventud de clases populares. Estoy de vuelta de todo eso.

Pepito Zamora había iniciado su carrera diseñando el vestuario (la ausencia de vestuario, más bien) de los vodeviles más decantados hacia el género ínfimo, y, en pocos años, llegó a ser el figurinista predilecto de La Chelito y de Tórtola Valencia, entre otras divas del momento. Las tonadilleras y bailarinas de variedades, hasta entonces recluidas en los cafés cantantes de las calles de la Montera y Hortaleza, rehenes de un auditorio masculino con derecho de pernada, habían alcanzado la respetabilidad, y los empresarios más avispados, como don Narciso Caballero, las contrataban para aderezar los intermedios entre acto y acto: el público permanecía en el vestíbulo del teatro mientras se representaba el drama y volvía a la sala cuando se anunciaba la actuación de la tonadillera. De este modo, los teatros se aseguraban unas taquillas copiosas, aunque el estreno resultase un fiasco, mientras los dramaturgos y los actores dramáticos rabiaban, ante lo que consideraban una prostitución de su arte. Algunos figurinistas formados en el vodevil, como el propio Pepito Zamora, habituados a trabajar con cuatro trapos y un puñado de lentejuelas, empezaron a manejar grandes presupuestos y a diseñar modelos de lamé y plumas de avestruz que las tonadilleras se disputaban.

—Mira, Fernando, éstos son los bocetos de mi próximo proyecto. —Pepito Zamora desplegaba ante mí unos dibujos al carboncillo, con profusión de motivos japoneses o filipinos—. El texto lo he escrito yo mismo, con la ayuda inestimable de Antonio. —Hoyos inclinó su cabeza de tortuga sorda, agradeciendo la deferencia—. Se titula *El buen consolador.*

—¿Y no será un poco subido de tono? Con ese título...

Pepito Zamora soltó una risita hueca:

—Vamos, Fernando, ¿no pensarás que os van a cerrar el teatro? Don Narciso es amigo del Gobernador. Además, una clausura temporal seguro que resultaría beneficiosa: a la gente le picaría el gusanillo.

Antonio de Hoyos contemplaba con ojos de basalto las estanterías esquilmadas de su biblioteca, mientras Pepito Zamora me exponía las bondades de su vodevil. El tabaco de picadura que fumaba Gálvez había dejado en el aire un clima viril que se sobreponía al incienso.

—Está bien, Pepito —asentí—. ¿Para cuándo crees que tendrás preparada la función?

Retumbaban, a lo lejos, los primeros cañonazos de la Gran Guerra. Un clima próspero y festivo, como de vacaciones, se iba adueñando de Madrid, al abrigo de una neutralidad que generaba riqueza. Salvo declaraciones aisladas de germanofilia, pronunciadas por el cascarrabias de don Pío Baroja, y algunos flirteos con los aliados favorecidos por Romanones (había un comercio clandestino de mulas a través de los Pirineos), nadie quiso comprometerse en una guerra demasiado europea y encarnizada, en la que, además, no participaban los moros de Melilla, únicos contendientes asequibles para nuestro ejército. Por la frontera de Irún entraban capitales evadidos, avances científicos, nuevas maquinarias que hacían superflua la intervención del obrero, automóviles que suplían a los transportes públicos, el estrépito negroide del *jazz-band* y el cultivo de los paraísos artificiales. Se abrieron bares para noctívagos al estilo americano, con orquesta, salones de juego, porteros con librea que suministraban a los clientes frasquitos de cocaína y una nueva tribu de mujeres gabachas o afrancesadas o meramente gangosas, expertas en el sexo oral o *mamona*, un gineceo de mujeres con peinado a lo *garçon*, collares de perlas apócrifas y tuberculosis ósea; mujeres andróginas y sofisticadas, que se inventaban genealogías parisinas y se inyectaban morfina para exagerar los transportes del orgasmo. Había llegado a Madrid la caravana del Progreso.

El buen consolador, vodevil en cuatro cuadros, original de Pepito Zamora, se estrenó en el Teatro de la Comedia, aprovechando los descansos de un drama bastante plúmbeo de Linares Rivas; cuando La Bella Chelito aparecía en el escenario, cubierta por un mantón que apenas cubría su desnudez de niña maliciosa y precoz, corría un estremecimiento unánime por la platea. El público jaleaba el cuplé principal, que aquella temporada hizo furor:

A un concurso de mantones de Manila
fue Asunción,
y un pollito de la prensa
muy gracioso
y chistoso que la vio,
la decía el muy guasón:
—Sin disputa,
es usted una grandísima hembra,
sin disputa
yo calculo
que le van a dar por... ganadora.
Pues se espera
que los graves miembros del Jurado,
en cuanto la vean
con ese mantón,
hacen todos un viaje a Manila,
divina Asunción.

Y, antes de hacer mutis, la Bella Chelito se abría el mantón y enseñaba fugazmente el alabastro blando de su cuerpo, los senos menudos y equidistantes, el pubis casi lampiño (aunque quizá se lo afeitase). El vodevil terminaba con otro número más escabroso aún, con participación de casi veinte muchachas que bailaban sosteniendo en sus manos un objeto sin aristas, de reminiscencias fálicas, con cierta vocación a la elipse. Cantaban, mientras caía el telón:

Es el consolador
un aparato sin igual,
un pulverizador
que tiene un rato
de verdad.
A mí me irá muy bien
con su chorrito bienhechor,
pues, como ustedes ven,
es un gran pulverizador.
Es muy original,
el buen consolador
es ideal.

Después del descanso, se reanudaba el dramón al uso, con sus parlamentos antediluvianos, y el público desertaba, los hombres inevitablemente empalmados y las mujeres preguntando a los acomodadores dónde podían adquirir ese adminículo, sustitutivo del hombre o sus apéndices, que tanto habían encomiado las coristas en aquel número final.

Pepito Zamora y su inseparable Hoyos, para conmemorar el éxito del vodevil, organizaron una fiesta de disfraces que pretendía emular, en su mezcla de casticismo y frenesí pagano, el espíritu de los carnavales. Cuando llegué al palacio de Marqués de Riscal, ya se oían carcajadas y cánticos desafinados; salió a recibirme Hoyos, el anfitrión, disfrazado de bebé con babero, cofia de volantes y pañales que le abultaban la grupa y exageraban el bamboleo de sus andares. El palacio estaba atronado, casi a punto de sucumbir, por una música de gramófono, descoyuntada y tropical, y en sus aposentos se respiraba un humo dulzón que se deshilachaba en volutas de color rosa.

—Hemos comprado unas semillas de adormidera —Hoyos me guiñó un ojo—. La Bella Chelito se ha fumado un par de pipas. Está que no se tiene, la pobre.

En el salón de té, entre el olor pantanoso del opio y el anonimato de las máscaras, fui distinguiendo a Pepito Zamora disfrazado de faraón, al cubano Zamacois con una casaca de guardia de *corps*, y también a Colombine, camuflada por un antifaz: acababa de hacer una gira por América, impartiendo conferencias sobre feminismo y literatura a las que no acudían más que los coleccionistas de rarezas, que también existen al otro lado del Atlántico.

—Te he reconocido al instante, Fernandito —me saludó—. Ya veo que no te ha hecho falta ir a la escuela para medrar.

Derrengadas en un diván, durmiendo el sueño pánfilo de las drogadictas, estaban La Bella Chelito y Tórtola Valencia. La Bella Chelito iba disfrazada de Eva, quiero decir que estaba en cueros, y chupeteaba la pipa de opio como si se tratase de un biberón.

—Y tú, nene, ¿de qué vas vestido? —me preguntó, con un ronroneo como de gato borracho.

—Yo voy de lord Byron, Chelito. Ten cuidado conmigo, porque a lo mejor esta noche te hago mi amante.

Mi disfraz se componía de túnicas y turbantes y *foulards* y broches de pedrería falsa, evocadores de un exotismo que lord Byron cultivó, como recompensa a una vida martirizada por la natación y las dietas de gaseosa. La Chelito, por toda respuesta, inhaló una última bocanada de humo rosa, y balanceó los muslos, que ya anticipaban deliciosamente la celulitis; tenía una belleza oval, como una madona de burdel. La Bella Chelito, reina de la rumba y la canción picante, había hecho su debú en un café de la calle de Carretas donde la clientela se emborrachaba con un anís mezclado de anilina; conservaba de su adolescencia un aire de niña ingenua, como educada en un colegio de monjas ursulinas. Zamacois, el cubanito galante, le refrescaba la frente con un pañuelo húmedo de champán, y le daba cachetitos en las mejillas:

—Chelito, despierte, no se amuerme.

Pero la Chelito sólo acertaba a esbozar una sonrisa idiota y a revirar los ojos a derecha e izquierda, lentamente, como periscopios en misión de espionaje. A su lado, despectiva y algo menos mareada, estaba Tórtola Valencia, llevándose la pipa a los labios y aspirando la nebulosa del opio en pequeñas bocanadas; tenía un aspecto antipático, como de institutriz partidaria de la férula, y arrastraba consigo una bisutería de pendientes y sortijas y ajorcas y pulseras que dificultaba sus movimientos. Tórtola Valencia era una bailarina autodidacta que hacía pasar sus improvisaciones por coreografías bárbaras o aztecas; actuaba siempre descalza, ataviada con una falda de mucho vuelo que se abría como un loto a medida que la danza se aceleraba. Tórtola Valencia presumía de tener unos muslos herederos de Friné, aquella cortesana que inmortalizaron Apeles y Praxiteles, aseveración que confirmaban las muchachitas que elegía como amantes. Tórtola practicaba un lesbianismo afectado, prepotente y cosmopolita, al estilo de Djuna Barnes y otras bollaconas surgidas del frío, y movía los brazos al hablar con una sincronía de jeroglífico egipcio:

—Esta niña ha abusado del opio. Déjela que duerma la mona —dijo, con una voz resentida.

Pero Zamacois solicitó la intervención del Conde de San Diego, médico de cámara de la Reina, que acababa de incorporarse a la fiesta; iba disfrazado de sátiro, con rabo de trapo, cuernecillos sobre la frente y unas barbas postizas que parecían las barbas de un general asirio. El Conde de San Diego tenía la cara golfa y nobiliaria, congestionada de vinos que extendían bajo la piel su sistema cardiovascular.

—A esa monada ahora mismo le devuelvo yo el conocimiento —dijo, sacando de la cartera un peinecito de carey.

Se rumoreaba que con aquel peinecito les peinaba el pubis a las mujeres que acudían a su consulta. Al Conde de San Diego le gustaba frotar con el peinecito en el vello púbico hasta obtener el primer chispazo de electricidad; sus pacientes salían de la consulta erizadísimas y como recorridas por un cosquilleo grato que les duraba semanas y les mantenía el vello en un estado horripilante. En aquella ocasión, el Conde de San Diego se tuvo que conformar con peinarle a la Chelito los cabellos, pues, como la tonadillera se depilaba el pubis, no había materia pilosa suficiente para producir una chispa eléctrica.

—Los electrones del peine recorren los cabellos y se descargan sobre las meninges, que de inmediato se descongestionan —explicaba el Conde de San Diego, intentando adecentar sus perversiones con una jerga científica.

Colombine, ebria de champán mezclado con éter, con el antifaz mal colocado, caminó casi a ciegas hacia mí:
—¿Sabías, Fernandito, que Sarita se ha puesto muy guapa, últimamente? Ya es toda una mujer.
El disfraz de lord Byron me comunicaba una insolencia casi anglosajona:
—Si viene acompañada de una buena dote, quizá me case con ella.
Colombine retrocedió con paso torpe ante la hostilidad de mis palabras, y fue a tropezarse con el diván, para caer sobre Tórtola Valencia, que se quitó de encima el bulto, antes de identificar su sexo:
—¿Quién demonios es este pelmazo?
La escritora se revolvió, herida en su orgullo:
—Mucho cuidadito con lo que dices, víbora. Soy mucha más mujer que tú.
—No hace falta que lo jures. Pesarás el doble, por lo menos.
A Colombine le bajaban, por debajo de los párpados, unas lágrimas gruesas, teñidas de *khol*. Antonio de Hoyos corrió a separar a las dos invitadas, un segundo antes de que se enzarzaran en una pelea. Hoyos sabía (se lo había recriminado muchas veces Pepito Zamora) que Colombine desentonaba en aquellos saraos pretendidamente frívolos e inmorales, pero seguía invitándola, porque ella lo había apoyado en sus primeros tanteos literarios.
—Colombine, por favor, no se sulfure. No merece la pena que una mujer de su categoría se rebaje a un intercambio de insultos —dijo, tomándola entre sus brazos de bebé forzudo.
—Tiene usted razón, Antonio. ¿Quién me manda a mí mezclarme con esa zorra invertida?
Esta observación no le agradó a Hoyos, solidario siempre con el gremio: abandonó a su suerte a las dos mujeres, que comenzaron a tirarse de los pelos (o de las pelucas) y a lanzarse patadas en el coño; él, entretanto, salió a recibir a una pandilla de efebos, amigos de Pepito Zamora, que distribuían de contrabando unos frasquitos de cocaína. El Conde de San Diego seguía peinando el pelo de la Chelito, coruscante de electricidad. Colombine, en su

particular duelo con Tórtola Valencia, había logrado inmovilizar a su rival en el suelo, y le hundía la rodilla a la altura del esternón, una y otra vez, con golpes que hacían toser a la bailarina y vaciar sus pulmones de un humo rosa y churrigueresco.

—¡Me rindo! ¡Me rindo! —suplicaba Tórtola, al borde de la asfixia.

Los efebos que se había traído Pepito Zamora descorcharon unas botellas de champán, después de agitarlas a conciencia, y empaparon a Hoyos con un fuego cruzado de espumas y de risas. Pepito Zamora empujó a su amante sobre un diván y empezó a hacerle cosquillas en el vientre, tenso como un tambor.

—Miren cómo patalea —observó—. Igualito que un bebé con los pañales cagados.

Pero más que a un bebé recordaba a una cucaracha patas arriba que pugna infructuosamente por retornar a su posición originaria. Los efebos se arremolinaron sobre Hoyos e imitaron a Pepito.

—¿Le quitamos los pañales? —dijo uno.

—Eso, eso, y le frotamos con polvos de talco en la entrepierna, para que no se le irrite la piel.

A falta de polvos de talco, esparcieron sobre su perineo el contenido de un par de frascos de cocaína. Hoyos tenía un falo moreno, abultado de venas que parecían transportar alquitrán en lugar de sangre. Mientras los efebos se disputaban los restos de cocaína, picoteando con la lengua, Antonio de Hoyos alcanzó una erección escandalosa. El Conde de San Diego ponderó su tamaño, pero Colombine no parecía impresionada:

—El tamaño es lo de menos.

Tórtola Valencia, abismada en una nube rosa, restablecida ya de la pelea, quiso zaherirla:

—¿Lo dices por experiencia?

—No, querida, sólo repito lo que te he oído decir a ti. ¿No andas presumiendo por ahí de que te masturbabas con el dedo meñique?

La Bella Chelito, de súbito, parpadeó y sacudió la cabeza de derecha a izquierda, apartándose las telarañas del sueño. El Conde de San Diego sonrió, orgulloso de su ciencia, y se guardó el peine en la cartera.

—¿Dónde estoy? —preguntó la Chelito en un tono algo alarmado, después de pasar revista a los invitados y de comprobar su desnudez. Quizá se creía víctima de una violación múltiple.

—Entre amigos, Chelito, no se preocupe —dijo Zamacois. Era ceremonioso y estirado como un *valet de chambre*.

Los efebos habían levantado en volandas a Hoyos, y jugaban con él, lanzándoselo unos a otros, como si de una pelota se tratara.

—Antonio, querido —dijo uno de ellos—, ¿no estarás por casualidad vendiendo tu biblioteca?

Hoyos se dejaba zarandear, como una morsa que no sabe bailar el minué.

—¿Por qué me preguntas eso?

—Porque el otro día, al pasar por la Ribera de Curtidores, me pareció ver en un puesto unos libros encuadernados en terciopelo negro, con una corona en el lomo. Estuve a punto de preguntar, pero...

Hoyos hizo un gesto abúlico:

—Lo que me temía. Ese Pedro Luis los vende a peso, el muy canalla.

Colombine dio un respingo.

—¿Pedro Luis? ¿Se refiere usted a Gálvez, el bohemio?

—A quién si no —repuso Hoyos. Se había cogido el falo entre las manos, y lo examinaba con cierto estupor, como a un huésped pintoresco de su anatomía—. Le tengo advertido a Belisario, el mayordomo, que no lo deje pasar, pero el hombre ya es muy mayor y no rige. Gálvez siempre se las ingenia para vencer su resistencia y esquilmarme la biblioteca.

—Ese Gálvez es un maleante. —A Colombine se le habían arrebolado las mejillas, encendidas por una santísima indignación—. Yo fui de las primeras que le abrieron las puertas de su casa, recién liberado del presidio de Ocaña. El muy bellaco me lo agradeció llevándose una cubertería de plata. Y en Melilla, donde coincidí con él de corresponsal, les vendió una reata de mulas a los moros.

Zamacois se incorporó al bando de los acusadores:

—Yo le encargué unas narraciones para *El Cuento Semanal*.

El muy pícaro hizo refritos de algunas noveluchas que había escrito mientras estuvo en la cárcel, ya publicadas, y me las coló como inéditas. Hubo protestas de los lectores. Allí cada cual aportó su reproche, su queja, su encontronazo con Gálvez. A Tórtola Valencia y a la Chelito las había abordado en los camerinos, reclamándoles un duro a cambio de un soneto encomiástico.

—Al principio le hice algún caso, pero ahora lo recibo con una escopeta de perdigones —dijo Tórtola Valencia—. Que vaya a sablear a su putísima madre.

—Pero es que además es un ácrata —exclamó Colombine, con un fervor o calentura que quedaban extemporáneos en aquella reunión—. A mi pobrecito Ramón lo amenaza siempre que puede, y aloja anarquistas en su estudio de Velázquez. A Pardinas, sin ir más lejos.

—¿Manuel Pardinas, el asesino de Canalejas? —preguntó Hoyos, sin disimular su asombro.

Procuré inhibirme de la conversación, por lo que me concernía. Pepito Zamora, refractario a la política, revoltoso y pizpireto, se dejaba acariciar por los efebos, como una reina de Saba entre un séquito de eunucos.

—El asesino de Canalejas, en efecto —confirmó Colombine—. Convivir con semejante individuo afectó mucho a Ramón. Tuvo que marchar a París, el pobre, para reponerse. El anarquismo es una enfermedad contagiosa.

Hoyos, que por entonces aún no se había afiliado a sindicatos ni vestido con el mono azul de la revolución, ya comenzaba a sentir, sin embargo, una incipiente (y casi perversa) simpatía por las ideologías obreras:

—En eso no estoy de acuerdo con usted —discrepó, después de leer en los labios de Colombine un rictus de desdén—. El anarquismo es la religión de nuestro tiempo. Cuando concluya esta guerra europea, surgirá un nuevo orden sin represión estatal. —Hoyos hablaba con una voz briosa, retumbante, como de profeta sordo que se ríe de su tara—. ¿No oyen ustedes cómo crece ese nuevo orden? Afinen el oído, por favor.

De la calle llegaba el rumor acuático de los primeros camiones comprados por el Ayuntamiento para regar las calles y aplicar el manguerazo a los borrachos que se amarraban a las farolas. En el salón de Hoyos, el humo del opio se adensaba sobre nuestras cabezas, formando una nube blanda, casi confortable; los invitados, mareados por el champán o el insomnio, se habían desperdigado, aquí y allá, sin fuerzas para divertirse. La Bella Chelito se había ido a dormir la mona a la chimenea; acurrucada sobre las cenizas todavía calientes, con la piel tiznada, parecía una alegoría de la cuaresma. Las fiestas del palacio de la calle Marqués de Riscal solían concluir así, entre la dejadez y el hastío, con una sensación anticipada de fracaso. Costaba mucho salir a la calle en busca de un coche de punto que nos depositase en nuestros respectivos domicilios.

—Pepito, vete a buscar a Belisario para que pida unos simones —farfullaba Hoyos.

Belisario, el mayordomo senil, tenía que cargar sobre sus hombros con los invitados y auparlos a los simones, tirados por unos caballos que piafaban sobre los adoquines de la calle, incongruentes con una modernidad que reclamaba la entronización del automóvil. La madrugada, después de las inhalaciones de opio, penetraba en la carne con un estremecimiento de radiografía. Hoyos se despedía de sus invitados desde el vestíbulo, y les daba instrucciones a los cocheros, que a duras penas lograban entenderse con él. Yo me subí en el primer carruaje, acompañando al Conde de San Diego, que arrastraba por el suelo el rabo de su disfraz. Los caballos sacudían la cabeza para desperezarse, y, obligados por las anteojeras, miraban hacia el final de la calle, por donde venía una figura que enseguida me resultó familiar.

—Hablando del rey de Roma... —se santiguó Colombine.

—¡Gálvez! ¿Qué te trae por aquí? —pregunté.

Llegaba corriendo sobre los adoquines, resbaladizos y salpicados de charcos a causa del riego municipal. Tenía una mirada como de búho enjaulado, detrás de aquellas gafas suyas, gordas de dioptrías y círculos concéntricos.

—Vamos, hombre, pase y descanse un poco, que llega jadeando

—le dijo Hoyos desde el vestíbulo, hospitalariamente. No le guardaba rencor por los expolios de la biblioteca.

Gálvez miró al interior de nuestro coche, intentando discernir las fisonomías de sus ocupantes:

—¿Hay algún médico aquí?

El Conde de San Diego se hundió en el respaldo de su asiento, pero Hoyos lo delató:

—Pues claro: ahí tiene usted al mismísimo médico de cámara de la Reina.

Gálvez ya se había subido al pescante junto al cochero, y le había dado la dirección de su buhardilla, en la calle de la Aduana. El Conde de San Diego se asomó a la ventanilla para balbucir:

—No tiene usted derecho... Esto es un atropello.

—Mi mujer está a punto de parir. Necesito con urgencia un médico —dijo Gálvez, desde el pescante. Tenía la piel sucia de tinta o de mugre, como un escribiente cíngaro.

El Conde de San Diego asomó los cuernos de trapo para esgrimir:

—Le advierto que, como médico de la Reina, no estoy obligado a atender a otros pacientes.

Los caballos ya iniciaban su galope, y resoplaban por los ollares un vaho que se mezclaba con la respiración de las alcantarillas. Gálvez le arrebató el látigo al cochero y los fustigó.

—Cada mujer es reina en su casa —repuso.

Las farolas asomaban, entre el frío verdoso de la noche, como fogonazos de magnesio. Las ballestas del carruaje amortiguaban nuestro trayecto a través de una ciudad dormida, sobre el empedrado de calles que multiplicaban el galopar de los caballos y le añadían un prestigio épico. El Conde de San Diego extendió las manos ante sí, y comprobó que los dedos le temblaban, sacudidos aún por los excesos de la fiesta.

—¿Y cómo quiere ese energúmeno que asista a su mujer en el parto, sin instrumental quirúrgico y con este tembleque?

La luna ya se iba disgregando en la claridad, deshilachada de nubes, oscurecida por el humo de las primeras fábricas textiles, que trabajaban a destajo para aprovisionar a los ejércitos europeos de uno y otro bando, como aconseja la neutralidad. En las ventanillas del simón, sobre el decorado móvil de la calle, se reflejaba mi rostro, tan parecido al de lord Byron. Dije, mientras me desliaba aquel turbante ridículo:

—No se preocupe. A lo mejor llegamos tarde.

Por la calle de la Aduana bajaba un regato de aguas fecales, como una culebra de mierda que serpentease entre las junturas de los adoquines. Gálvez se bajó del pescante con el simón todavía en marcha, y corrió hacia el portal de su casa, para enfado del cochero, que comenzó a reclamar su tarifa a voces, sobresaltando al vecindario.

—No se altere, hombre, que ya le pago yo —dije, arrojándole un duro de plata que capturó al vuelo—. Quédese con el cambio.

—El señorito es muy generoso, no como ese tío gorrón.

Estaba claro que el comunismo jamás triunfaría en un país de proletarios proclives a la sumisión.

—No me llame señorito. Eso se queda para los mocosos.

El Conde de San Diego, médico de cámara de la Reina, bajó con dificultades del simón, enratándose con el rabo de su disfraz de sátiro; las noches pasadas en vela le agarrotaban las piernas y le ponían un rumor oxidado en el pecho. La voz de Gálvez se oyó urgente y enojada, desde lo alto de la escalera:

—¿Suben o es que piensan dejarlo para mañana?

Mientras ascendíamos a la buhardilla, recordé con una mezcla de regocijo y nostalgia mis labores de alcahuetería, dos o tres años atrás, cuando preparaba las visitas de don Narciso Caballero y espiaba los amores adulterinos de Carmen por el agujero de la cerradura, como el protagonista de una mala novela sicalíptica; por entonces, Carmen se cuidaba mucho para no quedar embarazada: quizá la relajación de una vida repartida entre muchos hombres le había hecho descuidar el cómputo de sus días fecundos.

—Vamos, rápido, está a punto de romper aguas.

Me pregunté si aquel hijo inminente lo habría engendrado Gálvez, o si arrastraría ya para siempre el estigma de una bastardía confusa de paternidades. Durante su matrimonio, Carmen se había amancebado sin tregua, pero sin excesivo entusiasmo, con empresarios y críticos teatrales, con viejos actores ya consolidados y con debutantes que prometían, con ganaderos venidos de Extremadura que se encaprichaban de sus pantorrillas y con indianos de dentadura chapada en oro. Con los beneficios que le producía este infinito trasiego de hombres, Carmen había abierto una cuenta bancaria a la que ya pronto recurriría para separarse de Gálvez y llevar una vida alejada de miserias. Pero hasta que esa cuenta se nutriese adecuadamente, seguía preparando sus encuentros (consentidos, quizá, por el propio Gálvez, que actuaría de marido ciego o comisionista) a la luz cruda de la buhardilla, por añadir a la entrega mercenaria de su cuerpo un fondo de sordidez que ponía nerviosos a sus amantes. Carmen actuaba con estrategias de cortesana zafia, mientras las ratas se apareaban en el patio de vecindad.

—Mírela, doctor, ya casi no puede aguantar los dolores.

Carmen se removía en la cama, presa de una desazón no exenta de voluptuosidad (para quien la miraba, no para ella, que la estaba padeciendo, por supuesto). La curvatura grávida de su vientre, bajo las sábanas, me llenó de impaciencia y desasosiego, no sé por qué. En la buhardilla olía a gallinejas y a menstruación retenida.

—Tráigame unos paños húmedos. Y un barreño de agua hervida, por favor —dijo el Conde de San Diego, despojándose de los guantes rojos que formaban parte de su disfraz.

Carmen nos miraba desde el subsuelo de la inconsciencia, como entontecida por el dolor. El Conde de San Diego apartó las sábanas y acercó el oído al vientre, para escuchar el código cifrado de una vida que se incubaba allá adentro. Gálvez hacía girar las llaves de los grifos a derecha e izquierda, con desesperación creciente; un goteo mínimo golpeaba sobre el latón del barreño.

—Han vuelto a cortarnos el agua —dijo, como disculpándose.

El Conde de San Diego apartó el oído del vientre y parpadeó:

—¿Cómo ha dicho?

Carmen se debatía entre paroxismos; tenía una belleza túrgida, de una obscenidad agravada por la opulencia de los senos, más reconciliados que nunca con su condición mamífera. Se había agarrado al catre, con esa intuición que sobreviene a las madres en el momento de parir, para hacer frente a las acometidas de ese nuevo ser, interior y sin embargo extraño, que ya reclama su derecho a respirar.

—No hay agua, amigo —repitió Gálvez, ahora con más aplomo—. Tendrá que operar en seco.

—Usted está loco. Así no hay quien trabaje.

Un sol miserable, apenas amanecido, entraba por el ventanuco. Carmen se iba quedando lívida, a medida que aumentaba la dilatación de su matriz. Una sangre brusca invadió las sábanas, extendiéndose hasta formar un charco invasor. El Conde de San Diego se había remangado y hurgaba con una mano dentro de Carmen, en el laberinto de sus vísceras, en esa guarida hostil y hospitalaria que toda mujer lleva consigo, mientras con la otra amortiguaba las contracciones de un vientre que parecía a punto de rasgarse. Gálvez asistía al alumbramiento con los ojos desorbitados, apremiando al doctor:

—¿Saldrá bien? ¿Usted cree que saldrá bien?

Pero la sangre fluía y lo ensuciaba todo, desbordaba el cauce de las sábanas y goteaba sobre el suelo, como un grifo que alguien hubiese dejado mal cerrado. Carmen se iba quedando sin resuello, transportada a esa región de fronteras dudosas que precede a la muerte; se abrió un silencio de infinito asco o infinita misericordia cuando la mano del conde, después de un forcejeo que ya duraba más de diez minutos, logró atrapar un pie mínimo, casi invertebrado.

—Viene mal colocado. Una señal poco halagüeña.

El niño asomó al fin, en un chapoteo de sangre, ahorcado por el cordón umbilical, con ese gesto de seriedad suprema de quien decide suicidarse antes de haber nacido, por evitarse penurias y contratiempos. El Conde de San Diego cortó el cordón umbilical de un mordisco y pegó las palmadas de rigor sobre el cuerpo difunto.

—No arranca a llorar. ¿Pasa algo malo, doctor? —preguntaba Gálvez, resistiéndose a la verdad.

El niño era una masa tumefacta, casi podrida, húmeda de viscosidades y placentas. Me tuve que sujetar el estómago, para reprimir una arcada.

—No estará muerto, ¿verdad?

El vientre de Carmen recuperaba su esbeltez originaria, después de nueve meses de hinchazón; la hemorragia remitió con la misma brusquedad con que había comenzado. El Conde de San Diego se restregó los ojos con una mano enguantada de sangre.

—Me temo que sí, Gálvez. Quizá llevase muerto un par de días.

Al niño le brotaba un coágulo purulento por los orificios de las narices; tenía la piel afeada de pústulas, como un sarampión maligno, y la cabeza grande de los hidrocéfalos.

—Murió asfixiado, Gálvez. Pero no se preocupe: su mujer está sana, aún podrá concebir muchos hijos.

Gálvez lloraba con un llanto sordo, mordiéndose los labios. Le había arrebatado al Conde de San Diego el cadáver de su hijo, y le enjugaba la sangre con los faldones de su camisa.

—¿Mi mujer? ¿A mí qué me importa esa tipeja? Este hijo era ya lo único que me mantenía unido a ella.

Lo dijo con una acritud que nacía del despecho. Carmen se había desmayado pacíficamente, debilitada tras el parto.

—Perdone que lo haya molestado por nada —se disculpó a continuación, aplacado por una modestia súbita—. Márchese a descansar, ya es de día.

Ya era de día, en efecto, y en la calle chirriaban los tranvías, repletos de un gentío que viajaba hasta la plaza de toros, donde las izquierdas daban un mitin, en réplica a Maura, que en sus últimos discursos se había reafirmado en su neutralidad frente a la Guerra Europea. El Conde de San Diego tomó un coche de punto y marchó a casa, abatido y asaltado por oscuros remordimientos. Gálvez improvisó un pequeño ataúd con una caja de zapatos y metió allí al hijo muerto.

—¿No pensarás salir con eso a la calle? —le pregunté.

Pero Gálvez no parecía escucharme. Tomó su carga fúnebre y bajó las escaleras como un autómata que no ve más allá de sus narices, enloquecido para siempre; atrás quedaba Carmen, escorada sobre la cama, como un barco a punto de zozobrar. La calle hervía de gentes que iban o venían del mitin, transfiguradas por el verbo vibrante de Miguel de Unamuno, que había venido de Salamanca para enfervorizar a las multitudes con su retórica de contradicciones y citas mal tomadas de la Biblia, fundamentando con razones históricas el advenimiento de una república que exterminase «esta España caduca y oficial, la de los privilegios, la de los ministros y caciques electoreros, la de los profesionales de la arbitrariedad, la de los latifundios, la de los doctores analfabetos, la de los militarotes que practican el nepotismo». Gálvez caminaba, a contracorriente de una multitud que difundía proclamas y llamamientos a la huelga, con el cadáver corrompido de su hijo, y yo lo seguía, como un monaguillo con el viático, intentando que recapacitara:

—Si te ven los guardias con el fiambre, te meterán en la cárcel.

Un bando de la Dirección General de Seguridad había mandado cubrir de arena las calles, para facilitar la represión de cualquier conato de desorden. Guardias civiles a caballo, armados de carabinas y sables que relumbraban en el aire como llamas de un fuego afilado, patrullaban junto al Parque del Retiro, donde también se habían emplazado algunas ametralladoras.

—Una limosna, por favor. Una limosna para sufragar el entierro de mi pobre hijo — suplicaba Gálvez.

Aquella mañana, entre el jaleo de una huelga abortada por las cargas de la Benemérita, Gálvez empezó a labrarse una leyenda macabra de la que nunca llegaría a desprenderse. Entraba en las redacciones de los periódicos, en los cafés más concurridos, Regina, Colonial, Suizo, Varela, Platerías y El Gato Negro, y depositaba sobre el mármol de los veladores la caja de cartón con el niño dentro. Los parroquianos, que se habían refugiado allí huyendo de las fuerzas del orden, al sentir la tufarada de la carne podrida, vomitaban en un rincón, y, echándose mano al bolsillo, le daban unas monedas a Gálvez, a cambio de que apartase de su vista el catafalco portátil. A quienes se resistían, o se tomaban a broma el sufragio, les acercaba el niño a las narices y los increpaba:

—¡Alma de Satanás! ¿Aún crees que miento?

Con el dinero que recaudó en los cafés de la calle de Alcalá se emborrachó en las tabernas de Cuatro Caminos, donde el enfrentamiento entre sindicalistas de blusón azul y policías a caballo se hacía más encarnizado de insultos y bayonetas. Se acababa de declarar el estado de guerra, y la mañana ardía en una beligerancia de sables mellados; los tranvías eran obligados a detenerse a mitad de trayecto por lavanderas que colocaban a sus niños de pecho sobre los rieles: una vez detenidos, los tranvías eran volcados, sin evacuar a los pasajeros, con el consiguiente estropicio de torceduras y descalabros. Había un sol en lo alto, grande y redondo como una medalla incandescente, que derretía los sesos y agravaba la violencia de las escaramuzas. Los guardias civiles disparaban sus carabinas, con alevosía unánime, y de entre la masa compacta de los huelguistas iban cayendo cuerpos, taladrados por una estrella de sangre. Gálvez entraba en las tabernas y se bebía el vino adulterado de las garrafas; los taberneros, al reparar en el contenido de la caja de zapatos, se apiadaban:

—¿Y ese niño? ¿Se lo mató la Guardia Civil?

Algunos, incluso, lo invitaban a otra ronda, para aliviarlo de esa orfandad inversa que padecen los padres cuando se quedan sin una prole que los perpetúe. Gálvez se iba emborrachando de un vino delictivo, y recorría los barrios obreros, en una caminata errabunda por callejones que el Ayuntamiento había olvidado enarenar, donde los caballos resbalaban y eran linchados, al igual que sus jinetes, por una multitud ebria de sangre. Recuerdo a un tipógrafo, armado de un puñal, que abría de un tajo el vientre de los caballos derribados, esparciendo por el suelo un barullo de tripas que humeaban y desprendían un olor acre que se quedaba atrapado en el velo del paladar. En las tiendas, los comerciantes echaban el cierre metálico, y los policías de la Secreta, confundidos entre la marea proletaria, pegaban tiros en la nuca a los sindicalistas de la UGT y la CNT, por abreviar aún más el juicio sumarísimo que prescribe la ley.

—¡Mueran los esbirros del absolutismo!
—¡Y viva la huelga de trabajadores!

Yo secundaba estas exclamaciones, más por esnobismo o enardecimiento que por solidaridad con una clase que no era la mía, y participaba en las algaradas como si fuesen una prolongación de los carnavales (mi disfraz de lord Byron, que aún llevaba puesto, causaba estupor entre los albañiles). Todas las campanas de la ciudad tocaban a rebato, persiguiéndose por los tejados, subiendo hasta la fragua dominical del cielo, y el tableteo de las ametralladoras sonaba, desde las lejanías del Retiro, como un concierto de castañuelas. Perdí el rastro de Gálvez entre la multitud, y ya no quise saber más de su itinerario fúnebre. Los caballos de la Benemérita, vacíos de tripas, esperaban la muerte con ojos como de un cristal viscoso, esos ojos que ya no parpadean, ni siquiera para espantar las moscas que se alimentan con sus legañas. Me sumé a la carnicería, a la celebración espontánea del caos, con esa sensación de impunidad que proporciona el crimen colectivo, y, arrancando un adoquín del suelo, lo estrellé en los cráneos que me salieron al paso, poniendo en cada golpe toda la violencia sobrante de mi juventud, toda esa saña que se acumula con los años.

También yo recibí lo mío, pero esto es inevitable en medio de una refriega, y aun beneficioso, pues cada golpe encajado, cada rasguño, cada hematoma, sirve de estímulo y mantiene la temperatura de la conflagración. Gálvez atravesó la ciudad con su hijo a cuestas, recaudando limosnas para su entierro por los cafés que acogían una clientela despavorida, más atenta a las cargas de los guardias que al vermú del mediodía. Obreros de Lavapiés y Cuatro Caminos tomaban las calles, como una mancha que se extiende o una floración de gargantas hasta entonces silenciadas. Alguien había arrojado al suelo unos cajones de fruta y hortalizas: había tomates que esparcían su color brusco, como escupitajos de tísico, naranjas aplastadas, melones desventrados que mostraban sus intestinos erizados de pepitas, entre la pulpa casi líquida. Gálvez se mezcló con el gentío que se dirigía al Palacio de Oriente, dejándose arrastrar por el frenesí proletario que anegaba la ciudad. De vez en cuando, entraba en una cantina, para beber un vaso de vino, reconstituyente como una transfusión sanguínea.

—¡Apiádense de este pobre padre!

El cadáver de su hijo lo jaleaba en su peregrinaje alucinado por tascas y figones. Gálvez obedecía esa voz interior que lo instaba a beber más y más, como emitida desde las bodegas de su locura, y que él creía procedente de la caja mortuoria, en la que reposaban los restos de su hijo, que había fallecido mucho antes de aprender a hablar. Un sol suavizado de nubes agrandaba su figura errante, invulnerable al cansancio, invulnerable también a las burlas o a la compasión de los hombres. Me volví a encontrar con él en las afueras, al atardecer, después de una jornada agotadora y homicida; algunas balas silbaban a nuestro alrededor, y se iban a estrellar en los escaparates de las tiendas, dejando sobre el cristal un orificio y unas resquebrajaduras que parecían relámpagos.

—¡Agáchate, Gálvez! ¿Adónde coños vas?

—A enterrar a mi hijo.

El vino se le coagulaba en la garganta, le crecía como un fermento y le nublaba la vista con un vapor tibio, casi benéfico. «¡Bebe, papaíto! ¡Sigue bebiendo!», le decía el cadáver de su hijo, desde la caja de zapatos. Llegamos a un cementerio que no figuraba en los mapas; el cielo se afilaba de cipreses y epitafios.

—Quiero dar sepultura a mi hijo.

Pero los enterradores se negaron, por no disponer Gálvez de un certificado de defunción. Eran hombres malencarados, remolones, poco devotos de su oficio; les puse un duro de plata en las manos y nos indicaron el camino de la fosa común, donde los cadáveres se consumen con mayor rapidez, mordidos por la cal y por los perros que frecuentan la carroña. Gálvez entonó un *Te Deum* aprendido en el seminario y se arañó el rostro hasta hacerse sangre. El cementerio, a la luz contaminada del crepúsculo, adquiría un prestigio geométrico, con sus hileras de tumbas casi iguales y el olor de la tierra fértil.

—Vámonos, Gálvez, de nada sirve lamentarse.

De regreso a casa, Gálvez se iba agarrando a las esquinas y a las farolas, como una criatura nocturna, superviviente de algún holocausto, que pasea su desolación por una ciudad desierta. En las calles había hogueras como hornos crematorios en las que aún resplandecían las charreteras de un teniente de caballería. Olía a carne chamuscada, a fruta podrida, a cagajones de caballo; el humo de las hogueras contagiaba de luto el aire que respirábamos. Había tranvías volcados en la calle, patrullas de soldados que confraternizaban al calor de una bota de vino, cadáveres con un excremento de sangre en la nuca. Desfilaban en silenciosa reata, flanqueados por guardias que hubiesen preferido exterminarlos, los responsables de la huelga, Largo Caballero, Besteiro y demás mártires del santoral marxista; iban en mangas de camisa, barbudos y acribillados por las bayonetas de los guardias. El aire se hacía irrespirable, adensado de cenizas, y los sótanos del Ministerio de Gobernación se llenaban de prisioneros que aguardaban la tortura o el interrogatorio. Sonaban a lo lejos, como cohetes de una verbena, disparos sin destinatario que horadaban el silencio. Alguien cuchicheó a nuestras espaldas:

—Ése es Pedro Luis de Gálvez. Esta mañana lo vi entrar en los cafés, pidiendo limosna. Llevaba un niño muerto envuelto en papeles de periódico, como si fuera una merluza.

—Menudo talismán, un niño muerto. Así cualquiera.

La leyenda convertía la caja de zapatos en papeles de periódico, o en un cepillo de iglesia, o en un ataúd blanco. La leyenda crece como un caparazón sobre la verdad, la involucra y desvirtúa, incorpora a sucesos poco memorables una pátina que los exagera y confunde. Aquel episodio del niño muerto aureoló a Gálvez con la corona del malditismo; pronto, el episodio fue incorporado al sainete de la ciudad, junto al olor de los churros y la música de organillo, al anecdotario más o menos bufo que los cronistas inventan para suplir el tedio de la Historia (perdón por la mayúscula), y fue transmitido de boca en boca, con la incorporación inevitable de algunas truculencias:

—Yo no me creía que llevase un niño dentro del ataúd. Entonces desclavó la tapa con unos alicates y me puso el feto en los brazos —escuché en cierta ocasión a Emilio Carrere.

—¿Y tú qué hiciste?

—¿Pues qué iba a hacer? Soltar la guita. ¿Quién se iba a resistir?

Gálvez, rehén de su propia leyenda, veía crecer sobre sí, como una joroba o una erupción cutánea, la historia del niño muerto. Lejos de desmentirla, o de encauzarla por los estrictos márgenes de la veracidad, la explotaba en sus vagabundeos por la ciudad, cuando, humedecido por las mangas de riego, se quedaba sin blanca:

—Déme un duro ahora mismito, o le saco al niño muerto.

La amenaza, en principio efectiva, se fue haciendo teatral, hasta convertirse en una caricatura de sí misma. En las madrugadas estremecidas de escarcha y soledad, se veía a Gálvez por los arrabales, derrumbado sobre un desmonte, llorando sin ruido y manteniendo un diálogo imposible y anacrónico con aquel hijo muerto que ya se habría consumido, entre la cal de una fosa común y las dentelladas de los perros.

VI

Gálvez se había marchado de la buhardilla de la calle de la Aduana, adeudando el alquiler de los últimos meses, y había repudiado definitivamente a Carmen, con quien ya nada le unía, después del parto malogrado. A Carmen se la veía pasear en carruajes, o del brazo de algún mecenas ocasional que le abría pisito de mantenida; supongo que seguiría contando, para seducir a sus amantes, aquella historia poco verosímil del verdugo Onofre, explotando el gusto español por lo tremendista. Aunque jamás llegaron a estar legalmente separados, Gálvez y Carmen se mantuvieron distantes y sin contacto alguno, escarmentados de la aventura matrimonial, tan funesta para ambos. Para sobrevivir en aquel Madrid canalla, endomingado con la bisutería de la modernidad, Gálvez tuvo que dedicarse a la picaresca del sablazo, de gran arraigo en nuestro Siglo de Oro, después de haber sido rechazado en las redacciones de los periódicos, donde aún se recordaban sus trapicheos con mulas en Melilla. Gálvez componía sonetos funerarios que recitaba en los velatorios, haciéndose pasar por ese amigo del muerto al que nadie en la familia conoce, pero que todos fingen conocer, para no desentonar. Merodeaba por las funerarias, y, cuando veía un libro de firmas desplegado en el vestíbulo, estampaba la suya e irrumpía en la habitación donde se velaba al difunto. Repartía pésames a diestro y siniestro, sin seleccionar sus destinatarios, y acercaba los ojos a la llama de las velas que rodeaban el féretro, para que el humo de la cera le arrancase las primeras lágrimas.

—¡Cuánto dolor, Dios mío! —gemía.

Y sollozaba con aplicación, más ruidosamente que cualquier

allegado, y se sonaba los mocos, y participaba en los responsos con una voz brusca, enronquecida de pólipos o hipocresía.

—Desata, Señor, el alma de tu siervo de todo vínculo de pecado; para que, resucitado, viva gozoso en la gloria, entre tus santos y elegidos. Por Cristo nuestro Señor.

—Amén.

Contestaba a destiempo, retardando su "amén", para distinguirse del runrún adormecido de los otros, o bien se anticipaba, entorpeciendo la fluidez del responso y suscitando cierta perplejidad entre los asistentes al velatorio. Cuando le llegaba el turno de desfilar ante el féretro para rendir honores al muerto, se sacaba de algún bolso del gabán unas cuartillas agrietadas de dobleces y empezaba a recitar un soneto:

> —*Tuve a honra, Fulano, llamarte amigo,*
> *con desprecio del vulgo impertinente:*
> *eras tú más varón y más decente*
> *que él desdeñoso de tratar conmigo.*

Si el Fulano en cuestión tenía el nombre bisílabo, cambiaba el *Tuve a honra* del comienzo por un *Tuve a orgullo,* con lo cual la métrica quedaba restablecida. Al llegar a los tercetos, dejaba caer las cuartillas, se mesaba los cabellos, caía de hinojos ante el féretro y se daba puñadas en la frente, gimoteando como un poseso. Lograba crear un clima luctuoso al que se sumaban los parientes del difunto y hasta el cura, curtido en mil y un velatorios. Gálvez recitaba sus endecasílabos con inflexiones de plañidera que cortaban la digestión; jadeaba, hacía rechinar los dientes y se llevaba las manos a las sienes, como sacudido por un ataque súbito de meningitis. Luego, aprovechando ese momento de confusión y liberalidad que propicia el dolor compartido, aun entre los más tacaños, sacaba un taleguito en cuyo fondo ya resonaban algunas monedas (dinero llama a dinero) y reclamaba un donativo con ensartamiento de plegarias:

—¡Caridad con el poeta, que además de poeta es buen cristiano!

Con las pesetas que recaudaba, Gálvez se metía en la taberna de Próculo, y se comía un gato en escabeche que le sabía a conejo, aunque luego las tripas le maullasen. Comenzó a beber desconsideradamente, quizá para aliviar su dieta felina, quizá por obedecer a su hijo, que desde ultratumba le seguía diciendo: «¡Bebe, papaíto, bebe!»; solía amanecer rebozado en sus propias vomitonas, desnudo y pobre como una parábola del Evangelio. Se hospedàba (cuando el vino no lo guiaba hasta los bancos del Parque de Oriente) en una pensión de la calle de la Madera con olor a establo y abundancia de piojos, situada muy cerca de la casa donde vivió Quevedo; compartía un dormitorio con otros veinte huéspedes, hombres vapuleados por la calamidad, cofradía de piruetistas o hampones de la literatura como el propio Gálvez, jornaleros de la poesía que habían llegado a la conquista de la Puerta del Sol procedentes de la periferia, con ese instinto concéntrico que tienen (utilizaremos la jerga quevedesca, por contagio o vecindad) los poetas güeros, chirles y hebenes.

A esta pensión iba yo algunas tardes, cuando se avecinaba algún estreno en el Teatro de la Comedia, para encargarle a Gálvez el pago de comisiones a los críticos de los periódicos más influyentes. Era éste un trabajo poco gratificante, mezcla de cambalache y soborno, que don Narciso me confiaba, creyéndome la persona idónea para desempeñarlo, y que yo repercutía sobre Gálvez, no porque su capacidad de envilecimiento fuese superior a la mía, sino por el placer que me producía disponer de un subalterno que ejecutase vicariamente estas componendas. A cambio de una propina suplementaria, Gálvez visitaba a los críticos en sus domicilios particulares y les entregaba el sobre con los emolumentos que asegurarían una crítica entusiasta. Vivíamos una época confusa, entreverada de modas más bien efímeras, y el público, huérfano de preferencias, se dejaba guiar por la opinión de los críticos, que, como los sodomitas, tenían el gusto en el culo. A la pensión de Gálvez se subía por una escalera sin recodos, retorcida como un tirabuzón, que no dejaba hueco para los suicidas; la madera crujía con síntomas de zozobra, y en las paredes florecían manchas de verdín y cochambre. En la azotea, sobre una lucerna que apenas dejaba pasar la luz, había cagadas de polilla y vencejos que se estrellaban con las alas extendidas, como crucifijos del aire.

—¿Usted a quién busca?

—A Pedro Luis de Gálvez. Creo que se hospeda aquí.

Sobre la puerta de la pensión figuraba un cartel escrito con una letra bárbara y achaparrada: «*Casa económica para pernoctar. No se fía ni a Dios*», y debajo, garrapateada a lápiz, alguien había añadido una inscripción blasfema: *Y a su Madre tampoco, a menos que venga dispuesta a perder la virginidad.* Regentaba el negocio un tal Han de Islandia, bautizado así por sus huéspedes, en recuerdo de un personaje de Víctor Hugo, temible como una tempestad desatada; era un viejo hiperbóreo, casi albino, que contaba en su árbol genealógico con ascendencias vikingas. Antes de dejar pasar a un extraño, asomaba por la mirilla un ojo entorpecido de cataratas.

—¿Pedro Luis, ha dicho? Que yo sepa, no espera visita.

Había que armarse de paciencia:

—Dígale que soy Fernando Navales, del Teatro de la Comedia. Él ya me conoce.

Gálvez confirmaba mi identidad, y Han de Islandia me franqueaba el paso, después de descorrer cerrojos y girar cerraduras. Este Han de Islandia se había dedicado al contrabando de armas y a la navegación de cabotaje durante su mocedad, y, al retirarse, había emigrado al interior y abierto con los ahorros que le habían procurado sus piraterías aquel refugio para náufragos urbanos. El viejo Han era un hombre atezado por el aroma salobre del mar, con una cierta dureza de dios marítimo, como un Poseidón de bronce con incrustaciones calcáreas. Se paseaba desnudo por sus dominios, con el falo erecto y los testículos colgando como abalorios, amenazando con una paliza a cualquiera que le debiese cinco céntimos. Con las mujeres era menos estricto, y las admitía de balde en la pensión con tal de que se aviniesen a calentarle la cama.

—Sobre todo si son gitanas —me informaba Gálvez—. Debe de ser por el exotismo de la raza. Como él es descendiente de escandinavos, siente debilidad por las mujeres morenas.

Han de Islandia tenía unos brazos membrudos, tatuados de jeroglíficos, y una barba albina como su pelo que le otorgaba cierto aspecto de filibustero venido del más allá. Hablaba en una jerga malhumorada, conceptuosa, con verbos en infinitivo y maldiciones en noruego. A los huéspedes que se retrasaban en el pago los asaltaba en la cama, mientras dormían, y les pegaba puñetazos en el oído con una mano chapada de sortijas, más nociva que el martillo de Thor, o de Odín (pido disculpas por la imprecisión mitológica); de resultas del ataque, el huésped quedaba sordo, o atronado, o con vibraciones de tímpano durante una temporada.

—Si no pagar a hora en punto, yo pegar hostia en oreja —amenazaba.

Por dos reales diarios se podía conseguir un camastro crepitante de chinches en la pensión de Han de Islandia. Gálvez dormía hacinado con otros veinte huéspedes, en un dormitorio colectivo, al fondo de un pasillo por el que había que avanzar agachado, tan baja era la techumbre. Sus compañeros le habían cedido un sitio preferente, al pie de un ventanuco que filtraba una claridad modesta y apenas suficiente para leer; algunos huéspedes eran recién llegados de provincias, otros oriundos de la capital, pero a todos los unía una común devoción hacia Gálvez, cuyo retrato había ocupado las portadas de *El Cuento Semanal*, alternándose con los de Zamacois, Hoyos y demás talentos contemporáneos.

—A muchos ya los conocerás: Vidal, Dorio de Gádex...

—Claro, cómo no los voy a conocer...

Había dos hileras de jergones, alineados contra las paredes del barracón; Gálvez caminaba sorteando los gurruños de ropa que había esparcidos por doquier y los orinales rebosantes de un orín pestilente y calentorro, como un explorador que conoce el territorio de sus expediciones. Vidal y Planas me saludó con una sonrisa torcida; estaba tumbado en su camastro, igual que casi todos los huéspedes, para ahorrarse el desgaste físico de la verticalidad y adormecer el hambre. A mi paso iban apareciendo por entre el embozo de las sábanas unas cataduras sombrías, tenebrosas de castidad o de sífilis; algunos me estrechaban la mano, por indicación de Gálvez, o me miraban de soslayo, con una envidia mezclada de instintos homicidas.

—Os presento a Fernando Navales. Es el secretario de don Narciso Caballero.

—¿El empresario de la Comedia?

Al conjuro de mi profesión, asomaban sus cabezas, como muertos que resucitan; las legañas de sus ojos, gordas como pedruscos, revelaban un sueño atroz.

—El mismo. Sin su visto bueno, es imposible estrenar. ¿No es así, Fernandito? —la pregunta estaba formulada con cierta retranca.

—Bueno, no tanto, no tanto.

—Tan joven, y ya ha triunfado. Nosotros, en cambio... —se quejó Vidal.

La voz había sonado con esa densidad casi pétrea del reproche. Al fondo del dormitorio, Pedro Barrantes, aquel infeliz que se despojaba de su dentadura postiza para declamar sus poemas, se removía en el jergón, aquejado de una extraña calentura, echando espumarajos por la boca.

—Lleva así un par de semanas. Al parecer, sus carceleros le echaron matarratas en el rancho —me explicó Gálvez—. No me extraña: a mí también me hicieron perrerías en Ocaña.

Pedro Barrantes trabajaba como "hombre de paja" en un periodicucho republicano que dirigía Alejandro Lerroux. Cuando un artículo se presumía polémico o delictivo, lo llamaban para que estampase su firma al pie y lo recompensaban con un duro de plata; si el artículo era denunciado en la Dirección General de Seguridad (lo cual ocurría con frecuencia), Pedro Barrantes apechugaba con su autoría y cumplía dos semanas de arresto en la Cárcel Modelo.

—Pobre, tiene el estómago perforado en más de veinte sitios.

Pedro Barrantes enseñaba las encías de una carne blandengue y rosa, y se babeaba. Le atendía en su enfermedad un hombre pavorosamente flaco, con cara de muñeco de cera y un cuello gallináceo del que sobresalía la nuez, amenazando con rasgar la piel. Se llamaba Fernando Villegas Estrada, y había desertado de su puesto de médico rural en un pueblo de Segovia cuando se declaró la gripe; al parecer, profesaba ideas malthusianas, y se negaba a detener la mortandad que iba diezmando la población. Después de un par de años de excedencia forzosa, las autoridades sanitarias lo habían rehabilitado, ofreciéndole un destino de médico suplente en una casa de socorro de Madrid, concretamente en la de la Plaza Mayor; Villegas, que escribía versos de un modernismo truculento, aceptó el destino, creyendo que así obtendría el reconocimiento literario que merecía. Se pasaba las horas en el café de Platerías, recitando poemas absurdos y caudalosos, exaltando las virtudes de la continencia (alardeaba de sobrevivir a base de café con leche); sólo atendía las llamadas de la casa de socorro al cuarto o quinto aviso, o ni siquiera las atendía, porque había empeñado el botiquín para comprarse una botella de anís. Tenía una voz nasal, impertinente, que parecía propulsada a trompicones, igual que aquella nuez que le abultaba el pescuezo. Dictaminó:

—Ante todo, que no pruebe el agua. Podría resultar fatal.

Todos asintieron a este diagnóstico aparentemente absurdo. Nada más oírlo, Pedro Barrantes se rebeló contra él, después de cuarenta años de dipsomanía:

—¡Agua! ¡Agua! ¡Me abraso! —deliraba.

Han de Islandia se asomó al dormitorio. Seguía desnudo y erecto, y en su pecho brillaba un vello albino, como una nevadura de plata. Advirtió:

—Día cualquiera liarme a hostias con vosotros todos y comeros crudos.

La amenaza no cayó en saco roto. Uno de los huéspedes, un tal Xavier Bóveda, poeta bucólico que presumía de haber abandonado su Galicia natal sin otra carta de presentación que la de una monja, tía suya, que al menos le servía para obtener la sopa boba en los conventos, se tapó con una manta apolillada, para pasar desapercibido. Barrantes volvió a gemir:

—¡Agua! ¡Tengo mucha sed!

—Callar borracho de inmediatamente, o yo empezar a repartir tortas —dijo el viejo Han, enarbolando esos puños que dejaban secuelas en el tímpano.

—Tenga un poco de caridad con el enfermo —lo amonestó un hombre con aspecto de ahorcado.

Era Eliodoro Puche (se había extirpado la H del nombre en honor de la madre analfabeta, que escribía así su nombre en las señas de las cartas), un poeta murciano, beodo y célibe (pero el celibato era una enfermedad crónica entre los huéspedes de Han de Islandia), frecuentador de enterradores y busconas, que vestía de negro, como pájaro de mal agüero, y usaba un sombrero de grandes alas que no se quitaba ni siquiera para dormir. El viejo Han avanzó hacia él, como una aparición bíblica:

—Yo zurrarte ahora la badana, cabrón.

Gálvez se interpuso:

—Vamos, Han, no malgaste energías con un rival de poca monta —dijo, y volviéndose a Puche, le ordenó—: Y tú, Eliodoro, a callar.

Puche se replegaba y escondía entre aquel barullo de mantas raídas, musitando una protesta. Pedro Barrantes seguía con su cantinela:

—¡Agua, por Dios! ¡Me abraso!

Dorio de Gádex, el hijo apócrifo de Valle-Inclán, se atrevió a discutir el diagnóstico de Villegas:

—Yo creo que un vasito de agua no va a mandarlo al otro barrio.

Pero el poeta galeno se mantenía inflexible, y hacía un gesto ambiguo, como de curandero o aficionado al ocultismo; Fernando Villegas Estrada padecía ataques transitorios de amnesia durante los cuales olvidaba sus escasos conocimientos médicos y hasta formulaba poemas precursores del surrealismo (hablaba con una voz de oráculo), pero en aquella ocasión se mantenía muy seguro de su dictamen:

—Una sola gota de agua sería definitiva.

Apuntó Vidal:

—Yo creo que deberíamos llevarlo a un hospital, para que lo examine un especialista.

Han de Islandia se aferraba a las jambas de la puerta, como un Sansón dispuesto a derruir el templo de los filisteos:

—Cabrón de Barrantes no salir sin pagar de anteriormente ocho noches que deber mí.

Y agitaba sus barbas de plata ardiente. Yo, que aún no sabía con certeza cuál iba a ser mi destino literario, había desechado ya los peligros de una existencia bohemia, sometida al despotismo de un hospedero belicoso, como aquel Han de Islandia. A la literatura hay que entregarse con un cierto distanciamiento o cinismo, con una cierta prevención canalla, y no con esa espontaneidad de los bohemios, que a menudo roza la estulticia. En cierto modo los envidiaba, pues me resultaban fascinantes en su condición menesterosa, pero procuraba contemplarlos como reflejo anticipado de mí mismo, algo así como la imagen previa que el espejo de la vida nos ofrece, alertándonos sobre el porvenir, esa primera oportunidad que la providencia concede a los hombres como modelo que deben rechazar o elaborar a la inversa (la segunda oportunidad es uno mismo). Han de Islandia se había marchado, bamboleante de testículos, después de restablecer el orden en el dormitorio, a fornicar con unas gitanas que lo aguardaban en su cuarto, calentándole las sábanas. Vidal alzó su vocecita de perro enlutado:

—Con que haya uno vigilando a Barrantes basta y sobra. Propongo que los demás salgamos a *operar*. Ya me diréis, si no, cómo pagamos la pensión.

Llamaban *operar* al acto de salir a la calle (cada uno tenía asignada una porción de ciudad) y abordar de sopetón a los transeúntes, exponiéndoles con el mayor dramatismo posible sus miserias, para, a continuación, pedirles dinero. La técnica del sablazo exigía su protocolo, sus latiguillos y salutaciones, una desenvoltura que sólo se adquiría con años de experiencia. Pedro Luis de Gálvez llevaba relación de sus víctimas en un cuaderno con anotaciones que incluían nombre y apellidos, dirección y hasta un examen de comportamientos: «Fulano es cordial la primera vez, y da un duro; pero la segunda vez se cabrea y hay que salir corriendo». Era tal su grado de organización empresarial que habían establecido, incluso, un escalafón (Gálvez, desde su episodio con el niño muerto, ostentaba el máximo rango en aquella extraña modalidad de masonería), un registro contable de los ingresos y un reparto solidario de las ganancias. Estaban reinventando el comunismo, que por entonces triunfaba entre los soviets.

—No olvidéis poneros vuestros peores harapos —los aleccionaba Gálvez—. Y mucha pantomima en la exposición: imaginad que necesitáis el dinero para comprarle medicinas a vuestro hijo moribundo, o para los gastos de entierro de vuestra anciana madre. Y si por el camino encontráis alguna mujeruca para que haga de "consorte", mejor que mejor: le ponéis un velo en la cara y le frotáis los ojos con cebolla, para que llore y despierte la compasión de la víctima.

A una señal de Gálvez, todos se movilizaron, como en los preparativos de una campaña militar, menos Pedro Barrantes, que seguía convaleciente de sus perforaciones estomacales y no paraba de reclamar agua. Sacaban de debajo de los jergones unas ropas holgadas, excrementicias, como retales descartados en una trapería, y se las disputaban.

—¿Preparados? Pues adelante. Fernandito, ¿no te importa quedar al cuidado de Barrantes?

Me encogí de hombros, algo contrariado, pero sin ganas de oponerme. Villegas, el médico poeta, me dio algunas instrucciones someras, insistiéndome mucho en que no accediera a sus solicitudes de refrigerio. Aprovechando un momento de confusión, le metí a Gálvez en un bolso los sobres con dinero para los sobornos:

—Yo me quedo vigilando a Barrantes, pero tú, a cambio, tendrás que untar a los críticos. Ya sabes cómo debes actuar. Absoluta discreción. Si alguno te pide más dinero, dile que tienes que consultarlo con las altas esferas, y no te comprometas a nada. Te espero hasta que vuelvas.

Procuraba contagiar mis palabras de un cierto rigor burocrático. Gálvez enseñó los dientes de hiena:

—Y, si alguno no queda conforme, le mandamos a Han de Islandia, para que le pegue un par de hostias.

Han se paseaba por el vestíbulo, de un lado a otro, como un príapo impaciente:

—Fuera, fuera vosotros todos. A ganar el jornal.

Los arrojaba a la escalera, propinándoles patadas, y algunos bajaban rodando hasta el portal, sin proferir una queja. Gálvez era el único que no se dejaba vapulear así como así:

—A mí no me toque, que le pico los bofes.

Y Han de Islandia, después de un cruce de miradas, lo dejaba marchar sin zarandearlo y volvía con sus gitanas, que lo esperaban en la cama, con ese desasosiego con que se espera a un dios lúbrico. Una de ellas, al parecer, se había apiadado de Pedro Barrantes, que seguía reclamando agua con voces destempladas, y le había refrescado los labios y las encías resecas con una esponja.

Cuando volví al dormitorio, después de despedir a Gálvez, me topé con la gitana, puesta en cuclillas ante el lecho del enfermo. Pedro Barrantes formuló una sonrisa beatífica y luego se murió con esa serenidad de quien se decanta hacia la muerte sin aspavientos, como quien decide descabezar una siesta. La gitana, con esa intuición que tienen las razas perseguidas para lo sobrenatural, le buscó el pulso a Pedro Barrantes:

—Ay, mi madre, que he matao a este tío.

El matarratas, mezclado con el agua, iba haciendo su labor socavada, como de gusano que se anticipa a la podredumbre, en el cadáver de Pedro Barrantes; de los orificios nasales le brotó una hemorragia mínima y lenta que ya salía cuajada, antes de empezar a fluir. Para cuando los bohemios regresaron de operar, tres o cuatro horas más tarde, Barrantes miraba el techo con ojos vidriosos, concentrados de veneno y crepúsculo.

—Ya lo advertí. El agua era perjudicial —sentenció el médico Villegas, con un laconismo no exento de fatalidad.

—No hacer autopsia, ¿verdad? —dijo el viejo Han, desnudo entre las gitanas, pero tapándose con las manos el falo erecto por un respeto al muerto—. Yo no querer lío en comisaría.

Villegas aprovechó para darse tono ante su patrón:

—Yo mismo puedo firmar el certificado de defunción, y con eso ya está todo arreglado.

—Providencial. Ya ven lo que es tener un médico en casa —ironizó Gálvez. Y, bajando algo la voz, me informó—: Lo de los sobres funcionó. El crítico de *La Correspondencia* se puso un poco chulito, pero enseguida le bajé los humos.

El cadáver de Pedro Barrantes, desdentado y corrompido por el matarratas, empezaba a verdear. Las gitanas, incorporadas a una celebración luctuosa que sólo existía en su imaginación, no cejaban en sus lamentaciones. A Villegas se le ocurrió que, antes de extender el certificado de fallecimiento, podrían sacarle un dinerillo al muerto:

—Los cofrades de la Hermandad del Refugio hacen donación de tres duros cada vez que le administran el Viático a un moribundo que está en la miseria.

Guiñó un ojo, con grosería o sagacidad. Han de Islandia se apresuró a reclamar su parte:

—Cabrón de Barrantes deber mí ocho pesetas.

Gálvez se rascó el entrecejo:

—¿Y cómo hacemos para que los frailes no se den cuenta de que ya está muerto?

—De eso me encargo yo. Les decimos que está en coma clínico, y que urge que le administren los sacramentos. —Villegas estiraba su pescuezo de gallina, y se desgañitaba al hablar.

Los frailes de la Hermandad del Refugio, además de llevar la extremaunción a la casa del pobre, recogían a los niños expósitos y daban posada al peregrino en unos soportales de la Corredera Baja que habían acondicionado como hospedería. De aquel lugar, oloroso de humedad y orines, se trajo Gálvez a un fraile y a un empleado de la cofradía que vestía de luto, como un sacristán. Llegaron a la pensión repartiendo vulgares frases de condolencia; las gitanas hacía rato que habían dejado de plañir, y entretenían la espera con mucho zapateado y torbellino de faralaes.

—¿Desde cuándo es motivo de fiesta que alguien se esté muriendo? —preguntó el fraile, desconcertado.

Era un hombre de mirada oblicua, más flaco de lo que permite la mera abstinencia. El sacristán o acólito era, en cambio, de una gordura apenas contenida por su uniforme talar, y miraba a las gitanas con una lascivia inquisitorial, como si todas ellas fueran algo brujas y algo putas.

—Ya conoce el pasaje evangélico, padre —dijo Gálvez—: «Dejad que los muertos entierren a los muertos». Y luego, además, ya sabrá usted que los gitanos son medio herejes. Pero no se lo tenga en cuenta.

El cadáver de Pedro Barrantes, tendido sobre un jergón, se iba amoratando, a medida que la noche descendía sobre los tejados.

Apareció entonces Han de Islandia, con su desnudez antigua y el falo erecto, y el fraile se escandalizó:

—Yo no puedo impartir los sacramentos mientras ese individuo no se tape las vergüenzas.

—No preocupar. Yo tapar de inmediatamente cojones y usted dar hostia al muerto.

—¿Ha dicho al muerto? —el fraile vaciló, antes de abrir la caja del Viático.

—Es que no domina el idioma —intervino Villegas, haciendo valer su dictamen profesional—. Quería decir moribundo.

Finalmente, el fraile accedió. Las gitanas interrumpieron su jaleo, Han de Islandia se cubrió con una manta, y Pedro Barrantes recibió una absolución póstuma, inservible como un salvoconducto caducado. El fraile lo ungió con los santos óleos (por un momento, la pensión se llenó de un aroma balsámico que le restó sordidez) y le depositó sobre la lengua una hostia como una moneda de pan, redonda y nítida. La moneda con la que Pedro Barrantes podría pagar al barquero Caronte.

—Este hombre tiene ya la lengua rígida. No sé, no sé.

El fraile trazó unas bendiciones en el aire, con ese apresuramiento escéptico de quien ya ni siquiera cree en la salvación de las almas, y acercó el crucifijo a los labios de Pedro Barrantes, que no hizo ademán de besarlo. El sacristán dejó los tres duros de rigor debajo de la almohada del supuesto moribundo y se santiguó. A Pedro Barrantes le había asomado por las comisuras de los labios una gota de sangre espesa, casi coagulada, que no tardó en rodarle por la barbilla.

—Queden con Dios. Aquí ya no hacemos nada —se despidió el fraile, escabulléndose.

La noche caía como un crespón sobre el cadáver de Pedro Barrantes, y difuminaba sus aristas. Los tres duros que depositó el sacristán debajo de la almohada para sufragar el sepelio se emplearon para pagar lo que el difunto adeudaba a Han de Islandia, y, con el dinero sobrante, Gálvez propuso comprar vino en una bodega próxima. Subieron una garrafa de cinco azumbres, y bebimos todos del gollete (también yo, porque la proximidad de la muerte me comunicaba una euforia que se sobreponía al asco), en una celebración solidaria, contraria a la que se estila en los velatorios. El vino tenía un sabor rasposo, y arañaba el paladar. Recordé, de repente, quizá por asociación de ideas, que muy cerca de aquella pensión había vivido don Francisco de Quevedo y Villegas. A Pedro Barrantes, envenenado de matarratas y agua, le aguardaba la fosa común y una paletada de cal viva.

En la carrera de San Jerónimo, aprovechando las oficinas algo destartaladas de un montepío, habían instalado un periódico subvencionado con comisiones ilegales y dinero procedente del contrabando de mulas. El periódico, que se llamaba *El Parlamentario,* lo regentaba un tal Luis Antón del Olmet, bilbaíno y orate, bravucón y zampatortas, que había conseguido cierta notoriedad gracias a sus noveluchas, publicadas en *El Cuento Semanal* de Zamacois, y que últimamente había importado un género periodístico anglosajón, la crónica parlamentaria, que perfeccionarían Azorín y Wenceslao Fernández Flórez. En las crónicas parlamentarias de Antón del Olmet, lo mismo que en sus noveluchas, se adivinaba a un hombre demasiado viril, presto siempre a enarbolar una lanza (pero su única lanza era la polla, como suele ocurrir entre los muy viriles) en pro de las viudas y las huerfanitas, con una prosa infame, como de campo sembrado de patatas. Tenía fama de pendenciero y de duelista (había acudido más de veinte veces al campo del honor, y siempre había salido ileso), lo cual atemorizaba a sus rivales de los otros periódicos, que nunca se enfrentaban abiertamente con él, y, sobre todo, a sus subordinados. En la redacción de *El Parlamentario,* los gacetilleros no cobraban más allá de diez reales diarios, un jornal miserable incluso para entonces, y sin embargo jamás los oí protestar. Reinaba en aquel lugar una disciplina soviética, y no ese desorden entre agitado y remolón que yo había descubierto en otras redacciones. Los empleados de *El Parlamentario* trabajaban con manguitos y visera de celuloide, a la luz de un quinqué que derramaba una claridad de aceite (la electricidad no había triunfado en aquel antro), como operarios de una fábrica dickensiana, quemándose las pestañas en el desciframiento de una tipografía imposible; todos tenían una fisonomía casi traslúcida, afilada por el hambre, el agotamiento y la tiranía de su patrón. Antón del Olmet salía de su despacho a recibirme; él, a diferencia de sus empleados, gozaba de un físico próspero, irremediablemente proclive a la gordura. El chaleco de terciopelo estampado, cruzado por la cadena del reloj, se atirantaba sobre su barriga, abarcándosela a duras penas; el pantalón también le quedaba justo, y le aprisionaba en una de sus perneras los testículos, grandes y algo despachurrados, como brevas de carne. Me sonreía por debajo del bigotillo, y me tendía una mano de levantador de pesas, encallecida de repartir bofetadas entre sus subordinados.

—¿Con quién tengo el gusto? —tenía voz de macho, ademanes de macho, y se rascaba indecorosamente la entrepierna, para aliviar la opresión del pantalón y estimular la producción de semen.

—Fernando Navales. Vengo de parte de don Narciso, del Teatro de la Comedia.

—¡Don Narciso! ¡Claro, claro! —Me había invitado a tomar asiento, y él hizo lo propio, detrás de su escritorio, abarrotado de revistas sicalípticas—. ¡El mayor semental de Madrid, mejorando lo presente!

Lanzó una carcajada casi equina, y se relamió, embadurnando de saliva las guías de su bigote. Inquirió:

—¿Y qué quiere don Narciso que haga por él este periodiquito?

—Quiere asegurarse buenas críticas —dije, rehuyendo los circunloquios—. Así que usted verá si prefiere que le paguemos en publicidad o bajo cuerda...

Antón del Olmet volvió a reírse, incorporando esta vez al regocijo su barriga de sapo, que ya casi reventaba el chaleco. *El Parlamentario,* detrás de su fachada combativa y polemista, detrás de su aliadofilia vergonzante, cultivaba la extorsión y el chantaje a los empresarios teatrales, que a cambio de cincuenta duritos se aseguraban un trato favorable, al menos mientras duraba una obra en cartel.

—Espero que con nosotros la tarifa no sea tan elevada...

—Vamos, vamos, querido Fernando —Antón del Olmet, definitivamente, era un hombre jocundo—. ¿Cree usted que yo entro en regateos? El trabajo sucio lo delego; así, si los extorsionados no quedan conformes, son mis subalternos quienes cargan con la responsabilidad... Yo en los asuntos de dinero no participo, salvo para llevarme la parte del león, se entiende...

Tampoco Antón del Olmet constituía una excepción. La prensa, por entonces, sobrevivía gracias a la venalidad, alquilándose al mejor postor, derramando incienso sobre políticos corruptos que la sufragaban. Había demasiados periódicos en Madrid para tan pocos lectores, de modo que se recurría a otros sistemas de financiación que supliesen la escasez de ventas. Antón del Olmet elevó su vozarrón de macho:

—¡Pedro Luis! ¡Alfonso! ¡Atended a este señor!

Aparecieron en el despacho, para mi perplejidad, Gálvez y Vidal, a quienes creía malviviendo en los arrabales de la mendicidad. Crucé con ellos una mirada aquiescente o resignada, como corresponde entre personas habituadas a cualquier bajeza.

—Ya veo que se conocen... —apuntó Antón del Olmet, repartiéndose los testículos entre las dos perneras del pantalón.

—Desde siempre —repuso Gálvez. Tenía la voz cada vez más enronquecida, víctima del tabaco y las tabernas—. Fernandito y yo llevamos vidas paralelas.

Me guiñó un ojo, como sellando una complicidad que yo, de buen grado, hubiese rechazado. Vidal y Planas, el anarquista evangélico, tenía la cabeza vendada, supurando sangre y jaquecas; llevaba de la mano a una mujer feúcha, de mirada claudicante y facciones silvestres, desgastadas por las esquinas y por los hombres, que mostraba muy a las claras su anterior oficio.

—Don Luis —se inmiscuyó Vidal con una voz como de pajarito afónico—, le presento a mi novia, Elena Manzanares. La he rescatado del arroyo, y he pensado que quizás usted...

Antón del Olmet miró de arriba abajo a la muchacha, en una radiografía lenta que se detuvo, sobre todo, en la cintura y en los senos.

—¿Otra flor de burdel? Eres un obseso, Alfonso. Te he dicho mil veces que no quiero putas en mi negocio.

Lo dijo en un tono leve, sin aparente acritud, y le golpeó con los nudillos en la frente, justo a la altura de la herida, que ya empezaba a cicatrizar; la brecha se abrió como un nenúfar rojo, y dejó su mancha sobre la venda. Elena Manzanares asistía a la escena con ojos de besugo, pero al final se atrevió a interceder:

—No le pegue ahí, don Luis, que es donde recibió la pedrada...

—¿Pedrada? ¿Qué pedrada? —preguntó Antón del Olmet, sin demasiado interés. Vidal había retrocedido hasta el pasillo, y se había llevado ambas manos a la cabeza, para contenerse una hemorragia que ya le anegaba la vista.

—La que le lanzó mi chulo. —Elena Manzanares agachó la cabeza, en un mohín casi virtuoso—. Me quería matar, pero Alfonso me defendió con uñas y dientes...

—Con dientes no creo, porque los tiene todos podridos —rectificó Gálvez, con sorna.

Vidal se tambaleaba de dolor; la sangre le daba un aspecto de res abierta en canal. Antón del Olmet revisó, una vez más, a Elena Manzanares, la hizo volverse, caminar unos pasos, recoger un papel del suelo; tenía un culo ancho y generoso, en la frontera misma del exceso, que Antón del Olmet no se abstuvo de pellizcar, pues era partidario de los excesos anatómicos. Elena pegó un respingo y se incorporó, sin fuerzas para quejarse: tenía la piel estropeada por una enfermedad sin síntomas, la mirada de autómata, los senos abiertos como un libro desencuadernado.

—No pareces del todo desaprovechable —dictaminó Antón del Olmet—. ¿Y dónde ejercías la profesión?

—Por la calle de San Bernardo. —Elena parecía resignada a seguir ejerciendo esa misma profesión, sustituyendo la intemperie por un despacho que olía a tinta y semen fermentado—. A veces, si el día se presentaba mal, en Hortaleza...

—¿Nunca en el callejón del Perro, ni en Ceres?

Elena denegó con la cabeza; el interrogatorio, llevado con humillante asepsia, la hacía enrojecer.

—¿Enfermedades?

—Ninguna, señor.

—Mírame a la cara.

Antón del Olmet le había levantado la barbilla con su dedo índice. A la muchacha, los ojos le hacían chiribitas, y le temblaban las comisuras de los labios, entre la indignación y la congoja.

—Ninguna, le he dicho. Estoy sana.

—Eso ya lo veremos. De momento, te contrato como mecanógrafa.

Seguramente, Elena Manzanares no sabría escribir a máquina (seguramente no sabría escribir ni siquiera con lápiz), pero eso parecía importar poco en un periódico que se abastecía con recortes de otros periódicos y anuncios de empresas y particulares extorsionados.

—Te dictaré mis crónicas parlamentarias. Espero que no pongas muchas faltas de ortografía.

Vidal se abrazó a su director, ensuciándole las solapas de la chaqueta con aquella sangre escasa de leucocitos que no paraba de fluirle, a través del vendaje.

—La llevaré a una academia de mecanografía, jefe. Aprenderá pronto su oficio, ya lo verá.

—Su oficio ya lo tiene aprendido de siete sobras —dijo Luis Antón del Olmet, en un tono entre tajante y misterioso.

Por debajo del pantalón, sus testículos se abultaban, premonitorios de una actividad inminente. Había cogido a Elena del antebrazo, y le clavaba sus dedos sobre la carne exhausta por el vicio.

—Ahora me dejáis a solas con la señorita, que tengo que rellenar una ficha con sus datos personales, y os entendéis con este caballero, que quiere buenas críticas para los estrenos del Teatro de la Comedia. Hacedle un buen precio. —Nos iba empujando hacia la puerta, mientras se desabotonaba el chaleco. Elena, al fondo del despacho, nos miraba con desvalimiento, como una novia que se queda en el andén de una estación, mientras parte el tren—. ¡Ah, Pedro Luis! No te olvides de hacerle una entrevista a ese escritor colombiano, Vargas Vila. La sacamos mañana, a cuatro columnas.

Cerró la puerta con cierta premura, como si tuviese entre manos algo inaplazable (pero lo único inaplazable se hallaba entre sus piernas: necesitaba eyacular dos o tres veces al día). Vidal esbozó una sonrisa bobalicona; la sangre, por fin, se le había coagulado, otorgándole un aspecto de degollado que regresa de ultratumba para vengarse de sus ejecutores.

—¿Tú crees que Elena lo defraudará, Pedro Luis? En la escuela aprendió a escribir, pero no me fío yo mucho...

Gálvez escupió de soslayo y chasqueó la lengua. Habíamos dejado atrás la redacción del periódico, donde quince o veinte hombres se iban consumiendo lentamente, en una penumbra avejentada de polvo, y avanzábamos por un pasillo angosto, de paredes desconchadas, en dirección a un cuartucho que olía a orines de gato.

—¿Crees que lo defraudará? —insistió Vidal.

—Seguro que no, Alfonso. El jefe no es muy exigente —dijo Gálvez, en un tono pesaroso y mordaz, mientras le palmeaba la espalda.

Había cogido de una alacena un libro de contabilidad, en el que figuraban, camuflados de transacciones honradas, los estipendios que exigía la venalidad de aquel periódico. Procedente del despacho de Antón del Olmet, se oía el rumor de una refriega, como un combate entre gladiadores mudos; Antón del Olmet formuló una blasfemia, derramándose con un ímpetu fluvial. A Vidal y Planas, la venda y la sangre reseca le tapaban las orejas, y no se enteró de nada, o, si se enteró, prefirió atribuirlo a los trastornos de la jaqueca.

—Elena es trabajadora, Pedro Luis. Espero casarme pronto con ella.

Gálvez volvió a chasquear la lengua, molesto de que alguien osase mencionar el contrato matrimonial impunemente. Hizo en el libro unas anotaciones, sumó cifras ayudándose de los dedos, como si midiese las sílabas de un verso, y tasó el servicio:

—A cuarenta duros el estreno. A cambio, os aseguráis los ditirambos. Yo mismo me encargo de escribirlos.

Dejar al arbitrio de un sablista la crítica de nuestros estrenos se me antojaba, cuando menos, temerario, pero cierta desidia o cansancio espiritual me impidieron discutir las condiciones. Le tendí a Gálvez el precio convenido en billetes recién salidos de la casa del timbre, casi falsos de tan nuevos, y él los guardó en una caja de metal que parecía un cepillo laico, sin molestarse en contarlos. Del despacho de Antón del Olmet salía Elena, despeinada y con la combinación asomando por debajo de la falda; una sonrisa cínica amortiguaba su tristeza.

—¿Conseguiste el trabajo, querida? —le preguntó Vidal, con esa obstinación ilusa de los muy cornudos.

—Sí, Alfonso, lo conseguí.

Yo, que ya había asistido a situaciones similares en el Teatro de la Comedia, protagonizadas por don Narciso Caballero, no acababa de acostumbrarme a este tráfico incesante de mujeres; no me molestaba tanto la contemplación de virtudes prostituidas como la sensación molesta de ser continuamente aventajado en vileza por hombres de una vulgaridad que no se conciliaba con esa actitud dandy que yo me había impuesto, como requisito de mi aprendizaje. En especímenes como don Narciso Caballero o Luis Antón del Olmet se demostraba que, para ser un canalla, basta con ostentar una posición de dominio; lo demás son adornos y literaturas.

—Bueno, tortolitos —dijo Gálvez, escupiendo su sarcasmo—, os dejo. Tengo una cita con el escritor Vargas Vila. Quizá te apetezca conocerlo, Fernandito.

Sobre José María Vargas Vila circulaba una leyenda de raptos y destierros y estupros y duelos al amanecer que se aproximaba bastante a ese ideal de elegante amoralidad (un ideal probablemente desfasado, incluso para entonces) que yo perseguía. Me despedí de Luis Antón del Olmet, que parecía enfurruñado después del desahogo sexual.

—Es porque se acaba la guerra. Está invirtiendo sus ahorros en el tráfico de mulas a través de los Pirineos, y ve cómo el negocio se le va al garete —me confió Gálvez.

Abandonamos la redacción de *El Parlamentario,* que, a medida que avanzaba la tarde, se iba ahumando con los quinqués y el tabaco que los tipógrafos fumaban a hurtadillas, escondidos en el retrete. Una vez en la calle, observé que los transeúntes se apartaban de nuestro camino, huyendo de aquel espantapájaros móvil que me acompañaba. Gálvez era el pícaro más notorio de Madrid.

—¿Cómo es que has acabado en este periodicucho? —le pregunté.

Gálvez se encogió de hombros. A las criadas que paseaban por la calle del Príncipe, solas o acompañadas de sus novios reclutas, les profería piropos de una escabrosidad lindante con la injuria; los reclutas, menos bizarros de lo que pregonaban sus uniformes, no osaban hacer frente a un hombre que casi parecía un demonio.

—No había mucho donde elegir, la verdad. Desde que le vendí a los moros aquella recua de mulas, y mira que ha llovido, no me aceptan en ningún periódico decente. También tiene guasa: no me perdonan una minucia, y ahora cualquier señor mínimamente respetable les vende mulas a los franceses.

Vargas Vila, el escritor colombiano, acababa de instalarse en un pisito de la calle de Alcalá, frente al Retiro, acompañado por un sobrino ciego y por su amante (amante del sobrino, pero también del escritor, en un *menage à trois* bastante complicado), una jovencita morbosa, de ademanes mustios, que se dejaba magrear por Vargas Vila mientras el sobrino tocaba el piano. Vargas Vila hacía una literatura preciosista y bárbara, una mezcla áspera de Rubén Darío y Zola que hoy no encontraría seguidores, pero que por aquella época (año dieciocho o así) tenía su legión de adeptos y simpatizantes. Simpatía, más que admiración puramente literaria, suscitaba en mí aquel hombre: cultivaba un estilo grandilocuente y tremebundo que escandalizaba a las beatas y a los curas, y eso siempre es de agradecer. Gálvez aprovechaba su misión periodística para sablear al escritor colombiano:

—Maestro, hoy no he comido. El sol de América no puede dejar que un poeta español se muera de hambre...

Vargas Vila, que rondaría la sesentena, era un hombre amojamado, como sometido a un proceso de jibarización, con un cierto parecido con una lechuza disecada; sólo los labios, rojos y palpitantes como agallas de un pez que se asfixia, delataban su origen sudamericano. Al hablar, mostraba una dentadura con incrustaciones de oro, como corresponde a un pervertido:

—Está bien, Gálvez. Aquí tiene un durito. Pero dosifíquelo bien, ¿de acuerdo?

Vargas Vila padecía una extraña equimosis que le hacía mudar cada poco la piel, como a los reptiles, en escamitas que se le iban desprendiendo, sobre todo de las manos y las mejillas, hasta dejarlo con una piel nueva. Quizá por solidaridad con la familia de los reptiles se había traído de Colombia una iguana amaestrada que se acurrucaba entre sus piernas para dormitar. La iguana era verde, granulosa y más bien fea, aunque no tanto como su dueño.

—Los huevos de la iguana son sabrosísimos —nos instruía—. Pura ambrosía.

Y, para corroborar su aserto, se los comía crudos, perforándoles la cáscara con la uña del dedo meñique, que se dejaba crecer precisamente para ello. La iguana de Vargas Vila ponía huevos con una facilidad tropical y ovípara; cuando el escritor presentía que el reptil necesitaba desprenderse de uno de estos huevos, llamaba a la amante de su sobrino, que también lo era suya, y le ordenaba que se levantase las faldas:

—Sandra, levántate las faldas, que la iguana busca calor.

Sandra obedecía, y nos mostraba a Gálvez y a mí las pantorrillas sin medias, los muslos sin enaguas, blancos como montones de harina. La iguana trepaba hasta los muslos, y así, en tan acrobática postura, empollaba los huevos, ayudada por la calefacción natural que le proporcionaba Sandra. Al rato, Vargas Vila sofaldaba a la muchacha y extraía, como en un juego de perversa prestidigitación, un huevo de cáscara moteada, pequeño como el de una codorniz. Vargas Vila nos lo mostraba, sosteniéndolo entre el pulgar y el índice, y nos invitaba a participar de su banquete:

—Les recomiendo que prueben. Los huevos de iguana son un alimento afrodisíaco, y, además, no producen colesterol.

Declinábamos la oferta, a pesar de sus encarecimientos. Gálvez, embobado ante aquel cúmulo de rarezas y exotismos, no sabía por dónde empezar la entrevista. Vargas Vila taladraba la cáscara con la uña de su dedo meñique y sorbía el contenido del huevo; solían quedarle restos de yema en los labios, que se relamía con fruición.

—Ustedes se lo pierden —decía, y, guiñándole un ojo a Sandra, que aún cobijaba la iguana entre sus muslos, añadía—: Yo me mantengo en forma gracias a una dieta de huevos de iguana, ¿verdad, Sandra?

La muchacha asentía, entornando los párpados. Tendría aproximadamente entre veintidós y veinticinco años (una edad poco más avanzada que la mía), pero aparentaba treinta; padecía ese cansancio de las mujeres sojuzgadas, una tristeza que le afloraba en la mirada y en los gestos.

—Y éste es mi sobrino Félix. Permítanme que se lo presente.

Félix, el sobrino de Vargas Vila, irrumpió como un aparecido en la salita en la que, teóricamente, se estaba desarrollando la entrevista. Era un hombre ciego y torpe (no me refiero a esa torpeza mínima e imprescindible de algunos ciegos, sino a otra mucho más espectacular que incluía tropezones y jarrones rotos), de una corpulencia que contrastaba con la endeblez de su tío. Tenía los ojos cubiertos por una viscosidad del color de la porcelana, y vestía un traje que le venía pequeño, negro y con tazaduras en los codos. El botón de la chaqueta se le atirantaba sobre la barriga descomunal, como antes había observado que ocurría con el chaleco de Luis Antón del Olmet.

—Pues ahí donde lo ven, tan ciego y deslavazado, es un pianista de primera magnitud.

El sobrino Félix, halagado y risueño (formulaba una sonrisa estereotipada, que tardaba al menos un cuarto de hora en desvanecerse), se sentaba al piano y atacaba un nocturno de Chopin. Sus dedos se repartían sobre las teclas, con una cierta capacidad autónoma, como lombrices que colean. Vargas Vila, entonces, ordenaba a Sandra que rebajase la luz de las lámparas, hasta crear una atmósfera de lupanar lujoso, y le indicaba con un gesto que se sentara encima de sus rodillas, después de sacudirse la iguana, que huía despavorida, y trepaba por las paredes forradas de terciopelo.

El sobrino Félix se afanaba sobre el piano, mientras Vargas Vila le apartaba el cabello a Sandra y la besaba en el cuello minuciosamente, nerviosamente, como una gallina que picotea el grano. Sandra cerraba los ojos (tenía patas de gallo, a pesar de su juventud), en un estado de perversa voluptuosidad, y se dejaba mecer por la música de Chopin; Vargas Vila imprimía a sus rodillas un movimiento circular, como de barca a la deriva, y Sandra se incorporaba a ese movimiento con una languidez casi veneciana, imaginándose que un gondolero la conducía por canales de un agua dulce y podrida. Reparé en el cuello de Sandra, recubierto de una piel también granulosa, como la de la iguana.

—¡Bravo! ¡Bravísimo! —dictaminó Vargas Vila, cuando ya su sobrino se desmelenaba en un arpegio final.

El sobrino Félix se incorporó del taburete, estúpido y redondito como un *bibelot*, y cabeceó en señal de gratitud. Vargas Vila había expulsado a Sandra de sus rodillas con una palmadita en el culo. Gálvez, al igual que yo, permanecía sumido en un estupor espeso, como quien tarda en despertar de una pesadilla.

—En fin, amigos, estoy a su disposición —dijo Vargas Vila, arrellanándose en su butaca.

La iguana, como una culebra con patas de pájaro, recorría la habitación a una velocidad vertiginosa, dejando huevos por doquier que, más tarde, el sobrino Félix pisoteaba, mientras buscaba la puerta; Sandra, que podría haberle prestado ayuda, prefería reír sus torpezas. Gálvez comenzó:

—Verá, yo venía a hacerle una entrevista...

No hizo falta que dijera más. Un torrente verbal fluyó de aquella boca todavía sensual, brillante de saliva, mezclando experiencias pasadas y proyectos, obras conclusas y novelas en ciernes que ni siquieran poseían título. Vargas Vila hablaba a través de aquellos labios que se destacaban sobre su rostro marchito, inverosímiles como una selva amazónica en mitad del desierto. Gálvez, mareado por la facundia de su interlocutor o por la inabarcable sucesión de geografías que se desplegaba ante su imaginación, había renunciado a tomar nota del monólogo.

—Como ve, he tenido una vida muy agitada —concluyó

Vargas Vila, rascándose el cogote y provocando una lluvia de escamas blancas, que nevó los hombros de su chaqueta—. Ustedes, en cambio, seguro que no han salido de Madrid.

Sandra, al fondo de la salita, acariciaba la cresta de la iguana, mientras el sobrino Félix arramblaba con mesillas, repisitas y percheros, en su particular exploración doméstica, provocando un estrépito de mudanza o derribo. Gálvez parpadeó, se rascó la barba de varios días y replicó narrando aquellas aventuras europeas que había inventado como coartada, tras la muerte de Canalejas: nos contó que se había incorporado como teniente al ejército del príncipe Guillermo de Wied, aspirante al trono de Albania; nos contó su ascenso a general, coincidiendo con el estallido de la Gran Guerra; nos contó la posterior derrota del príncipe, quien, al embarcar rumbo al destierro, le pidió a Gálvez que le cubriera la retaguardia. Imprimía a sus palabras un aire de solemnidad bufa que Vargas Vila, sin embargo, escuchaba sin síntomas de hilaridad, consciente de que la historia que él nos había endilgado era igualmente falsa. La iguana parpadeó, de repente, y Sandra suspiró, para descargar la tensión ambiental.

—¿Y usted qué respondió? —lo apremió Vargas Vila.

—¿Pues qué iba a responder? El Príncipe había apelado a mi caballerosidad, y yo le prometí convertir en un muro humano a sus soldados, para propiciar su huida.

Gálvez aderezó su narración de pólvora y estrategias bélicas tomadas del episodio de las Termópilas. A medida que avanzaba en su relación de los hechos, su voz se iba enardeciendo, y sus aspavientos cobraban un aspecto casi verídico. Terminó entre resuellos, con esa modestia extenuada que suele asaltar a los vencedores:

—Logramos derrotar al enemigo, aunque nuestro ejército quedase deshecho. Yo volví a Madrid, después de un viaje en el que tuve que arrostrar mil penalidades...

Todo aquel improvisado embuste había fatigado su ingenio, hasta dejarlo postrado en su butaquita. Sandra, enaltecida por esa devoción profana que algunas mujeres profesan al soldado, se acercó a él y le depositó un beso reverencial en la frente. Vargas Vila, en lugar de soliviantarse, aplaudió el gesto, mientras el sobrino Félix, que no encontraba la salida, se pegaba topetazos contra la pared.

—Esto hay que celebrarlo con una copita de absenta.

Llamaba al ajenjo absenta, en el colmo del decadentismo. Sacó de un armario una botella panzuda, de cristal esmerilado, y vertió parte de su contenido en tres copas del tamaño de tres dedales. El ajenjo tenía un color ofidio, como destilado en un laboratorio con entrañas de reptil.

—En fin, brindemos por el futuro —dijo Vargas Vila, alzando su copa con laxitud, como un Sardanápalo de provincias—. Félix, anda, tócanos algo de Mozart.

El cieguito interrumpió su lucha denodada con las paredes y el mobiliario y volvió a sentarse ante el piano, tras las reverencias de rigor a un auditorio inexistente. El ajenjo o absenta tenía un sabor medicinal y abrasivo, como un jarabe no exento de cierta amargura. La música de Mozart, interpretada por el sobrino Félix, añadía irrealidad a la situación, y sonaba como una marcha nupcial o quizá fúnebre.

—Y, usted, amiguito —dijo Vargas Vila, lanzándome una mirada de inteligencia—, ¿se ha creado una leyenda?

El ajenjo me embotaba los sentidos, me hacía perder conciencia de la hora y el lugar en que me hallaba.

—¿Una leyenda? Me temo que no... Soy demasiado joven...

—Pues apresúrese. Consiga que sus difamadores creen a su alrededor una leyenda monstruosa, horrible, y enseguida empezará a crecer su fama. —Hizo una pausa, que aprovechó para relamerse—. Porque usted desea ser un escritor de fama, ¿verdad?

—Supongo que sí.

Vargas Vila me miraba con ojos vidriosos, como un reptil fósil, que me recordaban los de la iguana. Después de apurar su ajenjo, me formuló otro consejo:

—Hágase fuerte en sus vicios y exalte sus defectos. Es el modo de triunfar. Y, sobre todo, siembre odios por doquier. El odio da vida al que es odiado.

Tímidamente asentí, fascinado por un catecismo tan simple y tan acorde con mis propósitos. La iguana empezó a remolonear entre mis piernas, y yo aproveché su cercanía para pisarle la cabeza y comprobar su condición vertebrada.

—Huy, la he pisado sin querer —me excusé con desgana.

—No se preocupe, amigo. El animalito es bastante sufrido.

El sobrino Félix había concluido su versión de Mozart, y cabeceaba a derecha e izquierda, en demanda de unos aplausos que no llegaban. Era la hora del cierre de edición en *El Parlamentario*, y Gálvez aún no había redactado el texto de la entrevista, que sólo constaba de anotaciones inconexas. Apuró de un sorbo su copa de ajenjo y se despidió atolondradamente. Sandra y el sobrino Félix nos acompañaron al vestíbulo, agarraditos de la mano, como dos novios sonámbulos, y nos invitaron a volver otro día con más calma.

—Vaya trío, Gálvez. Están todos tarados —le dije, cuando estuvimos en la calle.

—Eso creo yo también. Pero el peor es Vargas Vila: exagera su pasado aventurero, y lo de la iguana es de una asquerosidad sin precedentes.

Llegamos a la redacción de *El Parlamentario* a una hora abusiva, incluso para un periódico como aquél, que actuaba con nocturnidad y alevosía. Luis Antón del Olmet salió de su despacho, congestionado por una rabia que habría alimentado durante horas; gruñía como un cerdo que se desangra, pero el rumor fabril que llegaba del sótano, donde se hallaban las rotativas, amortiguaba sus exabruptos:

—¿Qué basura es ésta? ¡Te encargué una entrevista, y me vienes con historias enrevesadas de iguanas y ciegos que tocan el piano! ¡Te voy a matar!

Apresó el cuello de Gálvez con una manaza de fuerza casi hidráulica, y levantó a su subordinado en vilo, en un ahorcamiento de carácter ejemplar.

—¡Ved lo que hago yo con los indisciplinados! —voceó, mientras recorría la redacción con el cuerpo de Gálvez, que se agitaba como un pelele, intentando liberarse de aquel cepo que ya pronto lo estrangularía.

Vidal y su novia Elena Manzanares intentaron aplacar a su

jefe, mas en vano. Antón del Olmet entró en su despacho, arrastrando a Gálvez, y, con la mano que tenía libre, abrió una ventana que daba a la carrera de San Jerónimo. Los empleados reprimieron un grito de espanto, cuando alargó el brazo al exterior y dejó a Gálvez suspendido en el aire, a diez metros de altura, sobre una calle concurrida de transeúntes que se congregaban para asistir a lo que ellos creían un extraño espectáculo de trapecistas. Los empleados del periódico, habituados a estos repentinos accesos de bestialismo, no osaban intervenir; Gálvez ya había iniciado esa pataleta final que acomete a los ahorcados y a los peces cuando les falta el oxígeno (pero, ahora que lo pienso, el pez se debate entre coletazos, no entre pataletas); tenía las facciones deformadas por el vértigo. Antón del Olmet lo zarandeaba con un frenesí homicida; la barriga amenazaba con reventarle el chaleco, y los testículos se le aplastaban por debajo del pantalón.

—¡Pídeme gracia, y te perdono la vida!

Como Gálvez no reaccionaba, le propinó un coscorrón contra el alféizar, que lo sumió en una anestesia definitiva. Abajo, la multitud prorrumpía en aplausos, cada vez que Antón del Olmet consumaba alguna nueva crueldad sobre Gálvez. Confesaré que yo tampoco intervine, fascinado por una violencia que se me mostraba en estado puro, gratuita y energúmena, desnuda como una virgen el día de su profanación; confesaré también —ya que estas páginas aspiran a la sinceridad, o a su simulacro— que la muerte de Gálvez, sin llegar a resultarme deseable, no me hubiese quitado el sueño.

—¡Se me está cansando el brazo! ¡Pídeme perdón o te suelto!

Observé que aquella exhibición de brutalidad amedrentaba a Elena Manzanares, la novia de Vidal y Planas, recién rescatada del arroyo y entregada a una esclavitud mayor que el mero lenocinio. Gálvez recibió otro coscorrón contra el alféizar, y los cristales de sus gafas se resquebrajaron, ocultando unas lágrimas que le brotaban del fondo oscuro de su alma, mientras claudicaba:

—¡Perdón! ¡Perdón! —Su voz brotaba entorpecida de afonías, sostenida sobre el filo sutilísimo de la asfixia.

Antón del Olmet lanzó una carcajada patibularia, levantó a

pulso a Gálvez y lo dejó sobre el suelo de su despacho, como quien suelta una escoria; Gálvez, por supuesto, no fue capaz de sostenerse en pie: se derrumbó como un tullido o un gusano pisoteado en su dignidad. Respiraba con dificultades de asmático, con esa laboriosidad lenta de los agonizantes.

—¿Y vosotros, qué cojones miráis? —bramó Antón del Olmet, masajeándose la muñeca que había soportado el peso de Gálvez—. ¿Habéis visto lo que le ocurre al que no cumple mis instrucciones?

Uno por uno, los empleados abandonaron el despacho, apabullados por una exhibición que cualquier día podrían experimentar en sus propias carnes. También en la calle se disolvió el grupo de curiosos que aguardaban un desenlace más tremendista; se les notaba, por el modo de caminar o de llevarse las manos a los bolsillos, cierto desencanto o frustración.

—Estás despedido, Gálvez —dijo Antón del Olmet, arrojándolo a puntapiés de su despacho.

Los lentes resquebrajados le tapaban el odio de la mirada, un odio que a partir de entonces, se iría larvando dentro de su pecho, como un animal subterráneo. Le ofrecí mi brazo a Gálvez, más por hipocresía que por caridad, y abandoné con él la redacción del periódico; noté que caminaba con dificultades, temiendo a cada paso que el suelo fuese a fallar bajo sus pies. Poco a poco, la sangre volvió a fluirle por las venas; quizá llorase, pero el estropicio de las gafas no me permitía comprobarlo.

VII

«Era cosa fácil librarse de la guerra, pero es imposible librarse de la paz, sobre todo de esta paz que, abriendo de par en par el Continente, va a suscitar tremendos vendavales históricos», escribió Ortega y Gasset, con esa claridad expositiva más propia de un busto de mármol que de una persona de carne y hueso. La Gran Guerra había traído a España una prosperidad ficticia que no alcanzaba a las clases populares, una fiebre maquinista que destruía la mano de obra y unas putas antológicas que se sabían de memoria el Kamasutra. Tras la huelga del año diecisiete, en la que yo había participado de incógnito, descalabrando guardias civiles y acompañando a Pedro Luis de Gálvez en su itinerario fúnebre por tabernas y cafés, se habían sucedido las crisis de gobierno, el descontento del Ejército, las elecciones con pucherazo, y el anarquismo había vuelto a florecer, clandestino e insurgente, dejando un rastro de su perfume pocho entre los arrabales. Ortega exigía en sus escritos libertad de conciencia, secularización del Estado, federalismo e igualdad social, pero mientras él expresaba a gritos su dolor de España (y eso que Ortega, a diferencia de otros bustos parlantes, acostumbraba gritar poco), las marquesas seguían reservando un palco en el Teatro de la Comedia, para espiar con sus gemelos la platea, mientras el proletariado se jodía en el gallinero.

Habíamos estrenado *La venganza de don Mendo,* obra de Pedro Muñoz Seca, aquel gaditano bigotudo y enfermo del duodeno que ya había tenido ocasión de conocer en el despacho de don Narciso Caballero, cuando aún no era aclamado por un público pasablemente estulto, que aplaudía a rabiar su teatro, como antes —tan sólo unos años antes— había aplaudido los dramones decimonónicos a los que parodiaba. *La venganza de don Mendo* se representó con éxito clamoroso, proporcionó a la compañía unos beneficios que hubiesen garantizado nuestra jubilación y, en definitiva, nos demostró que el apoyo de los críticos venales era superfluo cuando el estreno conectaba con esa multitud de tenderos ricachones y marquesas con diabetes y ministros en excedencia y rentistas y doncellas mentecatas que constituía la clientela de los teatros.

Don Narciso Caballero me subió el sueldo y delegó en mí facultades que hasta entonces se reservaba, como la selección de meritorias o la firma de contratos. Empecé a vestir como un petimetre con ínfulas literarias (pero seguía sin escribir un solo endecasílabo), y hasta me compré un automóvil de fabricación casera, un Elizalde descapotable, esbelto como un falo de metal. La marca Elizalde gozaba entonces de un cierto prestigio entre los pollos peras, por ser la predilecta del Rey y porque incorporaba un folleto de instrucciones en español (lo siento, no éramos políglotas). En mi Elizalde de quince caballos de potencia, descubrí una sensación muy similar a la que años antes experimenté golpeando las teclas de una máquina de escribir: la adecuación entre hombre y artefacto, mi transformación en una especie de centauro que transmitía al hierro las órdenes de la carne. Montado en mi Elizalde de quince caballos de potencia me creía un pianista del vértigo. Hacía falta ser fatuo.

Estas correrías automovilísticas, estrepitosas de cláxones, tenían un desenlace mortificante, de regreso a casa, después de muchos kilómetros y muchas gamberradas al margen del código de la circulación. La convivencia con mis tíos, que seguían habitando junto al Viaducto, me comunicaba un regusto de frustración o resaca: me producía cierta desazón no haberme emancipado, me producía cierta repugnancia estética convivir con unos parientes menestrales, dueños de traperías y tiendas de empeño, me producía náuseas contar entre mi vecindario con suicidas y escritores tan pelmazos como Rafael Cansinos-Asséns. Para más inri, tía Remedios me aguardaba despierta, rezándole responsos a San Antonio, para que protegiera mi juventud velocípeda.

—Tienes que sentar la cabeza, Fernando. A ver si encuentras una muchacha que te quiera y formáis una familia.

Las horas de vigilia forzosa afeaban a tía Remedios, difuminaban sus facciones, empañaban su voz con suspiros de resignación o sermones impracticables:

—Hoy vino a verme la señora Colombine. Está enterada de lo bien que te va en el Teatro de la Comedia. Sarita sigue esperándote.

Y mientras Sarita me esperaba despierta, como una virgen necia que alimenta la lámpara pobre de su virtud, yo trasnochaba con putas de postín, en su mayoría foráneas, que fumaban unos pitillos aromatizados con esencias rarísimas. Las putas que yo frecuentaba había que recolectarlas en Parisiana y Maxim's, a cambio de mucho billetaje; eran bellas como pecados mortales (o quizá, simplemente exóticas), y se entregaban al sexo con todos sus orificios, aunque padecían el vicio de la cocaína, que me trasmitieron: llevaban siempre en el bolso, junto a los adminículos anticonceptivos, un frasquito de cristal marrón que contenía un gramo de ese polvillo blanco que anestesia la mucosa y se extiende por la sangre, con una sensación de frío apacible y bienestar. La cocaína había que espolvoreársela a la puta en el ombligo, en el pubis, en la raja del culo, y aspirarla por la nariz, mientras la lengua cumplía con su obligación. La cocaína genera euforia, refrigeración íntima, entontecimiento mental, pero destruye la membrana pituitaria y enrojece las aletas de la nariz, otorgando a sus consumidores un aspecto de borrachines acatarrados.

—Y a ver si te curas ese catarro —me reprendía tía Remedios.

Cada vez había más suicidas en Madrid, cada vez había más hombres y mujeres que se arrojaban desde el Viaducto, y se asomaban a la ventana del desván, donde yo dormía o trataba de dormir. El suicida, como el adicto a la cocaína, se emborracha en su descenso, se deja poseer por un súbito optimismo, ante la inminencia del batacazo. Cuando lograba conciliar el sueño, el polvo blanco se asentaba en mi cerebro y estallaba en una pirotecnia sin dolor, abrasando mis neuronas, que descendían por el tabique nasal, ahogadas entre mucosidades, como una lluvia de estrellas que han perdido su último resplandor, como una lluvia de suicidas que han perdido su última esperanza. Por la mañana, a la luz cenagosa de la jaqueca, me proponía dejar la cocaína, pero luego siempre había alguna puta que me hacía reincidir. De Gálvez nada supe durante una temporada. Aquella vejación pública a que lo había sometido Antón del Olmet, el director de *El Parlamentario*, había malherido su orgullo, y quizá necesitase, como los enfermos que convalecen en un hospital, un retiro voluntario, para asimilar su odio, reunir ahorros para comprarse unas gafas nuevas y quién sabe si también para urdir una venganza. Lo busqué en las tertulias de los cafés, en las pensiones míseras, en los periódicos suburbiales o libertarios, pero nadie supo darme descuentos: a Gálvez se lo había tragado una conspiración de olvido. También hice algunas visitas al colombiano Vargas Vila, que residía esporádicamente en Madrid, en su pisito junto al Retiro. Vargas Vila seguía cohabitando con su sobrino Félix y su amante Sandra; en estas visitas, tuve ocasión de disfrutar o sufrir conciertos del cieguito y disertaciones de Vargas, que intentaba inculcarme sus gustos, tomándome por un discípulo de su literatura añeja. Resultaba patético escuchar a un modernista rezagado impartiendo doctrina cuando ya llegaban de Francia los caligramas de Apollinaire, una especie de poesía cubista, deshumanizada y cataléptica que no exigía conocimientos rítmicos. Quien sí parecía agradecer las enseñanzas del colombiano Vargas Vila era un muchacho de quince o dieciséis años con el que a veces coincidí en aquel salón de atmósfera enrarecida, mientras el cieguito Félix aporreaba el piano y Sandra servía de incubadora a la iguana.

—Os voy a presentar —dijo Vargas Vila, con una risita de búho hospitalario—. Fernando Navales, César González-Ruano y Garrastazu de la Sota.

Ruanito, ya desde adolescente, padeció delirios nobiliarios y presunciones de hidalguía, de ahí que se presentara con todo su arsenal patronímico. Cuando lo conocí, era un chico genialoide y ágrafo, de una delgadez casi asquerosa, que jugaba alevosamente a la bohemia y al alambicamiento masoquista. Tenía una frente femenina, unas facciones afiladas, como de mosquetero sujeto a austeridades, y un afán no consumado de abarrotar el mundo de papeles garrapateados con su prosa. Aún no había escrito ni una sola línea (más o menos como yo), y sus lecturas se circunscribían a las traducciones expurgadas de Sacher-Masoch, los epigramas de Oscar Wilde y la colección completa de *El Cuento Semanal,* pero se sabía depositario de una vocación que tarde o temprano germinaría.

—A mí sólo me interesa vivir de la literatura. Triunfar y no quedarme en el camino. O César o nada.

Había adoptado esta frase como lema de su vocación, aunque en sus tarjetas de visita figurase otro, heredado de sus antepasados, que también procuraba cumplir a rajatabla: «De mi deseo gozo». Sus goces, poco confesables, agotaban las infinitas variantes del masoquismo y el fetichismo: le gustaban las férulas y las pieles, le gustaba introducir mechones de vello púbico entre las páginas de sus libros más frecuentados: pertenecían a sus amantes, a sus novias formales, a sus criadas, a sus niñeras, a las putas que alquilaba con la propina del domingo.

—¿Tú has visto alguna vez el pubis de una pelirroja?

—Pues, chico, la verdad...

Y me mostraba el vello púbico de una supuesta mujer pelirroja, a juego con sus cabellos. Años después, Ruanito sustituiría su fetichismo sexual por el coleccionismo de antigüedades, mucho más caro y desvencijado. Tenía quince o dieciséis años y no había leído a los clásicos (no los iba a leer nunca), pero sus ojos ya brillaban con la fiebre pavorosa y torrencial de las mejores metáforas. Vivía con sus padres en la calle Conde de Xiquena, donde disponía de un cuarto para él solo, forrado de estanterías atestadas de libros pornográficos que camuflaba con portadas de devocionarios. Ruanito se preocupaba de terminar el bachillerato y empezar la carrera de Derecho, para seguir viviendo a costa de sus progenitores. Coincidíamos en casa de Vargas Vila, los fines de semana, y empezamos a salir juntos por la noche, como buscadores de tesoros que se hallan enterrados entre el barro. Se repantigaba en el asiento trasero de mi Elizalde y hacía recuento de las estrellas, atribuyéndoles un adjetivo a cada una, en un derroche espectacular y vertiginoso.

—Pero, ¿de dónde sacas toda esa munición literaria, César? De los libros, desde luego, no, porque sólo lees marranadas.

—No necesito libros. Yo nací con un almacén de palabras en la cabeza. Sólo hay que saber combinarlas bien.

Curiosamente, seguía creyendo en las posibilidades del modernismo más castizo y *demodé,* cuando ya las vanguardias empañaban la literatura con un aliento de automatismo y geometría. Este gusto trasnochado (que él supo trascender, a través de un lirismo vagamente sentimental) lo demostraba, por ejemplo, en la elección de acompañantes: las putas de postín que yo me agenciaba en Maxim's lo cansaban pronto; con quienes de verdad disfrutaba era con las piculinas modestas, peripatéticas de San Bernardo y Hortaleza que padecían tuberculosis y se sabían de memoria las rimas de Bécquer.

—¿Tú crees que ésa de ahí enfrente será tuberculosa?

Me hacía detener el Elizalde en cada esquina, buscando a la puta de labios enrojecidos por la hemoptisis, y no por el carmín. Las putas tuberculosas de Ruanito me llenaban el coche de bacilos de Koch, una flora bacteriana que no había modo de exterminar, y me ponían la tapicería perdida de esputos.

—Chico, esto se acabó, tendrás que conformarte con las fulanas de Maxim's.

Finalmente alquilamos a una pareja de hermanas autóctonas, aunque refinadísimas, que se llamaban Carmen y Lola, como criaturas de una novela de Pereda. El atractivo de estas dos hermanas (su parecido físico y sus respectivas cédulas de identificación garantizaban la consanguinidad) residía, precisamente, en que no se parecían en nada a las criaturas de Pereda; pese a los nombres de pila, Carmen y Lola habían estudiado en un colegio de monjas francesas, donde aprendieron a leer a Sade en su lengua vernácula y fueron introducidas en el safismo. Ambas eran largas como ángeles góticos, herméticas y morfinómanas; ejercían un servicio solidario, pero cobraban por separado o por partida doble, y siempre sumas que hubiesen satisfecho a un harén de princesas. Nos aguardaban en Maxim's jugando a la ruleta con desgana simétrica, y se subían al asiento trasero del Elizalde después de que las hubiésemos invitado a un *peppermint*. Cuando llegábamos a las Rondas, me mandaban aparcar al pie de una escombrera y se sacaban del bolso un estuche como de pluma estilográfica, forrado en terciopelo (cada una tenía su bolso, también su estuche); en el estuche había una jeringuilla de cristal y un frasco de morfina. Se inyectaban una dosis en la vena del brazo, que tenían acribillada bajo la manga de negro satén, dejaban que la infusión venenosa se diluyese en la sangre, y, a continuación, deslumbradas por luces como fogonazos, silenciosas como cariátides, se montaban un numerito incestuoso que duraba hasta que se extinguían los efectos de la droga. Ruanito y yo las veíamos maniobrar en el asiento trasero, contemplábamos su desnudez gemela, sus culos como mapas árticos, e irrumpíamos a mitad de aquella lucha pacífica, como intrusos que se benefician de un placer obtenido de forma vicaria. Carmen y Lola nos aceptaban a regañadientes en su cielo de morfina, y aprovechaban cualquier descuido nuestro para besuquearse entre sí.

Como Carmen y Lola se excedían en la dosis, había que llevarlas a alguna casa de socorro, para que las revivieran con éter y un filete de lomo. Solíamos acudir a la que había en la Plaza Mayor, atendida por aquel médico poeta, Fernando Villegas Estrada, a quien conocí en la pensión de Han de Islandia y que tan certeramente diagnosticó la muerte de Barrantes, por empacho de matarratas. Villegas Estrada, cada vez más desastrado y enteco, no daba parte a la policía, y reanimaba a las dos hermanas.

—Cualquier día las espichan —nos decía—. Yo de ustedes me alejaría de este par de putas. ¿Es que no tienen novia?

Denegábamos con la cabeza, súbitamente compungidos. Carmen y Lola, al despertar de su letargo, se ponían pesadísimas: pedían agua a gritos, reían con una risa floja, dejaban escurrir la baba por las comisuras de los labios, vomitaban sin darse cuenta, mientras reían, y me emporcaban la tapicería del Elizalde. Amanecía sobre Madrid, y la luz nos sorprendía con los trajes arrugados, envejecidos de nicotina, despeinados y con la boca reseca.

Carmen y Lola buscaban entre el barullo de vómitos el frasco de morfina.

—Esto ya no tiene ni puñetera gracia, César. Quizá lo mejor sea que nos echemos una novia formal.

Ruanito tenía una elegancia afectada, unos ojos heridos de melancolía, unos labios que empezaba a decorar con un bigotito impertinente, apenas insinuado; se codeaba con niñas de buena familia, así que no le costó demasiado iniciar una relación más o menos civilizada con una tal Mercedes. Yo era menos guapo que él, o más perezoso, y me conformé con recuperar a Sarita, que vivía con su madre en la calle de Luchana, junto a la glorieta de Bilbao. Colombine celebró mi primera visita como un retorno del hijo pródigo:

—¡Benditos los ojos que te ven!

Pero no debían de verme demasiado bien, a juzgar por lo que los achinaba. Los viajes a Sudamérica, en gira de conferencias, la dejaban para el arrastre: la miopía abotargaba sus facciones, y, en general, los achaques de una vejez anticipada iban quebrantando su salud, antaño robusta. En los mentideros literarios, se comentaba que a sus conferencias bonaerenses no acudía nadie, salvo algún dramaturgo porteño que quiso llevársela a la cama. Su hermana Ketty, que también salió a recibirme, ojerosa y como baldada del viaje transoceánico, me desmintió estos rumores:

—Calumnias. A Carmen iban a escucharla los mejores efectivos de la alta sociedad argentina.

Colombine se encogía de hombros, sin vanidad, con esa resignación heroica de las mujeres que defienden el sufragio.

—¿Y Sarita? —pregunté yo—. ¿Fue también con ustedes?

—Sarita... —ahora Colombine hablaba con un cierto atolondramiento.

—Sí que fue, sí —se inmiscuyó su hermana Ketty—. Y volvió de allí hecha una mujer. Ahora se está preparando para convertirse en actriz. Gómez Carrillo es su mentor.

Enrique Gómez Carrillo, un escritor guatemalteco con prosa

de desguace, escribía en *El Liberal* unas crónicas impresionistas, de empalagosa frivolidad, en las que alardeaba de donjuán y hacía recuento de las novedades literarias que se fraguaban en el país vecino. Su historial erótico se honraba con presencias como las de Raquel Meller y Mata-Hari, bailarina y espía, a la que había conocido, al parecer, en el Casino de San Sebastián, derrochando los marcos con los que el gobierno alemán recompensaba sus delaciones.

—¿Gómez Carrillo? —me detuve en el vestíbulo, súbitamente herido en mi orgullo—. No me digan que se ha dejado engatusar por ese seductor de pacotilla...

—¡Ahora te quejarás, pillastre! —Colombine se fingió escandalizada—. Hace años que no vienes a visitar a Sarita.

Ketty soltó una risa furtiva, casi oculta entre sus dientes arrasados por la caries:

—¡A ver si ahora se la disputan!

En principio, parecía que Gómez Carrillo partía con ventaja: su idilio con Mata-Hari lo aureolaba con un prestigio de amante cosmopolita del que yo, paleto de Madrid, siempre iba a carecer. Mata-Hari se había encaprichado de Gómez Carrillo, y le había ofrecido su vientre, regado con la semilla de tantos generales y diplomáticos, ese vientre que yo sólo conocía por fotografías (probablemente trucadas) en las que se mostraba con una blancura enceguecedora. Ruanito, entre su colección de estampas pornográficas, guardaba fotografías de Mata-Hari, en donde la espía posaba en actitud voluptuosa o falsamente cándida, condecorada de fetiches militares, o acariciando con la punta de la lengua el cañón de un fusil, en un simbolismo fálico demasiado explícito. Mata-Hari, a juzgar por las fotografías, tenía una belleza andrógina, demasiado escueta para un guatemalteco que medía la duración de sus idilios conforme a los perímetros torácicos de sus amantes. Una noche, después de gastarse el dinero de la espía en la ruleta, la emborrachó de champán y la introdujo en un automóvil que la llevaría hasta territorio francés, donde la detuvieron unos gendarmes. Mata-Hari fue fusilada, tras juicio sumarísimo, en Vincennes, por un pelotón de ejecutores que, después de acribillarla con una andanada de plomo, la fornicaron sobre la tierra húmeda de escarcha, infamando por última vez aquel vientre purísimo. Gómez Carrillo, lejos de avergonzarse de su felonía, contaba a cualquiera que quisiera escucharle los detalles de la emboscada, las minucias de una traición que él disfrazaba de lealtad a no sé qué principios humanitarios. La muerte de Mata-Hari, aquella cortesana internacional, era llorada y glosada por todos los poetastros de Madrid, que hubiesen retado a Gómez Carrillo de buena gana, si su cobardía no les hubiese impedido enfrentarse con el guatemalteco, espadachín famoso y baleador notable.

—Pero no pienses lo peor —trató de sosegarme Colombine—. Gómez Carrillo actúa como mentor de Sarita, nada más. La muchacha se ha obstinado en hacer carrera en los escenarios, y don Enrique se ha ofrecido generosamente a franquearle las primeras puertas.

El noviazgo decente que me había propuesto como contrapunto a tanta disipación, empezaba a resultarme más costoso de lo que había calculado. En la garganta notaba una extraña quemazón, como un rescoldo de celos incongruentes.

—No creo en los comportamientos altruistas —dije, mordiendo las palabras—. ¿Tardará mucho en volver?

Colombine cruzó una mirada dubitativa con su hermana:

—No... no creo —balbució—. Puedes esperarla en el salón.

Seguía recibiendo los miércoles, en el salón de su casa, a un círculo de intelectuales cada vez más reducido, pues algunos asiduos ya habían ingresado en las filas de ultratumba y otros se habían cansado de actuar como meros comparsas, oscurecidos por Ramón, el amante de Colombine, que pegaba gritos y desplegaba el abanico rutilante de su verborrea.

Curiosamente, el único que resistía (no sé si por fidelidad a Ketty o por atavismo) era Rafael Cansinos-Asséns, enemigo acérrimo de Ramón, con quien se disputaba el magisterio espiritual de toda una legión de jóvenes tarambanas o meramente idiotas que aspiraban a la renovación estética. De momento, la victoria le correspondía a Ramón, que había logrado reunir en la cripta del café Pombo a una veintena o más de discípulos, una mezcla abigarrada de advenedizos, poetas noctámbulos y veterinarios extremeños que lo veneraban y propagaban su religión por otras catacumbas, como apóstoles de un rito masónico. Rafael Cansinos, en cambio, prefería una tertulia itinerante, un púlpito nómada (su sangre judía, nostálgica de éxodos y persecuciones, no admitía el sedentarismo), desde el cual arengaba a todos los mandrias y bohemios —de quienes se declaraba padre adoptivo— que poblaban las calles de Madrid. Su menor influencia la suplía Cansinos con incorporaciones foráneas, como la de aquel muchachito argentino, a quien se le notaba el mareo de los recién desembarcados, que lo acompañaba aquella noche; se apellidaba Borges, vestía con atildamiento, y al hablar, mostraba una ansiedad calenturienta, casi metafísica. Era pálido y efusivo, misterioso y huraño, y entendía la literatura como una especie de sacerdocio o renuncia; Cansinos, por supuesto, ejercía de pontífice máximo en esa particular religión.

—Rafael Cansinos es mi maestro. ¿Cómo no lo iba a ser, un hombre capaz de saludar a las estrellas en diecisiete idiomas?

El aludido sacudía la cabeza, como un caballo viejo que espanta una pesadilla:

—No exageres, Jorge Luis: de momento sólo en catorce, contando los clásicos y los modernos. Pero no tardaré en alcanzar los diecisiete.

Por entonces, Cansinos se extenuaba en el aprendizaje de las lenguas extranjeras, desafiando la maldición de Babel. Su literatura no se vendía, y él no disfrutaba de rentas, ni era rico por su casa —a diferencia de Ramón—, de modo que tenía que asegurarse el cocido con traducciones que cobraba míseramente. Ramón opinaba que las traducciones avillanan el estilo de un escritor, y alegaba ejemplos de las obras más recientes de Cansinos, en las que abundaban las construcciones que se reñían con la gramática. En el fondo, le fastidiaba que Cansinos ostentase su magisterio sobre aquel muchacho bonaerense, que, a sus dieciocho años, ya se había leído tres veces la Enciclopedia Británica, de la A a la Z.

—No se fíe de su maestro —le susurraba Ramón en un aparte—. Es un *apio*.

—¿Un qué? —preguntaba Borges, poco versado en la calumnia y en las jergas castizas.

—Un sodomita, un hombre que practica el vicio nefando. Mire qué frasecita he sorprendido en uno de sus libros.

Y le tendió un billete en el que figuraba, garrapateada con una letra picuda, la siguiente frase: «Yo también, en las tardes claras, tengo como vosotras, ¡oh mujeres!, hoyitos deliciosos que anhelan ser henchidos». Ramón tenía una sonrisa cejijunta, como de charlatán que vende una mercancía averiada.

—Esto no es una prueba fiable —dictaminó Borges, con voz apagada—. En cualquier caso, la sexualidad de mi maestro me es indiferente: pienso mantenerme casto toda la vida.

Ramón parpadeó, chasqueado ante el escaso efecto de sus maldades. La noche entraba por las ventanas, como un mazacote de asfalto. En la decoración elegida por Colombine para amueblar su piso se notaba la influencia perniciosa de su amante: idolillos negros, figuritas de porcelana, animales disecados y belenes de terracota (y eso que no estábamos en Navidad), con un cielo de papel celofán al fondo. Presidía el salón el retrato que Julio Romero de Torres había hecho de Colombine, en actitud levemente hierática, con el cabello como un ala de cuervo, la mirada irreparablemente triste, el busto montaraz y demasiado grávido. Ramón, que tenía vocación de guía museístico, me explicó las múltiples influencias que podían rastrearse en aquel cuadro:

—Tiene esa fuerza apretada y apasionada del Tintoretto, y también esa crudeza, ese tono soleado, esa opulencia de Rubens.

Me hablaba con un cierto temor reverencial, recordando quizá que yo había propiciado el allanamiento de su Torreón, para cobijar al anarquista Manuel Pardinas. Colombine escuchó la disertación de su amante sin vanidad, mientras los senos le palpitaban en el escote, custodios de un corazón demasiado grande. Ramón, que nada sabía de pintura (salvo los cuatro rudimentos que le había enseñado su amigo Solana, un palurdo que empleaba la brocha como el carnicero su machete), peroraba sin descanso, aturdiendo a los presentes, ensartando greguerías como garbanzos o perlas falsas. Inconscientemente, volví a dirigir la mirada sobre el escote de Carmen de Burgos, sobre aquellos senos que Ramón había manoseado, como un lactante obsesivo, hasta despojarlos de su natural lozanía y otorgarles un color mate. Se rumoreaba que Ramón había escrito un libro de *Senos*, menos verídico que estupefaciente, en el que se catalogaban hasta ciento veinticinco especies de mujer, dependiendo de la textura, tamaño, temperatura y maniobrabilidad de sus senos; como Ramón, para escribir, recurría a las impresiones táctiles, no parecía extraño que la piel de Colombine se hubiese erosionado, hasta adquirir aquella tonalidad. Carmen de Burgos y Ramón llevaban casi diez años amancebados, y habían sufrido el calvario de la maledicencia y la reprobación, pues no se entendía demasiado bien aquella unión entre una mujerona partidaria del sufragio femenino y un hombrecito reaccionario, cuyos disparates puramente estéticos no se conciliaban con el compromiso social de la escritora. Me sorprendí consultando el reloj.

—¿Estás nervioso por algo, Fernando? —me preguntó Rafael Cansinos, con su voz antigua, casi salmódica.

—Espera a Sarita —se apresuró a contestar Ketty, cuya relación con Cansinos se había estancado en ese terreno pantanoso y estéril de los tocamientos furtivos—. Le tiene miedo a Gómez Carrillo, por su fama de galán.

Lanzó otra risita célibe, levemente provocativa. Le dirigí una mirada desdeñosa:

—A mí la fama de galán que pueda tener ese tío no me mete miedo.

Cansinos lanzó un suspiro y mostró su dentadura de clavicordio:

—¡La muerte trágica de Mata-Hari le perseguirá como un estigma! —dijo—. Todos los poetas de España han compuesto responsos paganos, a imitación de aquel que Rubén dedicó a su maestro Verlaine, en memoria a esa diosa carnal, entregada traidoramente a la policía francesa. Francamente, Colombine, no comprendo cómo dejas a tu hija en manos de un delator.

—La Mata-Hari sería una pendona de padre y señor mío, lo mismo que Tórtola Valencia y todas esas bailarinas lesbianas —se defendió Colombine. Seguía recordando con rencor el encontronazo con Tórtola, en aquella fiesta de disfraces que se celebró en casa de Hoyos.

—Pues el otro día, Pedro Luis de Gálvez apareció por la cripta de Pombo. Blandía un soneto en honor a Mata-Hari, y preguntaba por Gómez Carrillo, a quien quería leérselo, para martirizarlo —dijo Ramón—. Por supuesto, lo despedí de mi feudo. Su cinismo me resulta inaguantable, y sus sonetos no son para hacerse perdonar, precisamente.

Borges, que dormitaba en una butaquita de cretona, pegó un respingo y se volvió hacia Cansinos:

—¿Se refiere a ese bohemio que anoche nos visitó en el café Colonial, maestro? —su acento porteño quedaba neutralizado por una dicción casi anglosajona.

Cansinos asintió. Desde que Antón del Olmet lo despidiera de *El Parlamentario*, Gálvez había comenzado a mendigar por los cafés de la Puerta del Sol y aledaños, con absoluto desprecio de su dignidad.

—Quizá sea un cínico —afirmó Borges—, pero, desde luego, sus sonetos sí son para hacerse perdonar. Todavía recuerdo aquél que me recitó, dedicado a un crucifijo, áspero como el lamento de un hereje. Tengo la intransferible convicción de que es un hombre genial.

Su voz se iba adelgazando en la penumbra, contaminada por remotas tristezas. Tomó aire y entrecerró los párpados, como si tuviese cierta vocación a la ceguera. Luego, recitó el soneto con una prosodia que no delataba su origen transatlántico, como quien oficia una liturgia para minorías:

> —*Abrazado a la cruz, en que tormento*
> *después de veinte siglos de agonía,*
> *sufres, Señor, manando todavía*
> *sangre del flaco cuerpo macilento;*
>
> *me turba el dolorido pensamiento*
> *de que estés en la cruz por culpa mía,*
> *cuando tu cruz alegre tomaría*
> *si acabara tu largo sufrimiento.*

Contigo, igual que tú, crucificado,
hasta el fin de los siglos padeciera
por estar más cerca de tu lado...

Pero deja, Señor, que me condene,
que, ¡ni en tu gloria convivir pudiera
con quien clavado en esa cruz te tiene!

Ramón intentó banalizar la solemnidad del momento, sacándose de un bolsillo de su chaleco un monóculo sin cristal, que instaló en la cuenca de su ojo derecho, pero nadie le rió la gracia. Borges tragó saliva, para refrescarse la garganta; tenía unos labios fláccidos, como los de un viejo que ya ha pronunciado todas las palabras del diccionario.

—Eso es literatura, Gómez —dictaminó, mirando a Ramón con ojos algo insolentes—. Lo otro es charlatanería.

Cansinos relinchó, incapaz de reprimir su regocijo ante la humillación del rival. A continuación se lamentó:

—Sólo en un país como éste nos podemos permitir el lujo de tener a poetas como Gálvez pidiendo limosna. El otro día tuve que regalarle mi viejo gabán: no me parecía justo que un elegido de las musas pudiera morirse de frío.

Ramón seguía cabizbajo, rumiando los remordimientos de quien jamás ha carecido de estufa y ración de merengue a los postres. Yo no intervenía en la conversación, pues en cierto modo me sentía corresponsable de esa desgracia que afligía a Gálvez: ya se había cruzado muchas veces, demasiadas veces, en mi camino, y jamás había hecho nada por ayudarlo.

—Por cierto, Fernando, que hemos dejado de verte por los cafés literarios. ¿Por dónde te escondes? —me preguntó Cansinos, inmiscuyéndose en mis pensamientos.

—Es que ya me aburren esos literatos que frecuentan los cafés. Han hecho del fracaso una estética —dije, sabiendo que aquel comentario le incumbía, pues Cansinos presumía de protomártir de la literatura—. Prefiero la agitación de los bares americanos.

—Un día te vi con ese vicioso, Ruano, y no me agradó ni pizca. Tiene un ansia loca de notoriedad. A mí me suele visitar, en mi casa de la Morería, pero casi nunca lo recibo. Viene con la disculpa de pedirme consejo, pero enseguida empieza a detallarme sus proyectos. Es un megalómano y un canalla. En cierta ocasión me dijo que, a cambio de triunfar en la literatura, estaría dispuesto a asesinar.

Empleé la misma mirada desdeñosa que antes había dirigido a Ketty para desarmar a Cansinos: mientras él languidecía, como un caballo asfixiado entre el estiércol de su pesebre, Ruanito y yo crecíamos robustos, como potros salvajes que ya pronto huirían del establo. Se oyó un forcejeo de llaves en la puerta del vestíbulo, y, al poco, escuché la voz de Sarita, algo más adulta y maliciosa de lo que yo creía recordar, alegando pretextos a su acompañante, que sin duda quería arrancarle un beso:

—¿Es que quieres que mi madre no nos deje salir solos, tontito? —dijo, entre risas ahogadas.

Apareció en el salón, por fin. Ya no era aquella niña flacucha que se alimentaba de mocos y orinaba en los cajones de los escritorios, más por gamberrismo que por perversidad; su cuerpo había incorporado turgencias allá donde antes sólo había aristas, en una metamorfosis que se me hacía difícil de asimilar. Algunas transformaciones acaecidas en su organismo, aun obedeciendo a causas naturales, cobraban ante mis ojos un aspecto brusco, casi postizo. Sarita permanecía ajena a mi escrutinio y a la perplejidad que ese escrutinio me ocasionaba. Lanzó una carcajada ancha y se aferró al brazo de su acompañante.

—Ése es Fernando, el novio que tuve de pequeña —dijo, a modo de presentación o acicate sexual.

Gómez Carrillo era un hombre esbelto, a pesar de la edad (tendría cerca de cincuenta años), que vestía a la moda europea, con chaqué y sombrero hongo. Tenía unos bigotes deshilachados, una mirada febril, casi fosforescente, y unos labios que, al ensancharse, mostraban unas encías de textura casi genital.

—He venido a pedirte que vuelvas a ser mi novia, Sara —dije, algo pesaroso.

Pero la regeneración exigía este tipo de claudicaciones. Gómez Carrillo se despojó de su sombrero y se atusó el bigote, algo amarillento, quizá de tanto comer coños.

—A menudas horas. Ya tuviste tu oportunidad, y la desperdiciaste. Ahora don Enrique me ha tomado de su mano, y piensa convertirme en una actriz de primera fila.

Gómez Carrillo asintió, mostrando sus encías de carne rosa, carniceras como las de un caimán que ha satisfecho sus apetitos. Sarita le pellizcó en una mejilla con aquellos dedos que tantas veces había utilizado para hurgarse las narices. Su cuerpo, bajo la tela del vestido, se derramaba en olores de mujer; sólo los calcetines de colegiala, amontonados sobre los tobillos, como dos prepucios arrugados, la unían con su infancia.

—O sea, que este caballerito pretende arrebatarte —dijo Gómez Carrillo, sentándose en una butaca y formulando una risita compasiva—. Tendré que retarlo a un duelo con espada.

Sara corrió a sentarse sobre sus rodillas; ronroneaba como una gata huérfana, y reclinaba su frente sobre el pecho del escritor, que latía al compás de su lujuria.

—Hay que ver qué poco pesa esta niñita tan preciosa —ponderaba el guatemalteco, más erecto que un obelisco.

Sara empezó a balancear las piernas en el aire, con esa sabiduría animal que no se aprende en ninguna escuela; tenía las rodillas algo sucias, como hostias que un sacristán sacrílego arrastra por el suelo. La visión fugaz de sus muslos me hizo estremecer.

—Olvídate de ese viejo, Sara —dije, retirándole el diminutivo—. Yo te recomendaré a don Narciso Caballero, si es eso lo que deseas. Ese lechuguino no tiene más influencias que yo.

—Oiga, joven... —protestó Gómez Carrillo.

—No tengo nada que oír. Sara, bájate ahora mismo de las rodillas de ese cabrón.

Colombine se llevó una mano al escote, aquietando el galope de su corazón. El argentino Borges, menos desasosegado, contemplaba la escena con ojos de porcelana viscosa, con esa curiosidad turística que los americanos muestran hacia el folclore hispano (y, en cierto modo, aquel episodio tenía ribetes folclóricos). Como

Sara no se decidía a bajarse de sus rodillas, Gómez Carrillo la apartó de un empujón, se sacó un guante de un bolsillo de su chaqué e intentó cruzarme con él la mejilla, pero lo esquivé a tiempo.

—Va usted a retar a su putísima madre, majadero. Los duelos ya se pasaron de moda.

Yo mismo me sorprendí de la violencia de mis palabras, y de su efecto demoledor sobre mi contrincante, que retrocedió hacia la pared del fondo, donde se hallaba el retrato de Romero de Torres. Sara me miraba con docilidad de marioneta, con languideces de mujer raptada, suscitando las envidias de su tía Ketty, a quien jamás habían raptado, ni raptarían.

—Créame, joven —balbució Gómez Carrillo—: jamás albergué intenciones lascivas con su amiguita. Yo sólo quería apadrinarla...

Esta declaración irritó a Sara, o hirió su orgullo, o aumentó su encono contra el guatemalteco. Gómez Carrillo vestía con elegancia, pero por debajo de las telas inglesas, impecablemente planchadas, se adivinaba el temblor del miedo. Lo agarré por los cuellos de la camisa y le clavé los nudillos en su papada de tigre.

—Conozco el truquito, cabronazo. Llevo varios años metido en el negocio del teatro, y sé dónde terminan los mecenazgos de carroñeros como usted.

Gómez Carrillo tartamudeaba incoherencias; toda su fama de espadachín y duelista se reblandecía bajo la presión de mis dedos.

—Le juro que yo no...

Sara me rodeó la cintura con un brazo casi invertebrado:

—Miente, Fernando. Cuando estábamos solos se restregaba contra mí.

Utilizó el verbo "restregarse", en lugar de otro más soez, para fingir ignorancia de las cosas carnales o infundirme una mayor inquina contra aquel adefesio humano, seductor de cabareteras y espías al servicio de los alemanes. Lo tuteé:

—Ahora mismo te vas a poner de rodillas delante de esta señorita y le pides perdón.

La sangre se me subía a la cabeza, con toda la fuerza gravitatoria de un planeta. Sentía ese mismo frenesí homicida que debió asaltar a Antón del Olmet cuando estuvo a punto de ahorcar a

Gálvez. Gómez Carrillo empezó a sollozar; por sus mejillas descendían lágrimas como joyas de una bisutería falsa.

—¡De rodillas! —lo apremié.

Mi sangre fluía en oleadas, se agolpaba en las sienes con un zumbido o rumor de tambores tocando a rebato. Ramón y Colombine se habían cobijado en un rincón de la sala, abrazaditos entre sí, como un matrimonio secuestrado en su propia casa. Ketty también se abrazaba a Cansinos, pero él la apartaba con su mano grande de pantocrátor. Borges, su discípulo argentino, bisbiseaba latinajos que había leído en la Enciclopedia Británica; la luna se posaba sobre sus ojos, como el triunfo de una ceguera sin dolor.

—¡De rodillas! —insistí en un paroxismo de rabia.

Gómez Carrillo se puso de hinojos (pero quizá sus piernas, más que doblarse, se desmoronaron), y, con frases entrecortadas, le pidió perdón a Sara por delitos que quizá no hubiese cometido. La embriaguez de la victoria me burbujeaba por dentro, como una gaseosa de optimismo. Sara disfrutaba con el espectáculo de un hombre reducido a escombros: lo miraba con asco indefinido, con una piedad teñida de aborrecimiento, como miramos a una rata que agoniza.

—¿Y qué hago con este pelele? —me preguntó.

—No le hagas nada. Bastante desgracia tiene él.

En el martirologio cristiano, esa mitología modesta, siempre hay un arcángel que rescata del burdel a una virgen, cuando ya los libertinos están a punto de profanarla. Yo era un arcángel que irrumpía en aquel burdel pequeñoburgués, para arrebatar a Sara de las garras de un libertino de poca monta, inofensivo como un tigre de peluche. Nos fuimos sin rendir explicaciones a nadie (Colombine y sus invitados nos miraban marchar, quietos como un daguerrotipo), y nos besamos mientras bajábamos las escaleras, demorándonos en los rellanos, poseídos por esa oscura liturgia del deseo. Había una luna leprosa rondando por el cielo, y la saliva de Sara sabía a juventud recién estrenada.

VIII

El noviazgo nos estaba regenerando. Ruanito y yo paseábamos de noche con nuestras novias por los jardines del Palacio de Oriente, aprovechando la espesura, entre alabarderos sonámbulos, estatuas de reyes o virreyes esculpidas en piedra caliza, mangas de riego que nos refrescaban la calentura sexual y mendigos que tomaban posesión de los bancos, como aristócratas en apuros. Mercedes, la novia de Ruanito, era una muchacha de belleza altiva que trataba a su novio con hostilidad o indulgencia, con ese desapego que emplean las marquesas en su trato con la servidumbre. Más o menos lo que Ruanito deseaba, para satisfacer su satanismo de cartón piedra.

—Vamos junto al estanque.

—Pero, Mercedes...

—Vamos, ¿o es que no me has oído?

Sara, menos tiránica que Mercedes, la secundaba siempre en sus caprichos o elecciones, de modo que Ruanito y yo teníamos que transigir, y sentarnos en unos bancos que había al pie del estanque, del que brotaba un olor de agua pútrida. Ruanito y yo cortejábamos a nuestras novias respectivas como reclutas con pase de pernocta, envolviéndolas de palabras que sonaban a chatarra sentimental. Siempre había un paleto venido de provincias, recién desembarcado en la Estación del Norte, que se acercaba a hurtadillas a los jardines de la Plaza de Oriente, con su maleta a cuestas, y se ocultaba detrás de unos arbustos, para masturbarse con la visión gratuita de dos parejas que se magreaban. A Ruanito le excitaban estas presencias intrusas, pero no tanto como la posibilidad de que el mismísimo Rey lo estuviese espiando desde los balcones de Palacio; para llamar su atención, armaba jaleo, quizá demasiado jaleo, con disgusto de Mercedes, que no participaba de estos fervores alfonsinos. Mercedes era partidaria de una república con sufragio femenino, lo mismo que Sara, osadía ideológica que tenía consecuencias sexuales: en el orgasmo, les gustaba quedar encima, como el aceite.

—Vosotros os tumbáis sobre el banco. Ya nos encargamos nosotras de lo demás.

Sara había perdido el respeto al himen, aquel parapeto último de una niñez abolida. La noche le transmitía una sabiduría de cortesana, facilitando el acceso y minimizando las efusiones sangrientas que suelen rodear una desfloración. Sara conservaba sus facciones de ángel prerrafaelista, pero sus caderas se habían ensanchado, para cobijar un pubis extenso, un culo que mis manos apenas lograban abarcar. No usaba corsé, pero sí unos sostenes complicadísimos de corchetes que, finalmente, y tras no pocos forcejeos, liberaban unos senos que parecían cálices derramados. Mercedes, menos remilgada, sólo usaba una combinación que hacía aguas con el reflejo del estanque y se recogía en la cintura, para mostrar sus muslos emergidos de una recóndita blancura. Sara y Mercedes nos desabotonaban el pantalón, nos tendían sobre los bancos de piedra caliza, fríos como camillas de un quirófano, y se encaramaban sobre nosotros. Fornicábamos sobre los bancos de la Plaza de Oriente, sobre la piedra infamada de orines que los mendigos empleaban como lecho y letrina. Arriba quedaba el cielo, alumbrado de estrellas como escupitajos de Dios.

—Seguro que Dios nos está mirando, Sara.

Había sapos que abandonaban su escondrijo, entre el légamo del estanque, y se acercaban a los bancos convertidos en tálamos, para perforar la noche con su serenata gorda y monocorde. Sara y Mercedes los pisaban con sus zapatos de tacón, y los sapos morían ensartados, sin oponer otra resistencia que la viscosidad torpe de sus cadáveres. Si en el Palacio se iluminaba alguna ventana (probablemente, algún alabardero se había sobresaltado con nuestros jadeos), Ruanito lanzaba vivas al Rey, para sobresalto de los mendigos y las estatuas, que tenían el sueño ligero. Sara y yo alcanzábamos un orgasmo unísono, vociferante, casi sangriento (nos arañábamos mucho); una noche, vacío de semilla y casi mareado por el frenesí sexual, se nos apareció Gálvez, acompañado de un niño que parecía recogido de alguna alcantarilla. El corazón, que todavía no se había recuperado de sus palpitaciones, me brincó en el pecho.

—¡Gálvez! Menudo susto me has dado.

Sara se tapó instintivamente los senos, dejando al descubierto el pubis negrísimo, lubricado de esperma; miraba a los intrusos con ojos condensados de pavor, igual que Mercedes, que llegó, incluso, a reclamar auxilio. Gálvez se llevó el dedo índice a los labios:

—¡Chssst! ¡Tranquilos! Vosotros sí que me habéis asustado a mí. Sois unos marranos, y no tenéis respeto a los pobres.

Habían surgido, él y su acompañante, de un jardinillo contiguo, donde, al parecer, pernoctaban. Gálvez estaba cada vez más renegrido, rebozado de basura y rencores, con barba de una semana, envuelto en un gabán —herencia de Cansinos— que no se correspondía con su talla. Observé que no se había cambiado los cristales de las gafas desde que Antón del Olmet se los resquebrajase, en aquella trifulca con ahorcamiento incluido.

—Vaya gachises que habéis pillado.

Apenas miraba a Sara y Mercedes, quizá para no azuzar una lujuria agazapada tras largos meses de continencia. Sí lo hacía su acólito, aquel niño de sonrisa hambrienta y largas greñas; no tendría más de catorce o quince años, pero su fisonomía incorporaba los estragos de la longevidad. Sara y Mercedes corrieron a refugiarse detrás de una estatua cualquiera, como ninfas acosadas por un sátiro. Sus culos temblaban en la carrera.

—¿Te has fijado, Pedro Luis? Parecen diosas.

El acólito de Gálvez hablaba con una urgencia visionaria que no se correspondía con su edad. Ruanito se incorporó del banco entre refunfuños; tenía una desnudez algo esmirriada, pero su falo desmentía cualquier impresión de debilidad, tensándose sobre el vientre como una flor de lis.

—César, te presento a Pedro Luis de Gálvez, de quien ya te he hablado en alguna ocasión. Al otro no lo conozco.

—Me llamo Armando —se apresuró a decir el aludido, con voz de orate—. Armando Buscarini.

Luego, cuando todavía nos duraba la perplejidad, se sacó de una especie de morral o talega unos folletos de títulos más bien lacrimógenos: *Ensueños, Sombras, Cancionero del arroyo, Primavera sin sol.* En la portada aparecía su retrato, a mitad de camino entre la arrogancia y el susto del niño ante el fogonazo de magnesio.

—Parece una gárgola adolescente —dijo Ruanito, siempre dispuesto a desenfundar un símil afortunado.

Sara y Mercedes, apaciguada su alarma, volvieron a nuestro lado, caminando de puntillas, como queriendo pasar inadvertidas (pero su desnudez lo impedía). Alguien podría haberlas confundido con estatuas ambulantes que bajan de su pedestal a darse un garbeo. Buscarini se frotó los ojos, sucios de legañas y alucinaciones:

—Son diosas de carne y hueso, Pedro Luis. ¡Diosas que han descendido a la tierra, para regalarme su amor!

Tenía, en efecto, un perfil de gárgola o medallón antiguo, con aquellos labios, carnosos como belfos, que parecían haber abrevado en el lodazal de los pecados, y aquella nariz formidable, obturada de mocos, que hubiese envidiado el mismísimo Cirano de Bergerac.

—No se hizo la miel para la boca del asno, mamarracho —dijo Mercedes.

Me di cuenta entonces de que no caminaban de puntillas, sino sobre sus zapatos de altísimo tacón, que unos minutos antes habían utilizado para ensartar a los sapos que merodeaban por allí. Hojeé los opúsculos de Buscarini; su poesía exhalaba un tufo a romanticismo trasnochado, a lecturas de Bécquer mal digeridas.

—¿Y tú de dónde te has escapado? —le pregunté.

Buscarini no despegaba la vista de Sara y Mercedes, apabullado por una extraña forma de lujuria. El culo de mi novia le deslumbraba como un mapamundi lunar.

—Digo que de dónde te has escapado.

Buscarini salió del trance y se aclaró la voz; tenía vocación de rapsoda:

—Aunque nací bajo el sol
del noble solar hispano,
soy un poeta italiano
más que poeta español.
Porque en mi pecho palpita
algún aliento gigante
del genio inmortal del Dante,
gloria de Italia infinita.

Gálvez tradujo al román paladino:

—Su padre era un marinero genovés, y su madre una mujeruca que regenta una pensión y se deja querer por los huéspedes. Las palizas que recibió en su niñez y la mala alimentación han hecho de él un muchacho enclenque, pero en su alma palpita la poesía.

Buscarini asentía no sin descaro, agitando unas melenas lacias que parecían encubrir cierta calvicie prematura. Tenía orejas de soplillo, como las de un ángel proletario que ha renunciado al vuelo.

—¿Y a qué te dedicas? —le pregunté.

—¿Es que no lo has oído? Soy poeta.

Sara soltó una carcajada desafiante, encubridora quizá de un reclamo sexual. Se vestía con parsimonia, como si más bien se estuviese desnudando.

—Qué imbécil. La poesía no da de comer.

Buscarini parpadeó, sin llegar a comprender. Sara se había acercado a él, y lo acosaba con la presencia grávida de sus senos.

—Te equivocas —dijo, venciendo la tentación de oprimirlos—. Yo estoy poseído por un don innato: sólo falta que logre depurar mi estilo y mi técnica. Y entonces triunfaré.

Mercedes se había retirado detrás de unos arbustos para orinar; el pis sonaba con un ímpetu fluvial sobre la hojarasca, anegando los cubículos donde se guarecían los sapos.

—¡Triunfar! —se rió Sara—. Ésa es vuestra quimera. Moriréis comidos por los piojos...

Buscarini quiso hablar, pero se lo impidió un amago de sollozo, que le quedó estrangulado en la garganta. Las estrellas también parpadeaban, allá en lo alto, y parecían enviarnos mensajes en un código morse.

—No me parece bien que tratéis así al muchacho —intervino Gálvez. Había extraído una navaja con la que se escarbaba la mugre de las uñas—. Hay ilusiones que son sagradas. Lo que acaba de hacer tu novia, Fernandito, es como decirle a un niño de cuatro años que los Reyes Magos no existen.

El metal de la navaja brillaba en medio de la noche, como una sonrisa corva. Sara les dio la espalda a los dos bohemios; de repente, Gálvez alargó un brazo, la aferró del cuello, y la atrajo hacia sí:

—Conque ahora mismo le pides disculpas al muchacho —dijo, deleitándose en cada palabra, casi silabeando. Le había colocado la punta de la navaja sobre un pezón; el metal se hundía en la carne, sin llegar a penetrarla, como en un colchón muy mullido—. Vamos, a qué esperas.

Aquel repentino acceso de furor me había pillado desprevenido, sin capacidad de reacción. Sara me miraba con ojos grandes, mientras Gálvez repetía, deslizando junto a su oído un aliento seguramente apestoso:

—Pídele disculpas a Buscarini o te pincho las tetas.

Mercedes, que volvía de mear, lanzó un chillido poco convincente, con escasa aportación de cuerdas vocales y aspavientos. Gálvez, sin descuidar la presión de la navaja, inspeccionó con la otra mano los contornos de mi novia; lo hizo sin demasiada lascivia, como el médico que ejecuta un chequeo rutinario.

—¿No vas... no vas a hacer nada? —a Sara la voz le brotaba en un hilo, adelgazada de horror o desprecio.

Me encogí de hombros, mostrando mi desvalimiento. La desgana o el hastío me impedían incurrir en heroicidades:

—Sólo tienes que pedir disculpas, mujer.

Armando asintió y sus facciones se dulcificaron por un momento, bajo la melena habitada de liendres.

—Espera, Pedro Luis. Quizá esta señorita no quiera pedir

disculpas porque aún dude de mis dotes poéticas —dijo—. Voy a recitarle unos versos.

Y, sin más dilaciones, Armando Buscarini declamó un poema que dedicó a «esa sociedad filistea que no me comprende» (la dedicatoria la acompañó de una reverencia dirigida a Sara); Buscarini, a diferencia de Mercedes, derrochaba aspavientos y cuerdas vocales:

> —*Aunque sufra del mundo los desdenes*
> *de mi vida de artista en la carrera;*
> *aunque pasen altivos a mi paso*
> *los hombres de alma ruin que nunca sueñan;*
> *aunque salgan aullando a mi camino*
> *los famélicos lobos que me acechan*
> *con la envidia voraz; aunque en mi lucha*
> *hambre y frío sin límites padezca;*
> *aunque el mundo me insulte y desprecie*
> *y por loco quizás también me crean;*
> *aunque rujan tras mí ensordecedoras*
> *tempestades de envidia; aunque me vea*
> *harapiento y descalzo por las calles,*
> *inspirando piedad e indiferencia;*
> *y, en fin, aunque implacables me atormenten*
> *las más grandes torturas, aunque vea*
> *que a mi paso se apartan las mujeres*
> *por ver con repugnancia mi pobreza*
> *(pero quizá ignorando de mi alma*
> *el tesoro de ensueños que se alberga),*
> *nada me importará, porque yo siempre,*
> *caminando sereno por la tierra,*
> *con el alma latiendo por la gloria*
> *y flotante a los vientos mi melena,*
> *iré diciendo al mundo con voz fuerte,*
> *¡con voz en la que vibre mi alma entera!:*
> *—Es verdad que yo sufro; pero oídme:*
> *¿qué me importa sufrir, si soy poeta?*

Los últimos versos los había enunciado con una mezcla de petulancia y desgarro, como escupiendo en nuestra cara de chicos burgueses. Quizá, en circunstancias más amables, el poema nos hubiese resultado excelso; en aquel momento, se nos antojó otro disparate más en medio de una situación absurda que se alargaba más de lo debido.

—Sois unos cerdos y unos hijos de puta —los increpó Sara, pero al sentir el pinchazo de la navaja en su pezón, rectificó—: Está bien: pido disculpas por lo que dije.

La luna, cansada de inspirar poemas bucólicos, alumbraba la escena, y se remansaba sobre el vientre de Sara, que había comenzado de repente a palpitar, como si el corazón hubiese descendido hasta sus partes pudendas. Gálvez todavía no estaba satisfecho:

—Así me gusta, maja. Y ahora tus amigos nos van a dar todas sus ropas y pertenencias.

Esbozó una sonrisa delictiva, mostrando unos dientes súbitamente afilados por la maldad. Buscarini dejó sobre el suelo sus folletos poéticos, y fue recogiendo, como en una colecta de beneficencia, las prendas dispersas por el suelo, desde mi corbata hasta las bragas de Mercedes, muy churriguerescas de encajes y lacitos.

—Por estas bragas nos darán un potosí, Pedro Luis.

Gálvez frunció los labios, escéptico:

—Con tal de comer caliente un par de días... Y no te olvides de los anillos, Armando. El tío ese del bigotillo, tiene un par de ellos que relumbran mucho.

Ruanito se dejó expoliar sin oponer resistencia. Cuando Buscarini hubo concluido su tarea, Gálvez palmeó a Sara en las nalgas y la arrojó sobre mí, como si de un fardo de carne se tratara.

—Ha sido un placer —se despidió.

Buscarini, más atento o teatral, nos repartió en desagravio cuatro folletos poéticos —uno para cada uno— en cuyas portadas figuraba, recurrente como una pesadilla, su rostro de anormal.

—Hasta otra —dijo, retrocediendo hacia los arbustos, perforando con la mirada los cuerpos de Sara y Mercedes, que no había podido disfrutar.

Desaparecieron ambos con su botín en la noche ciega y súbitamente invernal. La sensación de frío no amortiguó los reproches de Sara y Mercedes:

—Sois un par de cobardes asquerosos.

—Cogeremos una pulmonía, como no nos abriguemos —dijo Ruanito, conciliador.

Pero ellas ya se intercambiaban el calor natural de sus cuerpos. El resentimiento incendiaba sus miradas:

—Ya encontraremos quien nos vista. Ahí os quedáis.

—Sara... —intenté explicarme.

Cierto indescriptible hastío (el mismo que antes me había impedido intervenir) restaba convicción a mis excusas. Sara y Mercedes no querían escuchar más mentiras, o en todo caso, preferían escucharlas de otros labios. Se escabulleron entre los arbustos y salieron a la Plaza de Oriente, tambaleándose sobre sus tacones en busca de un taxi que las recogiera. La mañana ya apuntaba a lo lejos con un frío clarividente; unos vigilantes de Palacio se habían internado en el jardín, con una manga de riego, y despertaban a los mendigos que dormían sobre los bancos de piedra con un manguerazo abrupto.

—¿Qué hacemos, César?

—Largarnos pitando, antes de que nos empapen.

Echamos a correr, con el agua bautizándonos el culo. Los testículos nos penduleaban como badajos de una campana sorda, para escándalo de las beatorras que acudían a misa de siete.

Como los libreros no querían exponer sus obras en los escaparates, ocupados por autores de mayor fuste o aclamación popular, Armando Buscarini instalaba un puestecillo ambulante en la calle de Alcalá, entre Maxim's y el Casino, desafiando las inclemencias del cielo y de los transeúntes, que no querían malgastar sus pesetas en aquellos opúsculos que alfombraban la acera, como periódicos tristes y atrasados. A veces, si la pareja de policías que custodiaba la entrada del Ministerio de Hacienda se lo permitía (y solían ser permisivos, pero al final de la jornada le imponían una multa que anulaba el escaso beneficio de las ventas), empapelaba la fachada con carteles autógrafos, llenos de máximas de dudoso cumplimiento: «Ayude usted al Poeta más grande que ha tenido España», «El riesgo es el eje sublime de la vida», «La sonrisa es mi talismán; la sonrisa lo vence todo; la sonrisa es la clave del éxito», y otras paparruchas por el estilo que él parecía creerse, a juzgar por aquella sonrisa de bufón aterido que sus labios se obstinaban en formular, a pesar de la burla y los desengaños que sufría. A medida que avanzaba la tarde, la calle de Alcalá se iba poblando de una multitud de señoritos de esmoquin y mujeres adúlteras que entraban en Maxim's para que se las follara algún banquero; Buscarini, abandonando su puestecillo, les salía al paso:

—¡Cómprenle unos folletos al poeta! ¡Las musas del Parnaso se lo agradecerán!

Los hombres lo apartaban de un manotazo (algunos, incluso, por hacer alarde de virilidad, le pisoteaban los opúsculos y le desmantelaban el puestecillo), y las mujeres, despectivas y sazonadas por una belleza que incluía abrigos de visón y collares de perlas, lo miraban de arriba abajo y le escupían su desprecio:

—Vete a pedirle limosna a tu puta madre.

Buscarini veía marchar a esas mujeres que nunca serían sus clientas, y clavaba los ojos en los culos engreídos y mercenarios que a él le hubiese gustado infamar, de haber podido reunir el estipendio que exige la carne (pero las ventas escasas y las multas de los policías no favorecían el ahorro, precisamente). A Ramón María del Valle-Inclán lo aguardaba cada tarde, a eso de las ocho, a la salida del Café Regina, a donde el escritor acudía para que le hiciesen una mamona las *cocottes* francesas que allí operaban. Valle-Inclán, como ya se ha contado en estas memorias, padecía unas hematurias que había probado a curar con medicinas que desinfectaban su aparato excretor, pero seguía vaciándose de leucocitos cada vez que orinaba. Las cortesanas del Regina le procuraban el único linimento que aliviaba sus dolores: una saliva tibia, gutural y francesa que le ascendía por la uretra y cicatrizaba sus llagas. Mientras le hacían la mamona, Valle-Inclán les narraba algunos episodios de las guerras carlistas, con portentoso estilo y fabulación. A la hora de eyacular, Valle emitía un semen sanguinolento, como el esputo de un tuberculoso; las cortesanas se apartaban en el último momento, impulsadas por un invencible asco, y le cobraban a Valle unas cantidades que agotaban el porcentaje exiguo que sacaba por sus libros. A la salida del Café Regina, le aguardaba Armando Buscarini, que le ofrecía un cargamento de folletos a cambio de una limosna.

—¡Déjeme en paz! ¿No ve que me han desperrao esas putas del Regina?

Y, para añadir verosimilitud a su aserto, se volvía del revés los bolsillos del pantalón, mostrando un forro agujereado y vacío.

—¡Déme un duro, don Ramón, que, si no, me tiro por el Viaducto abajo!

A lo que, Valle, indefectiblemente, respondía con un ceceo que desmentía su procedencia galaica:

—¡Hombre! Ezpero que ze tire con eleganzia.

Y se escabullía por la primera esquina que le salía al paso, como un espectro de sí mismo, tremolante de barbas y melenas y mangas vacías. Buscarini pataleaba y se mesaba los cabellos ante el regocijo de los burguesitos que lo hostigaban:

—¡Que se tire! ¡Que se tire!

Armando se soliviantaba:

—¿Qué creéis, miserables? ¿Que no tengo valor?

La calle de Alcalá se ajetreaba con una multitud festiva, un trasiego de gentes endomingadas que iban o venían del teatro, que entraban o salían del Casino, ávidas de fortunas o bancarrotas, y que ya ni siquiera reparaban en aquel muchacho canijo, menestral de la literatura, que lloraba sin recato y se autocalificaba como «el mejor poeta del orbe». A eso de la medianoche, la calle de Alcalá cambiaba su fisonomía, quedaba desierta y agrandaba la soledad de Buscarini.

—Le tenéis que pegar una buena tunda. No os andéis con contemplaciones.

Sara hablaba con un tono de voz destemplado, acurrucada en el asiento trasero del Elizalde, que ya quedaba un tanto desfasado entre el aluvión de automóviles foráneos que invadía Madrid.

Habíamos logrado reconciliarnos con Sara y Mercedes, después de no pocos desplantes y tras convencerlas de que la humillación de aquella noche, junto al Palacio de Oriente, no quedaría impune. Ruanito se calzó unos guantes negros que afinaban sus manos y les añadían una especie de goticismo mortuorio, muy a juego con su bigote y con su alma. Mercedes, también sentada en el asiento trasero, nos azuzaba:

—Podéis aprovechar que no hay gente, para invadir la acera con el coche y desbaratarle el quiosco.

Los faroles lucían, como soles cautivos en una jaula de cristal, con todo un sistema planetario de polillas girando alrededor. Lancé un grito o una blasfemia, y pegué un volantazo; el Elizalde arrambló el puestecillo de Buscarini y casi atropella a su dueño, que aún maldecía su desventura y se secaba las lágrimas con los puños.

—¡Atropéllalo! ¡Atropéllalo! —gritaron Mercedes y Sara, zarandeándome desde atrás. Noté la presencia grávida de sus senos sobre los hombros, como unos días antes la habría sentido Buscarini, en los jardines de la Plaza de Oriente, cuando las confundió con diosas paganas.

—No os paséis. Quedamos en que bastaría una paliza.

Buscarini se apartó las greñas de la cara para distinguir a sus agresores; Ruanito abrió la portezuela del coche y corrió detrás del niño poeta, que ya había descifrado nuestra misión. Ruanito tenía piernas de gamo, ágiles como su prosa, y Buscarini parecía debilitado por un ayuno persistente, así que no tardó en atraparlo. Le sacudió un coscorrón contra una farola (las polillas interrumpieron su órbita planetaria y huyeron despavoridas) y lo arrastró hasta el asiento trasero del Elizalde, donde lo aguardaban Sara y Mercedes, como arpías hambrientas. Buscarini tenía en la frente una brecha como un estigma de santidad, del que brotaba una sangre lentísima.

—¡Joder, César, lo has dejado para el arrastre! —protestó Mercedes, que hubiese preferido que Buscarini estuviese plenamente consciente, para que las torturas que habían planeado resultasen más lacerantes.

—Acelera, Fernando —exigió Sara—. Vamos en dirección al Viaducto.

Con un imperdible que llevaba prendido en la blusa se dedicaba a picotear a Buscarini en los muslos y en la barriga; de cada pinchazo brotaba un goterón de sangre, gordo como una perla, que se espesaba al contacto con su piel.

—¡Pero si tiene menos carne que un jilguero! —protestó—. ¡No hay dónde pincharle!

Ruanito se daba la vuelta de vez en cuando, aprovechando la fuerza centrífuga o centrípeta de las curvas, y le sacudía puñetazos a Buscarini en las narices, enfangándoselas de sangre o de mocos. Ruanito golpeaba con sus manos enguantadas, después se acariciaba los nudillos y soltaba una risita pálida, para ahuyentar su nerviosismo. Buscarini abrió los ojos con dificultad, bajo los párpados tumefactos.

—Anda, que no tiene mugre, el muy marrano. Huele que apesta —dijo Sara, o quizá fuese Mercedes.

Arreciaron los golpes, durante el trayecto hasta el Viaducto, que yo procuré abreviar, no fuera que Buscarini se nos quedase en el camino, infartado como un pajarito. La noche, inmoral y optimista, nos transmitía, a pesar del frío, un calambre de fiebre, anticipo de la epidemia de gripe que ya muy pronto sacudiría la ciudad. Buscarini respiraba como un acordeón roto; farfulló:

—Yo no tengo la culpa. Fue Pedro Luis.

—Pero resulta que tú vas a cobrar por partida doble —le explicó Mercedes—. Nos vamos a desahogar contigo.

Desde el Viaducto, se contemplaba el esqueleto prehistórico de Madrid, como un gran mamut despanzurrado. En el barrio de Cuatro Caminos aún brillaban algunas luces, como pavesas de una hoguera insomne.

—Traed acá ese guiñapo —dije con autoridad, después de aparcar el coche—. Y haced el favor de no berrear. Ya sabéis que mis tíos viven ahí abajo, y no quiero despertarlos.

Pero, aunque nos esforzábamos por hablar bajo, el cielo nos delataba, con su silencio honrado. Me acerqué al Viaducto, llevando en volandas a Buscarini, y lo puse de rodillas sobre la barandilla, asomando su cabeza al vacío, a la inmensa ojiva de la noche. Buscarini vomitó una sustancia sin espesor, quizá algún excedente de jugos gástricos. El aire le salía con dificultad por la boca, entorpecida de sangre y dientes mellados, y se coagulaba al salir, formando penachos de vapor. Lo incliné aún más sobre el pretil.

—¿Ves la calle de ahí abajo? —Buscarini asintió—. ¿Ves esa losa, en mitad de la acera, partida en cuatro mitades? —Volvió a asentir—. Pues la han partido todos los gilipollas que se han tirado desde aquí. ¿Te apetece engrosar sus filas?

Buscarini denegó con la cabeza, en un gesto de convulsa sumisión. Las rodillas le resbalaron sobre la barandilla de metal, y su cuerpo, que no pesaría más allá de cincuenta kilos, quedó suspendido en el filo del aire, a merced de mi voluntad. Buscarini pataleó, como el borracho que quiere ahuyentar una pesadilla etílica, e imploró perdón:

—Estoy escarmentado. Haré lo que me pidáis.

Ruanito volvió a soltar una risita pálida. Por magnanimidad o hastío, desistí de consumar el crimen, y deposité a Buscarini junto al murete del pretil.

—Ahí os lo dejo —les dije a Sara y a Mercedes—. Haced con él lo que os dé la gana.

Buscarini lloraba con lágrimas que abrían surcos entre la sangre reseca y se enredaban entre sus melenas. Sara se puso a horcajadas sobre él, dispuesta a verificar no sé qué crueldad, pero se incorporó al escuchar el eco de unos pasos que retumbaban sobre la armazón metálica del Viaducto. Pertenecían a Rafael Cansinos-Asséns, que nos había oído llegar desde su casa de la Morería y se aproximaba con paso torpe, como de visitador de cementerios. Tenía la mirada somnolienta, a causa del humo que desprendía su candelabro de siete brazos, y el pelo rizoso, encanecido por el olvido o el exceso de años.

—Tendrá casi cuarenta, y aún sigue soltero —me susurró Sara—. Mi tía se le ha insinuado cientos de veces, pero no hay manera.

Cansinos nos increpó:

—¿Qué habéis hecho con este pobre niño?

Se inclinó sobre Buscarini y le enjugó la sangre mezclada de lágrimas que bañaba su rostro. Armando Buscarini contempló a Cansinos con mansedumbre infinita, como deben contemplar los mártires la llegada de su redentor. Ruanito, en su afán de notoriedad, dio un paso al frente:

—Maestro Cansinos, permítame que le brinde la ofrenda de mis primeros versos.

Y sacó del bolso de la chaqueta unas cuartillas emborronadas de alejandrinos. Cansinos, sin dignarse leerlos, los arrojó por el Viaducto y dictaminó:

—Para escribir hace falta bondad, y usted no la tiene. Dedíquese a la delincuencia, pero no a la literatura. Y ahora, dejadme pasar.

Tomó a Buscarini entre sus brazos y se abrió paso, lanzándonos una mirada de infinito desprecio. Tenía una estampa desvencijada, como de caballo que va derramando sus tripas por la arena de una plaza. Se alejó, en dirección a la Morería, donde, a buen seguro, desinfectaría las heridas de Buscarini con vino, en alguna taberna inmunda, y después se emborracharían juntos, hablando de divinos fracasos y musas evanescentes, hasta que los sorprendiera la luz andrajosa del amanecer, esa luz que duele como un remordimiento de conciencia.

Ruanito miraba, desde la barandilla del Viaducto, la caída lenta de las cuartillas, como palomas abatidas. Lo consolé:

—No le hagas caso a ese cenizo, César. La bondad no es necesaria para escribir. La literatura es otra forma de delincuencia.

Ruanito volvió a reír, esta vez de manera estrepitosa, muy seguro de su vocación para la delincuencia. Sara y Mercedes lo secundaron: las noches de vida airada habían perjudicado su cutis, sobre todo en las comisuras de los párpados, que se agrietaban con la risa. A mí —lo confesaré—, aquellos signos de decrepitud prematura me ponían cachondo.

Empezábamos, Ruanito y yo, a componer nuestros primeros versos, zarandeados por influencias dispares, desde Paul Valéry a Emilio Carrere, desde Apollinaire a Rubén Darío, en un batiburrillo más bien ignominioso. Ruanito, más escritor que yo (más escritor, en realidad, que cualquiera), tanteaba los territorios de un intimismo decadente, más *espectacular* que sincero, que con los años convertiría en marca de estilo, aun cuando las corrientes imperantes fuesen adversas (pero Ruanito siempre intuyó que un escritor se fortalece perseverando en sus errores). Yo concebía la poesía como mero pasatiempo, y, sobre todo, como herramienta de triunfo, como ganzúa con la que se podrían descerrajar las puertas que custodian el santuario de la fama; el problema empezaba cuando me sentaba a escribir el primer verso: las sílabas no se ajustaban al ritmo desbocado de mis ocurrencias, y las rimas se me resistían, hasta levantarme jaqueca o degenerar en ripios.

—Lo que yo te diga, César: hay que acabar de una vez con la tiranía del metro y la rima —solía pretextar.

Las vanguardias europeas habían demolido estas tiranías, propiciando la intromisión de una fauna inepta y melenuda que confundía el quehacer poético con el terrorismo o la fabricación de salchichas. Las vanguardias europeas, junto a unos pocos nombres valiosos, incorporaban un enjambre de zánganos cosmopolitas, palurdos con almorranas, tarados que disfrazaban su demencia con asociaciones automáticas, sodomitas irónicos, sodomitas vergonzantes, sodomitas confesos y otras nulidades eximias; entre todo este alboroto, alguien como yo podía colarse fácilmente y hacer pasar cualquier mamarrachada por un himno dadá.

Nos faltaba, sin embargo, el magisterio de alguien que supiese aunar todas esas tendencias foráneas y sintetizarlas en algún credo convincente. Esta misión le habría correspondido a Ramón Gómez de la Serna, coleccionista de cachivaches y escritor torrencial, si no le hubiesen gustado tanto el casticismo, las capas españolas y los bailes de criadas, que frecuentaba para tocar culos de refilón. Ramón había fundado, tal como nos había anunciado a Sara y a mí años atrás, cuando nos convidaba a comer helados de arroz, una tertulia en el café Pombo, en los sótanos de la calle Carretas, donde se daba cita una juventud partidaria de la innovación y los concursos de pedos. Ramón reunía a sus adeptos las noches de sábado, los atufaba de greguerías, abogaba por la entronización de un nuevo Arte y, antes de la disolución, les ordenaba que propagasen su evangelio por otras catacumbas.

—Quizá Ramón sea ese pionero que necesitan las vanguardias para establecerse en España —decía Ruanito.

Yo me mostraba más bien escéptico, pues conocía de sobra a Ramón, y me lo imaginaba igualmente descreído de las vanguardias que de la tradición, apóstol de una literatura que empezaba y terminaba en él, sin línea sucesoria ni antecedentes, estéril como los hermafroditas. Comenzamos a frecuentar, no obstante, las tertulias sabatinas de Pombo, más por descansar de una vida crapulosa que ya comenzaba a aburrirnos, que por curiosidad. El café de Pombo constaba de cinco gabinetes y un salón central, comunicados entre sí por arcos que sustentaban un techo bajo y opresor, como de cloaca por la que circulan todas las defecaciones de los malos poetas. El aire, de una humedad irrespirable, enrarecido por unas lámparas de gas que Ramón se obstinaba en encender, pese a que los dueños acababan de instalar el fluido eléctrico, nos abotargaba y favorecía los ataques de meningitis. A Sara y Mercedes, aquel lugar les suscitaba un asco invencible, por la catadura de los parroquianos y por el cosquilleo de las cucarachas que, refugiadas bajo los divanes, les trepaban por las piernas, en busca de un calor vagamente genital. Ramón presidía una mesa de mármol del tamaño de un ataúd, en torno a la cual se congregaban sus discípulos, e improvisaba, a modo de saludo, unos versos introductorios:

> —*Y aquí viene Fernandito Navales,*
> *factótum de Narciso Caballero,*
> *castigador de poetas banales,*
> *y en los vicios, catador y pionero.*

El escarmiento que, mancomunadamente, habíamos procurado a Armando Buscarini, se me atribuía, en los mentideros literarios, exclusivamente a mí, contribuyendo a mi leyenda de malhechor. Ruanito también recibió una salutación en consonantes:

—Salve, Ruano, bello y divino poeta,
como Rimbaud ambiguo, arduo y aristocrático.
Sólo el amor por el amor te inquieta.
¡Qué feo es el pretexto del tostón democrático!

Y Ruanito, que albergaba sueños cesáreos y veleidades tradicionalistas, sonreía por debajo de su bigote de mosquetero. Sara y Mercedes no merecían endecasílabos, pero a cambio tenían que soportar piropos bastante cerriles y cachetes en las nalgas.

—Tú, Sarita, a mi lado, que para eso somos casi de la familia —decía Ramón a mi novia, haciéndole un hueco a su derecha y palmeándole los muslos.

Después de diez años de convivencia más o menos marital, Ramón comenzaba a cansarse de Carmen de Burgos, *Colombine,* a quien ya calificaba en público de "perseguidora, hipócrita y flatulenta"; se rumoreaba, incluso, que, olvidándose de su natural pacífico, Ramón se había desfogado propinándole palizas que le habían dejado el vientre lleno de moratones. Sara, si conocía este particular, desde luego se lo callaba, y se dejaba hacer arrumacos por Ramón, quien, amparado en un difuso vínculo familiar, se apretaba contra ella y se abismaba en la contemplación de su escote, que debía de resultarle muy ameno, a juzgar por las pausas que introducía en su monólogo.

—Venga, Ramón, no te pases de rosca —le advertía yo, procurando mantener la compostura.

Andaba por allí, embadurnado de óleo, hediondo de aguarrás y vino peleón, Gutiérrez Solana, el pintor de carnicerías y carnavales, retratista de una España que se refocilaba en su leyenda negra. Solana era un tiorro rústico, cargado de espaldas, con manos de matarife o boxeador, que concebía la pintura como un duelo a garrotazos con la belleza, del que siempre salía victorioso, dejando maltrecha a su contrincante. Andaba por entonces esbozando un cuadro que más tarde, por avatares de la nostalgia, se mitificaría; en él aparecía un Ramón más esbelto que su modelo, de pie ante una mesa impracticable de copas y botellas de sifón, rodeado por los demás fundadores de la tertulia: Mauricio Bacarisse, Tomás Borrás, el ilustrador Bartolozzi, José Bergamín y otros individuos de menor fuste. Solana los retrataba con una crudeza entre anémica y aceitunada (si la contradicción es admisible), como si acabasen de degollar y trocear a sus respectivas novias, de las que, por otro lado, casi todos carecían, por feos, pelmas y desabridos. El único que se salvaba era Tomás Borrás, una especie de Dorian Gray a la española que se aproximaba a la treintena y aún conservaba las facciones adolescentes; tenía ojos de guerrero nibelungo, y se había llevado al huerto a una tonadillera de repertorio más bien timorato, Aurorita Mañanós, alias *La Goya,* que presumía de refinamiento, pero andaba huérfana de gramática, más o menos como todas las tonadilleras.

—Aurorita, haz el favor de acercarme esa botella —le decía su novio.

—¿Cuála?

Tomás Borrás se reconcomía de rabia, al escuchar tales infracciones gramaticales, pero reservaba la bilis para sus escritos. Menos bilioso parecía el mencionado José Bergamín, chamarilero del catolicismo, que pretendía conciliar el escapulario con la bandera bolchevique, entonces tan de moda. José Bergamín participaba de aquellas efervescencias pombianas sin renegar de un sentido unamuniano de la existencia, hasta que un día agitó ambos componentes en la coctelera de su cráneo y empezó a parir aforismos y vindicaciones del toreo.

—Tienes un cráneo muy afilado, Bergamín —dictaminaba Solana—. Como una calavera disfrazada con un pellejo.

Lo decía con un rictus entre zumbón y amargo, de modo que nadie sabía si lo estaba insultando o elogiando. A las once y media, Solana tenía que interrumpir su faena, porque la cripta de Pombo se llenaba de una multitud de sujetos estrafalarios, dignos de amueblar cualquier atracción de barraca. Casi todos, antes de recalar en Pombo, habían pasado por un teatrucho en la calle de Tetuán, donde La Chelito se rascaba mucho, hasta exterminar una pulga imaginaria que la llenaba de picores.

—¡Qué mujer, Ramón! Deberías verla actuar.

Pero Ramón se excusaba, atribuyéndose deberes casi pastorales sobre sus discípulos. La Goya, por instinto de preservación, desacreditaba a la rival:

—¿Cuála? ¿La Chelito? Una ordinaria y una foca, eso es lo que es.

Las lámparas de gas descargaban clandestinamente su respiración letal, y por la cripta de Pombo desfilaban personajes de bazar o vagón de tercera: comprendí entonces que Ramón, anfitrión en su intimidad de maniquís y máscaras africanas y soldaditos de plomo, prolongaba su vicio en el café Pombo, haciendo pasar por apostolado literario lo que no era sino coleccionismo de rarezas. A Pombo acudía, por ejemplo, Iván de Nogales, alcalde prófugo de Ciudad Rodrigo, accionista del balneario de Retortillo, piloto de aviación, domesticador de piojos y espiritista fallido. Tenía cara de menino y melenas de perro caniche, y no se lavaba nunca, pero presumía de gustar a las mujeres. Había escrito, en homenaje a su apellido y a sus hazañas amatorias, un libro de poemas titulado *Nueces eroticolíricas, heteroclitorizadas y efervescentes,* que vendía con un cascanueces de regalo. Su última pasión era el fakirismo:

—Esta mañana fui a un taller de modistas, y les pedí que me ensartaran una aguja en el pirindolo.

—¡Qué bárbaro! Así tendrá usted erecciones perpetuas.

—Y retardadas —completaba Nogales, guiñando un ojo.

Otro punto filipino era un tal Joaquín Alcaide de Zafra, poeta hispalense, que se mojaba con tinta Pelikán la barba para disimular las canas y se perfumaba con un pachulí rancio que hubiesen desdeñado hasta las putas más tiradas de la calle Ceres. Alcaide de Zafra era fondón de culo y de alma, y se sujetaba el pelo con agua azucarada, a falta de gomina. Paco Vighi, un tipo guasón de Palencia, con aspecto de saltamontes obeso, que llevaba más de diez años estudiando en Madrid la carrera de ingeniero, pedía a los camareros un barreño de agua y ponía en remojo las barbas de Alcaide de Zafra, hasta que empezaban a desteñir.

—¡Aquí hay tinta suficiente para escribir otro Quijote!

Pero, en lugar de ponerse a escribirlo, Paco Vighi trasegaba el agua del barreño a una botella de tintorro y aguardaba a que llegase un tal Boluda, aprendiz de forense en un hospital de Murcia. Este Boluda era un tarado de cejas como toldos que se acercaba a Pombo, recién llegado de su ciudad, con las manos ensangrentadas y alguna víscera en los bolsillos del guardapolvo. La víscera en cuestión (casi siempre unos testículos despellejados, o un páncreas que parecía una hoja otoñal) se la deslizaba a las mujeres por el escote, cuando más descuidadas estaban. Un día le metió una vesícula biliar a Sara, que pegó un respingo y empezó a chillar, mientras la piltrafa descendía por su vientre y aparecía por debajo de la enagua, como una sanguijuela dormida. Boluda se reía con carcajadas feroces, y, en desagravio, le escribía a sus víctimas unos versos en el abanico, si coincidía que estábamos en verano. Después de la fechoría, Paco Vighi le tendía a Boluda la botella llena de tinta y lo retaba:

—¿A que no eres capaz de bebértela a morro, de un solo trago?

—¿Qué nos apostamos?

Y Boluda apuraba hasta las heces aquel brebaje que le dejaría, durante semanas, la lengua cárdena y la garganta alquitranada. Boluda, que no distinguía el sabor del vino del sabor de la tinta Pelikán, se quedaba tan campante, y comenzaba a explicar sus estropicios forenses, para regocijo de Gutiérrez Solana, cuya aspiración máxima era pintar un matadero lleno de reses descuartizadas. Ramón, por su parte, reía hasta descoyuntarse, y tomaba anotaciones a lápiz sobre el mármol de la mesa, para una futura novela de truculencias y decapitaciones que no sé si llegaría a escribir.

—Como verás —le susurré a Ruanito, amparándome en el barullo de la medianoche—, de aquí no va a salir ninguna vanguardia.

Asintió, desganadamente. A eso de la una, la tertulia adquiría rumbos erráticos, fragmentándose en acertijos y charadas escatológicas. Algunos contertulios se escaqueaban, pretextando que no deseaban encontrarse en el tranvía con esa legión de borrachos que, a partir de las dos, tomaban los transportes públicos y se dedicaban a vomitar por las ventanillas. Amargado por las deserciones, Ramón despotricaba contra algún colega —por lo general ausente—, con un ensañamiento que la impunidad hacía detestable. Rafael Cansinos-Asséns era el principal objeto de sus diatribas:

—¡Me da pena ese mameluco! Su única aspiración es corromper a los jóvenes indecisos.

Se le notaba derrengado por el sueño, anestesiado de rencor y difamaciones. Ruanito, que había sufrido el desdén de Cansinos, se sumó a las invectivas:

—Claro que, para indecisa, su vida sexual. Vive con una hermana, soltera como él. ¡Eso me huele a incesto! —dijo, y a la presunción incestuosa sumó las acusaciones de judaísmo y homofilia—: Quiere formar una sinagoga con el harén de sus discípulos. ¿Y para qué quiere tantos discípulos, el muy eunuco?

Su comentario fue celebrado con risotadas rasposas como un papel de lija.

—Pues mi tía Ketty —se opuso Sara— me ha dicho que Rafael Cansinos, aunque retraído, es muy macho.

Ramón le dio una palmadita en el muslo; tenía una mano de uñas renegridas, como si la tinta se le coagulase en las yemas de los dedos.

—Las afirmaciones de tu tía (y espero que sepas perdonarme, Sarita) hay que ponerlas entre paréntesis: yo siempre sospeché que era un poquito lesbiana.

Y lanzó una carcajada que más bien parecía gorgoteo de botijo. Ruanito, muy permisivo en asuntos venéreos, pero intransigente con cualquier manifestación religiosa, añadió:

—Más insoportable es su judaísmo. Publica en revistas sefarditas, pudiendo hacerlo en periódicos donde se le remuneraría generosamente.

Ramón gorgoteaba, una vez más. Le fastidiaba, sobre todo, la seriedad suprema de Rafael Cansinos-Asséns, que jamás le había reído un chiste. Mientras él coleccionaba monstruos irrisorios en su santuario de Pombo, Cansinos practicaba una tertulia nómada por todos los cafés de Madrid (salvo Pombo, claro está), en un éxodo sin tierra prometida ni maná, que sólo le deparaba discípulos errabundos, pernoctadores de la literatura como Buscarini o Gálvez. Con frecuencia llegaban a Pombo, como inmundicias acarreadas por no sé qué marea, escritores en busca de magisterio; si eran suficientemente estrambóticos, indisciplinados o mediocres, Ramón los incorporaba a su tertulia, para engrosar su colección de monstruos; si suscitaban su antipatía o sospechaba que podrían llegar a oscurecer su ingenio, se los remitía a Cansinos, con la siguiente encomienda:

—Por lo poco que yo he leído de usted, creo que Cansinos-Asséns es su maestro. Vaya a su vera y no se despegue de él ni a sol ni a sombra.

Así se desprendía de enojosas adherencias y de paso abrumaba al rival con un séquito de moscardones. Ramón repudió, entre otros, al chileno Vicente Huidobro, que llegó un sábado a eso de las dos de la madrugada, cuando ya los asistentes al cenáculo tenían ese aspecto lívido y anquilosado de quienes han saboreado la cicuta. El chileno Huidobro venía a España con la disculpa de una misión diplomática, y llevaba en la valija, junto a las credenciales que lo acreditaban como agregado en no sé qué consulado o embajada, una poesía desconcertante, en la que aún latía el rescoldo de Góngora y Mallarmé. El chileno Huidobro tenía esa apostura quebradiza que exhiben algunos sudamericanos, esa virilidad lánguida que sólo se enardece cuando les desabotonas la bragueta. Sara y Mercedes miraban a Huidobro con curiosidad sexual y también de la otra, con ojos propicios y depredadores, pero el chileno apenas reparó en ellas:

—¿Es usted Ramón Gómez de la Serna? —preguntó.

Hablaba con una voz melindrosa, como el niño que solicita su propina de los domingos. Ramón sonrió, halagado por aquella fama trasatlántica: su rostro parecía una luna desinflada.

—Yo soy, en efecto. ¿Qué le trae por estas latitudes, joven?

—Verá: vengo a mostrarle mis innovaciones poéticas. Soy el creador de una nueva escuela...

Ramón lo interrumpió con un ademán displicente de la mano. El gas de las lámparas nos atufaba lentamente, minuciosamente, como el sueño que precede a una larga hibernación.

—Un momento, amigo. Aquí el único que innova soy yo. Los demás son simples imitadores.

El chileno Huidobro había extraído de la valija unos libritos de tipografía ligera (algunos escritos en francés, lo cual me hizo desconfiar de sus capacidades: nunca he creído en los escritores bilingües) que Ramón le arrebató y comenzó a hojear con ese aire de indolencia clandestina con que algunos hojean una revista pornográfica, para disimular su interés.

—Naderías —dictaminó Ramón—. Es usted un poetastro para indios de la Patagonia.

Su ocurrencia fue celebrada por un coro de risas que no lograban sobreponerse a la hipocresía. Huidobro balbució:

—Se... se equivoca, señor. Soy el inventor del creacionismo. A partir de ahora, el poeta ya no debe imitar la naturaleza, sino crear mundos autónomos.

—No me atosigue, joven. Los "ismos" me estomagan —dijo, con el gesto de quien sufre cólicos—. Salvo el *ramonismo*, por supuesto.

—Es usted un narcisista, Ramón —el chileno Huidobro hablaba con cierta pesadumbre.

—Y usted un hortera y un atorrante. Vaya a darle la murga a Cansinos.

Y, dándonos la espalda, el chileno Huidobro salió a la calle de Carretas, deshabitada y torcida como un paisaje de Chirico. A Ramón, después del enfrentamiento, se le había congestionado el rostro, como si, de repente, el cerebro se le hubiese derramado, encharcando sus meninges. Los más asiduos a la tertulia le hicieron corro, lo abanicaron con servilletas, le desabotonaron el cuello de la camisa.

—¿Te apetece tomar algo, Ramón? —le preguntó Tomás Borrás, el doncel nibelungo.

—Un vasito de leche merengada, si eres tan amable.

No probaba el alcohol, y sus bebidas predilectas, nutritivas y dulzonas, además de apagarle la sed, le aportaban una densidad de gelatina que alimentaba su prosa. Alguien pugnaba por entrar en el café Pombo, a pesar de la oposición del dueño y de los camareros, que alegaban ordenanzas municipales y horarios inamovibles. Escuché, entre la alarma y la pasividad, la voz de Gálvez, destemplada y como ensordecida de vegetaciones, y también la voz algo más aflautada de Buscarini, haciendo de contrapunto.

—¿Quién anda ahí? —preguntó Ramón.

—Un par de bohemios, señor —le respondió el dueño del café, sabiendo que la calificación de "bohemios" sería disuasoria, pues Ramón, tan aparentemente generoso en la captación de feligreses, vetaba la entrada en Pombo a los poetas del arroyo.

—¿Quiénes, en concreto? —inquirió.

—Gálvez y Buscarini.

Intercambié una mirada rápida con Ruanito, y ambos nos llevamos por instinto las manos a los bolsillos del pantalón, en busca de una navaja que casi nunca llevábamos, porque nos parecía una costumbre bandolera. Ramón prohibía el paso de bohemios a su tertulia de Pombo, con la disculpa de evitar sablazos y cuestaciones y escenas patéticas, pero lo que él en el fondo temía era que esos bohemios le contagiasen el germen de la inconstancia, el gusto por las madrugadas despilfarradas entre el alcohol y el vagabundaje. Ramón entendía la tarea literaria como un funcionariado sin fisuras, y la admisión de bohemios en su tertulia habría erosionado sus convicciones burguesitas. Sara se remejía en su asiento, y buscaba una salida falsa, un escotillón, una gatera, lo que fuera, para escabullirse. Mercedes se acurrucaba junto a Ruanito, buscando protección a la sombra de su pecho escuálido. Gálvez se había zafado del acoso del dueño del café y de sus camareros, repartiendo empujones y puntapiés; irrumpió en la cripta, llevando tras de sí, como un lazarillo rezagado, a Armando Buscarini, que aún conservaba las cicatrices de nuestro último encuentro.

—Espero que no venga a leerme ninguno de sus horribles sonetos, Gálvez —dijo Ramón, con una voz desafinada.

Gálvez aún no se había comprado unas gafas nuevas, y las resquebrajaduras del cristal hacían de su mirada un mosaico de pupilas; el gabán que le había prestado Cansinos le otorgaba cierto aspecto de murciélago con las alas tullidas. Buscarini, a su lado, tenía ojos de ciervo o gacela.

—Vengo por ti, Fernandito. No puede aguantarse lo que le hicisteis a Armando.

Había cerrado los puños, y los nudillos se asomaban a su piel, como erupciones súbitas. Al hablar, descargaba una saliva teñida de herrumbre o nicotina. Me levanté, mientras Ruanito tomaba en sus manos un taburete, para protegerse o estrellarlo en alguna cabeza.

—Tampoco puede aguantarse lo que vosotros hicisteis: dejarnos en cueros en la Plaza de Oriente, en plena madrugada.

Gálvez sacudió la mano, como borroneando mis argumentaciones:

—Eres un señorito de mierda. Te voy a dar más palos que pelos tienes en la cabeza.

La guardia pretoriana de Ramón se alzó también de sus asientos. Tomás Borrás, el murciano Boluda, Bergamín, Paco Vighi, Alcaide de Zafra, hasta el rocambolesco Nogales, se abalanzaron sobre Gálvez y lo redujeron, tras un forcejeo laborioso.

—Ya sabe que no admito peleas en mi tertulia, Gálvez. Luego, los destrozos me toca pagarlos a mí —dijo Ramón, rascándose las patillas.

Gálvez blasfemaba en arameo y lanzaba amenazas inverosímiles, cagándose en las madres de los contertulios; yo, que no había conocido a la mía, me sentí menos ofendido que el resto. Tomás Borrás, sin despeinarse el flequillo, le soltó una patada en los cojones que estranguló sus exabruptos. Ruanito se engalló:

—Tú mucho amenazar, Gálvez, pero al final no vengas las afrentas. Todavía, que yo sepa, no le has devuelto a Antón del Olmet aquella paliza que te dio.

Gálvez derramaba espumarajos por las comisuras de los labios. Buscarini, menos enardecido, lloraba unas lágrimas verticales y amasadas de roña, y nos tildaba de "filisteos", "malvados" y otras mariconadas inofensivas. Entre tres o cuatro, levantaron en volandas a Gálvez y lo arrojaron a la calle recién regada por la lluvia municipal del Ayuntamiento. Gálvez fue a estrellar su rostro contra un charco: parecía como si estuviese abrevando el licor canalla de la mejor poesía, ésa que se mantiene indemne a las vanguardias.

Ruanito y yo, aprovechando el jaleo, cogimos de la mano a nuestras respectivas y huimos, espoleados por los anatemas de Gálvez, que nos perseguían por las geografías confusas de la noche.

IX

Ruanito se fue con sus padres de vacaciones, a Sigüenza o por ahí, para evitar encontronazos con Pedro Luis de Gálvez, que cada noche recorría los cafés y tabernas de la Puerta del Sol, jurando que nos mataría; Mercedes, su novia, se refugió en su pisito del Paseo del Prado, adelgazando de ausencia al principio, más tarde consolando la ausencia con pretendientes que la visitaban en días alternos. Sara y yo nos hospedamos en una pensión de la calle Peligros, en la trasera de Fornos, y permanecimos ocultos durante casi un mes, el tiempo que Gálvez tardó en aplacar sus furores. En la pensión de la calle Peligros había un teléfono, depositario de mugres y salivas, desde el que llamé a don Narciso Caballero, mi jefe, anunciándole que me tomaría unas vacaciones, y a tía Remedios, que ya había desistido de censurar mis andanzas:

—Tú sabrás lo que haces, Fernandito. Me han dicho que te persigue un hombre monstruoso.

—No se preocupe por mí, tía. Sé cuidarme.

Me llegaba, a través del auricular, el sollozo discreto de tía Remedios, como el anticipo de una derrota; al final, se atrevió a aleccionarme:

—Y respeta a tu novia. Su madre, la pobre mujer, sufre mucho.

Colgué, con ira mal contenida. En la pensión de la calle Peligros nadie respetaba a nadie: era un picadero donde los banqueros se reunían con sus amantes, costureritas que se pinchaban las yemas de los dedos en mitad de la coyunda, para ensuciar las sábanas y fingir una desfloración. Por la pensión de Peligros desfilaban hombres infames, prófugos de sí mismos, y mujeres humilladas por un largo historial de orgasmos vicarios. Por la noche, pero también por el día, la pensión se llenaba de quejidos y marejadillas, como una casa habitada por fantasmas rijosos. Para no desentonar, Sara y yo combatíamos la desazón (y también la sordidez de nuestro encierro) con fornicaciones poco amables, de una procacidad que traspasaba las paredes. El sedentarismo, que es una forma de civilización, iba recubriendo a Sara con sucesivas capas de feminidad, haciéndola más dúctil, añadiendo redondeces donde antes sólo había escorzos y cubismo sexual. Fornicábamos en el cuarto de la pensión, angosto como un nicho, sobre las sábanas que nadie se encargaba de ventilar; después, nos íbamos cada uno a un extremo de la cama, separados por una espada de silencio, y Sara se decantaba paulatinamente hacia el sueño, mientras yo permanecía insomne, como un vigía de aquel techo donde la humedad extendía sobre el revoque una mancha en continua expansión, como una hemorragia presentida (quizá en el piso de arriba se perpetrasen crímenes, además de desfloraciones). Sara dormía con esa despreocupación que cultivan algunos animales domésticos, acompasando su respiración con el latido de las estrellas, que asomaban al fondo de una ventana. Yo miraba a Sara por puro vicio de mirar, deteniéndome en los pies insólitamente morenos, en los muslos como cordilleras de una carne gemela, en el vientre a veces rumoroso de tripas, dibujado con ese abombamiento dulce que la naturaleza depositó sobre las mujeres, en los senos como planetas averiados y blandísimos, y me demoraba en esta anatomía visual, caminando sobre el filo de la cursilería, ideando imágenes que se perderían quizá para siempre, porque no me iba a molestar en trasladarlas al papel: así se dispendiaba mi vocación literaria, entre la ociosidad y la remisión a un futuro que nunca se hacía presente, porque siempre lo postergaba. Sara dormía, apaciguada de orgasmos, y yo quizá me estuviese enamorando de ella, lo cual me contrariaba, pues el amor —esa manifestación de la costumbre— nos hace débiles y casi humanos.

Salía de vez en cuando al rellano de la pensión, a fumar un cigarrillo. Los huéspedes follaban a destajo, y a veces se paraban a descansar, o simplemente se paraban de puro tedio, y algunos abrían el ventanuco de su habitación y se suicidaban sin dar explicaciones al acompañante. A la pensión de la calle Peligros acudía Luis Antón del Olmet, el director de *El Parlamentario;* desentonaba en aquel ambiente con sus botines de charol, sus gabanes con cuello y bocamangas de piel y el humo de unos habanos que difuminaban su sonrisa. Antón del Olmet se citaba en la pensión con Elena Manzanares, aquella muchacha mustia que Alfonso Vidal y Planas rescató del burdel y logró emplear como mecanógrafa. Elena Manzanares había cambiado una prostitución decente, gremial y rutinaria por otra prostitución más envilecedora, que es la prostitución de la entretenida que se vende a un solo hombre, y, por tanto, no goza del consuelo de la profesional, que disgrega su derrota entre muchos clientes.

—No le diga nada de esto a Alfonso, por favor. Él es bueno, y no merece que lo desengañen.

Asentí, reprimiendo el asco o la lástima. Luis Antón del Olmet se sacudía la caspa de las solapas de su chaqueta y me guiñaba un ojo con socarronería. Elena Manzanares entraba en la habitación que les habían adjudicado, con pesadumbre de virgen cautiva, y, al minuto, ya sufría las embestidas de Antón del Olmet, casi cien kilos de carne arrojados sobre su esqueleto frágil. Sara dormía en la habitación contigua, con respiración de cachorro, mientras Pedro Luis de Gálvez proseguía su búsqueda por los cafés de Alcalá y la Puerta del Sol, demandando sangre o justicia, o quizá demandando tan sólo una reparación monetaria, como aquel día que recorrió un Madrid alborotado de huelgas con el equipaje funesto del hijo que murió antes de nacer, sableando a quienes se apiadaban o estremecían ante su desgracia. Sara dormía, como un ángel exhausto de lujuria, mientras Gálvez, que perseveraba en sus pesquisas, quizá ya hubiese descubierto nuestro paradero, y estuviera merodeando por la calle Peligros, reconociendo el terreno como uno de esos anarquistas despistados que nunca llevan a buen término su misión, porque los delata su actitud. Sara dormía, en un equilibrio de párpados cerrados, mientras Gálvez, quizá, ya hubiese preguntado por nosotros al dueño de la pensión y estuviera subiendo las escaleras aquejadas de carcoma, los peldaños aplastados de pecados y remordimientos de conciencia. La navaja de Gálvez relumbraba en la penumbra del rellano como un río delgadísimo.

—Por fin me encontraste.

Gálvez se sorbió los mocos y mostró una dentadura casi carnívora:

—Me ha costado mucho. No has dado señales de vida.

Sara dormía, inmunizada por la noche que se derrumbaba a lo lejos. Intenté ganar tiempo:

—Buscarini te mintió. Nosotros no fuimos los que le pegamos aquella paliza.

Mantenía la navaja enhiesta, y se rascaba de vez en cuando la barba, con un rumor casi forestal.

—Buscarini no miente. No tiene malicia para mentir. —Hizo una pausa difícil, como si le costase admitir la abolición de su venganza—. Me ha pedido que no te haga daño. Yo de buena gana te rajaría y me bebería tu sangre, pero Armando me ha rogado una y mil veces que no lo haga.

Cabeceé, con muda gratitud. Antón del Olmet se derramaba entre imprecaciones, y Elena Manzanares recibía la emisión de sus flujos con mudo rencor. Gálvez chasqueó la lengua.

—En fin, oportunidades no me faltarán el día de mañana para rebanarte el pescuezo. —Hizo otra pausa, y me acercó la navaja al cuello—. Dame cuarenta duros, veinte para Armando y veinte para mí, y me largo.

Llevé la mano al bolsillo, con una prontitud de resorte. Gálvez acompañó el movimiento de mi brazo y me arrebató la cartera, abultada de billetes y tarjetas de visita.

—Me quedo con la vuelta, ya que estás tan espléndido.

Tenía un aliento apestoso, como de tumba donde se almacenan cadáveres corruptos. Quizá se alimentase de muertos.

—Pásate un día por el café de Platerías —me dijo, mientras descendía estrepitosamente por las escaleras—. Armando y yo te invitaremos a un café con media tostada.

Una tarde nos decidimos, Ruanito y yo, a entrar en el café de Platerías, en la calle Mayor, cónclave de bohemios, sinagoga provisional desde la que Rafael Cansinos-Asséns fecundaba a sus discípulos con el hisopo de su saliva. El café de Platerías era ese último varadero en el que sucumben o zozobran las embarcaciones de otra época; había divanes de un terciopelo calvo, espejos que habían perdido el azogue, veladores desportillados y una clientela mixta de anarquistas desmelenados y artistas de *varietés* que habían convertido los retretes del café en camerinos propios, donde despachaban a sus admiradores, casi siempre viejos calaveras. En el café de Platerías, todo el mundo leía versos en voz alta, hasta desgañitarse, planeaba regicidios y se intercambiaba panfletos de Bakunin. Cansinos-Asséns se había puesto en pie, como un ballenato vertical, y pontificaba:

—Y ahora, oh amigos, ante estos espejos en cuyo fondo nebuloso se refleja nuestro oscurecido semblante, yo os digo, como capitán del fracaso: «—El navío de nuestra estética, el buque en que hicimos la travesía de nuestra juventud, se hunde bajo un tropel de asaltantes».

Asentían sus oyentes, como meritorios de una liturgia fatal y pesimista. Eran una legión de hombres desharrapados a quienes ya conocía por mis visitas a la hospedería de Han de Islandia. Estaba allí el doctor Villegas Estrada, con esa nuez abultadísima que se desplazaba por su cuello y esa voz nasal, como de oráculo oxidado, con la que recitaba poemas inspirados en autopsias; de vez en cuando, lo llamaban de la casa de socorro de la Plaza Mayor, donde, al menos en teoría, ejercía como médico de guardia, pero él no se movía hasta el cuarto o quinto aviso, cuando ya el enfermo urgente estaba fiambre. También merodeaba por el café Dorio de Gádex, hijo apócrifo de Valle-Inclán, verdoso como un vómito, que por entonces empleaba su talento, más bien escaso, en la confección de un fichero, casi tan nutrido como el del censo municipal, en el que registraba los nombres de las personas propicias al sablazo y la filantropía. A su lado, Xavier Bóveda y

Eliodoro Puche estaban enzarzados en una discusión estéril, sobre quién resultaba más feo a las mujeres. El duelo concluía en tablas:

—Eliodoro, reconócelo, las mujeres huyen de ti. Tienes aspecto de ataúd —decía Bóveda, con su acento galaico.

—¡Mira tú quién fue a hablar! ¡Nada más y nada menos que Xavier Bóveda, que nació en una funeraria de Orense! ¡Xavier Bóveda, cuyo padre le fabricó una cuna con las tablas destinadas a las cajas de los muertos!

Formaban una pareja de antípodas que hubiese dado mucho juego en espectáculos de feria: Bóveda, pequeño y de una bondad pusilánime; Puche, malicioso y alto, como una torre gótica envuelta entre crespones; de momento, ambos perseveraban en el celibato. También frecuentaba el café de Platerías Emilio Carrere, amarrado a su pipa; acababa de recibir una herencia de una tía, pero perseveraba en su bohemia de mentirijillas, igual que había perseverado antes, pese a gozar de una sinecura en el Tribunal de Cuentas. Se vanagloriaba de engañar a sus editores:

—Yo escribo quince o veinte cuartillas originales. El resto, hasta trescientas, lo lleno de refritos, o incluso de hojas en blanco, como acabo de hacer con mi última novela, *La torre de los siete jorobados*. Ya encontrarán algún *negro* que la complete.

Alfonso Vidal y Planas, el anarquista cornudo, lo miraba con ojos bovinos, levemente estrábicos:

—Suerte que tienes al poder permitirte esos lujos. Yo, en cambio, trabajo diez horas en el periódico de Antón del Olmet para ganarme mis diez reales diarios, que no siempre cobro.

Carrere le daba unas palmaditas en la espalda que resonaban como aldabonazos sobre un objeto hueco:

—El periodismo es para artesanos, Vidal. Tú eres un hombre de talento: dedícate al teatro, así podrás comprarle medias de seda a tu novia, esa Elenita de Troya.

Se oyeron risas taimadas. La infidelidad de Elena Manzanares era pasto de chismografías, pero Vidal no se daba por aludido, inquilino de un reino donde los desengaños no tenían cabida. Se exaltó:

—Precisamente estoy escribiendo ahora una tragedia popular en cinco actos. Trata sobre una meretriz de la calle Ceres, que se redime de sus prostituciones por amor y muere degollada.

—¡Qué atrocidades, Alfonso! —fingió escandalizarse Carrere.

—¿Me la estrenarías en la Comedia, Fernando? —preguntó Vidal al verme, con sonrisita servil.

—Primero habría que leerla, Alfonso, y después consultarlo con don Narciso.

El Teatro de la Comedia se llenaba diariamente de una burguesía con juanetes en el alma y en el dedo gordo del pie, una burguesía que solicitaba reposiciones de Benavente y Muñoz Seca, refractaria a otras dramaturgias más novedosas. Los espejos del café de Platerías, dependiendo de si estaban bien o mal azogados, reflejaban o no a sus parroquianos, que al entrar allí, se sentían como vampiros intermitentes. Y quizá lo fueran.

Además de sus incondicionales bohemios, Cansinos había logrado reunir a un grupo de jovencitos, en su mayoría repudiados por Ramón, que soñaban con inaugurar una nueva corriente estética. El argentino Borges, apologista de los sonetos de Gálvez, acudía al café de Platerías acompañando a su hermana Norah, una muchachita incandescente de misterio, pionera en el arte de la xilografía, que coqueteaba con Guillermo de Torre, un tarambana de apenas dieciocho años que acababa de salir rebotado de Pombo, como tantos otros. Guillermo de Torre hablaba en una jerga entre futurista y delirante, con palabras esdrújulas y gangosas que mareaban a sus oyentes, salvo a la citada Norah, que se pirraba inexplicablemente por él. Guillermo de Torre ostentaba unas orejas del tamaño de hojas de lechuga:

—En el vórtice de inarmonías centrífugas, los sentidos permutan sus virtudes. Girándulas del humor voltario.

Así la cortejaba, y la argentinita esbozaba una sonrisa de lejanías, y se estremecía con el eco de aquella ferretería verbal. Borges fruncía los labios y entornaba los párpados, en un gesto de indiferencia o desdén. Deambulaba también por el café un poeta experto en heráldica, descendiente por línea colateral de Pedro I el Cruel, llamado Rafael Lasso de la Vega; al sonreír, mostraba una dentadura como un serrucho de podredumbre, con la que intentaba cautivar a las mujeres más envilecidas por el pecado. Se ganaba la vida custodiando los perros de las marquesas, que luego se comía con un guiso de patatas, cuando sus dueñas marchaban de vacaciones. Escribía poemas en francés, abriendo el diccionario al buen tuntún y ensartando palabras sin relación alguna.

—Yo es que soy un profeta del dadaísmo —decía, a modo de justificación.

Ruanito desfiló su mirada sobre aquella turbamulta de poetastros, ingenios de calderilla y escombros humanos:

—Vaya tropa. Si éstos son nuestros contemporáneos, no será difícil destacar.

Armando Buscarini se hallaba en un rincón del café, apartado de aquel tumulto (en su poesía elemental y trasnochada no tenían cabida las vanguardias), emborronando cuartillas, midiendo los versos de forma chapucera (nadie le había advertido la existencia de diptongos y sinalefas), con ese instinto casi indígena de los niños que nunca fueron a la escuela. Armando Buscarini, enfermo de alucinaciones sagradas, vestía siempre igual: una chaqueta sin hombreras que le oprimía los pulmones, una camisa de cuellos desgastados, una chalina hojaldrada de lazos. Habían transcurrido un par de meses, desde aquel escarmiento que le dimos, y aún ostentaba un rosario de moratones por todo su cuerpo.

—Fernando, César, estrechemos las manos —nos saludó Buscarini, saliendo a nuestro encuentro—. Que la amistad florezca sobre las ruinas del odio.

Prefirió no mencionar el expolio que Gálvez me había infligido, días atrás. Tampoco nosotros quisimos aludir a la paliza que le habíamos propinado, aunque sobre su frente se destacase, como un párpado cerrado o un estigma, la cicatriz de la brecha que Ruanito le causara, al estrellarlo contra una farola. Estreché la mano que Buscarini me tendía, una mano humedecida por un sudor que quizá transportase los gérmenes de la gripe.

—¿Y dónde está tu compinche? Prometió invitarnos a un café.

—¿Pedro Luis? Llegará en cualquier momento. Ahora anda muy ocupado, cortejando a su amada.

Después de su ruptura con Carmen Sanz, la hija del trapero (con la que, sin embargo, seguía legalmente casado), Gálvez había practicado una misoginia obstinada, sólo interrumpida por las excreciones seminales que, de vez en cuando, se permitía con hembras mercenarias. Pura higiene corporal.

—¿Qué quieres decir? ¿Que anda de putas?

Buscarini, en cuyo rostro se atisbaban ya los estragos de la sífilis, se sublevó:

—¿Putas? ¿Cómo te atreves a llamar putas a esas mujeres benditas en cuyo templo ofrendamos el incienso de...?

—Venga, Armando, déjate de pamplinas. ¿Anda de putas o se ha echado una novia?

Sonó, alzándose sobre el barullo de carraspeos y conspiraciones, la campanilla de la puerta, anunciando la entrada de un nuevo cliente. Pedro Luis de Gálvez había mejorado su aspecto externo (pero, seguramente, las mejoras las habría sufragado con el dinero que yo tuve que pagarle, para comprar su perdón): se peinaba hacia atrás con fijador, había jubilado el gabán que le prestase Cansinos, incluso se había cambiado los cristales de las gafas. Iba acompañado de una mujer flaca, levemente patosa en sus andares; tenía los ojos ovales, los labios afilados por una extraña voluptuosidad, la piel granulosa y como maltratada por muchas vigilias.

—Que os lo explique él mismo —dijo Buscarini.

La novia de Gálvez se llamaba Teresa Espíldora, y practicaba en su conversación una falsa modestia que promovía mi deseo. Se habían conocido en un tranvía que cubría la línea entre la Puerta del Sol y Cuatro Caminos; el amor había surgido como una complicación del azar, entre traqueteos y roces imperceptibles y saludos vergonzantes. Teresa Espíldora tenía, bajo la blusa, unos senos casi párvulos, seguramente macerados por Gálvez. Habían alquilado una casa en la calle de Francos Rodríguez, en un territorio limítrofe con la miseria y las amapolas.

—La casa es modesta, pero suficiente —precisó Gálvez—. Allí crecerán nuestros hijos.

Teresa bajaba la vista hacia el suelo, con ese pudor excesivo que sólo conservan las razas proscritas; se le adivinaba, también por debajo de la blusa, una curva apenas perceptible en el vientre. Mientras la examinaba, sentí una erección, algo más perceptible que su embarazo.

—Teresa lleva un hijo mío en sus entrañas —continuaba Gálvez, entre la exaltación y el abatimiento—. Un hijo al que dirán, el día de mañana: «Tú no has tenido padre». ¿Y por qué? Simplemente, porque su madre no podrá casarse conmigo.

Teresa le tomó una mano (esa mano que había macerado sus senos, esa mano que se había clavado como una garra en su piel, mientras engendraban a ese hijo del pecado), y la estrechó entre las suyas, como apaciguándolo.

—¿Qué pensará mi hijo cuando le digan que no tiene padre? Preguntará: «Entonces, aquél que me besaba con tanto amor, aquél que por mí sufrió tanto, ¿no era mi padre? —Hablaba con una retórica cansada, como un orador hastiado de su propio discurso—. ¡Cuándo solucionaremos este problema de los hijos sin nombre!

Vidal y Planas, aureolado de santidades y cornamentas (a él también le concernía el problema de los hijos ilegítimos: a poco que se descuidara, Elena Manzanares le endosaría la prole de Antón del Olmet), intervino:

—El matrimonio canónico es inviolable, sobre todo para los pobres, Pedro Luis. Pero yo confío que algún día no muy lejano la justicia de Cristo se imponga. No digo yo que el divorcio sea una solución loable; pero, ¿acaso lo son más el adulterio y las uniones clandestinas?

Gálvez asentía sombríamente a las palabras de Vidal, que por una vez en su vida tomaba en consideración. Pero aquel anarquismo evangélico de Alfonso Vidal y Planas se había quedado anticuado: en el mismo café de Platerías se había formado una peña, presidida por un tal Samblancat, que denunciaba en los periódicos el pistolerismo estatal y las masacres obreras acaecidas en Barcelona, al amparo de una ley de fugas de reciente promulgación. De Barcelona, precisamente, acababan de llegar tres anarquistas espectrales y motorizados, Mateu, Casanellas y Nicolau, con la encomienda de asesinar a Eduardo Dato. El terrorismo anarquista había sustituido los cartuchos de dinamita disfrazados entre ramos de flores por las ametralladoras, y se sumaba al advenimiento de las vanguardias: había que disparar versos como balas, balas como versos. El acto surrealista por antonomasia consiste en salir a la calle y liarse a tiros, hasta que el dedo se canse de apretar el gatillo. Esto lo dijo el francés André Breton, y yo lo suscribo.

—En fin, Alfonso —concluyó Gálvez, resignado a su suerte—, habrá que seguir en la brecha. Quién sabe si algún día heredaremos la tierra.

—Ten por seguro que sí, Pedro Luis. Algún día la heredaremos.

—Pues cuando ese día llegue, que se vayan preparando muchos cabrones. —Aquí sonrió beatíficamente, anticipando un estropicio que quizá me incluyese entre sus víctimas—. No voy a dejar títere con cabeza.

El noviazgo con Teresa Espíldora le había devuelto cierta confianza en sí mismo, cierta jovialidad extemporánea, ahora que su juventud quedaba lejos. Quizá por ello se sentía atraído por las inquietudes artísticas de las nuevas generaciones.

—Vamos a ver qué se cuenta Cansinos —propuso Gálvez.

Y, como secuaces que obedecen por temor, lo acompañaron Vidal y Buscarini. Se había formado un corro en derredor de Cansinos-Asséns, cuyo monólogo, amplio y versicular, subyugaba a sus oyentes. También Ruanito se quiso incorporar al mogollón de desharrapados, así que me quedé a solas con Teresa Espíldora, mirándola de frente con estricta lujuria.

—¿No le enseñaron en casa a mirar con algo más de respeto a las mujeres?

Su voz ya no era mansa, sino ligeramente hostil; reparé en sus dientes, menudos y quizá sombreados de caries, quizá infamados de sustancias venéreas. Recostada sobre un diván de peluche o terciopelo ajado, adquiría un prestigio de musa maltrecha.

—No te líes con ese tipejo. —Recurrí al tuteo por señoritismo, y no por favorecer la complicidad—. ¿O es que te apetece morir de hambre?

Cruzó las piernas, con escandalosa parsimonia. En realidad, su mera presencia en el café era escandalosa, sin un acompañante que actuase como guardián de su virtud. Creí atisbar unas medias con carreras, y a continuación unas ligas menesterosas, apenas un elástico que aprisionaba sus muslos y los martirizaba con un cerco de lividez (también Gálvez ostentaba un cerco de lividez en una de sus piernas, como recordatorio del grillete que llevó durante su estancia en el presidio de Ocaña). Tuve tiempo, todavía, de entrever, más allá de las ligas, un fragmento de carne ignota (para mí, se entiende, no para Gálvez), de una textura casi vegetal.

—Si me sigue importunando, tendré que decírselo a mi marido.

Mis labios formularon una mueca:

—No seas estúpida. Gálvez no es tu marido, ni lo será nunca. Las leyes lo impiden. Su mujer es Carmen Sanz. Confórmate con ser su concubina.

Le palpitaban los senos, como corazones autónomos, por debajo de la blusa, lo cual contribuyó a sostener mi erección. No estaba seguro de que aquella mujer me gustase: era flaca, tenía cuerpo de yegua exhausta y vestía con un mal gusto disuasorio, pero los apetitos son caprichosos, y la carne reclama el contacto con el barro del que procede. ¿Será preciso añadir que, entre mis móviles, figuraba el deseo de fastidiar a Gálvez y exterminar su felicidad?

—Mira cómo me has puesto —le dije, señalando el abultamiento de mi entrepierna.

Teresa tardó en asimilar la grosería:

—Que te la menee tu madre —dijo, devolviéndome el tuteo y yéndose a reunir con Gálvez. Sobre el peluche del diván quedó impreso, durante unos segundos, el hueco de sus nalgas, como un vaciado de escayola.

Cansinos peroraba, perfumado por el bálsamo del fracaso, alzándose sobre un clima de gargajos y risotadas. Teresa, que se había acercado al corro de oyentes, no pudo llegar hasta su compañero, pues varias filas de hombres se lo impedían. Yo me coloqué detrás de ella, propiciando el rozamiento; sus nalgas se correspondían exactamente con la huella que habían dejado sobre el diván: predominaba el hueso sobre la carne, lo cual contribuía a excitarme.

—¿Debemos consumirnos siempre en un canto solitario y austero —se preguntaba Cansinos en voz alta—, sin acercarnos a las mesas del convite? ¿Debemos llenarnos de amargura y despecho en nuestra soledad, olvidados, desdeñados, llenos de rabia contra las academias, sólo porque el éxito y el fervor del público nos prostituyan?

Teresa no escuchaba a Cansinos (tampoco yo, por supuesto), y su carne, al principio agarrotada, iba adquiriendo un temblor accesible, un contagio tibio que se transmitía hasta mi carne, a pesar de los impedimentos de la tela. El pelo le tapaba, como un borrón de tinta, el nacimiento del cuello que me hubiese gustado lamer, hasta extraerle ese último vestigio de sal o sudor que impregna todos los cuellos. Mi erección se mantenía incólume.

—Decidme, amigos, ¿debemos consumirnos siempre en un canto solitario? —insistió Cansinos.

El chileno Huidobro, que acababa de entrar en el café de Platerías, con su valija diplomática a cuestas, extenuado como un inventor que solicita en vano una patente, exclamó:

—¡Por supuesto que no! ¡Debemos juntarnos, y fundar un nuevo arte!

Los bohemios que rodeaban a Cansinos, instalados en una estética postrubeniana, no entendían de qué arte hablaba aquel chilenito vehemente. El café de Platerías se alborotó de conversaciones escépticas o apasionadas, mientras Cansinos trataba de imponer un orden de intervenciones. Teresa olía a perfume barato, quizá el perfume que le regalaba Gálvez por su cumpleaños, o como recompensa por algún servicio.

—¿Cuándo podemos vernos, Teresa?

—Cállate ahora.

Entre los seguidores de Cansinos se habían formado varias facciones, más o menos incendiarias, más o menos irresolutas. Guillermo de Torre, aquel tarambana que hablaba con palabras esdrújulas, se entrometió:

—Yo, poeta dinámico e intersticial, en la mañana fecundatriz de la ciudad multánime, observo un florecimiento panorámico simultáneo de franjas hiperfoliadas y multícromas. ¿Cómo no loar neolíricamente, con audaz innovación temática, el ocaso espasmódico de la ciudad tentacular? ¿Cómo no celebrar a esta mujer porvenirista, entre la lascivia multitudinaria?

Esta última referencia en medio de aquel galimatías iba dirigida a Norah, la hermana del argentino Borges, que hizo amago de turbarse. Era una muchacha de una belleza discreta y cambiante (estaba en plena evolución hormonal); nadie entendía cómo se había enamorado de un tipo con habla gangosa y orejas como antenas vibrátiles. La intervención de Guillermo de Torre, más bien jeroglífica, había suscitado recelos entre los bohemios, cuyas convicciones líricas (cultivo de la rima, preferencia por el soneto, etcétera) resistían las embestidas de la modernidad. Rafael Lasso de la Vega, el poeta heráldico que sobrevivía gracias a una dieta perruna y se proclamaba apóstol del dadaísmo, exhibió su dentadura arrasada para decir:

—La literatura debe renovarse o morir. Los relojes del modernismo se han parado.

Hablaban con una exaltación energúmena, como bacantes poseídas por un frenesí que afectaba más a los sentimientos que a las ideas. Algunos, como Xavier Bóveda o Eliodoro Puche, se incorporaban a la algarabía con reticencias, como sacerdotes rezagados de una religión que no era la suya.

—El poeta moderno deber ser intersticial, ubicuo y anándrico —insistía Guillermo de Torre.

Xavier Bóveda se rascaba la melena modernista con una mano sucia de tinta:

—No sé, no sé. Yo creo que la poesía debe cantar la belleza de los pinos, el aroma de la resina. —Hizo una pausa, y se masajeó la barbilla—. Por cierto, ¿qué quiere decir anándrico?

—Maricón —subrayó Eliodoro Puche, con una voz beoda y zahiriente—. El orejudo nos propone que nos dejemos dar por culo.

Puche, como Bóveda, era un epígono de Rubén Darío cuya única virtud radicaba, precisamente, en su facilidad para versificar, virtud que las vanguardias amenazaban. El chileno Huidobro intervino:

—Basta de paparruchas —hablaba en un tono chillón, como el hijo de un notario (y quizá lo fuese)—. La misión del poeta no es reproducir la naturaleza sino transmitir su fuero personal, privativo de un ego que, interiorizándolo, lo asimila a su inmanencia. Aquel lenguaje, más propio de ingenieros aeronáuticos que de poetas, espantó a Armando Buscarini, cuyos modelos becquerianos no admitían la intromisión de metáforas mecanicistas. De parecida opinión era Alfonso Vidal y Planas, el anarquista cristiano, defensor de un arte lacrimógeno que merodease por los burdeles.

—Nadie nos ha dado vela en este entierro, Pedro Luis —dijo Vidal, poniéndole una mano encima del hombro.

—¿Quién lo ha dicho? A ti lo que te pasa, Alfonso, es que eres un carcamal —respondió Gálvez, mirándolo de soslayo—. Hay que aclimatarse a los nuevos tiempos. Yo me apunto a lo que haga falta.

Parecía contagiado por el entusiasmo de los más jóvenes. Nada más alejado, sin embargo, del espíritu vanguardista, que el estilo de Gálvez, traspasado de un desgarro imprecatorio que recordaba el tenebrismo de algunos pintores barrocos. Gálvez sabía —o intuía— que la literatura exige un instinto de supervivencia, y se apuntaba a todas las modas, aunque fuesen refractarias a su talante, procurando —eso sí— mantener indemnes ciertas particularidades estéticas que ya le habían reportado bastante fama. Teresa, su novia o concubina, le dirigió una mirada de asentimiento que reafirmó a Gálvez en su postura:

—Yo me quedo. Allá vosotros.

Buscarini se encogió de hombros (aunque, en realidad, siempre los llevaba encogidos, porque su chaquetilla, varias tallas inferior a la adecuada, no le permitía ensanchar el pecho) y formuló un rictus anonadado. Entre el barullo de jóvenes enardecidos que ya planeaban manifiestos y atentados terroristas contra la Real Academia, fueron desertando Armando Buscarini, Vidal y Planas, Carrere y otros partidarios del arte antiguo. Yo aprovechaba las apreturas (a cada deserción, se producía un movimiento de retroceso entre el corro de discípulos que rodeaba a Cansinos) para arrimar mi cuerpo al de Teresa, que me admitía con una especie de desconfiada hospitalidad. Bajo la blusa de tela estampada, se presentían sus costillas, también sus omóplatos, como un instrumento musical enfundado en piel. Sus nalgas se apretaban bajo la falda, como dos animales que se procuran un calor recíproco y equidistante. En el café de Platerías acababan de encender las lámparas; una luz como de ámbar se mezcló con los humos y vapores allí retenidos, otorgándoles una consistencia casi nutritiva.

—Hay que retorcerle el cuello al modernismo, ese cisne de engañoso plumaje —sentenció el chileno Huidobro.

Cansinos-Asséns, derrumbado ya por la fatiga sobre uno de aquellos divanes de terciopelo, se frotó los ojos. A sus casi cuarenta años, envejecido y célibe, padecía la soledad del escritor sin escuela: las generaciones que le precedían desconfiaban de él, por considerarlo un heraldo de la modernidad; entre los más jóvenes, era mirado con desdén, como un vestigio arqueológico, no exento de cierto exotismo. De repente, se le presentaba la ocasión de apadrinar el nacimiento de un nuevo arte, para el cual, por formación y lecturas (bíblicas, mayormente), no estaba preparado. Esta responsabilidad le pesaba como una joroba sobre la espalda, y agravaba su aspecto equino.

—Maestro Cansinos, ¿qué propone que hagamos? —preguntó el argentino Borges.

Un silencio reverencial había estrangulado el clima de disputas. Todos aquellos partidarios de un arte despiadado y hermético aguardaban el veredicto de Cansinos, que por fin habló:

—Está bien. Puesto que sois tan perfectamente locos, agotad hasta las heces todo vuestro dolor. Os reconozco el derecho al hambre, al abandono y a la muerte.

Empleaba una sobrecarga de retórica incompatible con el vértigo de las vanguardias. Guillermo de Torre se impacientó:

—Ya, ya. Pero basta de discursos sinusoidales y circunflejos. Basta de manipulaciones verbales centrífugas. ¿Qué propone que hagamos?

La noche se estrellaba en los espejos, como un caballo desbocado. Entraba en el café de Platerías una clientela estrepitosa y cazurra, cada vez menos literaria, que se desvanecía entre el humo.

Ruanito, que había descubierto mi secreto pugilato con Teresa, me miraba con ojos engolosinados de envidia. Cansinos suspiró:
—¡Oh, hermanos, perdonadme! Acaso mi entusiasmo se ha hecho viejo y tiembla por vosotros. Por amor a vuestra juventud quería redimiros de lo fatídico. Pero, puesto que no queréis rehuir el sacrificio, puesto que deseáis consumiros en la hoguera del arte, propongo que os situéis en la vanguardia del Porvenir. Propongo que proclaméis una nueva forma de Belleza que represente la aspiración evolutiva del *más allá*. ¡Ultra!

Esta última palabra resonó en el café de Platerías con el fragor de un oleaje. Uno tras otro, como en una conjura masónica, los discípulos de Cansinos pronunciaron aquella consigna que aún mantenía el regusto del misterio:
—¡Ultra!

Cansinos acababa de inaugurar un nuevo sarampión artístico, quizá sin pretenderlo. Incluso Gálvez, el menos joven del grupo, se dejó poseer por aquel fervor bautismal, secundando a los más apasionados en sus proclamas y exabruptos. El argentino Borges se abrazaba con su maestro Cansinos, Huidobro repartía los folletos que llevaba en la valija, Guillermo de Torre cortejaba a Norah con piropos esdrújulos y Lasso de la Vega intercambiaba genealogías con Ruanito. Gálvez, en medio del desbarajuste, propuso celebrar el nacimiento de Ultra con una borrachera colectiva, propuesta que todos aceptaron, salvo Cansinos, que intentó en vano zafarse; finalmente, se dejaría convencer con razones más iconoclastas que persuasivas:
—¡Hay que comenzar la cruzada contra todo lo viejo! —voceaba Gálvez, poniendo ojos de loco—. ¡Ahoguemos en vino nuestro pasado triste!

La noche tenía una calidad de paisaje submarino. Los poetas ultraístas levantaban el puño, lanzando vivas a la revolución bolchevique, recogían cascotes de las obras municipales y los arrojaban contra los cristales de algún edificio oficial, en un gamberrismo inofensivo y monótono. Aquella peregrinación sin brújula iba encabezada por Cansinos, que peroraba sin descanso, como un gramófono, y se dejaba zarandear por sus acólitos, menos atentos a sus enseñanzas que al reclamo de las tabernas. El itinerario incluyó paradas en los cafés de San Bernardo, Costanilla de los Ángeles y Plaza de Isabel II, Tudescos y Corredera Baja, las posadas de las Cavas y el repecho de la calle de Segovia, donde yo aún vivía con mis tíos. El vino de garrafa les aguaba la sangre, les revolvía las tripas y los hacía vomitar. El argentino Borges, quizá el más delicado de estómago, se paraba en cada esquina, de cara a la pared, y soltaba una papilla de color inconcreto que la oscuridad de los callejones hacía cárdena. Gálvez le daba unas palmaditas en la espalda, amortiguaba sus convulsiones y lo apaciguaba, recitándole un soneto:

—*Son todas estas cosas a un tiempo... Ya no suena*
la música. Borracha, la Locura dormita.
Mi cerebro, encendido por el alcohol, me invita:
«¡No seas necio, y ahoga en vino tu pena!»

A Borges le colgaban unos hilillos sutilísimos de baba por las comisuras de los labios, mientras escuchaba con arrobo los alejandrinos de Gálvez. La luna se posaba en sus ojos, con una blancura leprosa:

—Y usted, Gálvez, escribiendo esos sonetos, ¿cómo es que participa de estas macanas?

—De algo hay que vivir, Borges. Si yo viniese de familia bien, como usted, descuide, que no participaría.

Borges parpadeaba, con perplejidad criolla, y se sumaba al cortejo de los ultraístas, que ejercitaban su puntería arrojando piedras desde la barandilla del Viaducto al sereno que vigilaba la calle de Segovia. Yo me había quedado rezagado con Teresa, que de vez en cuando llamaba a Gálvez, exigiéndole que la acompañara hasta su casucha, en Cuatro Caminos.

—¡Calla, mujer! ¿No ves que está hablando el maestro?

Cansinos, en efecto, había arrimado su corpachón al pretil del Viaducto, que recibió su peso con una vibración metálica. La noche tenía una grandeza intacta, casi telúrica, y Cansinos lanzó su relincho ultraísta:

—«Ultra», éste será mi arte.
Cantar este deslumbramiento
que me torna atónito y ávido,
me encadena y me lanza,
desde el alto Viaducto, con los miembros
abiertos en pétalos maravillosos.

Extendió sus brazos, en un gesto solemne y ecuménico, y cerró los párpados, para sentirse traspasado por el relente de la madrugada. El alcohol le había revirado los ojos, le había agravado la joroba, le había torcido la boca.

—Mi hermana me espera en casa. Pues bien, que siga esperando —dijo, con recochineo—. Les invito a tomar una fabada en cualquier figón de la Morería.

Era la táctica que Cansinos empleaba para captar discípulos entre la poetambre más hambrienta. Guillermo de Torre, Huidobro y Borges alegaron achaques gástricos para eludir tan extemporáneo convite, pero Gálvez, cada vez más contaminado de ese malditismo que la noche incorpora a sus habitantes, acalló sus protestas:

—Nada, nada, a comer fabada. No hay mejor plato para estimular la creación poética. Cada alubia, una metáfora.

Ruanito, que seguía empeñado en ganarse la amistad de Cansinos, convenció a los detractores de la fabada. Teresa había comenzado a tiritar; me apresuré a echarle mi chaqueta sobre los hombros.

—Pedro Luis, yo me caigo de sueño. Y, además, tengo frío con esta blusa.

Gálvez masculló una blasfemia y la miró con un rencor mitigado por los cristales de sus gafas:

—Estás empeñada en aguarme la fiesta. Márchate tú sola, y déjame en paz.

El vino había agriado su carácter, que no se correspondía con el exhibido a su llegada al café de Platerías, cuando presentó a Teresa como si de un trofeo se tratara; ahora, en pleno fervor ultraísta, el trofeo se había convertido en un estorbo. Teresa se retrajo, añadiendo al temblor ocasionado por el frío un temblor más íntimo, que nacía de la esclavitud o el miedo. El desvalimiento acentuaba su perfil de yegua flaca.

—No te preocupes, Gálvez, yo la puedo acompañar hasta una parada de coches —dije abruptamente, procurando borrar de mi propuesta cualquier vestigio de interés.

Gálvez tardó en reaccionar:

—Muy bien, pero no te pases de la raya. Como Teresa se queje, eres hombre muerto.

Ella asintió, con recobrado orgullo. Recorrimos el Viaducto en un silencio que tenía algo de disciplina pactada, mientras las voces del séquito ultraísta se iban disgregando a nuestras espaldas. Bajamos por calles de hondos soportales, donde los cocheros dormitaban, subidos en el pescante de su simón, y las caballerías resoplaban un vapor espeso, de una tibieza casi espectral. Teresa se agazapaba dentro de mi chaqueta, como intentando retener el calor ambulante de mi cuerpo.

—Dijiste que me acompañarías sólo hasta la parada de coches.

Los adoquines de la calle brillaban, esmaltados de humedad o podredumbre. Un perro insomne rebuscaba entre las basuras.

—Estaba mintiendo. Como sé que no le vas a ir a Gálvez con el cuento, te acompañaré hasta casa. Tengo curiosidad por saber dónde vives.

Me miraba con ojos inhóspitos, levemente alarmados. Caminábamos hacia las grutas de Cuatro Caminos, por calles sin asfaltar, erizadas de baches que acrecentaban nuestra borrachera. Teresa formuló una sonrisa conmiserativa o desdeñosa:

—¿No te conformas con haberme manoseado en el café?

—¿Tú crees que un hombre como Dios manda puede conformarse con eso?

Sara, mi novia, quedaba lejos, muy lejos, en un horizonte de pasiones pequeñas y desahogos más o menos higiénicos. Empujé a Teresa contra la fachada de una casa que no tenía más paredes (el resto las había demolido la desidia o la especulación urbanística, que siempre se ceba con los pobres), y ella se dejó hacer, como una niña castigada por su profesor. Tenía los senos abiertos como pétalos (recordé el verso que Cansinos acababa de recitar en el Viaducto), pero en cuanto se los rocé por encima de la blusa se erizaron. Acaricié su vientre, combado por una vida en ciernes; quizá para no sentirme demasiado miserable, aseguré:

—Formaríamos una pareja estupenda.

Le alcé la falda, y busqué con dedos que se pretendían convincentes la cara interna de los muslos, que tenían, en efecto, un tacto vegetal y sutilísimo, casi como papel de biblia. Se oyó el chuzo de un sereno, golpeando las farolas.

—Vamos a casa —farfulló Teresa.

Y se alisó la falda, con una premura que anulaba el deseo. La casa que Gálvez había alquilado en la calle de Francos Rodríguez constaba, en realidad, de un único cuarto que hacía las veces de cocina, dormitorio y gabinete de trabajo; sobre una camilla, esparcidas en respetuoso desorden, había unas cuartillas, emborronadas con versos eróticos. Teresa encendió un quinqué con pantalla de visera y leí:

¿Qué es el amor, preguntas? ¿No has oído sus voces
dentro de ti? ¿No sabes, Teresa, qué es amor?
Amor es lo que sientes: loca ansiedad de goces
que frena, al tiempo mismo que acicata, el temor.

La luz del quinqué envolvía los objetos con un misterio que no merecían.

—¿Qué te parecen los versos de Pedro Luis?

En un rincón del cuarto, se hallaba una cocina de carbón, quizá sin estrenar por falta de viandas. Un biombo de rejilla ocultaba a la vista de posibles visitantes la cama sobre la que Teresa y Gálvez pensaban engendrar su prole. Dije, para zaherirla:

—Como los de Villon, pero en plan paleto. Se nota que sólo bebe vino y que sólo jode con putas baratas.

Sobre la cabecera de la cama, colgaba un crucifijo tallado en madera que mostraba la agonía de Cristo de forma tosca y tremendista; la única ventana que se abría en las paredes estaba ocupada por una luna que parecía un pan recién sacado del horno. Teresa se remangó la falda y meó concienzudamente, puesta en cuclillas sobre un orinal que había junto a la cama, con ese despojamiento que precede al sexo.

—Y tú, ¿con quién jodes? ¿Con putas de alcurnia?

—Depende. Ahora me propongo hacerlo contigo.

El pis se remansaba en el orinal, como una luna prisionera, gemela de aquella otra que ocupaba la ventana. Procuré desvestirme sin urgencias, con ese aire de rutina que convierte en trámite las efusiones de la carne, pero noté una desazón secreta que se obstinaba en llevarme la contraria. Teresa se desnudaba sin dirigirme la vista, como apabullada por la ferocidad de mis palabras; se iba a quitar la combinación, pero se lo impedí, para no tener que presenciar la gravidez de su vientre durante la cópula.

—¿No estarás casado?

—Y qué si lo estoy. No empeoraría tu situación.

Me tendí sobre Teresa, que ya se había tumbado sobre la cama, en actitud hierática, como una momia que conserva sus orificios en buen estado. Su piel tenía un tacto como de pergamino, que se iba afinando al llegar a las zonas menos transitadas de su anatomía: la cara interna de los muslos y los brazos, la raja del culo, los sobacos intonsos, como flores funerarias y obscenas. Abarqué sus caderas, en las que el hueso adquiría aristas apenas amortiguadas.

—¿Y novia? ¿Tienes novia?

Hablaba sin parar, en una jaculatoria que mezclaba la curiosidad y los jadeos. Le aparté las bragas y las medias, la ensalivé concienzudamente (ella también había orinado concienzudamente, pocos minutos antes), hasta borrar de su carne las señales que Gálvez hubiese podido dejarle (muy dentro de su cuerpo, allá donde mi lengua no alcanzaba, estaba la señal más notoria, gestándose), e intenté descifrar, entre la maraña de orgasmos que otros le habrían suscitado, un orgasmo inédito del que yo me pudiera apropiar. Teresa tenía un pubis adolescente, ojival y lacio, menos abundante de lo que había anticipado mi imaginación.

—¿Tienes novia? —insistía, pero yo no la escuchaba, enfrascado en una labor de zapa.

Volvió a preguntármelo cuando ya fornicábamos con desprecio de un somier que amenazaba con descuajaringarse a cada embate. Teresa no parpadeó ni una sola vez durante los casi diez minutos que duró la cópula, con una obstinación apenas igualada por la muñeca de Ramón; pero mucho más mortificante que esa fijeza resultaba su porfía:

—Dime, ¿tienes novia?

—Sí, la tengo, pero ahora sólo me importas tú.

Esta afirmación, que transcrita ahora pudiera entenderse como una claudicación sentimental, no era más que un síntoma de mi ofuscamiento. El cuerpo de Teresa, mustio e inofensivo (el embarazo la hacía infecunda durante unos meses), extenso como el de una yegua recién parida, suscitaba en mí cierta ternura o compasión —lo reconoceré—, reprimidas por un aprendizaje de maldad que ya iba durando muchos años. Los senos le brotaban de la combinación, como dunas de carne.

—Júrame que sólo te importo yo.

—Te lo juro.

Supe que había alcanzado el orgasmo porque su cuerpo se contrajo por un segundo, como traspasado por un latido, y sus párpados se entornaron, quizá para disimular esa bizquera momentánea del placer. El sudor apelmazaba sus cabellos, y mitigaba el olor de aquel perfume barato que Gálvez le habría regalado para compensar otros orgasmos parecidos. Teresa jugaba con mi falo, que tenía algo de apéndice recién extirpado o de caracol al que un desaprensivo ha privado de su concha.

—Ahora tienes que irte —su voz se había revestido de una dureza que parecía premeditada.

Alguien hurgaba con una llave en la cerradura. Contemplé, entre el desconcierto y el pavor, el cuerpo de Teresa, sus ojos ovales, la piel granulosa y maltratada por muchas vigilias, los labios afilados por una extraña voluptuosidad. Rió sin ganas cuando el otro inquilino de aquella casa entró a trompicones en el cuarto.

—Son diez duros —dijo Gálvez, tropezándose con el biombo.

Tardé un segundo en comprender. Gálvez tenía la boca espesa de vino y fabada, y se tambaleaba, ebrio quizá de su propia sangre. Teresa se introdujo con desgana los senos en el escote de la combinación.

—Cóbrale mejor quince —rectificó Teresa—. Le gustan las putas de postín.

Gálvez vomitó una sustancia con tropezones (quizá no había masticado bien las alubias), casi tan cárdena como la que había vomitado el argentino Borges, camino del Viaducto. Pero a Gálvez nadie le daba palmaditas en la espalda, para amortiguar sus convulsiones. Teresa se desentumecía sobre las sábanas, hundiéndose en ellas, como si fuesen fango.

—¡Maldita fabada! —dijo Gálvez, y se apartó de un manotazo los restos de vómito que ensuciaban sus labios—. ¿Qué tal jode este niñato, Teresa?

Yo los escuchaba departir instalado en un ámbito de irrealidad, como quien ve desfilar ante sí un arroyo de aguas fecales y no se molesta en taparse las narices, porque las tiene obturadas de mierda. La luna se reflejaba en el charco de orín que Teresa había dejado sobre el orinal.

—Fíjate si será iluso que hasta renegó de su novia y me dijo que sólo le importaba yo.

Teresa volvió a reír, esta vez con forzada fiereza. Una comprensión enrevesada del amor la empujaba a prostituirse, para pagarle las borracheras a su amante. Pagué sin resistencia, con ese grado de estolidez que nos transmite la humillación. Salí a la calle como quien deja atrás una pesadilla pegajosa y recalcitrante; el aire de la noche olía a riego de mangueras y a periódicos calientes.

—¡Ultra! —se despidió Gálvez, asomado al ventanuco de su cuarto, mientras Teresa le contaba a gritos las estrategias de mi galanteo. Ambos se reían, como locos furiosos, y se burlaban de mí.

X

Rafael Cansinos-Asséns prosiguió su peregrinaje, después de convidar a un plato de fabada a sus discípulos, por las tascas arrieras de la calle de Toledo, hasta los desmontes que anunciaban el fin del territorio urbano. La luz del amanecer, de una lividez doliente, incorporaba a la fisonomía de los noctámbulos una gangrena de ojeras y abotargamientos; por el camino, derrumbados en callejones donde nunca luce el sol, ahogados en el charco de sus propios vómitos, desvalijados en burdeles y timbas de poco fuste, se habían ido quedando los más débiles, los menos convencidos de su misión artística, como restos de un naufragio a quienes la bajamar deposita entre los acantilados. Cansinos-Asséns propuso a los supervivientes de aquel periplo redactar un manifiesto que, como las tablas del monte Sinaí, sirviese de acta fundacional y código de conducta para los fieles que más tarde se incorporasen al nuevo culto. Cansinos inspiró el texto del manifiesto, como un Yavhé embriagado y algo fatuo, y sus discípulos transcribieron al papel el oráculo del maestro:

Los que suscriben este manifiesto, jóvenes que comienzan a realizar su obra, y que por eso creen tener un valor pleno de afirmación, de acuerdo con la orientación señalada por el maestro Rafael Cansinos-Asséns, necesitan declarar su voluntad de un arte nuevo que supla las viejas tendencias literarias, y proclaman la necesidad de un ultraísmo, *para el que invocan la colaboración de toda la juventud española.*

Nuestra literatura debe renovarse, debe lograr su ultra, *como hoy pretenden lograrlo nuestro pensamiento científico y político.*

Nuestro lema será ULTRA, *y en nuestro credo cabrán todas las tendencias sin distinción, con tal que expresen un anhelo nuevo.*

Jóvenes, rompamos por una vez nuestro retraimiento y afirmemos nuestra voluntad de superar a los precursores.

Este llamamiento fue secundado por una legión de muchachitos sin voluntad alguna de superar a sus precursores, entre el analfabetismo y la primera menstruación, que —al igual que yo— hallaban en las vanguardias una coartada para colar sus bodrios, desprovistos de ritmo y de rima. Más difícil resultó encontrar mecenas que quisieran sufragar la publicación de revistas difusoras del ultraísmo, una vanguardia que corría el peligro de perecer antes de haber nacido, como una criatura sietemesina a quien la matrona ha olvidado cortar el cordón umbilical. Cierta tarde, sin embargo, se presentó en el café de Platerías, donde Cansinos se seguía rodeando de sus discípulos, un sevillano mofletudo y orondo, con aspecto de indiano y modales ampulosos, que dijo llamarse Isaac del Vando Villar.

—Sevillano de pura cepa, y tocayo del hijo de Abraham y Sara: un signo de buen augurio, sin duda —reflexionó Cansinos, con voz hebraica.

Isaac del Vando Villar tenía unos ojillos nerviosos, que se posaban sobre los objetos con ese desasosiego inconstante que caracteriza a los locos. Según supimos luego, Isaac del Vando había estado internado en varios manicomios, sometido a un tratamiento de camisas de fuerza y manguerazos a presión, por haberse creído una reencarnación de Napoleón Bonaparte. Recobrada la cordura, había regresado a su ciudad natal, donde montó una tienda de antigüedades, dedicándose a vender a los turistas paraguas averiados y falsificaciones de Zurbarán y Murillo. Las falsificaciones, burdas y tenebristas (mezclaba hollín con el óleo, para simular un espesor de siglos), recordaban más a los bisontes de Altamira que a los maestros de la escuela sevillana, pero los turistas picaban siempre, porque en la escuela no les habían explicado las diferencias entre la pintura barroca y la pintura rupestre. Gracias a estos timos, había reunido unos ahorros que ponía al servicio de Cansinos.

—Yo padezco de estreñimiento, ¿comprende, maestro? —comenzó Isaac del Vando, para explicar la veneración que profesaba al fundador del Ultra—. Una vez, mientras apretaba el esfínter en un retrete público, reparé en el rimero de hojitas que habían depositado allí, para que nos limpiáramos. Pertenecían a *La Correspondencia,* el periódico en el que usted colabora. Así pude leer sus artículos de crítica literaria, que tomé como modelo.

Cansinos intentó acallar las escatologías de Isaac del Vando, pero el recién llegado había tomado carrerilla, y los demás le jaleábamos. Alzando su voz entre la rechifla general, preguntó Ruanito:

—Pero entonces, ¿escribe usted?

Isaac del Vando resopló a dos carrillos, como quien condesciende a la curiosidad de un niño:

—Pues claro, qué se pensaba. Ya en la escuela emborronaba los márgenes de los periódicos. Ahora estoy consagrado a la redacción de un poemario ultraísta. Mi sacerdocio literario es absoluto: no bebo, no fumo, no frecuento mujeres. Concentro todas mis energías en la producción poética.

Hablaba con un aplomo ridículo, con esa petulancia incoherente que practican los hombres gorditos y los mequetrefes. Cansinos torcía la boca y se frotaba las comisuras de los párpados, aligerándose de legañas y espejismos. Isaac del Vando Villar prosiguió:

—Mi intención es sufragar una revista literaria, maestro, que usted mismo presidiría. La llamaremos *Grecia,* pues nosotros, los ultraístas, como los remotos habitantes de la Hélade, también aspiramos a un ideal de belleza que los bárbaros no comprenden. Propongo que usted y sus más dilectos discípulos se desplacen a Sevilla, para poner en marcha el proyecto. Todos los gastos corren de mi cuenta.

Cansinos chasqueó la lengua y siguió despojándose de sus legañas, como quien colecciona migajas de ámbar. En su gesto, se adivinaban la contrariedad y el arrepentimiento: esfumado aquel fervor inaugural que lo condujo a proclamar una nueva religión desde la barandilla del Viaducto, comprobaba con desolación cómo, entre los fieles de esa religión, abundaban los ineptos, los pedorros y los locos conversos. Rechazó el honor que se le ofrecía con infinita desgana:

—No cuente conmigo. Si acaso, ya le mandaré alguna colaboración, en señal de apoyo.

—Pero, maestro, todos los gastos corren de mi cuenta...

No hubo manera de conmover a Cansinos. Más accesibles nos mostramos los alevines del Ultra, ante la perspectiva de unas vacaciones pagadas en Sevilla. Guillermo de Torre, que ya anticipaba las delicias de una luna de miel en compañía de Norah Borges, actuó de portavoz:

—Rebasando las órbitas excéntricas y los parabolismos geométricos, he aquí que un ultra extrarradial rasga el horizonte de la belleza novimorfa. Aceptemos esta inédita perspectiva hipervitalista.

No había sombra de ironía o sarcasmo en su alocución; había hablado con perfecta seriedad, pero el sevillano Isaac del Vando se cabreó:

—Menos recochineo, orejudo. A mí hábleme en cristiano.

Ruanito se interpuso conciliador:

—Quiere decir que aceptamos. Mañana mismo nos tiene usted en Sevilla.

A la expedición sevillana se incorporarían Guillermo de Torre y su novia Norah, el argentino Borges (que quería vigilar de cerca el idilio de aquellos dos pipiolos), Ruanito y yo mismo, también Pedro Luis de Gálvez, que dejó a Teresa en Madrid, para que los traqueteos y fatigas del viaje no malograsen su embarazo (pero Teresa ya se había sometido a otras fatigas y traqueteos acaso más peligrosos, sobre todo para el hijo que gestaba, fertilizado por la semilla de clientes que quizá hubiesen contribuido a su concepción). Isaac del Vando Villar nos hospedó en el Hotel Cecil, que, sin ser de lo mejorcito de Sevilla, conservaba cierta destartalada decencia que lo hacía habitable: era un edificio de fachada color cereza, antaño lujoso, situado justo enfrente del Ayuntamiento, en una plaza que más bien parecía un oasis postizo, con palmeras que añoraban otras latitudes. Desde mi habitación, compartida con Ruanito, se veía el Guadalquivir, legendario y fenicio, escoltado de torres almohades o cristianas, tal como aparece en las litografías románticas. Cerré los ojos, para aspirar el aroma vegetal de aquel río que se fundía en mi recuerdo con el olor envilecido de Teresa Espíldora, aquel olor granuloso como su propia piel, que tantos hombres habrían acariciado antes que yo. ¿Qué extraña forma de morbosidad albergaría Gálvez, para prostituir a la mujer que amaba? ¿Qué torturado misticismo era el suyo, que necesitaba revolcarse en el cieno y la sordidez, y ya de paso revolcar a quienes le rodeaban, para rescatar el diamante de una metáfora? Ruanito interrumpió el hilo de mis reflexiones:

—Qué lástima no haber traído a las chicas, ¿no crees?

El recuerdo de Sara suscitaba en mí ese desapego irrevocable que precede al hastío. Me ocurría con frecuencia, cuando estaba a solas, que procuraba convocarla con la imaginación, y su figura se confundía con la de otras mujeres, en una promiscuidad carnal que hacía vano cualquier intento de individualización. Hay cierta clase de hombres (entre quienes me cuento, por supuesto) para quienes el cortejo concluye con la adquisición de la pieza. Sara, en cierto modo, se había convertido en una pieza abatida, una especie de trofeo que ya sólo servía para enseñar a las visitas. Y, por el contrario, el recuerdo de Teresa Espíldora anidaba dentro de mí, intacto como una obsesión no consumada, como un lento desperezamiento de la voluptuosidad.

—Di, ¿no crees?

—Me parece que estás perdiendo facultades, César.

Sevilla me sorprendió con una atmósfera fúnebre que desmentía su tradición de charanga y pandereta: al parecer, una epidemia de gripe asolaba la ciudad, y las columnas de la Alameda de Hércules estaban cubiertas por crespones, en honor a un torero autóctono, Joselito *El Gallo,* muerto unos días antes en plena faena. El aire tenía un tacto febril, como de mujer gestante (Teresa, o su recuerdo, seguían asediándome), y por las calles había, camufladas entre la mugre de las esquinas, gitanas que daban muchísimo la tabarra, enumerando las hazañas del torero muerto, y las orejas y rabos que había cortado. Todas las noches, nos acercábamos a la tienda de antigüedades de Isaac del Vando, para ofrendarle las composiciones poéticas que habíamos redactado durante el día, somnolientos y resacosos del vinazo que bebíamos en las tabernas; gastábamos la calderilla que Isaac del Vando nos pagaba en los burdeles del barrio de Triana, abovedados y oscuros como pozos sin brocal o cavernas ajenas a la evolución de las especies. Como Norah Borges habría constituido un estorbo en estas excursiones prostibularias (éramos machistas, lo siento), le administrábamos unas gotas de narcótico en el vino de la cena, a escondidas de su hermano y de Guillermo de Torre. Cuando el bebedizo hacía su efecto, había que ayudar a Norah a subir las escaleras que conducían hasta su habitación. Guillermito auscultaba y tomaba el pulso a su prometida.

—¿No será que se está muriendo? —preguntaba Borges, sin perder la calma, con esa fatalidad circunspecta que cultivan los gauchos de la pampa.

Guillermito de Torre acercaba una oreja al pecho de su enamorada:

—Audiciono una sinfonía frígida, bajo la superficie tectónica y glandular. Una florescencia rítmica de acústica vibracionista.

—Quiere decir que ha empezado a roncar —tradujo Gálvez, para tranquilizar al argentino.

Norah roncaba, en efecto, con una placidez de motor diesel, como se supone que debieron de roncar las princesas encantadas, antes de que llegaran los hermanos Grimm y las idealizaran en sus cuentos, sustituyendo los ronquidos por suspiros banales. Abandonábamos el Hotel Cecil, a eso de la medianoche, rumbo a la judería, donde Isaac del Vando había instalado su tienda y también la imprenta desde la que se proponía lanzar su revista de vanguardia. La tienda de Isaac del Vando, casi inencontrable entre callejuelas con olor a meadas y vómitos fermentados, tenía algo de sacristía asaltada por las hordas de Atila; allí se amontonaban, como en una ceremonia del caos, violines desafinados, uniformes de alabardero, sombrillas japonesas, flores de trapo, aparatos de radio que captaban emisoras extraterrestres, falsificaciones de

Murillo que anticipaban misteriosamente ciertas tendencias de vanguardia y unas cuantas imágenes de la Virgen que incorporaban una peluca de cabello natural, lo cual producía la misma sensación que caminar entre muertas verticales. A diferencia de los objetos que mi tío Veguillas acogía en su tienda de empeños, aquéllos no delataban la existencia de amos anteriores, sino que mostraban esa invisible desolación de las cosas inertes, esa orfandad miserable de los *souvenirs* para turistas. Acompañaba a Isaac del Vando un mozo con cabeza de ariete o busto romano que se llamaba Adriano del Valle y se definía como "lugarteniente del Ultra en Sevilla"; estaba cumpliendo el servicio militar, pero se fugaba todas las noches del cuartel, sobornando centinelas y saltando muros erizados de vidrios y alambradas, para incorporarse a nuestras farras.

—Salve, avanzadilla madrileña del Ultra —nos saludaba.

Y enarbolaba el puño izquierdo, siguiendo la moda bolchevique, lo cual quedaba un poco incongruente con su uniforme de infantería. Unos años más tarde, para no perder el hábito de la incongruencia, se apuntaría a la moda fascista, como tantos otros, como yo mismo. En la trastienda, Isaac del Vando tenía encerrada, en compañía de gatos y palomas, a su hermana Beatriz, una solterona de cuarenta años corridos que, por imposición fraterna, reservaba su himen para Rafael Cansinos-Asséns; Isaac del Vando deseaba unir su estirpe a la del fundador del Ultra, y, mientras se verificaba ese proyecto, la mantenía recluida en la trastienda, oculta como una joya de latón.

—Les presento a mi hermana, novia perpetua del maestro Cansinos.

Beatriz padecía esa gordura pálida y blandengue de las mujeres que rehúyen el contacto del sol, y olía al desinfectante con que su hermano Isaac rociaba la tienda, para mantener a raya la carcoma. Parecía muy a gusto viviendo entre gatos y palomas, enseñándoles el abecedario y la tabla de multiplicar; los animalitos se le subían a la cabeza y a los hombros, le defecaban en mitad del moño, con gran alivio de sus intestinos, y la condecoraban con una mierda corrosiva que, al secarse, adquiría un prestigio de bisutería. Los gatos, como corresponde a su condición felina, hacían estragos entre las palomas, pero, antes de comérselas, las fornicaban concienzudamente, con aprovechamiento de todos sus orificios y desprecio de los tabúes que rigen la vida en sociedad.

—Anda, Beatriz, saluda a estos señores, que vienen de Madrid —le ordenaba Isaac.

Beatriz nos miraba con ojos melancólicos y crueles, inquilinos en los pasillos de la locura.

—¿No serán, por casualidad, amigos de mi prometido, Rafael Cansinos?

—Pues sí, lo son —confirmaba Isaac del Vando.

Y Beatriz nos tendía una mano casi batracia, como un sapo invertebrado, que besábamos procurando reprimir la grima. Beatriz llevaba, cobijado en su regazo, un retrato de Cansinos, recortado de la portada de algún libro suyo, algo difuminado por la erosión constante de las caricias que su dueña le suministraba. Beatriz, al igual que su hermano, había frecuentado los manicomios de media España, y vivía en un estado de ofuscación lírico:

—Y, díganme: mi amado Cansinos, ¿me guarda castidad, como se la guardo yo a él?

—A ver qué remedio. Rafael no es un Adonis, que digamos, para que se lo anden rifando las gachises.

Beatriz llevaba sobre los hombros unas charreteras de mierda, evacuada por palomas y gatos, que suscitaban regocijo y repulsa a partes iguales. Sólo Gálvez, curiosamente el más caritativo con la desgracia ajena, aquietaba la incertidumbre de aquella mujer, y se ofrecía para actuar de mediador o alcahuete entre ella y el maestro Cansinos.

—Ya trataré yo de convencerlo, Beatriz, para que se venga con usted a Sevilla.

Resultaba aleccionador (pero las lecciones morales suelen adolecer de patetismo) contemplar la escena: Gálvez, rufián de la literatura, del brazo de una loca que lo llevaba hasta la trastienda y le mostraba aquella convivencia carnicera de palomas y gatos que fornicaban y se comían entre sí. Gálvez le acariciaba los cabellos, desprendiendo del moño las estalactitas y estalagmitas de mierda que lo recubrían. Componían una pareja absurda y sentimental.

—Mucho cuidado, Gálvez, con profanar a la virgen —se burlaba Ruanito, buscando en los demás un gesto risueño o aquiescente.

Pero nadie osaba reírse, amedrentados todos por la mirada feroz que Gálvez había dedicado a Ruanito. Isaac del Vando, entre tanto, nos hacía pasar a una habitación contigua, donde se hallaba su taller tipográfico, reducido a un par de minervas, desmenuzadas por el óxido, y unos tórculos grandes como máquinas apisonadoras o instrumentos de tortura. Una capa de polvo y cochambre se sedimentaba sobre aquella imprenta mínima.

—Como ven, amigos, la maquinaria está a punto —decía, con una fatuidad insoportable, mientras se frotaba las manos—. A ver, enséñenme qué han escrito.

Isaac del Vando pagaba dos duros por poema o artículo, más o menos lo que cobraba una puta del montón por el servicio completo. Nosotros le tendíamos nuestra magra cosecha de versos, que más bien parecían un folleto de instrucciones profilácticas; sólo el argentino Borges y Gálvez se tomaban algo más en serio su labor, aportando composiciones de largo aliento y sonetos de raigambre clásica.

—Pero... estos versos no son muy modernos, que digamos —se quejaba Isaac del Vando, al posar la mirada sobre aquellos endecasílabos que había escrito Gálvez, perfectos como columnas de mármol.

Guillermito se sumó a la queja en su particular jerga:

—Gálvez no comunica sinfronismos espirituales. Se adivina su actitud sitibunda y noviestructural, pero no evidencio en él ninguna estética alboreal o intuible de primicias.

—Es un advenedizo del Ultra —traduje yo.

El argentino Borges salió en defensa de Gálvez:

—Si él es un advenedizo del Ultra, nosotros somos advenedizos de la Poesía.

Me molestaba aquella insidiosa sinceridad del argentino, propia de un niño o de un imbécil. Adriano del Valle, el lugarteniente del Ultra en Sevilla, zanjó la discusión; el uniforme de recluta le otorgaba un aspecto oleaginoso, como de morcilla conservada en aceite:

—Vámonos rápido. ¿O es que esperáis a que me den el toque de diana?

Dejábamos a Isaac del Vando componiendo su revista, entre aquel jaleo de palomas y gatos y falsificaciones de Murillo, y nos adentrábamos en la noche, como ladrones minuciosos y descalzos, nos entreteníamos en alguna tasca refractaria a la civilización, nos emborrachábamos con un garrafón de manzanilla, apedreábamos el reloj del Ayuntamiento, que marcaba siempre la misma hora (otros lo habían apedreado antes), y lanzábamos insultos a la luna (siempre cambiante, a diferencia del reloj), por haber servido durante siglos como diana de las metáforas más cursis y pedestres.

—¡Abajo la señora luna! —berreaba Ruanito, lanzando escupitajos que, inexorablemente, caían sobre nosotros, sin alcanzar el cielo.

—¡Y mueran los eunucos que ocupan los sillones de la Real Academia! —añadía Adriano del Valle, enarbolando un puño bolchevique.

A la vera del Guadalquivir, la noche se hacía de un espesor irrespirable, como si de repente la arquitectura urbana se hubiese transformado en una selva inédita. Gálvez, exaltado por esa verborrea que cultivan algunos borrachos, se detenía ante los azulejos que decoraban el exterior de algunas iglesias, ilustrando los distintos episodios de la Pasión. Ante uno de ellos improvisó un soneto (acudían los versos a su boca con una naturalidad insultante), del que aún recuerdo algunos versos, entre otras cosas porque el argentino Borges lo estuvo repitiendo durante días, como quien reza una letanía:

> —*Rígido el cuerpo sobre el leño duro;*
> *el vientre hundido, y acardenalado*
> *pecho; sangra la herida del costado,*
> *portillo abierto al pecador perjuro.*

Los demás miembros de la expedición interrumpían su recitado con abucheos y onomatopeyas (eran incapaces de hilvanar frases o argumentos). Sólo Borges se alineaba en la trinchera que defendía Gálvez; hablaban entre sí con una voz que parecía humedecida de sudores íntimos:

—¿Y no se le revuelven las tripas, Gálvez —le preguntaba el argentino—, mezclándose con esta pandilla de analfabetos?

—Tampoco creo que usted esté muy a gusto. Mire: yo creo que, tanto usted como yo, pintamos poco entre toda esta gentuza.

Ruanito escuchaba atentamente aquella conversación, pero no osaba despegar los labios; quizá, en el fondo, se avergonzaba de no ser como Gálvez. Más o menos lo que me ocurría a mí.

—La literatura es un sacerdocio —continuó Gálvez—. O, si usted lo prefiere, una forma de herejía. La literatura es una enfermedad para fanáticos, y no un jueguecito, como la conciben todos estos pisaverdes. Yo he mendigado para poder escribir, incluso creo que sería capaz de matar. ¿Cree usted que los ultraístas cometerían algún delito en defensa de sus versos? ¿Qué digo delito? ¿Cree usted que tendrían valor para pincharse el dedo meñique con un alfiler?

Habíamos cruzado el Guadalquivir por el puente de Triana; sus aguas se mantenían quietas, como si jamás hubiesen leído a Heráclito. En Triana cambiaba la fisonomía de la ciudad: uno podía encontrarse palacios barrocos convertidos en tabernas, burdeles adosados al ábside de una iglesia, como sacristías de un culto más antiguo, talleres de alfarero en los que el barro olía a pan recién cocido. En la calle Pureza, se alternaban las capillas consagradas al culto y los prostíbulos menos recatados. Adriano del Valle nos recomendó uno en especial, del que brotaba un estruendo de jipíos y castañuelas; una cancela de hierro forjado daba paso al zaguán, donde las pupilas del burdel habían instalado un tablado y bailoteaban con desgana, incitando a duras penas a unos clientes que remoloneaban por allí, hasta que finalmente el tirón de la carne los obligaba a elegir puta y encerrarse en las alcobas de la casa, para escupir su semilla.

—No diréis que no tenéis dónde elegir —nos indicó Adriano del Valle, a quien la lujuria acentuaba su parecido con un busto parlante.

El puterío bailaba sin arte ni entusiasmo, alzándose la falda hasta las ingles, enseñando unos muslos de crudeza casi genital, rematados por unos culos con demasiada vocación esférica. Algunas llevaban el cabello recogido en un moño, apelmazado con agua y azúcar, para añadirle consistencia y cierto lustre, y miraban por debajo de unas pestañas postizas. El aire tenía una temperatura de fragua, refrescada tan sólo por los gargajos de la clientela; olía a geranios mustios y cloacas remotísimas. Las putas hacían retemblar el suelo, zapateando con ese ímpetu que sólo emplean los exterminadores de cucarachas; eran mujeres contaminadas de muchas razas, con su cuarterón mestizo, su cuarterón gitano, su cuarterón mulato o islámico y su cuarterón de roña y suciedad.

—¿Te has fijado en esa negraza? —me preguntó Ruanito, con los ojos mareados por la variedad.

Había, en efecto, entre toda aquella legión extranjera, una negra que ningún cliente elegía; tenía unas tetas que bamboleaba de derecha a izquierda, como campanas reblandecidas por el uso. Era lo más parecido que uno podía encontrar en Sevilla a Jeanne Duval, la amante de Baudelaire.

—Yo fui el primero que la vi, así que me permitiréis que sea yo quien la estrene.

Ruanito imprimió a su frase un tono inaugural más bien irrisorio, si tenemos en cuenta la veteranía de la negraza. La tomó de la cintura, y lo vimos internarse con ella por los pasillos del prostíbulo, de los que brotaba una bocanada de aire tibio. Adriano del Valle sugirió:

—Qué os parece si espiamos a César, a ver qué tal jode.

César jodía pasablemente, pero la amplitud genital de la negra, y el alboroto producido por nuestra irrupción retardaban su orgasmo. La negraza bizqueaba los ojos con un dramatismo indígena, y, cuando rodeaba a Ruanito con sus brazos, parecía que lo iba a estrangular. Gálvez se entretenía entrando de sopetón en otras habitaciones, y disolviendo los coitos a fuerza de patadas, como antaño hacía en los solares de la calle Marqués de Riscal, cada vez que acudía al palacete de Antonio de Hoyos, para esquilmar su biblioteca. El argentino Borges, que había preferido quedarse al fondo del pasillo, empezó a vomitar sobre una jofaina que, previsiblemente, utilizaban las putas para lavarse los bajos.

—¿Qué te sucede, Borges? —le pregunté—. ¿Te ha sentado mal el vino?

La negraza asfixiaba a Ruanito, entre el tonelaje oscuro de su anatomía, mientras Guillermo de Torre y Adriano del Valle la jaleaban. Borges se secó los últimos restos de la vomitona con la manga de la chaqueta, olvidando sus modales:

—No aguanto más. Vámonos de aquí. Necesito respirar aire fresco.

Gálvez se había perdido al otro extremo del pasillo, enzarzado en su duelo particular con los clientes que sorprendía *in fraganti*. El vómito de Borges, que casi hacía rebosar la jofaina, añadía a la atmósfera del prostíbulo, ya de por sí bastante espesa, una viscosidad de carnicería. Al verlo así, debilitado e inerme, se me ocurrió vengar ciertas petulancias del argentino.

—¿Pero qué pasa? ¿Tanto asco te dan las putas?

Tenía los ojos encenagados de tristeza o fatalismo; la mandíbula le temblaba, incorporando a sus palabras un leve castañeteo de dientes:

—No son las putas, sino el acto en sí.

Me narró con desorden cierto pasaje de su adolescencia en Suiza: su padre, deseoso de acabar con la virginidad de su primogénito, lo había llevado a una casa de citas, de la que él mismo era asiduo. Borges, a la sazón un doncel de dieciséis añitos, entró en la alcoba que le habían asignado con ganas de desbravarse, pero al cruzar su mirada con la de aquella mujer que su padre había elegido para tan señalada ocasión, tuvo una corazonada:

—La meretriz era amante de mi padre. Lo supe con insobornable certeza —farfulló Borges, inundado por un tembleque que era incapaz de controlar—. Escapé, acuciado por una repugnancia de la que aún no he logrado desembarazarme.

Aquella exposición de motivos se me antojaba una fábula: el argentinito había rodeado de complicaciones psicológicas un caso notorio de impotencia sexual o aversión a la vagina.

—Conque sigues virgen —dije.

Borges asintió, con esa propensión que tienen los débiles hacia la confidencia. Un espejo que había en la pared lo duplicaba banalmente, como en las ficciones que más tarde escribiría, de regreso a su país.

—Pues en Ultra no admitimos vírgenes —subrayé con acritud.

Víctima otra vez de las náuseas, Borges padecía unas convulsiones que amenazaban con descoyuntarlo. Comprobé que Gálvez no podía escuchar nuestra conversación:

—Mira por cuánto vas a dejar de serlo ahora mismo, con esa negra que se está trajinando Ruanito. —Lo tomé de los cuellos de la chaqueta y lo arrastré a la habitación—. Apártense todos: aquí traigo a un neófito en estas lides.

Guillermo de Torre, el futuro cuñado de Borges, brincó de gozo:

—¡Consumación del desfloramiento prepucial! ¡Coito africano-platense! ¡Ensartamiento venéreo, henchido de fecundas suscitaciones y estelas epigónicas!

Borges miraba a derecha e izquierda, solicitando apoyo con la mirada.

—Estáis locos —decía con una voz náufraga entre el horror y las lágrimas—. El maestro Cansinos, cuando fundó el movimiento ultraísta, no mencionó el requisito del desvirgamiento. Él mismo profesa el celibato...

Adriano del Valle, llevado de una abrupta belicosidad, le cruzó las mejillas de una bofetada. Borges adelgazó la voz, hasta convertirla en un sollozo, mientras lo tomábamos en volandas y conducíamos hasta el lecho donde lo aguardaba la negra, a quien, seguramente, la escena le recordaba alguna ceremonia de la fertilidad. Yo mismo le desabotoné los pantalones a Borges.

—Hala, majo, manos a la obra.

A mis espaldas sonó la voz de Gálvez, áspera como un anatema:

—¡Dejad en paz al argentino, pandilla de imbéciles!

Nos estaba amenazando con una navaja que no desentonaba

demasiado del tipismo canalla de aquel burdel. Todos, en señal de acatamiento, dimos un paso atrás, como intérpretes de una danza dictada por el miedo; la negra aprovechó el desconcierto reinante para huir, apoteósica de nalgas, pidiendo socorro en su dialecto nativo. Borges se quedó quieto en la cama, al borde del desmayo.

—Sois unos mamarrachos —nos increpó Gálvez—. No valéis todos juntos ni la décima parte que ese chaval.

Escuchábamos sin rechistar su reprimenda. Guillermo, que era un inconsciente, se atrevió a replicar:

—¡Y tú eres un apóstata del Ultra! ¡Quedas expulsado de nuestras filas!

Gálvez formuló una sonrisita agradecida: estaba deseando romper con un movimiento en el que había militado por oportunismo o inercia, contrariando sus convicciones estéticas. Resultaba ridículo, sin embargo —aunque quizá muy coherente con la historia breve y desquiciada de Ultra—, que la escisión se consumara en un prostíbulo de Triana, a muchas leguas del lugar donde tal movimiento había sido concebido.

—Con mucho gusto.

Gálvez ayudó a levantarse a Borges, y lo sacó del burdel, blandiendo su navaja como si de una espada flamígera se tratase. Afuera, en el zaguán, la noche se había vaciado de estrellas.

Este cisma o escisión en el seno del Ultra sevillano se agravaría cuando Beatriz, la hermana de Isaac del Vando, escapó de su encierro y viajó hasta Madrid, seguida por un cortejo de gatos y palomas, para reunirse con su prometido imaginario, Rafael Cansinos-Asséns, cuyo retrato llevaba escondido en el regazo, manoseado hasta el puro desgaste físico. Beatriz deambuló por los cafés de la Puerta del Sol, improvisó rondallas en la Morería, y, en general, sometió a Cansinos a un asedio infructuoso (él estaba decidido a perseverar en el celibato, por frigidez o camastronería) que ella misma decidió interrumpir, al enésimo desplante, arrojándose desde el Viaducto, con «los miembros abiertos en pétalos maravillosos», tal como había sugerido el propio Cansinos la noche en que bautizó el movimiento Ultra. Beatriz sobrevoló por un segundo la ciudad, como un pájaro con alas remendadas, pero las leyes universales de la gravedad y la coherencia narrativa terminaron imponiéndose, y se desplomó sobre la calle de Segovia, quedando allí, junto a la casa de mis tíos, espachurradita y mártir.

El suicidio de su hermana, cuya responsabilidad asumió de inmediato, devolvió la cordura a Isaac del Vando, quien se negó a partir de entonces a sufragar nuestros gastos y a seguir imprimiendo la revista *Grecia*, que ya se le antojaba una sopa de letras. Isaac del Vando viajó también a Madrid, con el cuchillo del pescado guardado en la maleta, dispuesto a protagonizar una tragedia y vengar la muerte de Beatriz, pero, cuando llegó a su destino, cambió la tragedia por el sainete, pegó el braguetazo y se amancebó con la dueña de la pensión en la que se hospedaba, dejando que el cuchillo de la venganza fuese enrojeciendo de herrumbre. Isaac del Vando, que resultó un amante ejemplar, volvió a cultivar, en los retretes de la pensión, las defecaciones lentas y tortuosas, y encauzó sus veleidades artísticas organizando entre los huéspedes visitas al Museo del Prado en las que, amparándose en la sabiduría que se presupone a un cicerone, afirmaba, entre otras muchas sandeces, que la mayoría de los cuadros que allí se exhibían eran burdas falsificaciones, y que Murillo, después de pintar sus Inmaculadas, se beneficiaba a las muchachas que le habían servido de modelos.

Interrumpido el patrocinio de Isaac del Vando, se produjo la diáspora ultraísta. Gálvez acababa de recibir un telegrama de Teresa, en el que le anunciaba el nacimiento de su primogénito, excusa que aprovechó para largarse, entre felicitaciones más o menos sinceras, dejando tras de sí un reguero de deudas que los dueños del Hotel Cecil quisieron repercutir sobre nosotros. El argentino Borges, agradecido al bohemio por sus enseñanzas y por la protección que le había dispensado, las pagó al contado con cierto incomprensible alivio, pues según nos confesó, la mera posesión de una moneda podía llegar a convertirse en una obsesión: forma más estrafalaria de justificar el dispendio no escuché jamás. Borges marchó a su país aborreciendo las vanguardias y dispuesto a completar su formación clásica del modo más rápido posible, aunque fuese comprándose a plazos la Enciclopedia Espasa; Norah, su hermana, lo acompañó, intoxicada de somníferos, y también Guillermo de Torre, aquel iluso de grandes orejas que aún creía en "una poesía dinámica e intersticial":

—Regiones ultratelúricas y vibracionistas me aguardan como receptáculo de mis productos eutrapélicos. ¡Por Ultra! ¡Por Norah, mi fémina porvenirista!

Borges entornaba los párpados con pacífica resignación, apabullado ante la posibilidad de que aquel energúmeno se incorporase a la familia. Los ultraístas (a excepción de Adriano del Valle, que se quedó en Sevilla, cumpliendo el servicio militar) abandonamos el Hotel una noche cualquiera, como una tripulación amotinada que abandona el barco en pleno naufragio y se arroja al mar, ignorando los rudimentos de la natación. Sevilla, de repente, tenía un aspecto de ciudad desolada, paulatinamente derruida por invasiones almohades y cristianas y ultraístas, hundida en un cementerio de metáforas, como una Atlántida de juguete. Me lo dijo Ruanito, mientras paseábamos por un parque donde, al parecer, se habían refugiado todas las palomas que Isaac del Vando guardaba en la trastienda.

—Nos confundimos, Fernando. El tren de las vanguardias no lleva a ninguna parte.

Me sentí súbitamente envejecido:

—Y entonces, ¿a qué tren subiremos?

—De momento, al primero que nos lleve a Madrid.

XI

A Eduardo Dato, jefe del Gobierno y artífice de una ley de fugas que propiciaba el empleo del gatillo, lo habían acribillado con una ráfaga de ametralladora, junto a la Puerta de Alcalá, tres anarquistas desmelenados, Mateu, Casanellas y Nicolau, que pasaban por allí, tripulando una moto con sidecar. Nadie acudió a socorrer a Eduardo Dato, que murió desangrado, pero a la mañana siguiente (la necrofilia es un vicio solidario), las calles por las que transitó la comitiva fúnebre se abarrotaron de un público castizo, luctuoso de mentirijillas, que arrojaba flores al paso del féretro y lanzaba vivas al Rey, que encabezaba el desfile, montado sobre un caballo, como una estatua ecuestre que, de repente, hubiese echado a andar. El entierro de un gobernante constituye un desahogo democrático (incluso en regímenes contrarios a la democracia), porque el pueblo, al fin, participa de esa espectacularidad de la política que, por lo común, se le veda. El traslado del cadáver de Eduardo Dato hasta el panteón de Atocha, encaramado en un catafalco, reunió a una multitud endomingada, vestida como para asistir a un concierto o a un banquete. La música, desafinada y mortuoria, la puso la banda municipal, y el banquete, el propio muerto, pues todo entierro tiene algo de ceremonia caníbal. El rey encabezaba el cortejo, disfrazado de húsar, a pecho descubierto, desafiando a los pistoleros anarquistas, pero los pistoleros anarquistas se habían tomado el día libre, para sumarse a las celebraciones.

Las calles, después del desfile, quedaban silenciosas, como las de una ciudad soñada. Los ociosos se disgregaban, con esa conciencia culpable de quien desatiende sus asuntos por satisfacer la curiosidad, dejando en el aire un rastro de palabras calientes. Los caballos que conducían el féretro relinchaban a lo lejos, aceptando los pésames de la multitud, santiguando de mierda los adoquines de la calle, con esa pesadumbre concienzuda, demasiado lacónica quizá, que embarga a los animales, cuando su dueño muere.

Don Narciso Caballero, mi jefe, que había contemplado el paso de la comitiva sin moverse de su despacho, se quejaba de la competencia que aquel tipo de espectáculos gratuitos le hacían a su negocio:

—Luego, a la gente le cuesta rascarse el bolsillo. «¿Para qué —dicen—, si puedo asistir de balde al entierro de los políticos?»

Se le notaba algo más viejo, algo más fofo y cansado, como si mi ausencia hubiese desbaratado la marcha de la empresa, echando sobre sus hombros una carga excesiva. El chubesqui del despacho irradiaba un calor de fragua, innecesario en aquella época del año (creo que estábamos en primavera). Don Narciso me trataba con paternalismo, como a una oveja descarriada que retorna al redil:

—Conque has estado liando la madeja con esos ultraístas, eh.

Supuse que don Narciso no distinguiría el ultraísmo de las tiendas de ultramarinos. Abajo, junto a la puerta de servicio, en la calle Núñez de Arce, se agolpaba una remesa de postulantas, esperando que don Narciso se dignase recibirlas y calibrar sus dotes artísticas.

—En Sevilla, pero sólo como pasatiempo.

Los ojillos de don Narciso me miraban, entre divertidos y censores, añadiendo a su rostro una expresividad de la que, en realidad, carecía:

—Aquí también han dado la murga todo lo que han querido. Se reunían en Parisiana, a dar recitales. Y venían a los teatros, a patear las obras de Benavente: lo llamaban "eunuco novecentista", y otras cosas todavía más soeces.

—Bueno, ya sabe, el afán de novedad —traté de excusarlos (o de excusarme), sin demasiada convicción.

—No, si a mí lo que me jode de esa juventud es que mucho de pico, pero a la hora de la verdad nada de nada. ¿Por qué, en lugar de desprestigiar a los clásicos, ¿no escriben ellos unas cuantas obras que los hagan olvidar? «Pero la misión de las vanguardias es eminentemente destructiva y desinfectante», pensé. Sobre mi mesa, junto a la máquina de escribir, se amontonaba una escombrera de papel, como una pirámide derruida.

—Son los originales que llegan —me indicó don Narciso—. Hasta dos y tres por día. Todo el mundo quiere estrenar en el Teatro de la Comedia: autores consagrados, noveles, funcionarios de Correos, inspectores de abastos, todo el mundo. Tendrás que echarle una ojeada a lo que vayamos recibiendo, aunque no creo que haya nada que merezca la pena.

El chubesqui asomaba unas llamas prisioneras, como de infierno en miniatura, que parecían retorcerse, intentando alcanzar toda aquella hojarasca de viejas dramaturgias. Espigando entre los manuscritos, encontré obras firmadas por viejos conocidos, como aquella *Santa Isabel de Ceres,* tragedia popular de la que Alfonso Vidal y Planas ya me había hablado, mientras la redactaba, en el café de Platerías. El despacho de don Narciso iba adquiriendo ese clima torrefacto que precedía a sus conquistas y escarceos eróticos.

—Tengo una sorpresa para ti —me dijo—. Hemos incorporado una nueva actriz a la compañía.

Sonreía melifluamente, camuflando sus labios de sátiro en aquella barbita blanca, tan similar a la de un rabino. Abrió la puerta del despacho y mandó pasar a Sara, vestida con un vestido de un azul mustio, maquillada de rímeles y colirios y sombras de párpados que no lograban encubrir su servidumbre, ese derrumbamiento moral que late al fondo de las pupilas, cuando las personas se convierten en animales domésticos.

—Eres una puta —dije, haciendo de la concisión una virtud.

Los cuernos me crecían, como excrecencias morales, lentos y dolorosos, pero don Narciso se apresuró a dar explicaciones:

—¡Por favor, Fernandito, cómo puedes pensar eso! —hablaba esquinadamente, asomando los colmillos por las comisuras de los labios; uno de ellos estaba forrado de oro, y relumbraba como una joya carnívora—. Sara vino pidiéndome la alternativa, nada más. No creas que tuvo que pasar las pruebas convencionales. La chica tiene madera de actriz, eso se nota a la legua. En el chubesqui crepitaba la leña, como un eco o constatación de sus palabras. Sara permanecía con la vista clavada en el suelo, llorosa de rímel, inmóvil como una mujer de carne y hueso pasada por el taller de un taxidermista. Don Narciso me dio unas palmaditas en la espalda, apaciguándome:

—Ahora tienes que emplearte a fondo, para encontrarle a tu novia un papel ajustado a su talento. Le he prometido que hará de protagonista en la próxima función.

Sara alzó la cabeza, en un gesto de dignidad ofendida que el cinematógrafo se había encargado de vulgarizar. No pude emplearme a fondo, porque, a mi regreso a Madrid, me topé con algunos asuntos pendientes que reclamaban una resolución más imperiosa que el mero capricho de una jovencita con pujos de actriz. Tía Remedios me mostró una carta recibida en mi ausencia, con membrete del Ministerio de Guerra, convocándome a filas; la notificación, escrita en una prosa castrense y bastante burda, sugería procedimientos al margen de la ley que me exonerarían del reclutamiento. Tía Remedios aprovechaba cualquier circunstancia para incurrir en el sentimentalismo:

—Mira que si te toca ir a pelearte con los moros...

Las veleidades expansionistas del Gobierno, empecinado en constituir un Protectorado en tierras marruecas, para poder igualarse a Francia, se enfrentaban a la hostilidad de Abd-el-Krim, un caudillo rifeño al que ya se dedicaban romances, conmemorando su ferocidad y los estragos que realizaba entre las filas cristianas. Las tropas españolas destacadas en Annual se abastecían de soldados indígenas (los llamados "regulares") y de levas realizadas entre la juventud más estrictamente proletaria. Cualquier hijo de buena familia, pagando una cuota de doscientos o trescientos duros, se libraba de cruzar el Estrecho de Gibraltar, travesía que suele suscitar náuseas y retortijones entre los estómagos acostumbrados a la buena cocina. Tía Remedios aguardaba mi respuesta, con esa expectación ingenua que practican las clases populares:

—¿Y qué piensas hacer?

—Pedirle un préstamo a don Narciso. A África sólo van los tontos y los pobres.

En la bahía de Alhucemas, Abd-el-Krim había congregado a las tribus del desierto, y las soliviantaba con un idioma caliente, rememorando los ultrajes sufridos a causa de la prepotencia española. Muchos tontos y muchos pobres iban a morir, defendiendo vagorosos patriotismos, obedeciendo órdenes de generales tarados, a manos de aquel caudillo que entendía la crueldad como una ceremonia voluptuosa y aborigen. Don Narciso me prestó mil quinientas pesetas, que era el precio que el Ministerio de Guerra imponía a quienes aborrecían las transfusiones de sangre, y otras mil de propina, para patrocinarme el alquiler de un pisito de soltero. Acepté sus prodigalidades, sabedor de que, en realidad, estaba indemnizando mis cuernos, esas excrecencias morales que, una vez perdida cierta escrupulosidad, se padecen sin sobresalto, con cierta rutinaria resignación, incluso, máxime si a cambio obtenemos ventajas y privilegios.

—Te vendrás a vivir conmigo, Sara. No importa que no estemos casados.

Alquilé un pisito en Ferraz, con ascensor y portero de librea que me llamaba "señorito" y corría a abrirme el portal, cada vez que yo entraba o salía. Fue un alivio independizarme, escapar de la influencia benigna (y tan tiránica, sin embargo) de tía Remedios, abandonar aquella casa de la calle de Segovia, frecuentada por los cadáveres de los suicidas y los espectros de una literatura más bien harapienta. El piso de Ferraz, que Sara y yo utilizábamos como picadero, más que como vivienda, tenía unos ventanales amplísimos (las modas foráneas se extendían a la decoración urbana) que me comunicaban la impresión de habitar una azotea de vidrio. Sara se dejaba poseer con ojos duros e irónicos, estragados de silencio, en un ejercicio de acrobacia que ya se iba haciendo tópico.

—Lo que hagas por tu cuenta, cuando yo no esté en casa, es cosa tuya, Sara —le decía al despedirme, con ese cinismo de quien otorga permiso para delinquir.

Pero Sara no cultivaba otro delito que el de la cocaína, cuya adicción (lo diré sin sarcasmo) la mejoraba físicamente, si no fuera por cierta bisojez y cierta inflamación de la mucosa que, a veces, transmitían a su semblante un aura de imbecilidad que no favorecía, precisamente, su carrera como actriz, del mismo modo que no favorecía mi carrera literaria el escaso volumen de mi obra, reducida a un puñado de excentricidades ultraístas, escritas en estado de alucinación o ebriedad, que, como entretenimiento, pudieran reunir ciertas cualidades, pero que ningún editor se arriesgaba a publicar. El ultraísmo, efímero como todas las vanguardias, se hallaba en fase de liquidación: los patriarcas del movimiento habían renegado de él, y sus cultivadores, más o menos desquiciados, se iban decantando hacia el olvido, hacia el abismo de la bohemia o la mera extinción física. Ruanito, más intuitivo que yo, había retocado sus versos ultraístas, tiñéndolos de perversidades muy alambicadas, infiernos de pacotilla y torturas venéreas. También había comenzado a escribir artículos que de vez en cuando lograba colocar en algún periodicucho a cambio de nada.

—Ya llegará el momento de cobrarlos —decía, con paciencia premonitoria.

Y no se equivocaba. Mientras llegaba ese momento, entretenía la espera ofreciendo sus libros de versos a los editores de Madrid, que no los querían ni regalados. Solíamos acudir, al menos una vez por semana, a los talleres de Rafael Caro Raggio, el cuñado de don Pío Baroja, en la calle de Mendizábal. Caro Raggio tenía el prurito de publicar autores jóvenes que se declarasen discípulos de su cuñado, cuyo legado amenazaba con no hallar sucesores, entre tanto vanguardista frenético y tanto barroquismo de saldo. Caro Raggio tenía aspecto de marinero conservado en formol, nostálgico de aromas salobres; era rubio, de una palidez submarina, y gastaba boina, por puro mimetismo familiar.

—Pues créame, Ruano: en sus poemas, yo no veo la influencia de mi cuñado por ninguna parte.

Los talleres gráficos de Caro Raggio se hallaban en el entresuelo de un edificio desmigajado por la humedad, y olían a papel fresco, prematuro, casi sin desvirgar. Ruanito procuraba ser amable y no perder la compostura:

—Fíjese en esa forma que tengo de reparar en las cosas, así como con cierta mala leche. Típicamente barojiana. Caro Raggio chasqueaba la lengua y se escarbaba los dientes, poco o nada convencido:

—¿Y qué me dice de esta frasecita? «Borracha de luz, la mañana clara se ha dormido a mis pies». ¿Desde cuándo la mañana es perro o gato, para dormirse a los pies de nadie? Me parece a mí que usted es de la cuerda de Ramón, el gili ese de las greguerías.

En esto entraba en los talleres don Pío Baroja, en alpargatas, de alpargatas, con alpargatas, muy envuelto en bufandas, como una momia friolera. Iba a entregar alguna de esas novelas que escribía en tres o cuatro días (el tiempo que le duraba un berrinche) o a corregir galeradas, pues gustaba de seguir muy de cerca la impresión de sus obras, no fuesen a escamotearle alguna de esas frases cazurras que incrustaba en sus diálogos. Don Pío tenía un aspecto avejentado, fatigadísimo, como de galeote amarrado al remo de su grafomanía. Los dedos pulgar e índice de su mano derecha mostraban unos callos que más bien parecían juanetes. Daba cierta vergüenza —lo reconoceré, aunque no esté bien incurrir en estas debilidades— codearse con un hombre tan laborioso, en especial cuando uno se dedicaba a gandulear.

—¡Qué escabechina! Abd-el-Krim ha lanzado su ofensiva sobre Annual. El general Fernández Silvestre, ese botarate, ordenó la retirada, pero cundió el pánico entre la tropa. Dicen que han muerto más de diez mil hombres.

Los periódicos llegarían a publicar, sorteando la censura, fotografías panorámicas de la llanura que se extiende entre Annual y Melilla, convertida en un cementerio a la intemperie, paraíso de moscas y aves carroñeras, sementera de tripas y agonías que nadie socorre, ni siquiera para interrumpirlas con un disparo. ¿Confesaré que no sentí piedad por esas diez mil víctimas?

—Y mientras mueren todos esos muchachos, los hijos de los ricos se quedan en casita, al abrigo del brasero —apostilló Baroja, con mirada recriminatoria que quizá me aludiese.

El desastre de Annual, del que iban llegando noticias parciales, difuminadas por un aroma de pólvora, sirvió para que nuestros gobernantes, encaramados aún en el cielo de las glorias pretéritas, se enfangaran de sangre y aprendieran a convivir con ese estado de postración cotidiana que proporciona la derrota (para quienes no la padecen directamente, pues a quienes la padecen sólo les procura un hoyo en la tierra). Caro Raggio, veterano del Barranco del Lobo, dictaminó:

—La historia siempre se repite.

—El eterno retorno, que dijo Nietzsche.

Don Pío Baroja, en su conversación, reconocía sus débitos con el filósofo alemán, generosidad que no extendía a sus escritos, en los que colaba de matute aforismos de *Así habló Zaratustra*. Alguien tiró del cordón de la campanilla, anunciando con ímpetu su llegada.

—El dichoso Gálvez. Le he dicho cincuenta veces que no venga por aquí hasta que no escriba esa biografía —se lamentó Caro Raggio.

—Más culpa tienes tú, por hacer encargos a haraganes.

No se había producido tal encargo, sino que Gálvez, al saber que Caro Raggio se disponía a iniciar una colección de biografías sobre las figuras del noventa y ocho, se había ofrecido para escribir la de su cuñado, a quien llamaba, con cierto retintín, el «Gorki español». En casi seis meses de trabajo, Gálvez no había entregado más de quince o veinte páginas.

—Un padre tiene obligaciones que dificultan la creación. El niño llora por la noche, y hay que levantarse a cantarle una nana.

Ésa era la disculpa que alegaba, con habilidad de sablista, para justificar su tardanza. Gálvez había rescatado de su vestuario aquel traje de rayadillo que se compró diez años atrás, coincidiendo con su matrimonio, pero los lamparones de grasa camuflaban ya el dibujo del tejido; venía acompañado por Alfonso Vidal y Planas y por Armando Buscarini, que lo seguían a una distancia devota, como perrillos que se acercan a la mesa del amo, por si pudieran alcanzar alguna migaja. Vidal, neurótico y exaltado, enseguida reparó en mí, pese a que me hallaba semioculto tras el mostrador:

—¡Fernandito, cuánto me alegro de verte! —Tenía una voz

despoblada de orgullo—. Le entregué, hace un par de meses, mi *Santa Isabel de Ceres* a don Narciso Caballero. ¿La has leído ya?

Cierta inexplicable simpatía (estimulada, quizá, por mi pertenencia a la cofradía de los cornudos, en la que figuraba Vidal con elevado rango) me impulsó a decir:

—Aún no. Pero te prometo que lo haré.

—Gracias, Fernandito. Fíjate si la obra será buena que Luis Antón del Olmet, ese ogro bajo cuya férula sobrevivo, me ha ofrecido estrenármela en el Teatro Eslava si acepto que figure él como coautor.

—¿Es que colaboró contigo?

Gálvez, que porfiaba con Caro Raggio para conseguir un anticipo con el que sufragar «los pañales de mi hijo», intervino:

—¿Qué iba a colaborar? Ese cabrón está compinchado con varios empresarios teatrales. Los autores que deseen estrenar, tienen, a cambio, que cederle la mitad de los beneficios y de la autoría. Es un chantajista hambriento de triunfo. A mí también me ha hecho el mismo ofrecimiento: tengo escrito un drama en tres actos, titulado *Los caballos negros*, donde denuncio la existencia de garitos y casas de juego, ruina de gente desesperada y foco de prostitución, y el muy canalla me promete que se estrenará si consiento en hacerle un hueco, al lado de mi nombre.

Ruanito hizo un mohín de desprecio:

—O sea, que no sólo no te has vengado de aquella paliza que te propinó ese sujeto, sino que además andas en tratos con él. No entiendo tu concepto del honor —dijo, y soltó una risita truncada.

Salió en defensa de Gálvez Armando Buscarini, adolescente y necio:

—¡Qué fácil es hablar desde las atalayas de la riqueza! Pedro Luis tiene que alimentar a su hijito, a quien la sociedad ha impuesto, ya desde su nacimiento, el estigma de la ilegitimidad.

Buscarini acababa de salir de un sanatorio para sifilíticos, después de que una prostituta que vivía en el barrio de la Virgen del Puerto, a orillas del Manzanares, entre chabolas y basureros, le hubiese transmitido, junto a otras bacterias, un treponema que estaba desbaratando su salud. La sífilis iba extendiendo su carcoma, hasta alcanzarle el cerebro, en un vértigo de alucinación y locura. Buscarini, además, olía pésimamente.

—Tranquilo, Armando —lo sostuvo Gálvez, pues ya se nos echaba encima, desmelenado y lanzando espumarajos—. Estos señoritingos no entienden nuestras cuitas. —Escupió, por el hueco del colmillo, y añadió, dirigiendo sus palabras como dardos a Ruanito—: Ya llegará la hora de la venganza. Cada cosa a su tiempo.

Buscarini asentía, bañado en los entresudores de la fiebre, que le brotaban de las comisuras de los párpados, como sustitutivo de las lágrimas, que ya había derramado hasta el agotamiento:

—En ese día muchos se esconderán detrás de un matorral, como conejos, pero no escaparán a nuestra ira. Todos pagarán con creces lo que nos deben.

—Avísenme cuando llegue ese día —dijo don Pío—. No quisiera que me sorprendiese sin haber cobrado mis deudas.

En la imprenta de Caro Raggio entraba una luz de soslayo, como rebotada del suelo, que se posaba sobre los objetos, casi sin fuerza para iluminarlos. El rostro de Gálvez, simplificado por la penumbra, reducido a aristas y angulosidades, parecía del género rapaz.

—Pero hasta que ese día llegue —constató, con voz lastimera—, tendremos que dar de comer a nuestros hijos.

Caro Raggio, irreductible a la compasión, aludió a su leyenda:

—Bueno, siempre queda la posibilidad de que sean ellos quienes le den de comer a usted. Métalos en una caja de zapatos, diga que están muertos y pida limosna para su entierro.

Gálvez pegó un puñetazo sobre el mostrador y enseñó los dientes. La luz que antes delineaba sus arrugas le dulcificaba la barba de tres días, hasta darle un aspecto de pelusa vegetal. Bajo los cristales de las gafas, sus ojos se agrandaban con una súbita indignación:

—¡Se regodea usted en mi desgracia! ¿Hasta cuándo van a estar recordándome ese episodio? Aquí hay testigos —esto lo dijo señalándome— que podrán describirle los abismos de desesperación en los que me hallaba inmerso cuando hice aquella barbaridad.

Pero las protestas, más o menos airadas, no servirían para borrar una leyenda que ya lo iba a acompañar hasta el día de su muerte. Baroja intercedió, en un atisbo de generosidad que, viniendo de él, podría interpretarse como signo de flaqueza:

—Termine usted la biografía que le encargó mi cuñado, Gálvez. Si no sabe qué decir, pregúnteme, o meta usted alguna cosa de relleno.

Esta técnica del relleno, junto con la del refrito, que contaba con maestros muy poco remilgados, como Emilio Carrere, la cultivaba Gálvez con aprovechamiento y cierta gracia (por aquella época se dedicaría a reescribir las novelitas que había publicado en *El Cuento Semanal,* suprimiendo ciertas escabrosidades e inflándolas con diálogos divagatorios), pero, según reconoció, la biografía barojiana se le había atragantado.

—Si quiere —propuso Baroja, con una benevolencia que contradecía su fama de cascarrabias—, haga usted otra biografía de quien le parezca. Si la termina, se le pagará inmediatamente; ahora, por no hacer nada, no piense que le vamos a dar limosna...

La mirada de Gálvez, hasta entonces hostil, se fue volviendo aguanosa, como compadecida de sí mismo:

—No me diga usted eso —replicó—, que me hace llorar.

—Pues amigo —Baroja recuperó su aversión hacia ese tipo de bohemio que Gálvez personificaba, dispendiador de su talento, inconstante y camastrón—, se va a pasar la vida llorando, porque no creo yo que vaya usted a encontrar ningún editor que le pague por un trabajo que no ha hecho.

Buscarini salió en defensa de su mentor. Hablaba con un fervor misticoide, con empleo de tópicos que pertenecían a un romanticismo trasnochado, y nos rociaba con andanadas de saliva que quizá contuviesen el germen de su enfermedad:

—No tiene usted derecho a hablar mal de él, don Pío. Pedro Luis tiene una sensibilidad exacerbada, superior a la del común de los mortales. Lea usted sus versos: en ellos pone toda su alma.

El patetismo de sus palabras quedó mitigado por un alboroto creciente que llenaba la calle. Salimos a tiempo de contemplar la navegación lenta, aerostática, de un zepelín que sobrevolaba los edificios de Madrid, como un gran falo extirpado, como una de esas vísceras flotantes que pueblan los cuadros de Dalí. Se había congregado una multitud de curiosos que miraban hacia lo alto, a la espera de algún maná que tardase en venir: desde el zepelín, estaban arrojando una sementera de pasquines que descendían con dificultad, trazando tirabuzones, como en un otoño de papel. «Alfonso XIII desenmascarado», rezaban aquellos pasquines, en los que se responsabilizaba al Rey de la hecatombe acaecida en Annual, acusándolo de impulsar, a espaldas de su Gobierno, las imprudencias del general Fernández Silvestre, a quien, según allí se sostenía, había mandado un telegrama insensato, en el que lo incitaba a conquistar las Alhucemas, coincidiendo con la festividad de Santiago Apóstol, para que así su hazaña, realizada bajo la advocación del Santo Matamoros, cobrara dimensiones míticas. El panfleto lo firmaba Vicente Blasco Ibáñez, enfermo siempre de notoriedad, que mandaba desde su exilio parisino aquel zepelín, con su equipaje difamatorio o veraz (eso era lo de menos: Blasco Ibáñez pretendía, ante todo, hacer propaganda de sí mismo).

—Estamos gobernados por un irresponsable —protestó Baroja, a nuestras espaldas.

Ruanito se engalló, poseído por esa valentía intuitiva que los tímidos practican, cuando saben que nadie recogerá el guante de su reto:

—Eso me gustaría negarlo en el campo del honor.

Era un monárquico de guardarropía. El zepelín proseguía su singladura, panzudo y de un color de plata, como el vientre de un burro, a través de un cielo vacío de nubes y de pájaros (quizá los hubiese espantado con su presencia), derramando su silueta de parábola sobre las personas que se agachaban, para recoger del suelo los pasquines. Por un recodo de la calle, alfombrada de papel, apareció una pareja de guardias civiles con el sable desenvainado, montados en caballos que avanzaban con prevención, temerosos de resbalar sobre los adoquines. Cundió la alarma:

—¡Huyamos, rápido!

Ruanito y yo también echamos a correr, contaminados de un espíritu clandestino o meramente deportivo. Entre la multitud despavorida, aún pude atisbar la silueta enclenque de Vidal y Planas:

—Por favor, Fernando, léete mi obra —me suplicó.

Santa Isabel de Ceres, tragedia popular en cinco actos, era una historia de meretrices que se redimen por amor y mueren aplastadas por su pasado: Isabel, una prostituta con veleidades místicas, se enamora de un artista, cliente habitual de su burdel, que, una vez célebre, la olvida y se casa con una chica rica, abandonando a su redentora que, en un desenlace truculento, se degüella. Estaba escrita con ese estilo cristianoide y visionario que caracterizaba a Vidal, en un tono de denuncia social cuyas violencias verbales quedaban mitigadas por un ternurismo de plañidera. Había, sin embargo, entre la faramalla de tremendismos y apóstrofes vehementes, un rescoldo de verdad que, sin duda, rozaría la fibra sensible del público. Así se lo confirmé a don Narciso Caballero, que aceptó de buen grado mi recomendación, pues deseaba renovar el cartel de su teatro, abarrotado hasta entonces de reposiciones, con el estreno de un autor novel.

—Y Sarita, tu novia, hará el papel protagonista.

El papel protagonista (una puta santificada por el pecado), muy lucido y vociferante, no parecía en principio adecuado a Sara, que encajaba mejor en el molde de chica pavisosa (la cocaína le había entontecido la voluntad y el entendimiento), pero, en teatro, todos los milagros son posibles si intervienen la terquedad y unos ensayos concienzudos. Había que comunicarle a Vidal que su obra contaba con el beneplácito de don Narciso, pero no me apetecía frecuentar la redacción de *El Parlamentario*, por no toparme con Luis Antón del Olmet, a quien la noticia, a buen seguro, iba a encolerizar. Ruanito me propuso:

—Pásate por el Ateneo. Vidal suele reunirse en la cacharrería con otros desharrapados, cuando sale del periódico.

También él frecuentaba aquel edificio vetusto que había servido como cenáculo para los poetas románticos y modernistas y, ya últimamente, como refugio o logia masónica para una serie de escritores, refractarios a la monarquía y sus cortejos, que se reunían allí para conspirar, interrumpiendo de vez en cuando sus controversias para improvisar votaciones estrafalarias, como aquélla que decidió la existencia o inexistencia de Dios. Ruanito, que no tenía motivos de protesta política (como todo escritor de fuste, pensaba en imágenes, no en ideas), acudía allí con la intención —bastante legítima, por otra parte— de dar la nota, aunque fuera tiñéndose la melena con agua oxigenada, hasta que se le volvía rubia. Los socios del Ateneo, un batiburrillo de eruditos con caspa, poetas traspillados e izquierdistas que planeaban el advenimiento de la República no hacían demasiado caso de aquel mozalbete travestido, ni siquiera cuando se subía a la tribuna y despotricaba contra Cervantes, o contra Homero, a quienes, mediante cálculo probabilístico, consideraba los autores preferidos de los ateneístas.

—Parece claro que Cervantes era manco, pues escribió el *Quijote* con los pies —decía, entre el rumor de conversaciones.

—¿Quién es ese voceras? —preguntaba Valle, interrumpiendo sus invectivas contra el Rey, que aún no lo había nombrado Marqués de Bradomín.

—Un ultraísta descerebrado, supongo —le contestó alguno de sus contertulios.

—No tan descerebrado, no tan descerebrado. Coincido con él en su opinión sobre Cervantes.

Valle quería apropiarse la manquedad como rasgo exclusivo de su persona, de ahí la inquina que le profesaba al autor del *Quijote*. Ruanito, decidido a convocar atenciones, seguía cagándose en el panteón de nuestros clásicos y se tiraba pedos desde la tribuna, pero el desinterés de los ateneístas no aflojaba, quizá porque el desalojo de flatulencias era para ellos una actividad perfectamente cívica. Fui esa misma tarde al Ateneo, un sitio de alfombras raídas y abultadas de cucarachas, que morían con un crujidito al ser pisoteadas. En la biblioteca había un tío que orinaba mansamente sobre las obras del Padre Feijoo, como quien se aligera de insultos o represiones infantiles.

—¿Es el señor socio del Ateneo? —me preguntó un portero de librea, casi tan servil como el de mi apartamento de Ferraz.

—Pues no. ¿Tengo pinta de eso?

—Entonces, todo lo que el señor consuma tendrá que abonarlo al contado —había sustituido el servilismo por una circunspecta beligerancia.

Avancé sobre alfombras que cubrían una inmensa mortandad de cucarachas. La cacharrería del Ateneo, sede de tertulias y conciliábulos, era un salón espacioso, delimitado por paredes de las que colgaba una colección de retratos de señores muy barbudos y anacrónicos. Se respiraba allí una atmósfera acre, casi excrementicia, y las escupideras sonaban con el impacto de salivazos como perdigonadas. Había también unos ceniceros abarrotados de colillas a los que, de vez en cuando, algún gracioso propinaba una patada; los ceniceros, que eran de latón, causaban, al caer, un estruendo de bazar que se derrumba. Sobre los sillones, destripados de muelles y borra, se sentaban los ateneístas, con toda su cargazón de piojos y utopías anarquistas y pedanterías y calzoncillos manchados. Elevaba su voz por encima de las demás un individuo de verbo mordaz y algo hosco, de fisonomía robusta y, sin embargo, clorótica; se llamaba Manuel Azaña, tenía formación frailuna e iba a dar, con el tiempo, mucho juego político. Se disponía a beber, para refrescarse el gaznate, una botella de gaseosa que no lograba abrir.

—¡A ver, camarero, ábrame esto! —reclamó con energía.

El camarero, no debió de oír, o quizá se hizo el longui. Azaña tomó la botella del gollete y la estampó sobre la mesa.

—Ahora se jode y barre los cristales, por no hacerme caso.

Era un hombre cabezón, de muy férrea voluntad. Acababa de abrirse un expediente gubernativo, para investigar las responsabilidades del mando en el desastre de Annual, y Azaña tenía la certeza (algo apresurada, quizá) de que el Rey saldría salpicado por sospechas que confirmarían la acusación de Blasco Ibáñez y precipitarían su destronamiento. Al hablar, oscilaba ligeramente su cabezón blanduloso, limpio de aristas, acribillado por un sarpullido de verrugas:

—Y, cuando todo eso suceda, se instaurará la República —concluía.

También Unamuno tenía allí su peña, en la que hablaba de Dios y del sentimiento trágico de la vida, mientras hacía bolitas con la miga de un panecillo. A Unamuno se le notaba que era un paleto de Salamanca, afilado por la brisa fría del plateresco, por su forma de vestir, que él creía distinguidísima: un traje muy austero, de tela algo basta, y una camisa sin cuellos, estilo *clergyman*. Tenía una barba de Cristo avejentado, y un nimbo de santidad envolvía sus intervenciones:

—¿Cree usted, amiguito —este vocativo resultaba chocante, dirigido a Azaña—, que la República solucionaría nuestros males? Yo me inclino, más bien, por un nuevo regeneracionismo. Necesitamos un "cirujano de hierro".

Luego, ese cirujano de hierro lo iba a confinar en Fuerteventura, harto de sus obcecaciones agónicas. Mientras Unamuno y Azaña reinventaban el futuro, Ruanito, puesto en jarras, insultaba a Cervantes hasta quedarse afónico y repartía los folletitos poéticos que, finalmente, Caro Raggio, el cuñado de don Pío Baroja, le había editado, en un acceso de debilidad. Aparte las tertulias políticas, había otras de índole esotérica (teósofos que discutían si a Dios le sudaban o no los sobacos), científica (aprendices de Ramón y Cajal que confundían las trompas de Falopio con las trompas de Eustaquio), o pseudoliteraria. Vidal y Gálvez formaban parte de estas últimas, y en concreto de una que reunía a casi todos los huéspedes de la pensión de Han de Islandia (a los que sobrevivían, pues el maltrato que dispensaba aquel bárbaro a sus pupilos iba diezmando su número), hombres como espectros que han salido de la tumba sin plancharse el traje.

—Hombre, Vidal, cómo tú por aquí —dije, haciéndome el encontradizo.

Procuró sonreír, pero sus labios se lo impidieron, cuarteados en un par de lugares, y casi sangrantes. Su jefe, Luis Antón del Olmet, enzarzado en una campaña contra las casas de juego, lo obligaba a escribir reportajes en tono de denuncia que deparaban a su subalterno agresiones y vapuleos varios.

—Ya ves, haciendo tiempo hasta que mi amada salga del trabajo —farfulló.

Gálvez, que conocía los encuentros de Elena Manzanares y Antón del Olmet en aquella pensión de la calle de Peligros, preguntó, sin disimular cierto sonsonete irónico:

—¿No me digas? ¿Es que una mecanógrafa tiene que hacer horas extraordinarias?

Hubo una risita subterránea y fúnebre, como de escarabajos que crujen. Vidal no se dio por aludido:

—Antón del Olmet dicta mucha correspondencia, pero le paga bien. Elena mete más dinero en casa que yo.

—Su ración de carne le cuesta —masculló Gálvez, en un tono bronco.

—No te entiendo, Pedro Luis. Últimamente te ha dado por hablar en cifra.

Y en verdad no entendía, pues entre sus cualidades (bastante exiguas, por supuesto) no figuraba la clarividencia. Buscarini, enfermizo y escuálido, esbozaba un pucherito, como si sufriera por los cuernos de su amigo.

—En fin, Vidal —dije, interrumpiendo las insidias de Gálvez—, te traigo noticias inmejorables: don Narciso Caballero quiere estrenar *Santa Isabel de Ceres*.

Vidal abrió unos ojos incrédulos y enmudeció por falta de vocabulario. Gálvez no disimuló una expresión de fastidio o despecho, al comprobar cómo se abrían las puertas de la fama a alguien menos dotado que él, esas mismas puertas en cuyo umbral él tanto había mendigado. Los demás contertulios se levantaron de sus sillones, impulsados por esa forma de solidaria felicidad que sólo practican los misérrimos, y comenzaron a zamarrear a Vidal.

—¡Enhorabuena, Alfonso! ¡Menuda machada!

—¡Acuérdate del pobre, cuando estés en la cima!

Vidal permanecía sentado, apabullado por la revelación; había aflorado en sus labios una sonrisa bobalicona, olvidándose de las llagas que los cuarteaban. La sangre se le agolpó en la boca, pero su sabor se confundía con el de los sueños acariciados durante tantísimo tiempo.

—No me olvidaré de vosotros. Os aseguro que mañana estaréis conmigo en el reino de los cielos.

Siguió enhebrando frases extraídas de los evangelios, en una especie de delirio mesiánico. Acababa de entrar en la cacharrería Luis Antón del Olmet, pavoneándose, con un clavel rojo en la solapa de su chaqueta, que era como la premonición de un disparo. Licenciado en bravuconería, extorsionador y prepotente, cruzó el salón sin dignarse responder a los saludos que algunos ateneístas le dedicaban; fumaba un puro habano cuyo humo difuminaba un tanto esa satisfacción del semental que acaba de vaciar sus testículos. Detrás de él, iba Elena Manzanares, vestida con una pobreza que desentonaba incluso allí, en un ambiente tan poco aristocratizante; tenía una mirada opaca y rectilínea, como corresponde a una persona para quien la humillación se ha convertido en un estado de ánimo. Luis Antón del Olmet la tomó del antebrazo, sembrándole la piel de diminutos cardenales.

—Aquí tienes a tu novia, Vidal —dijo, masticando su desprecio—. Cada vez tarda más en mecanografiar la correspondencia. A este paso, tendré que darle una patada en el trasero.

Elena Manzanares se dejaba empujar, como una cigüeña expulsada de su nido. Vidal, tras un primer momento de indecisión, se incorporó de su asiento y dijo:

—No tendrá que darle ninguna patada, porque desde hoy deja de ser su subordinada. Lo mismo que yo.

Silabeaba las palabras, saboreando una dignidad —la suya propia—, que ya creía extinta, sepultada entre tantas claudicaciones. Antón del Olmet se agarró la tripa con ambas manos y mordisqueó el habano hasta desmenuzarlo.

—Vaya, vaya, el gallito de Vidal —enseñó una dentadura con incrustaciones de oro al sonreír, pero enseguida demudó el semblante, mientras se desabotonaba el chaleco y se remangaba las mangas de la camisa—. Siento tener que hacerlo delante de todos estos señores, y mucho más delante de tu novia, pero creo que te lo mereces. Te voy a dar hostias a tutiplén. Tú a mí no me pierdes el respeto, mequetrefe.

Vidal tembló ostensiblemente, ante la inminencia de un nuevo castigo, pero reunió valor para decir:

—Si me toca lo denuncio en comisaría. Tengo testigos que declararán a mi favor.

Entre sus contertulios, cabizbajos y remolones, no creo que hubiese hallado demasiados testigos. Di un paso al frente; las palabras me ardían en el paladar, como un mensaje de vidrios rotos:

—Mire, Vidal va a estrenar *Santa Isabel de Ceres* en la Comedia, de modo que puede meterse los diez reales diarios que le paga por el ojo del culo, si es que le caben.

—Seguro que sí —apuntó Gálvez, que quizá ya empezase a atisbar su venganza.

La sangre le subía en oleadas a Luis Antón del Olmet, como una marea apenas contenida por el sistema venoso. Abrió la boca para replicar (ahora, por pudor, ocultaba su dentadura), pero me anticipé:

—Si se le ocurre descargar sobre Vidal, pongo en conocimiento de la prensa los trapicheos que se trae con algunos empresarios teatrales. Le aseguro que el escándalo será mayúsculo.

Antón del Olmet estrujaba la colilla de su puro entre los dedos, insensible a la brasa que le chamuscaba la piel. Cuando hubo marchado, Vidal nos fundió en un abrazo a Elena Manzanares y a mí:

—¡Sois los dos faros de mi existencia! —exclamó, alborozado—. Fernandito, déjame besar tu frente, que se ofrece a mis labios, pura y amplia como una patena, para recoger las hostias consagradas de mis ósculos. Y tú, Elena, acaríciame hasta que se fatiguen tus manos, igual de buenas que las ubres benditas de mi madre, que me dieron la leche que mamé.

Un tanto asqueado, me sequé con un pañuelo la saliva que Vidal había dejado sobre mi frente, viscosa y fría como la baba de un caracol.

Se estrenó *Santa Isabel de Ceres* un trece de septiembre, en medio de un gran desbarajuste político. El Rey jugaba al polo en su palacio de Miramar, mientras en Barcelona se sublevaba la guarnición militar, al mando de Miguel Primo de Rivera, un generalote muy devoto de la Virgen, que confesaba haber aprendido todo lo que sabía (incluidos los rudimentos de estrategia) jugando al julepe en el casino de Jerez. Primo de Rivera, antes de erigirse en "cirujano de hierro" de un país que se desangraba en el quirófano, anestesiado de glorias pretéritas, se había hecho célebre con una curiosa tesis que había expuesto sin reparos en varias ocasiones, y que le había costado la destitución del Gobierno Militar de Cádiz y de la Capitanía de Madrid, donde ocupaba plaza de mando: propugnaba Primo de Rivera abandonar el protectorado marroquí a cambio de recuperar Gibraltar, en un trueque optimista que ignoraba los tratados internacionales y el sentido común. Confinado en Barcelona por lenguaraz y fantasioso, urdió, en complicidad con el Rey, aquella sublevación que evitaría, en el futuro, la posibilidad de nuevas destituciones.

Llegaban noticias contradictorias del pronunciamiento, entre otras cosas porque los telegrafistas barceloneses aprovechaban su protagonismo para desquitarse de tantos años de anonimato, y comenzaron a enviar mensajes en un código irrespetuoso del alfabeto morse. El público que llenaba el Teatro de la Comedia parecía, en general, partidario de aquel generalote que venía dispuesto a regenerar el país, exterminar la corrupción política y el pistolerismo y vengar las afrentas de Abd-el-Krim. Se alzó por fin el telón, entre el murmullo de las marquesas, que se las prometían muy felices con un militar al frente del Gobierno, y el aplauso esforzado de los miembros de la claque, diseminados por la platea y el gallinero, que Alfonso Vidal y Planas había reclutado entre sus compañeros de bohemia: allí estaban, adecentados para la ocasión (pero sus trajes raídos, sus chalinas sin almidón, sus melenas aceitosas revelaban sus penurias), Armando Buscarini, Eliodoro Puche, Xavier Bóveda, el médico Villegas Estrada y otros fósiles del pasado, rejuvenecidos por el éxito de su amigo (entre las clases más pudientes de la literatura, el éxito ajeno, en cambio, envejece). Elena Manzanares ocupaba un palco que Vidal había mandado iluminar, para poder arrobarse en la contemplación de su amada mientras se representaba la tragedia, que él presenciaba entre bambalinas. Recostado en una butaca de primera fila, Luis Antón del Olmet aguardaba con gesto confiado el fracaso de la función (él también se había encargado de repartir entre el público mercenarios, con el encargo de proferir abucheos y patear el suelo a la conclusión de cada acto), y de vez en cuando lanzaba besos muy aparatosos y piropos que más bien parecían invectivas a Elena Manzanares, que enrojecía de vergüenza o desazón.

—¿Pero qué estará diciendo ese canalla? —preguntó Vidal, que no se atrevía a avanzar hacia el proscenio, pues la función iba a empezar.

Don Narciso Caballero le había regalado, con motivo del estreno, un traje nuevo y unos botines, para combatir su aspecto desastrado, pero la mirada esmaltada de fiebre, la barba crecida, el cabello crespo y grasiento, anulaban el efecto de la indumentaria. Gálvez, invocando una amistad manifiesta con el autor, se paseaba entre bastidores y les tocaba el culo a las meritorias que aguardaban su turno para salir a escena; exhalaba un aliento tabernario, y se tambaleaba, enredándose entre las poleas que sostenían los decorados.

—Maldita sea, Gálvez, ándate con cuidado —lo reprendí.

En un palco contiguo al que ocupaba Elena Manzanares, distinguí a Carmen de Burgos, *Colombine,* acompañada de Ramón y de su hermana Ketty. Colombine lloraba y se sorbía los mocos mientras presenciaba, como poseída por un trance hipnótico, el debut teatral de su hija; la proximidad de la menopausia la había hecho engordar y perder el favor de su amante, a quien le fastidiaba mantener aquel idilio: quizá, incluso, Ramón estuviese calibrando la posibilidad de cambiar a la madre por la hija, como quien suelta lastre y se mantiene indemne al paso de las generaciones. El primer acto de *Santa Isabel de Ceres* se desarrollaba mayormente en un prostíbulo frecuentado por señoritos que se divertían llevándose a las putas de viaje y arrojándolas por un barranco, con el coche en marcha. Sara, que apenas encubría su desnudez con un camisón, se acercaba al proscenio para pronunciar sus parlamentos, y entonces la luz de las candilejas iluminaba desde abajo su cuerpo, transparentando la tela del camisón y poniendo en evidencia la curvatura de su vientre, la sombra ne-grísima del pubis, también el culo repartido en dos continentes de carne. Sara conocía las limitaciones de su arte, pero las suplía con este exhibicionismo que, a los ojos del público, aparecía como accidental o fortuito, lo cual lo hacía menos censurable ante las mujeres, y más placentero o morboso ante los hombres. *Santa Isabel de Ceres* no escatimaba —y quizá radicase aquí su mejor acierto— las crudezas plebeyas, el lenguaje lacerante y arrabalero, la religiosidad entreverada de erotismo. Sara aprovechaba los mutis para inhalar cocaína, que al parecer tenía efectos desinhibitorios y la ayudaba a reflejar el proceso de degradación moral que acaecía en Isabel, la protagonista.

—Sara, creo que te estás pasando de la raya.

Ella me miraba desde el otro lado de las cosas, con ojos clausu-rados a la realidad, víctima de un frío que le nacía dentro (aunque quizá también colaborase la falta de calefacción) y se extendía por su anatomía, añadiendo a su culo un temblor premonitorio de la celulitis. Vidal seguía el desarrollo de la función entre el embeleso que le producía contemplar a sus criaturas evolucionando sobre un escenario, y el que le causaba la presencia de Elena, destinata-ria de su obra y única musa que favorecía su inspiración, sentada en un palco preferente. El primer acto fue recibido con silbidos y abucheos por parte de los secuaces de Antón del Olmet, pero, a la postre, la claque logró arrastrar a un público conmovido por el ingenuismo del autor y por la exaltación de un proletariado que aspiraba a la santidad.

—Pero, ¿qué le anda diciendo Antón del Olmet a mi Elena? —volvió a preguntar Vidal.

Entre bastidores, había mucho jaleo de carreras y preparativos. Gálvez se amparó en esa impunidad que proporciona el alcohol, pero su respuesta parecía largamente premeditada:

—Estás en las nubes, o qué. Ese cabrón ha estado jodiendo con ella durante todo este tiempo.

Vidal hinchó el pecho, como un enfermo de pleura. Esbozó esa sonrisita de perro sarnoso que lo caracterizaba:

—Tú bromeas, Pedro Luis...

—No tienes remedio: eres un iluso y un papanatas. —La voz de Gálvez se revestía de amargura y alevosía—. Se la trajinó desde el primer día. La chantajeaba, diciéndole que, si no consentía, te pondría de patitas en la calle. Digamos que Elena se dejaba joder por amor.

Formuló un rictus de sarcasmo. Vidal nos miró a uno y a otro, intentando descifrar tanto silencio culpable; se abalanzó sobre Gálvez, y agarrándolo por las solapas del gabán, empezó a zarandearlo. Al fondo de sus pupilas, se avecindaba la locura:

—Dime que no es cierto, Pedro Luis. Dime que mientes.

Gálvez se liberó de su acoso, entre la piedad y la grima que suscitaba en él aquella voz suplicante:

—Te lo juro por mi hijo. Antón del Olmet jodía con ella, al salir del periódico, en una pensión de la calle de Peligros. Fernandito es testigo.

Vagamente, asentí, sin darme cuenta de que estaba colaborando en la ejecución de una venganza que Gálvez había planificado minuciosamente durante años. Vidal retrocedió, aplastado por la revelación, pero enseguida reaccionó como un poseso, y, cruzando el escenario, saltó a la platea. La sala estaba casi desierta, pues el público había aprovechado el entreacto para salir al vestíbulo e intercambiarse información sobre el pronunciamiento de Primo de Rivera. Antón del Olmet seguía repantigado en su butaca, con ese aire farruco que cultivaba, aun en los momentos de reposo.

—¿Es cierto que malograste y robaste de mi huerto la inocencia que yo salvé?

El furor o la desdicha acudían a sus labios, traducidos a una literatura cursi. Elena Manzanares asistía desde su palco al desenlace de la tragedia; Antón del Olmet señaló con el pulgar hacia arriba, afectando indiferencia:

—Pregúntaselo a ella.

Vidal lanzó un aullido apenas humano que llamó la atención de un público que ya retornaba a sus butacas. Antón del Olmet no disimulaba su regocijo:

—Grita todo lo que quieras, imbécil. Cada vez que metas tu polla en su coño, piensa que primero estuvo allí la mía.

Elena lloraba con lágrimas difíciles, como quien se desangra. Vidal lanzó otro aullido, esta vez mientras se mesaba los cabellos y reclinaba su cabeza en el pecho de Gálvez, que mantenía una impasibilidad de máscara. Intervine:

—Caballeros, si hay algún asunto entre ustedes que deban discutir, les ruego que me acompañen —mi voz era formularia, igual que mis palabras—. No conviene que el público se entere de estas miserias.

Les hice pasar a través del corredor que comunicaba el despacho de don Narciso con los camerinos, aquel corredor que mi jefe empleaba para sus asaltos amatorios. Antón del Olmet lanzaba carcajadas epilépticas, como quien rememora por entregas un suceso muy gracioso; detrás iba Vidal, sostenido por Gálvez, que le deslizaba insidias al oído. El despacho de don Narciso estaba forrado con paneles de madera que silenciaban los ruidos y los crímenes; hacía, como de costumbre, un calor insalubre, como de horno crematorio: el chubesqui, por supuesto, estaba encendido.

—Eres un malvado, Luis... —comenzó Vidal, tomando aliento.

—Y tú un mamarracho, un imbécil y un tarado. Y tu novia una puta que disfruta con una barra de carne entre las piernas.

El chubesqui parecía trepidar, como si albergase en su panza de latón todas las llamas del infierno. Vidal, enajenado y como sonámbulo, empezó a dar vueltas por el despacho; tenía la mirada extraviada:

—¡Ah! Yo encontré a esa mujer en mi camino, encontré su inocencia arrancada del jardín público y la trasplanté al huerto de mi amor. ¿Qué me hubiera costado hacer lo que todos hacían con ella: pisarla y seguir mi camino? Pero no, preferí cuidarla en mi jardín...

—Estás para que te encierren. Eres un loco cornudo —lo interrumpió Antón del Olmet, afianzando los pulgares en las sisas del chaleco.

El chubesqui incorporaba un rumor de volcanes en erupción. Vidal sintió, de repente, ese impulso que a veces el hombre débil experimenta ante el hombre de constitución fuerte, cuando necesita demostrar su valentía. Se le acercó, pero Antón del Olmet lo tomó del cuello, lo alzó en volandas y lo estrelló contra el chubesqui, que chamuscó la tela de su traje.

—Te voy a quemar el pellejo, fantoche, y luego le voy a dar por culo a la flor de tu jardín.

Ocurrió como en los sueños, donde las balas se disparan convocadas por la arbitrariedad. Vidal se llevó la mano al bolso interior de su chaqueta y sacó una pistola de pequeño calibre, y presionó el cañón contra la axila izquierda de su adversario. Sonó el disparo, cuando ya Antón del Olmet había abierto la tapadera del chubesqui y se disponía a meter allí la cabeza de Vidal. Brotó una llama como una lengua calcinada, mientras la bala cumplía su itinerario, traspasando a Olmet y saliendo por el vientre, exhausta ya, después de agujerearle los meandros de las tripas. La sangre brotaba a borbollones, epiléptica como las carcajadas que unos minutos antes había proferido aquel hombre. Luis Antón del Olmet tardó en derrumbarse, y aún le dio tiempo a farfullar:

—Me voy... a follar a esa puta...

Cayó de bruces, con estrépito de armario. Gálvez se acercó a contemplar su hemorragia, y escupió sobre el charco que empapaba la alfombra. Vidal, poseído por un tembleque que amenazaba con descoyuntar sus huesos, aún empuñaba la pistola; corrí a quitársela, antes de que completara con un suicidio aquel drama calderoniano.

—Dame esa pistola, Vidal. Me temo que has arruinado tu carrera.

XII

A Alfonso Vidal y Planas lo recluyeron en la Cárcel Modelo, después de confesar su culpabilidad, hasta que se celebrara la vista del juicio, para lo cual aún tuvimos que esperar varios meses. Vidal no había arruinado su carrera, como yo me había apresurado a profetizar, ni mucho menos: *Santa Isabel de Ceres,* catapultada por el escándalo, se convirtió en un éxito clamoroso que le reportaría más de treinta mil duros en concepto de derechos. En entrevistas concedidas a los periódicos de máxima circulación, Elena Manzanares, recuperado el orgullo, hacía propaganda de la tragedia, afirmando que la protagonista, ramera en un burdel ínfimo de la calle de Ceres, era un trasunto de su persona. Las revistas de actualidad incluían reportajes con fotografías de la pareja, en el locutorio de la Cárcel Modelo, separados por una reja de gruesos barrotes, las manos entrelazadas y la mirada lánguida de dos tortolitos. Yo, personalmente, dirigía la campaña publicitaria, aleccionando a Elena Manzanares:

—No estaría nada mal que os casaseis.

Ella guardaba de su etapa prostibularia un sentido casi usurario del dinero, pero le faltaba imaginación:

—No creo que a Vidal le den permiso para salir a una iglesia...

—No hace falta, mujer. El capellán de la cárcel os puede casar en el locutorio.

Elena Manzanares era una mujer desgastada por el uso, de un rubio desteñido y menestral; jamás me atrajo, no porque físicamente me resultase insulsa (que también), sino por contar en su lista amatoria, amén de la clientela con la que hubiese tratado en la calle de Ceres, con un muerto y un presidiario. Se casaron, pues, en presencia del capellán, acribillados de fotógrafos y entrevistadores; Vidal, ebrio de protagonismo, justificó su asesinato con estas palabras: «Dios me ordenó matar». *Santa Isabel de Ceres* ya iba por las doscientas representaciones, así que le mandé recado para que perseverase en sus necedades. Quien también perseveraba en su asedio era Gálvez, que diariamente acudía al despacho del Teatro de la Comedia con su drama *Los caballos negros*, un alegato contra las casas de juego. Pretendía que se lo estrenáramos, con el inicio de una nueva temporada, y aseguraba que él se encargaría de protagonizar un tumulto que dejase chiquito el asesinato de Luis Antón del Olmet.

—¿Cómo?

—Pues por ejemplo apareciendo en los entreactos con un feto metido en una caja de zapatos. Conozco a más de un médico que se dedica clandestinamente al aborto, y podría suministrarme la materia prima.

Me lo decía con una pasmosa naturalidad, como quien ya tiene previstos los más mínimos detalles.

—Eres un enfermo, Gálvez. No se te ocurra volver por aquí.

Pero él volvía, callejero y elegíaco, a soportar más desplantes. Quizá, por perversión psíquica, le apeteciera someterse de vez en cuando a este tipo de humillaciones, del mismo modo que le apetecía ocasionarlas. Ahora que lo pienso, nuestra relación se redujo a un intercambio de humillaciones, del que aún ignoro quién salió vencedor. Un día, en vísperas ya del juicio contra Vidal, lo amenacé:

—Si sigues insistiendo, te acusaré de haber instigado el asesinato de Antón del Olmet. Ambos sabemos que tienes parte de culpa.

Y al afirmar su culpabilidad, no logré reprimir un escalofrío, pensando que Gálvez se complacía en demorar sus venganzas. Quizá emplease varios años para desquitarse de mí, igual que había empleado casi cuatro para desquitarse (mediante persona interpuesta) de aquella paliza que le había propinado Antón del Olmet en la redacción de *El Parlamentario*. Presté declaración ante una sala que hervía de apuestas y pronósticos absolutorios y condenatorios: Vidal y Planas se había convertido, para el público, en una especie de Oscar Wilde en versión modesta, cambiando el vicio nefando por el homicidio. Nada más subir al estrado, deslicé la mirada sobre los bancos abarrotados de gente, hasta tropezarme con la fisonomía de Gálvez; el fiscal me preguntó:

—¿Cree usted que alguien pudo incitar al señor Vidal y Planas al asesinato?

Me parecía escuchar la respiración de Gálvez, como un fuelle renqueante. Retardé mi respuesta:

—No entiendo por qué califica la acción del señor Vidal y Planas de asesinato, cuando lo que aquí se dirime es, precisamente, si concurrió o no alevosía.

El fiscal parpadeó, como un pájaro incapaz de remontar el vuelo. Rectificó, mientras Gálvez comenzaba a mordisquearse un labio.

—Está bien. ¿Cree usted que alguien pudo incitar al señor Vidal y Planas a la comisión del delito?

Vidal, en el banquillo de los acusados, vestido con un traje de pana negra, parecía un animal sombrío y agazapado, un mesías relegado a su reino de calderilla. Respondí en términos jurídicos:

—El señor Vidal y Planas actuó *motu proprio*, pero sin premeditación. Más bien creo que lo hizo en legítima defensa.

Mi testimonio sirvió, al menos, para rebajar la calificación del crimen, de asesinato a homicidio. Elena Manzanares, adoctrinada por su abogado, salpicó su discurso de sollozos y, a requerimiento del fiscal, enumeró las sevicias que Luis Antón del Olmet le había infligido en la pensión de la calle de Peligros; algunas, inspiradas en un compendio de torturas sadianas, se me antojaron excesivas e inverosímiles (Elena hubiese chillado, en caso de recibirlas, y yo nunca la oí chillar a través del tabique: era el suyo un silencio apabullado, el silencio de quien acepta y transige). El juez parecía propenso, después de escuchar aquel catálogo de aberraciones, a una sentencia absolutoria, pero el alegato que pronunció Vidal, sensiblero y patético, lo exasperó:

—Si yo no hubiera hecho lo que hice, los hombres no me llamarían homicida, ni el que mancilló la inocencia de esa flor habría muerto a mis manos, pero la mujer que hoy es mi señora sería prostituta en un burdel... Si yo no hubiera hecho lo que hice, mi honra no hubiera perecido momentáneamente a los ojos de los hombres, pero mi conciencia me gritaría hasta la muerte: «—¡Cómo...! Por miedo al juicio de los hombres, ¿vuelves a Dios la espalda?»

Había ido graduando las inflexiones de su discurso, para concluir en un clímax de furor bíblico. El juez, muy ponderadamente, lo condenó a la pena de doce años y un día de reclusión en el Penal de Santoña, pena que Vidal acató casi con ufanía. Para imbéciles como él, el sufrimiento se convierte en acicate del espíritu.

Los que aún no hemos incurrido en la imbecilidad preferimos, en cambio, otros acicates. La diversión, por ejemplo. El Directorio Militar del General Primo de Rivera generaba reglamentos, decretos y pragmáticas, una legislación profusa que establecía la censura previa, clausuraba revistas satíricas y perseguía a los propagadores de literatura sicalíptica, pero que, a la postre, como suele ocurrir con casi todas las medidas represoras, actuaba como estímulo de las actividades perseguidas, pues sus cultivadores encontraban un interés suplementario en perseverar, cuando las prohibiciones de la ley restringían o coartaban sus hábitos. Algunos bares nocturnos tuvieron que cerrar, acometidos por multas y tributos; otros, obligados por una ordenanza municipal que aspiraba a su extinción, tuvieron que adelantar la hora de cierre y vetar el paso al público femenino. Esta expulsión que sufrió la mujer de unas regiones recién conquistadas por su sexo convirtió aquellos lugares en androceos desolados, donde un puñado de hombres célibes se emborrachaban y apostaban su dinero a la ruleta. Se propició así —la represión estatal siempre arrastra un corolario de efectos secundarios— un auge de los burdeles, cuya apariencia doméstica e inofensiva favorecía su pervivencia.

En mi pisito de Ferraz organizábamos, Ruanito y yo, unas orgías muy poco respetuosas del sexto mandamiento, que dejaban satisfechas (y derrengadas) a nuestras novias, y, a nosotros, predispuestos a continuar la juerga por garitos clandestinos. Habíamos descubierto una bebida muy literaria, importada de Escocia y casi inédita en nuestro país, que sabía a madera repintada (quizá porque los anglosajones, tan finos ellos, barnizan las barricas donde curan sus vinos), de un color como de orines con febrícula. Se llamaba whisky, y aunque el paladar la rechazaba, caía como un bálsamo en el estómago, aquietando las resacas y facilitando los amaneceres. El whisky nos infundía, a Ruanito y a mí, una bizarría salvaje, entre el optimismo y el terrorismo, mientras Mercedes y Sara se iniciaban en los ritos sáficos.

—Fernando, yo creo que no deberían beber más whisky.

Yo prefería que Sara me fuese infiel con mujeres, quizá porque el lesbianismo excluye la penetración, y a mí siempre me produjo algo de reparo introducirme en territorios que otros han lubricado antes. A Sara, desde que triunfase en el papel de *Santa Isabel de Ceres,* la asediaban señoritos de provincias, viejos con una próstata del tamaño de una sandía, empresarios de la competencia, toreros en perpetuo estado de erección y adolescentes místicos que se masturbaban, agazapados en la última fila del gallinero, cuando Sara se aproximaba al proscenio y mostraba su anatomía a la luz de las candilejas. Incluso Ramón, el amante de su madre, le escribía unas cartas torrenciales de palabrería, en las que le proponía un idilio, para ver si así lograba matar de celos a Colombine.

—A ese Ramón le voy a incrustar el monóculo en el culo.

Sara y Mercedes se habían quedado anudadas sobre el diván, con más amodorramiento que lujuria. La noche tenía un color ferruginoso, como de gran fábrica siderúrgica.

—Oye, Fernando, ¿por qué no me llevas a casa de Teresa, la mujer de Gálvez? ¿Sigue trabajando en lo mismo?

Seguía trabajando en lo mismo, con la ventaja añadida de que sus clientes no tenían que padecer las irrupciones intempestivas de su marido, a la sazón en Barcelona, donde había logrado engatusar a un empresario teatral de las Ramblas con su drama *Los caballos negros,* que no llegaría a las diez representaciones. Gálvez, que había querido regresar a Madrid después del fracaso, fue retenido por las autoridades militares, por haber publicado una colección de sonetos satíricos, bajo el explícito rótulo de *¡Buitres!*, en la que ridiculizaba a varios políticos de la época y denunciaba sus rapiñas. Mientras Gálvez defendía su libelo ante una comisión censoria, Teresa recibía en su casa de Cuatro Caminos a una clientela que acudía allí, no sólo para saciar sus apetitos, sino también para participar, siquiera de refilón, en la leyenda del bohemio, que ya se había incorporado a la leyenda colectiva de la ciudad.

—Está bien, te acompaño —acepté.

Procuré que esta aceptación sonase a vaga renuncia, como quien accede por amistad a cumplir una obligación fastidiosa, pues el pudor me impedía manifestar mis sentimientos hacia Teresa, por otra parte bastante ininteligibles o inconfesables. Recordaba el contacto furtivo de su cuerpo en el café de Platerías, recordaba su vientre grávido, recordaba el olor a colonia barata que impregnaba su cuello. Todo aquello hubiese quedado lejano y pretérito, si cierta reminiscencia masoquista no actuase a favor de la memoria. La casa donde vivían Gálvez y Teresa, en la calle de Francos Rodríguez, incorporaba a su fachada nuevas resquebrajaduras, nuevos avances de la humedad, nuevas amenazas de demolición.

—Vaya, eres tú —me saludó Teresa, entre el desasimiento y la chulería—. Cuánto tiempo. ¿Y ese pollo?

—César. Un amigo que tenía ganas de conocerte.

Teresa se conservaba intacta, aunque su voz sonase con un metal distinto. Miraba con ojos ovales, en cuyas pupilas se agrupaba la noche, como en una miniatura, y hablaba a través de aquellos labios afilados de voluptuosidad que promovían mi deseo:

—Os advierto que por menos de diez duros no hay nada que hacer.

Exigía sus honorarios a la vez que bajaba la vista hacia el suelo, con una humildad contradictoria. También en su dentadura, infamada por la caries, se notaba el transcurso de los años. Dije, con arrogante optimismo:

—Cóbraselos a él.

Ruanito inició una protesta, pero lo enmudecí con una mirada conminatoria. Teresa se había echado una bata sobre la combinación, pero ambas —bata y combinación— no llegaban a cubrirle las rodillas; recordé, como en una punzada de la nostalgia, el tacto vegetal y sutilísimo de sus muslos, casi como papel de biblia. El vientre delataba un nuevo embarazo.

—Me dejó preñada Pedro Luis, antes de marchar a Barcelona. Así Pepito tendrá un hermano que le haga compañía.

Pepito apenas habría cumplido los tres años (casi no sabía hablar), y andaba gateando por el suelo, jugando con un oso de peluche, con esa vocación insomne que tienen los hijos de los bohemios (aunque quizá ese noctambulismo precoz fuese una imposición derivada del oficio de la madre). El oso de peluche tenía los brazos despellejados, reducidos a puro alambre, y carecía de una oreja y un ojo de cristal: la pobreza impone estas mutilaciones. En un rincón del cuarto, junto al escritorio de Gálvez, había una cuna tosca, como fabricada por un ebanista con muñones en lugar de manos, y, sobre la pared, clavado con chinchetas, un soneto dedicado al hijo que aún no sabía leer:

> *Naciste del pecado. Ni mi nombre*
> *te pude dar. Sin padre ni fortuna*
> *rodarás por el mundo. Que ninguna*
> *maldad te asuste ni traición te asombre,*
>
> *sólo dolor te ha de ofrecer el hombre.*
> *La Miseria, a tus pies, mece la cuna.*
> *Rojo esta noche, el disco de la luna*
> *te presagia, quizá, triste renombre...*
>
> *Tú vengarás lo que conmigo hicieron,*
> *eres la garra que en el mundo dejo*
> *para que hieras a los que a mí me hirieron.*
>
> *Ser bueno con los hombres es baldío;*
> *que sientan la bravura de tu rejo,*
> *¡que no parezca que eres hijo mío!*

Pepito me trepaba a las rodillas, con torpeza de osezno, y se sentaba sobre mis muslos, pidiéndome que le hiciera el caballito, pero yo noté el calor blando que albergaba en los pañales, el mojón de mierda que amenazaba con ensuciarme los pantalones, y lo aparté de una patada. Tenía un tacto como de felpa y un llanto moroso, contenido, que endurecía sus facciones, hasta acentuar el parecido con su padre.

—Vamos, niño, no seas tan quejica —lo reprendí.

Sobre el escritorio, junto a los sonetos de Gálvez, junto a los borradores de sus dramas, se hallaban las cartas que enviaba desde Barcelona, entre la prolijidad y el patetismo:

> *Queridísima Teresa:*
> *¡Qué lentas pasan las horas, lejos de ti! Permanezco en esta ciudad hostil, hasta que quieran dejarme libre estas alimañas sedientas de sangre que gobiernan nuestros destinos. ¡Cuán poco han apreciado mi ingenio, cuán poca cortesía han mostrado con el poeta que derramaba sus versos! Barcelona sólo permanece atenta a su engrandecimiento económico: el ingenio que, como el mío, no toma este cauce, es tenido en menos que poco. Aquí se juzgan los talentos por el bandullo de la cartera. Sus artistas tienen, sin confesárselo, el mismo espíritu utilitario, y cuando el genio de un Gaudí, por ejemplo, se alza sobre la tierra, construye una catedral cuyas torres son chimeneas de fábrica que parecen decir: «El hombre será salvo por la voluntad, no por el sentimiento; por la acción, no por la contemplación; por el trabajo, no por la gracia».*
> *Yo, por mi parte, después de que secuestraran mi libro ¡Buitres! y cesaran las representaciones de* Los caballos negros, *he buscado trabajo afanosamente en Barcelona. Solicité en vano permiso al alcalde para conducir tranvías o vender en la vía pública. En una barraca de feria, actué a las órdenes de un hipnotizador, donde me hice, por diez pesetas, el cataléptico. He arriesgado mi vida, elevándome en globo, algunos domingos, desde la plaza de toros y el Turó Park; un día el globo cayó al mar, a algunas millas de distancia de la costa, y a la noche,*

cuando ya me veía perdido, me recogió una barca de pesca. Un sinfín de penalidades, como ves.

Descontada la colaboración en periódicos —escasa y vergonzosamente retribuida—, he escrito sermones, comedias y folletos que otros firmaron. Quizá esta labor anónima me habría permitido vivir, de no interponerse la codicia de los hospederos. La escasez de viviendas ha levantado en las ciudades numerosas partidas de atracadores. De haber sido hijo de nuestro siglo, Monipodio habría realquilado su casa y, sin trabajos, sustos ni temores de azotes, andaría holgado. En Barcelona llegan los hospederos a la ferocidad. Estuve alojado en una pensión, yaciendo en una cama de seis palmos con otros tres compañeros de infortunio, y, sobre el precio estipulado, exigía el patrón una peseta diaria, para caso de que lo multasen. El agua, en la cocina, corría por la mañana dos horas. Pago, anticipado. Derechos, ninguno. Y aún debíamos reconocimiento.

Pero no quiero entristecerte con mis penalidades, pues ya tendrás bastante con las tuyas, que consisten en pagar con onzas de tu propia carne la manutención de nuestro hijito y del que está en trance de venir. Pero en ti, como en la Magdalena, el comercio impío no deja huella, sino que te engrandece a los ojos de Dios, por lo que tiene de inefable sacrificio.

Teresa: cuando las sombras envuelven la ciudad y se encienden las estrellas, sueño contigo, acostado en esta cama de apenas seis palmos, e imagino que entre mis brazos tiembla tu cuerpo, dulcemente...

Te quiere,

Pedro Luis.

Pero, de momento, Teresa temblaba en los brazos de Ruanito y tosía, detrás del biombo, con una tos premonitoria de la tisis. Pepito me miraba acusadoramente, mientras yo removía y saqueaba los papeles de su padre.

—Ya basta, César. ¿No ves que está enferma? —dije.

La tuberculosis se agazapaba, allá al fondo de sus pupilas. Le hice una señal a Ruanito, para que me esperase al otro lado del biombo, y llevé una mano a la frente de Teresa, apartándole un mechón que la cruzaba; sentí cómo la fiebre palpitaba en sus sienes, como un latigazo negro.

—¿Has ido al médico, Teresa?

La luna entraba en franjas de luz a través de la persiana y se depositaba sobre su cuerpo desnudo, que de repente parecía el de una cebra. Una insensata ternura se apoderó de mí, mientras Teresa denegaba con la cabeza.

—Pues vete, con los diez duros que te hemos pagado.

—Ese dinero se lo tengo que enviar a Pedro Luis, que lo necesita más que yo —hablaba con dificultades, como si el aire quedase atrapado en sus pulmones—. Pero esta noche espero otro cliente.

Pepito se asomó al biombo. Tenía los pañales doblemente zurrados (se había vuelto a cagar, sobre el sustrato de mierda antigua), e iba dejando por la habitación un rastro de cloaca; tenía unos ojos ovales, como su madre, reacios al parpadeo. Teresa lo tomó entre sus brazos, lo tumbó sobre la cama que aún olía a semen, le lavó el culo con el agua no muy limpia de una palangana y le cambió los pañales, para alivio del niño, que echó a correr, ahora ya sin sobrecarga. Teresa esbozó una sonrisa mellada, como si acabase de recuperar su condición maternal.

—Ésta no es vida para ti —le insistí—. Tú no has nacido para ser puta.

—Las putas no nacen, se hacen —me rectificó, antes de que yo le ofreciera otra forma de prostitución más estable—. Y ahora, discúlpame, que llaman a la puerta.

Bajó a la calle en camisón, con desprecio de su salud; Ruanito silbó:

—¡Chico, qué experiencia!

Se le notaba exultante, como si de súbito toda esa literatura corrompida que había amueblado su adolescencia —Huysmans, Pierre Louÿs, Sade, Restif de la Bretonne— cobrase una consistencia tangible. También tenían una consistencia tangible las cuartillas emborronadas por Gálvez, que llenaban varios cajones del escritorio, y que yo decidí sustraer, para nutrir con ellas mi inspiración. Volvió Teresa con un par de mozalbetes y un negro que parecía emergido de alguna pesadilla. Alarmado, pregunté:

—¿No lo irás a hacer con ese monstruo?

El negro rugió, como un tigre que se despereza. Uno de los mozalbetes, un tipo con pinta de aprendiz de boxeador y acento baturro, lo aquietó:

—Tranquilo, Johnson, reserva tus energías para luego. —Y, dirigiéndose a mí, añadió—: Johnson es mi entrenador y guardaespaldas. Ha sido campeón mundial de boxeo, así que no le busquen las cosquillas. Además, sería incapaz de hacérselo con una blanca, ¿verdad, Johnson?

El negro asintió maquinalmente. Iba vestido con un traje de luto y con un sombrero bombín que rozaba el techo.

—A Johnson lo sacamos para que nos ayude a exterminar a los maricones de Madrid —continuó el baturro, que era áspero y parecía fascinado por las efusiones de violencia—. Me presentaré: Luis Buñuel, aspirante a ingeniero agrónomo. Éste de aquí es mi amiguito Salvador Dalí, un novato que acaba de entrar en la Residencia. Pinta unos cuadros que no hay Cristo que los entienda. Lo traigo para que empiece a conocer el mundo y espabile.

El tal Dalí era un muchacho apocado (sobre todo, comparado con Buñuel), de un gran parecido físico con Ruanito: exhibía una delgadez de princesa mora, un bigote de guías afinadísimas, un pelo lacio y alicaído, y cultivaba una seriedad perenne que lo emparentaba con los genios o los deficientes mentales. Su atuendo, como un residuo de la época romántica, incluía una chaqueta de terciopelo que le llegaba hasta las rodillas, un sombrero de alas muy anchas y una corbata de lazo que le abultaba en el cuello como una coliflor. Buñuel tenía facciones angulosas, ojos de gladiador y una musculatura que casi le reventaba el traje. Ambos se hospedaban en la Residencia de Estudiantes, un reducto para pollos pera, en los altos del Hipódromo, que aspiraba a emular los *colleges* británicos; aunque estaba prohibido abandonar el edificio después de las doce, ellos se fugaban casi todas las noches, después de hipnotizar al portero.

—Hala, Salvador, saluda a estos señores.

Dalí habló con una voz honda, extrañamente pausada, como de locutor radiofónico con sede en la cara oculta de la luna:

—Buenas noches, caballeros. Me disculparán si no les estrecho la mano, pero es que no quiero contaminarme de microbios.

Pepito miraba con un horror manso a los nuevos visitantes, sobre todo a Johnson, el púgil retirado, a quien quizá confundiese con el diablo. Dalí seguía disparatando con una voz que tenía propiedades somníferas o delirantes.

—Esto lo despacho yo en un periquete —decía Buñuel, desabotonándose la camisa y mostrando un torso que parecía una coraza de bronce—. Cuando salgo de redada, me apetece sentirme macho.

Esta ostentación de virilidad le hacía concebir el acto sexual como si de un ejercicio abdominal se tratase. A Teresa no parecía impresionarle su musculatura de discóbolo.

—¿A qué redada se refería? —le pregunté a Johnson, cuando el somier empezó a chirriar.

—Redada de maricones —especificó Johnson—. Luis engatusarlos, llevarlos meadero, y yo zumba zumba.

Hablaba como los batutsis de las películas (pero aún no se había inventado el cine sonoro), con ese laconismo que incluye aspavientos y onomatopeyas. Dalí se había sacado de la bragueta un falo que tenía color de gallina inaugural, y se lo meneaba con un desgarro visionario que, a poco que se descuidara, degeneraría en desgarro de frenillo.

—¡Yo soy el gran masturbador! —voceaba—. ¡Loor al gran masturbador!

Sus gritos resonaban en la noche, como un ultimátum a la tierra pronunciado por alguna raza alienígena.

—Pero, ¿qué le pasa a ese tío? —preguntó Ruanito.

Johnson se encogió de hombros:

—Manía inexplicable. No querer que gonorrea enferme su capullo.

Al parecer, la obsesión le venía de la infancia, cuando su padre le mostró un libro de medicina con fotografías, en el que se podían apreciar las consecuencias fisiólogicas de una enfermedad venérea. Los genios (recuérdese el caso de Borges) suelen padecer unos padres que les inoculan todo tipo de disfunciones sexuales. Mientras Buñuel ejecutaba su tabla de gimnasia, fui requisando los poemas inéditos de Gálvez que encontré en el escritorio y metiéndolos en una caja de zapatos. Pepito estorbaba mi labor, pero logré mantenerlo a distancia con unos cuantos puntapiés.

—Me encuentro pletórico —dijo Buñuel, tras la descarga seminal. A su amigo Dalí, en cambio, aquella masturbación lo había dejado para el arrastre—. No hay nada mejor que un polvo en condiciones, para templar los nervios. Si quieren asistir a la redada, están ustedes invitados.

Teresa contaba los billetes recaudados en una jornada especialmente fructífera; lo hacía sin avidez, con cierta aristocracia espiritual, incluso. De repente, la acometió un acceso de tos, y se limpió la boca con un tirante del camisón, que se oscureció con una hemoptisis.

—Prométeme que visitarás a un médico.

—¿Y tú quién eres para darme órdenes? —Tenía los labios abrasados por la fiebre o la intemperancia—. ¿O es que estás enamorado de mí?

Aunque estuviese enamorado de ella, no pensaba reconocerlo, así que marché (no me preguntó por el contenido de la caja de zapatos), con la promesa de volver pronto. Buñuel y Dalí habían venido en el coche de Johnson, un sedán algo anticuado, adquirido seguramente con las ganancias de algún tongo. Habían aparcado al lado de mi Elizalde.

—¿Y dónde haréis vuestra redada, si puede saberse? —pregunté, antes de montar.

—En el café del Vapor, en Progreso —dijo Buñuel, amagando en el aire un gancho de derecha—. Es un sitio muy frecuentado por los bujarrones. Seguidnos.

El negro Johnson conducía sin encender los faros, reivindicando el color de su piel; a veces la carrocería del coche rozaba con las esquinas de los edificios, y eso le servía para orientarse. Llegamos a la plaza del Progreso, en la que se hallaba el café del Vapor, sucursal de Sodoma, justo enfrente de una parada de Metro concurrida por pajilleros y chaperos que se dejaban auscultar el ojo del culo.

Johnson desconectó el motor del coche y yo hice lo propio; durante unos segundos, guardamos un silencio precavido, aspirando el aliento subterráneo y acidoúrico del Metro. Buñuel descendió del sedán, se desabotonó un poco la camisa —tampoco demasiado— y nos dio instrucciones:

—Vosotros me esperáis abajo, haciendo como que meáis. Yo actuaré de cebo en el café: en un periquete te traigo una remesa de maricones, Johnson.

—Tú traer meadero. Yo zumba zumba.

Buñuel se encaminó hacia el café, afectando un contoneo que le hacía parecer levemente cojo. Johnson hizo una señal, y nosotros lo seguimos como sonámbulos (la inminencia del crimen ejercía sobre mí una sugestión que acallaba otros sentimientos menos dignos), a través de unas escaleras muy resbaladizas, no sé si de humedad o de meadas. Los urinarios del Metro estaban forrados por unos azulejos casi luminiscentes, con inscripciones que parecían poemas escritos con la punta de la polla. Recostado en la concha de un mingitorio, un gitano comido por la viruela se dispuso a enumerar sus servicios, pero Johnson le largó un *uppercut* que le dislocó la mandíbula y le estrelló la frente contra el saledizo del mingitorio. El gitano cayó como una fruta madura, con esa pesantez propia de los objetos inertes.

—No convenir testigos —aclaró Johnson—. Soplones de policía.

Ocupamos las cuatro conchas del urinario, como si verdaderamente estuviésemos soltando un lastre líquido. El hedor que reinaba allí, de un espesor casi sólido, congestionaba las narices y levantaba jaquecas. Buñuel tardó apenas cinco minutos en llegar, acompañado de dos hombres maduros que se disputaban la preferencia en el asalto.

—La nobleza primero —dijo uno de ellos.

Era una voz inconfundible: desentonada, estoposa, la voz típica del sordo que no oye sus propias palabras. Antonio de Hoyos y Vinent, marqués de cuna, anarquista estetizante por esnobismo o convicción, soñaba desde hacía muchos años con encontrar un chico rudo y proletario que le reventara los esfínteres.

—Querido Antonio —aquella voz de loro, grasienta de churros, tampoco admitía confusión: pertenecía a Pepito Zamora, el lazarillo de Hoyos—, recuerda que andamos un poco justos para llegar a fin de mes.

Tenía el rostro empolvado con harina de arroz, y, al parecer, se encargaba de la tesorería. Buñuel impuso su tarifa:

—Os advierto que os va a costar un ojo de la cara. Cincuenta pesetas por barba y por adelantado. El material escolar es caro.

Pepito Zamora sacó una cartera reventona de billetes y cumplió su parte en la transacción. Sentí lástima (quizá la lástima naciese de cierta fidelidad a mi propio pasado) por aquellos incautos, y también cierta congoja por no atreverme a intervenir en su defensa. En cuanto tomó posesión del billetaje, Buñuel gritó:

—¡Invertidos! ¡Maricones! ¡Sarasas! ¡Os vais a enterar de lo que vale un peine!

Johnson se volvió, como un dinosaurio que salta al *ring;* lanzó a Hoyos un golpe en la boca del estómago y un gancho de izquierda en el hígado que lo dejó renqueante. Pepito Zamora intentó escapar, pero su horror se transformó en parálisis al reconocerme; Johnson descargó una lluvia de golpes en su cara, hasta convertírsela en una masa tumefacta en la que sólo los ojos conservaban su primitiva condición humana, unos ojos que recriminaban mi intervención pasiva en aquella encerrona, como los de Julio César debieron de recriminar la traición de Bruto. Hoyos arrancó a correr y reclamó auxilio, pero Johnson lo cazó al inicio de las escaleras, y lo tundió allí mismo a patadas, con un desprecio olímpico por las reglas que rigen el boxeo; a continuación, cogió de los pies su cuerpo inconsciente, y lo reunió con el de Pepito Zamora, su amante, en mitad de los urinarios. Parecían dos sacos con la mercancía rota; las narices les sangraban, y tenían brechas en las cejas, como párpados superpuestos.

—Y ahora, para rematar la faena, vamos a darles un chapuzón —dijo Buñuel.

Orinaron sobre los despojos de su cacería, con meadas elípticas, parabólicas, que duraron varios minutos. Ruanito debió de notarme algún síntoma de debilidad o remordimiento, porque me dijo:

—No tengas mala conciencia, Fernando. Estos tíos ya tuvieron su momento, y ahora lo que hacen es obstaculizar el relevo a las nuevas generaciones. Un correctivo de vez en cuando no les viene mal. Quizá la literatura no sea sino una lucha a muerte entre generaciones, quizá Ruanito tuviese razón. Contribuí a la meada colectiva.

Entre los manuscritos hurtados a Gálvez encontré sonetos que torturaban el ritmo clásico con encabalgamientos inauditos; sonetos criminales como su biografía que desgarraban el paladar; sonetos triviales o adulatorios, para leer en un bautizo o en un entierro y recolectar unas pesetas; sonetos de un intimismo canalla, acorralados como fieras que lanzan un zarpazo; sonetos reducidos a nervio y tuétano, abrasados por un fulgor de fragua; sonetos como imprecaciones o pinceladas de un pintor que hubiese sustituido el óleo por la sangre. Había también un par de comedias, no demasiado graciosas, que, sin embargo, contenían una crítica despiadada de las vanguardias, a las que se ridiculizaba *desde dentro,* dinamitándolas con un lenguaje castizo, casi patibulario: hubiesen bastado unos cuantos retoques (una poda de ciertas escabrosidades y desmanes) para convertir aquellas comedias irrepresentables en éxitos de taquilla. Algún día acometería esa labor de restauración.

Pero aún tendrían que pasar varios años para que me decidiera a cultivar el plagio. De momento, tenía que conformarme con ver representadas las comedias de otros (comedias razonablemente estultas, según el juicio que me dictaban el rencor o la envidia), y desfogarme por las noches, en juergas que se alargaban hasta el alba. Las rigideces impuestas por el Directorio Militar eran cada vez más firmes (habían llegado a dictar una ley que prohibía el piropo en público), pero siempre existía la posibilidad, si uno se lo proponía, de burlarlas. Buñuel, por ejemplo, se lo proponía a conciencia: cada una de sus acciones, cada una de sus palabras, cada uno de sus gestos incluían una desobediencia cívica, una reivindicación del caos. En esta misión destructiva, de un nihilismo alegre y egoísta, lo acompañaban siempre el negrazo Johnson, brazo ejecutor de sus proyectos, y el timidísimo Dalí, cuyo papel en aquellas expediciones era el de mero comparsa o mascota. Ruanito y yo nos incorporamos con cierta regularidad al séquito del baturro, que había hecho de la insolencia viril una obra de arte. En las redadas de homosexuales, en los tumultos callejeros, en la búsqueda de amores mercenarios, en su obsesión por la carne putrefacta (a veces asaltábamos una carnicería, y Buñuel se quedaba extasiado, contemplando cómo las moscas desovaban sobre las reses), en el aprendizaje del boxeo, Buñuel pretendía mostrarse sublime sin interrupción, con vocación absoluta de artista que lo ha probado todo y aún no sabe a qué carta quedarse. El cinematógrafo apenas le interesaba; tan sólo las películas cómicas, reducidas al esqueleto de una persecución y a un reparto de mamporros, obtenían su beneplácito:

—A mí no me interesa un arte que reproduzca la vida. Hay que reproducir la irrealidad, el sueño, la putrefacción.

Aplicaba esta poética a sus actos, elementales y contrarios a una lógica social. A todas las mujeres que se cruzaban en su camino les palpaba los senos, a todos los ciegos les ponía la zancadilla, a todos los sacerdotes los insultaba, a todos los gatos los apedreaba, a todos los homosexuales los orinaba hasta la extenuación de su vejiga. Su temperamento chocaba con el racionalismo que los impulsores de la Residencia de Estudiantes imbuían a los jóvenes que se hallaban a su cargo, un racionalismo de corte liberal que aspiraba a convertir a los residentes en una especie de hidalgos de la modernidad, entrecruzados de *gentleman* británico. Buñuel abominaba de esta catequesis laica, y paraba poco tiempo en la Residencia; después de la cena, cuando el toque de queda imponía su disciplina, Buñuel recogía a Dalí en su habitación, y bajaban juntos hasta el vestíbulo, donde les aguardaba un último escollo: Lizcano, el portero, un tipo legañoso y desposeído de inteligencia.

—Alto, ¿adónde van ustedes? —les decía, con actitud aprendida en el ejército.

Entonces, Buñuel, que había estudiado hipnotismo y fenómenos paranormales, enarbolaba su dedo índice, lo acercaba al entrecejo de Lizcano (pero quizá no sea muy apropiado hablar de entrecejo en un hombre cejijunto), y le mandaba cerrar los párpados. Buñuel le pedía a Dalí que recitara el padrenuestro con su voz selenita, mientras él movía su dedo índice de derecha a izquierda, con cadencia de péndulo. Lizcano bizqueaba, se sumía en un abandono plácido y, al poco, comenzaba a roncar. Así lo encontraban a la mañana siguiente. Buñuel y Dalí solían regresar en el primer tranvía, desde el que se arrojaban en marcha, tirándose por la ventanilla. Otras veces volvían en el sedán de Johnson, como aquella noche que robaron de una carnicería un burro abierto en canal, con ojos de un azabache líquido, corrompido de larvas gordas como longanizas. Buñuel introdujo una mano en el barullo de tripas, entre el culebreo de los gusanos, y al rato la sacó, enguantada de carroña y viscosidades.

—Me encantan los burros podridos —dijo, ante las muestras de repugnancia de quienes lo acompañábamos—. Johnson, ayúdame a meter el burro en el coche. Quiero llevarlo a la Residencia, para espantar a esos niñatos.

Dalí enfocaba con una linterna, siguiendo el vuelo de las moscas que merodeaban los ojos del burro, para abrevar sus lágrimas. En la carnicería olía a holocausto secreto y vísceras que se derriten de calor.

—Tú ordenar, yo obedecer —respondió Johnson, cargando con el burro sobre los hombros. Los intestinos se iban desparramando, como un hilo de Ariadna obsceno.

La Residencia de Estudiantes se hallaba en los altos del Hipódromo, en un suave promontorio que Juan Ramón Jiménez, con característica cursilería, había bautizado como Colina de los Chopos. Era un edificio con cuatro pabellones, de arquitectura algo monolítica, rodeado de jardines de adelfas y otras majaderías. Johnson aparcó el sedán y alzó el burro del asiento trasero, donde antes lo había instalado; al sostenerlo en el aire, se derramaba una lluvia de gusanos como pétalos de carne.

—Podéis pasar también vosotros —nos dijo Buñuel a Ruanito y a mí, que aguardábamos órdenes—. El portero está roque.

Buñuel dirigió la comitiva hasta el salón de conferencias, en cuyo fondo había un piano de cola que los residentes aporreaban hasta que les salían callos en las yemas de los dedos. Johnson arrojó allí el burro, que al derrumbarse sobre las cuerdas, produjo un ruido discordante, un agolpamiento de notas bemoles. Los gusanos seguían cayendo, como una lepra lenta.

—Mañana viene Ortega, a dar una conferencia. Creo que asistirá también la Reina. Menuda sorpresita se llevarán.

Y el burro sonreía con una dentadura que filtraba su aliento corrupto a través de los belfos. Otras muchas veces entramos Ruanito y yo en aquella Residencia para hijos de papá, aprovechando que el portero Lizcano se hallaba en fase de sueño profundo, y nos refugiábamos en la habitación de Dalí, donde se celebraban tertulias y concursos de pedos. Dalí compartía cuarto con Federico García Lorca, un muchacho de calavera ancha, cabellos que relucían como el charol de un tricornio y piel frotada con aceitunas. Tenía una simpatía pudorosa, una jovialidad traspasada de recóndito dolor y una cierta predilección por el género masculino que procuraba disimular, para que su amigo Buñuel no lo hiciese víctima de sus redadas. Era un conversador inasequible a la sequedad de garganta, y hablaba con metáforas insólitas y calenturientas. Ruanito lo caló enseguida:

—Un mariquita del Sur.

Pero ese juicio despectivo encubría, en realidad, un sentimiento de competencia, pues Ruanito —que calibraba a sus adversarios literarios a primera vista, provisto de esa intuición que sólo poseen los escritores de raza— coincidía, por primera vez en su vida, con alguien mejor dotado que él. Habían ideado los residentes un *pedímetro*, un artilugio de confección casera que albergaba una vela encendida, cuya llama casi rozaba un hilo de bramante; enfilando la llama de la vela y el extremo de hilo, habían abierto en el artilugio un orificio del tamaño de una moneda, al que los residentes acercaban los culos: ganaba quien consiguiera, con la sustancia inflamable de sus ventosidades, un reavivamiento de la llama que lograse prender el hilo. Johnson quedaba excluido del concurso, ignoro si por racismo (un culo negro podía herir susceptibilidades) o por reconocimiento de su supremacía. Buñuel se tiraba unos pedos abruptos como su psicología, Lorca unos pedos algo dubitativos y manchados de mierda, Dalí unos pedos sibilantes y ofidios que encabritaban la llama. Del desfile de culos no hablaré, pues mayoritariamente daban grima y repeluzno, salvo el culo de Dalí, un culo andrógino, tostado por el sol del Ampurdán.

—Vosotros también podéis participar —nos invitaban, pero rehusábamos el ofrecimiento, alegando inexperiencia.

Para corresponder a la hospitalidad de los residentes, llevábamos botellas de whisky que Buñuel se encargaba de administrar, según la resistencia de cada uno, con un sentido económico que contrastaba con el dispendio vital del que hacía gala. Como el whisky tiene una borrachera lúcida (frente a los licores dulces, que nos ponen empalagosos y melodramáticos), empezábamos a ensartar *anaglifos*, ocurrencias poéticas que constaban de tres sustantivos: el primero se repetía dos veces, el segundo había de ser necesariamente «la gallina», y el tercero debía reunir unas condiciones que lo hiciesen imprevisible. Comenzaba Lorca:

—*El búho,*
el búho,
la gallina
y el Pantocrátor.

Y, cuando llegó mi turno, desinhibido por el alcohol, o esclavo de pasajeras debilidades, recité:

—*Salvador Dalí,*
Salvador Dalí,
la gallina
que cacarea dentro de su culo.

Todos celebraron la osadía de mi anaglifo, menos Lorca, que se abismó en unos celos insensatos, como de gitano de zarzuela, y tardó en dirigirme la palabra. Sus amigos, acostumbrados a estas recaídas, intentaban aliviarlo, convirtiéndolo en centro de todas las atenciones, lo cual estimulaba su vanidad y despertaba sus facultades histriónicas.

—Anda, Federico, imita las fases de descomposición de un cadáver.

Lorca asentía, y, con gran prosopopeya, como quien ensaya las ceremonias de su propia muerte, se tumbaba sobre la cama, cerraba los párpados y aflojaba los mofletes. Ignoro mediante qué trucos lograba que su tez perdiese su tonalidad aceitunada para volverse lívida (pero quizá todo fuese un efecto ocular, causado por la llama de la vela, que incorporaba mucho garabato a la fisonomía del falso muerto). Federico iniciaba una especie de ballet horizontal sobre la cama, frunciendo los músculos faciales, mostrando unas encías de viscosa decrepitud, encogiéndose sobre sí mismo, abultando las sienes, congestionando las venas de su frente, que llegaban a parecer cables que amenazaban con rasgar la piel. Los demás, que habíamos comenzado tomándonos a chirigota la pantomima, nos íbamos decantando hacia un estado de tensión y angustia extremas. Entonces, Federico se incorporaba como un resorte de la cama y estallaba en una carcajada de resucitado que nos erizaba el cabello.

—Joder, Federico, qué verismo —decía Buñuel, una vez repuesto del susto.

Esta escenificación de Lorca suscitó en Buñuel un interés casi patológico por la vida íntima de ultratumba: empezó a coleccionar estampas que reproducían los cuadros de Valdés Leal y a matar murciélagos que guardaba durante quince días en una caja y luego comía crudos y convenientemente putrefactos. La ingestión de faunas fiambres le causaba retortijones y diarreas, pero le procuraba —según él mismo reconocía— una "clarividencia animal". Se produjo por entonces el desembarco en Alhucemas, con el que Primo de Rivera maquillaba las tropelías de su mandato; la victoria fue incruenta, de una limpieza quirúrgica, y ventiló para siempre (quiero decir, para una temporada) el problema africano. Madrid se contaminó de un triunfalismo insoportable, con elevación a los altares del Dictador y desfile de bandas municipales; el director de la Residencia no pudo sustraerse al alborozo patriotero (presumían de liberales y europeístas, pero en el fondo de sus almas repicaba la pandereta) y decretó tres días de fiesta, con sus noches correspondientes, durante los cuales los estudiantes podrían entrar y salir de la Residencia, sin sujeción a horarios ni toques de queda. Buñuel, enfrascado en sus experimentos y meditaciones sobre la putrefacción, nos propuso:

—¿Qué os parece si visitamos algún cementerio? La sacramental de San Martín, por ejemplo.

La propuesta tenía unas connotaciones entre truculentas y dandys (pero de un dandysmo trasnochado) que nos subyugaron. La sacramental de San Martín, donde se hallaba, entre otras, la tumba de Larra, era un cementerio demolido por la desidia y los profanadores de tumbas, erizado de cipreses que surtían sombra y sueño y amenazaban al cielo con su lanza. Hubo que sobornar al guardián con diez pesetas, para que nos abriese la verja; una vez dentro, comprobamos que nos podríamos haber ahorrado la propina, pues las tapias que delimitaban aquel recinto estaban derruidas en varios puntos. Buñuel levantó la vista al cielo, para contemplar cómo una nube desflecada seccionaba la luna con un corte limpio, dejando un rastro de líquidos escleróticos.

—Huele a carne podrida —dijo Dalí, olfateando un túmulo de tierra.

Nos desperdigamos por el cementerio en busca de tumbas interesantes; muchos ataúdes se hallaban al pie de las fosas, abiertos y desvalijados. Había cadáveres de toreros condecorados de alamares, generales con uniforme de gala, sacerdotes con sotana y bonete, adolescentes momificados, muertas que desnudábamos para besarles el crisantemo negro del pubis, muertas a las que algún enterrador había rasurado el pubis (para comprobar si, en efecto, el pelo sigue creciendo cuando el corazón se para) y a las que también besábamos, para iniciarnos en los placeres de la necrofilia y la putrefacción. Lorca y Dalí habían localizado el féretro de un marinerito, vestido de uniforme, con la boca coronada por el nardo de los espumarajos.

—Quizá lo enterraron en vida —se lamentó Lorca.

Y Dalí, en homenaje al marinero, se santiguó:
—En el nombre del Norte, del Sur, del Este y del Oeste.

Buñuel rebuscaba en las fosas, forzaba los nichos y sacaba de aquí y de allá un brazo corrupto o un corazón amojamado que frotaba sobre sus labios, para embadurnarse de putrefacción. Ruanito y yo entrábamos en todos los panteones, que es donde suelen encontrarse las muertas mejor conservadas y con mayor número de alhajas. El negro Johnson se había quitado por respeto el bombín, y combatía su analfabetismo intentando leer los epitafios; como nadie le había enseñado la cartilla, no pasaba de la tercera sílaba. Ruanito apartaba las lápidas donde creía que podían hallarse los restos de algún gentilhombre leal al Rey, y cuando descubría un esqueleto envuelto en una mortaja con flores de lis, entraba en una crisis de exaltación monárquica que lo impulsaba a dar alaridos y a despertar a todos los búhos que anidaban en el cementerio:
—¡Viva el Rey! ¡Viva la Corona española!
—Cállate, majadero, si no quieres que te pegue un guantazo —amagaba Buñuel—. ¿No ves que puede venir la policía?

Habíamos entrado los tres en un mausoleo con forma de pagoda, de un exotismo algo rancio, y bajado por unas escaleras encharcadas de aguas fecales (algún vertedero desembocaba allí, o filtraba sus contenidos por las paredes). En la rotonda del mausoleo, había un catafalco con la tapadera del ataúd ligeramente corrida. Una cabellera femenina asomaba por la rendija. El aliento de Buñuel, después de sus embadurnamientos necrófagos, apestaba a letrina.
—Buñuel —dije—, ¿has probado alguna vez a hipnotizar a un muerto?

El sueño me rebozaba la cara con su gran lengua de alucinaciones. Ya no era capaz de discernir si estaba dormido o despierto.
—Eso es imposible —respondió él, súbitamente perdido para la causa irracional.
—Inténtalo de todos modos. En un relato de Poe creo que se cuenta algo parecido.

Buñuel empezó a trazar unos pases desganados, y a fijar la mirada en aquella mata de cabello que asomaba, al fondo del ataúd. Sus estudios sobre hipnosis y sugestión facilitaban la creación de una corriente magnética. La tapadera del ataúd se corrió un poco más y emergió una mano reducida a la osamenta.

—¡Joder, vámonos de aquí! —exclamó Ruanito, y nosotros obedecimos, en una carrera unánime y alborotada. Quizá el corrimiento de la tapadera lo hubiese producido el trajín de una rata, pero no quisimos detenernos a comprobarlo.

El aire exterior nos refrescó la cara y nos apartó las telarañas del sueño. Los cipreses seguían allí, devanándose en un loco empeño de alcanzar las estrellas. La tapia del cementerio seguía allí, fijando los límites de un territorio que, afortunadamente, se hacía firme bajo nuestros pies. Dalí, Lorca y el negro Johnson seguían allí, expoliando tumbas, descifrando epitafios, rezando responsos o enumerando los puntos cardinales. Buñuel se cubrió el vientre con los brazos, como si los despojos que había lamido le estuviesen taladrando el epigastrio.

—Me temo —farfulló— que ya no debo proseguir con mis estudios. Reniego de las putrefacciones.

En un recodo del cementerio, separadas por una maleza de ortigas y amapolas, estaban las tumbas de los nonatos y de los niños que habían muerto sin recibir el bautismo, esos niños que, según la mitología cristiana, van a parar al limbo de los inocentes. Se oía el impacto seco de un azadón hincándose en el suelo, el ruido de barredura que hace una pala al escarbar las paredes de una fosa, el golpeteo blando de la tierra removida y amontonada en un lugar que no le pertenece.

—Están desenterrando a alguien —susurré, apuntando a la parcela del cementerio de donde procedía el rumor.

Buñuel había renegado de las putrefacciones, pero aún tendría que ver unas cuantas, antes de regresar a la Residencia. La luna se iba desinflando, trazando órbitas de cohete averiado sobre el cielo, después de haber sido sajada por aquella nube. Buñuel temblaba sin remilgos, con ese temblor que incorpora tiritonas, castañeteo de dientes y desfallecimientos. Ruanito tampoco parecía muy partidario de explorar el terreno:

—¿Y si son ladrones de tumbas, y nos asesinan, para que no los denunciemos?

La tierra, bajo mis pies, tenía una consistencia esponjosa. Dos hombres se agachaban sobre un hoyo y extraían un ataúd blanco, condecorado con un crucifijo de latón. Ambos vestían unos gabanes muy raídos, ambos se movían con esa agilidad que tienen las criaturas habituadas a la noche: uno de ellos, instalado plenamente en la edad adulta, padecía ciertos síntomas de vejez; el otro, apenas un niño, tenía ese aire decrépito de los enfermos de sífilis.

—Dame tu navaja, Pedro Luis. Voy a saltar la tapa —dijo Armando Buscarini.

El ataúd cedió con un chasquido, en cuanto Buscarini introdujo la hoja de metal. Apareció un feto de aspecto más anfibio que humano, con las manos palmípedas y la cabeza ovoide. Pedro Luis de Gálvez lo envolvió en papel de estraza y lo colocó en un montoncito, junto a otros que habían corrido igual suerte.

—Éste diremos que es un hermanito tuyo que no llegó a nacer, Armando, porque a tu madre le pegaron una paliza unos desalmados.

Gálvez se sacudió los grumos de tierra que se le habían quedado adheridos al gabán y recogió el equipaje fúnebre entre sus brazos. Lo seguía su compinche, Armando Buscarini, como si fuese un monaguillo, portador de un viático sacrílego. Gálvez recitó, mientras caminaba entre las ortigas:

—*¡Oh, Muerte, calumniada por los hombres! Amada*
sea tu recia guadaña, del trabajo mellada,
el colmillo de lobo que te asoma en la boca...

Tú, con mano segura, nos cercenas el cuello.
Gratitud infinita te debemos por ello.
Dime, piadosa Madre, y a mí: ¿cuándo me toca?

—El día menos pensado —dije, saliendo a su paso—. Te darán garrote, si te pillan robando tumbas.

La estancia en Barcelona, trabajando de gacetillero y aeronauta, entre otras muchas ocupaciones menesterosas, y sus posteriores desavenencias con la censura militar, habían añadido arrugas a su rostro, como muescas en la corteza de un árbol. Buscarini se me acercó, con la lección bien aprendida:

—Este bulto que lleva Pedro Luis debajo del brazo es un hermanito que se me murió. Unos desalmados le pegaron una paliza a mi madre, y...

—Cállate, tontorrón —lo interrumpió Gálvez—. A éste no le vas a dar la pega.

—Qué tal —lo saludé con sarcasmo—. Ya me enteré de que tu estreno en Barcelona no fue demasiado lucido.

Las gafas se le iban escurriendo sobre la nariz; unos ojos roedores me escrutaban por encima de la montura, quizá sin verme.

—Y yo también me enteré de que no te has comido una rosca con Teresa.

Armando soltó una risita exangüe. Si hubiese tenido una pistola a mano, le hubiese descerrajado un tiro en la frente, justo en la cicatriz que conservaba a raíz de aquel mamporro que Ruanito le propinó contra una farola.

—Es que Teresa sólo se deja joder a cambio de dinero —dije—. Es una puta. Pero no tengo prisa: algún día, me tendrás que pedir prestado. Cobraré en carne, para entonces.

Gálvez soltó su prole de abortos y me puso las manos sobre el pecho; tenía las uñas astilladas, como las de un cataléptico que despierta en el ataúd y tiene que arañar la madera.

—Nunca ocurrirá eso que dices —afirmó—. Yo me basto para sacar adelante a mi familia.

—¿Cómo? ¿Paseando esos fetos por los cafés y pidiendo limosna para el entierro, como hiciste antaño? La gente no picará. A nadie se le mueren tantos hijos.

—¿Quién dice que no?

—En cualquier caso, no sacarás dinero suficiente. Tu mujer tiene una tuberculosis de órdago. Eso no se cura con bocadillos de sardinas, que es a lo máximo que puedes aspirar, con la calderilla que te proporcionen los fetos. Tendrás que llevarla a un sanatorio.

Ya me dirás cómo lo piensas pagar. ¿Pidiendo préstamo a un banco? Yo te puedo sufragar los gastos, si me dejas ir a tu casa cuantas veces me plazca.

Su proyecto de regeneración moral no parecía admitir un reparto comanditario de Teresa. Recogió los fetos que un minuto antes había soltado, y retorció los envoltorios, que ya se iban empapando de purulencias.

—Eso ni lo sueñes. A mí un señorito no me pisotea la dignidad.

Prefería ser pisoteado por el hambre, la marginación o el insomnio. No triunfaría nunca, porque el triunfo exige cierta propensión a la indignidad. Dalí y los demás echaron a correr cuando vieron a Gálvez, pensando que era un aparecido: los surrealistas creían en los fantasmas.

XIII

El café Europeo, en la glorieta de Bilbao, esquina con Carranza, era el lugar de encuentro de una nueva generación literaria que repudiaba por igual los magisterios de Ramón y Cansinos, después de haber saboreado ambos y haber salido con algo de mareo (o hartazgo) de la degustación. Una generación que concebía la literatura como necesidad y no como lujo, como moneda de cambio con la que sufragarse el cocido y no como colección numismática para mostrar a las visitas. Paradójicamente —pero la historia de la literatura se construye con infamias y paradojas—, eran en su mayoría simpatizantes de las derechas, frente al izquierdismo más o menos confeso de quienes, más tarde, saldrían en un retrato de grupo, conmemorando el centenario de Góngora, entre toreros muertos y directores de banda municipal; y digo paradójicamente porque, mientras los gongorinos abordaban la literatura desde presupuestos burgueses, como signo elitista o cultivo del ocio, los contertulios del café Europeo no rehuían esa lucha cotidiana que consiste en recorrer las redacciones de los periódicos (aunque, a la postre, si no lograban *colocar* un artículo, le pedían una propina a un tío marqués y asunto arreglado). Ninguno de ellos cultivó otra profesión que la pluma, y, cuando las imposiciones familiares (que nunca faltaban) exigían un salario regular y suplementario, recurrían a la pataleta. A Ruanito, por ejemplo, sus padres intentaron emplearlo en una pasantía de abogado y en una inspección de arbitrios municipales, sinecuras que terminaría dejando (aunque quizá se produjese antes el despido), para consagrarse por entero a la escritura.

El café Europeo, pese a su reciente inauguración, tenía un

prestigio de antigüedad, esa belleza ajada que poseen las reliquias, multiplicada por los espejos sin azogue. Al fondo del local, junto a una escalera de caracol que conducía a los lavabos, nos reuníamos una tertulia de amigos para jugar al julepe (que el Dictador Primo de Rivera había puesto de moda) e intercambiar epigramas. El café Europeo, que por las mañanas tenía un aspecto tranquilo e incluso remotamente cantábrico, acogía por las tardes una clientela insoportable, compuesta por tratantes de ganado, escupidores profesionales y alguna peripatética modesta y bienintencionada.

—Qué hay, Jardiel.

Sin duda era, después de Ruanito, el más valioso elemento de la tertulia. Enrique Jardiel Poncela era feo, pequeñito y revirado de alma; adolecía de arrojo y pusilanimidad a partes iguales, y, en general, era un hombre optimista para las cosas pequeñas y pesimista para las grandes, como casi todos los humoristas de su generación. Parecía insatisfecho consigo mismo (andaba de puntillas para aparentar unos centímetros de más), y adornaba sus palabras con esa alegría falsa y resentida de quienes han resultado poco agraciados por la naturaleza. A Jardiel, más que los escritores que pudieran oscurecer su carrera, le preocupaban los toreros y actores que se daban un garbeo por el Europeo e, inevitablemente, le arrebataban esa mujer a la que, un minuto antes, él había intentado cautivar, utilizando su mejor labia. Tenía una prosa partidaria del vértigo, a la que había trasplantado el bullicio de los cafés, las burbujas del champán y el petardeo de los automóviles con problemas en el motor y exceso de carga en el asiento trasero. Tenía un talento promiscuo y saltimbanqui que le hacía pasar de la comedia a la parodia detectivesca, de las gacetillas rimadas al artículo lúdico y disparatado.

—Bueno, en el fondo de todo humorismo hay algo de desprecio hacia la humanidad.

Él, desde luego, era un gran desdeñoso que se emborrachaba de whisky para olvidar sus fracasos amatorios y facilitar sus aproximaciones a las peripatéticas.

—Tienes que buscarte una chica de buena familia, Jardiel

—le decía yo, con algo de chufla—. Las prostitutas son demasiado decentes.

—Qué razón tienes: hay pocas prostitutas cuyo ideal no sea llegar a ser una chica de buena familia, y pocas chicas de buena familia cuyo ideal no sea llegar a ser una prostituta.

Revestía su misoginia de un cinismo que luego trasladaría a sus chistes escénicos, que tanto éxito llegarían a alcanzar entre esa misma burguesía a la que detestaba. Edgar Neville, que no compartía el humor cáustico de Jardiel, se permitió disentir:

—No veo por qué tienes que generalizar siempre, Jardiel. Lo que te pasa es que no has encontrado tu media naranja.

Edgar Neville, participante asiduo en las tertulias del café Europeo, escribía unos artículos que no sabía si enviar a *Buen Humor* o a la *Revista de Occidente;* era delgado como una anchoa y presumía de amistad con Charlot, a quien imitaba en una pantomima en la que fingía un baile con dos panecillos trinchados en sendos tenedores. Edgar Neville, con la madurez, fue pasando de anchoa a ballenato, y se decantó hacia el teatro, como Jardiel.

—Me ha dicho el médico que mis disfunciones en la hipófisis y el tiroides son incurables. Estoy condenado a la gordura, al parecer.

Aquella era una tertulia mayoritariamente flaca, con algunos flacos inamovibles, incluso, como Ruanito o Jardiel, en la que por contraste, participaba el gordo Agustín de Foxá, que estudiaba para diplomático y aspiraba a una embajada en los Balcanes. Foxá atronaba el café con su voz ancha y pastosa, sostenida por risotadas de caballo; las palabras salían de su boca, infalibles como las del Papa, relampagueantes al paso de una mujer hermosa, quizá demasiado afanosas de catalogar el mundo; era una especie de buda con cara de obispo seglar, cejas espesas y dedos arciprestales, encadenados de sortijas. Su mayor aspiración en la vida era empacharse de mariscos, mientras el resto de la humanidad enflaquecía de purísima hambre:

—¡Qué inefable placer, sentir la carne de una ostra, crujiendo entre mis molares! —decía.

No tenía reparo en expresar estos exabruptos en voz alta, provocando las iras de una pareja de cenetistas que merodeaban por el café, reclutando adeptos —o meros mercenarios— para una campaña de atracos con la cual esperaban revitalizar su sindicato, muy diezmado y perseguido por Primo de Rivera. Uno de los anarquistas, un tal Buenaventura Durruti, se encaró con Foxá y le enseñó el cañón de la pistola por debajo de la chaqueta, como un dedo acusatorio; Durruti era un activista corpulento, de facciones un poco australopitecas y manazas de albañil:

—A la próxima te lleno de balas la barriga, cacho cabrón.

Pero su sindicato le había encomendado una misión de la que dependía, en buena medida, el futuro del movimiento obrero español: desvalijar todos los bancos y cajas de caudales de Latinoamérica. A Durruti lo acompañaba Francisco Ascaso, un chisgarabís raquítico, con un mechón caído sobre la frente que parecía el sombrajo de su inteligencia.

—Llénasela ya, Buenaventura. Hay que segar la mala hierba.

Tenía que intervenir Eugenio Montes, otro de los asistentes a nuestra tertulia, quien, durante su etapa juvenil, había coqueteado con el anarquismo y fabricado bombas caseras. De aquella época sólo conservaba su perfil de trovador y el gusto por la literatura de vuelo corto, en la que finalmente quedaría atrapado, más por remolonería que por limitaciones de su talento. Eugenio Montes tenía un temperamento pacífico, muy propio de quienes se han impuesto una dieta vegetariana, y una prosa erudita que terminaría aplastando sus dotes creativas.

—Calma, amigos. No le tengáis en cuenta sus barbaridades: es un epicúreo.

Pero Durruti y Ascaso nada sabían de epicureísmos y demás antojos cultivados por Foxá. Los líderes anarquistas, que hasta el magnicidio de Eduardo Dato habían planificado sus atentados con desprecio de la suerte que corrieran sus ejecutores (pues habían disfrutado de esa pujanza que poseían las religiones antiguas, donde un mártir era sustituido enseguida por otro), aconsejaban a sus activistas actuar con una perfidia que favoreciese la impunidad. El Dictador había convertido a los anarquistas en una especie en peligro de extinción (aunque en cautiverio hubiese más de cuarenta mil afiliados), y el instinto de supervivencia aconsejaba no desenfundar la pistola con esa alegría inconsciente de antaño.

—Por esta vez seré benévolo. Pero para la próxima, procurad que os pille confesados, vosotros que sois tan católicos —amenazaba Durruti. Tenía unas rodillas picudas, hostiles a los reclinatorios, apuntando como pistolas de hueso bajo la tela del pantalón.

Aunque el catolicismo era entre los asiduos a la tertulia una pose estética, ninguno practicaba sus liturgias, salvo el beatorro de Rafael Sánchez Mazas. Escritor superdotado para la estampa y la evocación, dueño de una cultura vastísima que desplegaba, con pasión de orfebre, en sus artículos, Sánchez Mazas padecía el mismo defecto que Eugenio Montes: su ritmo de producción era muy lento, casi de caracol. Físicamente, parecía un cruce de judío y pierrot; miraba de izquierda a derecha con ojos de lagartija inquieta, temeroso de que Durruti anticipase su castigo y lo pillase en pecado venial. Bebía coñac a pequeños sorbos, picoteando como los pájaros: cuando el licor le llegaba al estómago, sabía a catolicismo e imperio.

—Mi ideal de gobernante es Carlomagno, por cuya integridad velaban los doce pares de Francia —decía.

—Patochadas. No hay que remontarse hasta Carlomagno. Ahí tenemos el fascismo italiano, dirigido por Mussolini, ese motor de la Historia.

Quien hablaba así era Ernesto Giménez Caballero, robinsón de la literatura, tarambana de todas las vanguardias. Había asistido en Francia a una proyección de *El acorazado Potemkim* y se había casado con una italiana que le había transmitido su fervor por la figura de Mussolini: este batiburrillo de admiraciones daba como resultado un temperamento esquizoide y una literatura de brocha gorda propia de un retrasado mental. Ascaso y Durruti resoplaban, como toros en el chiquero; el vino incorporaba asperezas a su habla:

—Mira que os vais a arrepentir.

Ruanito reprendía a Giménez Caballero:

—Ya has oído a esos señores, Ernesto. No hay quien te soporte.

Giménez Caballero se emberrinchaba:

—Y tú eres un frígido que no se entusiasma con la política. Por si no lo sabes, pienso excluirte de la nómina de colaboradores para mi revista.

—¿Revista? ¿Qué revista? —preguntaba Ruanito.

—Una revista que reunirá y difundirá la obra de una juventud anhelante de innovaciones. Pero vosotros no merecéis figurar en ese elenco de elegidos.

Ruanito ya estaba de vuelta de todas las innovaciones, lo mismo que yo. Giménez Caballero salió del café Europeo con ademán cesáreo, lanzándonos una mirada de tibio desdén.

—La política es la ocupación de los hombres sin ocupación —masculló Jardiel, aferrándose a su whisky.

Cuando la conversación decaía, Jardiel y Ruanito hacían exhibiciones de grafomanía, por ver quién tenía más ligera la muñeca. Solía ganar Ruanito, no porque escribiese más deprisa, sino porque Jardiel, cada vez que una palabra le disgustaba, la tachaba concienzudamente y encerraba en un recuadro de tinta, superstición de la que no podía prescindir.

—Ya está. He vuelto a ganarte, Jardiel.

A la caída de la tarde, cuando el café Europeo se iba poniendo intransitable, acudía allí, de incógnito y sin escolta, el hijo del Dictador, José Antonio, un doncel adusto y bello, con voz de conferenciante y veleidades literarias que no podía fomentar en la casa paterna:

—Mi padre se burla de los escritores y de los poetas casi tanto como de los políticos. Dice que están hechos de la misma pasta.

No le faltaba razón: los escritores, al igual que los políticos, son individuos de ideas pequeñas, a menudo espesas o demasiado cándidas; su secreto consiste en casar esas pocas ideas, confiriéndoles una apariencia de complejidad. El escritor con muchas ideas resulta latoso y especulativo; el político con un exceso de ideas no enardece a las masas, ni sabe gobernarlas, porque el gobernante nato, como el escritor nato, actúa mediante intuiciones.

—Y tu padre, claro está, es un gobernante nato —concluía yo.

—¡Chssst! —me alertaba Neville, apuntando con disimulo a

la pareja anarquista, que no sospechaba ni por asomo la identidad de nuestro contertulio.

Hacíamos concursos de sonetos, por instigación del propio José Antonio, que se creía dotado para la poesía, y en efecto lo estaba, aunque no tanto como Foxá o Gálvez (a las tertulias del café Europeo me llevaba aprendido de memoria algún soneto de Gálvez, y lo reescribía sobre el velador, haciéndolo pasar por propio). Foxá, habano en ristre, leía su soneto, con un desgarro falso, pero brillante, y a continuación me cedía el turno. Yo comenzaba:

> —*Sin candelas ni altar, en el oscuro*
> *rincón de una capilla desterrado,*
> *el Rabí galileo, crucificado,*
> *los dos brazos distiende sobre el muro.*
>
> *Rígido el cuerpo sobre el leño duro;*
> *el vientre hundido, y acardenalado*
> *el pecho; sangra la herida del costado,*
> *portillo abierto al pecador perjuro.*
>
> *Le cubre un faldellín toda impureza.*
> *Sobre las losas, el Silencio reza.*
> *A los pies de la cruz está María:*
>
> *Hieren su corazón siete puñales...*
> *Y en los altos y góticos vitrales,*
> *como un llanto de sangre, muere el día.*

—Has ganado, sin duda —reconoció José Antonio—. Yo creo que hasta mi padre se habría conmovido, de haber estado presente.

Sánchez Mazas lloraba lágrimas de pura devoción. Foxá, haciendo volutas con el humo de su habano, se rindió:

—¡Chico, no conocía tu veta religiosa!

Para no comprometerme, Ruanito se sumó a las alabanzas de los otros, pero en el fondo de su voz había una frialdad elusiva, como si hubiese descubierto el timo. Jardiel, descreído de los géneros que no tuviesen una traducción inmediata a pesetas, apuró su whisky y sentenció:

—La poesía es un estado de alucinación, nada más.

Eran las nueve de la noche, esa hora abigarrada en que el público de los teatros coloniza los cafés para tomar un piscolabis y magrear un poco a la parroquia circundante, así como que no quiere la cosa. Nuestra tertulia se iba disgregando, por fatiga o hastío o mero amontonamiento de conversaciones intrusas, que caían sobre la nuestra y la sepultaban. De repente, entraron en el café Gálvez y Buscarini, y se abrió ese silencio que precede a las ejecuciones.

—Por favor, una ayudita para enterrar a mi hijo.

Gálvez llevaba debajo del brazo, envuelto en periódicos atrasados, el cadáver de un feto (¿es correcto decir "el cadáver de un feto"?), robado en la sacramental de San Martín, o en cualquier otro cementerio de Madrid, que exponía a la vista de los presentes, suscitando reacciones de infinito asco o infinita lástima. Buscarini pasaba una gorra vuelta del revés, en la que cada cual iba echando sus aportaciones; agradecía las muestras de caridad y piropeaba a las mujeres que se le ponían a tiro, contraviniendo cierto decreto recientemente promulgado, que prohibía los galanteos en público. La melena le ocultaba esa mirada de animal degollado que tienen los sifilíticos.

—Algo me daréis, para el entierro.

Gálvez se había aproximado a nuestro rincón, tropezándose con los espejos que duplicaban las dimensiones del local. En su esfuerzo por allegar fondos que le permitieran internar a Teresa en un sanatorio, había recurrido a todos los reclamos, pero el dinero que conseguía juntar, insuficiente siempre, se lo gastaba en vino, antes de regresar a casa, en madrugadas que iban erosionando su fuerza de voluntad y su propia estima. Arrojó la carroña sobre el mármol del velador; el feto tenía un extraño aspecto escamoso, como de pescadilla con brazos y piernas.

—Lárgate de aquí, Gálvez —dije, antes de que los otros se apiadaran—. ¿Qué te crees? ¿Que vamos a picar como esos paletos a los que sableas?

Ensayó un ademán falsamente compungido:

—Pues al menos dadme esos bollos.

Se refería a los panecillos que Edgar Neville había ensartado con tenedores, para imitar las habilidades de Charlot. Sánchez Mazas se los tendió, manoseados y algo rancios, y Gálvez aprovechó para reclamar también los tenedores, que podría vender en el Rastro por unos reales.

—Y los bollos, quién sabe, a lo mejor se multiplican por milagro en los bolsos de mi gabán, como ocurrió con aquéllos que utilizó el Rabí galileo para alimentar a la multitud de Betsaida.

Ruanito sonrió al escuchar la expresión "Rabí galileo", coincidente con la que yo acababa de emplear en mi soneto. A los otros, en cambio, les pasó desapercibida.

—Lárgate, Gálvez, no me hagas volver a repetirlo —dije—. Y llévate a ese piojoso de Buscarini: no queremos que nos contagie su sífilis.

—¡Prefiero la sífilis de Buscarini antes que la dureza de corazón de todos vosotros!

Estaba perdiendo facultades, o quizá había descendido, en un proceso de degradación sin retorno, hasta ese sustrato abisal que anula el orgullo. Durruti y Ascaso así debieron de entenderlo, porque lo llamaron:

—¡Eh, amigo! ¿Quieres ganar un dinero? Esto también vale para tu compinche.

Gálvez se volvió, convocado por la oferta que le hacían. Tenía un perfil traslúcido, como si el vino avinagrado que consumía en las tabernas le hubiese ido comiendo los glóbulos rojos, como si las lividices del amanecer se hubiesen posado sobre su frente.

—¿Y en qué consiste ese trabajo, hermanos anarquistas?

El café había alcanzado una temperatura de conversaciones vulgares y gargajos. José Antonio propuso una partida de julepe, a la que nos sumamos sin demasiada convicción. De vez en cuando, se oía la voz de Durruti, como una ráfaga de ametralladora, detallando sus proyectos: un periplo por Chile y Argentina desvalijando bancos, asaltando fábricas, cobrando impuestos revolucionarios a los explotadores de allende el océano, en un itinerario de esquinas y escaramuzas. Durruti sabía envolver sus palabras con los ropajes de la épica.

—O sea, que seríamos algo así como bandoleros —resumió Gálvez.

Ascaso pegó un puñetazo en la mesa:

—Bandoleros, no. Expropiadores de algo que pertenece a la colectividad. Repartidores de riqueza. Con lo que saquemos de los golpes, abasteceremos las cajas del sindicato, y podremos hacer frente a la Dictadura.

Intervino Buscarini con voz atiplada:

—Ya. Y nosotros, ¿qué obtendremos a cambio?

—El orgullo de colaborar en una causa justa —dijo Durruti, con gran prosopopeya—. Y, como los ideales no dan de comer, dos mil pesetas por barba, de propina, a descontar del botín que consigamos.

Durruti apretó la mandíbula que delataba su primitivismo y aguardó una respuesta. Gálvez se tomó su tiempo antes de aceptar, calculando los meses que Teresa podría resistir sin tratamiento. Adoptó una decisión sin consultarla con Buscarini:

—Trato hecho —dijo.

Ernesto Giménez Caballero vivía muy cerca del cementerio de San Martín, frecuentado por Buñuel y demás surrealistas, despensa en la que Pedro Luis de Gálvez se aprovisionaba de niños muertos para sus mendicidades. La familia de Giménez Caballero poseía una imprenta en una barriada que retemblaba al paso de los trenes que irrumpían en la Estación del Mediodía, entre chimeneas de fábricas y cipreses que asomaban sobre las tapias del cementerio, como picos de una verja. Giménez Caballero editaba en esta imprenta familiar *La Gaceta Literaria,* una revista en la que colaboraban por igual bolcheviques y fascistas, en estrafalario maridaje, muy surtida de firmas sin cotización (allí nadie cobraba, y había, incluso, quienes pagaban por figurar con letras de molde en el comité asesor). Giménez Caballero me mandaba todos los números de *La Gaceta,* con dedicatorias ditirámbicas que incluían "un saludo romano", números que yo tiraba directamente a la papelera, sin dignarme posar la vista sobre ellos, pues la experiencia me había enseñado que una publicación que no remunera a sus colaboradores termina convirtiéndose en boletín propagandístico, y aprovechando sus páginas para transmitir doctrina. Ruanito, quien, a diferencia de aquellos epilépticos de vanguardia que figuraban al frente de *La Gaceta,* sí se cotizaba en los periódicos de Madrid, me había inculcado esta obsesión por el estipendio, única garantía que el escritor posee para que su trabajo sea respetado: la finalidad de un artículo, según Ruanito, no era su publicación, sino su cobro. Así se hizo respetar, y logró, incluso, que le pagaran por adelantado.

—Un periódico puede quebrar en el momento menos pensado —nos instruía a los contertulios del café Europeo—. Si te deben dinero, no llegarás a cobrarlo nunca. Si se lo debes tú, nunca se lo pagarás, lo cual constituye una de las más grandes satisfacciones de la vida.

Y formulaba una sonrisita que se pretendía pérfida y le quedaba sucia de cafeína. Quienes escribían en *La Gaceta Literaria* se empeñaban en contradecir este código de conducta colaborando gratuitamente: no querían reconocer que la literatura, además de un arte o un exorcismo de la locura, es una transacción mercantil, y eso los convertía en escritores anticuados. En realidad, no sé por qué se autodenominaban "vanguardistas": quizá porque no se peinaban al levantarse, quizá porque no se apartaban las legañas de los ojos, para que su visión de las cosas fuese abstrusa y como entorpecida de falsos hermetismos. Giménez Caballero, separado de nuestras tertulias por disensiones estéticas con Ruanito y Jardiel, que lo consideraban un mistificador capaz de juntar en un mismo título los toros, las castañuelas y la Virgen, se encastilló en su imprenta de la calle Canarias, y desde allí nos lanzaba cantos de sirena. Giménez Caballero me visitaba en mi despacho del Teatro de la Comedia, y me hacía publicidad de su revista con una mezcla de agresiva exaltación y apocada humildad que, lejos de inspirarme misericordia, estimulaba mi asco:

—Usted honraría la redacción de mi revista con su presencia,

Fernando —me decía—. Usted está hecho de una pasta distinta a la de Ruano, ese gran egoísta. ¡Ah! Y tráigase a José Antonio, el hijo del Dictador. Conviene que conozca a un amigo mío, apóstol del fascio en nuestro país: se llama Ramiro Ledesma. Creo que comparten algunas ideas.

Pero José Antonio no compartía sus ideas con nadie, entre otras cosas, porque aún no había empezado a acuñarlas. Acababa de licenciarse en Derecho, y cultivaba la mesura, la timidez, el rigor verbal, cierta melancolía sin subrayados. Hablaba con esa unción del poeta injustamente cazado por la prosa, con esa vehemencia del prosista que pronto sería injustamente cazado por la política:

—Ahora sólo me preocupa lo que pueda ocurrirle a mi padre. La diabetes lo fustiga, y sus enemigos aprovechan para aliarse y hacer un frente común.

Su austeridad moral hacía sentir incómodos a sus interlocutores, sobre todo a quienes, como Ruanito o yo, habíamos entretenido la juventud con diversiones más bien despiadadas. Era abstemio, practicaba la continencia y la mortificación, escribía con un sobrio lirismo y, en general, profesaba una mística del sacrificio y el aburrimiento.

—Giménez Caballero me da mucho la murga para que vayamos a visitar su imprenta. Quiere presentarte a un tal Ramiro Ledesma.

José Antonio dibujó una mueca de disgusto:

—Ese Giménez Caballero es un tipo ridículo: tiene complejo de *Duce*. Pero su revista merece la pena, las cosas como son.

La imprenta de Giménez Caballero convivía con un paisaje de cipreses, locomotoras sonámbulas y niñas obreras que te hacían una paja, entre cascotes y ladrillos, por cuatro o cinco reales. José Antonio contemplaba la fisonomía de la pobreza con esa perplejidad de quien acaba de instalar su bufete de abogado, adosado a la Presidencia, y vive en un reino de legajos donde no tienen cabida las inmundicias municipales.

—Yo pensé que este mundo ya no existía, Fernando —me decía, sin salir de su asombro.

Pero existía, y en proporciones que él ni siquiera sospechaba. Ante la imprenta de Giménez Caballero, en Canarias, 44, había una pareja que aporreaba la puerta sin que, al parecer, se dignaran franqueársela. Él era un joven que vestía un jersey rojo debajo de la americana; tenía una voz salobre, como nostálgica de los litorales que lo vieron nacer. Ella parecía una musa de Baudelaire (a pesar de sus pocos años, mostraba cierto aire de decrepitud), olía a pintura y aguarrás y miraba con unos ojos clarividentes y aturdidos, si la contradicción es admisible.

—Venga, Ernesto, ábreme, no te pongas burro —decía él, y volvía a golpear con los nudillos.

La mirilla estaba obstruida por el ojo de Giménez Caballero. Su voz sonaba en mitad de la noche como una trompeta desafinada:

—Te he dicho que no abriré hasta que no ensayes el saludo romano. Haz honor a tu apellido de resonancias itálicas, Rafael.

Alberti (así se apellidaba aquel joven) le propinó una patada a la puerta, enrabietado. Maruja Mallo, su amante, fruncía los labios con un mohín de infinita repugnancia:

—Si será fascista y cabronazo —decía, con una voz que anticipaba el cáncer de garganta.

El cristal de la mirilla, sumado al cristal de sus gafas romboidales, distorsionaba el ojo de Giménez Caballero y exageraba sus proporciones hasta convertirlo en un ojo de cíclope o besugo. Alberti insistió:

—Ábreme, Ernesto, que te traigo un poema para el próximo número de la revista.

—Nada, nada. O saludas brazo en alto o te quedas en la puta calle. Y encima le digo a María Teresa que le pones los cuernos con esa pintora.

Maruja Mallo encendió un cigarrillo y aspiró una primera bocanada con un desgarro viril que escandalizó a José Antonio. Algunos vecinos se empezaban a asomar a los balcones, divertidos o insomnes, para contemplar un nuevo episodio de aquel folletín cómico que diariamente les ofrecía Giménez Caballero.

—Mira, Ernesto —insistía Alberti: el despecho enronquecía

su voz—, he venido ex profeso, para traerte el poema que me habías solicitado. Tu comportamiento no tiene nombre.

Pero Giménez Caballero no se ablandaba:

—Saluda, como haría un leal centurión en presencia del César. Y que la pintora también salude.

El aire traía fragancias de alcantarilla, aromas de carne muerta y aguas fecales. José Antonio se acercó, conciliador, a la pareja, y los aleccionó con un discurso improvisado sobre la renuncia y la necesidad de transigir en las cosas pequeñas para triunfar en las grandes. Mareados por su verborrea, Alberti y Maruja Mallo vencieron sus escrúpulos y saludaron al itálico modo.

—Así me gusta: con un poco de práctica, podréis formar en las escuadras de Mussolini.

Giménez Caballero vestía un mono de paño azul mahón, cruzado de cremalleras que parecían cicatrices de plata. Tenía las manos embadurnadas de tinta, manos de estrangulador de calamares que hubiese sido sorprendido *in fraganti*. El vestíbulo de la imprenta estaba decorado con un mobiliario tubular y unos *bibelots* de aluminio con forma de zepelín o de polla. Había carteles de los Grandes Expresos Europeos, y también del Partido Fascista, con eslóganes energúmenos en los que aparecía el *Duce* arengando a las multitudes o echándoles una bronca; como todos los bajitos, Mussolini se ponía de puntillas sobre el estrado.

—¡Hombre, pero si también han venido José Antonio y Fernando! —exclamó Giménez Caballero, alborozado—. Ya era hora de que se os viese el pelo.

José Antonio entró con las manos refugiadas en los bolsillos de la gabardina, para no tener que estrecharlas con aquel zascandil de gafitas romboidales. Apiladas contra la pared, había resmas de un papel muy poroso que servían de asiento a las visitas. Un fragor de linotipias procedente de los talleres amortiguaba las palabras; de vez en cuando, un tipógrafo venía a consultar con Giménez Caballero algún pormenor de la revista. Me sorprendió encontrar allí a Buñuel, a quien creía en París, disfrutando de alguna beca o mamandurria; había perdido la esbeltez de su adolescencia, cuando se dedicaba a escarmentar homosexuales, y hablaba a gritos, no sé si por sobreponerse a los ruidos de la imprenta o porque se estuviera quedando sordo:

—Queda abierto el concurso de menstruaciones —dijo, a
modo de saludo—: Maruja Mallo tiene la palabra.

Y soltó una risa caníbal. Seguía empleando la misma fiereza de
antaño, esa fiereza que, recién llegado a Francia, lo había impulsado
a definir la escuela surrealista como "asunto de maricones", aunque
luego, cuando supo que aquellos maricones se entretenían abofeteando a las ancianas y orinando en los monumentos públicos, se
adscribiese a ella. Maruja Mallo, agredida en su condición femenina, hubo de soportar, además de la grosería de Buñuel, el coro de
carcajadas que la celebraron; lo hizo con ese estoicismo que se presupone en una mujer que, para expresarse artísticamente, había
consentido en rodearse de una tribu de cafres. Alberti la consoló:

—No te preocupes, Maruja —dijo, lanzando una mirada retadora al aragonés—. Ya se sabe que de los sacristanes y de los aprendices de cineasta no se puede esperar nada, salvo incomprensión.

Buñuel había venido de París, donde hacía labores de ayudante de dirección en una película de Josephine Baker, convocado
por Giménez Caballero, que le había nombrado responsable de la
sección cinematográfica de *La Gaceta;* aprovechando este llamamiento, Buñuel intentaba contrarrestar la influencia perniciosa
que Federico García Lorca ejercía sobre Dalí.

—Como te acerques a Salvador, te pego una hostia —decía, y
ruborizaba a Lorca, que había acudido a la imprenta de la calle
Canarias esperando que le tributaran un homenaje por la reciente
aparición de su *Romancero gitano.*

Dalí acababa de pasar unas vacaciones en Cadaqués, en compañía de Lorca, dejándose acariciar la ingle y practicando entre
los acantilados de la playa ejercicios de camaradería socrática.
Lorca había regresado de su veraneo en Cadaqués muy moreno,
como socarrado por las llamas del incendio que hubo en Sodoma,
y enflaquecido a causa de tanta zozobra sentimental. Dalí, por su
parte, se vanagloriaba de sus encantos y practicaba ese divismo de
histérica que más tarde explotaría a ultranza, como marca de fábrica o distintivo de su genialidad:

—Lo intentó en más de una ocasión, pero yo me resistí. Claro que, desde el punto de vista del prestigio, me sentía muy halagado.

Dalí le explicaba a Buñuel los pormenores del asedio estival, con una voz que parecía brotarle de las tripas, mientras Lorca, encaramado en una resma de papel, con los pies suspendidos en el aire (gastaba zapatitos de charol, y calcetines de puntilla), distraía la atención de los recién llegados con un torrente de charlatanería. José Antonio preguntó, doblegando su timidez:

—Pero, ¿es usted Federico, el autor del *Romancero gitano?*

Acababan de aparecer sus versos en la *Revista de Occidente,* y ya se recitaban por igual en los cenáculos literarios y en los burdeles. Lorca había sabido conciliar el ritmo octosilábico castellano con unas metáforas turbadoras y una nocturnidad casi blasfema. Al arcángel San Gabriel lo había retratado «lleno de encajes», alzándose las enaguas para mostrar sus muslos, y de los guardias civiles había dicho que tenían «de plomo las calaveras».

—El mismo, para servirle.

—Nunca había leído versos de una belleza tan desasosegante. Enhorabuena. ¡Ah! Mi nombre es José Antonio Primo de Rivera.

Extrajo su mano derecha, pálida y vigorosa, del bolsillo de la gabardina, y estrechó efusivamente la que Lorca le tendía, algo más femenina y regordeta. A Lorca le halagaba que la fama de su *Romancero* hubiese traspasado los muros del Palacio de la Presidencia.

—¡Paparruchas! —protestó Buñuel, oponiéndose a los elogios de José Antonio—. Los poemas de Federico son zarzuelas sin música. ¿Tú qué opinas, Salvador?

Dalí, amedrentado por la envergadura física del aragonés, denigró a su amante:

—Tu libro, Federico, ha sido alabado por los críticos más putrefactos de España, así que muy bueno no puede ser. Utilizas imágenes muy atrevidas, pero coqueteas con el costumbrismo.

Buñuel asintió, satisfecho. Le angustiaba que Lorca, Alberti y otros coetáneos ya hubiesen obtenido el reconocimiento a su trabajo, mientras él se iba hundiendo en el anonimato de unos estudios que sólo rodaban películas de Josephine Baker en taparrabos.

—Ya has oído a Salvador —dijo—. Escribes una poesía insoportable.

Los juicios desfavorables de sus amigos dejaban a Lorca en un estado de postración lindante con el desmayo. Su piel, bajo el envoltorio saludable y moreno, adquiría una tonalidad verdosa.

—Consuélate —continuó Buñuel— pensando que aún no has llegado a los extremos de ñoñería de *Marinero en tierra*. Pero todo se andará.

—Pero qué dices, hombre —lo increpó Alberti—. Tú lo que pasa es que tienes una sensibilidad de dependiente de ultramarinos.

Giménez Caballero se interpuso en la reyerta:

—No admito peleas en esta casa. Quien quiera escribir en *La Gaceta* tendrá que respetar esa tregua.

A la postre, él sería el primero en infringirla, al inculcar a su revista un aire entre mesiánico y fascistoide que espantaría a sus colaboradores y lo iría dejando aislado en su imprenta de la calle Canarias.

—Os voy a enseñar las instalaciones —nos dijo a José Antonio y a mí, alzando la voz sobre el estruendo de las linotipias.

En los talleres olía a grasa de ballena, a tinta perfumada, a pliegos de papel como láminas de oblea. Curioseando entre las planchas, corrigiendo las pruebas de un artículo que acababa de entregar, había un joven enjuto, de cabeza más bien cuadrilátera, mechón caído sobre la frente y mirada prerromana. Iba vestido con camisa negra, corbata roja y abrigo de cuero: en uno de sus bolsillos, como una erección de metal, apuntaba el cañón de su pistola.

—José Antonio, te presento a Ramiro Ledesma, discípulo de Ortega y Gasset.

El tal Ramiro Ledesma era un paleto de la comarca de Sayago, en Zamora, pastor de vacas y monaguillo en la iglesia de su pueblo durante la infancia, que había aprobado unas oposiciones al cuerpo de correos y se había venido a la conquista de Madrid, con cuatro duros y cuatro lecturas mal digeridas. José Antonio volvió a sacar del bolsillo de la gabardina su mano pálida, que contrastaba con la de Ledesma, curtida por las labores de ordeño.

—Ramiro, éste es el hijo del Dictador. Seguro que tenéis muchas cosas que contaros.

Nos condujo hasta una garita, adosada a los talleres, desde la que Giménez Caballero vigilaba el trabajo de sus tipógrafos a través de unas cristaleras. Sobre un panel de corcho, clavados con chinchetas, había emblemas fascistas y recortes de prensa extranjera, en su mayoría hispanoamericana, donde se saludaba encomiásticamente la aparición de *La Gaceta Literaria*. Allí, el único que contaba cosas era Ramiro Ledesma, con una voz que se le tropezaba en el velo del paladar y le obligaba a gangosear las erres:

—Es que padezco una malformación congénita en la campanilla.

Aparte de esa malformación congénita, había adquirido otras, allá en su adolescencia sayaguesa, como el deseo de emular al caudillo Viriato o la adopción de conceptos orteguianos como "minoría selecta". Se mostraba partidario de una revolución nacional que acabara con la «asfixiante monopolización de la vida pública por parte de leguleyos, burócratas y lisiados mentales».

—Francamente, no creo que mi padre... —comenzó José Antonio, algo cohibido.

—Tu padre —dijo Ramiro Ledesma, imponiendo ese tuteo que más tarde serviría como contraseña entre los falangistas— ha proporcionado a España cinco o seis años de paz, pero no ha conseguido atraerse a la juventud deseosa de cambios.

José Antonio callaba, acatando los juicios del sayagués, que le iba exponiendo las líneas maestras de su doctrina: unidad de España, abolición de la democracia burguesa y parlamentaria, sublevación de las juventudes y conquista del Estado. Entre los recortes que abarrotaban el panel de corcho, figuraba una página de un diario chileno, en la que, junto a una gacetilla rutinaria en la que se acusaba recibo de «una publicación madrileña dirigida por Ernesto Jiménez *(sic),* que parece escrita por internos de un frenopático», se informaba, en grandes titulares, del asalto a una sucursal del Banco de Chile: «Los atracadores, después de herir a dos empleados y llevarse un botín de más de treinta mil pesos, huyeron en un automóvil robado. Al parecer, se trata de cuatro españoles corajudos, a quienes también se atribuye el asalto a las arcas del Club Hípico de Santiago, así como el expolio de varias fábricas de Valparaíso. Un fotógrafo ambulante que se gana la vida retratando a las parejas de novios que pasean por los alrededores pudo impresionar una placa en la que aparecen dos de los cuatro forajidos en plena huida y a rostro descubierto».

—La subversión histórica que se avecina debe ser realizada, ejecutada y nutrida por jóvenes como nosotros, José Antonio —proseguía Ledesma—. Tenemos una fuerza motriz, avasalladoramente fértil, somos vigorosos y temibles, ¿a qué esperar? ¿Es que dentro de cuarenta o cincuenta años, cuando seamos ancianos, tendremos que lamentar la oportunidad desaprovechada? ¿Es que vamos a dejar pasar esta coyuntura por cobardía, deserción o debilidad?

Pero los forajidos de la fotografía, más que hallarse en plena huida, parecían haberse tomado un respiro para posar ante el retratista. Empuñaban sendas pistolas, con las que apuntaban al objetivo de la cámara, y sostenían unos saquitos de arpillera atestados de billetes. Uno de los forajidos miraba con pupilas crueles, agrandadas por unas gafas de cristales gruesos, y vestía un gabán que exageraba su corpulencia; el otro sonreía con una alegría siniestra, casi impertérrita, y se hallaba embutido en una chaqueta sin hombreras que le oprimía los pulmones. Ambos estaban desastrados, con barba de una semana y cabellos ignorantes de la tijera, pero sus fisonomías se correspondían con las de Gálvez y Buscarini, a pesar de la borrosidad y el granulado de la fotografía. «El atraco — continuaba la crónica, en un tono proclive a la leyenda o el endiosamiento— recuerda las más emocionantes películas de cine norteamericano».

—Hay que construir un nuevo orden. ¿Cuento con tu apoyo?

José Antonio, que había escuchado el alegato de Ramiro Ledesma en un estado próximo a la hipnosis, salió del trance:

—No sé... Como comprenderás, no puedo rebelarme contra mi propio padre.

—Allá tú con tu conciencia. Sólo con espíritu de sacrificio lograremos alcanzar metas de plenitud. La cobardía no tiene cabida en nuestras filas.

Pero mientras aquellos hombres hablaban de valor y cobardía en términos puramente especulativos, Gálvez apretaba el gatillo, descerrajaba cajas de caudales, huía en automóviles incautados a punta de pistola, se hospedaba bajo identidad falsa en pensiones habitadas por contrabandistas y reclutas que se encerraban en el único retrete disponible, para masturbarse o defecar durante semanas. «—Eran españoles, enseguida lo noté por el acento —manifestaba la dueña de la pensión al reportero que firmaba la crónica—. Por la noche, no dejaban dormir a los demás huéspedes, porque se emborrachaban, hablaban de luchas sociales y recitaban unos poemas tremendos sobre novias descuartizadas y Crucificados. Una noche les pregunté: "¿Pero quiénes se han creído ustedes que son?". Y uno de ellos me respondió, cachazudo: "Somos revolucionarios que hemos venido acá en busca de fondos, para financiar el derrocamiento de la monarquía española". Luego, me he ido enterando de los atracos por los periódicos».

Ramiro Ledesma chasqueó la lengua; sus facciones parecían aureoladas por una especie de santidad bruta:

—Ése es el dilema: o nos militarizamos o dejamos que la política caiga en manos de los leguleyos y demás gentuza.

Y por si quedara alguna duda sobre la postura que él iba a adoptar ante ese dilema, sacó del bolsillo la pistola que hasta entonces le había tensado el abrigo y la depositó sobre la mesa con esa contundencia que emplean los jugadores de dominó. Era una Star de fabricación nacional, idéntica a las que empuñaban Gálvez y Buscarini en la fotografía reproducida por aquel diario chileno. El metal de la pistola estaba impregnado por el sudor de su dueño (porque a Ledesma las manos le sudaban una barbaridad, como suele ocurrir con todos los cagaprisas), engrasado de aceite o de tinta, y parecía dúctil, esbelto, manejable como el cuerpo de una viuda.

—¡Arriba los valores hispánicos! —exclamó.

Giménez Caballero le iba mostrando a José Antonio, con esa minuciosidad del filatélico, una colección de emblemas fascistas que él mismo había diseñado, en los ratos libres que le dejaba la dirección de la revista. Desplegó una bandera roja y negra presidida por el yugo y las flechas de los Reyes Católicos.

—¿Qué os parece el invento? —preguntó, muy orgulloso de su creación.

—Me permitiréis que no me pronuncie todavía —insistió José Antonio—. Debo obediencia a mi padre.

—Los grandes hombres crecen sobre el cadáver de sus padres —dijo Ledesma.

Y el Dictador, inflamado de diabetes, asediado por sus enemigos, se iba convirtiendo en un cadáver político. Volvimos con los demás al vestíbulo; José Antonio mantenía la mirada fija en el suelo, y arrastraba una pesadumbre solemne, quizá demasiado solemne, como si se supiera predestinado al martirio, antes incluso de haber fundado su religión. Contrastaba su actitud con la de Ramón Gómez de la Serna, que acababa de llegar a la sede de *La Gaceta,* después de haberse emborrachado de horchata en cualquier verbena de Chamberí. Había sustituido la pipa por un matasuegras que se desenroscaba, como una gran lengua ofidia, cada vez que soplaba por él, y sobre su cabeza llevaba un farolillo japonés a guisa de sombrero. Presentaba, en general, un aspecto de chamarilero de las letras que daba un poquito de asco, y no perdía la oportunidad de hacer proselitismo:

—Quedan todos ustedes invitados a la próxima reunión de Pombo. Si es que no les asustan las cucarachas que hay debajo de los divanes, claro...

Durante años, se había rodeado de gentes absurdas, como rescatadas de un bazar, que lastraban el prestigio de su tertulia; ahora iba pordioseando por las redacciones de las principales revistas literarias, en su intento de captar nuevos adeptos.

—Cucarachas aparte —añadió—, les anuncio que me he deshecho drásticamente de mis antiguos contertulios. Asimismo, me pienso separar de esa mujer que me ha exprimido durante veinte años, impidiéndome avanzar hacia posiciones de vanguardia...

Hablaba sin pausas, como un organillero que hiciese girar el manubrio del idioma, fabricando frases como churros. Tenía un sentido utilitario de las personas, y se desprendía de ellas como de cachivaches que, al hacer la mudanza, desentonan con la decoración del nuevo piso. Colombine, refugio de sus eyaculaciones precoces, se había convertido ya en un estorbo del que urgía desprenderse, aunque fuese a garrotazos.

—Por cierto, Fernandito —me dijo, nada más verme—, esta noche he coincidido con Sara en una verbena. ¡Si supieras qué pena me dan las mujercitas guapas, abandonadas por sus novios!

Las palabras le salían mezcladas con los chiflidos del matasuegras. Empezaba a padecer esa resaca dulzona que deja la horchata cuando se han ingerido varios litros.

—¿Y a ti quién te ha dicho que esté abandonada?

—¡A las pruebas me remito! Tenía unas ojeras que le llegaban hasta los zancajos. La pobrecita está muy sola, y no tiene quien la consuele.

—Las ojeras las tiene de tanto follar —escupí—. Y no contigo, precisamente.

Buñuel volvió a soltar una risa caníbal, olfateando la proximidad de la sangre. José Antonio terció, haciendo gala de ese pacifismo que más tarde muchos le íbamos a reprochar:

—Anda, Fernando, vámonos de aquí. Este señor está de guasa.

Nuestra retirada no debió de parecerle bien a Ramón, que corrió a obstruir la puerta; en ese esfuerzo del charlatán que no quiere ver mermado su auditorio, se sacó de la chaqueta un revólver de juguete, ganado en alguna tómbola, y apuntó con él a José Antonio:

—¡Alto o disparo! —dijo, siguiendo con la bufonada.

Apretó el gatillo, sonó un fulminante y salió del cañón, propulsada por algún resorte, una banderita blanca. Ramiro Ledesma, que no entendía de trucos ni tramoyas, empuñó la Star y vació el cargador contra Ramón, con tan escaso acierto que no logró alcanzarlo, ni siquiera de rebote.

—No admito que nadie amenace a este hombre, ¿entendido? Pronto seremos socios.

El olor de la pólvora se había extendido por la imprenta, como una nube de incienso profano, acallando el olor de la tinta fresca, el olor eucarístico del papel. José Antonio tragó saliva, sobrecogido por los disparos: eran los primeros que escuchaba, dejando aparte las salvas de cuartel, y aún no estaba acostumbrado a su música bárbara. Ramón había retrocedido, como un muñeco de pim pam pum, hasta la puerta, en la que figuraban, junto al agujero de la mirilla, cinco o seis orificios de bala que habían dejado su mordisco nítido.

—Yo creo que te has pasado un poco, Ramiro —dije.

El sayagués enfundó su pistola y se apartó de la frente un mechón de pelo que añadía tenebrosidad a sus facciones.

—En absoluto. Estas pequeñas muestras de desacato hay que extirparlas de raíz, con carácter ejemplarizante, si queremos que triunfe la revolución.

El matasuegras denunciaba la respiración jadeante de Ramón. El tiroteo había dejado en el vestíbulo un aroma guerrero: Buñuel y todos los demás habían corrido a refugiarse detrás de las resmas de papel, utilizándolas a guisa de parapeto o barricada; Lorca, en cambio, contemplaba la escena con ojos quietos, sin parpadear siquiera, con ese pavor atónito de quienes miran la muerte cara a cara: él también, como José Antonio, tenía vocación de mártir.

Las insidias de Ramón no propiciaron en mí ningún cambio de actitud: por muy lerdo que uno sea, siempre dispone de un atisbo de intuición que le advierte cuándo las cosas ya no pueden salvarse. ¿Qué sentimientos me vinculaban por entonces a Sara? Ninguno, me temo, salvo los impuestos por la rutina: esa obstinada querencia que nos impulsa, en mitad del sueño, a alargar un brazo sobre las sábanas, en busca de una carne contigua; esa última llama de deseo (que quizá sólo sea una forma encubierta de compasión) que aún alumbra, incluso cuando el deseo en sí ha desaparecido, como esas estrellas muertas cuya luz sigue llegándonos durante una temporada. Y el exterminio de los sentimientos, contando con que alguna vez hubiesen existido, era recíproco: un asco invencible se iba apropiando de nuestra convivencia, reducida ya a las prestaciones fisiológicas.

A veces, cuando ella dormía a mi lado, en aquel absurdo lecho matrimonial, recordaba yo (concediendo al pasado esa carga legendaria que quizá no tuvo cuando sucedió) otras noches anteriores, remotísimas ya, cuando, prófugos de Gálvez, nos escondimos en una pensión de la calle Peligros; recordaba aquellas noches en que Sara dormía como una estatua de carne, traspasada de respiraciones, y yo velaba, creyendo que el amor era una aspiración alcanzable. Tantos años después, ella seguía durmiendo a mi lado, pero el amor se había convertido en una impostura, un envilecimiento cotidiano, una manera de aprender a convivir con el asco.

Quizá ese envilecimiento le perjudicase a Sara más que a mí, pues en su caso se agravaba de soledad, que es el anticipo de la locura. Yo, al menos, podía disfrazar ese envilecimiento con las artimañas del trabajo, que nunca me faltaba en mi despacho del Teatro de la Comedia. Sara no disponía de otras coartadas que la compañía de Mercedes, cada vez más abandonada por Ruanito, quien, en su afán por hacerse un nombre en el periodismo, estaba postergando su iniciación en géneros literarios más ambiciosos: por ganar la calderilla de la fama, iba a perder el oro de la gloria. Desde que concluyeron las representaciones de *Santa Isabel de Ceres,* Sara no había vuelto a subirse a un escenario, inactividad de la que me hacía culpable con el reproche tácito del silencio, un silencio sin resquicios, peor que cualquier condena o enfermedad. Las nuevas modas teatrales exigían diálogos con aceleración y retroceso, plagados de equívocos, teñidos de absurdo, y un argumento que incluyese adulterios y cadáveres en el armario. Sara no estaba preparada para representar ese tipo de papeles; ni siquiera estaba preparada para memorizarlos.

—Si sigues dándole a la cocaína, pronto no te quedará cerebro ni para aprender una sola línea.

Pero seguía inhalando aquel polvillo que le aseguraba unas horas de brumosa alegría o estupidez, dosificando su muerte con ese automatismo que no nace del vicio, sino del instinto. Sara se iba quedando ciega por exceso de luz, y se desmoronaba lentamente, como una figura de yeso que alguien dejó por equivocación a la intemperie. Por la noche, había que cubrirla con tres o cuatro mantas, en una especie de embalaje que amortiguara sus escalofríos. La cocaína había abierto túneles en su organismo, madrigueras de muerte que, de repente, se llenaban con una hemorragia. Siempre asomaba una gota de sangre en su nariz.

—Tendré que llevarte a un sanatorio como sigas así.

—Déjame en paz de sanatorios. Voy a volver a los escenarios. Ramón ha escrito una comedia para mí.

Conservaba, a pesar de su estado, la obstinación de la coquetería. Bebía whisky para acallar la resaca de la cocaína, se drogaba para borrar los efectos de la bebida, y se adormecía a cada poco, como un animal que inclina su cuello ante el matarife. Tenía un aspecto agarrotado, y quizá por ello la cortejaba Ramón, quizá por ello la quería incorporar a su colección de muñecas de cera.

—Ramón me ha prometido el papel protagonista. Vamos a estrenar en el Teatro Alcázar.

La cocaína excavaba su pituitaria, lesionaba su sistema nervioso, en un largo aplazamiento del suicidio. Sólo sus ojos, a pesar de estar oscurecidos por una telaraña de somnolencia, permanecían indemnes.

—Eso no te lo crees ni tú —le decía, masticando mi despecho—. Como actriz estás acabada.

Cierta fatuidad masculina me hacía pensar que Sara estaba restregándome por la cara las promesas que le hacían sus amantes, como antaño había hecho con aquel guatemalteco, Enrique Gómez Carrillo. Sara debía de pensar que la juventud no se desgasta, y que uno iba a estar dispuesto eternamente a darse de bofetadas por una mujer.

—Veremos si estoy acabada o no.

Entre sus labios, sobreponiéndose a esa sonrisa bobalicona que la droga había instalado en mitad de su rostro, afloró un gesto amenazante:

—Te apuesto lo que quieras.

En el café Europeo nos seguíamos reuniendo casi todas las tardes, para hablar de esos temas que suelen abordarse en las tertulias literarias: chismorreos políticos, fanfarronería sexual, proyectos de veraneo en Biarritz y métodos caseros para combatir la gonorrea (salvo cuando asistía José Antonio, que procurábamos comedirnos y mostrarnos muy preocupados por el destino de la poesía pura). A medida que se prolongaba la dictadura de Primo de Rivera, el ambiente del café Europeo se iba complicando de sindicalistas y mujerucas que nos miraban con una chulería de barrio. Jardiel andaba malhumorado por la intromisión de advenedizos en el género teatral:

—Se han dado cuenta de que una comedia, a poco que funcione en taquilla, da más dinero que una novela, y se ponen a escribir diálogos sin tener ni puñetera idea del género.

Ruanito, curtidísimo en la gimnasia diaria del artículo, sonámbulo de cafés y aspirinas, aprovechó para despotricar contra los dramaturgos:

—Siempre lo he dicho. El teatro es un mecanismo de relojería que nada tiene que ver con la literatura. —Y, anticipándose al enojo de Jardiel, matizó—: Hombre, hay excepciones que confirman la regla, pero, en general, el escritor de teatro es un tullido para la pluma.

Edgar Neville, saltamontes de los géneros literarios, habló con su voz de niño mimado:

—Pues el último advenedizo es Ramón. Va a estrenar en el Alcázar una farsa vanguardista. Tanto, que teme que el público se le soliviante. A Jardiel y a mí nos ha rogado que contrarrestemos una posible reacción de rechazo, ¿verdad, Jardiel?

Todos los contertulios me miraban furtivamente, como testigos pudorosos de mi cornamenta. Neville proseguía, inconsciente y jocundo:

—A Jardiel lo ha puesto al cargo de los anfiteatros, y a mí de los palcos. Ramón nos ha impartido consignas para el día del estreno. Al que patalee...

Jardiel le lanzó un puntapié por debajo de la mesa, pero Neville no comprendía a qué se debía tanto secretismo. Se abrió un silencio redimido por el ruido que hizo Ruanito al lanzar un chorro de seltz sobre su vermú.

—Oye, Edgar —procuré que mis palabras sonaran revestidas de trivialidad—, ¿y quién va a protagonizar esa farsa?

—Pero, chico, ¿es que vives en las nubes?

Otro puntapié de Jardiel sirvió para enmudecerlo definitivamente. Todos me miraban con una compasión solidaria, y empezaron a proponerme diversiones variopintas (desde una partida de julepe hasta una farra que se prolongase hasta la semana siguiente), como si estuvieran confabulados en una misión que evitase mi desmoronamiento. Aunque me mostré optimista y locuaz, no logré escabullirme a esa sombra pegajosa de la piedad, quizá porque el optimismo y la locuacidad, tan poco recomendables en un hombre de fuste, añadían patetismo a mi situación, y centímetros a mi cornamenta.

Tantas muestras de apoyo recibí, tantas historias de infidelidades escuché, que volví a casa con la determinación de pegarle una paliza a Sara, por adúltera y drogadicta, hasta reducirla a un gurruño de carne amoratada y huesos rotos. La luna brillaba como una claraboya abierta en mitad del cielo, con vistas a un patio de vecindad. El portero salió a abrirme, engalanado de libreas, titubeante de servilismos:

—Don Fernando, en la garita hay una señora que pregunta por usted.

Era Colombine, la madre de Sara. Desde su ruptura con Ramón, ya casi no escribía, y se dedicaba a pronunciar conferencias en ateneos y círculos culturales más o menos prohibidos por las ordenanzas del Dictador, en las que profetizaba el advenimiento de la República, con una oratoria como de charcutería. La penumbra del portal se ensañaba con sus arrugas, y penetraba en su piel como una cuña que aprovechara cualquier grieta para ahondar el estropicio. Colombine había perdido más de veinte kilos, en un régimen de adelgazamiento demasiado brusco que le había dejado flacideces y pellejos, sobre todo en lo que antes había sido la papada. En sus ojos, rodeados de unos cercos violáceos, se congregaban las lágrimas.

—Carmen, qué le trae por aquí.

Sentí una súbita ternura por aquella mujer, maleada por tantos hombres o fantoches humanos que la habían condenado a una soltería no deseada.

—Fernando, Ramón me pega.

Y fue señalando con su dedo índice un pómulo hinchado, una magulladura en el brazo, la señal múltiple de unos dedos que se habían aferrado a su cuello con intenciones de estrangulamiento. Los faros de un automóvil que circulaba por Ferraz barrieron fugazmente la geografía del portal, iluminando la fisonomía de Colombine con un fogonazo de ultratumba. Su voz se quebraba de sollozos:

—Dice que soy vieja, que ya no lo estimulo. Ni física ni espiritualmente.

Le borré con el pulgar una lágrima que le corría por la mejilla, espesa de sinsabores, casi como un coágulo de sangre. Nada quedaba en ella de aquella mujer robusta, de una lozanía morena, que retrató Julio Romero de Torres, ni siquiera el cabello, que ya le empezaba a blanquear. Cierta debilidad filial me impulsó a abrazarla; el llanto le retumbaba al fondo de su pecho, como en una caverna:

—Me ha dejado por ella, ¿sabes? Por mi propia hija. —Hizo una pausa; cuando volvió a hablar, sus palabras habían perdido pesadumbre, pero ganado desolación—: Y pensar que cuando era una niña la llevaba a Pombo, y que la iba a buscar, a la salida del colegio de ursulinas...

No disimulé mi indignación:

—Lo que no sé es por qué cojones una republicana como tú tiene que llevar a su hija a un colegio de ursulinas. De un sitio así o se sale monja o se sale puta.

—Pues ella salió puta, por lo que se ve.

Volvió a llorar, restregándose contra mi chaqueta. El portero me miraba con cierto inescrutable deleite, relamiéndose casi, pues, por una vez, comprobaba que los señoritos también sufren tragedias domésticas.

—Vamos a subir a casa, Carmen —propuse—. Habrá que aclarar este asunto con Sara.

El ascensor estaba allí, como una cárcel ambulante. Colombine disfrazaba su indignación de oscuros temblores:

—Ni te molestes. Ella está ahora mismo con Ramón, en su

Torreón de Velázquez. Para ensayar una obra, dicen, los muy miserables.

Hay momentos en la vida proclives al crimen, instantes en que el deseo de venganza asciende por las tripas, incendia los pulmones y se instala en el corazón, con una codicia incandescente. Instantes en que uno quisiera enfangarse las manos en sangre ajena. Lástima que sean demasiado efímeros.

—Ahora mismo vamos a Velázquez.

Salimos a la calle, adormecida en la paz de los astros, que dictaban su toque de queda. Ya dentro del Elizalde, derrengada en el asiento trasero, Colombine me informaba de los horarios y alternancias que regían la vida de Ramón:

—Los lunes, miércoles y viernes los reserva para Sara. Los martes, jueves y sábados, para la asistenta que va a limpiarle la buhardilla: él es muy escrupuloso y burgués, y no quiere que lo pillen en plena faena.

Las parejas que frecuentaban el Retiro, menos aburguesadas o escrupulosas, se magreaban entre la maleza, desafiando la vigilancia policial y el contacto de las faunas nocturnas que salían de sus madrigueras y reptaban sobre su piel, dejando un rastro casi genital de viscosidades.

—A mí sólo me recibe los domingos. Yo voy con la intención de reconciliarme, pero él me humilla e insulta.

Colombine se confesaba sin un destinatario concreto, mientras las parejas del Retiro fornicaban sobre una mata de ortigas y luego se iban a lavar el glande o el coño en las aguas del estanque, putrefactas de algas y cagadas de pato. El Torreón de Velázquez brillaba en mitad de la noche, como un faro embarrancado en tierra. Ramón había abierto de par en par los ventanales, para favorecer unas emisiones radiofónicas que acababa de inaugurar. Unión Radio había instalado un micrófono permanente en su buhardilla, y todas las noches, a partir de las diez, Ramón transmitía en directo unos parlamentos que, a cada día que pasaba, aumentaban el número de oyentes y también el número de suicidas y neuróticos y ancianas con furor uterino. Había olvidado desconectar el micrófono, y sus efusiones amatorias se desperdigaban sobre Madrid, como un idioma indígena de gruñiditos y onomatopeyas.

—Toma la llave del Torreón, Fernando. Así podrás pillarlos *in fraganti.*

Se habían disipado ya mis instintos homicidas, que fueron suplantados por una sensación de irrevocable fatiga. Colombine me azuzaba con palabras que mezclaban el llanto y la imprecación. El aire de la noche me refrescaba de fiebres íntimas, me ventilaba de pasiones absurdas.

—Sube, Fernando, y dales su merecido. Yo te estaré esperando aquí abajo —me apremiaba Colombine.

Desde el Torreón, se radiaba un coito para la capital y alrededores, por primera vez en la historia de la radiofonía española (y quizá también mundial). Imaginé a todos los insomnes de Madrid, arrimados a sus receptores, disfrutando de una erección unánime. Subí las escaleras con creciente apatía, como resignado a desempeñar esa misión trasnochada que consiste en sorprender a los adúlteros en plena comisión de su pecado. Abrí la puerta del Torreón y avancé por un pasillo más bien estrecho, forrado de carteles taurinos, entorpecido de jarroncitos de porcelana que me hubiese gustado reducir a añicos. Me asomé, a través de la ranura que dejaba la puerta entreabierta, a la habitación donde se había consumado el coito, la misma habitación que Ramón empleaba como despacho, tan similar a la trastienda de un bazar, con sus relojes de cuco señalando las horas a destiempo, sus cajas de música tocando desafinadamente una melodía suiza, sus pájaros de trapo encerrados en jaulas con forma de pagoda, sus muñecas de cera que miraban con una fijeza casi humana. Sara permanecía tumbada sobre la cama, con el camisón remangado y las medias caídas, y contemplaba con ojos más vidriosos aún que los ojos de las muñecas el techo constelado de estrellas; su cuerpo tenía esa blancura pobretona y como desvaída de las difuntas que alguien metió dentro de un ataúd sin amortajar.

—¿Te has repasado bien tu papel? —le preguntó Ramón.

Era un amante ridículo, preocupado por mantener una imagen honorable incluso en las postrimerías de la eyaculación.

Afrontaba el coito sin desvestirse, como quien afronta una higiene para desatascar la próstata. El falo le asomaba en la bragueta, incongruente con el traje de los domingos. Aunque hablaba en un susurro, con esa mesura que emplea un pecador en el confesionario, sus palabras las amplificaba el micrófono, distribuyéndolas en ondas hertzianas por los barrios más castizos de Madrid. Sara, con pasividad de esfinge, ni siquiera asentía.

—La obra no creo que pase de la primera representación —dijo Ramón—. El público español no está preparado para las innovaciones que propongo. En cuanto caiga el telón, te vas al camerino, sin aguardar los aplausos, te vistes y sales por la puerta de atrás. Allí te estaré esperando. Nos fugaremos esa misma noche.

Hablaba con esa premura conspiratoria de quienes planean un magnicidio o un golpe de Estado. Yo sentí un alivio casi físico, como si me despojasen de un lastre.

—¿Tú crees que Fernando nos perseguirá?

Había sustituido el tono conspiratorio por otro decididamente cobarde. Sara se sorbía los mocos y se limpiaba las narices con una esquina del camisón; por un segundo, contemplé su pubis como un borrón de tinta: Ramón acababa de depositar allí su semilla.

—¿Tú crees que intentará desbaratar nuestro romance?

Empleaba un lenguaje importado de los folletines para referirse a una fuga consentida. Sobre la cómoda del pasillo, había un par de billetes de tren para el trayecto Madrid- Irún-París: se necesita ser muy cursi y putrefacto para elegir París como desagüe de un adulterio. Retrocedí hasta la puerta con mucho sigilo, para no entorpecer sus planes.

XIV

Se representó en el Teatro Alcázar la farsa de Ramón, que resultó un fiasco sin paliativos. Se titulaba *Los medios seres,* y trataba de unos individuos que se tiraban dos horas largando parlamentos de una fertilidad metafórica que no se conciliaba con el ritmo teatral. Para mayor desconcierto del público, los intérpretes salían a escena con la mitad de su indumentaria teñida de negro, en alusión a esa existencia demediada que anticipaba el título. Antes de levantarse el telón, con la sala a oscuras y las candilejas iluminando el proscenio, el apuntador hacía girar la concha y le endilgaba al público un prólogo plagado de impertinencias; la idea, aparentemente ingeniosa y rupturista, se la había plagiado Ramón a Lorca, que ya había probado este recurso en *Amor de don Perlimplín con Belisa en su jardín.* La interpretación de Sara resultaba demasiado errática, salpicada de dubitaciones, como si las greguerías se le atragantasen en mitad del gaznate; los abucheos, tímidos durante el primer acto, se incrementaron durante el segundo, preludio del alboroto que sobrevendría al final de la función.

Ramón había apostado entre el público a varios incondicionales, para que contrarrestasen estas muestras de desaprobación, pero la hostilidad que exhibieron algunos detractores de la obra hizo inútiles sus esfuerzos. Cuando cayó el telón, los silbidos de la mayoría fueron contestados por los sicarios de Ramón con una descarga de insultos. Se organizó un tumulto en la platea, con desgarrones en el terciopelo de las butacas, que se prolongaría en el vestíbulo, al grito de «¡Contra la reacción!» Los reaccionarios se suponía que eran quienes habían denostado la farsa por juzgarla aburridísima e irrepresentable. Ramón, entretanto, huía con Sara por la puerta trasera, donde los aguardaba un taxi que los conduciría hasta la estación de ferrocarril.

Seguí recibiendo visitas de Colombine, tropezándome con ella en la penumbra inhóspita del portal, cuando regresaba de mis correrías, embotado de alcohol o pensamientos impuros. Colombine languidecía de ausencias y noches deshabitadas, y ya se le transparentaba la calavera bajo la piel.

—Habrá que ir a buscarlos a París.

—Ni soñarlo, Carmen. Yo estoy muy a gusto solo.

En ella, por el contrario, aún subsistía cierta preocupación maternal:

—Ramón me escribió la semana pasada —me decía—. Me contaba que Sarita se había tirado al Sena, y que hubo que rescatarla medio ahogada.

—No creo que fuera un intento de suicidio. Estaría medio grogui por culpa de la cocaína, y le daría un vahído, al recostarse en el pretil del puente.

Colombine siguió distrayendo su soledad por ateneos y círculos culturales, profetizando el advenimiento de la República, en giras por provincias junto a Margarita Nelken, Victoria Kent y demás vírgenes apostólicas del feminismo español. Colombine, con el trasiego de viajes y conferencias, perdió la salud, hasta que un día, en mitad de una arenga en la que solicitaba el derecho de sufragio para las mujeres, se derrumbó sobre la tribuna, aquejada de un síncope. Como la audiencia era exclusivamente femenina, y por entonces no abundaban las mujeres licenciadas en medicina, hubo que ir a una casa de socorro y traer a rastras a un médico que le practicó una sangría y le suministró varias ampollas de aceite alcanforado, tratamiento de urgencia que se aplicaba a los pacientes que ya se iban de las manos, por el escotillón resbaladizo de la muerte.

A Colombine la internaron en un hospital, desangrada y casi exánime, para que al menos muriera con la cabeza apoyada en una almohada. Fui a visitarla, avisado por su hermana Ketty, cuando ya sus ojos se iban cubriendo de párpados. Recuerdo que la habitación del hospital era angosta y salobre como el camarote de un barco; la inminencia de la muerte había abotargado a Colombine, devolviéndole su anterior constitución. Ketty, cuarentona ya, velaba a la enferma con la mirada fija en su respiración claudicante, en su pecho agrietado como un fuelle que deja escapar el aire. Colombine, viva aún, tenía un aspecto de muerta reciente, calentita, que se va hundiendo en las sábanas, como un fardo que se arroja a una charca. Ketty lloraba comedidamente, con esa resignación infinita de una solterona que se sabía condenada a la soledad: pudo haberse casado con Cansinos-Asséns, pero por excesivo melindre de ella, o por desgana de él, la relación no había cuajado: ahora, ambos eran unos célibes cargados de espalda, chepuditos y con el alma perforada de frustraciones. Besé a Colombine (o a su cadáver) en la frente, por lealtad a mi pasado.

—Te acompaño en el dolor, Ketty —farfullé, a modo de despedida—. Para cualquier cosa que necesites, ya sabes dónde estoy.

Acababa de dimitir el Dictador, harto de camarillas palaciegas en las que un hombre como él, campechano y bruto, no tenía cabida. En los días que precedieron a su marcha, se habían sucedido las "notas oficiosas" que él mismo redactaba, en un galimatías desafiante de la sintaxis, y que despachaba por medio de un ciclista que las hacía llegar hasta la Oficina de Información; en dichas notas, Primo de Rivera denunciaba un complot fantasmagórico, en el que participaban la aristocracia, la clase patronal, la prensa, la Banca, la Iglesia y varios generales desafectos, antiguos compañeros de parranda. También invocaba entre las razones de su dimisión unos "pequeños mareos" que deseaba prevenir, sometiéndose a un tratamiento que fortaleciera sus nervios.

El militar que, por impulso soberano, quiso acabar (tomemos prestada la nomenclatura de Ramiro Ledesma) con los leguleyos, burócratas y lisiados mentales que protagonizaban la política, el militar que pacificó Marruecos y derogó las libertades públicas marchaba a París, casi de tapadillo, con el alma coronada por las espinas del sacrificio y la diabetes, suplantado en su privanza ante el Rey por militares analfabetos y dispuestos a medrar. De coma diabético moriría, pocas semanas después, en un hotel menesteroso de París (hacía falta ser muy cursi y putrefacto para elegir

París como desagüe de una enfermedad), cuyos dueños aún conservan intacta —por intereses crematísticos, se entiende: el turismo es una manifestación de la necrofilia— la habitación en la que discurrió su agonía, que al parecer fue laboriosa y difícil como un parto.

El cadáver, que había sido transportado en tren hasta la Estación del Norte, como un cargamento de carne en conserva, fue trasladado hasta el cementerio de San Isidro, en un itinerario vergonzante y periférico por el barrio de la Virgen del Puerto, el puente de Segovia y las Rondas. Caía una lluvia mínima, como arrepentida de sí misma, que dificultaba los contornos de las cosas y añadía un barniz irreal al desfile, un prestigio de epopeya lenta y vestida de luto. El general Berenguer, sucedáneo de dictador, arrimadizo del poder, había propuesto ese itinerario para evitarse las manifestaciones de condolencia o rechazo de un pueblo que no se resignaba a su papel de comparsa y quería intervenir en la Historia (perdón por la mayúscula). Caía una lluvia escueta, apenas líquida, sobre el latín de los obispos, sobre las condecoraciones militares (que, después del entierro, cogerían un poco de herrumbre), sobre las carrozas fúnebres, sobre un silencio refrescado de lágrimas. José Antonio, de traje y corbata negros, recibía adhesiones y agasajos, pero su rostro ya se había endurecido con ese hermetismo severo y desconfiado que se sobrepone a las meteorologías adversas. Se notaba en su mirada, junto a la pesadumbre recién adquirida de la orfandad, otra pesadumbre más honda, entreverada de rencor, suscitada por las primeras infamias que ya circulaban sobre su padre. Se le notaba también cierta impaciencia interior, un deseo de acabar pronto con los trámites funerales, como si de repente hubiese cobrado conciencia de una misión que hasta entonces no se había atrevido a aceptar. Caía una lluvia que no llegaba a empapar la ropa, de una sequedad lúcida y febril.

—No voy a permitir que nadie ensucie la memoria de mi padre —dijo, a la conclusión de las exequias.

José Antonio empezó a pensar con esa misma sequedad lúcida y febril que le había transmitido la lluvia, durante el larguísimo entierro de su padre. En el café Europeo, en las reuniones del

Colegio de Abogados, en las tertulias del Ateneo, cuando alguien mentaba el nombre del Dictador en un tono desdeñoso, o lo increpaba, se exponía a recibir una bofetada del hijo, o una citación judicial, o incluso la visita de unos padrinos que lo emplazaban en el campo del honor. Estos duelos a primera sangre, con sable o florete, solía ganarlos José Antonio, no porque fuese un espadachín experto, sino porque a los ofensores les daba pereza madrugar y preferían firmar una retractación pública, mientras se frotaban las legañas de los ojos. En la prensa también menudeaban los ataques contra el Dictador (nada tan socorrido como atribuir las calamidades de la patria a un gobernante extinto), que José Antonio desautorizaba en cartas abiertas que los directores de los periódicos casi nunca publicaban, pretextando falta de espacio; en ellas, José Antonio iba ejercitando ese estilo limpio, quizá demasiado enfático, que luego caracterizaría sus libelos.

—Quizá no sirvan las palabras —nos dijo un día, en el café Europeo—. Quizá haya que empuñar las pistolas de una maldita vez.

—Veo que por fin te has caído de la burra —sentenció Ramiro Ledesma, arrastrando un poco las erres, con ese tuteo que participaba, a partes iguales, de la camaradería y la insolencia.

Vivía en la calle de Santa Juliana, en el barrio de Cuatro Caminos, basílica del marxismo, arrabales de miseria que tantas veces había visitado a lo largo de mi vida, para respirar el perfume de la pobreza. En la fachada de su casa, sobre el dintel de la puerta, figuraba un lema que más tarde sería la consigna de sus Juntas de Ofensiva Nacional-Sindicalista: «Patria, Pan y Justicia». Habíamos ido a visitarlo, José Antonio y yo, después de reiteradas invitaciones y aplazamientos.

—A partir de ahora, quien ensucie la memoria de mi padre, tendrá que atenerse a las consecuencias —dijo José Antonio.

Creí descubrir un punto de mesianismo en su voz. Ledesma habló con desconcertante firmeza:

—Más valdría que emplearas tus energías en combatir a los enemigos del nuevo orden que se avecina.

Él empleaba las suyas en la preparación de una revista revolucionaria y subversiva, muy explícita ya desde su título, *La conquista del Estado,* para la que contaba con colaboradores tan poco recomendables como Ernesto Giménez Caballero. Ramiro Ledesma había sustituido la camisa negra y la corbata roja (ya de por sí bastante carnavalescas) por unos pantalones bombachos y un jersey amarillo, con un emblema bordado a la altura del pecho, en el que figuraban una garra, símbolo del coraje hispánico, y un sol de rayos ondulantes: el modelito causaba pavor e hilaridad a partes iguales. Para promocionar su revista, Ledesma había mandado imprimir unos pasquines publicitarios que pensaba desperdigar por todo Madrid; «Afíliese usted hoy mismo a las falanges de combate de *La conquista del Estado*», rezaban los eslóganes.

—Me gusta esa palabra: falange —dijo José Antonio, reparando en los pasquines.

Ledesma insistía en sus recomendaciones:

—Escúchame bien, José Antonio. Si sigues dedicándote a restaurar la memoria de tu progenitor, te granjearás la simpatía de los derechistas y los terratenientes. Esa gentuza no nos interesa: pretenden mantener la ordenación económica vigente, las formas opresoras y feudales del capitalismo. Postulan la tolerancia para todos, porque quieren que se respeten sus rentas. —Había elevado el tono de voz, en un relámpago de excitación—: No podemos hacerles el juego: si queremos instaurar una revolución nacional, debemos ser intolerantes.

En Cuatro Caminos, de noche, olía a sudor rancio, a menstruación retenida, a cuerpos hacinados que se consolaban unos a otros procurándose una calefacción natural. José Antonio titubeó:

—Pero el honor de mi apellido...

—Nada, nada. —Ledesma hizo un gesto tajante: como suele ocurrir con los autodidactos, no soportaba que le llevasen la contraria—. Que los muertos entierren a los muertos. Ya te dije en cierta ocasión que los grandes hombres crecen sobre el cadáver de su padre.

Eso lo había leído en Freud, que se hallaba entre sus exiguas pero muy manoseadas lecturas: Hegel, Nietzsche, Sorel, Heidegger, Ganivet, Unamuno y Ortega se alineaban en un anaquel, en volúmenes desencuadernados que delataban consultas y subrayados y párrafos aprendidos de memoria. Junto al anaquel de los libros, colgaba de la pared un retrato de la madre sayaguesa, una mujer consumida por la aflicción. Ledesma había renunciado a sus aspiraciones literarias de adolescencia y se había presentado a unas oposiciones al cuerpo de correos, que aprobó; desde entonces, se pudría en una estafeta, pegando sellos, ahorrando para poder traerse a Madrid a la madre heroica. No parecía, pues, el más legitimado para exigir desarraigos familiares.

—Para los cambios que a partir de ahora se produzcan habrá que contar con las masas proletarias, José Antonio. Las derechas están agotadas.

Naturalmente, Ledesma se movía en un ámbito teórico; tenía del pueblo una idea romántica, y le atribuía aspiraciones espirituales que no se correspondían con la realidad: un obrero sólo aspira a ser un burgués honorable. José Antonio carraspeó:

—Entonces, eres partidario de la República...

Ledesma se rió, con el escepticismo justo para no resultar descortés:

—¿Republicano yo? ¿Como esos conspiradores de salón que se reúnen en la sala de juntas del Ateneo? No jodas. Yo a las instituciones políticas me las paso por el forro de los cojones. Hay que demolerlas y crear un nuevo orden. Mira.

Lo había tomado del brazo, y acercado a una ventana desde la que se contemplaba una vista extensa, casi derruida, del barrio de Cuatro Caminos. A mí me hizo un gesto apremiante con la mano, invitándome a participar del espectáculo.

—Cualquier ideología que no cuente con todos esos hombres y mujeres que comen peladuras de patatas y sueñan con asesinar a su patrón está destinada al fracaso. Marxismo, anarquismo y fascismo: ésas son las tres únicas soluciones.

Levantó el rostro y nos miró a los ojos. Los suyos eran de un gris acerado, inquisitivo, como diminutas piezas de metalurgia, fraguadas en el fanatismo. Examinaba a José Antonio con una gravedad levemente ansiosa, aguardando su adhesión.

—Sí, quizás estés en lo cierto. Pero debo madurar algo más mi respuesta.

Ledesma esbozó una mueca de impaciencia o desagrado:

—Con vacilaciones no se llega a ninguna parte. En fin, yo me tengo que marchar.

Aprovechaba esas horas desiertas que preceden al amanecer, para distribuir su propaganda por una ciudad que aún dormía. Una motocicleta de segunda mano le facilitaba la labor; el jersey amarillo y los pantalones bombachos añadían un frenesí deportivo a estas travesías.

—Creo que tiene razón en lo que dice —me confesó José Antonio, mientras lo veíamos alejarse, envuelto en un petardeo de gasolina quemada—. Pero me da miedo participar en una misión tan violenta.

Y se iba a su apartamento de Chamartín, donde vivía con sus hermanitas, en una paz hogareña de bendiciones en la mesa y leños ardiendo en la chimenea. Yo me encaminaba a la calle de Francos Rodríguez, a presenciar el avance lento de la tuberculosis en el cuerpo de Teresa; ella seguía esperando, quizá sin esperanza, el regreso de Gálvez, que traería el dinero con el que podrían pagar un tratamiento en cualquier sanatorio del Guadarrama: aún no se había descubierto la estreptomicina, y los médicos creían que el aire frío de la nieve exterminaba los bacilos de Koch. Teresa estaba rota por la fiebre, sacudida de vómitos que mezclaban, entre un agüilla como de suero, unos grumos sanguinolentos que a lo mejor eran picadillo de pulmón. Estaba traspasada de toses, acribillada de sudores que impregnaban su frente, como diminutas heridas de una sangre sin leucocitos. Ya no salía a abrir la puerta, incapaz de incorporarse de la cama; mandaba a su hijo Pepito, que ya andaría por los ocho o nueve años, y cuyo parecido con Gálvez se iba agravando con la edad.

—¿Qué es lo que quiere, a estas horas? —me preguntaba Pepito, entornando ligeramente la puerta. Sus facciones asomaban, endurecidas por una desconfianza impropia de un niño.

—Ver a tu madre, y preguntar qué tal está.

La casa se iba derrumbando muy lentamente: había goteras, desconchones en las paredes que parecían causados por una descarga de metralla y un boquete en mitad del techo que parecía excavado por un meteoro. Por entre los cascotes y escombros jugaba Pedrito, el hijo nacido de esa última simiente que Gálvez había dejado en el vientre de Teresa, antes de marchar a Barcelona. Pedrito tenía los pañales cagados, el cuerpo casi desnudo y como barnizado de roña, el cabello incipiente y sin embargo habitado ya de piojos: no tendría ni siquiera tres años, pero en su mirada ya se agazapaba una expresión envilecida. Su hermano Pepito distraía las horas de insomnio (aquellos niños vivían de noche, y se habían acostumbrado a ver en la oscuridad) pintando unos monigotes no del todo desdeñables, entre la ingenuidad *naïve* propia de su edad y el tremendismo propio de su estirpe. En sus dibujos siempre aparecía algún negro, señal de que le había impresionado la visión de Johnson, aquel boxeador retirado, guardaespaldas de Buñuel, que lo había acompañado en sus transacciones con Teresa. Uno de los monigotes, decididamente truculento, mostraba a un negrito detrás de un mostrador, ataviado con collares y ajorcas y taparrabos, y flanqueado por unos garfios de los que pendían miembros humanos; un cartel declaraba la procedencia de la mercancía: «Carne de misionero». Enternecido, le restregué el pelo del cogote, aun a riesgo de llevarme una remesa de piojos:

—Bravo, Pepito, sales a tu padre.

El niño asentía, muy risueño y vivaracho. Detrás del biombo, Teresa lo reprendió con un susurro:

—No te dejes engatusar por ese hombre. Es mala hierba.

La disnea le impedía hablar más alto. Sofocada por la fiebre, había apartado por un momento las sábanas y mantas, para ventilarse y sentir el tacto helado del aire. Su cuerpo desnudo tenía algo de violín roto; la inactividad y la tuberculosis y los partos habían desdibujado sus líneas, pero el esqueleto aún permanecía incólume, sosteniendo su belleza en delicado equilibrio; supe, de repente, que la belleza era cuestión de esqueleto.

—¿Todavía te sigo gustando? —me dijo.

Todavía me seguía gustando, a pesar de los senos derramados como calcetines y los brazos agujereados de inyecciones, pero no me atreví a reconocerlo.

—¿Qué te estás metiendo en la sangre? —le pregunté, tomando uno de aquellos brazos, para examinarlo de cerca.

Las marcas de aguja estaban festoneadas por hematomas, círculos de lividez que abultaban su piel, como pústulas o pequeños cráteres.

—*Crisolgán,* creo que se llama. Es lo único que hay contra la tuberculosis. O lo único a lo que podemos aspirar los pobres.

El brazo tenía un aspecto tumefacto, como infectado de gangrena, y las venas se traslucían, abultadas y tuberosas, como si por dentro la solución se hubiese solidificado, obstruyendo la corriente sanguínea.

—Está demostrado que el *Crisolgán* es ineficaz —protesté, quizá airadamente—. Y sus componentes son venenosísimos. Te la estás jugando, Teresa.

Me dedicó una mueca exhausta:

—¿Y qué otro remedio me queda, sino jugármela?

—Yo podría curarte —me apresuré a decir. En cada una de mis visitas le hacía la misma proposición—. Te vienes conmigo, abandonas esta pocilga y dejas a los niños en un orfelinato. Con dinero se puede solucionar hasta la tuberculosis.

Teresa denegaba con la cabeza, con obstinación muda. Sus cabellos quedaban aplastados sobre la almohada.

—Eso jamás. Prefiero seguir prostituyéndome.

—Ya te has prostituido bastante. Está en juego tu vida.

Me miró con fijeza, ratificándose en una absurda dignidad:

—Me prostituía por Pedro Luis —afirmó—. Y seguiría haciéndolo, si él me lo pidiese. Esperaré hasta que vuelva.

—No volverá, Teresa. Su fotografía salió en los periódicos chilenos. Lo habrán capturado y condenado por atracador, por anarquista, por mercenario... Yo qué sé, la lista de cargos es larga.

Apenas podía sonreír: tenía los labios reventados de úlceras.

—Te equivocas. Está a punto de regresar.

—Deliras.

—No deliro. Armando Buscarini, el muchacho que lo acompañó, ya está en Madrid. —Sus dificultades respiratorias habían remitido, de súbito, como si la vuelta inminente de aquel Ulises hampón le devolviese el vigor y anulase su enfermedad—. Consiguieron cruzar la frontera de Chile y refugiarse en casa de un amigo que Pedro Luis tiene en Buenos Aires, un tal Borges. Luego se separaron, cada uno por su lado, para no despertar sospechas. Buscarini logró cruzar el Río de la Plata y salir de Argentina. Desembarcó en Montevideo, y, desde allá, se vino a Cartagena, en un barco mercante. Pedro Luis habrá seguido el mismo itinerario.

Aquel exceso de locuacidad la dejó exhausta, sumida en un silencio ritmado de jadeos. El orinal desportillado en el que yo la había visto orinar, despreocupada como una diosa que emitiese una lluvia de oro, estaba sembrado de esputos y hemoptisis, las flores que cultivaba en algún jardín interior de su organismo.

—De acuerdo. Y hasta que regrese, ¿de qué vas a vivir?

En más de una ocasión, había intentado prestarle un dinero que ella rehusaba, como si se tratara del salario de su rendición. Estas ofertas de auxilio económico contribuían —no hace falta decirlo— a que aumentase su desprecio hacia mí.

—Pedro Luis dejó buenos amigos en Madrid. —Hizo una pausa, ahogada por la sangre que afluía a su garganta, como un magma subterráneo—. Algo de lo que tú no puedes presumir, me temo. Vienen a verme todas las noches, y me traen comida y medicinas.

Por el ventanuco que había encima de la cama se veía la luna, como un sol que alumbrase la resurrección de los muertos. Los "buenos amigos" de Gálvez iban llegando a lo largo de la noche, casi siempre solos, o en pareja, como objetos más o menos inservibles que las olas dejan en la playa, con la bajamar. Eran los últimos ejemplares de una fauna que ya se había declarado extinguida en los manuales de zoología, junto a los dinosaurios y los unicornios, especímenes casi legendarios de una raza que aún merodeaba por los arrabales de la literatura, en plena era del surrealismo y el cine sonoro. Solía llegar primero Rafael Cansinos-Asséns, fundador jubilado del Ultra, aquella vanguardia construida con elementos de retaguardia, apóstol de una religión condenada a la diáspora. Desengañado del teatrillo de vanidades en que se había convertido la literatura, Cansinos ya sólo escribía artículos para revistas sefarditas con sede en Damasco (artículos que —por supuesto— no cobraba, y en los que hablaba sobre los tesoros del Tabernáculo o sobre los perfumes que exhalaba el coño de la casta Susana), y se ganaba la vida como traductor, infatigable de dialectos, como abrasado por aquellas lenguas de fuego que descendieron a la tierra, cuando Pentecostés.

—Que la noche sea propicia a los desheredados —saludaba.

Cansinos seguía soltero, aunque mantenía relaciones platónicas con mujeres que quizá fuesen fantasmas de niebla o criaturas que sólo existían por detrás de sus cataratas. Cansinos, percherón y trotamadriles, se venía desde la Morería hasta la casa de Gálvez, a traerle unos mendrugos de pan a Teresa, o unas rodajas de melón, o una morcilla cocida que había sustraído de alguna cazuela ajena. Lo acompañaba siempre algún falso discípulo, algún pernoctador que disfrazaba de golfería su mala literatura; a casi todos los miembros de su séquito los tenía yo catalogados, de mis visitas a la pensión de Han de Islandia, en la calle de la Madera. Aquella noche venía con un viejo conocido, recién excarcelado, que sonreía como un perrillo sarnoso.

—¡Fernandito, cuánto tiempo! —exclamó Alfonso Vidal y Planas, arrojándose sobre mí con los brazos abiertos.

Había logrado que le redujeran la condena a menos de la mitad, gracias al empeño de sus compadres de bohemia, que habían utilizado sus tribunas (las pocas que aún les quedaban) en revistas y periódicos, para orquestar una campaña lacrimógena, a la que no tardaron en sumarse otros letraheridos, reclamando la libertad para un hombre de naturaleza muy delicada, «escritor eminentísimo» (eso decían, instalados en la hipérbole) que no podía soportar los rigores del presidio. Tanto habían llorado que Alfonso XIII decretó su indulto, con esa magnanimidad casi póstuma que acomete a los moribundos y a los reyes que tienen los días contados. Para estupor de casi todos, Vidal salió de la cárcel muchísimo más gordo de lo que había entrado.

—Vidal, cómo tú por aquí.

—Pues ya ves, chico —dijo, sacando una pitillera en la que se alineaban varias marcas de cigarrillos turcos—, de vuelta a la civilización, a disfrutar los dineros que me produjo *Santa Isabel de Ceres*.

No volvía con ganas de redimir a las putas de la calle Carretas, ni de instaurar un régimen libertario fundado en el amor al prójimo, sino de llevar una vida sedentaria con Elena Manzanares, su esposa: había sustituido la utopía colectiva por otra más modesta y casera.

—¿Tienes noticias de Pedro Luis, Teresa? —preguntó Cansinos.

Ella denegó, haciendo rodar la cabeza sobre la almohada, que se iba humedeciendo con un sudor frío:

—Tan sólo lo que me dijo su amigo, ese chico tan raro, Armando Buscarini. Que quizá ya esté de camino.

Cansinos frunció los labios en un rictus incrédulo. Pedrito se aferraba a los faldones de su gabán y tironeaba de ellos, reclamando alguna vianda, por escasa que fuese, para acallar su hambre. Cansinos se hurgó los bolsillos y depositó en sus manecitas un mendrugo de dureza casi mineral.

—Armando no sabe ni lo que dice —observó, incapaz de ocultar su pesimismo—. Ha vuelto de su periplo americano completamente majareta. Ese chico ha pasado demasiadas penalidades para su edad: terminará en un manicomio.

Pedrito escupía sobre el mendrugo de pan, dejando que la saliva lo reblandeciera, y luego se lo llevaba a la boca, todavía desdentada, o en trance de dentición. El niño esbozaba una sonrisa gratificada, como si estuviese saboreando una ambrosía.

—Bueno, ahora podrá resarcirse de tantas penalidades —dije yo—. Supongo que los anarquistas le habrán pagado bien.

Cansinos buscó con su mirada un taburete; al no hallarlo, decidió sentarse en el suelo. Lo hizo desplomándose contra la pared, como un atlante, dispuesto a soportar sobre sus espaldas un edificio en ruinas.

—Una fortuna. Creo que quinientos duros, por lo menos. Pero su madre se los ha requisado enseguida, con la excusa de administrárselos. Y creo que ya los ha derrochado, la muy buscona.

Vidal elaboraba figuras con el humo de sus cigarrillos; se le notaba orondo y satisfecho:

—En cambio, Elena, mi mujercita, me administra las ganancias que da gusto. Tenemos ahora más dinero que cuando entré en la cárcel.

Teresa volvió a toser, dejando sobre el embozo de las sábanas un anagrama de sangre, ese garabato que las abuelitas bordan en la ropa de sus nietas, como distintivo de su ajuar.

—Villegas está al venir —dijo Cansinos, agarrándola de los hombros, para amortiguar las sacudidas de la tos—. Se quedó rezagado, en la casa de socorro, esperando a quedarse solo para robar unos frascos de *Crisolgán*.

Se refería a Fernando Villegas Estrada, aquel médico poeta que, en su juventud, se había negado a recetar medicinas a sus pacientes griposos, alegando que profesaba ideas malthusianas y que consideraba beneficiosa para el género humano la mortandad de los más débiles.

—El *Crisolgán* es muy peligroso —protesté yo, aprovechando la deriva de la conversación—. Y poco eficaz contra la tuberculosis.

—No hay nada que cure la tuberculosis. —Cansinos se había encogido de hombros, víctima del hastío o la fatalidad—. La tuberculosis, o se cura sola, o te lleva a la tumba.

Teresa hablaba con una voz atropellada, como emitida desde la maleza del delirio:

—Pedro Luis me internará en un sanatorio, con el dinero que se traiga de Chile.

Seguían acudiendo amigos de Gálvez, con los bolsillos del gabán preñados de dádivas pobres. Xavier Bóveda y Eliodoro Puche traían una garrafa de vino peleón y una lata de sardinas, robada en alguna tienda de ultramarinos.

—¿Pero cómo sois tan brutos? —Cansinos los increpaba con una voz mosaica, incorporándose del suelo, como un monte Sinaí—. ¿No veis que la enferma no debe probar el vino?

Xavier Bóveda y Eliodoro Puche aguantaron la reprimenda de su maestro, cabizbajos aunque no demasiado arrepentidos. Teresa alivió su castigo:

—Aunque yo no beba, vosotros podéis hacerlo sin ningún problema. Estaría bueno que después de tomaros la molestia de venir hasta aquí os fuera a poner condiciones.

Puche y Bóveda se las ingeniaban para abrir la lata sin llave, hincándole la punta de la navaja en los rebordes, haciendo saltar el aceite en un burbujeo de géiser. Ambos estaban famélicos y decididos a marcharse de Madrid, después de tantos años de lucha infructuosa por conquistar la Puerta del Sol.

—Yo me largo a Murcia —afirmaba Eliodoro Puche, instalándose en su ojo un monóculo de cristal rosa, que transformaba las sardinas en salmonetes—. Tengo allí una tía soltera a punto de diñarla. A ver si bailándole el agua consigo que me declare heredero.

Xavier Bóveda, gallego habitado de múltiples morriñas, alzaba su voz llorona:

—Aquí se están poniendo las cosas muy feas, Rafael. —Se comía las sardinas con cabeza y cola, con una voracidad de lucio—. Hoy mismo se han encerrado los estudiantes de medicina en el Hospital de San Carlos, en la calle de Atocha. Se defienden lanzando tejas desde el tejado, y descalabran a los guardias civiles, que a su vez responden a tiros, sin afinar mucho la puntería.

También Cansinos alargaba el brazo y extraía de la lata una sardina agarrotada por los muchos meses de conserva, barnizada como un fósil encerrado en ámbar.

—El general Mola ha ordenado cerrar el Ateneo, y precintar la puerta, para que no se tramen más conspiraciones —dijo Puche, en un tono quejoso—. Nosotros vinimos a Madrid a hacer carrera literaria, no la revolución.

Cansinos pringaba pan en el aceite y se relamía, como disfrutando de una golosina:

—Haced lo que yo —aconsejó a sus discípulos—. Encerraos en casa. Ya vendrán tiempos mejores.

Vidal, reacio a participar en aquel banquete oleaginoso (se notaba que venía bien cenado de casa), chasqueó la lengua:

—Lo dudo. La política cada vez se crispa más. Dicen que el rey ya tiene preparadas las maletas, y que está ingresando sus ahorros en bancos del extranjero, para cuando tenga que exiliarse.

Se pasaban la garrafa y bebían a morro, dejando en el gollete unos hilos de baba que se estiraban sin llegar a romperse, como la seda segregada por las arañas. Los mismos cretinos que habían cultivado en su juventud la algarada más o menos chapucera se retraían ahora ante la revolución organizada que ya se olfateaba en las esquinas. El mundo cambiaba demasiado deprisa para ellos, y los iba dejando rezagados en la cuneta, como mercancías caducas. Teresa se adormecía, al arrullo de aquella conversación caótica; tenía un perfil erosionado por el insomnio, como de criatura que ha visto muchas madrugadas. Pepito se había incorporado al banquete, o a sus sobras: en lugar de pringar pan en el aceite, se lo bebía directamente de la lata, como una lechuza, hasta quedar ahíto.

—Ten cuidado, chico, no te vayas a atragantar.

Pepito mostraba a los bohemios sus monigotes de indígenas y misioneros descuartizados y aguardaba su veredicto mirándolos con ojos de alimaña enjaulada.

—Si será bruto, el cabrón —decía Eliodoro Puche, soltando una risa chirriante—. Anda, chico, échate un trago.

Y Pepito, para demostrar su hombría, se llevaba la garrafa a los labios (metía el gollete en la boca, como si mamase de una teta) y trasegaba vino hasta contraerse con la primera náusea. Los bohemios lo jaleaban en su machada:

—¡Joder, qué tragaderas tiene el pollo!

Pepito se tambaleó, como un novillo herido por la garrocha, y cayó de bruces al suelo, borrachísimo y convulso, sacudido por esos espasmos de quienes no consiguen vomitar por tener vacío el estómago. Lentamente, muy lentamente, el vino que acababa de ingerir empezó a brotarle de la boca, mezclado con jugos gástricos o pancreáticos.

—Hijo, qué te pasa —decía Teresa, que acababa de despertar.

Su voz no era ni siquiera alarmada, pues la fiebre —cada vez más alta— la había envuelto en una nebulosa de inconsciencia o lasitud. Acababan de entrar el médico Villegas Estrada, con su mercancía clandestina de *Crisolgán,* y Armando Buscarini, cada vez más melenudo y silvano.

—Levantad a ese muchacho del suelo —ordenó Villegas, con su voz ventrílocua—. ¿No veis que se va a ahogar?

Fui yo, en un arranque de caridad o fastidio, quien tomé en volandas a Pepito y le sacudí unos cachetes para que se reanimara. El niño apenas podía abrir los ojos, y sonreía bobaliconamente, como un enfermo bajo los efectos de la anestesia. Villegas Estrada lo expuso a la luz del ventanuco, le estiró los párpados y exploró sus ojos de pupila errabunda. Farfullando blasfemias y exabruptos contra sus compañeros de bohemia, extrajo del botiquín un bote de amoníaco que destapó con ayuda de los dientes y lo acercó a la nariz de Pepito, para que su olor lo reanimase.

—Mira que sois brutos —dijo con cierto alivio, al comprobar que el niño reaccionaba con normalidad a los efluvios del amoníaco—. Un poco más y lo mandáis al otro barrio.

Armando Buscarini, más flaco aún que de costumbre tras su aventura chilena, asomó un ojo al interior de la garrafa, como mirando a través de un catalejo:

—¿Os asegurasteis de que no había gérmenes en el vino?

Eliodoro Puche se llevó un dedo a la sien, atornillando una tuerca imaginaria:

—¿Cómo quieres que lo comprobáramos, Armando? ¿Con microscopio? —le preguntó, con esa condescendencia que empleamos con los tarados y con los perros caniches.

—Que os lo hubiesen analizado en un laboratorio —dijo Buscarini, perfectamente serio—. El bodeguero podría haber inoculado un germen en el vino, como hace mi madre con la leche de mi desayuno. Una vez que el germen entra en el organismo, ya no hay remedio: trepa al cráneo y allí se incuba, hasta transformarse en un gusano que engorda comiéndote el cerebro.

Y se llevaba las manos a la cabeza, martirizada por esa migraña de la locura, que es como una dentellada a traición.

—¿Es que no oís al gusano que llevo dentro? ¿No oís cómo me va royendo?

Lanzaba unos gritos estrangulados de llanto, y caía de rodillas sobre el charco de vino y jugos gástricos que Pepito había vomitado.

—Pobre hombre, ha vuelto de América como una auténtica chota —dijo Villegas—. La policía le estuvo pisando los talones durante casi cinco meses, y ha enfermado de manía persecutoria. Ahora dice que su madre lo quiere envenenar.

Armando se revolcaba por el suelo, mínimo y tembloroso, y se propinaba golpes en el pecho, en un acto desaforado de contrición:

—¿Conque manía persecutoria, eh? Y la aguja que me escondieron dentro de un bollo de pan, ¿qué me decís a eso, eh? ¿También son imaginaciones mías?

Un tanto asqueado, o con los tímpanos resentidos de tanto griterío, pregunté:

—¿De qué cojones de aguja estás hablando?

—De la que tengo ensartada en el corazón. —Buscarini se mesaba las melenas y se daba mojicones, como un penitente en cuaresma; hablaba con una voz que no era la suya, impostada y casi ininteligible—. Me la tragué, mientras comía pan, me bajó por el esófago y me desgarró el corazón, a la altura del ventrículo derecho. Ahora el corazón me rezuma sangre. Mira.

Se arrancó los botones de la camisa y me mostró un hematoma, a la altura del esternón, como un tatuaje desleído.

—¿Te convences ahora?

—Imbécil, ese moratón te lo has hecho de tanto golpearte el pecho —dije, y le enseñé algunos rudimentos de anatomía—: El esófago no se comunica con el corazón. Además de imbécil eres un ignorante.

Buscarini no se rindió:

—Pero yo nací con una malformación en el esófago. Tengo un apéndice que lo conecta con el corazón. Mi madre lo sabía y por eso me escondió la aguja en el pan. Quiere quedarse con mi dinero.

Cansinos sacudió la cabeza, como un caballo que espanta el sueño:

—Loco de atar —dictaminó.

Pero no más que el resto, probablemente, aunque Buscarini manifestase su locura sin ambages. El hambre, los cotidianos fracasos, las noches pasadas a la intemperie, la sífilis más o menos

latente, un celibato sin más desahogos que los puramente mercenarios, eran los ingredientes de una esquizofrenia que, tarde o
temprano, haría presa en los demás. Pepito, con borrachera de
legionario, cantaba una canción procaz. Teresa volvió a toser, esta
vez en sordina, con el rostro oculto bajo la almohada.

—Dadle la vuelta —dijo Villegas—. No conviene que duerma bocabajo.

Se había remangado la camisa, y agitaba la dosis de *Crisolgán*
que enseguida le inyectaría a Teresa. Villegas tenía unos brazos
reducidos a la osamenta, recubiertos de un pellejo más bien reseco
que no le permitía salir a la calle sin espantar a los niños. Se alimentaba de café con leche y aguardiente (rehuía los alimentos sólidos,
porque decía que estaban contaminados y llenos de toxinas), y aún
tenía humor para llamar loco a Buscarini. Mientras preparaba la inyección, comprobé con desazón que tenía el pulso averiado.

—Déjeme a mí, Villegas —me ofrecí—. Usted no está en condiciones.

Quizá yo tampoco (nunca antes había actuado como practi-
cante), pero al menos mi pulso era firme y me permitiría clavar la
aguja sin causar demasiados destrozos en las venas de Teresa. El
Crisolgán tenía una transparencia opalina, como de veneno con
mucha solera.

—¿No habrá ningún germen en la inyección? —preguntó
Buscarini, fiel a sus monomanías.

El *Crisolgán* irrumpía en la sangre de Teresa, se sedimentaba
en sus venas y le transmitía un frío sutilísimo que la hacía estre-
mecerse. Quizá las aprensiones de Buscarini no fuesen del todo
erróneas, y la inyección arrastrase, junto a la dosis de *Crisolgán*,
los microbios de un enfermo anterior (Villegas no había desinfec-
tado la aguja), o de mil enfermos anteriores, confabulados en la
distancia. Apreté el émbolo muy cuidadosamente, y sujeté la muñeca de Teresa, notando cómo sus venas se abultaban bajo la piel,
como raíces en pleno crecimiento.

—¿Te duele?

Era una pregunta retórica, si se tenía en cuenta su gesto cris-
pado, que se fue mitigando cuando extraje la aguja. Afloró a la

picadura un goterón de sangre que Villegas se apresuró a cauterizar con un algodón.

—Ahora reposará más tranquila —dijo—. Durante unas horas, al menos.

La luz primera del amanecer dolía como un remordimiento. Los bohemios, encabezados por Cansinos, se marcharon, llevados por ese mismo oleaje que los había traído. Villegas me dejó encargado de velar el sueño de Teresa, con la recomendación de incorporarla sobre la cama, a eso del mediodía, y exponerla a la luz solar, "que mata los microbios". Pepito y Pedrito se habían metido también en la cama, acurrucados contra el cuerpo de su madre, que respiraba largamente, como si necesitase una cantidad supletoria de aire que compensara la pérdida que se produciría, entre el tejido apolillado de sus pulmones. Se fue formando una claridad tibia que invitaba al sueño, y yo también me metí en la cama, yo también me acurruqué junto al cuerpo de Teresa, que, pese a su enfermedad, servía de albergue a su prole, como el de una gata en celo. Teresa transmitía un calor animal y egipcio, que sumado a los bacilos de su enfermedad y a los olores hediondos de sus hijos —mierda reseca y vómitos recientes—, daba como resultado una mezcla gratamente sucia, suciamente grata, como de placenta o pesebre, una temperatura que me adormecía y hacía olvidar un pasado poco benigno. Creo que envidié a Gálvez por poseer una familia.

Tantos años aprendiendo a comportarme como un canalla, para terminar abrazado a una tísica y a un par de niños rebozados de mugre. Soñé que Gálvez llegaba a Madrid, ebrio de venganzas, como un héroe de la mitología.

III. La Dialéctica de las Pistolas

El gesto surrealista más simple consiste en salir a la calle revólver en mano y disparar al azar contra la gente.

André Breton

No nos conformaremos con que no haya tiros en las calles porque se diga que las cosas andan bien; si es preciso, nosotros nos lanzaremos a las calles a dar tiros para que las cosas no se queden como están.

José Antonio Primo de Rivera

I

Sara caminaba delante de mí, descifrando las inscripciones de las lápidas, como quien maneja con torpeza las páginas de un listín telefónico y busca, entre el orden o desorden alfabéticos, el número que le permitirá comunicarse con un familiar muerto. Caminábamos por senderos de tierra elemental, tapizados por sucesivas generaciones de hojas, respirando el olor dulzón y casi inagotable de los crisantemos, la respiración invisible de las tumbas, que no calificaré de sagrada, puesto que nos hallábamos en el cementerio civil, donde Carmen de Burgos, *Colombine,* había ordenado que inhumaran su cadáver. De vez en cuando, un pájaro veloz manchaba el color uniforme del cielo, como un alma negra de pecados.

—Espera, Fernando, voy a ver por aquí.

Encendí un cigarrillo, aspirando el humo azul y levísimo que, de repente (quizá contagiado por la escenografía del lugar), adquirió una apariencia de espectro. Sara había abandonado el sendero y se internaba entre las tumbas; mientras la veía alejarse, adelgazada por un luto recién estrenado (no se había enterado de la muerte de su madre hasta el regreso de su aventura parisina con Ramón, cuyos pormenores no mencionaré), pensaba yo en ese pasaje de los Evangelios que nos cuenta la parábola del hijo pródigo, presentándonos al padre como un dechado de magnanimidad, dispuesto a perdonar a ese vástago que ha despilfarrado su hacienda y arrastrado su apellido por lupanares y pocilgas, ese vástago que ha pecado contra el cielo y contra su sangre, pero que, en lugar de recibir un castigo proporcionado a su culpa, es agasajado y restablecido en sus privilegios. La parábola escamotea el verdadero motivo de esa actitud aparentemente generosa, que no es otro que el de extirpar para siempre la capacidad de rebeldía del hijo que un día huyó de casa, pues no hay cosa que domestique y humille más al ofensor que el perdón de su ofensa. Yo le había perdonado a Sara sus devaneos con Ramón, y me había asegurado para siempre su anulación como persona, aunque, ante los ojos de los menos enterados, ese dominio espiritual que yo ejercía sobre ella pareciera flaqueza de amante o debilidad de cornudo, del mismo modo que la tiranía de ese padre de la parábola evangélica pasaba, ante los ojos de los cristianos más crédulos, por magnanimidad.

—¡Ya la encontré, Fernando!

Dejé que la colilla se me consumiera entre los labios sin arrojarla al suelo, por temor o escrúpulo de infamar el sueño de los muertos. Hacía una mañana pacífica, quizá demasiado pacífica; el calor, en complicidad con la humedad de la tierra, formaba una amalgama de consistencia casi anfibia. No había nadie en el cementerio, ni siquiera un enterrador o vigilante que preservase las tumbas contra las profanaciones: todos se habían quedado en la ciudad, votando con espíritu cívico en aquellas elecciones municipales que iban a traer la República. Una luz desvencijada lamía las lápidas, como un testimonio de decadencia o podredumbre. Sara lloraba ante la tumba de su madre, apenas un túmulo de tierra y un epitafio lacónico, reducido a las fechas de nacimiento y deceso, como si entre medias no hubiera ocurrido nada memorable. Sara susurraba no sé qué entre lágrimas, quizá un descargo de conciencia.

—Si lo hubiese sabido, habría vuelto, madre.

Había callado por unos minutos, después de depositar un ramo de flores sobre la tumba. Desde aquella parte del cementerio se divisaba en declive la ciudad, la proliferación obscena de gentes que salían a la calle, a celebrar sin altercados el triunfo de la República y la huida del Rey. Aflojé los labios con una sonrisa mansa, equidistante del cinismo y la conmiseración, y la colilla cayó al suelo, extinta ya.

Tardamos casi tres horas en llegar al apartamento de Ferraz.

Las masas obreras (y también las masas burguesas, que eran las verdaderas vencedoras) habían invadido las calles, montadas en coches o camiones, enarbolando banderas tricolores guardadas en el desván desde tiempos de maricastaña, y cantando a grito pelado el *Himno de Riego,* un sonsonete para paletos anticlericales. Por la calle de Alcalá avanzaba una comitiva de automóviles que aclamaba la multitud: eran los conspiradores del Ateneo, que durante meses habían estado maquinando contra la Corona, mientras jugaban al mus o rellenaban crucigramas, y que ahora, con insensato optimismo y profusión de mayúsculas, se proclamaban Gobierno Legítimo de la República. Algunos habían sufrido durante los estertores de la monarquía un encierro poco riguroso en la Cárcel Modelo, seguido de una pantomima de juicio que se resolvió con su absolución y el consiguiente jolgorio popular; otros, como Azaña, que padecían mieditis, se habían declarado en rebeldía, para evitar la cárcel.

La comitiva se dirigía al Ministerio de Gobernación, dispuesta a forzar el simbólico traspaso de poderes, pero el gentío le impedía avanzar, y se abalanzaba sobre los automóviles para manosear a sus gobernantes, con esa —llamémosla así— lujuria cívica que acomete a la muchedumbre. Al coche de Azaña trepaban los republicanos de nuevo cuño, esos mismos que tres o cuatro días antes habían aclamado a los Reyes, en su último desfile, y metían la cabeza por la ventanilla, para besarle las tres verrugas del carrillo o acariciarle la doble papada, a la que ya se atribuían propiedades milagrosas. El gentío se subía al capó del coche, pegaba el rostro al parabrisas y obstruía las ventanillas, provocando los primeros síntomas de asfixia en Azaña; al llegar a la altura de la Cibeles, y viendo que, si no se despejaba el camino hasta el Ministerio de Gobernación, el trayecto se haría inacabable, Azaña se quitó su alfiler de corbata y empezó a repartir aguijonazos entre quienes se acercaban a su coche. El Gobierno Legítimo de la República alcanzó, por fin, el Ministerio de Gobernación, donde fue recibido por un piquete de la Guardia Civil que le presentó armas, mientras afuera, en la Puerta del Sol, la multitud bailaba sobre el techo de los tranvías, bebía un vino calentorro y se frotaba entre sí, alentando la camaradería y las erecciones, como en el peor esperpento de Valle-Inclán.

Gálvez tardaba en regresar de su misión en Chile, así que me decidí a plagiarle una comedia que hallé entre los manuscritos que le había hurtado, años antes, una comedia casi completa, a falta del desenlace. Nuestra cartelera del Teatro de la Comedia languidecía entre dramones decimonónicos y sainetes perpetrados por los epígonos de Arniches, pues Jardiel y todos los comediógrafos de su generación habían viajado a Hollywood, contratados para escribir la versión española de algunas películas taquilleras, y allí se habían instalado, deslumbrados por el *glamour* de los estudios y el frenesí sexual de las fiestas que organizaba en su honor Charlie Chaplin. No me costó, pues, convencer a don Narciso Caballero, para que estrenase aquella obra que le presenté como mía, y que iba a significar la rehabilitación escénica de Sara, que ya casi no se drogaba (o sólo se drogaba con mi permiso, como corresponde a una mujer sojuzgada), y cuyas dotes interpretativas se veían beneficiadas por ese aplomo o *savoir faire* que conceden los años y la pérdida de una madre.

El público que acudía al Teatro de la Comedia, renovado tras el advenimiento de la República (los católicos ya sólo salían de casa para cumplir con el precepto de la misa) y saturado por igual de los excesos vanguardistas y del intolerable espesor de las viejas dramaturgias, acogió, si no con entusiasmo, al menos con buena voluntad, aquella comedia que, sin incurrir en fríos intelectualismos ni en trucos altisonantes, reivindicaba el aspecto más puramente lúdico de la farsa. Los aplausos que seguían a cada representación los escuchaba yo entre bastidores, embriagado de vanidad; desde la platea, desde los palcos y el anfiteatro, se aplaudía mi obra, no la de un bohemio a quien nadie conocía, no la de ese hombre oscuro que mi memoria aún se obstinaba en traer a colación. Más benévolos de lo habitual, los críticos quisieron compartir un pedazo de mi gloria con reseñas que elogiaban la simbiosis de tendencias dispares, el *tour de force* dramático y no sé cuántas paparruchas más. La crítica ya estaba comenzando a ponerse ininteligible.

La fama era dulce como un pecado mortal, y la figura de Gálvez se iba desdibujando en una lejanía plácida, inofensiva, como de fantasma familiar recluido en las mazmorras de un recuerdo cada vez más borroso. Ni siquiera la convalecencia de Teresa, en algún lugar lejanísimo de Cuatro Caminos, enturbiaba el decorado de mi felicidad. Don Narciso Caballero me había acondicionado un despacho, contiguo al suyo, con vistas a Núñez de Arce; a la independencia que me proporcionaba trabajar sin compañía había que agregar la comodidad de no tener que respirar aquel aire recalentado que llenaba su despacho, donde el chubesqui seguía dictando su despotismo. Cuando tenía que consultarme alguna pijada, don Narciso golpeaba con los nudillos en la puerta y, antes de entrar, asomaba su barbita judía, cada vez más amarillenta y canosa, a pesar del tinte. Me daba asco pensar que yo había actuado como alcahuete para aquel hombre, en su época tardía de donjuán; ahora, artrítico y artrósico, se mantenía de las rentas, rememorando viejas hazañas que nadie quería escuchar.

—Oye, Fernandito —me dijo cierto día, asomando la barba por el hueco de la puerta—. Hay un joven muy harapiento que quiere hablar contigo. Dice que es importante. Tú verás si lo dejo entrar.

La mención a los harapos hizo emerger por un momento el fantasma de Gálvez; la mención a la juventud del visitante, sin embargo, disipó estos temores. La primavera arrojaba sobre Madrid un sol que era como una limosna para las gentes sin hogar, los tullidos y los demócratas de toda la vida.

—Déjelo. Será un bohemio de mierda, que me trae una comedia de mierda para que se la leamos.

Entró Armando Buscarini, sucio, desgreñado y maloliente, lanzando miradas furtivas en todas direcciones. Su presencia allí resultaba tan absurda como la de una vaca en un dormitorio.

—Tienes mal aspecto, Armando —me burlé—. ¿Es que no comes?

Apenas tenía fuerzas para sonreír. Su pelo empezaba a ralear, y no tendría más allá de veinticinco años.

—Más bien poco, Fernando. A este paso, criaré telarañas en la boca.

—¿Tan mal te va? —pregunté con sarcasmo.

Antes de contestar, Buscarini se cercioró de que nadie nos escuchaba. Olía a ciénaga y fermento, a meadas recientes y sudores milenarios:

—¿Tú qué crees? —hablaba en un susurro—. Mi madre me inocula gérmenes en la comida, que se me meten en la sangre y me devoran el cerebro.

—Estás enfermo, Armando. Deberías visitar a un médico —dije, utilizando las manos a guisa de abanico, para espantar las tufaradas que desprendía su cuerpo.

—Sí, estoy terriblemente enfermo —la saliva se le acumulaba en las encías y se le derramaba por las comisuras de los labios—. Mira mi rostro descarnado, que perdió el color hace tiempo... Mira mis manos huesosas, y mi cuerpo esquelético, y... —jadeaba, mientras enumeraba sus lacras y enfermedades— ¡mira mis ojos encendidos de fiebre! Cuando me quedo dormido en algún banco del parque, un impulso extraño, misterioso, me hace despertar sobresaltado, porque sueño con muertos que vuelven. —Hizo una pausa que aprovechó para limpiarse las babas con la manga de la chaqueta—. ¡Con muertos! ¡Sólo con muertos! ¡Esto es horrible! En todas las calles flota la sombra de mi tragedia, y no hay nadie que se compadezca de mi lucha sin límites. ¡Soy un incomprendido! La gente se ríe de mí, se mofa de mis andrajos... ¡La gente no tiene talento ni corazón!

Me estaba poniendo perdido, salpicándome con andanadas de saliva que, examinadas al microscopio, se hubiesen revelado como caldo de cultivo de todos los gérmenes descubiertos y por descubrir. Intenté sosegarlo:

—Tranquilo, Buscarini. Si lo que buscas es un poco de dinero...

Sus ojos se achinaron de ferocidad:

—¿Dinero? ¿Crees que soy un mendigo, acaso? —me preguntó, y se daba golpes en el pecho, a la altura del esternón, donde afloraba aquel hematoma que él creía causado por una hemorragia ventricular—. Entérate de una vez: yo no soy un mendigo, ni un idiota, ni un vago, como mis enemigos creen. Mi alma está forjada en la más excelsa nobleza. No te pido limosna, sólo te pido que compres mis libros, que reaccione tu espíritu ante la belleza del arte.

Había sacado del bolsillo de la chaqueta esos folletitos y opúsculos que él mismo editaba, trasnochados y ridículos desde el mismo título.

—Acabáramos, Armando. ¿Y toda esa arenga para encalomarme tus partos?

Le tendí un duro de plata, con la efigie del rey destronado, aún de curso legal, para escarnio de republicanos. Buscarini la frotó entre sus manos, sacándole lustre.

—¿Satisfecho? Y ahora vete, que tengo que trabajar y no estoy para monsergas.

Obtenida la recompensa, Buscarini abandonaba ese patetismo de loco que había empleado para asaltarme:

—¿Sabes lo que te digo, Fernando? Que Pedro Luis te va a matar. Lo ha prometido.

Esbozó esa sonrisa tan característica suya, la misma que utilizaba para sobreponerse a las burlas que recibía de los transeúntes, cuando instalaba su puestecillo en la calle de Alcalá. A mi rostro había acudido la palidez.

—Tú deliras —dije, afectando indiferencia.

Buscarini denegaba, con obstinación de hereje. La sonrisa se mantenía intacta en mitad de su cara, como un testimonio de presuntuosidad:

—¿Te crees muy listo, verdad? Pensabas que podrías plagiar a Pedro Luis impunemente, y que nadie se iba a dar cuenta. —Chasqueó la lengua, como si recriminase mi ligereza—. Pues lo siento mucho: se ha dado cuenta, yo me encargué de ponerle sobre aviso.

Me zumbaban los oídos, en su laberinto de tímpanos y yunques y martillos. La voz me temblaba:

—Pues, que yo sepa, todavía no ha hecho intención de matarme.

—Porque tiene otras prioridades —se apresuró a responder—.

No te pienses que a Pedro Luis le urge tanto mandarte al otro barrio. Primero tiene que llevar a su mujer a un sanatorio para tísicos. Ahora puede permitirse el lujo de pagarle una estancia en el sitio más lujoso, con el dinero que se trajo de Chile. Luego, vendrá por ti.

Unas nubes premonitorias de tormenta encapotaban el cielo, dejando sin su ración de sol a las gentes sin hogar, a los tullidos y demócratas de toda la vida. Buscarini había desempeñado ya su labor de emisario, después de desempeñar la de pícaro o sablista, inherente a su naturaleza, y retrocedía de espaldas a la puerta. Antes de marchar, se despidió:

—Hasta nunca, Fernando. Prometo dedicar un poema a tu cadáver.

Me pareció oírlo corretear por los pasillos del teatro y salir exultante a la calle por la puerta de servicio. Me desplomé sobre la butaca, con esa tiritona indigna que asalta a los condenados a muerte y a los enfermos de diarrea. La amenaza de Gálvez volvía a ensombrecer mi porvenir, ahora quizá con más razón que nunca. Algo más reposado, marqué un número de teléfono: por lo menos, me quedaba el consuelo de morir matando.

—¿Hablo con el Hospital Provincial? ¿Me podría poner con el Departamento de Observación de Dementes?

Se produjo una espera larga, llena de meandros administrativos. Al fin sonó una voz bárbara, como de matarife o estrangulador. Quizá uno de esos enfermeros a quienes la leyenda negra atribuye malos tratos y duchas de agua fría.

—Verá, soy Fernando Navales, secretario del Teatro de la Comedia —me identifiqué—. Un chalado acaba de entrar en mi despacho y me ha amenazado de muerte. ¿Cómo? Sí, lo conozco someramente. Es un bohemio idiota, se llama Armando Buscarini.

El enfermero interrumpió mi denuncia para rebuscar en un archivo de candidatos a la locura. Detrás de las ventanas, caía un aguacero caprichoso, extemporáneo, como un castigo de Dios sobre la prosperidad espiritual (ya que no de la otra) que había traído la República. Volví a escuchar la misma voz bárbara, ahora poseída por una cierta exaltación detectivesca:

—Ya decía yo que me sonaba ese nombre. Armando Buscarini, aquí está —leyó para sí los datos de la ficha, como si rezase una letanía—. Su madre lo ha denunciado quince veces por lo menos, pero aún nos quedaba la sospecha de que le tuviese ojeriza. Gracias por su llamada, señor.

Colgué sin despedirme: la delación no requiere la floritura de la urbanidad. Me humillaba comprobar cómo temblaban mis manos, reacias al mensaje de valor que intentaba transmitirles.

El Departamento de Observación de Dementes, anejo al Hospital Provincial, era un edificio de arquitectura inhóspita, de paredes como acantilados, monótonas de ventanas con rejas y de inquilinos que asomaban la cabeza al alféizar de esas ventanas para lanzar aullidos o elaborar cálculos de suicidio. Los locos salían al patio a pasear en círculo, condenados a la noria perenne de quienes caminan sin rumbo ni destino, y alzaban los ojos, para contemplar, allá al fondo, sobre las paredes de áspera piedra, un rectángulo exiguo de cielo, por el que de vez en cuando sobrevolaba una paloma, como una alegoría de Dios. En alguna ocasión que, por compromiso o necesidad, había tenido que visitar el Hospital, había comprobado que los enfermos allí ingresados (me refiero ahora a los enfermos comunes, aquejados de infarto o trombosis o ciática o enfisema pulmonar, y presumiblemente cuerdos) salían a las galerías del edificio principal, tibias de un sol que asesinaba los microbios, y contemplaban desde allí, como si de un ameno espectáculo se tratara, las evoluciones de los locos en su patio, siempre dando vueltas, siempre tropezando entre sí, siempre escupiendo hacia arriba y ensuciándose con su propia saliva. Los enfermos cuerdos, para no agotar la diversión, arrojaban al patio mendrugos de pan empapados en orines o embadurnados en mierda, que los locos se disputaban en un festín coprófago. El Departamento de Observación de Dementes, anejo al Hospital Provincial, hacinaba a sus internos en grandes salas sin ventilación que sólo se limpiaban una vez al mes, y por el procedimiento expeditivo del manguerazo a presión. Los locos comían un rancho más bien uniforme, con predominio de las peladuras de patatas, y por las noches eran asaltados por sus celadores, que los sodomizaban con más ferocidad que lascivia, por puro esnobismo o afán de infringir el último tabú.

Allí internaron a Armando Buscarini. Ruanito y yo vimos llegar la furgoneta que lo transportaba, y lo vimos descender (un par de enfermeros lo llevaban casi en volandas), inmovilizado por una camisa de fuerza que se ajustaba a su pecho como una coraza; también llevaba un bozal, como una tachadura en mitad de su rostro que le impedía respirar. Buscarini pataleaba, lanzaba gritos y nos intentaba escupir, a Ruanito y a mí, pero los escupitajos quedaban atrapados por la mordaza, como palabras coaguladas. Así hasta que uno de los loqueros le propinó un rodillazo en los testículos, y Buscarini doblegó el cuello, en el aturdimiento del dolor. Ingresó en el edificio por una puerta lateral, reservada para quienes ya no volverían a salir.

—Pues se acabó —dijo Ruanito—. Ya lo tienes a buen recaudo.

Estábamos montados en mi Elizalde, con el motor encendido, muy cerca de la estación de Atocha, cuyas cristaleras vibraban con la estampida lenta de los trenes. Ruanito procuraba contagiarme su optimismo (no era Buscarini quien me preocupaba, sino Gálvez), dictado por una racha de éxitos que lo estaban convirtiendo en el hombre de moda. Acababa de publicar una biografía sobre Baudelaire, escrita en ese estado de gracia que muy raramente visita al escritor, y el diario *ABC* le había concedido el premio «Mariano de Cavia» a uno de sus artículos. Ruanito sólo tenía veintinueve años, y ya disfrutaba de una reputación que otras gentes del gremio sólo alcanzan en la senectud.

—No debes preocuparte, Fernando —insistía—. Ya sabes que a ese Gálvez se le va toda la fuerza por la boca.

No me había atrevido a contarle las vicisitudes de mi plagio, no por temor a sus reproches (creo que Ruanito me habría aplaudido), sino para que la conducta de Gálvez careciese, a ojos de terceros, de razones o justificantes (la víctima se consuela cuando la violencia de su verdugo es gratuita).

—Creo que esta vez va en serio, César.

—¿Cómo puedes saberlo? Ni siquiera está en Madrid. A nadie le ha confiado sus propósitos, salvo a ese demente de Buscarini, que podría haberse inventado la historia. Anda, arranca, que nos esperan en el Centro Monárquico.

Ruanito, tras la proclamación de la República, se había declarado partidario de la monarquía, más por frivolidad estética que por unas convicciones políticas que no poseía. Acababa de ficharle el marqués de Luca de Tena para *ABC,* después de la obtención del «Mariano de Cavia», con una tarifa de veinte duros por artículo, una cifra fastuosa que suscitaba celos y animadversiones entre los colaboradores más veteranos del periódico. El Centro Monárquico, recién inaugurado en la calle de Alcalá, entre Cibeles e Independencia, rendía homenaje a Ruanito, por su incorporación a la causa del Rey destronado. A Ruanito el esmoquin le sentaba muy bien, le adelgazaba la figura, como a un aristócrata tuberculoso.

—A ti, en cambio, Fernando, y perdóname que te lo diga, te da aspecto de camarero. Y, encima, con esa arruga que te hace debajo del sobaco...

Alargó la mano, para alisar la tela, y palpó la dureza agazapada de mi Parabellum.

—Joder, chico —la sorpresa no lograba apabullar el tono ironizante de sus palabras—, no sabía que fueras armado. ¿Tanto miedo tienes?

Tanto y más. El miedo es una musa fértil que no pide permiso para procrearse.

—No es por miedo, César. Hoy en día es necesario protegerse. Cualquier palurdo te puede descerrajar un par de tiros. ¿No sabías que la CNT ha repartido pistolas entre sus afiliados?

Ruanito desplegó los labios casi femeninos (pero el bigote abolía cualquier sospecha de ambigüedad) en un gesto de indolencia:

—No tenía ni puta idea.

—Pues sí. El dinero que consiguieron desvalijando bancos en Chile, Durruti, Gálvez y compañía, lo han invertido en pistolas.

Tú imagínate que un día te tropiezas con un campesino con boina y capacho, lo llamas palurdo, y entonces el tío te saca la pistola. ¿Tú qué haces?

Atravesábamos un Madrid polinizado, casi estival, de barquilleros que voceaban su mercancía dulce y mujeres que enseñaban, al fondo del escote, dos senos redondos y puntuales. Daban ganas de parar el coche y bajarse a magrear senos, como un perro andaluz, pero España no estaba preparada para el surrealismo, ni tampoco para la República. Estábamos en pleno mes de mayo, cuando hace la calor, cuando los trigos encañan y demás paridas del romancero.

—No sé, echaría a correr, pediría socorro...

—Nadie va a defenderte frente a un tipo que te apunta con un cañón. Y si echases a correr, el paleto te pegaría un tiro por la espalda. Desengáñate: hay que ir armado.

Ruanito se encogió de hombros, creyéndose invulnerable. En el Centro Monárquico lo aguardaban algunos amigos, algunos enemigos y un montón de marquesas, auténticas o apócrifas, momificadas o todavía ternes, que lo aplaudieron mucho al entrar, como si fuese un cantante de tangos. Enrique Jardiel Poncela, recién llegado de California, zascandileaba entre las marquesas, puesto de puntillas, para compensar los tacones de aguja que las aupaban. Prefería seducir a las mujeres altas, pues opinaba que seducir a una bajita era como violar la neutralidad de Andorra. Prefería seducir a las marquesas, porque cortejar a una mujer de su misma clase lo consideraba una forma de endogamia y, por tanto, de decadencia. Prefería seducir a varias mujeres a la vez, para evitar el riesgo de interesarse por una sola. Hablaba con una voz tristona, encenagada de whisky, que se contradecía con el tono de sus intervenciones:

—En Hollywood, tienes dos posibilidades: o tumbarte sobre la arena para contemplar las estrellas, o tumbarte sobre las estrellas para contemplar la arena.

Las marquesas tardaban en comprender el chiste, pero cuando por fin penetraban su enigma, estallaban en una carcajada unísona y cachonda. Algunas marquesas habían traído a sus hijas, para que conocieran al escritor laureado y pudieran llevarse un autógrafo como recuerdo.

—Mira, hija, éste es el señor que escribe esas preciosidades de artículos.

Ruanito se inclinaba muy ceremoniosamente y besaba la mano de las primogénitas.

—Les presento a mi amigo Fernando Navales, empresario y autor teatral —decía, para que yo también participara del placer táctil que proporciona el besamanos.

Juan Ignacio Luca de Tena, anfitrión de la velada y director de *ABC,* se me acercó; tenía una fisonomía clarividente, como de embajador que se anticipa a los avatares de la Historia (perdón por la mayúscula), y una voz clara, algo estridente quizá, muy cuidadosa de pausas e inflexiones, como corresponde a quien domina el oficio de dramaturgo.

—Perdóneme —me dijo—. Lo había confundido con un camarero. ¿Conque es usted Fernando Navales, el autor que ahora toma la alternativa en la Comedia? Tenía muchas ganas de conocerle.

—Yo también a usted —dije, con más servilismo que cortesía, esperando que me ofreciera colaborar en su periódico.

—Todos los días recibo un par de cartas de un tal Pedro Luis de Gálvez, no sé si usted lo conoce, un bohemio de tiempos de maricastaña. El que paseó a su hijo muerto por los cafés, pidiendo limosna...

—Sí, lo conozco. Un pobre loco que da lástima —afirmé, mientras formulaba una mueca de asco.

—Y tanto. —Luca de Tena, de vez en cuando, abandonaba el hilo de la conversación, para saludar a los invitados que iban llegando y palmearles la espalda—. Pues como le decía, me da muchísimo la tabarra, denunciando por carta que su comedia es un plagio de otra que él escribió no sé cuándo.

—Tócate los cojones —dictaminé, con una sonrisita bellaca.

Los camareros vestían de librea (¿por qué me confundían con uno de ellos, entonces?), y nos acercaban las bandejas repletas de canapés; trabajaban con una desgana republicana, forzando la propinilla, y al pasar entre las hijas de las marquesas les incrustaban la polla entre las nalgas, así como quien no quiere la cosa. Las hijas de las marquesas no rechistaban, recorridas de un calambre proletario.

—Oye, mamá, ¿y por qué no contratamos a ese muchachote tan fornido de chófer? ¿Sabe usted conducir, joven?

Y el camarero elegido asentía brutalmente, bovinamente, con la imaginación puesta en el asiento de atrás del automóvil, donde la señorita lo iba a reclamar, con las faldas alzadas y los ojos casi bizcos, extraviados de orgasmos. Acababa de llegar José Antonio, guapo y taciturno, y ya las hijas de las marquesas se desentendían de los camareros y se arremolinaban ante él, para recaudar su autógrafo y dedicarle una mirada lánguida que hiciese tambalear su soltería. José Antonio las despachaba con una delicada sequedad, sin llegar a resultar abrupto, pero sin concesiones:

—Vamos, vamos, yo no soy un artista. No firmo autógrafos.

Había algo en su austeridad que asustaba o, por el contrario, deslumbraba para los restos. José Antonio había escuchado los cantos de sirena de la derecha monárquica, pero los había desestimado enseguida, en tributo a la memoria del Dictador, de cuya caída responsabilizaba al Rey destronado. Después de dar la enhorabuena a Ruanito (lo hizo sin zalamerías ni falsas efusiones, estrechando con firmeza su mano y recordando un par de metáforas que contenía el artículo galardonado con el «Mariano de Cavia»), se enfrentó con Luca de Tena. A juzgar por el tono indignado de su voz, le estaba reprochando que no ejerciese con mayor firmeza la vindicación de su padre.

—Siempre hemos denunciado la injusticia de muchas acusaciones —se defendía Luca de Tena—, pero no podemos prohibir que otros lo acusen. Es más, creemos que la disparidad de opiniones es fructífera.

—¡Disparidad de opiniones! —José Antonio se enardecía sin perder la compostura—. El Estado liberal permite que todo se ponga en duda, hasta lo más sagrado. —Rechazó las viandas que un camarero le ofrecía—. Pues bien, yo pongo en duda la conveniencia de ese Estado.

—¿Propones otro modelo a cambio?

Jardiel comprobaba cómo las marquesas ya no prestaban atención a la narración de sus peripecias hollywoodienses, atraídas por la irrupción viril y fascinadora de un joven que se oponía a un sistema caduco. Abismándose en la bebida, Jardiel masculló:

—La política es la cafeína de los seres débiles.

Pero los argumentos de José Antonio no parecían impregnados de debilidad, sino de un fanatismo que participaba a partes iguales de la disciplina y el sentimiento místico:

—Propongo un Estado al servicio de la unidad de España. Un régimen de solidaridad donde no tengan cabida la lucha de clases, ni tampoco ese simulacro de lucha entre partidos.

Luca de Tena no disimulaba su escepticismo:

—Bueno, eso es lo que intentó tu padre, y fracasó.

—Pero mi padre acometió la empresa con una limitación de tiempo —se apresuró a replicar José Antonio—. Propugno la conquista plena y definitiva del Estado. No la reparación de un barco que ya se hunde, sino la creación de un nuevo astillero que fabrique otro barco.

Empleaba imágenes que convencían por su concreción, más que por su belleza. Las marquesas, subyugadas por su mensaje, se retraían, sin embargo, ante las exigencias que se adivinaban, tras la enumeración de principios.

—Ya veo que te has convertido en un apóstol del fascio —dijo Luca de Tena, con desdén—. ¿Para cuándo te designarás caudillo?

Noté cómo se arrebolaban las mejillas de José Antonio. La timidez se sobreponía al ímpetu de sus ideales:

—Mi vocación es el estudio, Juan Ignacio, no el caudillaje —le contestó, en un tono compungido—. Pero me duele que tu diario despache el fascismo con frases desabridas y superficiales.

—En *ABC* siempre reprobaremos la violencia. Hay cosas con las que nunca se debe transigir.

Luca de Tena tenía inoculado el ideario de su periódico en la sangre, entre leucocitos y plaquetas y flores de lis.

—En el fascismo, la táctica de la violencia es meramente circunstancial; lo sustantivo es el pensamiento que lo informa:

frente a la lucha de clases y la lucha disgregadora de partidos, unidad histórica de la patria.

Olvidaba decir que el fascismo también aspiraba a la crueldad expansionista y el aborregamiento de la clase obrera, pero como discurso improvisado no estaba del todo mal. Se hizo un silencio pesaroso, casi rumiante; las marquesas comenzaban a desertar del programa esbozado por José Antonio, demasiado trascendente y alambicado, y regresaban a Hollywood con Jardiel, que ya no se sostenía de puntillas (el whisky alteraba su sentido del equilibrio) y se tenía que conformar con su metro y medio de estatura. Luca de Tena, habituado a escuchar a los oradores más convincentes y enardecidos, y habituado también a no dejarse convencer ni enardecer por sus discursos, comentó:

—Ya sólo te falta saludar al estilo romano.

José Antonio sonrió, consciente de que el humor puede ser el bicarbonato de las ideas más áridas e indigestas.

—Donde esté un abrazo español, que se quiten todos los saludos extranjeros —dijo, y rodeó muy cordialmente la espalda de Luca de Tena; a continuación, volviéndose al resto de invitados, hizo proselitismo—: Sé que vuestro espíritu se opone al clima soso y frío que nos ha traído la República. Espero que me ayudéis a encender la llama de una nueva fe civil.

Ruanito, aburrido de disquisiciones políticas, empezó a hacer literatura a propósito del monarca exiliado, evocando páginas de Barbey D'Aurevilly y Chateaubriand. Las marquesas lo escuchaban, en un transporte de párpados cerrados, pero sus hijas, algo alejadas de esta sensibilidad dinástica, enchufaron el gramófono y pusieron a girar un disco de charlestón. Bailaban con aportaciones de toda su anatomía, tobillos, caderas y senos, sobre todo senos, en un barullo de carne ebria. Hacía calor en el Centro Monárquico, un calor agravado por los entresudores del baile y el rescoldo que habían dejado en el aire las palabras de José Antonio.

—Espera, voy a abrir la ventana —me dijo la marquesita que, circunstancialmente, me había sido adjudicada como compañera de baile.

Entró la noche, como una bofetada o un alivio, y me refrescó la piel. Por la calle de Alcalá, bajaba una multitud desperdigada, asidua a esos conciertos que la banda municipal perpetraba en un templete del Retiro, conciertos populares patrocinados por el Ayuntamiento en los que se tocaban chotis, aires zarzueleros y *La leyenda del beso*, de Soutullo y Vert, para que los asistentes intercambiaran saliva y olvidaran las miserias de la fábrica. Me asaltó una ocurrencia algo descabellada, pero feroz:

—¿No tendréis grabada la Marcha Real en microsurco?

Algunas muchachas rebuscaron en una alacena, entre la pila de discos que almacenaban coplas de tonadilleras, composiciones de *jazz-band* y alguna sinfonía tartamuda de Beethoven. Por fin me tendieron un disco en cuyo repertorio figuraba la Marcha Real, financiado por alguna nación hostil a la República que, introduciendo aquella mercancía en nuestro territorio, pretendía colaborar en el derrumbamiento del nuevo gobierno, que en materia musical no distinguía una fanfarria de un cuarteto de cuerda. Caía la noche, como una sábana tibia, y los asistentes al concierto del Retiro desfilaban por Alcalá, con los brazos balanceándose a ambos lados del cuerpo, como apéndices que alguien creó para el delito y que, de repente, las leyes y ordenanzas han hecho superfluos.

—Esperad un momento —dije a las hijas de las marquesas, tan bailonas que ya interpretaban los primeros compases de la marcha a ritmo de charlestón—. Vamos a acercar el gramófono a la ventana.

Luca de Tena había vuelto a enzarzarse con José Antonio en otra batalla dialéctica sobre la esencia y la apariencia del fascismo, y Ruanito eclipsaba definitivamente a Jardiel, proponiendo a las marquesas la formación de un séquito nómada que acompañara al Rey en su vagabundeo. Entre tres o cuatro chicas trasladaron el gramófono hasta el alféizar de la ventana, con cuidado de no rayar el microsurco, que seguía girando en el plato; el altavoz del gramófono se bamboleaba, como la corola de un narciso que, en lugar de polen, suministrara corcheas y semicorcheas, fusas y semifusas. Cuando estuvo instalado sobre el alféizar, conecté el amplificador de sonido, y la Marcha Real empezó a profanar con sus notas solemnes, demasiado solemnes, la paz de los transeúntes que en aquel momento ocupaban la calle. En menos de un minuto, ya se habían reunido bajo la ventana un centenar de personas, avanzando con ojos atónitos, como personajes de fondo que se incorporan a un primer plano para consumar una venganza que la falta de protagonismo les había vedado hasta entonces. La ebonita del microsurco tenía un brillo de charol o pantera adolescente.

—¡Está usted loco! ¡Baje inmediatamente el volumen del gramófono! —me increpó Luca de Tena.

La ira despertaba en su fisonomía recónditas angulosidades. Pero ya era demasiado tarde: convocados por aquella melodía, enfebrecidos por un odio antiquísimo, más antiguo que Austrias y Borbones, alentados por esa fortaleza cobarde que anima a la multitud, surgían en las esquinas hombres de mirada huidiza, verduleras vociferantes, lejanas tribus, confinadas hasta hacía poco en la reserva de Cuatro Caminos, que ahora participaban del bienestar burgués y se paseaban pacíficamente por el barrio de Salamanca, sin que nadie se atreviese a expulsarlos.

—¡Maldito irresponsable! ¡Mire lo que ha hecho!

La multitud se encrespaba, reclamando un impuesto de sangre, y embestía como un solo hombre contra el portal del edificio, con esa obstinación rectilínea que sólo conservan los ciegos y los arietes; por fortuna, la puerta, de roble macizo, estaba trancada desde dentro, y reforzada con planchas de hierro que resistían los embates.

—¡Que abran esos señoritos, si tienen cojones! —gritó alguien.

—¡Vamos a meterles el gramófono por el culo!

La beligerancia de los improperios hacía retemblar los cimientos del edificio. Todas las miradas convergían sobre mí, lastradas de reproches o pavor. Un golfo se había acercado hasta la plaza de Cibeles, y se entretenía rociando con una lata de gasolina el coche de Luca de Tena, que enseguida se incendió, como en una celebración prematura del solsticio. Las llamas prendieron en la carrocería, abrasaron el motor y se alzaron con una vocación celeste, mientras la Cibeles, preservada en mitad del estanque, contemplaba el vandalismo con ese estupor disfrazado de indiferencia que tienen las estatuas. Pronto, el coche de Luca de Tena no era más que una chatarra humeante, un magma retorcido, como recién sacado de un horno metalúrgico.

—Me tendrá que indemnizar. Es usted un imbécil y un insensato.

Me excusé sin remordimiento:

—Perdóneme. Nunca pensé que esa gente fuera tan susceptible.

Causaba un cierto bochorno (tampoco demasiado) que los otros me considerasen promotor del pillaje que ya se estaba desatando. Con las últimas llamas que aún palpitaban entre la chatarra del automóvil, varios pirómanos habían prendido unas teas y se dispersaban por los senderos inciertos de un Madrid al que le sobraban treinta o cuarenta conventos. Seguía amontonándose ante el edificio del Centro Monárquico un hormiguero de gentes, extenuadas por el rencor o la impaciencia, que intentaban descerrajar la puerta de roble. La noche tenía «una vaga astronomía de pistolas inconcretas», que hubiese dicho Lorca.

—Voy a llamar ahora mismo a la Guardia Civil —dijo Luca de Tena—. Si no vienen pronto, moriremos linchados.

—O abrasados en una gran pira —subrayó José Antonio, con veredicto inquisitorial.

Luca de Tena se abalanzó sobre un teléfono, y combinó el número del cuartel del Alto del Hipódromo. Ya se lanzaban piedras desde la calle, guijarros desenterrados de algún parque, cascotes arrancados del suelo que atravesaban el cristal de las ventanas, como una lluvia de asteroides, y había que esquivar casi sin tiempo para presentir su trayectoria. Ruanito cayó, descalabrado por un adoquín; una marquesa le restañó la herida con un pañuelo que llevaba bordado en una esquina el blasón de su estirpe.

—Gracias, señora, por ensuciar vuestras armas con la sangre de un plebeyo.

Nos agazapábamos detrás de los muebles, como un ejército vencido que, para facilitar la labor del enemigo, se resguarda en la última línea de trincheras, que le servirá de tumba. Se oía, como un desgarro de vísceras, el crujido de la madera, advirtiéndonos que la puerta de roble ya cedía. Entonces asomó, al fondo de Alcalá, una furgoneta pintada de verde oliva, con su cargamento de guardias civiles, un piquete de diez o quince hombres, tremolantes de capotes, la cabeza coronada por el tricornio de charol, que se había anticipado en muchas décadas al arte de Juan Gris y de Picasso. Mientras aguardaban los refuerzos que acordonasen la manzana, aquellos diez o quince hombres se apostaron ante el edificio, produciendo un movimiento inicial de retroceso entre los amotinados.

—Parece que estamos salvados —me atreví a pronosticar, con una confianza que los otros no compartían.

Los guardias civiles, mal adiestrados para la algarada y la lucha callejera, apuntaron con sus fusiles a la masa informe que, después de replegarse, volvía a abarrotar la calle con un avance lento, pero inexorable como un alud.

—¡Alto! ¡Deténganse! ¡Evacúen la zona!

Un cabo con cara de labrador daba instrucciones a los números, que obedecían con premeditada desgana, como si la llamada de Luca de Tena les hubiese fastidiado una partida de tute endulzada de anís. Las estrellas interrumpieron su brillo en un instante de vacilación, mientras la multitud, que quizá superase el millar de personas, dudaba entre acatar la orden de los guardias o consumar el asalto. Entonces sonó una voz cetrina, camuflada entre el anonimato de cuerpos y cabezas:

—¿Es que vamos a dejar que unos señoritingos de mierda se burlen de nosotros?

Reconocí, con un escalofrío que me recorrió las tripas, al propietario de aquella voz. Era la misma de siempre, pero averiada de años, desafinada de clandestinidad; era la voz de Gálvez, mi perseguidor, separada de mí tan sólo por una hilera de guardias civiles que desempeñaban su cometido con insobornable apatía, esa misma apatía que Sanjurjo y Azaña se habían encargado de inculcarles. Las palabras de Gálvez habían apaciguado el miedo ancestral que aquellas gentes profesaban a los máuseres de la Guardia Civil, un miedo ya legendario, conmemorado en los poemas de Lorca.

—¡Alto, he dicho!

Pero la orden del cabo fue pisoteada por un rumor de hostilidad. Escudriñé, entre aquel bosque humano que avanzaba hacia el edificio, el rostro de Gálvez, perjudicado de suciedad y de greñas que apenas lo hacían discernible; se había dejado crecer el pelo, que se desbordaba sobre las sienes, abundante y crespo como la melena de un león. Andaba rondando el medio siglo, pero su figura, aunque preludiaba el desmoronamiento de la vejez, conservaba esa dignidad seca, casi nudosa, de quienes sobreviven a sus propios achaques; detrás de las gafas, brillaban unos ojos sobre los que se agolpaba una infinidad de arrugas. Según las Ordenanzas del Duque de Ahumada, cualquier miembro de la Benemérita debe disparar si es agredido, después de formular los tres toques de atención reglamentarios. Los fusiles máuser, aunque de manejo lento, arrojan un plomo de largo alcance.

—Si no se detienen va a prepararse una escabechina —musitó José Antonio.

Pero no tenían intención de detenerse. El cabo aún tuvo tiempo de demandar por tercera vez el alto, acorralado contra la fachada del edificio, que se mantenía firme como un paredón de fusilamiento. Los números apretaron el gatillo de los máuseres, descargando una salva que, además de saludar al enemigo, causó media docena de bajas. Una bala sobrevoló a la multitud y se fue a estrellar en el vientre de un niño que, encaramado en la copa de una acacia, oteaba el espectáculo desde el otro lado del paseo. El niño cayó hecho un ovillo, mareándose en su agonía con el perfume pútrido de las flores que se desprendían de las ramas, en racimos blancos, cayendo con lentitud y cubriéndolo con una mortaja vegetal.

—¡Han matado a un chavalito!

Luego resultaría que el niño no había muerto, que iba a sobrevivir al mensaje del plomo, pero la urgencia del momento no permitía discernir estas menudencias. Los guardias fueron atropellados, molidos a puntapiés y mojicones, hasta que sus costillas formaron un rompecabezas debajo del uniforme verde. Desde el Centro Monárquico asistíamos, como desde un palco de preferencia, al encarnizamiento desigual de casi mil hombres contra diez o quince guardias, que recibían la eucaristía de las bofetadas con una resignación exagerada.

—Ahora nos toca a nosotros —dije, con falsa solidaridad, pues sólo me preocupaban las papeletas que yo llevaba en el sorteo.

Pero entonces se extendió entre los agresores una sensación de inapetencia, como la que a veces nos sacude cuando, dispuestos a comer hasta el hartazgo en un banquete, quedamos ahítos con el aperitivo; como cuando, en los preliminares de una orgía, excusamos nuestra participación, vencidos por una forma inexplicable de hastío. Los manifestantes se fueron dispersando, rumbo quizá a otras empresas delictivas de mayor fuste, hasta que sólo quedó en mitad de la calle Gálvez, como un último soldado que contempla las ruinas de una ciudad. Miraba con insistencia hacia la ventana que yo ocupaba, con ojos que pasaban del espejismo a la exploración, y de la exploración a la certeza. Me había reconocido.

—Ese individuo me quiere matar. Tengo que huir como sea.

El miedo me descomponía el semblante. Era un miedo físico insuperable, caudaloso como mi sangre. Abajo, en la calle, Gálvez caminaba sin prisas hacia el portal.

—¿Es que no me oyen? —casi sin darme cuenta había empezado a gritar—. Ese individuo sube para pegarme un tiro. ¿No van a hacer nada?

Me examinaban muy detenidamente, con escandalizada perplejidad, quizá también con vergüenza ajena. Por los agujeros que las piedras habían infligido en los cristales, entraban ráfagas de un aire helado, incongruente con la estación en que nos hallábamos. Gálvez subía las escaleras que lo conducirían hasta el Centro Monárquico; sus pisadas sonaban como tambores sigilosos.

—Al fondo, en el retrete, hay una claraboya que comunica con el tejado —me indicó Luca de Tena, vencido por la repugnancia o la conmiseración.

No me entretuve en dar las gracias. José Antonio me lanzaba un reproche mudo, como previniéndome de que en su falange no tendrían cabida los pusilánimes. Yo casi oía la respiración de

Gálvez sobre mi cogote, su presencia de diablo custodio que arrojaba su aliento sobre mí y me aniquilaba. Corrí al retrete, fragante de los orines que las marquesas derramaban, me aferré al marco de la claraboya y trepé a pulso al tejado, asomando el cuerpo a la noche. Pisé sobre aquella superficie en declive, con cuidado de no delatar mi presencia, y oí la voz pretendidamente tranquilizadora de Gálvez; era un cazador que seleccionaba sus víctimas:

—No tengo nada contra ustedes. Vengo a ajustar cuentas con Fernando Navales. Díganme dónde se esconde y les prometo que no les molestaré.

Se abrió un silencio delgado, tan frágil como la naturaleza humana; en la desesperación del momento, pensé que a lo mejor me estaban delatando mediante señas. Desde la atalaya del tejado, Madrid respiraba por cada calle, por cada edificio, por cada estatua que vigilaba sus jardines. Como luminarias de fiebre, ardían los primeros conventos, sembrando el cielo de pavesas.

—Tiene que estar escondido por alguna parte.

Gálvez recorría las habitaciones del Centro Monárquico con una premura de registro ilegal; arrastraba muebles, apartaba cortinas, se agachaba para inspeccionar debajo de las camas, en ese hueco que sólo eligen como escondrijo los adúlteros idiotas. Los conventos ardían en una combustión lenta, crepitante y laboriosa, pero el ejército no salía a detener la pirotecnia porque, según Azaña, «todos los conventos de Madrid no valen la vida de un republicano». El fuego devoraba sillares, calcinaba retablos, ascendía como una columna salomónica sobre el mástil de tantas y tantas cruces. José Antonio habló sin sombra de temblor:

—Desengáñese. Aquí no está Fernando Navales. Usted ha visto visiones.

Comencé a caminar, con todo el tiento y la precaución que me permitía el nerviosismo. Bajo el alero del tejado, descendía un canalón de desagüe, pegado a la fachada, hasta morir en un patio de vecindad. Me descolgaría por él, reprimiendo ese vértigo pasajero que a veces nos acomete a quienes no padecemos de vértigo, pero sí de cobardía. Gálvez seguía patrullando el Centro Monárquico, forzando puertas o abriéndolas de un empellón. Sonaron varios disparos, dirigidos al tuntún contra el techo; las balas perforaban las tejas, reduciéndolas a un polvillo que parecía pimentón, y silbaban en la noche encapotada de humo, como emanaciones de pólvora. Descendí por el canalón, descuidando el sigilo de la huida, con los oídos aturdidos de balas y el alma estrangulada en algún rincón de la garganta. Supuse que Gálvez habría arrojado la pistola al suelo, después de agotar su munición, y que se abriría paso entre los invitados a la fiesta del Centro Monárquico, que no acababan de comprender lo que ocurría. Lo imaginé bajando las escaleras sin esa parsimonia que había empleado para subirlas, abalanzándose a la calle y levantando la cabeza hacia el cielo, cuya geografía se enturbiaba de humo, a medida que nuevos conventos se incorporaban a las hogueras. Lo imaginé intentando descubrir el bulto de mi cuerpo en alguna azotea o tejado, pero mientras él esforzaba la vista inútilmente, yo ya había saltado desde el canalón al patio de vecindad y había escapado por callejones erizados de gatos, por soportales de sombra y mendicidad, por plazoletas condecoradas de iglesias en llamas. El aire olía a monja chamuscada. Pensé, asfixiado por la carrera o por el fantasma de Gálvez, que, de no estar atravesando aquel mal trago, me habría gustado vaciar una lata de gasolina o arrimar una antorcha a un confesionario, si es que la plebe permitía participar en su fiesta a un señorito con esmoquin.

II

El plagio, como la delación, es una forma distante y sublimada de crimen que debería quedar impune o incluso ser recompensada, ahora que la literatura ha explorado y profanado las infinitas combinaciones del idioma, ahora que todas las metáforas esenciales (e incluso las decorativas) han sido descubiertas, ahora que ya no se puede aspirar a la originalidad. Alguien dijo que la literatura se nutre de literatura, y tenía razón, o por lo menos tenía la malicia y la socarronería y el desparpajo de enunciar una verdad vergonzante que otros prefieren callar. La literatura es una especie de botica muy ordenada, con hileras de jarroncitos que guardan ungüentos, cada uno en su alacena correspondiente. Uno puede entrar con llave en la botica, destapar los jarroncitos, aspirar su aroma antiguo y ponerse a fabricar su propio ungüento, a partir del recuerdo olfativo que otros le dejaron: esto lo hacen los escritores más bellacos, quienes, por cobardía moral o estética, no se atreven a declarar las fuentes de su inspiración. Quienes, como yo, hemos hecho del plagio una virtud estilística, entramos en la botica destrozando la cerradura, robamos los ungüentos y defecamos en los jarroncitos, para que no se note demasiado el hurto. La mayor parte de quienes entienden el oficio de la escritura como un saqueo suelen esquilmar a autores ya fallecidos y asumidamente menores, que son los más cómodos, ya que nunca se quejan, por extenso y literal que sea el plagio, y nunca son leídos por esos eruditos que compensan su incapacidad creadora denunciando apropiaciones ajenas. Yo quise llegar más lejos, y elegí un autor, vivo, quizá porque el plagio, según lo entiendo, es una decisión que exige un sentimiento mixto de admiración y odio hacia el plagiado, y también una atracción por el riesgo. Mi estilo *era* el plagio, que nada tiene que ver con la imitación o la parodia: el plagio en estado puro, como vocación absoluta, como síntesis de ese proyecto de arribismo que había formulado años atrás. El plagio, como resumen de una vida empleada en medrar a costa de lo que sea y de quien sea.

Mientras escapaba de Gálvez, o de su sombra, en mi recorrido alucinado por aquel Madrid en llamas, mientras descendía a los arrabales más inhóspitos, más allá de la Puerta de Toledo, más allá del Manzanares, más allá del suburbio del suburbio, en esa tierra campamental que rodea las ciudades, antes de convertirse en campo agrícola, comencé a reflexionar sobre las razones de mi huida, y me sorprendí pensando que a Gálvez ya no le asistía el derecho de denunciarme o perseguirme: sus obras, abandonadas en el cajón de un escritorio, aquellas obras que yo sustraje, habían pasado a mi propiedad, pues yo las había reescrito y las había limado de asperezas y las había embellecido con una capa de maquillaje y las había recitado y aprendido de memoria. Eran mías, y sólo mías.

La noche se me pasó en estas meditaciones, espiando las proximidades de Ferraz desde los jardines de Pintor Rosales; cuando ya la luz del amanecer se depositaba sobre mis ojos como un escozor, caminé en dirección a mi apartamento, cabizbajo y como arrepentido de mi atuendo (el esmoquin parecía pregonar una noche de farra). El portero, algo menos lamerón de lo habitual (la quema de conventos y la debilidad exhibida por el Gobierno lo habían envalentonado), salió de su garita, con la librea desabotonada; adiviné en su mirada el recado que me iba a transmitir, antes de que despegara los labios:

—Estuvo aquí un tal Gálvez. Subió a su casa, conversó un par de horas con su amiga y dejó aquí esta nota.

Me tendió una cuartilla con un mensaje lacónico, de caligrafía poco aseada: «No pararé hasta cazarte». Me preparé mentalmente para encontrar el apartamento en un caos de vidrios rotos y colchones abiertos en canal, también para tropezarme con el cadáver de Sara, perforado de balas, degollado y de bruces sobre el suelo.

Lo bueno —o lo decepcionante, según los secretos anhelos de cada uno— de hacerse estas composiciones de lugar es que la normalidad nos sorprende como una intervención de la providencia.

—¿Sara?

El salón tenía un aspecto de alcoba matrimonial, desperezada y tranquila. Sara salió del retrete, sin signos de degüello; me recibió con una sonrisa no demasiado entusiasta, como si por debajo se agazapara un fingimiento.

—¿Te hizo daño? —le pregunté.

—¿Daño? ¿Quién me iba a hacer daño?

Me sublevaba esa aparente inconsciencia.

—No te hagas la tonta, Sara, que no está el horno para bollos. Me refiero a Gálvez. Está dispuesto a matarme, por si no lo sabes.

—Claro que lo sé —me dijo—. Pero apenas hablamos de eso. Hemos estado recordando a mi madre. Él la apreciaba mucho, la consideraba una gran escritora. Dice que la posteridad le hará justicia.

Soliviantado, la corté:

—Mira, Sara, me importa un comino lo que opine ese cabrón. Tu madre era una escritora voluntariosa, y nada más. Ya veo que os lo pasasteis de puta madre, recordando los viejos tiempos. ¿Echasteis un polvo, ya de paso?

El exabrupto la aniquiló, y estranguló el recurso fácil de su llanto. Sólo acertó a quejarse:

—No entiendo cómo puedes ser tan canalla.

—Mete tus cosas en una maleta. Nos vamos —la apremié.

—¿Adónde?

—A la tienda de empeños de mi tío Veguillas. Vamos a vivir escondidos durante una temporadita.

—Pero allí será el primer sitio en el que te busque —protestó Sara.

El camisón le transparentaba el pubis, como un recinto ojival, los pezones como medallas nítidas, igual que cuando representaba el papel protagonista en *Santa Isabel de Ceres*.

—He dicho que hagas la maleta. Y rápido.

La tienda de empeños del tío Ricardo Vega, más conocido en el negocio por Veguillas, seguía en la plaza de Santo Domingo, embarrancada como un barco que no puede abandonar el puerto por exceso de mercancía. El taxi nos dejó a la puerta, y Sara descendió a regañadientes, disputando aún sobre la conveniencia o inconveniencia del refugio; podría haberla dejado en el apartamento, pero no estaba convencido de que Gálvez no fuera a sonsacarla, y además un hombre requiere ciertos desahogos, incluso cuando está enjaulado, o sobre todo cuando está enjaulado. Bajamos las escaleras crujientes como un hojaldre que conducían hasta la tienda de empeños; para no traicionar el pasado, me golpeé la cabeza con el quinqué que colgaba del techo. Tío Ricardo seguía sin engancharse a la red eléctrica (también él era respetuoso del pasado), alumbrando las tinieblas del local con lámparas de aceite que suministraban una muerte gradual por asfixia. Él ya se iba muriendo, no sé si de tanto aspirar los humos del aceite o de puro viejo.

—Pero si tú eres Fernando.

Había tardado casi un minuto en reconocerme o apartar toda esa hojarasca de años que nos separaban. Aún vestía de negro, en contraste con su piel, ya casi blanca de tan transparente. Se había ido quedando calvo, en un proceso de despojamiento que acentuaba su estatura chiquita.

—Tu tía se va a poner muy contenta —dijo, saliendo del mostrador—. Yo ya lo estoy, claro. Y ésa será tu mujer, qué guapa.

Los anaqueles que forraban las paredes se combaban con su gravamen de objetos secuestrados a quien nadie liberaría, por haberse fijado un precio excesivo por su rescate.

—No estamos casados, pero como si lo estuviésemos —lo desengañé—. Hemos venido a escondernos. Nos persigue Gálvez, Pedro Luis de Gálvez.

Utilicé el plural, para que la vinculación en la desgracia mitigase el escándalo que, inevitablemente, le producía nuestra unión ilícita. Desde las repisas, acorazados de polvo y telarañas, erosionados de décadas, me saludaban los objetos empeñados, con esa familiaridad con que saludamos a un viejo conocido. Seguían susurrando la historia de sus dueños, una historia construida de sacrificios póstumos e ilusiones abolidas.

—Pero, hijo —se lamentó, exagerando el grado de parentesco—, ¿qué tiene Gálvez contra ti?

—Es una historia demasiado larga. Ya te la iré contando. —Mentía: no pensaba soltar prenda—. De momento, quiero instalarme con Sara en la trastienda.

Contagiado por mi premura, tío Ricardo nos condujo hasta aquel lugar pestilente, donde guardaba los objetos irredentos que ya estorbaban en los anaqueles. Al contemplar aquel decorado que, durante muchos meses, nos fatigaría con su monotonía, recordé al adolescente que fui, hijo de un diputado canovista que se avergonzaba de trabajar en una casa de empeños. Por un instante, la nostalgia, esa forma envilecida del recuerdo, me hirió de rasguños apenas perceptibles: allí estaba, apilada en un rincón, la colección completa de *El Cuento Semanal,* aquella revista novelera en la que había colaborado una generación de escritores galantes (el propio Gálvez, sin ir más lejos), de quienes ya nadie se acordaba, y eso que se les llegó a reputar de muy originales: quizá habrían corrido mejor suerte si hubiesen incurrido en el plagio.

—Perfecto, tío, aquí nos quedaremos —resolví—. Tienes que traernos un colchón y un par de sillas. Y la comida a las horas de comer, por supuesto.

Tenía la trastienda una forma oblonga, como de sepulcro que el dueño de un bazar ordena hacer con antelación y que, hasta el día de su muerte, utiliza como baúl misceláneo, donde cobija los excedentes de su negocio. Las paredes, oprimidas por la humedad y por la lepra de los desconchones, no mostraban ningún resquicio a la ventilación. Se respiraba allí un aire no renovado en los últimos veinte o treinta años, que ya iba degenerando hacia nuevas composiciones moleculares que nada tenían que ver con el oxígeno ni con el hidrógeno ni con el nitrógeno; hacia composiciones venenosas, quizá, o meramente letárgicas.

—Hay que hacer un boquete aquí —dije, golpeando la pared medianera con la tienda—. A la altura de mi cabeza, más o menos. Un agujero que sirva para renovar el aire y a la vez de mirilla, para controlar las visitas.

Abrimos un boquete que pasaba desapercibido a los ojos de

quienes entraban en el local, y despejamos el suelo de la trastienda, invadido de retales y larvas de polilla que, al ser barridas, cimbreaban su cuerpo como serpientes en miniatura. Allí estaba (curiosamente inaccesible a las larvas), como un ahorcado que me recordaba a cada minuto el motivo de mi encierro, el uniforme que Gálvez se había traído del Barranco del Lobo, y que había ido empeñando, a medida que se sucedían los arañazos del hambre: el fez rojo, la canana repleta de munición, las bragas de fieltro (con una costra de mierda que los años, compasivos, habían despojado de su olor, hasta igualarla con una mancha de sangre), la pelliza de húsar, agujereada en el pecho por una brasa de cigarrillo que se pretendía impacto de bala.

—¿Te acuerdas de este uniforme, Sara?

Sus labios se afearon en un rictus de rencor o despecho:

—Claro. Es el que llevaba Gálvez el día que fuimos a esperarlo a la estación. El día que nos llevó a un burdel de la calle de las Maldonadas. Me acuerdo porque aquel día te enseñé mis cartas.

Me aflojé la corbata de pajarita, absurda como un murciélago a plena luz del día.

—¿Y te arrepientes?

—Qué importa eso, ahora que ya hemos arruinado nuestra vida.

El olor acre de la amargura se extendió sobre nosotros, mezclado con la pestilencia de los trapos y los animales disecados. También se hallaban en la trastienda, cubiertas piadosamente con una sábana, las calaveras que Gálvez le traía a mi tío, asegurando que pertenecían a héroes de la guerra de Melilla; las robaba de cualquier fosa común, las perforaba con un berbiquí a la altura del hueso parietal y les introducía por el orificio una bala de fusil con la carga de pólvora intacta.

—Este lugar es inhabitable, Fernando. Preferiría vivir en un mausoleo —dijo Sara, mientras deshacía su equipaje.

—Pues tendrás que acostumbrarte. Al menos, hasta que Gálvez se aplaque. —Hice una pausa siniestra—. O hasta que *tú* lo aplaques. Porque, por lo que veo, tienes las mismas propiedades que la música: amansas a las fieras.

Los dos primeros meses de encierro fueron también los más desasosegantes: aquel sedentarismo obligado (comíamos y dormíamos y fornicábamos y defecábamos, sin movernos de la trastienda), aquella convivencia estrecha e insoslayable, fueron minando nuestra cordura, depositando un síndrome de paranoia que ya no nos permitía distinguir la reclusión voluntaria del secuestro obligado, sobre todo a Sara, que, por no atañerle directamente las causas del encierro, se había sumido en un estado de abulia. Coincidieron aquellos meses, además, con los de un verano que nos transmitía su eco de huelgas agrarias y elecciones constituyentes. El Gobierno provisional había escamoteado la revolución anhelada por las clases obreras, suplantándola por un moderantismo de salón muy civilizado, muy legalista y circunspecto. Las elecciones habían otorgado la mayoría a la coalición republicana y socialista, representativa, sobre todo, de una burguesía tímida y hogareña que siempre ha estado jodiendo la marrana y refrenando la subversión definitiva. Los parlamentarios representaban su farsa en la carrera de San Jerónimo, ventilando sus rencillas de partido, votando una Constitución con la que luego se limpiarían el culo y formando alianzas quebradizas, como la de Lerroux y sus radicales, que primero se unieron a los socialistas, para facilitarles la formación de gobierno, y después se sumaron a la oposición, para obstruir la reforma agraria.

Los campesinos, mientras tanto, en una psicosis de desesperación, incendiaban los cortijos de caciques y latifundistas. España se desangraba de revoluciones periféricas que iban abonando el terreno para ese advenimiento del marxismo o del fascismo (esa elección última no se iba a dirimir mediante sufragio, sino mediante mortandad), pero hasta la trastienda de tío Ricardo los acontecimientos sólo llegaban en sordina, en periódicos atrasados, con un lejano rumor de chatarra. Yo entretenía las horas releyendo las novelitas de *El Cuento Semanal*, cuyo papel, antaño satinado, iba cobrando las asperezas propias de la decrepitud. Eran, en su mayoría, novelitas que no habían sobrevivido a su coyuntura, estropeadas por un naturalismo de cartón piedra, por un erotismo que olía a berza, por unas descripciones muy floridas que producían arcadas.

—Y si tan malas te parecen, ¿por qué las lees? —me preguntaba Sara.

—Porque hablar contigo me produce más arcadas todavía.

En nuestras discusiones procuraba lastimarla en su estima, recordándole sus veleidades pretéritas, con expresiones de un machismo verbal que la mantenían sojuzgada, incluso en los momentos más delicados, cuando amenazaba con irse. A veces teníamos que interrumpir estas discusiones, porque a la tienda de tío Ricardo, más conocido en el negocio como Veguillas, seguían acudiendo los mismos mandrias de siempre, los mismos mangantes de siempre, los mismos sablistas de siempre. Ya ni siquiera se renovaban: la golfemia de Madrid languidecía, incapaz de reproducirse, estéril como las mulas o las estatuas hermafroditas. Yo me reconcomía en la trastienda, oteando sus aspavientos desde la mirilla que tío Ricardo había abierto en la pared, escuchando sus ruegos y peticiones; el temor a ser reconocido me impedía salir y acelerar la extinción de aquella raza de pedigüeños.

—Pues sal de una maldita vez y no te quejes tanto. Tienes más miedo que vergüenza —me recriminaba Sara, a quien la claustrofobia exasperaba el carácter.

Yo me defendía alegando que también Azaña tenía más miedo que vergüenza, como había demostrado en los estertores de la monarquía, lo cual no le había impedido asumir la Presidencia del Gobierno, y aun la Presidencia de la República, a poco que Niceto Alcalá Zamora flojeara. Quizá la cobardía sea un lujo distintivo de los hombres superiores.

—No lo creo, rico.

Una mañana entró en la tienda Alfonso Vidal y Planas, del brazo de su amada Elena. Arrastraba los pies, exagerando su postración (síntoma infalible del pedigüeño), y saludó con esa voz llorona, apiadada de sí misma, de quienes han agotado sus reservas de dignidad. Hacía poco más de un año que lo habían excarcelado, plazo de tiempo que le había bastado para extenuar sus ahorros y someterse a una dieta de adelgazamiento impuesta por el hambre. Llevaba un traje que pudo resultar lustroso, antes de que los desgarrones y las manchas de grasa hubiesen desdibujado su tejido. Elena Manzanares era ya una viejecita anticipada, descolorida y con el rostro alborotado de blancas guedejas.

—Pero Alfonso, coño, si yo pensé que eras millonario —dijo tío Ricardo, con esa misericordia sincera que solía emplear con su clientela.

—Y lo era, Veguillas, pero salí tan harto del penal, y con tantas ganas de juerga, que me lo gasté todo. —Calló por un segundo, rememorando aquellas jornadas grandiosas—. Pensaba que los empresarios teatrales me quitarían de las manos mis nuevos dramas, pero, tate, dicen que mi estilo ya está pasado de moda, que ahora lo que priva son las tragedias de bodas ensangrentadas y novias que se quedan preñadas por culpa de la luna. Unas cosas muy raras que yo no entiendo, Veguillas.

Lo decía en un tono plañidero, preparándose para el parlamento que vino luego, destinado a conmover cualquier corazón, incluso si estaba envuelto en piedra pómez:

—¡Ya la tristeza es mi único patrimonio! ¡Ya la muerte es mi única esperanza! ¡Apiádate de mí, que he amado tanto, y tan hondamente, que ya siento el amor hincado en mi carne, como una de las siete espadas que atravesaron a la Virgen! ¡Apiádate, Veguillas, pues, si no, la Muerte, que es la novia de los pobres, vendrá a buscarme, y me estrujará con avidez en su regazo! ¡Apiádate de mí, pues, de lo contrario, no me quedará otro remedio que implorar a Dios nuestro Señor que me arranque el alma!

Él estaba más loco que triste, lo contrario que Elena, que escuchaba con invencible desaliento a su marido.

—¡Aquí tienes mi pitillera de oro, Veguillas, último vestigio de mi prosperidad! — concluyó Vidal, casi sin aire en los pulmones—. ¿Cuánto me das por ella?

Tío Ricardo la sopesó y valoró por alto:

—¿Qué te parecen cinco duros?

Vidal parpadeó, incrédulo, y abrió una boca que ya se había olvidado de su función alimenticia.

—¿No estás de broma, Veguillas? Con ese dinero podría comprarme todos los fascículos que me faltan para completar mi curso de catedrático por correspondencia.

Husmeando el timo con el que habían embaucado al pobre idiota, tío Ricardo le preguntó:

—¿De qué curso hablas, Alfonso?

—Un curso por correspondencia de la Universidad de Tijuana, Méjico. Si apruebas el examen, te nombran catedrático y te forras dando clases.

Mientras hablaba, asentía frenéticamente, convencidísimo de la legalidad de aquel título.

—¿Y dónde vivís, Alfonso? —dijo tío Ricardo, sin ánimos para desengañarlo.

El bohemio se sorbió los mocos que habían acudido a la llamada lacrimógena de su anterior discurso:

—En la hostería de Han de Islandia. El viejo Han nos hace descuento, por ser un matrimonio. —Conociendo al individuo, supuse que el descuento más bien se lo hacía a cambio de las prestaciones fisiológicas de Elena—. Cada vez quedamos menos de la vieja hornada: Xavier Bóveda emigró a Galicia; Eliodoro Puche se marchó a Murcia, para ayudar a morir a una tía suya; Buscarini, el pobre, está internado en el manicomio; y Gálvez vive con su familia, claro.

Hizo una pausa pérfida, como si quisiera establecer fronteras entre la misión que directamente le concernía (obtener una limosna a cambio de su pitillera) y la que Gálvez le había encomendado:

—Te diré también que Gálvez se la tiene jurada a Fernandito. Al parecer, él fue quien consiguió que internaran a Buscarini en el Departamento de Observación de Dementes. Además, tu sobrino ha estado tratando de engatusar a Teresa, aprovechando que Pedro Luis estaba ausente. Y encima le ha plagiado una comedia. Demasiados cargos, me temo.

Y lanzó una risita de hiena que se le escurría entre los dientes:

—Ahora, Pedro Luis anda muy ocupado, viajando a la sierra de Guadarrama, donde está internada Teresa. Pero no tardará en darle su merecido a Fernandito.

La vista se me ofuscó, ametrallada de pequeños puntos de luz, como si una bocanada de sangre estallase dentro de mi retina. Tío Ricardo balbució:

—¿Hablas... hablas en serio?

—¿Que si hablo en serio? —Vidal impregnó de chulería su interrogación—. Pregúntaselo a don Narciso Caballero, o a los contertulios de tu sobrino, en el café Europeo. Pedro Luis los sigue a todas partes, esperando que lo conduzcan hasta su escondrijo.

Me pareció oír el ruido que hacía tío Ricardo al deglutir saliva. Vidal tomó del brazo a Elena y se despidió, insolidario con la desazón que en ese momento embargaba al hombre que acababa de regalarle veinticinco pesetas:

—En fin, que tu sobrino lo tiene crudo.

Me retiré de la mirilla y me dejé caer sobre el colchón, mientras las paredes de la trastienda se fundían en una amalgama gris en la que sólo se distinguía el uniforme de Gálvez, colgado de su percha, como el esqueleto barroco de un fantasma.

Para combatir el miedo, o para ahuyentarlo, o para hundirme aún más en su sustancia opresora, fornicaba sobre el colchón con Sara, envilecidos ambos por un silencio sólo alterado por los crujiditos de las chinches que se agazapaban entre el relleno de la lana, esperando que nos quedáramos dormidos para chuparnos la sangre. Recuerdo aquellas fornicaciones como un ejercicio de sordidez o gimnasia lúbrica que tía Remedios interrumpía, con matemático intrusismo.

—Huy, hijos, perdonad.

Entornaba levemente la puerta, sin llamar, y cuando ya nos había desbaratado la coyunda, se retraía, y amagaba con marchar.

—Pasa, tía, pasa. Total, ya da lo mismo.

Tía Remedios, corpulenta y de una masculinidad debilitada por los achaques, disfrutaba como una Caperucita Roja llevándonos las viandas desde la calle de Segovia, a orillas del Viaducto, hasta la tienda de empeños. Para ella, que arrastraba una vocación nunca consumada de salvadora de niños expósitos, aquella situación, provocada por la cólera de Gálvez, constituía una recompensa a la que no estaba dispuesta a renunciar, por mucho que yo le aconsejase que utilizara como emisario de sus guisos a tío Ricardo, para no suscitar recelos en mi perseguidor, que seguramente la estaría vigilando.

—Pero si siempre le he traído la comida a tu tío —se quejaba—. Hijo, ¿también me vas a privar del gusto de verte bien alimentado?

Transportaba los platos y cazuelas en uno de esos capachos que los campesinos anarquistas utilizaban para esconder su pistola, y los iba desenvolviendo del papel de estraza que los protegía, con esa ceremoniosidad del mago que descubre sus trucos. Nos miraba comer, a Sara y a mí, como debe de mirar Dios, desde la poltrona de una nube, a dos niños hambrientos que se encuentran un bocadillo tirado en mitad de la calle. Daba un poco de vergüenza comer unas codornices estofadas con los dedos, mientras tía Remedios me contemplaba, con el falo deflagrado sobre los muslos, como un animal que se recoge en el prepucio para dormir la siesta. Tía Remedios practicaba una bondad untuosa, y, al acabar el postre, nos besaba mucho, restregándonos el bozo por los labios.

—Desde que erais niños supe que estabais hechos el uno para el otro —decía, alborozada.

Tanta candidez, aplicada a una unión mantenida por el egoísmo o la mera inercia, resultaba sonrojante. Tía Remedios acariciaba el rostro cansado de Sara, la línea oval de sus mejillas:

—Me acuerdo cuando llegabais a casa, tu difunta madre y tú, montadas en bicicleta, y subíais al desván, para hacerle una visita a este picaruelo, que ni siquiera se levantaba para recibiros.

Y abanicaba con una mano el aire, como lanzándome unos cachetes ficticios que sirviesen de reprimenda tardía a mi falta de educación. De inmediato, se sucedían las amonestaciones matrimoniales:

—Ahora lo que tenéis que hacer es casaros y formar una familia.

Pero debajo del colchón había una cajita de condones, usados o sin usar, que, si tía Remedios hubiese llegado a descubrir, habría provocado el desvanecimiento de sus anhelos familiares. La procreación, como la grafomanía, es una práctica plebeya reservada a los parias como Gálvez, que aman la dispersión; los hombres metódicos como yo mojamos poco la pluma, y nunca eyaculamos a chorro libre.

—Calla un momento, tía, que parece que entra alguien en la tienda.

Me asomé al boquete de la pared, y fui asistiendo al desfile fragmentario (como el boquete no era muy grande, las fisonomías quedaban incompletas) de Gálvez y de toda su familia, vestidos para la ocasión con la ropa de los domingos. Gálvez llevaba un traje de alpaca y un clavel horterísima en la solapa, pero no se había rapado las melenas, lo cual le daba un aspecto híbrido de cíngaro y *paterfamilias.* Me sorprendió que Teresa ya caminase sin vestigios de debilidad, y que su figura hubiese anulado los estragos de la tuberculosis y la maternidad y el *Crisolgán;* las mujeres proletarias aventajan en esto a las demás: su cuerpo, acrisolado de penalidades, resiste mejor el estropicio del parto, el veneno de los medicamentos, las dentelladas carnívoras de sus dolencias. Una blusa de verano dejaba al descubierto sus brazos, de los que se habían borrado las picaduras de jeringuilla. Pepito y Pedrito, que iban de la mano de sus padres, se soltaron al entrar en la tienda (que a sus ojos se había metamorfoseado en la gruta de Alí-Babá), y empezaron a corretear, persiguiéndose entre sí; eran inciviles como su padre, pero como estaban aseados y decorosamente vestidos, no parecían aquellas alimañas que yo había conocido en su casa de Francos Rodríguez.

—No se alarme, Veguillas —dijo Gálvez, nada más entrar—. Vengo en son de paz.

Tío Ricardo había retrocedido hasta los estantes, en su afán por protegerme, y con su coronilla calva me obstruía parcialmente la visión. Gálvez prosiguió:

—Le repito que no debe preocuparse. Lo que tengo con su sobrino es una cosa particular entre nosotros, en la que usted no pinta nada.

Pepito y Pedrito embestían contra las estanterías, hurgaban en las alacenas, rebuscaban entre los objetos empeñados, como si quisieran recuperar todo el polvo y toda la cochambre que habían perdido esa misma mañana, en el baño.

—Niños, estaos quietos —los reprendió Teresa. Tenía una voz rescatada del pasado, extraña a la que yo había escuchado durante los últimos años—. Como os ensuciéis, me enfado.

—Y os quedáis sin el barquillo que os prometí —añadió

Gálvez, con doméstica felicidad, descuidando por un segundo su embajada ante tío Ricardo. En un tono más grave continuó—: Sólo he venido para que le diga al canalla de su sobrino que le ha salido el tiro por la culata, que en los periódicos ya empiezan a considerar mis denuncias de plagio, y que mi mujer ha sanado. Me ha costado un potosí, pero ha sanado.

Los niños, después de revolver los anaqueles y cambiar las papeletas de sitio, la emprendieron a patadas con la puerta de la trastienda. Tía Remedios, espantada, corrió a abrazarme, dispuesta a servir de parapeto contra quienes me atacasen.

—Mamá, queremos entrar ahí adentro —dijo Pepito, que se había vuelto antojadizo y caprichosete.

—Ni hablar —zanjó Teresa—. Tenéis que aprender a ser un poco más educados. Este señor guarda ahí su mercancía.

—Con dinero da gusto desenvolverse —afirmaba Gálvez, con filosofía casera—. Me gasté casi toda la pasta que me traje de Chile, pero Teresa salió curada del sanatorio. Con las pocas pesetillas que me sobraron edité este libro, una selección de mis poemas, ilustrado con dibujos de Pepito, que es un hacha. —Hablaba con ese orgullo de padre tan ridículo y previsible, impropio de alguien que cultivaba su musa en las tabernas—. Este ejemplar es para el cabrón de su sobrino: lleva una dedicatoria.

Pepito y Pedrito tomaban carrerilla y embestían contra la puerta, haciendo retemblar los goznes. El corazón se me agolpaba en la garganta, con ventrículos y aurículas y todo su intrincado sistema de drenaje. Tío Ricardo tomó el libro, encuadernado en rústica, y lo hojeó mecánicamente.

—Ahí me he gastado mis últimos ahorros —recalcó Gálvez, como si se desprendiera de un pedazo de carne—. Pero no importa: como dijo el poeta de Galilea, a cada día con su afán le basta. Ya se verá mañana qué comeremos y qué beberemos.

—A lo mejor las tripas y la sangre de Fernando Navales —propuso Teresa, con inesperada ferocidad.

Crujían las jambas de la puerta. Pepito y Pedrito escarbaban con una navaja (iban armados de metal, ya desde la infancia) en la cerradura, astillando la madera con impaciencia de roedores.

—Ya la ha oído, Veguillas —dijo Gálvez, y formuló una sonrisa ancha, contagiado por la ferocidad de su compañera—. Si no fuera por ella, a veces me entrarían ganas de perdonar al plagiario de su sobrino, pero su acicate nunca me falta en los momentos de flaqueza.

La navaja había hecho saltar el resbalón, y la puerta cedió, como una mujer remisa que finalmente se deja querer por el hombre que la requiebra. Retrocedí hasta la pared del fondo, y me protegí con el uniforme mestizo de Gálvez, aquel uniforme que habitaba mis pesadillas y que por un segundo me hizo invisible.

—He dicho que eso no se hace. —Teresa se había acercado algo enojada hasta la puerta de la trastienda, y se agachó para pegarles en el culo a sus hijos unos azotes que sonaban a blando, como si aquel par de malnacidos siguieran cagándose los pantalones.

Gálvez sonreía parsimoniosamente, mientras su prole arrancaba a llorar:

—Es una mujer que sabe cómo hay que tratar a los niños. Palo duro y cariño, en dosis bien repartidas. Bueno, déle a su sobrino el libro, y dígale que aún tenemos una cuenta pendiente.

La imprecación de Gálvez sonaba a bravuconería o tormenta lejana, comparada con el peligro que acababa de amainar. Lloré lágrimas minuciosas de alivio al escuchar cómo Teresa se llevaba, casi a rastras, a Pepito y Pedrito. Cuando ya subían las escaleras que conducían a la calle, chocando sus cabezas con el quinqué que colgaba del techo, Gálvez se volvió:

—Oiga, Veguillas, ¿no sería tan amable de darme un par de reales, para el barquillo de los niños? No se han portado tan mal, después de todo, y hace una semana que se lo tengo prometido.

Para Fernando Navales, sirvan estos versos de entretenimiento en las horas angustiosas que precederán a su muerte. Pedro Luis de Gálvez, 13-VIII-32. La letra de la dedicatoria era ampulosa, redonda, muy premeditadamente segura de su mensaje, como si más que una dedicatoria fuese una inscripción o un epitafio. El libro se titulaba *Negro y azul*, y recogía una selección de los poemas escritos por Gálvez sobre el mármol de los veladores; en su mayoría, no habían aparecido en letras de molde, pero eran de sobra conocidos por quienes frecuentaban los aledaños de la bohemia, pues Gálvez, en épocas de apretura, solía copiarlos de su puño y letra, en cuartillas que vendía a sus mecenas ocasionales, a cambio de un plato de lentejas. *Negro y azul* estaba ilustrado con viñetas de Pepito, el primogénito de Gálvez; eran, por lo común, viñetas que no ilustraban los poemas, ni siquiera estaban sugeridas por su lectura (entre otras cosas, porque Pepito quizá fuese analfabeto), unas viñetas rudimentarias, hechas a tinta, que retrataban a negritos de tribus africanas aparentemente inofensivos que apaleaban a los misioneros; en ese ensañamiento cafre de los negritos se adivinaba el alma arisca de un niño reacio a ser colonizado por las enseñanzas de los adultos, refractario como su padre a escuelas y catequesis.

Durante un par de semanas, leí y releí los poemas de Pedro Luis de Gálvez, que parecían escritos por un lobo estepario a quien, de repente, «un ruiseñor le anida en la garganta», sin que nadie, ni siquiera el propio autor, pueda explicar la procedencia de ese inquilino. En *Negro y azul* se alternaban el ripio facilón con el verso enceguecedor, el casticismo folclórico con el aguafuerte de una España que se contempla en el espejo de la tauromaquia. Galeote de la poesía, Gálvez ejecutaba con oficio el poema encomiástico o de circunstancias para, a continuación, alzar una voz con inflexiones de apóstol y cantar su soledad acorralada, su despecho, su escepticismo, su desconfianza en el género humano, en un tono atirantado de emoción, ensombrecido de una angustia moral que abrasaba el tuétano de los huesos. Una poesía con sus ribetes macabros («Piadosa gusanera, / cúbreme, cuando muera, / de honor con tu manto»), inspirada en la pintura visionaria de Goya o Valdés Leal, o en la más villana y pintoresca de Zuloaga, poseída por una musa mitad cervantina, mitad quevedesca:

De fracaso en fracaso va rodando mi suerte.
Espero resignado la hora de la muerte:
¿Qué me importan los hombres, ni la gloria, ni nada?

> *Por caridad, hermanos, dadme un vaso de vino*
> *y abandonadme luego en brazos del Destino,*
> *que él arrastre —¡si puede!— mi existencia cansada...*

Entre toda esa corriente de pesimismo bronco, entre todo ese caudal de sangre áspera como el vino, sólo había sitio para la esperanza en el remanso familiar:

> *¡Seas bendita, Teresa, amada mía,*
> *y bendito tu vientre desgarrado*
> *que mi negro vivir ha iluminado*
> *con dos soles de paz y de alegría!*

> *¡Sea bendito el instante en que tenía*
> *tu cuerpo con mi cuerpo aprisionado*
> *y —en tus pupilas el mirar clavado—*
> *mi sangre con la tuya se fundía!*

Releía con bochorno (una debilidad indigna de un plagiario) algunos poemas idénticos (o con leves variantes) a los que yo había robado del cajón de su escritorio, y que había hecho pasar por propios en las competiciones vespertinas del café Europeo. Releía con bochorno los poemas de Gálvez, delincuentes y fecundos, literatura que nace de la vida, sonetos como farallones de carne que me transmitían una aplastante sensación de fracaso: yo nunca llegaría a escribir (ni a vivir) algo parecido. Los sonetos de Gálvez ponían en mi encierro ese sobresalto moral que no me llegaba del exterior, puesto que, tras el intento de allanamiento de Pepito y Pedrito, tío Ricardo había hecho cambiar la cerradura de la puerta y le había añadido una ferretería de cerrojos y trancos y pestillos de doble vuelta y candados y cadenas que la hacían inexpugnable.

Vivíamos dentro de una caja de caudales que quizá no guardase nada de valor: si acaso tedio y cobardía, esterilidad y un silencio más eficaz que la propia muerte. Habíamos perdido noción del tiempo (un quinqué que encendíamos o apagábamos según el dictado de la somnolencia era nuestro único sol), nos habíamos extraviado en la hilera monótona de los días, como náufragos sin calendario que respiran un aire viciado, tristísimo de tanto intercambio y promiscuidad (porque el aire que expelía Sara lo inhalaba yo, y viceversa, en un envenenamiento mutuo de dióxido de carbono). Sobre nuestras cabezas gravitaba, como un húsar vengador, el uniforme de Gálvez, que, en sueños, descendía sobre mí, armado de un puñal o una guadaña, y me cercenaba el cuello. Yo sentía el sabor salobre de la sangre, como un puñetazo sobre el velo del paladar, como una hemorragia de palabras en mitad de la garganta que me dejarían mudo para siempre (pero el plagiario es un mudo que habla con el eco de otros), vacío de endecasílabos, mientras la sangre seguía brotando por la herida y empapaba la pelliza de húsar. Despertaba en el instante álgido de la agonía.

—Creo que soñabas con Gálvez —apuntaba Sara, que jugaba a ser intérprete de mis pesadillas.

—Sí, yo también lo creo.

Mirábamos al techo, con párpados alerta, y nos hacíamos la ilusión de estar contemplando un cielo agitado de constelaciones. Sara aguardaba un rato, hasta que mi pulso se aquietaba, para decir:

—Fernando, nos volveremos locos si seguimos aquí encerrados. Tenemos que salir.

—Ya me dirás cómo.

Yo prefería la locura a la muerte, aun cuando la locura me llevase al Departamento de Observación de Dementes, a pasear con Buscarini por aquel patio sembrado de mendrugos embadurnados de mierda.

—Saliendo sin más. Yo intentaría aplacar a Gálvez, como tú me sugeriste.

Había en su propuesta un poso de resolución que me pareció insensato, o incluso quimérico:

—¿Y si no te escucha? Te advierto que está determinado a borrarme del mapa.

—Tú déjame intentarlo.

Empezamos a salir por las noches, como criaturas lunáticas que han renunciado a la luz, para no ser reconocidas. José Antonio, a eso de las diez, pasaba por la plaza de Santo Domingo y nos recogía en su Chevrolet, un automóvil angosto, con incomodidades de ataúd ambulante. José Antonio y sus amigos, cuya conducta despertaba recelos en la Dirección General de Seguridad, tenían también que esperar al advenimiento de la noche para asomarse a la calle; se reunían en locales de clientela muy *chic* y pijotera, como Bakanik o el sótano de Or-Kompón (aquí compondrían el *Cara al Sol,* un himno recorrido de necrofilia y camaradería espartana), o en otros de clientela más amenazante, como el café Lyon D'Or, donde tenían alquilada una cripta a la que sólo ellos tenían acceso. José Antonio organizaba unas tertulias en las que, sin embargo, apenas se abordaban temas políticos, puesto que sus participantes eran siempre escritores. A la postre, el movimiento que fundó estaría más cerca de Garcilaso que de Mussolini.

—Venga, a qué esperáis, meteos dentro.

José Antonio vestía un traje cruzado de franela gris, y conducía sin despegar las manos del volante, con los ojos azules —y la noche los hacía más azules, envolviéndolos con una especie de fosforescencia— obcecados en su itinerario de curvas y adoquines. Nos franqueaba la portezuela antes incluso de que el Chevrolet se hubiese detenido ante la tienda de empeños, como un estraperlista que desliza su mercancía en el lugar concertado y pasa de largo. Aunque el invierno ya se avecinaba, Sara y yo nos apresurábamos, apenas acomodados en el asiento trasero, a bajar las ventanillas, para recibir la caricia refrescante del aire, que teníamos tan olvidada. José Antonio bromeaba:

—Ya veo que os hacía falta respirar un poco. —Pero enseguida recobraba la seriedad y afeaba mi conducta—: Mira, Fernando, no creo que hayas hecho bien escondiéndote. Todos recibimos amenazas y anónimos, y no por eso nos sepultamos en vida.

El Chevrolet ascendió la cuesta de Santo Domingo y torció por Gran Vía en dirección a Alcalá. En una bandeja del salpicadero, fusilado por la luz intermitente de las farolas que dejábamos atrás, descubrí un ejemplar de *Negro y azul*, con algunas páginas dobladas en su esquina superior que denotaban calas en la lectura. José Antonio, sin soltar el volante, señaló el libro:

—Lo he leído: algunos sonetos me parecen magníficos. —Hizo una pausa, y sustituyó el laconismo por el sarcasmo—: Tan magníficos como los que nos recitabas en el café Europeo, ¿recuerdas?

Los tranvías descargaban una población de criadas en día de asueto, galanes de saldo, currinches, putas con predilección por los transportes públicos y viejos verdes que bajaban empalmadísimos. José Antonio hablaba en un murmullo, como si no tuviese auditorio:

—La verdad es que tus plagios, a fuerza de descarados, resultan divertidos. Mereces que se te haga un homenaje.

José Antonio miraba a través del espejo retrovisor, con ojos duros que contradecían el humorismo de sus palabras. Quizá estuviese esperando mi descargo:

—Basta de bromas, José Antonio —empleé un tono quejumbroso, equidistante de la irritación y la súplica—. Lo importante es que ese tipejo quiere matarme por un pequeño préstamo, y eso me parece desproporcionado. Antes me decías que tú también has recibido amenazas y anónimos de chiflados. Lo de Gálvez es distinto. Yo mismo he contemplado cómo se vengaba de un escritor rival, Luis Antón del Olmet, porque le había pegado una paliza. Tardó varios años en matarlo, y además lo hizo mediante persona interpuesta. Pero lo hizo.

Sus ojos seguían ahí, como vísceras autónomas a su rostro, trasplantadas al espejo retrovisor, reacias al parpadeo, no sé si escrutándome o escrutando el trayecto. Desembocamos en la calle de Alcalá.

—Hemos quedado en el Lyon D'Or —dijo, apuntando al café, que se hallaba frente al edificio de Correos—, pero primero tenemos que recoger en casa a Rafael y Eugenio.

Me solivianté:

—¿Es que no me has oído? Gálvez no paró hasta que mataron a Antón del Olmet, y todo porque, años atrás, le había pegado unas bofetadas.

—Mira, Fernando, ando dándole vueltas a la idea de fundar un movimiento. —El bálsamo de su voz hacía más liviana la penitencia—. Nada que ver con los partidos al uso, por supuesto. Un movimiento en la línea de las Juntas de Ramiro Ledesma, pero con una mayor altura intelectual. Quiero imprimirle un aire de milicia: disciplina y arrojo ante el peligro, abnegación y renuncia a todo interés egoísta. Como comprenderás, no se avienen muy bien estas ideas programáticas con tu actitud.

Hubiese querido responder: «Me paso por el forro de los cojones tu movimiento, me meo y me cago sobre tus ideas programáticas, que le den por culo a tus milicias de donceles disciplinados, lo único que me importa es burlar a ese cabrón que me la tiene jurada y salvar el pellejo, nada más. Así que déjame de monsergas». Pero, por falta de coraje o respeto a la jerarquía, me ahorré el gasto de saliva. En cambio, dije:

—Ponme un guardaespaldas, y así podré salir a la calle.

—Cuenta con él desde ahora mismo.

La Puerta de Alcalá era una mamarrachada neoclásica que la noche prestigiaba de surrealismo, incorporando geografías siderales a sus grandes bostezos de piedra. La frente de José Antonio asomó al espejo retrovisor cuando doblamos hacia Serrano; parecía esculpida en la misma sustancia que los monumentos municipales.

—¿A quién me asignarás? —pregunté, sin intuir todavía sus intenciones.

Habíamos llegado a su casa. Frenó sin brusquedad, dejando que el coche buscara el arrimo de la acera.

—¿No lo adivinas? Yo seré a partir de hoy tu guardaespaldas.

Lancé una mirada consternada a Sara, que no había intervenido en la conversación, ocupada en sacar la cabeza por la ventanilla y aspirar los aromas póstumos de la noche. Entre ser protegido por el hombre que más atentados fallidos había sufrido en los últimos meses y confiar en las dotes persuasivas de Sara, prefería esta segunda solución. José Antonio abandonó el Chevrolet con un movimiento ágil.

—No nos ha seguido nadie. Esperad un segundo, que subo a buscar a Rafael y Eugenio.

Y se golpeó el pecho, no sé si en un gesto de contrición por dejarnos momentáneamente indefensos o para infundirnos ánimos, tanteándose la pistola. Vivía enfrente de la redacción de *ABC,* de la que brotaba un rumor vertiginoso de máquinas, muy parecido al que se escucha en un taller de costura, y un olor alimenticio de papel recién impreso, que es el mismo olor que exhalan las panificadoras. Luca de Tena acababa de publicar, en la sección de cartas al director, un alegato de Gálvez en el que se demostraban mis apropiaciones.

—¿Lo has oído? Ese tío está loco de atar.

Sara apoyaba su cabeza, despeinada por la brisa, sobre el respaldo del asiento; parecía convaleciente de un orgasmo:

—Lo que pasa es que tiene coraje, no como tú. Pero no te preocupes: sé cómo convencer a Gálvez.

Delaté mi impaciencia:

—¿Cómo?

—Ya lo verás.

Sara se arrimó a mí, para hacer sitio a Eugenio Montes, quien, al acomodarse, depositó una mano sobre su muslo que ya no movió hasta que llegamos al Lyon D'Or; Rafael Sánchez Mazas, el favorito de José Antonio, se sentó a su derecha, en el asiento de copiloto, y poco le faltó para reclinar su cabeza en el pecho del maestro, a semejanza de Juan Evangelista. Ambos me miraron con estupor o desprecio, como se mira a los cadáveres o a los asesinos convictos. Eugenio Montes aludió a nuestra palidez:

—Chicos, tenéis el cutis que da gusto. Se ve que no os ha dado el sol.

José Antonio arrancó el Chevrolet, de vuelta a Alcalá, y los dos nuevos pasajeros reanudaron una discusión bizantina en la que, al parecer, andaban enzarzados. A ambos los conocía sobradamente de nuestras tertulias en el café Europeo: mientras Sánchez Mazas proporcionaba fórmulas retóricas a ese movimiento que José Antonio se proponía fundar, Montes jugaba a dejarse querer.

—Las edades más prósperas para la Humanidad han sido edades clásicas —pontificaba Sánchez Mazas—. Pienso en la

Florencia renacentista, en la Roma de Augusto, en la Atenas de Pericles. Las edades románticas han sido pasto de la barbarie.

Me exasperaba muchísimo tener que aguantar, en medio de mi desazón, aquellas eyaculaciones intelectuales. Eugenio Montes esbozó una sonrisa bellamente anacrónica:

—Cuidadito, Rafael. Esa Roma clásica que evocas fue minada, no hace falta decirlo, por el cristianismo. ¿No estarás insinuando, tú, que eres de comunión diaria, que el cristianismo es una forma de barbarie?

Sánchez Mazas estiró el cuello; tenía perfil de aguilucho, con un ligero tufo semita. José Antonio acudió en su auxilio y reprendió a Montes:

—No me seas sofista, Eugenio. El cristianismo lo único que hizo fue sustituir una religión decadente, que se limitaba a regular ceremonias, por otra religión de los humildes y los perseguidos.

—¿Y eso no es romanticismo puro y duro? —lo interrumpí yo, asqueado por los derroteros que tomaba la conversación.

—Bueno —dijo José Antonio, recapacitando—. En cualquier caso, hay ámbitos exentos de discusión: me refiero a la religión, a la madre, a la patria, esas verdades intangibles. Pero en literatura y arte, el romanticismo es una actitud endeble que coloca todos sus pilares fundamentales en terreno pantanoso.

Sánchez Mazas asentía, como deglutiendo una hostia. La cripta del café Lyon D'Or, en la calle de Alcalá, tenía un acceso independiente, que permitía descender hasta ella, sin necesidad de atravesar el barullo de parroquianos que ocupaban la parte alta, ebrios de morapio y consignas marxistas. A la cripta del café Lyon la habían bautizado los monaguillos de José Antonio "La Ballena Alegre", un apelativo especialmente cruel, si consideramos que las paredes estaban decoradas por murales de Hidalgo de Caviedes, un pintor algo primitivista y *naïf*, que mostraban a varios cetáceos en plena pugna con sus verdugos, unos arponeros nórdicos con parches y patas de palo, como corsarios que sustituyen el abordaje de barcos por la pesca de altura; allí los únicos felices eran los arponeros, que festejaban la captura, y no las ballenas, que soltaban espumarajos entre sus dientes de sierra (pero aquí

Hidalgo de Caviedes se había equivocado, pues las ballenas no tienen dientes, sino barbas) y un géiser de agua sanguinolenta por el lomo.

—¿Desde cuándo se admiten mujeres en nuestra tertulia? —preguntó Giménez Caballero, que acudía a estas reuniones sin recibir invitación, al ver entrar a Sara.

—¿Y desde cuándo te ha dado nadie a ti vela en este entierro? —masculló Sánchez Mazas, para el cuello de su camisa.

Giménez Caballero militaba en las Juntas de Ofensiva Nacional-Sindicalista de Ramiro Ledesma, una organización en bancarrota que sólo había expedido hasta la fecha veinticinco carnés (y que nunca llegaría a expedir más). Ledesma lo enviaba de espía a "La Ballena Alegre", conociendo las debilidades literarias de José Antonio, para favorecer una aproximación, pero Giménez Caballero sólo inspiraba asco al futuro fundador de la Falange. Iba vestido con un mono azul mahón, cruzado de cremalleras y emblemas mussolinianos.

—¿Y de qué hablabais, camaradas? —preguntó, aceptando la intrusión femenina.

—Hablábamos del arte clásico y del arte romántico, disciplinas que tú desconoces — dijo Eugenio Montes, con hiriente animadversión—. Y no nos llames camaradas, haz el favor.

—¿Que las desconozco, dices? —Giménez Caballero se irguió, pendenciero.

Lanzaba gritos de trompeta desafinada. En *La Gaceta Literaria,* a fuerza de histerias y saludos romanos, había logrado espantar a sus colaboradores. José Antonio le había solicitado al camarero una botella de chacolí y otra de sidra, bebidas de una aristocracia litoral, por oposición al vino mesetario que se bebía en el piso alto. Con palabra clara, dio por zanjado el asunto:

—Hace unos días recordaba yo ante una concurrencia pequeña un verso romántico: *No quiero el Paraíso, sino el descanso,* decía. Era un verso blasfemo, como suelen ser los versos románticos. —Aquí sus adláteres bajaron la cabeza, en ademán contrito—. Pero su blasfemia estaba montada sobre una antítesis certera: es cierto, el Paraíso no es el descanso. El Paraíso está contra el descanso. —Nos miró a todos, con un arrebato mesiánico—. En el Paraíso no se puede estar tendido, reposando sobre una cama; se está verticalmente, como los ángeles. Pues bien, amigos, nuestra misión es ésa: queremos un Paraíso difícil, erecto, implacable; un Paraíso donde no se descanse nunca y que tenga, junto a las jambas de las puertas, ángeles con espadas.

Se estaba inaugurando una nueva religión, en la que me correspondía, por necesidad, el papel de Judas: yo no quería ningún Paraíso erecto, ni parecidas pamplinas; sólo aspiraba a un cómodo sosiego. José Antonio repartió el chacolí entre los presentes, en vasos de un vidrio traslúcido que convertían el licor en un coágulo de sangre.

—¡Brindo por una España nueva!

El chacolí sabía a sangre, en efecto. Las palabras de José Antonio las comulgaban sus discípulos, transfigurados de sacramento e idolatría. Tras un minuto de silencio, rompían a hablar, intercambiando sus pistolas y sonetos, pero sin disparar el verso o la bala definitivos. José Antonio mostraba a Sánchez Mazas las primeras cuartillas de una novela de la que decía sentirse orgulloso, titulada *El navegante solitario;* estaban escritas con un lirismo tenso, y quizá el título respondiese a una pesadumbre íntima, a un estado incipiente de perplejidad y desengaño, como si supiese con anticipación que su mensaje no iba a ser entendido.

—Estos tíos son unos fanáticos, Sara. Con tal de instaurar su paraíso, son capaces de dejarse matar.

Se incorporaron a la tertulia Agustín de Foxá y Ruanito. Venían de visitar algún cementerio antiguo, quizá el de San Martín (que Ruanito ya conocía de nuestra expedición con Buñuel, en busca de inspiraciones putrefactas), donde recitaban poemas lúgubres y se pegaban un revolcón con las marquesas que acudían al recital, sobre la tierra mullidita que tapaba a los muertos. Habían preferido, en un alarde de fatuidad, entrar por la puerta principal del café, abriéndose paso a codazos entre la parroquia, y descender hasta la cripta por una escalerita angosta. Foxá llegaba arrebolado y jadeante; apenas me vio, corrió a palmearme la espalda:

—¡Salud al plagiario! Virgilio y Shakespeare, que también copiaron lo suyo, te aplauden.

Me levanté y amagué con el puño. Todo su ingenio mordaz se tambaleaba de repente, y se refugiaba en su papada, que había comenzado a temblequear:

—No te enfades. Yo no te he censurado nada. Todo lo que no es tradición es plagio, como dice el maestro Eugenio D'Ors.

—Fernando —intervino Ruanito—, es mejor que no malgastes tus energías con Agustín. Arriba tienes a Gálvez, con su familia al pleno. Ahora, en vez de poemas, larga arengas subversivas.

Debí de empalidecer, porque José Antonio dijo:

—Aunque la sangre se te hiele, debes subir y arreglar tu litigio con ese hombre. Nuestra actitud ante la vida debe ser heroica y militar. Si ante un solo hombre te arredras, ¿qué será de ti cuando las hordas te cerquen?

Sus discípulos habían adoptado un aire extemporáneo de gravedad. Aquellos estilistas de mierda estaban jugando a los soldaditos, y su jefe hablaba en libro, con una retórica que no era de este mundo.

—Estáis como chotas. Como penséis que me voy a enfrentar yo solito con esa mala bestia, vais de culo. De aquí no hay quien me mueva.

Las lámparas del techo depositaban una moneda de luz sobre los vasos que aún guardaban restos de sangre o chacolí. Las ballenas agonizantes del mural abrían sus fauces (¿tienen fauces las ballenas?), para tragarse a los arponeros: me hubiese gustado estar con ellos o con el profeta Jonás, en el vientre de uno de aquellos bicharracos.

—Veo que no entiendes la esencia de nuestro movimiento. O estás con nosotros o estás contra nosotros.

José Antonio hablaba sin mirarme, con una nostalgia de horizontes o imperios en lontananza. Volvió a golpearse el pecho, tanteándose la pistola que llevaba enfundada debajo del sobaco; no supe discernir si su gesto era de amenaza o protección:

—Yo te guardaré la espalda.

Sánchez Mazas, pese a su talante pacifista, anunció el castigo que habían decidido imponerme:

—Es una prueba que debes superar, Fernando. Debes purgar tu actitud cobarde y plagiaria, y limpiar el oprobio que has arrojado sobre nosotros.

—Podría haber represalias, de lo contrario —añadió Giménez Caballero, sin pedir permiso.

—Tú a callar —le ordenó José Antonio, en un rapto de inusitado furor—. Venga, Fernando, no me decepciones.

Me habían preparado una encerrona, aquella pandilla de comulgantes. El miedo me revolvía las tripas, y las enmarañaba, y formaba con ellas un nudo gordiano. Sara me tomó del brazo y me condujo hasta la escalerita, mientras los otros nos seguían de cerca, exaltados por la curiosidad o el sadismo.

—Yo iré detrás de ti, Fernando. Te prometo que no pasará nada. Sobre todo, no se te ocurra sacar la pistola.

Sara me daba instrucciones con esa exhaustividad condescendiente que emplean las enfermeras con el moribundo, para que no se tome las pastillas de golpe y abrevie su agonía. Mientras subía las escaleras, respaldado por el aliento de Sara, seguido de José Antonio y su cortejo, dejé de sentir miedo, y noté crecer otro sentimiento, antiguo como el fango de un río, como el bronce o las pirámides, impetuoso como el perfil de una bala, un sentimiento que se hospedaba en las tripas y subía hasta el pecho, se remansaba allí y enseguida continuaba su ascenso hasta la garganta, como un oleaje tibio que creciese dentro de mí. Era odio, un odio destilado y sin escorias, obtenido en el alambique secreto de la carne, un odio cristalizado, químicamente puro, contra José Antonio y sus secuaces, aquel coro de ángeles verticales, católicos y castos. Un odio reluciente de aristas, que nada tenía que ver con ese otro odio nacido de las vísceras o de la ebullición sanguínea que suele acometer a las personas más rudimentarias y que se extingue tras el primer desahogo.

—Tú tranquilo —me volvió a decir Sara.

El café Lyon D'Or lo llenaban artistillas de *varietés,* restauradoras de virgos, viajantes de lencería, enterradores con un rastro de tierra en las uñas y peripatéticas de guardia. Había camareros con cara de burros de carga que paseaban unas jarras llenas de horchata, que era la especialidad de la casa. En medio de un corro, Gálvez soltaba un discurso que estaba entre la arqueología política y la Historia Sagrada:

—El primer proletario aparece después de que el hombre fuese expulsado del Edén —decía, remontándose hasta edades que Marx y Engels no habían frecuentado—. Nació de este modo: La cosecha de Abel era próspera; la de Caín le producía apenas para abonar la contribución y el impuesto de inquilinato. Caín levantó los brazos a lo alto, implorando el socorro celeste; rogó, desesperó, derramó lágrimas, pero sus voces no fueron oídas. Había pinchado en hueso. Entonces, con una quijada de asno, asesinó a su hermano.

Guardó un silencio enfático, para subrayar el fratricidio. Sus oyentes, contagiados de grandilocuencia, asentían.

—El proletario se había levantado contra el poderoso —siguió—. La mísera humanidad, que viene de Caín y Abel por línea directa, se divide aún en vasallos y conquistadores. Pero a los vasallos aún nos queda la quijada de asno para restablecer la justicia.

Una ovación prolongada conmemoró la moraleja: todo un ejército de hombres anónimos e insatisfechos se sumaba al discurso de Gálvez, que bebió coñac para refrescar o incendiar su gaznate. Teresa, recostada sobre un diván con sus dos hijos, participaba en la celebración; su aspecto no me pareció del todo saludable, pero quizá no fuese tributario de la enfermedad, sino de la pobreza. Gálvez se limpió la boca con la bocamanga de su gabán; cuando me descubrió, al fondo del café, dijo:

—Despejen la pista, hagan el favor. Parece que tenemos visita de los señoritos fascistas.

La melena recogida hacia atrás, como embadurnada de grasa o espermaceti, a falta de fijador, lo asemejaba a esos balleneros que había pintado Hidalgo de Caviedes para la cripta del Lyon D'Or. Su figura, destartalada de cárceles y travesías y poemas escritos con resaca, pero todavía erecta, tenía esa grandeza ruinosa de las catedrales románicas. Se apartó los faldones del gabán, para mostrar su navaja, prendida al cinturón, como la de un bandolero. Anunció a la clientela del café:

—Ése es el hijoputa que me copió la comedia, y también algunos sonetos. Lo he denunciado ante la Sociedad General de Autores, me he hinchado a escribir cartas a los periódicos, demostrando sus trapisondas, pero apenas me han hecho caso. Digo yo que merezco una expiación.

Se oyó un murmullo aprobatorio, incluso alguna incitación homicida. Gálvez había afianzado su mano derecha sobre las cachas de la navaja, como si se apoyase sobre un cayado. Yo no sentía vergüenza ni miedo, tan sólo el deseo de sobrevivir, para poder alimentar mi odio.

—Y la recibiré, Fernando, no lo dudes —continuó—. Pero no será ahora. Ya he desperdiciado bastantes años de mi vida en presidios infames que han anticipado mi vejez y me han dejado marca en el alma y en el tobillo. —Y, aquí, se alzó una pernera del pantalón para mostrar la señal que un grillete le había dejado sobre la piel, durante su estancia en Ocaña—. Tengo una mujer y unos hijos que cuidar, y aunque estoy seguro de que todos estos amigos testificarían a mi favor en un juicio, siempre habría algún fascista que convencería al juez de mi culpabilidad. No te mataré ahora, Fernando: esperaré la ocasión propicia, un tumulto que haga pasar desapercibida mi venganza y la deje impune.

Por el café Lyon D'Or desfiló la sombra de Caín, como una nube de humo alevoso, anticipo de esa otra nube que ya pronto invadiría la calle con su olor a pólvora y cadáveres podridos. Intercedió entonces Sara:

—Pedro Luis, si en algo estimas la memoria de mi madre, te ruego que no le hagas daño.

Ni siquiera entonces, al escuchar aquellas palabras mediadoras que suplían mi pasividad, me avergoncé. Se puede vivir sin honor, se puede vivir sin decoro, se puede vivir sin ese andamiaje mínimo de dignidad que sostiene a hombres como Gálvez, mientras la indigencia o el desaliento ejercen su erosión. Se puede vivir sin esas coartadas, siempre que el plomo no te taladre el pecho.

—Me duele que hayas estropeado tu juventud al lado de este

mentecato, Sarita. —Hablaban de mí como si me hallase ausente—. Y nada reverencio más que la memoria de tu madre, que me dio cobijo cuando yo era un paria recién salido de la cárcel, pero no me pidas ese sacrificio.

Gálvez abrevaba su copa de coñac, sin atreverse a mirar a los ojos de Sara, que se clavaban en él como remordimientos. Los secuaces de José Antonio intercambiaban apuestas sobre el desenlace de aquella transacción sentimental. El bochorno estorbó mi impasibilidad cuando Sara adujo:

—Es mi compañero.

—También es el hombre que encerró en el manicomio a Armando Buscarini, quizá mi mejor amigo. —Rememoraba mis delitos con una ronquera etílica—. También es el hombre que anduvo tentando a Teresa, aprovechándose de su enfermedad y de mi ausencia.

Teresa asintió, con una lealtad sin fisuras al resentimiento (quizá eso fuese lo que más me gustaba en ella). Sara me sobresaltó:

—También es el padre de mi hijo, Pedro Luis.

Gálvez flojeó en su determinación.

—Sí, estoy embarazada de él. Tú y yo conocemos mejor que nadie el dolor de los hijos sin padre. Yo lo padecí en carne propia, viviendo con una madre soltera. Tú lo padeces ahora, en la carne de esos niños que la ley no reconoce como tuyos, porque los engendraste fuera del matrimonio. ¿Te parece bien que otro inocente nazca con una culpa que no merece?

Yo pensaba que el peligro de la procreación quedaba abolido con el uso del condón, ese Herodes incruento y portátil, pero la naturaleza se obstina y derrota las tretas anticonceptivas. Sara imprimía a su defensa un tono melodramático, y Gálvez se dejaba conmover por tanta tragedia postiza; acodado sobre el mostrador, se restregó los ojos, para desprenderse de las últimas legañas o atajar los primeros síntomas de llanto.

—Ya se ha demostrado que Fernando te plagió. ¿Qué más quieres?

—Está bien. —Gálvez hablaba entre dientes: era discreto a la hora de la magnanimidad—. Que se marche. Fuera de mi vista.

—¿Me juras que no le harás daño?

Las lámparas del café derramaban una luz voltaica, como de relámpagos domésticos. Gálvez murmuró, bebiendo un último trago de coñac:

—Te lo juro. Pero desapareced de mi vista.

Obedecimos, con esa gratitud ritual y silenciosa que los reos deben demostrar en el trance del indulto. La calle de Alcalá oponía su temperatura de metal al calor humanitario que reinaba en el café. José Antonio me rodeó los hombros con el brazo y volvió a hablarme en libro:

—Cuando se ha aprendido a sufrir, se sabe servir. Ahora tu corazón, depurado por el peligro, segregará nuevas reservas espirituales. Y serás digno de nosotros.

Lo miré con infinito cansancio o infinito desprecio. Mi corazón, depurado por el peligro, iba segregando la sustancia purísima del odio, y no esas estupideces que él anunciaba. A mis espaldas, la voz de Gálvez volvía a alzarse, abriéndose hueco en la atmósfera turbia del café; había sustituido la oratoria política por unos alejandrinos más efectivos. Unos alejandrinos que, secretamente, supe destinados a mí:

—*Mas con el rojo índice te señala el Destino.*
Cuando, envuelto en las sábanas de finísimo lino,
descansas en la noche de tu leve jornada,

en la piedra más dura de tu propio palacio,
lentamente, sin ruido, despacio, muy despacio,
el pueblo, que no duerme, saca filo a la espada.

III

Llegaban del Sur, como bocanadas de aire requemado, los rumores sobre una rebelión de campesinos que habían declarado la huelga y proclamado el comunismo libertario en Casas Viejas, un pueblo de la provincia de Cádiz. Llegaban del Sur, como aromas de carroña y mortandad, las noticias confusas sobre un puñado de campesinos que, después de incendiar cortijos y dehesas, habían sido masacrados por las fuerzas de asalto enviadas por Azaña. Llegaban del Sur, como estandartes que avanzan, miles de jornaleros y aparceros y desposeídos que reclamaban la redistribución de la tierra, la expropiación forzosa, la abolición de antiguos privilegios y señoríos. Llegaba del Sur la legión famélica y rústica de los campesinos, reclamando la aplicación efectiva de una ley de reforma agraria que los partidos reaccionarios, confabulados en la oposición, impedían. Llegaban del Sur, desembarcaban en la Estación del Mediodía y acaparaban la calle de Alcalá, en toda su anchura dominical, expulsando a la clientela de los cafés, a los oficinistas que trepaban a los tranvías, a las señoritas que paseaban con la falda ceñida, imponiendo su nalgatorio entre los ociosos. Llegaban del Sur los proletarios agrícolas, hijos de una España ancestral, tomaban la calle de Alcalá para celebrar sus manifestaciones y nos desplazaban a sus ocupantes asiduos hasta la Gran Vía, que a partir de entonces comenzó a ser una Babilonia modesta que reunía a las pajilleras del metro con las putas macizorras de Chicote, un local que acababan de abrir, al estilo americano, con especialidad en cócteles y magreos a pie de barra.

A Chicote iba yo por las tardes, después de convencer a Sara para que no me acompañase, recomendándole con sarcasmo que llevara sin agitaciones el embarazo, hasta que por fin se decidiera a abortar en alguna clínica clandestina. Mis contertulios del café Europeo habían emigrado: Ruanito ocupaba la corresponsalía de *ABC* en Berlín, desde donde enviaba unas crónicas que narraban la apoteosis de Hitler y las fechorías de los camisas pardas; Jardiel y Neville iban y venían de Hollywood; Sánchez Mazas, Foxá, Montes y los otros no salían de unas oficinas que José Antonio había alquilado en la calle Marqués de Riscal, futura sede de su movimiento.

Chicote era un bar con decoración de burdel parisino, con mucha botillería y chicas que no necesitaban bailar cancán para enseñar el triángulo de la braga. Su dueño era un señor de facciones agrarias que vertía los licores en unos recipientes de metal y luego los agitaba con mucho maraqueo del Caribe; le salían unas mezclas —cócteles, se llamaban— insolubles para el estómago, que embotaban a la segunda copa. A Chicote era preceptivo acudir solo y con la cartera apretada de billetes, para no decepcionar a las putas, que eran las mejores de Madrid y por fin autóctonas, después de varias décadas de hegemonía gabacha. Chicote, opuesto a la moda de mujeres escuchimizadas que nos llegaba a través del cinematógrafo y los anuncios de cosméticos, las elegía rellenitas y un poco paletas, como conviene para desatar gruesos instintos.

Una tarde me encontré allí con Luis Buñuel. Había extendido sobre la barra una maraña de celuloide, cientos de metros que crujían como una bufanda almidonada. Deslizaba la cinta entre las manos, contemplaba los fotogramas con una lupa, cortaba con tijeras donde mejor le parecía y ensamblaba los fragmentos elegidos con goma arábiga. Los descartes se los regalaba a las putas, que los observaban al trasluz, sin explicarse qué había fotografiado aquel hombre rudo, desaliñado y cavernícola.

—Oye, salao, ¿qué diantres has retratao aquí?

Las putas de Chicote, pueblerinas y deliciosamente vulgares, no pronunciaban palabrotas, salvo en la intimidad del coito, en que pasaban del diantre a la blasfemia. Se blanqueaban el rostro con polvos de arroz, para combatir el bronceado de las eras.

—Es un documental sobre Las Hurdes.

—¡Huuuuy! ¿Y pa dónde queda eso?

—Oye, rica, conmigo no te hagas la sueca, que de sobra sé que vienes del campo.

Y las toqueteaba por encima de la falda con sus manos de boxeador, encallecidas de repartir puñetazos, pero sensibles todavía al tacto mollar de un culo. Iba acompañado Buñuel por un perrazo de más de un metro de alzada, de un pelaje blanco con pintas negras, como un dálmata desmedrado, que respondía al nombre de Calanda.

—¿Y de dónde sacaste el caniche, baturro? —le preguntaban las putas.

—No es un caniche, es un gran danés, ignorantes, y me lo regaló Greta Garbo, en gratitud por los polvazos que le eché, en su camerino de la Metro Goldwyn Mayer.

—¿La Garbo? Tú deliras. Si está liada con un gachó más guapo que tú que sale con ella en las películas...

Buñuel no interrumpía las tareas de montaje. Había venido a España a rodar un documental sobre las Hurdes y, aunque no había agotado el presupuesto, prefería gastarse el dinero sobrante en putas, y no en una moviola.

—Ya —dijo, con premeditado bestialismo—, pero a su novio no se le sube la colita. ¿Por qué creéis que la Garbo se encerraba con este perro en el camerino, hasta que me conoció a mí?

Las putas reprimían una mueca de escándalo o repugnancia, y miraban con espanto al gran danés, que se relamía y hozaba con el morro entre los huesos de aceitunas que se desperdigaban por el suelo. No había yo vuelto a saber nada de Buñuel desde que marchó a París, a rodar *Un perro andaluz,* que le había servido para introducirse en los cenáculos surrealistas. La película, que recogía las obsesiones que fatigaron su etapa de formación en la Colina de los Chopos, se había convertido en un éxito escandaloso, permaneciendo durante más de ocho meses en cartel y proporcionándole muchos miles de francos que, por supuesto, se gastó en bacanales. Estaba comprobado que la proyección de *Un perro andaluz* provocaba desarreglos en el útero de las mujeres más sugestionables (varias embarazadas habían abortado sin dolor sobre la butaca) y esterilidad en los hombres menos habituados a la espeleología del subconsciente. Buñuel calificaba su primera cinta como "una incitación al asesinato", definición que enlazaba con aquella frase de Breton tan célebre y premonitoria del fascismo: «El gesto surrealista más simple consiste en salir a la calle, pistola en mano, y disparar al azar sobre la gente». A mí —huelga decirlo—, me encantaba la película de Buñuel, me encantaban las incitaciones al asesinato y me encantaban las pistolas disparando al azar.

—Coño, Fernando, no te había conocido.

—Joder, Luis, qué pronto te olvidas de los amigos. Cómo se nota que eres famoso en el mundo entero.

Se pasó la mano de matarife sobre el pelo crespo:

—¿Famoso? Será a fuerza de persecuciones, chico. Me expulsan de todos los sitios.

Me contó que, tras el éxito de *Un perro andaluz,* los vizcondes de Noailles, unos mecenas parisinos que se dejaban vomitar el parqué por los surrealistas, le habían financiado un segundo filme, *La Edad de Oro,* que incluía burlas a la Sagrada Hostia, homenajes a Sade, violaciones sobre un lodazal y esqueletos con mitra y báculo. Fascistas y monárquicos habían arrojado bombas en el cine en que se proyectaba, y el Prefecto de Policía de París había prohibido la distribución de la película, temeroso de mayores altercados. Los vizcondes de Noailles habían sufrido la excomunión del Papa y la expulsión del Jockey Club.

—¿Y Dalí, no colaboró contigo?

Buñuel se sonó los mocos, única materia prima que le quedaba para montar su documental sobre las Hurdes, después de haber agotado la goma arábiga.

—A Dalí le sorbió el seso una rusa, una tal Gala, que venía ya bien follada de Paul Éluard. En *La Edad de Oro* no colaboró, por mucho que él presuma de lo contrario —dijo Buñuel—. Todita la hizo el menda. Ahora ando buscando una sala en Madrid para el estreno, pero no es tan fácil encontrarla.

Tuve una idea no sé si extravagante o genial:

—¿Por qué no la estrenas en el Teatro de la Comedia? Mi jefe, don Narciso Caballero, busca espectáculos alternativos.

Buñuel eructó, a modo de asentimiento. Después de su estancia en París, había viajado a Hollywood, para aprender la técnica americana en los estudios de la Metro, donde se distrajo inseminando a todas las mujeres que discurrían por los platós, desde la Garbo a las peluqueras, sin desmerecer a ese enjambre de coristas y *starlettes* y meritorias y figurantes. Allí había entablado amistad con Charlie Chaplin, que coleccionaba amigos españoles como quien colecciona monstruos y los invitaba a proyecciones privadas que organizaba en su mansión, con películas guarras y sordomudas (sólo Chaplin y el género pornográfico se resistían al sonoro), rodadas con escasez de medios y cámara fija.

—Ya ves, el tío asqueroso, con lo que disfruta. Luego rueda historias de huerfanitos, para lavarse la cara.

Calanda, el perrazo de Buñuel, acezaba en señal de constatación. Durante sus vacaciones hollywoodienses, además de ejercer como semental en los platós de la Metro y asistir a las proyecciones privadas de Chaplin, Buñuel fue invitado a cientos de veladas al aire libre, en las que se entretenía evocando sus gamberradas francesas, blasfemando en dialecto aragonés y aceptando apuestas de resistencia fornicadora que se verificaban allí mismo, entre los arbustos de un jardín; sus rivales, por lo común lechuguinos que confundían la resistencia con el exhibicionismo, iban quedando liquidados a lo largo de la noche, derrengados o momentáneamente estériles, tras la quinta o sexta eyaculación, mientras Buñuel seguía como si tal cosa, exagerando las sacudidas de ingle, para dejar un poco doloridas a las yanquis, a quienes odiaba doblemente, por ninfómanas y por yanquis. Una vez ganada la apuesta, Buñuel se dirigía con el falo dilatado a la mesa donde se alineaban las bebidas y los canapés, y lo sumergía en la ponchera, que actuaba como bálsamo o refrigerio para sus excesos venéreos. Buñuel, aprovechando que nadie lo veía, soltaba unas meadas reconfortantes y larguísimas que pasaban desapercibidas entre los demás ingredientes del ponche.

—Incluso le daban un cierto sabor añejo que los invitados

ponderaban ante su anfitrión —dijo Buñuel, acodado en una barra que se había quedado desierta de putas y clientes, asustados de sus escatologías—. Hasta que una vez me pillaron en plena faena y me expulsaron... De la fiesta y del país.

Calanda, el perrazo que le había regalado Greta Garbo, paseaba la lengua entre las fauces y se rascaba las pulgas con las patas traseras.

—¿Y dónde te hospedas?

—Si te lo cuento no te lo vas a creer. ¿Te acuerdas de aquel marqués fofo y grandote, aquel pobre desgraciado al que le dimos una paliza en el metro de Progreso? De resultas de aquello, debió de quedarse medio cegato, y no reconoce a nadie, ni siquiera a sus agresores. Ha fundado una comuna en su palacete de la calle Marqués de Riscal. Profesa ideas libertarias, y acoge a todos los desharrapados de Madrid, con tal de que se sumen a su credo. Allí me hospedo.

Algo había oído yo sobre la militancia de Antonio de Hoyos y Vinent en la Federación Anarquista Ibérica, organización surgida en el seno de la CNT que concentraba a los afiliados más proclives al fanatismo y la nitroglicerina, más reivindicadores de una actitud destructiva frente a las instituciones republicanas. A la muerte de su madre, Hoyos había salido perjudicado en el testamento, en favor de un hermano putrefacto y respetabilísimo, y esta preterición había afianzado las simpatías anarquizantes del escritor, en cuya estética siempre habían convivido el gusto por el lujo con un tirón irresistible hacia obreros y macarras, responsable, entre otros sinsabores, de aquella paliza que le habíamos infligido en los urinarios del metro. Había notado yo, en mis visitas a la sede de Falange, muy próxima al palacio de Hoyos, un trasiego de hombres malencarados, pero jamás se me habría ocurrido atribuir este trasiego a la formación de una comuna libertaria, sino más bien a que Hoyos hubiera contratado una partida de albañiles, para que reformaran su mansión.

—¿Reformas en su mansión? —se burló Buñuel—. Por si no lo sabes, Hoyos está arruinado. Todas las mañanas elige un abrigo de pieles de su guardarropa y lo lleva a la tienda de empeños, para darnos de comer a los miembros de la comuna. No sé cuánto tiempo aguantará en este plan. Dicen que tiene la casa hipotecada, así que cualquier día nos llega la orden de desalojo.

Por la Gran Vía avanzaba una manifestación de labriegos anarquistas venidos del Sur. Los guardias de asalto habían acordonado la calle, y repartían mamporros con unos vergajos de goma que se adaptaban a las espaldas, como sanguijuelas que dejasen a su contacto unas ronchas más abultadas que las costillas. Calanda lanzaba aullidos de solidaridad, como un cancerbero mansurrón y algo afónico.

—Hay que joderse, cómo está el patio: el Gobierno de la República, que se supone de izquierdas, movilizando al ejército y a los guardias, para dar de hostias a los campesinos.

Chicote, alarmado por los desórdenes callejeros, había candado la puerta de su local; se veían, a través del cristal, las escaramuzas entre manifestantes y guardias de asalto, con ese verismo barullero que tienen las escenas en las que participan multitudes.

—Oye, Luis, y en esa comuna en la que vives, ¿practicáis el amor libre?

Un campesino había salido rebotado del mogollón humano, con una brecha en la ceja, y se había estampado contra la puerta de Chicote, haciendo retemblar el cristal; desmayado, se fue deslizando hacia el suelo, dejando un rastro de sangre sobre la superficie transparente. Buñuel reprimía a duras penas las ganas de participar en la pelea.

—¿Amor libre? De eso nada, majete. En la comuna predominan los solterones: ya sabes, bohemios que en su puñetera vida se han comido una rosca. Y los que están casados no sueltan a sus mujeres ni por recomendación de Bakunin. Por cierto, ¿sabes quién está en la comuna?

Había empezado a enrollar las bobinas de celuloide y a guardarlas en sus latas correspondientes. Denegué con la cabeza.

—Teresa, la concubina de ese poetastro, ¿cómo se llama? —No necesitó que yo acudiese en auxilio de su memoria—. Gálvez, eso es: Pedro Luis de Gálvez. Chico, ahora no se deja ni tocar siquiera. Tía más arisca no la he visto en la puta vida.

La calle se empezaba a despejar, mostrando, después de la estampida, un reguero de cuerpos maltrechos, quizá paralíticos o fiambres, sobre los adoquines. Las fachadas de los edificios estaban empapeladas de una propaganda electoral más profusa que en las constituyentes; los carteles, convertidos casi en jirones, mostraban, junto a eslóganes más preocupados de denigrar al adversario que de captar prosélitos, dibujos chillones, muy delineados de aristas, alusivos a la lucha de clases. El crepúsculo contaminaba la escena de ardores épicos.

—¿Te acuerdas cuando nos recibía en su casa, aquella pocilga de Cuatro Caminos? —Sonrió, no sé si con candidez o lubricidad—. Ahora está algo más ajada, pero sigue teniendo un polvo.

—Y a Gálvez, ¿se le ve mucho por la comuna? —pregunté, afectando desinterés.

—A todas horas. Y siempre pavoneándose, como si fuera el mejor poeta del mundo.

Chicote había descorrido los cerrojos, una vez sofocada la algarada, y abierto las puertas de par en par, dejando entrar un aire guerrero, oloroso de polvaredas y contusiones.

—Ya me llevarás un día de visita al palacio de Hoyos —dije.

Emitió un gruñido que no lo comprometía a nada. Salimos a la Gran Vía, precedidos del gran danés, que iba llenando la acera de defecaciones y quejas de los peatones. Buñuel, al igual que Ruanito (al igual que todos los que aspiran a llegar lejos), era un egoísta a quien sólo importaba su arte:

—¿Me decías, entonces, que podríamos proyectar *La Edad de Oro* en el Teatro de la Comedia? Te advierto que el escándalo está garantizado.

—Sí. La haremos coincidir con un mitin que va a pronunciar el hijo de Primo de Rivera. ¿Qué te parece?

—Cojonudo —dijo Buñuel, entrando al trapo—. Me encanta reventar los actos fascistas.

En la sede de Falange Española, en Marqués de Riscal, se expedían los primeros carnés de afiliados. José Antonio había logrado convocar, en torno a unas siglas de significación dudosa, a un revoltijo de veteranos añorantes de la Dictadura, terratenientes de provincias, militares en la reserva, primogénitos de la nobleza, estudiantes católicos, adolescentes masturbatorios y proletarios místicos, una mercancía averiada con la que se disponía, ilusamente, a formar un movimiento encomendado al servicio de la Patria. La sede matriz de Falange Española era un piso destartalado, amenazado de ruina, de paredes desconchadas y salpicadas de boquetes, como si ante ellas hubiesen fusilado sus anteriores inquilinos a una remesa de fantasmas. Acudí allí una tarde de octubre, en vísperas del discurso fundacional que José Antonio iba a pronunciar en el Teatro de la Comedia, en compañía de Buñuel y de su perro Calanda, que se entretenía orinando en los rincones.

—Ahora mismo os atiendo —dijo José Antonio.

Se hallaba sentado ante una mesa de madera cruda, coja de las cuatro patas, que temblequeaba cada vez que un postulante apoyaba su mano sobre una Biblia que añadía solemnidad al juramento:

—Juro no tener otro orgullo que el de la Patria y el de la Falange, y vivir bajo la Falange con obediencia y alegría, ímpetu y paciencia, gallardía y silencio.

A cada voto pronunciado por el postulante, José Antonio asentía, como un confesor que reparte indulgencias, y me miraba con ojos coléricos o contritos. La pantomima, no exenta de ceremoniosidad, resultaba, sin embargo, grotesca para un infiltrado como yo, y no digamos para Buñuel.

—Juro lealtad y sumisión a nuestros jefes, honor a la memoria de nuestros muertos, impasible perseverancia en todas las vicisitudes.

Pilar y Carmen, las hermanas de José Antonio, salieron de una habitación al fondo, de la que procedía un llanto estrangulado, como de una mujer adulta que exagera infantilmente su desgracia. Pilar y Carmen eran unas muchachas menos agraciadas que su hermano, modositas y con tobillos de vocación andariega. Si la mirada que José Antonio me dirigía, mientras el postulante recitaba el juramento, encubría un reproche, la de sus hermanas, mucho más explícita, denunciaba un enfado vehemente del que quizá me hacían responsable. Seguían oyéndose unos sollozos apagados que me resultaban vagamente familiares. El postulante era un muchacho flaco que se había aprendido de memoria la lección:

—Juro mantener sobre todas las cosas la idea de unidad entre las tierras de España, unidad entre las clases de España, unidad en el hombre y entre los hombres de España.

El postulante recibió su carné, sellado y firmado por el jefe de la secta. Los sollozos habían degenerado en hipidos, y la mirada de José Antonio se clavaba en mí, con afinación de dardo.

—Venía a presentarte al cineasta Luis Buñuel —dije, para romper aquel silencio acusatorio e inexplicable—. Su película *La Edad de Oro* se proyectará en la Comedia, justo antes de tu discurso.

José Antonio asintió levemente (debió de pensar que el título de la película hacía alusión a las glorias pretéritas del Imperio español), pero enseguida recuperó su tono adusto:

—Ya nos conocemos de *La Gaceta Literaria* —dijo, dando por zanjadas las presentaciones—. Tenemos que hablar de algo mucho más importante, Fernando.

Pilar y Carmen, sus hermanas, asintieron, en una demostración de sincronismo. José Antonio, cuando se disponía a reñir a alguno de sus subalternos, empleaba una actitud entre paternalista y autoritaria, como aquellos curas proclives al espionaje que nos sorprendían en mitad de una manipulación obscena y nos echaban una reprimenda. Pero yo ya estaba mayorcito para reprimendas.

—Mira, Fernando —comenzó—, me temo que eres de los que piensan que el matrimonio es una aventura provisional, ¿no es así?

Supe, entonces, quién lloraba en la habitación contigua. Lo atajé:

—¿Y de dónde sacas tú que esté casado?

Pilar y Carmen, siempre al unísono, reprimieron una exclamación de sorpresa. Buñuel reía por lo bajo, y su perrazo, Calanda, se frotaba el lomo contra las perneras de su pantalón, despulgándose. José Antonio balbució:

—Para quienes entendemos la vida como milicia y servicio, nada hay más repugnante que tu actitud. Las uniones deben ser irrevocables.

—Déjate de sermones. De sobra sabes que yo no entiendo la vida como milicia.

Tenía ojos de un azul apenas humano. Las palabras le asomaban entre los labios, apretadas por la indignación:

—Esta tarde llamó Sara a la sede. Estaba sola en el apartamento, mientras tú te emborrachabas en Chicote. Ha tenido un aborto.

Los sollozos se reavivaron, como si Sara hubiese aguardado a que José Antonio hiciese aquella revelación, en un *crescendo* melodramático.

—Bueno, y qué. Ese hijo no era deseado.

Pilar Primo de Rivera se encaró conmigo:

—No lo sería por ti. —Hablaba con un aplomo aguerrido—. Mi hermana y yo corrimos hasta Ferraz para asistirla. Cuando llegamos, Sara estaba llorando; aún tenía el feto entre las manos.

Como una bengala fugaz, circuló por el desván de mi memoria la imagen de Gálvez, quince años atrás, con su primogénito entre las manos, ahorcado por el cordón umbilical, mientras Carmen Sanz, su primera mujer, se desangraba copiosamente sobre las sábanas. José Antonio pidió a Sara que saliera de la habitación; al verla, trémula y sin fuerzas para sostenerse, con el vestido infamado por una costra reseca que se parecía más al chocolate que a la sangre, sentí cierta lástima, tampoco demasiada.

—Estaba embarazada de cinco meses —explicó Pilar Primo de Rivera—, pero disimulaba la hinchazón del vientre con una faja que terminó aplastando al niño.

Sara me miraba con esa débil dulzura que tienen las parturientas y las asesinas, una vez liberadas de la carga que las aflige. Las lágrimas afluían mansamente a sus ojos, sin los espasmos que suelen acompañar el llanto.

—¿Fue un aborto involuntario, entonces?

Sara asintió con una fatigosa tristeza; olía a placenta desgarrada, un perfume tibio que se mezclaba con el perfume acre de la sangre, en una mixtura abominable. Habían entrado en la sede unos falangistillas, para recoger unos pasquines que anunciaban el mitin del Teatro de la Comedia, el día 29 de octubre; José Antonio les ordenó que los repartieran por las barriadas obreras, donde aún no habían calado sus ideales. Eran muchachos recién ingresados en la pubertad, carnaza para las bandas extremistas que dominaban aquellas zonas. Se quedaron mirando a Sara, ignorantes quizá de las cuestiones fisiológicas.

—Ha tenido un accidente doméstico, cosa de poca importancia —los tranquilizó José Antonio: sólo le faltó decir que los niños son transportados desde París por una cigüeña.

Los falangistillas eran chicos aplicados: imitaban a su caudillo en el vestuario, en el rigor gestual, en el peinado hacia atrás, barnizado de gomina. Marcharon como habían venido, alegres en su embajada, desdeñosos de su destino.

—Esos chicos son carne de cañón —rumió Buñuel.

Pero José Antonio había impuesto entre sus secuaces una mítica del salvamento de la Patria, en la cual la muerte aparecía como un fin saludable, una especie de sacramento heroico que garantizaba el disfrute de paraísos ultraterrenos. También el hijo de Sara estaría disfrutando en aquellos momentos de ese paraíso o limbo que acoge a los inocentes; con lógica perversa, decidí que el aborto me iba a beneficiar en mi trato con Gálvez, que a partir de entonces me compadecería por aquella pérdida.

—Siéntate, Sara, no te conviene estar de pie. Podrías sufrir un desmayo.

José Antonio le había cedido su silla, con esa cortesía infalible que practican los machistas, y le tendía su propia chaqueta sobre el regazo.

—Nosotros nos vamos —dije, con un desparpajo que sonó a obscenidad, pero que Sara encajó sin aspavientos, con esa forma de abandono de quienes han demolido su vida y aprenden a convivir con los añicos.

—¿Hasta dónde eres capaz de llegar, Fernando? —me preguntó José Antonio, con un retoricismo que me exoneraba de dar explicaciones.

Calanda pugnaba por trepar a las rodillas de Sara, atraído por el olor alimenticio de la sangre, pero Buñuel se lo impedía, propinándole mojicones en el morro.

—¿Hasta dónde? —repitió, como un eco, cuando ya nos marchábamos.

Era difícil precisarlo: después de haber practicado la delación, después de haber maltratado mujeres, después de haber incurrido en el plagio, después de haber participado en bastantes tumultos, uno ya no puede ir mucho más lejos. Me faltaba cultivar el asesinato, pero quien asesina, al igual que quien profesa una orden sagrada, posee unas convicciones íntimas (salvo que sea un sicario) de las que yo carecía, quizá porque soy excesivamente perezoso y partidario de la dispersión, y sólo delinco por esnobismo, igual que sólo escribo por esnobismo. Buñuel me miraba con una devoción atónita:

—¡Vaya cuajo que tienes! Te quedas sin hijo y ni te inmutas.

—¿Y por qué habría de inmutarme? No soporto a los críos.

El palacio de Hoyos y Vinent, que antaño permanecía iluminado hasta el alba, para orientar a los invitados que acudían a las orgías y bailes de disfraces que allí se celebraban, mostraba una fachada lóbrega, resquebrajada de grietas, y unas ventanas desposeídas de cristales, como abismos de una decadencia definitiva. Buñuel abrió la puerta de un empujón. A lo lejos, se oía el rumor de una arenga.

—Oye, Luis, ¿estás seguro de que Hoyos no nos la tiene jurada?

—Ya te dije que está cegato, además de sordo.

El vestíbulo estaba sembrado de cascotes, que enseguida reconocí como fragmentos de aquellas estatuillas con que Hoyos gustaba de adornar las repisas. Las molduras de las paredes, tan empalagosas y rococós, estaban mordidas a trechos, como si algún miembro de la comuna, aguijoneado por el hambre, hubiese trepado hasta allí y devorado la escayola.

—Ten cuidado, no te tropieces. Nos cortaron la luz hace un par de semanas, y hay que guiarse a tientas.

Calanda hociqueaba entre el pelaje cada vez más ralo de aquellas alfombras de piel de oso, antaño tupidísimas, que cubrían el suelo, recogiendo con su lengua las cucarachas que anidaban allí.

—Bueno, si alguien se me pone tarasca, tú me defiendes, ¿de acuerdo? —insistí, quizá algo ignominiosamente.

—De acuerdo —aceptó Buñuel—. Pero no te preocupes, los miembros de la comuna serían incapaces de matar una mosca. Tienen la debilidad del hambre.

Al doblar un recodo, dejamos a mano izquierda la biblioteca que había albergado varios miles de libros encuadernados en terciopelo negro, con una corona estampada en oro sobre el lomo; ahora, esos libros se podían comprar de saldo en cualquier puesto de la calle de San Bernardo, y las estanterías mostraban sus huecos vacíos, como sagrarios profanados. Se iba haciendo más inteligible, a medida que nos acercábamos al antiguo salón del té, el vozarrón de Hoyos:

—No seáis ilusos: la República es una astucia de la sociedad burguesa que, amparándose en la coartada de la democracia, protege sus privilegios. Podéis comprobarlo en vuestro trabajo, en las redacciones de los periódicos: ¿acaso no siguen escribiendo los mismos? A los novelistas instalados, les pagan sus buenos duros de plata por contar las mismas paparruchas que contaban cuando aún soportábamos al Rey. En cambio, vosotros, que acudís con artículos en los que abogáis por una sociedad remozada, ¿qué obtenéis? La misma cantinela de siempre: «Es que usted escribe cosas muy revolucionarias».

Tenía que vencer mil inconvenientes para hilvanar dos frases seguidas, pero perseveraba en el esfuerzo, haciendo resonar las paredes del salón con su voz de hipopótamo sordo. Antonio de Hoyos iba vestido con un mono azul mahón, pañolón rojo al cuello y gorra Thaelmann, pero aún mantenía, junto al uniforme anarquista, como un último vestigio de su aristocracia, un monóculo inútil en medio de la oscuridad y la ceguera. Aplaudieron su alocución, y alguien gritó el lema que la CNT y la FAI habían inculcado a sus partidarios:

—¡No queremos urnas electorales, queremos la revolución social!

Lema que figuraba en su propaganda, ante las elecciones inminentes, en las que las organizaciones libertarias solicitaban la abstención. Falangistas y anarquistas coincidían en el rechazo del sufragio y en el anhelo de una revolución pendiente, aunque disintieran en la forma: mientras los falangistas aspiraban a un orden estatal en el que los individuos quedarían anulados como tales, el anarquismo exaltaba al individuo, y preconizaba la anulación del Estado. Ambas eran ideologías primitivas.

—Veo que entendéis mi mensaje —prosiguió Hoyos, pero no veía ni oía nada; únicamente imaginaba las reacciones de su auditorio—. Sólo hay un modo de abolir la propiedad y el Estado y la distinción de clases. ¡Sedición y rebeldía!

Se le había desprendido el monóculo, en mitad de aquel ímpetu de locuacidad, y mostraba un ojo sin pupila, casi cartilaginoso. Mientras hablaba, Hoyos caminaba con dificultades de un extremo a otro de la sala, con el culo llagado de fístulas que eran el castigo de pasadas incontinencias. A medida que me iba habituando a la oscuridad, descubría las fisonomías de los oyentes, una clientela recaudada entre los huéspedes de Han de Islandia. Mientras descifraba sus identidades, le di la razón a Bakunin: «Sólo los que nada tienen que perder pueden convertirse en verdaderos revolucionarios».

—¡Debemos luchar por la destrucción de la sociedad establecida! ¡Y por el advenimiento de una nueva sociedad donde reine el Amor entre los hombres!

El autor de estas proclamas era, inevitablemente, Alfonso Vidal y Planas, que se había erguido con esa bravura que sólo tienen los chepuditos y los flacos; lo acompañaba Elena Manzanares, consumida como una momia.

—Me perdonaréis, pero yo no estoy por la labor. Con extremismos no se llega a ninguna parte —se opuso Emilio Carrere, que visitaba de vez en cuando la comuna, para no perder contacto con esos galloferos que retrataba en sus poemas.

La voz de Gálvez estaba velada por una perfidia que sus compañeros de comuna quizá no advirtieron:

—No creo que tu opinión sirva de mucho, Emilio. Tú eres un burgués como otro cualquiera, escondido bajo el chambergo y la pipa. Un impostor que se finge mísero, pero que a fin de mes cobra su sueldo en el Tribunal de Cuentas. No me extrañaría que votases a la CEDA.

Las acusaciones de Gálvez hallaban apoyos y adhesiones entre los miembros de la comuna. Teresa azuzó a los indiferentes; la noche le incorporaba un perfil de virgen gótica:

—¡Ese tío marrano viene aquí con la golosina del amor libre!

Pepito y Pedrito la flanquearon, redimidos de esa costra de mugre que los acorazaba, allá en el piso de Francos Rodríguez: a falta de otras prendas de abrigo, en la comuna de Hoyos al menos se promovía la higiene. Pepito, el mayor, secundó a sus progenitores, con una insolencia sólo mermada por su estatura:

—¡Largo, mamón! Aquí no se admiten burgueses disfrazados de bohemios. Y si buscas un desahogo, te cascas una paja.

Frecuentaba los recovecos más soeces del idioma con un dominio de explorador avezado. Se había quedado algo chaparro para sus años, lo mismo que su hermano Pedrito, que lo jaleaba con una dentadura deshabitada, no sé si por los estragos de la caries o por las mudas que impone la naturaleza.

—¡Que se marche Carrere! ¡Fuera el intruso!

Hostigado y temeroso de su integridad física, esquivando los escupitajos que ya le lanzaban Pepito y Pedrito, abandonó Carrere el palacio de Hoyos. Le oí dar algún traspié en el vestíbulo, con los fragmentos de mármol que entorpecían el paso; su pipa había dejado una estela aromática.

—¡Orden! ¡Estaba hablando el compañero Gálvez!

El moderador de aquella junta o conciliábulo era Pepito Zamora, amante confeso de Hoyos desde la época de la Gran Guerra; tenía una pinta exageradamente provecta, como si los acoplamientos con su novio (y las palizas que los macarras le propinaban, en sus arriesgadas salidas, en busca del unicornio) lo hubiesen dejado para el arrastre. Vestía igual que Hoyos, con mono azul mahón y pañolón al cuello. ¿Qué estrafalaria austeridad había transformado a aquellos hombres, partidarios hasta hacía poco de un lujo persa, en apóstoles de la causa libertaria?

—Ya habéis oído al compañero Hoyos —empezó Gálvez, una

vez apaciguados los ánimos—. La República es una pantomima que se han inventado los que siempre ocuparon la poltrona. Y ahora esa pantomima se va a renovar, en las elecciones de noviembre. La farsa de las papeletas se va a repetir; a nosotros corresponde que no se repita pacíficamente.

Se notaba que Gálvez había entrado ya, tras su campaña chilena, en la mitología laica y pobretona del anarquismo: los demás miembros de la comuna lo escuchaban con veneración, con cierto orgullo incluso, igual que los cachorros de Falange escuchaban a José Antonio. Teresa sonreía con mansedumbre, y sus dos hijos, Pepito y Pedrito, se reclinaban sobre su pecho, formando un cuadro idílico; la luna entraba de rondón por las ventanas sin cristales y se depositaba en sus mejillas. Teresa tenía el cabello de un rubio indeciso, como de madera estofada, que me hubiese gustado peinar con mis cinco dedos.

—¿Y qué propones para ello? —preguntó Pepito Zamora.

—Propongo sembrar el caos y el pánico entre los votantes.

—¿Y eso cómo se consigue? —intervino Buñuel inopinadamente, preparando ya el argumento para su próxima película surrealista.

Gálvez escrutó a su inquisidor y, cuando lo hubo reconocido, hizo lo propio conmigo, sin inmutarse. La melena, cortada con tijeras de esquilar, y la barba de cañones como alambres, lo asemejaban con un Cristo que hubiese pintado Solana.

—Se me ocurren varias ideas —repuso—. La mejor de todas, liberar a los locos del Hospital Provincial y dejarlos sueltos y armados de pistolas por el centro de Madrid. El compañero Hoyos guarda en depósito una caja de pistolas que el sindicato compró, con el dinero que trajimos de Chile.

Se hizo un silencio meditativo, que los miembros de la comuna llenaron de visiones apocalípticas.

—En las mazmorras del Hospital Provincial se encuentra, además, el compañero Armando Buscarini, encerrado injustamente por culpa de ese hombre —dijo, y me señaló con una mano—. Mataríamos dos pájaros de un tiro.

Empezó a rodar entre el auditorio el mismo murmullo hostil

que había causado la deserción de Carrere. Calanda escarbaba en una esquina del salón, y sacaba de una especie de hura, apresadas entre sus colmillos, unas ratas panzudas del tamaño de conejos. Con inexplicable escrúpulo, pensé que el feto de Sara quizá correría igual suerte, si alguien no se preocupaba de enterrarlo.

—Me parece bien la propuesta del compañero Gálvez —dijo Buñuel—. Aunque yo, la verdad, no soy partidario de un terrorismo indiscriminado, sino del que elige a sus víctimas. Acabo de visitar con Fernando la sede de Falange, que está a dos pasos de aquí, y he pensado: «Sería cojonudo cargarse a estos subnormales».

Dicen que los traidores, al perpetrar su delito, sienten un remordimiento más o menos lacerante, reflejo de aquél que acometió a Judas. Lo sentirán, en todo caso, los traidores proclives a los conflictos de conciencia, no yo, desde luego:

—Si queréis atentar contra el hijo de Primo de Rivera, podéis contar conmigo —dije sin dubitación—. Conozco de requetesobra los hábitos de los falangistas. Sé dónde y cuándo se les puede pillar desprevenidos.

La delación, que es un arte frío y nada elemental, produce, sin embargo, la misma embriaguez que las pasiones más primarias. Teresa me miraba con un rictus de repulsa en los labios: el mismo que habrían ensayado los miembros del Sanedrín, cuando Judas les fue con el cuento.

—No os fiéis de ese tiparraco. Le plagiaba los poemas a Pedro Luis —dijo.

El murmullo crecía, entre los asistentes a la comuna. Hoyos, que me había reconocido, quizá porque hubiese penetrado en sus oídos inútiles un leve rescoldo de mi voz, temblaba sin rebozo, y su corpachón se encogía, rememorando el vapuleamiento en los urinarios. Pepito Zamora, algo más entero, le reclamaba tranquilidad.

—Y también intentó robarme a Teresa. Y habló con los loqueros, para que internasen a Buscarini —continuó Gálvez—. Creedme que, si no lo he matado, es porque su novia está embarazada de él, y no quiero que haya más niños huérfanos sobre la faz de la tierra.

Buñuel ensayó un tono que no encajaba con su talante:

—Precisamente hoy su novia ha sufrido un aborto. Fernando está desolado, y enfurecido contra los falangistas, que la tienen medio presa y no lo han dejado atenderla como es debido —dijo, improvisando sobre la marcha.

El argumento del niño muerto conmovió a Gálvez, pero su piedad iba entretejida de desconfianza:

—No sé si creerte, Buñuel. Eres un mentiroso patológico. En cualquier caso, si tanto mal le han hecho los falangistas, que no se hubiese juntado con ellos.

Los otros miembros de la comuna analizaron mi ofrecimiento con disparidad de criterios, en tumultuosa asamblea. Vidal y Planas alzó su voz palúdica para interceder por mí:

—Pongámoslo a prueba. Que sea él quien libere a los locos del manicomio. Si se porta como Dios manda, lo aceptaremos como confidente. Siempre es aconsejable tener a alguien infiltrado en un partido de señoritos.

Su dictamen fue respaldado por casi todos los presentes, que actuaban a modo de jurado irreflexivo. Gálvez, desde el otro lado de la oscuridad, no disimuló su disgusto, aunque tampoco se opuso al parecer de la mayoría: desdobló un pliego en el que figuraba un croquis del Hospital de la calle de Santa Isabel, que extendió sobre el suelo, y reclamó una vela a Pepito Zamora, mientras exponía su plan de ataque:

—¿Veis esta galería? Aquí se alojan los locos. Éste es el barracón de incurables. Y éstas que dan al patio son las celdas de seguridad: en una de ellas se encuentra Buscarini.

De las descripciones topográficas pasó a la acción propiamente dicha, en la que me reservó la parte más arriesgada. Sus instrucciones eran severas hasta la crueldad o la monotonía, tan rotundas que sólo admitían el asentimiento. Rodeado de anarquistas que olían a sudor rancio y que también escuchaban los detalles del asalto, tuve la incómoda impresión de hallarme en un lugar equivocado, esa impresión desazonante que acompaña siempre a los mercenarios, a las putas y a los correveidiles. Teresa me seguía mirando con esa repulsa que avivaba mi deseo, mientras acariciaba las melenas de su marido. Por la Castellana desfilaban, revoltosos de consignas y banderas tricolores, media docena de simpatizantes de algún partido moderado, soñadores ineptos de una democracia sin sobresaltos. Aún quedaban valedores de la civilización, rezagados que no se habían entregado al argumento estrepitoso de la violencia. Si serían gilipollas.

Octubre descendía sobre Madrid disfrazado de noviembre, con una herrumbre de días nublados, con olor de pólvora mojada y hojarascas podridas, como si el clima se hubiese propuesto desbaratar alguna revolución latente. Me había costado convencer a don Narciso Caballero de la oportunidad de juntar en una misma sesión la película de Buñuel y el discurso de José Antonio, pero al final había accedido, engatusado por las repercusiones publicitarias de ambos actos, que reunían el prestigio secreto de la clandestinidad (Falange Española aún tenía que cumplir algunos trámites para obtener la legalización) con el prestigio vociferante del escándalo (*La Edad de Oro* no se había estrenado en casi ningún país de Europa, por prohibición gubernativa). Las calles adyacentes a la del Príncipe, donde se hallaba el Teatro de la Comedia, habían sido acordonadas por patrullas de guardias de asalto y policías a caballo, para sofocar los disturbios que habían anunciado los partidos de inspiración marxista. Esta vigilancia exhaustiva, concentrada en los alrededores de la carrera de San Jerónimo, dejaba desprotegidas otras zonas de la ciudad que, durante unas horas, quedaron a merced de los delincuentes. Previendo esta situación, Gálvez había elegido aquella fecha para el asalto al Hospital Provincial; mi participación en dicho asalto incluía tareas de avanzadilla (yo tendría que encañonar a los celadores del manicomio) y conducción temeraria: mentiría si dijese que las afrontaba con el ánimo tranquilo.

Octubre se afilaba de fríos, se poblaba de falangistas palurdos (la secta de José Antonio ya contaba con delegaciones en provincias) que enarbolaban banderas rojinegras, miméticas de las que proponía la CNT como enseña del anarquismo: las ideologías rudimentarias suelen coincidir en sus símbolos externos. El mitin iba a ser radiado por varias emisoras, y la película de Buñuel sería glosada por la prensa internacional. Tres horas antes de la anunciada en el programa, el teatro ya se había llenado de un público abigarrado, en el que se mezclaban señoritos rentistas, surrealistas conversos, jovencitas del Hipódromo, burguesazos con almorranas y algún terrorista cristiano. Sara se había sentado en un palco muy próximo al proscenio; la acompañaban las hermanas Primo de Rivera, parejita de vírgenes feudales: ambas se habían hecho inseparables de Sara, después de su aborto, y la secuestraban todas las tardes en la sede de Falange, para distraerle la pena que padecen las madres fallidas con labores de ganchillo.

—Salve a las mujeres guapas —les dije, parodiando esa mezcla de casticismo y latinidad que preconizaba la Falange.

—A nosotras ni nos hables —me rechazó Pilar, pendiente del inicio del acto.

José Antonio entró rodeado de sus discípulos, en su mayoría contertulios de "La Ballena Alegre" que miraban con recelo a la multitud; en los bolsillos de las gabardinas, además de las pistolas reglamentarias, llevaban un cargamento de almireces de cocina, con los que pensaban defenderse en caso de altercado. También Buñuel acudió al teatro con una talega de guijarros, dispuesto a lapidar al primero que pusiese objeciones a su película.

—A quien rechistes me lo cargo.

Y soltaba una blasfemia redonda, a la que su acento aragonés añadía una agresividad que iba más allá de la mención excrementicia. Gálvez, que había entrado con él, se quedó al fondo del pasillo, junto al proyector que Buñuel me había mandado alquilar; instalado sobre su trípode, armado de manivelas y bobinas de celuloide, parecía una ametralladora, más que un proyector.

—¿Tienes preparado el coche? —me preguntó Gálvez.

Se había rapado la melena y afeitado la barba, y actuaba con esa ceremoniosidad fingida que ya sólo practican los padrinos de boda y los delincuentes que han hecho del latrocinio una liturgia.

—Está aparcado a la vuelta de la esquina, con el depósito lleno.

Me miró con resentimiento:

—No podemos fallar. ¿Guardaste las pistolas en el maletero?

—Las guardé. No fallaremos, cuenta conmigo.

Se apagaron las luces, ensordeciendo las conversaciones del público, y sobre la sábana que Buñuel había ordenado instalar en el escenario se sucedieron imágenes que parecían rescatadas de las alcantarillas del deseo, de esa argamasa sucia en la que se incuban los sueños y los crímenes: aparecían sobre la pantalla alacranes y cucarachas pisoteadas; obispos que rezaban sobre un acantilado una letanía ininteligible, hasta convertirse en esqueletos; pescadores tullidos; una pareja que se revolcaba en el barro; una taza de váter que contenía defecaciones y magmas volcánicos; unas vistas panorámicas del Vaticano; un peatón que se entretenía pegándole patadas a un violín; un hombre que disparaba con una escopeta a un niño, porque le había estorbado mientras liaba un cigarrillo; una joven con el dedo meñique escayolado de tanto masturbarse. La película, aunque sonora, contenía diálogos en francés que nadie entendía, lo cual aumentaba la sensación de irrealidad o estupefacción.

—Si serán cabrones: no se enteran de nada —decía Buñuel.

Se oía, de vez en cuando, el chapoteo de una vomitona golpeando sobre el suelo del patio de butacas. En su última media hora de proyección, *La Edad de Oro* sustituía las secuencias inconexas por una cierta coherencia argumental: un marqués con el rostro corrompido de moscas organizaba una fiesta, en su quinta a las afueras de Roma, a la que acudían unos invitados que guardaban en el asiento trasero de su automóvil una custodia con la Hostia consagrada. La hija del marqués se enamoraba de un invitado, y lo sacaba a pasear por los jardines de la quinta: allí, empezaban a refocilarse sobre la hierba y a chupetearse los pies, en un acceso fetichista; cuando la hija del marqués y su seductor alcanzaban el orgasmo, se clavaban las uñas en los ojos, hasta hacerse sangre, y gritaban: «¡Mi amor! ¡Qué alegría haber asesinado a nuestros hijos!» La película se clausuraba con un epílogo en homenaje a Sade: cuatro degenerados salían de un castillo, después de haber permanecido encerrados en él durante ciento veinte jornadas, saciando su criminal voluptuosidad con muchachas cuyos cuerpos habían mutilado concienzudamente; uno de estos degenerados, el último en abandonar el castillo, era Jesucristo, despojado de su barba, reconocible por la corona de espinas que punzaba su frente.

Se encendieron las luces, para mostrar un público escindido: había rostros desencajados, heridos por el torrente de fotogramas blasfemos, blanqueados por esa palidez de escayola que aflige a los muertos, cuando ya se les ha cuajado la sangre; pero también había rostros entusiastas de bestialidad, que lanzaban aullidos de gozo, como si acabasen de contemplar la luz cegadora de la revelación. Buñuel, buzo de cloacas, parecía satisfecho.

—Un exitazo, Luis —corroboré—. A esta gente le has cambiado la vida.

José Antonio subió al escenario, visiblemente afectado por las imágenes que acababan de impresionar sus retinas, y se aprovechó de ese clima mixto de catarsis y desarreglos gástricos que reinaba en la sala. Un bosque de brazos en alto saludó sus primeras palabras:

—Cuando, en marzo de 1762, un hombre nefasto, que se llamaba Juan Jacobo Rousseau, publicó *El contrato social,* la verdad política dejó de ser una entidad permanente. Según él, el sufragio, esa farsa de las papeletas metidas en una urna de cristal, tenía la virtud de decirnos en cada instante si Dios existía o no existía, si la Patria debía permanecer o si era mejor que se suicidase.

Tenía la mirada vidriosa, pero su voz sonaba firme, convicta de sus errores. Quienes lo escuchaban aún se creían instalados en la pesadilla que Buñuel había hecho desfilar ante sus ojos, como un carrusel de sacrilegios. Los aplausos que de vez en cuando interrumpían el discurso de José Antonio tenían una consistencia sonámbula.

—Para el Estado liberal, lo único importante es que en las mesas de votación haya sentado un determinado número de señores; que las elecciones empiecen a las ocho y acaben a las cuatro; que no se rompan las urnas. Cuando el ser rotas es el más noble destino de las urnas.

El vandalismo de esta frase, muy acorde con el vandalismo que propugnaba *La Edad de Oro,* fue acogido con un enardecimiento que entorpecía la progresión del discurso. El suelo de la platea, regado de vomitonas, exhalaba un fermento agrio.

—Y, por último, el Estado liberal vino a depararnos la esclavitud económica, porque a los obreros, con trágico sarcasmo, se les decía: «Sois libres de trabajar donde queráis; nadie puede obligaros a que aceptéis unas u otras condiciones; ahora bien: como nosotros somos los ricos, os ofrecemos las condiciones que nos parecen; vosotros, ciudadanos libres, si no queréis, no estáis obligados a aceptarlas, pero, si no las aceptáis, moriréis de hambre, rodeados de la máxima dignidad liberal».

Los señoritos gamberros y rentistas empezaron a remejerse inquietos en sus butacas: bien estaba que se predicase la destrucción de las urnas, pero aspirar a redimir al obrero se les antojaba excesivo. Recuperaron la tranquilidad, sin embargo, cuando José Antonio aclaró sus aspiraciones ecuménicas:

—Nuestro movimiento por nada atará sus destinos al interés de grupo o al interés de clase que anida bajo la división superficial de derechas e izquierdas. La Patria es una unidad total, en la que se integran todos los individuos y todas las clases; la Patria no puede estar en manos de la clase más fuerte ni del partido mejor organizado. La Patria es una síntesis indivisible, con fines propios que cumplir; y nosotros lo que queremos es que el movimiento de la Falange sea el instrumento eficaz, autoritario, al servicio de esa unidad indiscutible que se llama Patria.

Arreciaban otra vez los aplausos, efusivos como aquella exclamación que pronunciaron los personajes de Buñuel: «¡Qué alegría haber matado a nuestros hijos!» La construcción de esa Patria iba a reclamar mártires, iba a reclamar hijos muertos en las cunetas. José Antonio chorreaba un sudor oscuro:

—Y queremos, por último, que si esto ha de lograrse por la violencia, no nos detengamos ante la violencia. Porque, ¿quién ha dicho que la suprema jerarquía de valores reside en la amabilidad? ¿Quién ha dicho que cuando insultan nuestros sentimientos, antes de reaccionar como hombres, estamos obligados a ser amables? Bien está, sí, la dialéctica como primer instrumento de comunicación. Pero no hay más dialéctica admisible que la dialéctica de los puños y de las pistolas cuando se ofende a la Justicia o a la Patria.

El bosque de manos extendidas se había convertido, de repente, en un bosque de manos que empuñaban armas y apretaban los gatillos, dispuestas a saltarse el trámite previo de las palabras. Sonaron las primeras detonaciones, con alegría de pirotecnia o verbena popular, y las balas se alojaron en el techo, como un granizo inverso. Gálvez, en medio del estrépito, nos tocó en el codo, a Buñuel y a mí:

—Vámonos. Es el momento.

Obedecimos, venciendo la curiosidad que nos retenía en el pasillo. Imaginé que don Narciso Caballero estaría lamentando los destrozos y maldiciéndome como responsable de los mismos. Ante la entrada del teatro, se arremolinaba una muchedumbre, apenas contenida por los guardias de asalto, que rugía al escuchar el diluvio de balazos:

—¡Que vengan a vaciar los cargadores aquí, esos fascistas!

—¡Eso, que vengan aquí, si tienen cojones, a ver quién se cansa antes de apretar el gatillo!

Y asomaban también sus pistolas entre los harapos, y disparaban al cielo de octubre, como quien escupe a Dios, a sabiendas de que va a mojarse con su propia saliva. La oratoria de José Antonio se propagaba por cada esquina, entraba en la paz doméstica de cada hogar, se reproducía en cada receptor de radio y resonaba en el aire, nítida a pesar de las interferencias: «Nosotros no vamos a disputar los restos desabridos de un banquete sucio. Nuestro sitio está al aire libre, bajo la noche clara, arma al brazo, y, en lo alto, las estrellas. Que sigan los demás con sus festines. Nosotros fuera, en vigilancia tensa, fervorosa y segura, ya presentimos el amanecer en la alegría de nuestras entrañas».

Pero lo que verdaderamente se presentía era una noche que helaba las tripas. Montamos los tres en mi Elizalde, que nos aguardaba a la vuelta de la manzana, y conduje con esa vigilancia tensa que reclamaba José Antonio, con esa vigilancia fervorosa y segura que reclamaban las calles, alfombradas de octavillas. Los neumáticos dejaban un arañazo de goma en cada curva, y los faros auscultaban las tinieblas con barreduras de luz. Buñuel, sentado sobre la palanca de cambios, entre Gálvez y yo, se bamboleaba a derecha e izquierda.

—¡Ha llegado la hora de la sangre! —gritaba—. ¡La dialéctica de los puños y de las pistolas!

Nuestro sitio estaba allí, al aire libre, arma al brazo, junto al edificio del Hospital Provincial, a la sombra vertical de su fachada. Gálvez bajó del automóvil con esa agilidad que le proporcionaba su experiencia anterior de asaltante de bancos.

—¿Listos? ¡Adelante!

Gálvez se había anudado un pañolón rojo y negro al cuello, como si esos colores, simbólicos de la acracia, contribuyesen a dejar impune su fechoría, o la revistieran de justificaciones ideológicas. Al bedel que custodiaba la entrada, un anciano erosionado por la vigilia, que escuchaba en su receptor de galena la retransmisión del mitin de la Comedia, le adujimos razones infalibles:

—Tenemos ingresado a un hermano moribundo. Ya le han dado la extremaunción.

El anciano nos franqueó el paso sin necesidad de prolijas explicaciones: toda su atención se concentraba en las interferencias que brotaban, con un crepitar de hoguera, de aquel receptor, llenando el vestíbulo del hospital de una música sin melodía.

—¡La dialéctica de los puños y las pistolas! —gritaba Buñuel, con un vozarrón que reverberaba en los pasillos y penetraba en el sueño de los internos, como una aguja candente.

El Departamento de Observación de Dementes se hallaba en el ala norte del edificio, donde las inclemencias del cielo más mella hacían en la piedra y en la carne hacinada que había detrás de la piedra. Yo encabezaba el asalto, siguiendo las instrucciones de Gálvez; cuando me salió al paso un celador de aspecto simiesco no invoqué otra excusa que la exhibición de mi pistola.

—¿Están locos? Esto les va a costar caro.

Los pasillos estaban forrados de azulejos en los que se reflejaba la luna, multiplicándose con un diminuto temblor, como sobre el agua de un charco que alguien acaba de pisar; en las junturas de los azulejos se sedimentaba la mugre, delatando unas labores de limpieza poco exhaustivas. Encañoné con la pistola al celador; dentro de mis sienes, sentía una extraña pululación, como si allí se me hubiesen instalado dos corazones supletorios que bombeaban sangre sin descanso.

—Déme las llaves —ordené—. Las de los barracones y las de las celdas. Todas.

El celador debió de juzgar inverosímil o absurda nuestra misión, porque tardó en reaccionar.

—Ya lo ha oído —intervino Gálvez, agarrándolo por las solapas del batín—. Venimos a liberar a los locos.

Buñuel le clavó al celador el puño en la boca del estómago, dejándolo por un instante sin respiración. Obediente a la dialéctica de la violencia, el celador me tendió el manojo de llaves, mientras boqueaba, incapaz de administrar su aire.

—Nosotros te cubrimos las espaldas —dijo Gálvez.

Los barracones de los locos se extendían en hilera, como mazmorras sin luz ni ventilación, antesalas del infierno con un olor a letrina y aguarrás que abofeteaba las narices. Los locos, postrados en sus jergones, emboscados en una barba de diez o quince días, rebozados en su propia mierda, me miraban sin comprender desde el otro lado de la noche.

—¡Sois libres! ¿A qué esperáis para salir?

Tardaron en asimilar mi ofrecimiento, pero finalmente reptaron hasta el pasillo, farfullando palabras de un idioma inconexo, braceando como monstruos que padecieran parálisis. Bajo la maraña de cabellos que les entorpecía la mirada, se atisbaba una piel traslúcida, comida de herpes y hematomas, de llagas purulentas y venas como varices. Parecían legiones de ultratumba, con aquellas uñas astilladas y aquellos andares bamboleantes y aquellas ropas andrajosas que apenas acertaban a taparles los colgajos genitales. Rodearon a su celador y se abalanzaron sobre él, como ejecutores colectivos de una venganza, mientras Gálvez y Buñuel actuaban de convidados de piedra. Los alaridos del celador quedaron sofocados por el silbato de otros celadores, que habían escuchado el alboroto y daban la señal de alarma.

—¡Date prisa! —me apremió Gálvez—. ¡Abre las celdas!

Volví la cabeza, para contemplar por un segundo la carnicería que los locos perpetraban sobre aquel celador que durante años los había tratado con saña. Lo mordían con unos dientes apenas humanos, afilados por el hambre, y le arrancaban bocados de carne, tiras de piel, exponiendo a la luz quirúrgica de la luna los músculos fibrosos, la minuciosa geografía de los vasos sanguíneos, el laberinto de los intestinos, que se derramaron sobre el suelo con un serpenteo blando. La sangre se extendía como una joya líquida, y los locos se empapaban en ella. Gálvez y Buñuel contemplaban el holocausto fascinados de horror, más o menos como yo, aunque tuviese que centrar mi atención en las cerraduras, que casi nunca aceptaban la llave que yo les había asignado. En aquellas celdas, mínimas como nichos, de paredes forradas con almohadones, encerraban a los enfermos incurables, a los orates más belicosos o vociferantes o proclives a infligirse coscorrones. Mucho más vitales que sus compañeros de los barracones (quizá porque la soledad estimula los sentidos), abandonaban su calabozo, escurriéndose por el hueco de la puerta, y se sumaban al festín de los otros, abrevaban en el charco de sangre y hundían la cara en las vísceras todavía palpitantes, como ladrones de karma. Llegaban los primeros celadores, armados tan sólo de porras y garrotes, pues los alborotos que promovían los internos no solían requerir, para su represión, de instrumentos más contundentes; cuando comprobaron que el motín se desarrollaba fuera de las celdas y barracones, cuando comprendieron que los locos habían sido liberados por aquellos desconocidos que apuntaban con sus pistolas, cuando repararon en el banquete caníbal con que se estaban regalando los amotinados, huyeron, para no correr la misma suerte que su compañero. Armando Buscarini ocupaba la última celda, al fondo del pasillo; el cautiverio había alargado sus greñas, había embellecido su esqueleto, si es que la desnutrición embellece. Tardó en reconocerme: parecía como si mirase a través de un vidrio esmerilado.

—¡Vamos, imbécil! ¡Eres libre!

Apenas podía sostenerse en pie. Los demás locos se disputaban aquella carroña en la que aún quedaban, como dos últimos vestigios de vida, unos ojos que se habían olvidado de parpadear. Gálvez y Buñuel se habían tapado las narices para evitar el olor a matadero, y disparaban al techo, para reclamar la atención de los orates, dispersa entre el barullo de tripas.

—¡Hay que salir de aquí! ¿Entendéis lo que os digo? —se esforzaba Gálvez—. ¡Hay que escapar, antes de que llegue la policía!

Aunque no entendieron el mensaje de sus palabras, entendían el tono de alarma que las impregnaba, y echaron a correr detrás de Buñuel y de Gálvez y de mí, con esa agilidad entumecida que tienen los muertos, en el día de su resurrección. Los enfermos del hospital, sobresaltados por el jaleo, habían salido de sus habitaciones, y contemplaban la huida de los locos, aquel ejército agarrotado que corría en pos de su libertad. Buñuel sembraba el pavor con sus risotadas, y siguió disparando hasta agotar el cargador.

—¡Viva la dialéctica de los puños y las pistolas!

El hospital se había quedado sin vigilancia ni tripulación, como una nave a la deriva. En el vestíbulo, el receptor de galena que el anciano bedel había olvidado llevarse, repetía machaconamente el discurso de José Antonio: «Y queremos, por último, que si esto ha de lograrse en algún caso por la violencia, no nos detengamos ante la violencia. Porque, ¿quién ha dicho que la suprema jerarquía de los valores morales reside en la amabilidad?» Los locos salieron a la calle en desbandada, inermes ante la noche que los recibía en su gran barracón sin paredes. Gálvez abrió el maletero de mi Elizalde y repartió las pistolas que durante años habían permanecido escondidas en el palacio de Hoyos y Vinent. Los locos las recibían en respetuoso silencio, como una eucaristía que aún necesitase la consagración del fuego, y escrutaban sus cañones como si de catalejos se tratase. Buñuel los adiestraba en los rudimentos de su manejo:

—Se cogen así, por la culata. Y se disparan apretando el gatillo.

Se oía, a lo lejos, la sirena de un furgón policial. La noche era clara, coronada por un mapamundi de estrellas, como había proclamado José Antonio en su discurso. Gálvez los adoctrinó:

—Y ahora, dispersaos por la ciudad, y no os dejéis apresar.

Defendeos con las pistolas. Y si alguien os pregunta el nombre de vuestros libertadores, decidle que fueron los anarquistas. Decidle que en la sociedad del futuro no habrá hombres sujetos con cadenas.

Los locos asentían, con los belfos embadurnados de sangre, a las recomendaciones de Gálvez. Se alejaron, absortos en su recién adquirida libertad, caminando por las calles que pronto refrescaría la manguera municipal, errabundos como cadáveres en busca de su tumba. Sólo Armando Buscarini se había quedado junto a nosotros, desmadejado sobre el capó del coche. Gálvez lo tomó de los hombros y lo zarandeó:

—¿Es que no me conoces, hermano? —le preguntó, con una voz que ya se amortiguaba de lágrimas.

Buscarini parpadeó desde el fondo de su inconsciencia, intentando apartar las telarañas que velaban su entendimiento.

—¡Pedro Luis! —atinó al fin, correspondiendo con sollozos al llanto apenas contenido de su amigo.

Se fundieron en un abrazo que duró hasta que el estruendo de las sirenas nos advirtió de la proximidad de la policía. Fue un abrazo expiatorio, como la lluvia o el bautismo, uno de esos abrazos que sirven para absolver todos los pecados que un hombre haya podido cometer en su vida.

IV

Se celebraron las elecciones, mientras los locos del Hospital Provincial repartían balas sin demasiada puntería por los barrios extremos de Madrid, como ángeles deficientes a los que Dios hubiese encargado la destrucción de una ciudad. Venció, previsiblemente, el bloque de las derechas, que reunió el voto de los caciques rurales, la aristocracia desposeída, las beatas de toda edad y condición y las clases medias, más la incorporación anecdótica de las monjas de clausura, que se escaparon de los conventos, contraviniendo sus ordenanzas, para meter la papeleta en la urna. Los partidos de izquierdas culparon de su derrota a las mujeres, a quienes consideraban cautivas de las enseñanzas que recibían desde el púlpito; los más milagreros o supersticiosos atribuían la responsabilidad a las monjas de clausura, cuyos votos —aseguraban— se habían multiplicado dentro de las urnas, como aquellos panes y peces de antaño. Otras explicaciones menos machistas o sobrenaturales invocaban como razones del descalabro la represión de Casas Viejas y la división interna de las izquierdas, así como el abstencionismo que la CNT había inculcado entre los campesinos.

José Antonio resultó elegido diputado por la circunscripción de Cádiz, donde aún se veneraba la memoria o el fantasma de su progenitor: fue, pues, el apoyo de los nostálgicos lo que le proporcionó su escaño, y no el voto de los afiliados a Falange, en su mayoría jovencitos sin derecho a sufragio. En un artículo titulado *La victoria sin alas,* José Antonio, tras comparar las urnas con el bombo de la lotería, desprestigiaba el triunfo de las derechas, recordando que en muchas provincias se había quedado sin votar hasta el sesenta por ciento del censo: «Una orden dada a tiempo por los sindicatos, una movilización general de masas proletarias, hubiera producido la derrota de quién sabe cuántos candidatos de derechas. Los obreros lo sabían y, sin embargo, se han abstenido de votar. Hay que estar ciego para no ver bajo ese desdén la amenaza terrible hacia quienes se consideran vencedores».

Existía, en efecto, un desdén —compartido por fascistas y anarquistas— hacia el Parlamento, las elecciones y las actas de escrutinio, una aversión sin resquicios hacia la pantomima de los partidos triunfantes. «Las paredes blancas de los pueblos —continuaba José Antonio— se ensangrentan de imprecaciones: "No votes, obrero. Tu único camino es la revolución social". Y unos grabados tormentosos, oscuros, con tenebrosa calidad de aguafuertes, presentaban figuras famélicas con inscripciones como ésta debajo: "Mientras el pueblo se muere de hambre, los candidatos gastan millones en propaganda. ¡Obrero, no votes!"»

Ruanito, recién dispensado de su corresponsalía en Berlín, no entendía este abstencionismo proletario, sobre todo cuando lo comparaba con las adhesiones hitlerianas a las que acababa de asistir (adhesiones que, en el fondo de su alma frívola, encontraba chabacanas, como todo lo relacionado con la clase obrera). Durante su estancia en tierras alemanas, en vez de enviar crónicas sobre la apoteosis nazi, se había dedicado a entrevistar a los príncipes de la dinastía Hohenzollern, y a contar sus matrimonios morganáticos, sus achaques y diarreas, en un ejercicio de devoción monárquica que debieron encontrar excesivo incluso los regentes de *ABC*. Había vuelto algo demacrado, envejecido de arrugas que le otorgaban un aspecto de espadachín crápula y *touché;* frisaba en la treintena, pero su delgadez, habitada de bichos interiores y esqueletos demasiado nítidos, anulaba todo vestigio de juventud. Padecía, junto a las enfermedades derivadas de sus excesos, la enfermedad del miedo, que avejenta mucho y retarda la formación de espermatozoides: en la redacción de *ABC,* a su vuelta de Alemania, le aguardaban varios anónimos amenazantes, en los que se le llamaba "cochino fascista", por haber insultado en sus artículos a varios líderes republicanos y haberse atribuido (siquiera por omisión) un papel fundacional en la Falange, papel que, por otra parte, no le correspondía.

—Cualquier día me darán una paliza y me dejarán medio tullido —lagrimeaba—. Yo necesito un guardaespaldas.

—Pídeselo a José Antonio —le decía yo, con sarcasmo o calculada crueldad—. Él te proveerá, como hizo conmigo.

No olvidaba yo (el rencor es una modalidad fértil de la memoria) el mal trago que José Antonio y su pandilla de comulgantes me habían hecho pasar; no olvidaba la humillación de "La Ballena Alegre", cuando Sara había tenido que interceder por mí, mercadeando con un embrión humano que luego se malograría. Ni Ruanito ni yo militábamos en Falange; ambos figurábamos como *adheridos,* una categoría reconocida por los estatutos de la organización para miembros «que no aceptan de un modo resuelto consagrar su entusiasmo más activo a las tareas de nuestro movimiento». *Adherido,* pues, era un eufemismo por reticente.

—A mí no me gusta comprometerme con nada ni con nadie —se justificaba Ruanito.

Esta máxima la había aplicado en sus relaciones con las mujeres (una en cada puerto o esquina) y con los periódicos (su firma se tambaleó entre varios), y también en sus amistades, bastante fluctuantes. Ruanito se costeó un matón, un tal Fabián, que había sido chulo de chirlatas y sicario de la patronal, y que para entonces, apaciguado de violencias pretéritas, parecía un carnicero jubilado, tristón y con accesos de ensimismamiento.

—Oye, César, ahora que tienes a Fabián de escolta, voy a llevarte a la comuna de Hoyos y Vinent.

—Tú estás loco, nos matarán.

—Qué va, tengo a Buñuel de valedor. Verás a viejos amigos.

Nos acercábamos por las tardes hasta Marqués de Riscal, a recoger a Sara, que tejía calcetines y bufandas para los cachorros de José Antonio, y les llevaba medicinas y viandas a las cárceles, como una samaritana que así combatiese sus propios desconsuelos. Ya habían caído los primeros mártires de la Falange, niños apenas púberes a quienes José Antonio encargaba la distribución de propaganda y semanarios del movimiento por las barriadas obreras. Nadie había reivindicado estos crímenes, aunque José Antonio prefería, por esa necesidad que siente todo político de proyectarse en antagonistas reconocibles (el antagonista sin rostro no existe), atribuirlos a bandas comunistas o libertarias, o a mercenarios subvencionados por el Gobierno. Sólo yo sabía que los autores de aquellas primeras bajas eran los locos evadidos del manicomio, que por la noche patrullaban las calles de Cuatro Caminos y Tetuán, imponiendo una justicia arbitraria, sin filiación ideológica, que incluía por igual al falangista, al sereno o a la criada que escapaba a la verbena, aprovechando que sus amos dormían.

Las emisiones de radio y las páginas de sucesos de los periódicos especulaban con la identidad del malhechor o malhechores, adjudicándoles unas peripecias biográficas que participaban del folletín y mantenían a la población entretenida. Los cachorros de José Antonio, impermeables a la histeria general, se internaban en los barrios obreros y retaban a gritos a ese adversario espectral que, de repente, les respondía, arreciando desde los tejados con un tiroteo cruzado. De este modo, Falange engrosaba su lista de caídos con una remesa de cuerpos adolescentes que algunos chistosos emplearon como argumento para atribuir un nuevo significado a las siglas del movimiento: «Funeraria Española». Se le reprochaba a José Antonio, desde los periódicos, la indefensión en que había dejado a sus animosas juventudes, y se había acuñado el término "franciscanismo" para referirse a un fascismo pacifista, bobalicón y literario que, en lugar de vengar a sus víctimas, las enterraba con oraciones fúnebres.

—Algunos afiliados reclaman represalias fulminantes. ¿Vosotros qué opináis? ¿Debemos comportarnos como una organización de delincuentes? —nos preguntaba José Antonio.

Había una sincera perplejidad en sus palabras, un desvalimiento de grumete que navega sin brújula y no disimula su inepcia.

—Tú mismo dijiste que Falange recurriría a la dialéctica de los puños y las pistolas cuando el adversario no quisiera escuchar otros argumentos —le dije.

—Ahí está el problema —se quejó—: ¿quién es el adversario?

¿Los anarquistas? ¿Las juventudes del partido socialista? ¿Los pistoleros del Gobierno?

Fabián, el guardaespaldas de Ruanito, adujo, con sabiduría ecléctica:

—Pues se mata a todos, y santas pascuas.

José Antonio reprimió una mueca de asco; había recibido una formación católica, apostólica y romana:

—Me resisto a que mis muchachos se conviertan en rufianes. Aguantaré un poco más. Para los falangistas, la muerte es un sacramento heroico, cuando la recibimos en acto de servicio.

—No creo que digas eso cuando te maten a ti.

Encajaba las burlas como una penitencia, compungido y cabizbajo. Sara, contaminada por ese espíritu de paz hogareña y camaradería que se respiraba en la sede, salió en apoyo de José Antonio:

—Eres injusto con él, Fernando. Ha demostrado que es un hombre valiente, viajando sin escolta por toda España. La valentía no se demuestra con exhibiciones de violencia.

Y, sin embargo, ese exhibicionismo había resultado muy eficaz, desde el origen de los tiempos, para mantener la hegemonía masculina:

—Tú te callas ahora mismo, imbécil, que nadie te ha dado vela en este entierro.

En la sede de Falange olía a pobreza decente, a capillita reservada al culto de un santo maricón. Resultaba más gratificante el olor a intemperie o a carne hacinada que reinaba en la comuna de Hoyos; aquel caserón, aclimatado como asilo de bohemios incurables, seguía acogiendo en sus dependencias a los náufragos de todas las tormentas poéticas, a los enfermos de fracaso, a los visionarios de una utopía libertaria que les ayudaba a llevar con decoro sus andrajos. Buñuel seguía pernoctando allí, a la espera de un préstamo materno, que le permitiría dedicarse a producir películas folclóricas (del surrealismo al folclore hay apenas un paso).

—Hombre, Fernando, veo que traes compañía. Aquí se acepta a todo el mundo —decía.

El suelo estaba cubierto de colchones, comprados a peso en

cualquier almoneda, sobre los que se desparramaban algunos miembros de la comuna, incapaces de mantenerse en pie; sus fisonomías, estragadas por el hambre o el agotamiento, tenían una expresión entre esperanzada y doliente, más o menos la misma con que los pintores de sacristía retratan a las ánimas del purgatorio. Saltábamos el obstáculo de los colchones como quien vadea un río saltando de piedra en piedra; algunos tumbados escrutaban con ojos convalecientes de penumbra los muslos de Sara, hasta la cenefa de las bragas.

—Pasad por aquí.

Buñuel nos guió hasta una especie de retrete desmantelado, que antaño había cobijado griferías doradas y azulejos bruñidos de esmalte, y que había ido perdiendo sus tesoros (seguramente empeñados en algún montepío, o vendidos en el Rastro), hasta mostrar unas paredes esquilmadas, de las que asomaban unas cañerías retorcidas y unas baldosas que no se quedaban quietas en su rectángulo de suelo. En medio del retrete, sentado en cueros sobre un barreño de latón, estaba Armando Buscarini, chapoteando con las manos en el agua jabonosa. Teresa le frotaba con una esponja los sobacos peludísimos, el armazón de sus costillas, apenas tapizado por un pellejo sucio, las rodillas que asomaban como redondeles de mugre sobre la superficie del agua. Buscarini sonreía bobaliconamente, con derramamiento de saliva por las comisuras de los labios, mientras Teresa lo bañaba; su glande, desalojado del prepucio como una flor submarina, demostraba que, pese a todo, seguía teniendo erecciones.

—Armando, no te pongas cachondo, que me voy a enfadar.

Gálvez le revolvía las melenas, amenazándolo con un cachete amistoso, y lo despiojaba con aplicación, como enfrascado en una cacería diminuta. Buscarini miraba a Sara, con ojos que buceaban en el pasado, tratando de rescatar, entre la escombrera de su memoria, un cuerpo desnudo que había contemplado muchos años atrás, entre las frondosidades del Campo del Moro, junto al Palacio Real, cuando Gálvez y él nos expoliaron.

—¿La recuerdas? —le preguntó Teresa.

El glande le crecía, al compás de la memoria. Vencida por una deplorable debilidad, Sara le apartó el pelo de la frente y le acarició la cicatriz que le rubricaba una sien, como recordatorio de una paliza en la que ella misma había participado, y no pasivamente.

—¡Pobre niño poeta! Si supieras cuánto me arrepiento de lo que te hicimos...

Tanto ternurismo (ese delito de la bondad) se me antojaba intolerable. Ruanito se me anticipó en el reproche:

—Se lo tenía bien merecido. Y fuimos demasiado blandos con él.

Todavía agregó alguna circunstancia grosera; bastó, sin embargo, que Gálvez le pusiera una mano sobre el hombro para que toda su osadía se disipara. Como último recurso, Ruanito volvió la cabeza, en busca de Fabián, su guardaespaldas, que estaba recostado sobre la pared, como un atlante con reúma.

—Lo siento, señorito —se disculpó, encogiéndose de hombros—. He tenido que empeñar la pistola, para llegar a fin de mes, y yo sin pistola no opero.

La estolidez del matón encorajinó a Gálvez, que tomó a Ruanito de la corbata, desbaratándole el nudo:

—Mira que te tengo ganas desde hace tiempo, no me calientes los cojones.

Su rostro, dificultoso de una barba que ya le crecía blanca y de arrugas nada triviales, era casi el de un anciano, pero aureolado de algo que lo hacía imperecedero, quién sabe si inmortal. Entraron en el cuarto de baño unos cuantos niños, entre quienes se contaban Pepito y Pedrito (pero el diminutivo ya no se adecuaba al mayor, que atravesaba una pubertad siniestra, como demostraban sus manos, sarmentosas de masturbaciones), y Gálvez abandonó su presa, impelido quizá por ese resabio burgués que aún les queda a los libertarios, una vez eliminados todos los convencionalismos sociales, y que consiste en ocultar a los niños las pasiones virulentas de los mayores, como si de este modo fuesen a preservar su inocencia.

—Papá, Alfonso nos ha hablado hoy de Salomé. ¿Tú sabías que mandó cortar la cabeza de Juan el Bautista? —preguntó Pedrito, el pequeño, algo acongojado por el pasaje de la decapitación. Pepito, en cambio, sonreía, atrapado por una voluptuosidad masoquista que, sin duda, había heredado de su padre.

Gálvez había elegido a Alfonso Vidal y Planas para que explicara a los niños de la comuna las fábulas del Nuevo Testamento, con la encomienda de que procurara despojarlas de toda connotación trascendente. Gálvez quería organizar en el palacete de Hoyos una escuela libertaria, donde se impartieran las disciplinas clásicas, con excepción del catecismo que se inculcaba en los colegios de curas y la formación cívica que hacía de la enseñanza laica una fábrica de animales domésticos: así, los niños crecían sin Dios, sin patria y sin amo, como quería Kropotkin. Había reclutado los maestros entre los miembros de la comuna (él mismo explicaba «Historia de las revoluciones»), o entre antiguos compadres en la cofradía de la bohemia.

—Mejor es que a uno le corten la cabeza, como a Juan el Bautista —dijo Buscarini, paranoico perdido—, que no tenerla plagadita de gusanos, como me ocurre a mí. En el hospital me pusieron muchas inyecciones, y en cada inyección me inocularon un germen. Y luego ese germen se convirtió en gusano, y empezó a roerme el cerebro, y ahí sigue, comiéndome la inteligencia. Vosotros no sabéis lo que duele que te coman la inteligencia.

Al hablar, cabeceaba a un lado y a otro, y bizqueaba, quizá involuntariamente, como un pelele mal equilibrado. Teresa lo interrumpió:

—Anda, Armando, cállate, que vas a asustar a los niños, y luego sueñan por la noche.

Iba vestida con un mono azul mahón, que era el uniforme epiceno de los anarquistas (así las mujeres no tenían que preocuparse de que los tumbados del pasillo les otearan las bragas, al brincar sobre los colchones); el tejido, de una rudeza próxima a la arpillera, no se adaptaba a sus caderas, sino que quedaba enhiesto a ambos lados, como sujeto por el almidón del aire: aun así, le favorecía, sobre todo por detrás, donde la costura central buscaba el cobijo de las nalgas. Buscarini se irguió sobre el barreño de latón, como un esqueleto chorreante al que hubiesen trasplantado el falo de un sátiro.

—¡Menuda cachiporra! —dijo Pepito.

Los niños habían formado corro y chapoteaban en el barreño, salpicando a Buscarini, que participó en el juego y comenzó a perseguirlos por el caserón, raquítico y gesticulante, como un ogro sometido a una dieta de adelgazamiento.

—¿Alguna mejoría? —preguntó Vidal y Planas.

—Ninguna —dijo Gálvez, clavando los dardos de su rencor sobre mí; era un rencor deliberado, agigantado de dioptrías y de desenlace incierto—. Su estancia en el manicomio lo ha puesto peor. A veces lo saco de paseo, para que le dé el aire, y me dice: «Yo soy más feliz que tú, Pedro Luis, porque además de ver lo que tú ves, yo veo lo que tus ojos ciegos de persona normal no pueden percibir. ¡Por favor! Déjame vivir despierto este mundo de ensueño. ¡No me cures!»

Había entrecerrado los párpados, hasta reducir sus ojos a una estrecha rendija, quizá para no mostrar la debilidad de las lágrimas. Vidal, menos resistente que su amigo, aventuró con voz húmeda:

—Y tiene razón. ¡Quién pudiera vivir en un mundo de quimeras!

Sara y Teresa se habían apartado a un rincón, ante la invasión masculina, y hablaban en un susurro. Por las palabras que llegaban a mis oídos, inconexas pero exaltadas, supuse que Teresa le estaba explicando el funcionamiento de la comuna. Me escoció comprobar que Sara asentía apreciativamente.

—En cualquier caso, ha corrido mejor suerte que los otros locos que liberamos —comentó Buñuel de pasada, desde la puerta del retrete—. La Guardia Civil los ha ido atrapando poco a poco y devolviéndolos al manicomio. Y encima les ha requisado las pistolas.

—Pero durante unas semanas han sembrado el pánico, que es lo que pretendíamos —dijo Gálvez, reconcentrado en sí mismo—. Y si hay que volverlos a liberar, estoy dispuesto a hacerlo. Ningún hombre ha nacido para ser prisionero de nadie ni de nada.

Los locos habían acrecentado, en efecto, la confusión en vísperas electorales, con su presencia errátil y homicida, fomentando el abstencionismo entre los proletarios más medrosos, que no habían salido de casa, para evitar balas extraviadas. Las organizaciones libertarias CNT y FAI, que habían lanzado durante la campaña esa consigna de repudio al sufragio, se arrepentían ahora, al comprobar que su actitud había favorecido el retroceso hacia la caverna. Niceto Alcalá Zamora, más conocido como *El Botas,* no se atrevía a entregar el poder a la CEDA de Gil Robles, a pesar de su triunfo electoral, y mandaba formar gobierno a Lerroux, patriarca del partido radical, viejo raposo estraperlista. Gil Robles, emberrinchado, organizaba desfiles filofascistas y movilizaciones que concluían a la sombra berroqueña de El Escorial, con fiambrera y tortilla de patata. Indalecio Prieto, a la vista de los desfiles escurialenses, había advertido: «En caso de que las derechas sean llamadas al poder, el partido socialista contrae el compromiso de desencadenar la revolución». En esto coincidía con falangistas y anarquistas.

—Ven, Sara, estos hombres sólo saben hablar de política. Te enseñaré el huerto. —Teresa cogió de la mano a Sara, que se dejaba llevar con esa docilidad de los catecúmenos—. Niños —dijo, asomándose al pasillo—, acompañadme. Hay que coger tomates para hacer ensalada.

En el retrete había un ventanuco con lajas de cristal movibles; a través de él se avistaban los solares que, en épocas más felices, habían utilizado las parejas furtivas para pegarse un revolcón. Convenientemente regados de semillas, esos mismos solares abastecían de legumbres y hortalizas a la comuna.

—Pero a la revolución no se llega a través de un terrorismo indiscriminado, ya os lo he dicho un montón de veces —insistió Buñuel, que procuraba introducir un poco de cientifismo entre aquellos anarquistas agrícolas—. Hay que elegir las víctimas, empezando por los políticos.

—Imposible. Esos cabrones van con escolta.

Sara y Teresa caminaban entre las matas de tomates, cuyos frutos relucían al sol gastado de la tarde, como rubíes blandos. Caminaban entre la espesura de los pimientos y las alubias y los guisantes, entre el verdor deshojado de las lechugas y los repollos.

Los niños arrancaban los tomates directamente de la mata, sucios de tierra, y los mordían sin codicia, crujientes de luz, granados de una sangre vegetal. Recordé aquellas palabras que muy bien podría haber escrito Bakunin, o Anselmo Lorenzo, o cualquier otro apóstol de la utopía libertaria: «No os inquietéis, pues, diciendo: ¿qué comeremos?, o ¿qué beberemos?, o ¿con qué nos vestiremos? Mirad las aves del cielo: no siembran ni siegan ni recogen en graneros, y vuestro Padre celestial las alimenta». Los niños iban depositando en una cesta de mimbre los tomates, después del hartazgo, y jugaban al escondite entre las matas despojadas de trofeos. Teresa y Sara paseaban entre los surcos, hundiendo los pies en la tierra generosa; a Sara se le quedaban atrapados los tacones, y se le metían chinas en los zancajos.

—Ay, estos zapatos son un suplicio. No los aguanto.

Yo las veía, enmarcadas en el rectángulo del ventanuco, ensalzadas por un crepúsculo que asomaba entre los edificios, como un animal entre barrotes, y escuchaba sus palabras, la charla didáctica de Teresa, el asentimiento discreto de Sara, que acataba sus consejos con espíritu de conversa.

—Pues quítatelos, no seas tonta. Mira yo: siempre voy en sandalias, o descalza. ¿Tú no sabes que la fuerza de la tierra entra por los pies? A los tomates, cuando les falta la sustancia de la tierra, se quedan blancuzcos. Y los hombres de las ciudades, todo el santo día calzados, se mueren de anemia.

Sara se descalzó con algún melindre, con coquetería incluso, esa coquetería estéril que practican entre sí las mujeres, cuando se creen solas. Tenía unos pies hormigueantes de dedos que escarbaban entre la tierra.

—¿Ves cómo te alivia? —Teresa empleaba los métodos de seducción de un médico naturista—. No tienes por qué llevar zapatos de tacón, si no te da la gana. ¿A quién quieres gustar? ¿A ese mendrugo de Fernando?

Los niños gritaban, en una algarabía de pájaros, parapetados detrás de las legumbres. Teresa adoctrinaba a Sara, le decía que su dependencia material de un hombre no se distinguía de la dependencia que una puta tiene de sus clientes (ella lo sabía de sobra, pues había cultivado el oficio): «Estar sujeta a un solo hombre es otra forma de prostitución; las libertarias queremos que las relaciones sexuales se liberalicen: eso ocurrirá cuando las mujeres nos sintamos útiles e impongamos nuestra utilidad, cuando tengamos posibilidades de asegurarnos el sustento». Paseaban entre las matas de tomates, Sara descalza, Teresa en sandalias, pisando una tierra recalentada por el crepúsculo, tibia de primaveras, que les transmitía un vigor de eras geológicas. Teresa la iba adiestrando en las doctrinas abominables de Hildegard y Federica Montseny, mientras el sol se derrumbaba sobre las azoteas.

—¿Qué oficio se te da bien a ti?

Sara se alzaba la falda, para no rozarla con el verdor circundante. De repente, comprobé que tenía unas pantorrillas duras, silvestres, como de estatua pagana. Rememoró una aspiración de juventud:

—Yo siempre he querido ser actriz.

—¿Y por qué no te animas a formar un grupo de teatro con los niños? —Hizo un ademán breve, que abarcaba a todas aquellas alimañas que trotaban por la huerta—. Se lo tengo que contar a Pedro Luis, seguro que la idea le parece formidable.

Recogieron la cesta de mimbre, que se derramaba de tomates como corazones extirpados, y se cruzaron sonrisas de una camaradería sin pecado (me habrían repugnado menos si hubiesen sido sonrisas de lesbiana, a lo mejor hasta me hubiera puesto cachondo), sonrisas que en Sara eran una segregación natural de su bienestar y que hacía extensivas a los niños, alevines de fiera, proyectando sobre ellos un instinto de maternidad que yo no le había dejado cultivar. Se me revolvieron las tripas y miré a derecha e izquierda, buscando un asidero sobre quien vomitar mi odio. Ruanito contaba sus impresiones berlinesas, la marcialidad unánime y ominosa de los camisas pardas:

—Eso son desfiles, y no los que organiza Gil Robles.

Retrocedí hasta un estadio anterior de la conversación:

—Decíais que los cabrones de los políticos van siempre con escolta. Yo conozco a uno que va solo, incluso cuando viaja de noche.

Gálvez se mordió un pellejo que colgaba de su labio, fruto de alguna calentura. Del huerto llegaba un aroma a savia derramada.

—No somos vulgares asesinos —se escudó—. Quizá tú sí lo seas, porque del plagio al asesinato hay un paso, pero nosotros sólo queremos favorecer la revolución social.

No me molesté en desmentir su optimismo: entre el plagio y el asesinato media un largo trecho, que yo estaba dispuesto a cubrir, sin embargo.

—Matar a un político es más efectivo que todas las manifestaciones y todas las revueltas —me apoyó Buñuel. Hablaba del asesinato como quien se refiere a una teoría estética, con esa liviandad del que no piensa ensuciar sus manos, pues ya ha decidido pacificar su vida y consagrarse a la producción de películas folclóricas, para hacerse millonario—. ¿Y quién es ese pardillo que va sin escolta, si puede saberse?

—Lo conoces de sobra. José Antonio, el de la famosa dialéctica de los puños y de las pistolas. Yo os puedo allanar el camino. Conozco sus hábitos.

Mi liberalidad me exoneraba de remordimientos: no pensaba cobrar por mi traición. Sara y Teresa se habían metido en la cocina, y partían los tomates en rodajas, para hacer ensalada; se hacían confidencias, y musitaban palabras que no alcancé a oír, y se reían.

La policía llegaba con una orden de registro a la sede de Falange, secuestraba sus archivos y su propaganda, revolvía los cajones y los armarios en busca de armas de fuego (pero sólo llegó a encontrar porras de goma, único instrumento de defensa que empleaban por entonces los falangistas), suspendía las publicaciones y, después de muchos requilorios, mandaba clausurar el local, con la disculpa de que se estaba conspirando contra la República. Más de sesenta camaradas que se juntaban allí, para entretener su hastío, jugando con sus novias al parchís o a las prendas, ingresaron en la cárcel, bajo la acusación de reunión ilegal; sus novias, sorprendidas en bragas y sostén a mitad del juego, corrieron la misma suerte, acusadas de exhibicionismo y provocación a la autoridad. En Cuatro Caminos, todas las semanas caía algún afiliado, en tiroteos con las juventudes socialistas y comunistas, que habían tomado el relevo a los locos evadidos del manicomio. Perseguido por las balas adversas, ninguneado en la prensa (que se refería a él con el mote de "Juan Simón el Enterrador"), abandonado de sus financiadores, José Antonio se reunía con sus incondicionales (cada vez menos) en los cementerios de Madrid, en las noches minuciosas de astrología, para honrar a sus caídos con exequias y elegías y oraciones, y también con alguna poesía meramente nocturna o macabra, en la línea de Espronceda o Poe. Sobre las tumbas de los falangistas muertos, escritas en el mármol con una caligrafía ruda, había inscripciones que pregonaban su filiación; la pintura de las inscripciones, generalmente roja, parecía un garabato de sangre, un epitafio de brocha gorda, y convertía las lápidas en aras sacrificiales. José Antonio y sus secuaces se congregaban en torno a estas tumbas, como sacerdotisos de una liturgia fúnebre, o un aquelarre inofensivo.

—¡Hermano y camarada Matías Montero! —gritaba el celebrante.

—¡Presente! —voceaban los otros a coro.

—¡Hermano y camarada Ángel Montesinos!

—¡Presente!

—¡Hermano y camarada Jesús Hernández!

—¡Presente!

Así desgranaban el rosario de sus bajas, cada vez más profuso (aunque los atentados solían sufrirlos los falangistas más bisoños o desprevenidos o modestos), cada vez más difícil de retener en la memoria. La Falange, en lugar de vengar a sus víctimas, les aseguraba el paraíso, rezando oraciones que parecían ejercicios de estilo:

—Ante los cadáveres de nuestros hermanos, a quienes la muerte ha cerrado los ojos antes de ver la luz de la victoria, aparta, Señor, de nuestros oídos, las voces sempiternas de los fariseos, que hoy vienen a pedir con vergonzosa urgencia delitos contra delitos y asesinatos por la espalda a los que nos pusimos a combatir de frente. Tú no nos elegiste, Señor, para que fuéramos delincuentes contra los delincuentes, sino soldados ejemplares, custodios de valores augustos, números ordenados de una guardia puesta a servir con amor y con valentía la suprema defensa de la Patria.

Rafael Sánchez Mazas, voz de rabino afónico, leía la oración que él mismo había redactado, por orden de José Antonio, y como respuesta a quienes solicitaban represalias fulminantes. El cementerio de la Almudena, recoleto a pesar de sus dimensiones, cobraba, al conjuro de aquella voz, una intimidad doliente, parecida a la que hubo de reinar en el huerto de Getsemaní, después de la Última Cena. Algunos secuaces de José Antonio se adormecían, arrullados por la prosodia de Sánchez Mazas, el discípulo dilecto. Otros, en cambio, reprochaban con su silencio la actitud de José Antonio, incompatible con esa "dialéctica de los puños y las pistolas" que había proclamado en su mitin del Teatro de la Comedia como recurso inexcusable, cuando las palabras fuesen enmudecidas por el adversario. Sólo yo me mantenía expectante y apartadizo, muy puesto en el papel que me correspondía, que no era otro que el de Judas.

—Señor —proseguía Sánchez Mazas, sobreponiéndose a las quejas de algunos afiliados—: acoge con piedad en tu seno a los que mueren por España, y consérvanos siempre el santo orgullo de que solamente a nosotros honre el enemigo con sus mayores armas. Víctimas del odio, los nuestros no cayeron por odio, sino por amor, y el último secreto de sus corazones era la alegría con que fueron a dar sus vidas por la Patria. Ni ellos ni nosotros hemos conseguido jamás entristecernos de rencor ni odiar al enemigo, y tú sabes, Señor, que todos estos caídos mueren para libertar con su sacrificio generoso a los mismos que los asesinaron, para cimentar con su sangre joven las primeras piedras en la reedificación de una Patria libre, fuerte y entera.

Los cipreses se afilaban de buenos propósitos, y una llamarada de redención se posaba sobre los angelotes de yeso que coronaban los sepulcros, incendiándoles las alas (pero quizás aquello fuese un espejismo, quizá los angelotes estaban barnizados de alguna sustancia fosforescente). Los elementos conservadores y reaccionarios más o menos vinculados a Falange exigían que se adoptara una táctica más agresiva, amenazando con retirar su apoyo económico. El relente se infiltraba entre mi ropa y me concedía una lucidez que tranquilizaba mis remordimientos: era preciso que José Antonio muriera, para cimentar con su sangre joven las ruinas de una patria consumida de fratricidios (se me estaba pegando la prosa de Sánchez Mazas). Gálvez y Vidal lo aguardaban en el Parque del Retiro, con una bomba de fabricación casera que arrojarían sobre el parabrisas de su Chevrolet, cuando pasase por allí, de regreso a casa.

—Esta ley moral es nuestra fuerza —la oración de Sánchez Mazas era larguísima, de una prolijidad blandengue y católica—. Con ella venceremos dos veces al enemigo, porque acabaremos por destruir no sólo su potencia, sino su odio. A la victoria que no sea clara, caballeresca y generosa, preferimos la derrota, porque es necesario que, mientras cada golpe del enemigo sea horrendo y cobarde, cada acción nuestra sea la afirmación de un valor y de una moral superiores.

José Antonio iba pertrechado de guantes y bufanda, pero el frío se le depositaba en la punta de la nariz y en las orejas con un sonrojo que preludiaba sabañones. Ruanito y Foxá, en un aparte, habían juntado unas ramitas y les habían prendido fuego, para calentarse o para entonar, al resplandor de la hoguera, loas a los gerifaltes de antaño: ambos eran monárquicos y estetizantes, y se apartaban de la ortodoxia falangista, aunque se sumasen a sus comitivas. La hoguera se reflejaba en la frente húmeda de José Antonio: parecía como si sudase sangre. Había acudido al cementerio, acompañando a los detractores del pacifismo, Ramiro Ledesma, al sayagués funcionario de correos y fundador de las JONS, que glosaba la oración de Sánchez Mazas con comentarios cerriles:

—No te jode, el meapilas. Vaya mariconada que nos está leyendo. Hay que pasar a la acción.

Ese tránsito, que en otra organización hubiese resultado tan sencillo como la sustitución del traje de los domingos por un traje de faena, se les antojaba muy dificultoso a los señoritos de Falange, más dispuestos a pegarse por un epíteto que por una idea. Ruanito y Foxá recitaban poemas a la vez que Sánchez Mazas leía su oración, práctica más bien trasnochada que debían considerar muy subversiva; Foxá empleaba en sus romances la misma ufanía gorda a que nos tenía acostumbrados en sus peroratas de café:

> —*Y puse el despertador*
> *a la cabeza del muerto.*
> *A las siete despertóse,*
> *en el sudario cubierto.*
> *El vientre hinchado de gases*
> *y zapatillas de fieltro.*
> *Un crucifijo en las manos,*
> *colmena de cirios tiernos.*
> *Flores sin ojal, podridas,*
> *corriéndole por el cuerpo,*
> *con unos lentes de niebla*
> *por los ojos mal abiertos.*

Con unos lentes empañados de niebla o incienso o vapor de lágrimas concluía, por fortuna, Sánchez Mazas, su ejercicio de retórica, entre los abucheos de Ramiro Ledesma y las muestras de desaprobación de bastantes afiliados, que se pasaban el misticismo de José Antonio por el escroto, que es como científicamente se llama el forro de los cojones.

—Haz que la sangre de los muertos, Señor, sea el brote primero de la redención de esta España en la unidad nacional de sus tierras, en la unidad social de sus clases, en la unidad espiritual en el hombre y entre los hombres, y haz también que la victoria final sea en nosotros una eterna estrofa española del canto universal de tu gloria.

—Olé —remató jocosamente Ramiro Ledesma—. Da gusto ver cómo homenajeas a tus muertos, José Antonio. Incluso vienes de noche, para que todo quede más solemne, y para que esos papanatas —apuntó hacia Ruanito y Foxá— puedan recitar poemas a la luz de la luna.

—La muerte es un sacrificio heroico, y como tal debe ser conmemorado —dijo José Antonio, sin dignarse mirarlo, encastillado en su hidalguía.

—Y una mierda. El mejor enemigo es el enemigo muerto. La muerte no hay que conmemorarla, sino vengarla.

—La vengaremos creando una España mejor. Nunca con la violencia.

Ledesma echaba espumarajos; el acopio de saliva exageraba sus defectos fonéticos:

—Hace poco dijiste que la violencia suele ser lícita cuando se emplea por un ideal que la justifique. Y eso por no recordarte tus frases arrebatadas del Teatro de la Comedia, que tus enemigos tanto citan, para caricaturizarte.

—Me gusta hablar mediante metáforas. La Falange es también un movimiento poético.

José Antonio buscaba síntomas de asentimiento entre sus adeptos, pero sólo encontró gestos afligidos, retraimientos que delataban una ruptura latente. Ledesma sabía que esa ruptura podía degenerar en motín, sabía que José Antonio corría el riesgo de quedarse sin discípulos, si perseveraba en sus pulcritudes literarias.

—Si tan aficionado eres a la poesía no sé por qué no te dedicas a los sonetos y dejas la conquista del Estado para los hombres.

Calló, como si ya hubiese dicho cuanto quería decir, mientras, entre los seguidores de José Antonio crecía un sentimiento mixto de culpabilidad y resentimiento hacia su jefe. La luna blanqueaba nuestros perfiles, hasta maquillarnos de resucitados.

—¿Y tú qué dices, Fernando? —me interpeló José Antonio—. ¿Tú también crees que hay que responder a las provocaciones?

Resulta enternecedor —o absurdo— comprobar que los mesías confían hasta la extenuación en el traidor que se ha infiltrado en su secta, para destruirla desde dentro. Por supuesto, no contesté lo que realmente pensaba:

—Tú eres el jefe, tú decides. Pero los crímenes no deben quedar impunes.

Me eximió de una respuesta más comprometida el sonsonete de un estribillo, cantado por gargantas adolescentes, al otro lado de la tapia del cementerio:

—*¡Ay chíbiri, chíbiri, chíbiri,*
ay chíbiri, chíbiri, chib!

Les llamaban "chíbiris", por contaminación de ese cántico que repetían hasta la machaconería en sus desfiles; eran las Juventudes Socialistas, ataviadas con un uniforme insulso, como de colegiales que salen de excursión: gorro de marinerito, pañolón rojo y pantalón o falda blancos. Los chíbiris se reunían en los cementerios, para profanar tumbas o hacer ejercicios venéreos; era una formación paramilitar como tantas otras: casi todos los partidos engatusaban a la juventud con meriendas campestres y marcialidades de pacotilla. El soniquete o himno de los chíbiris era una melodía rudimentaria, trivial, despedazada por el gregarismo de sus intérpretes; a medida que se iba haciendo más diáfana su letra, a medida que crecía, calurosa y estridente, su música, por efecto de la proximidad, parecía aumentar el desasosiego de José Antonio, que miraba con alarma a derecha e izquierda, como queriendo apartar de sí el cáliz de la jefatura de Falange. Incongruentemente, recordé la escena del prendimiento: «Y se presentó Judas, uno de los doce, y con él un tropel con espadas y palos, de parte de los pontífices, de los escribas y de los ancianos». Sonó un estrépito de vidrios rotos, y otro más, y el alivio del aire retenido en un neumático que de repente encuentra salida. Los chíbiris perpetraban sus vandalismos sin interrumpir su cántico.

—¡Esos cabrones nos están machacando los coches! —voceó Ledesma.

Echamos a correr, saltando sobre las tumbas, pisoteando los túmulos que aún conservaban, como despojos de una batalla, ramos de flores mustias o ateridas. Los chíbiris golpeaban los parabrisas y las ventanillas con unos garrotes de madera pulida (bates, los llamaban: creo que se utilizan en un juego yanqui bastante estulto), y sus compañeras hincaban la lima de uñas en las ruedas, atravesaban la goma y se ventilaban el coño con la fuga de aire. Cometían sus desmanes rítmicamente, siguiendo la cadencia del estribillo:

—¡Ay chíbiri, chíbiri, chíbiri,
ay chíbiri, chíbiri, chib!

Ramiro Ledesma, resollante tras la carrera, desenfundó la pistola y disparó contra el jovencito que parecía capitanear la pandilla; su puntería no había mejorado demasiado desde aquella desastrosa exhibición que hizo en la redacción de *La Gaceta Literaria*. La bala se estrelló en el hombro del chíbiri, provocando un estallido púrpura; las esquirlas de hueso le asomaban en los bordes de la herida, como astillas de madera.

—¡Hostia, la canalla fascista! ¡Escapad! —dijo el cabecilla, a punto de sufrir un vahído.

Los otros siguieron su consejo, dejándolo derrumbado sobre el camino de gravilla que bordeaba la tapia del cementerio. La desbandada de los chíbiris debió de acrecentar el furor de Ledesma, o excitar su talento de estratega, pues formuló una orden de ataque:

—¡A por ellos, camaradas!

Muchos lo siguieron, en una persecución que más bien parecía una desbandada. Los chíbiris no habían chafado los coches de José Antonio y Sánchez Mazas, cómplices quizá con la mansedumbre que intentaban inculcar a la organización. El cabecilla de los chíbiris se desangraba sin exhalar un solo quejido; la luna se había posado en el charco de su sangre, y su reflejo temblaba cada vez que el charco recibía una nueva afluencia (la hemorragia era intermitente). Ese temblor de la luna me ponía muy nervioso, y al nerviosismo se sumó un justo enojo al ver mi Elizalde con el parabrisas hecho añicos, las ruedas desinfladas y la chapa del capó abollada, conque saqué mi Parabellum y le descerrajé tres o cuatro tiros al responsable del estropicio, para abreviarle la agonía. Las balas, disparadas a bocajarro, abrieron un socavón en su frente, la limpiaron de ideas marxistas y esparcieron su cerebro sobre la grava, en una constelación poco respetuosa de las geometrías. La luna, por fin, se quedó quieta, prisionera en el charco de sangre. A cada detonación, José Antonio se había conmovido de la cabeza a los pies, agitado por un espasmo.

—Ahora te creerás muy valiente, ante el cadáver de ese chiquillo —me reprochó.

Llamar cadáver a un cuerpo irreconocible (las descargas le habían borrado el rostro) se me antojó un exceso de misericordia. Sánchez Mazas, Foxá y Ruanito se habían refugiado en el automóvil del primero, donde quizá estuviesen vomitando; a lo lejos, se oían unas detonaciones muy poco convincentes, como si Ledesma, una vez alcanzados los demás chíbiris, se limitara a dispararles a las rodillas, para dejarlos cojos. Me dirigí al coche de Sánchez Mazas, dejando sobre José Antonio la responsabilidad del silencio. El canto de un grillo se alzaba después del tiroteo como un serrucho insomne.

—Ven en mi coche, quiero hablar contigo.

En el Parque del Retiro, en la confluencia de O'Donnell con el Paseo de Fernán Núñez, lo esperaban, apostados entre unos matorrales, Gálvez y Vidal, con una bomba muy chapuceramente elaborada, sin espoleta y sin mecha, con una carga que explotaría al impactar en su Chevrolet. Dije, como quien rechaza un contagio:

—No me apetece. Además, no es bueno que te vean en compañía de un asesino. Recuerda que eres abogado y miembro del Parlamento.

Me abrí hueco en el asiento trasero, junto a Agustín de Foxá, que había olvidado en el cementerio su arsenal de epigramas. Iba a cerrar la portezuela, pero José Antonio me lo impidió; su mano parecía poseída de una inusual firmeza.

—He dicho que vengas —insistió, y sustituyó el tono perentorio por otro más sarcástico—: Bien que te gustaba subir a mi coche cuando estabas escondido en la tienda de tu tío, y yo pasaba a recogerte.

La muerte del chíbiri, tan impune, tan sencilla, tan venial, me hacía creer invulnerable: siempre me quedaba la posibilidad de abrir la portezuela de su Chevrolet y abandonarlo en marcha, un segundo antes de que le arrojaran la bomba.

—Está bien. Espero que sea importante lo que tienes que contarme —condescendí.

Las ruedas de su Chevrolet crujían sobre la grava, como si aplastasen una superficie granujienta. Los despojos del chíbiri quedaron atrás, expuestos a la inspección pálida de la luna, que tenía un no sé qué de bombilla fluorescente. José Antonio conducía con las manos enguantadas, para no dejar huellas dactilares por ninguna parte; al principio, se anduvo por las ramas:

—Hace mucho que Sara no viene por la sede. Mis hermanas siempre me preguntan por ella. Dicen que si han oído que se ha hecho anarquista, tú verás qué sandez.

Más que anarquista se había hecho guardesa de niños ajenos (aquella prole descendiente de bohemios y prostitutas de baja estofa y otras escorias humanoides), a los que enseñaba a declamar los parlamentos de Calderón y Zorrilla, de Lope de Vega y Marquina; aunque no ganaba un duro con su trabajo, se sentía útil (ignoro para quién), y compartía el rancho vegetariano y mínimo de los demás miembros de la comuna, a quienes la desnutrición mantenía postrados en sus colchones, contemplando el techo, las musarañas y las bragas de Sara, cada vez que ella tenía que atravesar el pasillo.

—Claro, qué sandez. Pero no me habrás hecho montar contigo para preguntarme por Sara.

José Antonio tamborileaba sobre el volante, con dedos como patas de tarántula. El Chevrolet discurría por carreteras asfaltadas, sin sobresaltos que afectaran a sus amortiguadores. Carraspeó, como si se dispusiera a iniciar una larga confesión.

—Llevo muchos días dándole vueltas a la cabeza —comenzó—. Falange necesita unas escuadras de defensa, para escarmentar a sus enemigos, pero yo no puedo hacerme cargo de esa misión: mi talante me lo impide...

La expresión equivalía a un eufemismo. Debería haber dicho: «Mis preferencias intelectuales me imponen una conducta que excluye la barbarie. Me he erigido caudillo de un movimiento fascista, lo cual exige ímpetu, ciego entusiasmo, algo de irracionalidad, agresividad y fanatismo, pero arrastro una formación liberal, una cultura de jurista, un apego a las formas civilizadas de expresión, una cierta simpatía por mis adversarios: mi temperamento no es fascista, me temo». No lo dijo, pero con su laconismo lo daba a entender. Nos acercábamos al Retiro, que la noche convertía en el bosque de Macbeth: sólo la verja impedía que invadiera la ciudad.

—He decidido que tú te encargues de organizar esas escuadras de acción. Las llamaríamos "falange de la sangre", ¿qué te parece? —No esperó mi asentimiento—: Tenemos que demostrar a nuestros enemigos y a la prensa el temple de nuestros muchachos.

En algún lugar entre la espesura estarían escondidos Gálvez y Vidal, escrutando la llegada del Chevrolet. Experimenté un irreprimible asco hacia aquel hombre que, para tranquilizar su conciencia y su árbol genealógico, delegaba en otro la regiduría de las alcantarillas.

—¿Y por qué yo?

Busqué la manija que abría la portezuela, dispuesto a abalanzarme sobre el asfalto. En el Retiro creí discernir unas figuras acechantes y confusas de harapos.

—No quiero gente valerosa. —Se percató de la grosería y rectificó—: Me refiero a gente calenturienta, del tipo de Ramiro Ledesma, que se meten en todas las refriegas. Tú eres la persona idónea: ahorrador en tus efusiones, pero implacable y calculador en tus acciones.

Lo recibí como un halago, aunque quizá acabase de ensayar una definición de la cobardía. Debí demudarme al comprobar que la manija no funcionaba, o no cedía a mis manipulaciones.

—¿Qué coños haces? —se enfurruñó José Antonio—. No se abre así. ¿Y qué quieres, ventilación? Abre la ventanilla, no seas zoquete. ¿O es que quieres matarte?

El Chevrolet, abandonado a su libre albedrío, titubeaba sobre el asfalto con un zigzag ebrio. Gálvez y Vidal treparon por la reja, dejándose desgarrones de tela en los remates de punta de lanza. Gálvez portaba la bomba, y la arrimaba a su pecho, para mantenerla caliente, como si fuese un niño muerto, y Vidal disparaba al albur de su pulso, que no era demasiado firme: una bala atravesó la cabina del Chevrolet a lo ancho, afeitándonos el bigote que no teníamos. Lanzaban unos vivas desafinadísimos a la anarquía.

—¡Esos tíos están locos! —dedujo José Antonio, al oler el rastro de pólvora que la bala había dejado en el coche—. Y ése, mira... ¿No es Gálvez, el tipo que te la tiene jurada?

Corrían con una torpeza valetudinaria, inevitable en hombres que habían hecho del hambre una compañera endémica. Contemplé con pavor o perplejidad cómo Gálvez lanzaba la bomba y lograba zafarse de la embestida del automóvil (Vidal corrió peor suerte: el guardabarros le golpeó las rodillas, y se las fracturó); la bomba consistía en una lata de conserva, reventona de metralla y nitroglicerina, y se suponía que iba a estallar al impacto con el parabrisas. Sin embargo, o el impacto fue demasiado leve, o la nitroglicerina estaba adulterada, o la metralla ahogaba el explosivo, porque la lata, tras resquebrajar el cristal, se limitó a expulsar una humareda de horno crematorio. Vidal se palpaba las piernas, lloriqueando, y Gálvez huía por la calle de Alcalá, con una leve cojera.

—Ahora verán lo que es bueno —dijo José Antonio, sacando la pistola de la guantera.

Atravesó la cortina de humo, y corrió en pos de Gálvez, ganándole terreno a cada zancada; sus pisadas resonaban como aldabonazos o pelotas de frontón sobre las fachadas de los edificios. Bajé la ventanilla para abroncar a Vidal:

—Sois un puto desastre. —Vidal no se explicaba mi presencia allí, y balbucía excusas lamentables—. Cállate, idiota, si me delatas te remato ahora mismo.

José Antonio alcanzó a Gálvez antes de llegar a la confluencia con Velázquez; lo agarró del cuello de la chaqueta, le colocó la pistola en la barbilla y lo arrinconó contra un portal. Imaginé, en un éxtasis de anticipación, la trayectoria rectilínea de la bala que acabaría con mi enemigo, arrasando su dentadura, taladrando su lengua, el velo del paladar, también la masa encefálica y el hueso parietal, chamuscando en su salida los cabellos. El humo de la bomba se dispersaba en penachos negros que postergaban mi dicha. José Antonio volvía con paso cansino, despeinado a pesar de la gomina, con la mirada estrangulada de lástima o sincera admiración. Vidal aprovechó esta recaída en el sentimentalismo para escaquearse; avanzaba casi a rastras, para no apoyar los pies en el suelo.

—¿No lo mataste?

Extendió sus brazos, como un crucificado que se resigna a las burlas de quienes asisten a su suplicio.

—Ya te dije que yo no sirvo para dar escarmientos —suspiró—. Ese pobre tipo empezó a llorar, y se levantó la pernera del pantalón, para mostrarme la marca que le había dejado un grillete en el tobillo. Luego, me recitó un soneto sobrecogedor, una especie de invocación a la muerte. Hay que ser muy desalmado para asesinar a un poeta.

Apollinaire lo había intentado, siquiera literariamente, pero aquel doncel de buena familia no participaba de los furores vanguardistas. Por el orificio que la bala de Vidal había dejado en las ventanillas entraba un cordón de aire que me refrescaba la frente y apaciguaba mis pensamientos, tan fecundos de sangre.

V

Dirigir las represalias y los atentados de Falange, coordinar la burocracia del crimen, participar en ataques cuya estrategia exigía celeridad y afán exhaustivo (no se podían dejar supervivientes, tampoco testigos), constituía un oficio impune para quienes lo realizaban, y no demasiado imprevisto para quienes lo soportaban, pues la violencia callejera, por entonces, no conocía reductos ni zonas exentas. Se perpetraban saqueos y mutilaciones, también asesinatos que nadie se encargaba de castigar, crímenes que el olvido amortizaba tan pronto como se producían otros crímenes. Era, además de impune, un oficio que dejaba mucho tiempo libre y no interfería con mis otros oficios: me refiero a mi trabajo como secretario en el Teatro de la Comedia, pero también a mis aficiones literarias, cada vez más descuidadas, tras descubrir la eficacia de las balas. No me extraña que Cervantes, en su famoso discurso, prefiriera las armas a las letras (aunque él aludiera más a las penalidades que a las satisfacciones que proporcionan: quizá porque buscaba la conmiseración de sus lectores); tampoco que Antonio Machado le cantara a Líster, años más tarde: «Si mi pluma valiera tu pistola». La literatura, para quienes la entendemos como herramienta de triunfo, es sobre todo subyugación, dominio, imposición sobre un público que comulga nuestras palabras; sin duda, las balas son una comunión más persuasiva e intimidatoria.

Cada disparo, un endecasílabo; cada ráfaga de ametralladora, un soneto; cada explosión, un poema de largo aliento: así afrontaba yo la violencia. A cambio, no reclamaba nada, o apenas nada: tan sólo que mi nombre no apareciera en los archivos de

Marqués de Riscal, ni en las notas que me dirigían desde la jefatura, con soplos o instrucciones, y que mis subalternos no supieran nada de mí, ni mi nombre, ni mi domicilio, ni mi prehistoria: me aludirían con un escueto "jefe" y acatarían mis designios sin rechistar. Un ejército estimulado en la disciplina del anonimato es más resuelto e impermeable a la sedición que aquél que invoca estrafalarios vínculos de camaradería o hermandad. Formaban mis escuadras hombres solteros y desarraigados, hombres curtidos en la soledad, sin más amistades que su propia sombra, hombres monásticos que sabían actuar como subordinados y sabían también actuar por cuenta propia, cuando la ocasión lo requería, hombres híbridos de heroísmo y fiereza, mercenarios sin estipendio, mucho más abnegados que cualquier mercenario, ya que su única recompensa era la aniquilación del enemigo.

No cabía, desde luego, en nuestras filas, la indulgencia, esa versión de la debilidad que José Antonio había convertido en marca de estilo y que, por ejemplo, a Gálvez le había servido para salvar el pellejo; tampoco cabía la chapucería, ese lujo que se permiten los terroristas de sainete: actuábamos conforme a planes fatigosamente memorizados, que ya preveían todas las vicisitudes adversas. Si, pese a ello, se fallaba, rectificábamos sobre la marcha, y sustituíamos el mecanismo de la previsión por el mecanismo de la improvisación, menos ordenado pero igualmente infalible, si se cuenta con un instinto de temeridad.

Si las escuadras de primera línea funcionaban con una precisión de relojería, incorporando al movimiento de José Antonio un fabuloso aparato de represión, no ocurría lo mismo con la Falange propiamente dicha (nosotros éramos el revés de la trama). Desde que yo me había hecho cargo de los pistoleros, entronizando la ley del Talión como máxima de conducta, José Antonio había perdido el apoyo de los sectores más pacifistas. A esta deserción —quizá beneficiosa— se sumaban otras calamidades que hacían de la Falange una formación política estancada, sin capacidad de intervención en el devenir político del país. Había que repeler, por un lado, la agresividad de un Gobierno que abominaba por igual de todos los extremismos (desde Falange hasta las utopías anarquistas), por temor a la revolución que ya se fraguaba. Por otro lado, se hallaban los impedimentos internos, mucho más dañinos que la hostilidad gubernativa (limitada al cierre de locales y a la suspensión de publicaciones): José Antonio no sabía rodearse de ayudantes eficaces; no sabía —o no quería— desprenderse de su camarilla de poetas aduladores. Como el número de afiliados no crecía (jamás superó los diez mil, una cantidad exigua, comparada con las cifras de los grandes partidos), José Antonio intentó aproximamientos desdichados, desde el coqueteo con los militares hasta la *tournée* de mítines que hizo por la España campesina.

Su búsqueda de simpatizantes (o la conservación de aquéllos que ya tenía) la calificaré de *inversa:* cada vez que pretendía granjearse un aliado, no sólo no lo lograba, sino que saldaba la operación con la pérdida de otro. Es cierto que contaba con la devoción ruidosa de los estudiantes, pródiga en manifestaciones de idolatría y adhesión, pero nula en aportaciones pecuniarias; en cambio, la derecha pudiente, los nostálgicos de la Dictadura, los monárquicos y clericales, habían desertado, alarmados por las proclamas revolucionarias que Falange empleaba en su propaganda. Se intentó una incorporación de José Calvo Sotelo a la Falange, pero José Antonio lo desdeñó por haber sido uno de los primeros ministros que abandonaron a su padre y por considerarlo «un hombre que sólo entiende de cifras y que no sabe ni una sola poesía». Esta táctica aislacionista lo llevó a la bancarrota: pronto no hubo fondos ni para pagar el recibo de la luz. Los afiliados, por lo demás, remoloneaban y no pagaban las cuotas.

Sólo había dinero para comprar balas. El sufragio de las actividades violentas se consideró prioritario (cualquier organización moribunda concentra sus recursos en su aparato terrorista, pues el eco de las bombas se escucha mejor que el eco de las palabras, y resulta más convincente), sobre todo a raíz de la incorporación de Ramiro Ledesma y sus Juntas de Ofensiva Nacional-Sindicalista. José Antonio aborrecía la tosquedad de Ledesma (afirmaba que su lengua sólo servía para pegar sellos, aludiendo a sus escasas dotes oratorias y a su trabajo de modesto funcionario en una estafeta de correos), pero consideró positiva su incorporación, para vigo-rizar la Falange y otorgarle un halo de leyenda bruta, que era lo que Ledesma aportaba con su ceño adusto y su simbología (el yugo y las flechas de los Reyes Católicos, la bandera rojinegra, inspirada en el anarquismo).

«¡Ay del que no sepa levantar, frente a la poesía que destruye, la poesía que promete!», había exclamado José Antonio, en una de sus incursiones por el retoricismo. Las operaciones que yo dirigía, al mando de las escuadras de primera línea, no eran, desde luego, muy prometedoras, y sí más bien destructivas. La misión más fre-cuente —la más anodina también— consistía en despejar el terre-no a los vendedores del semanario de Falange, o en escarmentar a los obstructores de su venta, que solían apostarse en los quioscos más concurridos; en estos casos, por lo general bastaban las medi-das disuasorias menos severas (unos dientes mellados, alguna cos-tilla rota, unos cojones tumefactos): la carne enseguida se retrae y aprende la cartilla. El boicoteo de espectáculos contrarios al espíri-tu de Falange exigía una contundencia que anulase el atractivo que ese espectáculo pudiera tener para el público: un cine donde se proyectaban películas de propaganda bolchevique (mudas, para más inri) fue arrasado y calcinado; una exposición antifascista or-ganizada por el Ateneo fue desbaratada, de la primera a la última vitrina, ante el pánico de los bizarros ateneístas, y los objetos allí expuestos fueron requisados y suplantados por nuestras propias defecaciones. A los chíbiris, nuestros contrincantes favoritos, nos gustaba proporcionarles una muerte sañuda, aprovechando el clima idílico de sus excursiones campestres: cuando, borrachos de vinazo o lujuria, se revolcaban por la hierba de los prados, apare-cíamos nosotros, y los regábamos de plomo. Matar chíbiris, entre otros muchos alicientes, contaba con la ventaja de la impunidad: estaban demasiado engolfados en la práctica del amor libre para reparar en nosotros, estaban demasiado apartados de la civiliza-ción para que nuestras represalias contaran con testigos. Los cadá-veres de los chíbiris (gorrito blanco, pañolón rojo, pantalones hechos un gurruño a la altura de los tobillos, faldas alzadas) hacían una bella estatua sobre el paisaje monótono de la hierba.

Cometíamos nuestras tropelías al anochecer, cuando la luz, embarullada de sombras, hacía difíciles los contornos de las cosas, y a continuación nos desperdigábamos por la ciudad, buscando un refugio o una coartada que llenase esas horas consagradas al delito. No reivindicábamos estos atentados, quizá porque el crimen es mucho más reparador cuando no incluye el desahogo de la confesión anónima. Era norma admitida —tácitamente admitida— no volver nunca a casa después de las represalias, porque la quietud doméstica propicia los arrepentimientos. Yo buscaba asilo, casi siempre, en la comuna de Hoyos y Vinent, mientras la policía hacía, a menos de cien metros de distancia, los registros rutinarios en la sede de Falange, buscando infructuosamente las pruebas que implicasen a sus afiliados en aquella carrera de violencias.

—De dónde vendrás a estas horas.

No creo que Sara sospechara de dónde venía: supondría, en todo caso, que me había estado divirtiendo con las putas de Chicote, o intentando atropellar a algún mendigo, que era el entretenimiento más socorrido de los señoritos crápulas que practicaban el resentimiento contra las clases populares. Sara se había incorporado a la utopía libertaria más por caridad que por convicción (pero lo malo es cuando la caridad se convierte en convicción): su presencia allí resultaba exótica, igual de exótica que la presencia de un ángel en una mazmorra. Ya iba vestida con el mono azul mahón que la rebajaba a una condición plebeya, y se había cortado el pelo, y limado las uñas.

—Qué más da de dónde venga. He venido a verte, que es lo que importa —dije con insolencia.

Porque nada hay más insolente que la mentira. Deduje que aún me amaba: no con esa fortaleza perenne de quien se consagra a un recuerdo, sino con esa nostalgia perpleja de quien creía liquidado y bien enterrado un sentimiento y, de repente, nota cómo aflora entre los escombros. Deduje que aún me amaba, siquiera con esa destilación del amor que es la tristeza, y que mi intromisión en aquel reducto, elegido precisamente para anular el pasado, resucitaba un cementerio de fantasmas indeseables. Deduje que aún me amaba, con esa añoranza o repulsa o flojedad de espíritu con que los drogadictos añoran su antigua adicción.

—Éste no es tu sitio, Sara.

—Ya no me queda otro sitio.

No se rebajaba al sentimentalismo, pero dejaba que sus palabras, emitidas en una voz muy baja, sonasen contaminadas de un orgullo retrospectivo, como si su regeneración sirviera para aliviarla de pecados anteriores. En los anarquistas existe la misma intención expiatoria que en los católicos: su religión los purifica. Descubrí una levísima inclinación en sus andares que no había observado hasta entonces, y este descubrimiento, tan trivial, me infundió cierta desazón, cierta necesidad de recuperarla, para aprender todos los gestos de su rostro, todos los poros de su cuerpo que la rutina de la convivencia no me había permitido catalogar. No era amor, sino mera codicia.

—Vuelve conmigo —insistí—. Te repito que éste no es tu sitio.

Cruzamos el vestíbulo del caserón y sorteamos un trozo de techo que se había desplomado, favoreciendo la ventilación de la comuna, y también la proliferación de catarros. La noche asomaba al boquete y congregaba toda su astronomía sobre las facciones de Sara.

—Siempre está uno a tiempo de arrepentirse. Gálvez dice que mi madre habría aplaudido mi decisión.

—Claro que la habría aplaudido —ironicé—, pero desde su pisito con brasero y agua corriente.

Allí no había braseros: el frío se combatía por frotamiento, con la calefacción natural de la carne; tampoco había agua corriente (los grifos emitían un gorgoteo de cañerías huecas), pero la providencia, o el espíritu de Bakunin, brindaban la necesaria para saciar la sed y regar la huerta. Los inquilinos del pasillo, cuyos cuerpos había que salvar a trompicones, albergaban un sueño ligero, y despertaban al mínimo roce, como leprosos que sienten que alguien les hurga en sus llagas.

—¿Quién va?

—No os preocupéis. Soy yo, Sara —los tranquilizaba—. Seguid durmiendo.

Pero quizá ya no volvieran a cerrar los párpados, quizá el hambre empezaría a arañarles las tripas, desde la madriguera de la locura. Sus ojos se asomaban a la noche y empezaban a derramar unas lágrimas laboriosas que se sostenían en sus pupilas durante minutos, y que luego se despeñaban por las mejillas, cuando sus dueños se incorporaban del colchón, para lamerlas y aprovechar las calorías de la sal que contenían. Había un hombre que utilizaba como alimento las páginas de los libros, de sus propios libros, porque había oído que la celulosa, disuelta por los jugos gástricos, aporta hidratos de carbono. Desgajaba las hojas entre sollozos, como si estuviese despellejando a sus hijos, las arrugaba y ensalivaba convenientemente, las masticaba y deglutía, hasta no dejar ni resto de papel entre las muelas, entre las pocas muelas que aún le quedaban en la dentadura, sobrevivientes al escorbuto y a las dentelladas del hambre.

—Me como mis propios libros para que nadie pueda aprovecharse de ellos... Hay que tener mucho cuidado con la posteridad, ¿no le parece?

Tenía una voz nasal, de una impertinencia mitigada por las claudicaciones, y una nuez que ya casi rasgaba en su vaivén la piel del cuello: era Fernando Villegas Estrada, el médico poeta que había logrado hurtar de la casa de socorro donde trabajaba las ampollas de *Crisolgán* que combatían la tuberculosis de Teresa, a costa de ir envenenando su sangre.

—Además, la celulosa tiene mucha fibra, es muy buena para hacer del vientre —añadió—. ¿Quiere?

Me tendió una hoja de un papel moteado de humedad, con pequeños hongos que parecían gotas de herrumbre. Al hablar, mostraba una lengua que parecía corrompida por la lividez o la gangrena; enseguida comprendí que la tinta de sus libros se desleía, al contacto con la saliva.

—No, gracias —dije—. Vengo bien cenado de casa.

Mentía: los miembros de la falange de la sangre acometíamos en ayunas nuestros atentados, para que nuestra agilidad no estuviese embotada por arduos procesos digestivos. Una vez ejecutada nuestra misión, nos entraba un apetito voraz: tengo entendido que a los verdugos les ocurre algo parecido. Junto a Villegas, ovillados bajo una manta que el uso había adelgazado hasta reducir al grosor de un papel de fumar, se alineaban los últimos representantes de la bohemia, miembros de una raza que se había refugiado en catacumbas de mendicidad, en arrabales de podredumbre lindantes con el reino de la fantasmagoría, como muertos galvanizados por la leyenda. Ya no pertenecían al mundo, pero habían conseguido sobrevivir a espaldas de ese mundo, como vampiros pobretones, como enfermos que renuncian a su curación. Habían envejecido en un trasiego de buhardillas y desahucios; habían pernoctado en institutos de beneficencia en los que tocaban a una gotera por cabeza, bajo algún puente del Manzanares, o directamente a la intemperie, donde no hay que preocuparse por las filtraciones del techo; habían arrastrado una existencia nómada, y ahora venían a morir al caserón de Hoyos y Vinent, con ese instinto gremial que tienen las ballenas y otras especies animales de gran tonelaje.

—¡Salud, Fernandito! ¡Cuánto tiempo! ¿Qué es de tu vida? —me saludaban, haciendo un acopio gutural que casi los ahogaba.

Tampoco me sorprendió encontrar allí a Isaac del Vando Villar, apóstol del Ultra, anfitrión de aquella expedición sevillana que había concluido con la dispersión de sus miembros. Había viajado a Madrid, dispuesto a vengar el suicidio de su hermana, pero había depuesto sus propósitos criminales y sus aspiraciones líricas cuando una viuda que regentaba una pensión le había ofrecido alojamiento y manutención gratuitos, a cambio de satisfacción venérea. Durante casi tres lustros, Isaac del Vando había cumplido puntualmente, pero las agitaciones de alcoba habían resucitado sus problemas evacuatorios (padecía de estreñimiento, desde antiguo), que lo obligaban a ocupar durante horas el único retrete que había en la pensión; los huéspedes se habían quejado por este acaparamiento, y la dueña lo había sustituido por otro semental.

—Gálvez me invitó a su comuna, y me vine para acá —me explicaba, encaramado al alféizar de una ventana, con los pantalones a la altura de las rodillas—. Al menos aquí puedo cagar a gusto.

Se ponía en cuclillas en el alféizar y defecaba sobre la calle unos zurullos resecos, casi como estopa, que le obturaban el esfínter. Como la debilidad y la desnutrición le impedían hacer esfuerzos musculares que podrían causarle una hernia, se hurgaba el recto con una aguja de hacer ganchillo y escarbaba hasta ensartar la presa. Apostado en la ventana, en actitud tensa y reconcentrada, parecía un pescador de alcantarillas.

—No voy a permitir que sigas metida en este lodazal —le dije a Sara, mareado por la contemplación de aquel espectáculo, escatológico en las dos acepciones de la palabra—. Si te apetece hacer obras de caridad, apúntate a una sociedad benéfica, pero no te mezcles con esta chusma.

—No lo hago por caridad. Tú no lo entenderías. Ahora soy útil, por lo menos.

Isaac del Vando deshollinaba sus intestinos, que iban soltando lastre sobre los adoquines de la calle. Las estrellas arrojaban una luz gorda, como lámparas de carburo, sobre el pasillo del caserón, y alumbraban una masa de fardos yacentes que Sara cuidaba con primores de enfermera.

—¿Útil? ¿Crees que por atender a toda esta escoria estás haciendo algo útil?

Los fardos humanos encajaban mis alusiones sin rechistar. Daban ganas de disparar a bulto y organizar una escabechina, en reivindicación de la eutanasia. Una figura se recortó al fondo del pasillo; llevaba un fusil en bandolera.

—¿Te está molestando, Sara?

Era Teresa, ejerciendo de centinela. La comuna de Hoyos había sido atacada por diversos grupúsculos políticos, que hasta el momento se habían conformado con apedrear los últimos cristales que protegían las ventanas y descalabrar a los más desprevenidos, que olvidaban ponerse a cubierto. Gálvez había establecido turnos de vigilancia, sin discriminación de sexos, para prevenir nuevas incursiones enemigas. Teresa, armada con un fusil máuser que quizá no tuviese munición, parecía recuperar aquella delgadez que tuvo cuando la tuberculosis la aquejaba, quizá porque las armas, como la ropa de luto, afinan el cuerpo de sus poseedores.

—¡Salud y bombas, compañera! —saludé con jocosidad—. ¿En qué guerra te has alistado?

Teresa empuñaba el fusil de forma muy poco ortodoxa, apoyando la culata sobre uno de sus senos, como si de este modo fuese a amortiguar mejor el retroceso. Se notaba que no había pegado un tiro en su vida.

—De mí no te creas que te vas a pitorrear como de Sara, así que ándate con cuidadito —me advirtió.

Pero, en lugar de sonar una detonación, se oyó una tos que casi la ahoga, como si la culata del fusil, al presionar sobre su pecho, hubiese activado el resorte de su enfermedad. Escupió sobre la pared una saliva mezclada de sangre que empezó a resbalar lentamente, como un molusco herido.

—Se ve que no te curaron del todo en ese sanatorio del Guadarrama —diagnostiqué.

—¿Cómo que no? —Toda su pretendida fortaleza se había derrumbado, al mencionar yo su recaída—. Esa sangre es de una úlcera que tengo en la garganta.

Le temblaba el pulso, y también la voz, acuciada por las lágrimas. Isaac del Vando había dejado de hurgarse el culo, por respeto al dolor ajeno.

—Anda, anda, quita de ahí —dije, empujando a un lado el cañón del máuser, que me apuntaba a la barriga. Teresa no opuso resistencia—. A ver, ¿dónde está Gálvez, el terrorista más impresentable de España?

Mis ínfulas se aquietaron cuando me tropecé con Gálvez, en un cuchitril aledaño al pasillo, en el que malgastaba sus noches, escribiendo sin descanso colaboraciones para *Solidaridad obrera* y otras revistuchas anarcoides, sonetos inspirados por las efemérides (desde el día de la Hispanidad hasta el aniversario de la revolución rusa, pasando por el cumpleaños de algún torero), dramas pedagógicos en los que se exaltaba el colectivismo, novelitas porno y panfletos de encargo para colecciones de quiosco. Alternaba la prosa más garbancera con el endecasílabo refulgente de metáforas, sin solución de continuidad, con ese frenesí visionario de los polígrafos. Por lo común, aquellos escritos aparecían publicados bajo seudónimos acordes con su género o subgénero, o eran cedidos mercenariamente a plumas menos fluidas que la suya.

—Al final te ha tocado escribir para otros, Gálvez. No sé por qué te mostraste tan escrupuloso conmigo —le dije.

Sus pupilas tenían una dureza jaspeada de glaucomas. Gálvez escribía sobre una mesilla coja, a la llama de una vela de sebo que arrojaba un círculo de luz fluctuante. Las yemas de sus dedos pulgar e índice estaban encallecidas de tanto sostener la pluma.

—Ahora estoy en venta. Entonces no lo estaba —reconoció, con un dejo amargo, absorto en algún recuerdo más amable que el presente.

Dije, con calculada crueldad:

—Lo que pasa es que, una vez que te han perdonado la vida, pierdes la dignidad. Me pasó a mí y te está pasando a ti también.

Tras el atentado fallido contra José Antonio, Gálvez había descartado las acciones contra políticos y personajes de alcurnia que preconizaba Buñuel, quien, por cierto, acababa de instalar un negocio de películas folclóricas, renegando de la utopía libertaria. Gálvez, en cambio, mantenía su lealtad a la idea vetusta de un mundo sin gobierno, de una tierra sin vínculos, de un amor sin refrendos matrimoniales.

—Así que has vuelto al sablazo —dije, aprovechando que se había dejado caer sobre un taburete con síntomas de cansancio, como si la cabeza, inflamada por una meningitis lírica, apenas se le sostuviera sobre los hombros.

—Eso del sablazo se acabó —explicó, con una indignación exhausta—. Me limito a coger lo que me pertenece. No reconozco validez a los títulos de propiedad.

El glaucoma instalaba en sus ojos un fulgor que no sé si llamar demoníaco (más que nada, porque no soporto los adjetivos previsibles). Envidiaba esa actitud vital de los anarquistas, que les permitía negar la validez del pacto social y las convenciones establecidas para la convivencia.

—Teresa vuelve a toser, ¿te has dado cuenta?

Mis palabras gravitaron en la penumbra, como una maldición. Gálvez, que había empuñado la pluma entre sus manos encallecidas, la soltó de golpe sobre las cuartillas, emborronando su letra con una mancha de tinta que se fue extendiendo por el papel, como un continente a la deriva. Se apartó las gafas y frotó sus ojos concienzudamente, como si buscase alivio a sus dioptrías; en la cara interna de los párpados, cobijaba algún orzuelo que hacía más insoportable aún la contemplación de aquella carne viva.

—Claro que me he dado cuenta —dijo, después de resoplar—. En este caserón hay demasiada humedad.

—¿Y no piensas hacer nada? ¿Vas a dejar que se le pudran los pulmones?

Levanté la voz, para que Teresa me pudiese oír, y admirase mi interés hacia ella, y la pureza de mis sentimientos. Acicateado por mis reproches, Gálvez se incorporó del taburete, con esa prontitud algo aparatosa de los cíclopes heridos en su orgullo. Abrió un cajón de la mesilla, donde guardaba, junto a un frasco de tinta y un rimero de cuartillas, su Star del calibre nueve y medio, amartillada y con los muelles engrasados, como una serpiente que aguarda su primera presa, después de la hibernación. Todavía lo provoqué:

—¿Otra vez te vas a marchar a Chile, a desvalijar bancos?

Atrapó el cañón de la pistola con el cinturón. La llama de la vela lanzaba mordiscos a su rostro, como una viruela de contornos vacilantes. Su mirada volvió a ser negra y obstinada, a pesar del glaucoma:

—Ahora desvalijo sacristías —me escupió, y, asomándose al pasillo, donde se amontonaban tantas respiraciones moribundas, voceó—: ¡Armando! ¡Alfonso! Nos vamos de visita pastoral. No olvidéis las herramientas.

Buscarini respondió a su llamada con prontitud; tenía algo de saltimbanqui insomne: sus ojos brillaban en la oscuridad como dos ascuas que el parpadeo extinguía momentáneamente. Blandía una ganzúa, y no renunciaba a esa sonrisa insidiosa, húmeda de babas (sobre todo en las comisuras de los labios), que tienen los locos.

—Vamos a demostrarle a este señorito que los libertarios tenemos cojones para ganarnos la vida —le explicó Gálvez.

Alfonso Vidal y Planas, más remolón o somnoliento que Buscarini, llegó abotonándose la bragueta. Como secuela de aquel encontronazo con el Chevrolet de José Antonio, le quedaba un renqueo en ambas piernas, como si las rótulas no le encajasen del todo bien.

—¿Has cogido la talega?

Vidal asintió, vergonzante y medroso. Seguía padeciendo pesadillas en las que Jesucristo desclavaba las manos de la Cruz y esgrimía en el aire los puños cerrados, y le remordía la conciencia participar en aquellos saqueos tan poco católicos.

—Tú hazte a la idea de que estamos desamortizando —lo animaba Gálvez.

Besó a Teresa en la boca dilatadamente, con una efusividad intolerable, como si marchara al frente o se fuese a embarcar en una travesía incierta. Aparecieron sus dos hijos, Pepito y Pedrito, para sumarse a la despedida.

—¿Cuándo nos dejarás ir contigo, papá?

—Para robar iglesias hay que ser mayor de edad —los consolaba.

Todos los miembros de la comuna (me refiero a quienes aún no habían alcanzado ese grado de anquilosamiento o postración que impide abandonar la postura yacente) alentaban con palmaditas en la espalda al héroe que les garantizaba el sustento; hasta Isaac del Vando había descendido del alféizar para decirle:

—A ver si con el dinero que recaudas compras unas pastillitas laxantes, que falta nos hacen.

—No pluralices, Isaac, no pluralices.

Reinaba, de repente, un ambiente de jolgorio o modesta felicidad (los pobres se alegran con cualquier cosa) que no compartía Vidal:

—Nos caerá el castigo divino —murmuró—. Yo voy a ver si termino pronto mis cursos por correspondencia y consigo mi cátedra en Méjico, porque esto no es vida.

Elena Manzanares, su mujercita, se acurrucaba en su costado; tenía el rostro borroso de lágrimas y congojas, y asentía a los proyectos quiméricos de Vidal. No hay nada más tozudo que la inocencia.

—¿Es que no me vas a desear suerte? —le dije a Sara, que no participaba de aquella algarabía, pero tampoco dejaba resquicio a la pesadumbre.

—La tendrás de todas maneras. Has nacido con suerte. Y cuando te falta, siempre hay alguien que te saca las castañas del fuego.

Aunque el comentario no era ajeno a la indignación, era la suya una indignación mansa, apaciguada por muchas horas de soledad y control de los instintos. Proseguí con mi asedio:

—No creo que sea muy saludable convivir con ladrones de sacristías y enfermos terminales.

Su mirada encubría una despedida irrevocable, quizá más irrevocable de lo que sus palabras, dictadas por el aplomo o la enajenación, hacían suponer:

—Ésos son pecados veniales, al lado de lo tuyo.

Ahora rememoro su gesto, vulnerado por tantas y tantas heridas que no habían dejado cicatriz aparente, y comprendo que bajo aquella resolución absurda latía, más que una vocación de sacrificio o un afán de utilidad, esa indolencia de quien, a falta de valor para suministrarse la muerte, se deja morir sin aspavientos. Me incorporé a la cuadrilla de Gálvez, que ya marchaba, dispuesta a perpetrar su ración cotidiana de pecados veniales, y no volví la vista atrás, para no llevarme un recuerdo fúnebre de Sara, del mismo modo que el verdugo no mira a su víctima después de aplicarle el garrote vil, para evitar la visión descoyuntada de un cuello que sólo unos minutos antes estaba erguido, un cuello cuyo tacto aún conserva en los dedos, tibio y sutilísimo. El frío agrio del amanecer contribuyó a disipar estas impresiones, más propias de un catequista que de un activista de la Falange.

—A la iglesia de San Antón —anunció Gálvez, con ese laconismo que exigían las circunstancias.

Los empleados del Ayuntamiento habían regado la calle de Hortaleza, con resultados nada recomendables para la salubridad municipal, pues la cochambre, reblandecida por el agua, formaba un barrillo pegajoso que alegraba el talante de los microbios, acostumbrados a una existencia anfibia. Algunas mujerucas se asomaban ya a los balcones, a regar los geranios y colgar las tetas sobre el balaústre, como colchones que se orean.

—Armando, tú te metes en la sacristía y revuelves los cajones, hasta que des con el dinero de las colectas —dijo Gálvez, improvisando una estrategia—. Tú, Alfonso, mientras yo encañono al cura, te encargas del cepillo, las lámparas votivas y el sagrario.

Vidal trastabillaba entre los adoquines, y farfullaba con vocecita de jilguero afónico:

—El sagrario no, Pedro Luis, no me quieras condenar al infierno.

Gálvez lo acalló sin necesidad de formular una reconvención, fiándose del poder persuasivo de su mirada, con glaucoma y todo. La iglesia de San Antón olía a meados de beata y a liturgias barrocas. Buscarini avanzó de puntillas por una nave lateral, donde se alineaban los santos excedentes que no cabían en el altar; Vidal se persignó furtivamente, y, ayudado de una navajita, empezó a cosquillear la cerradura del cepillo, cuyo contenido se destinaba (no sé yo a través de qué milagrosas transferencias) a las benditas ánimas del purgatorio. El sigilo de Vidal contrastaba con el estrépito que brotaba de la sacristía, donde Buscarini, ganzúa en ristre, hacía saltar los cajones y las puertas de los armarios donde se guardaban las vestimentas sagradas. Un cura subalterno, coadjutor o así, que aguardaba la llegada de las primeras devotas dormitando en un confesionario, asomó la cabeza entre las cortinillas de terciopelo:

—Pero, ¿qué es lo que pasa?

Vidal había conseguido forzar el cepillo, que vomitó un cargamento de monedas como hostias fosilizadas que iban cayendo en la talega de arpillera. Gálvez le cerró el paso al coadjutor, y lo empujó contra el escaño que había al fondo del confesionario; su voz resonó en la bóveda con dolor de sus pecados y propósito de enmienda:

—Pues ya ve, señor cura, que hoy he madrugado para recibir el sacramento de la confesión.

El coadjutor profirió un gritito muy poco varonil, pero calló cuando Gálvez se puso de rodillas en el reclinatorio y posó su Star en esa repisita que los confesionarios incorporan para que el penitente entrelace sus manos en actitud implorante. Vidal, después de limpiar el cepillo, hacía saltar la arquita de las lámparas votivas, más frágil y angosta; el humo de las velas lo atufaba y disminuía su pericia.

—Hace bastantes años que no me confieso, casi treinta, si le digo la verdad —proseguía Gálvez, en un ejercicio de sinceridad y quién sabe si de contrición—. Terminé tan harto del seminario que dije: «No quiero saber nada de los curas». Pero hoy me he levantado con ganas de liberar la opresión de mi alma.

No había ninguna intención sarcástica en sus declaraciones preliminares, sino más bien un raro misticismo, fervoroso y blasfemo a partes iguales. Yo asistía al espectáculo desde un lugar preferente, acodado sobre la pila del agua bendita; de vez en cuando, escupía sobre el agua, para contemplar las ondas que se hacían en su superficie.

—Me acuso, padre, de vivir amancebado con una mujer con la que no puedo casarme, porque la ley canónica me lo impide —había comenzado su lista expiatoria—. También me acuso de haber engendrado hijos que nunca podrán ostentar mi apellido.

Buscarini salió de la sacristía, abrigado de albas y dalmáticas y amitos, embufandado de estolas, tropezándose con el barullo de capas pluviales y casullas; agitaba un hisopo como si fuese una campanilla y repetía:

—¡Convertíos y creed en el Evangelio!

Vidal había subido al altar, después de amagar una genuflexión, y se aprovisionaba de copones, cuidándose de vaciarlos previamente de su cargamento de hostias como monedas blandas, para no incurrir en el sacrilegio. Una imagen del Crucificado lo miraba con ceño adusto, pero sin desclavarse del madero. Gálvez seguía descargando su conciencia, en una letanía que exigiría una penitencia demasiado larga:

—También me acuso de haber prostituido a mi mujer, para poder seguir escribiendo. Y de haber recurrido al sablazo, para alimentar a mis hijos, siguiendo aquel consejo divino: «Pedid y se os dará». Me acuso de no haber robado lo bastante a todos los bandidos que hacen negocio con la sangre y el sudor de los inocentes. Me acuso de haber prestado mi pluma a los intereses ruines de quienes dirigen los periódicos y las editoriales, convirtiendo en una mercancía venal el oro de mis sueños. Me acuso, padre, de no haber matado a todos esos hombres que permiten que Cristo sea crucificado cada día...

Siguió una enumeración sin inflexiones, cada vez más ininteligible y patética, en la que Gálvez demostraba arrepentirse, sobre todo, de los crímenes que no había cometido. Acerté a oír todavía algunas palabras resquebrajadas de sollozos, que sonaban a desahogo en la penumbra deshabitada de la iglesia. Concluida la confesión, Gálvez recogió la Star y se la llevó a la sien; el tremendismo no restaba honradez a su exigencia:

—¡Y ahora, padre, absuélvame, o me pego un tiro aquí mismo!

Parecía dispuesto a cumplir su amenaza, a juzgar por el ímpetu con que se clavaba el cañón de la pistola sobre la sien, a juzgar por el temblor de su mano, que se extendía al brazo y al pecho y a las rodillas, como una conmoción íntima que apenas le permitiera mantener la verticalidad. El coadjutor alargó una mano, también temblorosa, y recitó los latinajos que intercedían ante las autoridades celestiales, las fórmulas piadosas que actuaban como un arrullo sobre Gálvez, aquietando sus instintos suicidas, aligerando el gravamen de su alma. Una luz como de sótano o bodega se derramaba sobre la iglesia, delataba a los santos en sus hornacinas, detectaba los expolios que se acababan de perpetrar, retrataba el gesto de Gálvez, la sonrisa entre el alivio y la mansedumbre que corroboraba su descargo de conciencia, mientras la mano del coadjutor trazaba en el aire bendiciones y signos exculpatorios. Intercambié miradas de estupor con Vidal y Buscarini.

Acudí al congreso nacional que la Falange convocó en su sede de Marqués de Riscal, no porque nadie me lo exigiera (mis funciones, meramente ejecutivas o ejecutoras, me eximían de participar en deliberaciones y discusiones programáticas), sino por presenciar cómo José Antonio se hacía con la jefatura única del movimiento, desplazando a Ramiro Ledesma y a sus botarates jonsistas, partidarios de un triunvirato o cualquier otra forma de autoridad compartida. Madrid había amanecido desierta, aterida de miedo, como una ciudad soñada, y en las esquinas ya se respiraba esa paz ominosa que precede a los estallidos de cólera: Niceto Alcalá Zamora, alias *El Botas,* había accedido a que Lerroux formase gabinete con tres ministros de la CEDA; el compromiso para desencadenar la revolución, que Indalecio Prieto había contraído meses atrás, era respaldado por los sindicatos marxistas, por el proletariado urbano y campesino, pero también por la burguesía laica y los separatistas catalanes, que contemplaban los preparativos de la subversión con una complacencia taimada, como pescadores que se disponen a cobrar su botín en un río de aguas revueltas. Se había convocado una huelga general, eufemismo que por entonces empleaban los políticos izquierdistas para auspiciar la sublevación popular, y el Gobierno había respondido proclamando el estado de guerra: la fuerza pública dispararía sin previo aviso contra todo grupo estacionado en la vía pública que excediera de tres personas. Se percibía la inminencia del conflicto, a través de las ventanillas del coche: el aire tenía una densidad de pólvora, antes incluso de que hubiesen sonado los primeros disparos, y los escaparates de las tiendas aparecían quebrados y con la mercancía que se expone tras el cristal sustraída. Por la calle de Génova discurría un furgón de la Guardia Civil, resollante de fatiga y carburante quemado, afilado de fusiles que asomaban por su parte trasera. Un par de jóvenes descamisados y en alpargatas saludaron su paso alzando con ferocidad el puño izquierdo y pronunciando las siglas de la insurrección minera de Asturias, que acababa de sofocar un general triponcete que más tarde se haría célebre.

—¡UHP! ¡UHP!

Las siglas querían decir «Unión de Hermanos Proletarios», una consigna que se repetiría, a partir de entonces, como recordatorio de humillaciones pretéritas y esperanza de una fraternidad futura: las clases obreras siempre fueron proclives a las declaraciones de principios. Los guardias civiles respondieron a los provocadores con cortes de manga, lamentando que sólo fueran dos, y no tres, para poder responder con mensajes más expeditivos. En Marqués de Riscal se alineaban automóviles de carrocerías lustrosas, demasiado lustrosas para el zafarrancho que se avecinaba. Pilar y Carmen Primo de Rivera recibían en el vestíbulo de la sede, como azafatas serviciales, a los afiliados, y repartían unas camisas de color azul mahón, compradas de saldo en algún almacén de tejidos, con el emblema del yugo y las flechas sobre el bolsillo del pecho.

—Lo hemos bordado nosotras mismas. Es el nuevo uniforme del movimiento. ¿Qué talla gastas?

—La cuarenta, creo. —Pilar desdoblaba una de aquellas camisas, de un algodón basto, más propio de albañiles que de señoritos—. Oye, pero, ¿qué haces? No me la voy a llevar puesta.

—José Antonio ha ordenado que todos los asistentes al congreso deben ir uniformados. Cumplimos sus instrucciones —recitó, e hizo una pausa para dirigir a su hermana una sonrisa huidiza que apenas se llegó a concretar—. Por nosotras no te avergüences, que ya hemos visto muchas veces a José Antonio en el baño.

El cultivo del asesinato hace criar barriga, porque es una actividad puramente mental, una entelequia de la que no participan los músculos abdominales: exhibir adiposidades ante una mujer nunca es una buena carta de presentación. Me abotoné la camisa, de un azul neto y rasposo, mientras pensaba, premonitoriamente, que el color elegido constituiría una diana infalible para las balas del enemigo.

—En el salón de la planta baja, camarada —me indicó Pilar, señalándome unas escaleritas.

En la calle, los obreros ya subían a los tejados, para burlar las restricciones que el estado de guerra había impuesto al derecho de reunión, y desde allí ejercitaban su puntería sobre los tricornios de la Guardia Civil, arrojando escupitajos y tejas y perdigonadas de sal disparadas con algún trabuco que ya sus antepasados habían utilizado contra la dominación gabacha. Mientras la Historia avanzaba (perdón por la mayúscula), bajo el sol moreno de la mortandad, José Antonio se rodeaba de una cohorte de muchachitos pálidos que lo proclamaban caudillo y lo saludaban, brazo en alto, envalentonados por esa tibieza que tienen los uniformes recién estrenados. José Antonio estaba formando una Falange de chicos de provincias que se afiliaban como quien se apunta a una cofradía, para desfilar marcando paquete delante de su novia y portar el estandarte; mientras ellos disfrutaban de sus liturgias inofensivas y dominicales, otros, como yo, teníamos que guardarles las espaldas, en la noche sorda y ciega de las represalias.

—Llevamos una serie de lustros escuchando enseñanzas y propaganda derrotista, y habíamos llegado casi a perder la fe en nosotros mismos —peroraba José Antonio—. Vivíamos en una España heredera de las debilidades y el pintoresquismo, de aquéllos que empeñaban alegremente sus capas mientras se estaba perdiendo el imperio español. Nos hemos acostumbrado a una vida mediocre y chabacana, pero ha llegado la hora en que se alce una voz nacional frente al peligro de la subversión y las veleidades separatistas.

Había predicado durante años la necesidad de una revolución que anulase el añejo sistema liberal, y cuando por fin se le brindaba la oportunidad de esa revolución, en vez de sumarse a ella, la repudiaba porque no la promovía el patriotismo. José Antonio hablaba desde un estrado construido muy precariamente con cajones de fruta; cubriendo la pared del fondo, había una bandera de franjas rojas y negras, con los nombres de los caídos hasta la fecha estampados en letras de oro. En la sala se respiraba un aire viciado de calor animal, una atmósfera de pedos y pies descalzos: antes de inaugurarse el congreso, los delegados de provincias habían pernoctado allí, y habían dormido sobre mantas y petates que aún permanecían diseminados en los rincones, esparciendo su aroma de barracón cuartelero. José Antonio aguardó a que amainasen los vítores para exponer sus planes:

—Hoy, más que nunca, España debe afirmarse contra quienes pretenden desmembrarla. Ya he hablado con algunos miembros del Gobierno, y les he precavido de nuestras intenciones, para que la fuerza pública no dispare contra nosotros, por equivocación.

Los delegados de provincias asentían en señal de acatamiento, con cierta alegría incluso. Los muy gilipollas debían de pensarse que aquella huelga que paralizaba el país la solucionaban ellos desplegando banderolas y desfilando con la camisa nueva. Pregunté, entre el mogollón de adhesiones y sometimientos:

—¿Y cuáles son tus intenciones, José Antonio?

Salvo unos pocos iniciados que estaban al tanto de las actividades oficiosas de la Falange, nadie conocía mi identidad, mucho menos mi rango y cometido dentro de la organización; este anonimato me proporcionaba el coraje necesario para disentir. A José Antonio le daba cierta pereza explicarse (o repetir una explicación que quizá ya hubiese facilitado):

—Me he propuesto, para animar al pueblo madrileño, que permanece encerrado en sus casas por culpa de las coacciones marxistas, organizar una manifestación. Así demostraremos al Gobierno que hay una fuerza activa que está decididamente en contra de la revuelta.

Al oírlo hablar, lamenté que no hubiese alguien que reuniera la clarividencia suficiente para acallarlo de un tiro, antes de que sus doctrinas calasen hondo.

—¿En contra de la revuelta? ¿Así reaccionas ahora, después de haber estado reclamando "la revolución pendiente"?

José Antonio se mordía el labio inferior, hasta dejar impresa, como un huecograbado, la huella de sus incisivos.

—Pero es que esto no es una revolución obrera —se apresuró a contestar—, sino una revolución de burgueses que recurren, para su medro personal, a la desesperación de los obreros hambrientos y a los sentimientos separatistas de origen más torpe.

Algunos correveidiles actuaban de enlace entre la calle y la sede de Marqués de Riscal: desde las azoteas de los edificios ya se disparaba contra los guardias de asalto; en los barrios extremos de la ciudad se habían formado barricadas; los rumores radiofónicos anunciaban que Companys había constituido el Estado catalán. José Antonio se obstinaba en rodear sus intervenciones de un intolerable heroísmo:

—La ocasión no puede ser más favorable: hoy precisamente se cumple el aniversario de la batalla de Lepanto, la más alta ocasión que vieron los siglos. Falange debe dar una lección de patriotismo.

—Clavó en mí sus ojos, de un azul escandaloso, sobre todo en invierno—. Nuestros muchachos de primera línea deberán estar preparados, por si hay que empuñar el fusil. Los marxistas disparan a traición desde los tejados.

Pretendía que la falange de la sangre se organizase en escuadras y garantizara la integridad de sus cachorros, para que pudiesen desplegar a gusto las banderolas que se habían traído de su pueblo, con los emblemas fascistas y la imagen de la Virgen del Perpetuo Socorro.

—Eso que me pides es imposible: no puedo convocar a mi gente en un santiamén. Además, acordamos que la falange de la sangre nunca actuaría a la luz del día. Se nos imputan demasiados delitos: una aparición en público significaría firmar nuestra sentencia de muerte.

Un tipo rudo, crecido entre riscos y amapolas, que hablaba el castellano por aproximación, se inmiscuyó:

—¡Pa qué depender del tío asustao ése! Sobran cojones en el menda pa cargarse a un regimiento de socialistas.

Ésos eran los adeptos que José Antonio había incorporado al movimiento después de su gira por la España campesina: tarugos y analfabetos, hijos o sobrinos de caciques, esbirros de la derecha agraria que llegaban dispuestos a ejercer gratis su matonismo. Otro de la misma especie corroboró mi apartamiento:

—¡Fuera las mariconas!

Ya se repartían brazaletes con la bandera nacionalsindicalista, y se llamaba por teléfono a los simpatizantes, para que la manifestación alcanzase siquiera el centenar de personas, y no se confundiera con un piquete de esquiroles. Engreído por la investidura reciente que le otorgaba fueros de caudillo, José Antonio se remangó la camisa; un correaje absurdo, adornado de borlas, le cruzaba el pecho, como un latigazo de fanatismo:

—Quien se niegue a participar en la manifestación, será considerado un traidor indigno.

Me retiré, resignado a desempeñar mi papel. José Antonio había comenzado defendiendo unos postulados casi literarios, después había admitido la poesía del terrorismo, y, ya por último, cada vez menos seguro del fondo de sus convicciones, se había puesto en manos de aquellos paletos que lo veneraban con esa mezcla de bellaquería y cerrilismo que se profesa al santo patrón de la aldea. En el vestíbulo, Pilar Primo corrió a mi encuentro; parecía llorosa o consternada:

—No se puede salir. Hay un paco en el tejado del caserón donde vive ese marqués degenerado.

Paco es el nombre onomatopéyico que se empleó durante las guerras y escaramuzas africanas, para referirse al moro que, apostado en un risco, atalaya o desfiladero, sin connivencia con ningún ejército ni estrategia previa, disparaba sobre los soldados españoles, causando casi tantas bajas como los gonococos; el término intenta reproducir acústicamente el estampido breve de las descargas de fusil *(pac)*, como un tapón que salta de su botella, y el eco que dejan las balas al rebotar sobre la roca *(oc):* más o menos. El "paqueo", erradicado de las colonias desde el desembarco en Alhucemas, se empezaba a trasplantar a los ambientes urbanos, donde añadía mucho lucimiento e intriga a las revueltas callejeras.

—¿Estás segura de que disparan desde allí? —le pregunté.

—Segurísima. Y apunta contra nosotros.

Entreabrí la puerta, lo justo para asomar la cabeza y comprobar la procedencia de los disparos. No iban dirigidos contra la sede de Falange, tampoco contra ningún peatón despistado, ni contra militares o agentes del orden, sino contra la hilera de automóviles aparcados junto a la acera. El paco se ensañaba muy especialmente con los neumáticos, pero cierta fragilidad de pulso o ignorancia de las teorías balísticas ampliaba el radio de su estropicio a los tapacubos, a los guardabarros, al radiador, a los parabrisas.

—Joder, me está dejando el coche como un colador.

Alguna bala descarriada cincelaba las fachadas de los edificios más próximos con rasguños que producían dentera y dejaban en el aire un rastro de arenisca. Hice pantalla con la mano, para poder distinguir la silueta que, al amparo de una chimenea, le daba gusto al gatillo. El revoloteo de una casulla no dejaba dudas sobre su identidad.

—¿Lo has localizado ya? —me apremió la hermana de José

Antonio, tironeándome de las mangas de aquella camisa recién estrenada, no menos grotesca que la indumentaria sacerdotal de Buscarini.

—Sí, no temas. Es un muchacho inofensivo.

A las ventanas del caserón se asomaban algunos miembros de la comuna, y cruzaban apuestas ficticias con Buscarini (digo ficticias porque, a falta de dinero, se permitían arriesgar sumas elevadísimas), como curiosos que azuzan al tirador de una barraca de feria. El sol de octubre hería los espejos retrovisores y la carrocería de los automóviles, dificultando la precisión (ya de por sí bastante precaria) de Buscarini.

—A ver si aciertas a ese Morris negro, Armando.

El retroceso del fusil casi lo tumbaba, a cada detonación; una bala se empotró en el tronco de una acacia, que se tambaleó sobre su alcorque y dejó caer una munición de hojas secas. Con cierta preocupación, descubrí que la comuna de Hoyos, en ausencia de Gálvez, quedaba bastante desprotegida, ya que entre su población eran mayoría las mujeres, los niños y los desahuciados. Quizá Gálvez anduviese en aquel momento merodeando iglesias, o liándose a mamporros con la Guardia Civil.

—¿Quién cojones dispara?

Los "atónitos palurdos" que componían la nueva vanguardia de Falange llenaban el vestíbulo de un olor abrupto, como de tomillo y boñigas de vaca, que delataba su procedencia campestre. Iban a encargarse de despejar el camino a la manifestación que José Antonio había planificado, y se les veía muy decididos a sembrar el trayecto de saludables cadáveres. Algunos hacían juegos malabares con sus pistolas, que quizá estuviesen cargadas.

—Un pobrecito subnormal —los tranquilicé—. Nada, no hay peligro. Con decirle que pare, ya está todo arreglado.

El mismo zoquete que había intervenido antes, durante el congreso, para increparme y aportar su testiculario, me apartó de un empellón y se asomó a la calle, para calibrar el peligro; la ira le trepaba al paladar, como un cáncer de garganta:

—Sunormal o no sunormal, pero nos está esguazando los coches, el joputa.

Tenía una cara paniega, más ancha que una hogaza, y gozaba de cierto predicamento entre los demás falangistas rurales; empezó a repartir órdenes:

—Vamos a eliminar a ese mamarracho por la vía rápida, pa qu'aprenda modales. Vosotros, vais acera alante y rodeáis la casa. Yo y dos más le damos tralla dende aquí, al joputa.

La camisa azul apenas daba abasto para contener su barriga. Supuse que Sara estaría en la comuna, impartiendo a la chiquillería sus clases de dramaturgia; por temor a que se llevase alguna bala en el reparto, aunque fuera de rebote, intenté disuadirlos:

—No merece la pena que gastéis munición con ese chisgarabís. Se le puede pegar una paliza y dejarlo reventado.

Pero ya salían los primeros falangistas rurales a pecho descubierto, brincando con esa alegría insensata que tienen los mozos de siega. Una bala que pasaba por allí le rebanó a uno la oreja izquierda; el falangista se tambaleó, con los tímpanos reventados, y se llevó una mano a la sien, para tantearse aquella excrecencia de carne y ternillas que aún colgaba del lóbulo, como un abalorio sanguinolento. Cuando fue consciente de su mutilación, cayó de hinojos y empezó a hacer pucheros, antes de incurrir en el llanto.

—¡Cagüendiós! —blasfemó el falangista paniego—. ¿Conque no merecía la pena que lo matásemos, eh, maricón de mierda?

Había salido a la calle, berreando un alarido de guerra que incorporaba otras blasfemias menos convencionales, y a mí me llevaba a rastras, empleándome a guisa de escudo o parapeto móvil, restregándome la cara contra la fachada del edificio. Me consolé de mis raspaduras con la contemplación del falangista desorejado, que se escarbaba el oído y sacaba esquirlas de hueso, cerumen, coágulos de sangre y otras inmundicias. Buscarini se atrincheraba detrás de las chimeneas, ante el súbito granizo que lo perseguía.

—¡Allí está, agarrao al canalón y disfrazao de cura! ¡Un premio a quien le haga más agujeros! —gritó el cabecilla, dejando para el arrastre sus cuerdas vocales. Disparaba por encima de mi hombro, y se acurrucaba entre mis omóplatos, para protegerse, pero Buscarini no estaba en disposición de responder a sus disparos.

Los falangistas palurdos se abrían en abanico, acostumbrados a oficiar de ojeadores en las cacerías de su pueblo. Por las bocacalles asomaban mirones y también una pareja de guardias de asalto que liaban un pitillo para tener las manos ocupadas. Buscarini se había quitado la casulla y demás adminículos sacerdotales que dificultaban su huida, había arrojado el fusil y trataba de encontrar otro medio de escapatoria, después de haberlo intentado sin éxito por el canalón, que lo dejaba a merced de sus cazadores. A través de la barandilla que bordeaba como una cenefa la azotea del palacete, se vislumbraba su cuerpo encorvado, perseguido por un reguero de balas que iban dejando desconchones en la pared, como un mensaje telegráfico. Los miembros de la comuna, que unos minutos antes aplaudían las gracias de Buscarini, cómodamente instalados en ventanas y balcones, escurrían el bulto por las traseras del edificio, pisoteando las verduras de la huerta, algo mustias ya, con la llegada del otoño. Era una diáspora atolondrada, con más tropezones que estampidas, pues allí quien no estaba ciego estaba lisiado, y quien no estaba lisiado padecía una desnutrición que lo había dejado sin fuerza motriz, o un anquilosamiento de los huesos cercano a la parálisis.

—¡Cuidado, que va a saltar!

Buscarini, acorralado por el fuego cruzado, alzaba la mirada al cielo, esperando quizá que le arrojaran desde allí una escala, y luego la dirigía al suelo, calculando someramente la distancia. En la desbandada de los anarquistas, distinguí al anfitrión, Antonio de Hoyos, del brazo de su lazarillo, Pepito Zamora, también a Vidal y a su esposa Elena Manzanares: ninguno volvía atrás la cabeza, recordando el ejemplo de la mujer de Lot; levantaban a su alrededor una polvareda que los hacía casi invisibles y los preservaba de las balas. Buscarini se lanzó al vacío, grávido como un ángel al que acabasen de cortar las alas; cayó con los pies por delante sobre unas lechugas que aún sobrevivían a las primeras heladas. Se oyó el chasquido de los huesos tronzados; gemía con voz apagada, como un pájaro arrojado del nido por una ráfaga de viento.

—¡Duro con él! ¡Rematadlo hasta que no lo conozca ni su madre!

El falangista paniego me arrojó a un charco de agua que me escoció como yodo en la mejilla despellejada. Los gemidos de Buscarini habían degenerado en un hipido que anunciaba el desmayo, cuando Sara salió del caserón y se interpuso entre él y sus verdugos; tenía esa pureza escandalosa de las mártires.

—Antes tendréis que pasar por encima de mi cadáver —dijo.

La frase, demasiado grandilocuente o estulta, divirtió a los palurdos, que asomaron unos dientes mellados para sonreír.

—¡Mira la puta anarquista, qué seria se nos pone! —se mofaron—. O te apartas o no vives para contarlo.

Sara les sostenía la mirada, protegida por una máscara de impavidez. Un falangista se acercó con un ademán glotón y le rasgó la blusa.

—A ver, la documentación.

Asomaron los senos sobre el peto del mono, como dos animales perplejos, blanquísimos a la luz de la mañana. El falangista paniego los manoseó y clavó sus uñas en los pezones. Increpé a los guardias de asalto, que seguían repartiendo picadura en el papel de fumar:

—¿No pensáis hacer nada, cacho cabrones?

Eché a correr, cuando ya le bajaban a Sara los tirantes del mono y la agarraban del torso, entre tres o cuatro, inmovilizándola sobre el suelo, en un difícil escorzo. Ella intentó desasirse con un pataleo que puso muy nerviosos a los falangistas, que tenían ocupada una mano con las pistolas y apenas la podían reducir. Buscarini se sobresaltó cuando sonó el disparo.

—Hostia, qué hais hecho —murmuró el que comandaba el grupo, en su inaccesible castellano. Exploraba las fisonomías de sus compañeros, que denegaban con la cabeza, exculpándose.

—Te juro que ha sido ella. Me arrancó la pistola y apretó el gatillo.

Me vieron llegar, y salieron en estampida (no estaban ciegos, ni lisiados, ni desnutridos), dejando el cuerpo de Sara tendido sobre la tierra, entre las tomateras. La bala había dejado una trayectoria limpia, con orificio de entrada y salida, del esternón al omóplato, dejando intactos los senos que aún escondían un temblor núbil, bajo la piel arañada por aquellos miserables. La sangre brotaba con pujanza, pero de inmediato era absorbida por la tierra reseca que seguramente la emplearía como abono o como pigmento para sus legumbres. Sus párpados se iban entornando a medida que su cuerpo se vaciaba, y la palidez le subía a las mejillas, con esa obscenidad borrosa de las olas que aplastan la arena. Buscarini le acariciaba la frente, le dividía el cabello en crenchas y lo limpiaba de tierra.

—No te vayas, Sara, por favor —farfulló.

José Antonio había logrado reunir a cien o doscientos secuaces, y ya iniciaba su desfile patriótico, Castellana abajo, rumbo a la Puerta del Sol, donde el ministro de Gobernación lo despacharía con cuatro promesas triviales, como se suele hacer con los niños que incomodan más de la cuenta. Sara se iba decantando hacia la muerte, con desapego o placidez, como quien se decanta hacia el sueño. Tenía los pies insólitamente morenos, los muslos como cordilleras de una carne gemela, el vientre todavía fértil, con ese abombamiento leve que la naturaleza depositó sobre las mujeres. Al tomar su cadáver en brazos, sentí que pesaba como un planeta derruido.

VI

—Las cosas se están poniendo, muy, pero que muy feas —decía Ruanito, mirando la calle desde los ventanales de mi despacho, en el Teatro de la Comedia—. Hay un clima desapacible, no sé: entro en el Europeo y parece que respiro rencor. Se le encoge a uno el alma.

Casi todas las mañanas, después de escribir un par de artículos de prosa fluyente y letra temblona (artículos que despachaba al periódico, sin corregir ni mecanografiar), Ruanito me visitaba y transmitía, como en un folletín por entregas, las novedades del día, que aún no figuraban en las hojas crujientes de los periódicos. Ruanito había encendido un cigarrillo; tenía las manos de una sustancia cerúlea, reducidas a puro hueso, escuchimizadas por la gimnasia agotadora de los artículos.

—Entras en el café Europeo y tienes la sensación de haber entrado en una sede sindical: revolucionarios de pacotilla y mujeres desgreñadas que te citan a Marx. Es algo insoportable.

Hacía más de un año que Sara había muerto, un año que había transcurrido como un otoño de calendarios que se hubiesen deshojado lentamente sobre su cadáver, sin lograr taparlo. El remordimiento es una especie de cobardía retrospectiva que nos hace lamentar aquello que no hicimos y debimos hacer, y viceversa; en mi caso, la conciencia me seguía reclamando una venganza que fuese a la vez un homenaje a Sara, pero mi antigua pertenencia a la Falange me ataba de pies y manos: José Antonio había pretendido desagraviarme expulsando del movimiento a los palurdos que la habían asesinado, y me había prevenido para que no intentase represalias por mi cuenta, amenazándome con airear mi currículum.

—Consuélate con la desgracia ajena, Fernando —me decía Ruanito—. Falange es la organización más perseguida de España. Lleva ya cuarenta nombres en su lista de caídos.

En agradecimiento por aquella manifestación patriótica que José Antonio había organizado, un año atrás, el Gobierno había encarcelado a muchos falangistas, había ordenado clausurar sus centros de reunión e impedido la legalización de la mayor parte de las jefaturas provinciales. Aunque la inmunidad parlamentaria lo había preservado de calabozos y tribunales, José Antonio había sido relegado a la trastienda de los comparsas en el concierto de la política española, forma de ostracismo mucho más dolorosa que la mera clandestinidad.

—Viven una situación desesperada, por lo que me he podido enterar —explicaba Ruanito—. Carecen de infraestructura, han agotado sus fuentes de financiación, y José Antonio ha renunciado al control de esas pequeñas células que nacen cada día dentro de Falange, al amparo de sus siglas, pero ignorantes de su doctrina. En fin: una verdadera anarquía.

José Antonio había emprendido (en esto se notaba que era un *amateur* de la política) una huida hacia adelante, centrando sus esfuerzos en la evangelización de las zonas rurales, mientras la Falange urbana era concienzudamente desmantelada por un Gobierno que, incapaz de enfrentarse al desafío de las izquierdas, se cebaba con una organización subalterna compuesta por pipiolos, aprendices de cacique y versificadores sin audacia.

—Los nuevos afiliados de Falange son chicos gamberros y ultranacionalistas que se apuntan porque les gusta llevar uniforme.

—¿Y José Antonio no hace nada por evitarlo?

—Malgasta todas sus fuerzas pronunciando discursos por los andurriales de la España profunda. Viaja él solo en su Chevrolet, que ya es una pura chatarra, el pobre, con tanto kilometraje.

Afuera, al otro lado de las ventanas, el invierno se desplomaba con esa aparatosidad que tienen los árboles, cuando los hiere el hacha de un leñador. Mientras José Antonio se desparramaba por aldeas que no figuraban en el mapa, ante auditorios analfabetos que no llegaban a las treinta o cuarenta personas, Azaña convocaba a casi cuatrocientas mil almas, en el Campo de Comillas, con su oratoria incisiva, fría como un cuchillo de carámbano y sin embargo subyugadora, en un mitin en el que había denunciado los trapicheos y corrupciones del Gobierno, firmando su acta de defunción. Ya nadie albergaba dudas al respecto: se convocarían elecciones antes de la primavera, y Azaña, al mando de las izquierdas burguesas y con el apoyo entusiasta del proletariado, barrería la política de sacristía y estraperlo que había imperado en España, durante aquel "bienio estúpido", como lo había bautizado José Antonio.

—Luca de Tena me ha ofrecido una corresponsalía en Roma, que ya sabes que es uno de los más altos honores que concede *ABC*, y, chico, creo que voy a aceptar. —Ruanito fingía una heroica resignación—. Me largo a la tierra de Mussolini y D'Annunzio. Mira a ver si te animas: la grosería de las izquierdas no va con nosotros.

Dado mi estado de postración, nada me satisfacía: ni la grosería de las izquierdas, ni la camastronería de las derechas, ni el papanatismo místico de falangistas y libertarios. Dado el estado de postración del mundo, lo más higiénico era una guerra que lavase toda la podredumbre sedimentada. El sol trepaba sobre las azoteas, como una fragua ambulante que obligaba a entornar los párpados.

—Prefiero quedarme aquí. No quiero perderme lo que se avecina.

Ruanito desfiló la mirada por las estanterías que forraban la pared del fondo, donde se alineaban los manuscritos de las comedias que nunca se estrenarían y algunos libros todavía intonsos.

—Quédate si te apetece, pero yo de ti me desprendería de cualquier cosa comprometedora.

—¿A qué te refieres?

—Pues así, a primera vista, acabo de localizar un ejemplar de *Genio de España*, del orate de Giménez Caballero, que seguro que te habrá regalado con una de esas dedicatorias que hacen época.

Acertaba: *A Fernando Navales, hermano dilecto en la disciplina romana del fascismo, con un saludo brazo en alto*, se leía en las páginas de respeto. Hicimos un escrutinio apresurado, pero concienzudo, que también nos deparó, entre otros, un ejemplar de *La niña del caracol*, de Agustín de Foxá, del que me dolió desprenderme, más por razones tipográficas que estrictamente literarias.

—Todo esto al fuego, de inmediato —me aconsejó Ruanito—. ¿No tienes cartas de José Antonio, ni pasquines de Falange, ni nada?

Abrí un cajón de mi escritorio: allí guardaba, bajo llave, la camisa azul mahón que había estrenado el día que murió Sara, y que no había vuelto a vestir. La sangre que ensuciaba las mangas, oscura y reseca como el alquitrán, pertenecía a la mujer que quizá había llegado a querer, y eso la convertía en una especie de reliquia profana. El yugo y las flechas bordados a la altura del pecho resaltaban como un jeroglífico de sangre, mucho más reciente y verídica que la sangre de Sara.

—Deshazte de ella ahora mismo. Te puede costar la vida.

Me resistí, aduciendo vagas razones que sonaban absurdas, formuladas por mis labios. Ruanito la colocó sobre los libros que no habían superado el escrutinio. Lanzó una mirada a derecha e izquierda, buscando una solución crematoria.

—¿No tienes una estufa de carbón?

—En la habitación de al lado —indiqué.

Don Narciso Caballero recibía a las postulantas en su despacho, caldeado por el chubesqui. Seguía utilizando el cambio abrupto de temperatura para sus fines libidinosos, pero él ya no era aquel donjuán de antaño, ni las postulantas eran aquellas modistillas y chalequeras debilitadas por el hambre y el servilismo, sino muchachas que habían leído a Hildegard y amenazaban con denunciarlo en el Sindicato de Espectáculos.

—Anda, rica, enseña un poco más de muslo —les decía don Narciso.

—Se lo va a enseñar su putísima madre, vejestorio —le respondían, sobrevalorando sus posibilidades venéreas—. Y no me canse, que le pongo una denuncia.

Algunas, menos elementales o celosas de su dignidad, menos ortodoxas en el cumplimiento del ideario feminista, accedían a medias, con obediencia calmosa, para contemplar cómo don Narciso se excitaba de pura lujuria contemplativa.

—Se llama antes de pasar —protestó, con más resignación que enfado.

Una muchacha le enseñaba las rodillas con tristeza burocrática, más o menos como lo haría cualquier animal vertebrado en una clase de anatomía para bachilleres. Cuando vio la camisa azul mahón con el yugo y las flechas bordados, la muchacha se soltó la falda y exclamó:

—¡Pero si esto es un nido de fascistas!

No hubo tiempo para explicaciones: retrocedió hasta el pasillo y escapó a la carrera, como si, entre el calor opresor del despacho, hubiese olfateado el aroma del azufre. Don Narciso, retrepado en su butaca, se mesaba las barbas.

—¡Me vas a meter en un lío, Fernando! Esa chavala seguro que nos denuncia.

Abrí la portezuela del chubesqui, y las llamas asomaron por un segundo, como zarpas felinas. Ruanito fue arrojando los libros comprometedores, uno por uno, y ya al final la camisa de Falange, tatuada con la sangre de Sara, que ardió como una polilla que se deja atrapar en un quinqué, con un fuego abrasivo y fugaz, mientras la celulosa de los libros aún ofrecía cierta resistencia. Llamaban a la puerta, para desazón de don Narciso, que ya se veía en los calabozos de la Dirección General de Seguridad.

—¡Adelante!

Asomaron unos labios inflamados de sabañones, una melena como un murciélago abatido, unos ojos casi rapaces, una frente abultada por la semilla de la esquizofrenia. Era Armando Buscarini, quien, tras la disolución de la comuna, que él mismo había provocado, había vuelto a pedir limosna por los cafés y a dormir en el atrio de los templos.

—Largo de aquí, Buscarini —le ordené—. Ya sabes que no quiero ni verte. Lárgate antes de que te estrangule.

Buscarini asintió, pesaroso y como doblegado por la sombra de Sara, cuya muerte había cargado sobre su conciencia. Balbució:

—Es que han venido Pedro Luis y Teresa.

Se apartó del hueco que había entre el quicio y la hoja de la puerta, apenas entreabierta, para ceder el paso a Gálvez y a su compañera, que tenían ese aspecto aniquilado y cegatoso de quienes acaban de llegar a su destino, después de un trayecto de trenes y trasbordos. Hacía más de un año que no se les veía por Madrid: ya estaban ausentes cuando a Buscarini le dio por disparar desde los tejados (habían viajado a un sanatorio del Guadarrama, para detener ese nuevo brote de tuberculosis que aquejaba a Teresa), y no habían vuelto, pues a Gálvez le habían ofrecido una colaboración regular en un periódico de Valencia, *El Pueblo,* donde también escribían Vidal y Planas, Antonio de Hoyos y demás sobrevivientes de la comuna. Habían dejado a Pepito y Pedrito en Valencia, al cuidado de sus compinches, y viajado a Madrid, con la calderilla que habían reunido después de varios meses de privaciones, para rendir un tributo póstumo a Sara. Tanto Gálvez como Teresa iban ataviados con monos de mecánico y pañolones rojinegros al cuello, en un acto de provocación indumentaria (pero Madrid, por entonces, ya vivía un carnaval de uniformes bélicos o beligerantes que duraría más de tres años).

—Ya has oído a Armando —exigió Gálvez—. Nos hemos gastado los ahorros en el viaje, así que llévanos al cementerio enseguida.

Gálvez me dirigía una mirada reacia al parpadeo, ramificada de vasos sanguíneos, que me hacía sentir incómodo; el clima de Levante se había posado como un bálsamo sobre su piel, casi leñosa al cabo de los años. Teresa respiraba con dificultad, sofocada por el calor del chubesqui, que convertía en grados esas décimas de fiebre inevitables en la tuberculosis; por primera vez, la encontré vieja, derrotada por una gangrena íntima, extinguida ya su belleza llena de aristas. Tosía sin disimulos, y depositaba sus hemoptisis en un pañuelo que guardaba, hecho un gurruño, en el peto del mono.

—Hace años quise matarte —habló Gálvez, en un tono monocorde, sin dirigirse a nadie en concreto, ni siquiera a mí—, y Sarita me convenció para que no lo hiciese. Creo que, si no le hubiese hecho caso, nos habríamos ahorrado muchos quebraderos de cabeza.

Ruanito y don Narciso se habían refugiado detrás del chubes-qui, que seguía poniendo un hervor en el silencio del despacho.

—Venga, vamos, que nos tenemos que volver esta tarde a Valencia.

Los llevé en automóvil hasta el cementerio civil, apretujados en el asiento trasero del Elizalde. En el trayecto hasta las afueras, nos encontrábamos con furgonetas de la FAI, que lanzaban por sus altavoces una propaganda de abolición de la propiedad y colectivismo agrario; Gálvez se incorporaba entonces del asiento y ensayaba el saludo anarquista, juntando ambas manos por encima de la cabeza y gritando con un vozarrón áspero:

—¡Salud y bombas, hermanos anarquistas!

La tumba de Sara, contigua a la de su madre, Colombine, tenía su misma sencillez laica, el mismo despojamiento que afectaba, incluso, al epitafio. Recordé el día del entierro, catorce meses atrás, en compañía de su tía Ketty, una anciana prematura que lloraba en silencio, como un animal afónico, relegado a la soledad. Recordé a los enterradores, picando la tierra, hasta excavar una fosa de una geometría nítida. Recordé el descenso accidentado del ataúd a la fosa: uno de los enterradores había descuidado su polea, y el ataúd, al golpear contra el fondo, se había agrietado, mostrando por un resquicio el cadáver de Sara; sus labios se fruncían en una mueca cuyo idioma no llegué a comprender: quizá formulasen un reproche, o un gesto de alivio, o una despedida. Recordé el estrépito de la tierra cayendo sobre el ataúd como un granizo, borrando para siempre ese rostro. Con un estremecimiento, imaginé el cadáver de Sara embalsamado de frío, intacto a lo largo de los años, gracias a la temperatura glacial de la fosa.

—Hubiésemos llegado a ser grandes amigas —dijo Teresa, acariciando el relieve algo tosco del epitafio—. Nos unía el amor por la tierra.

Y cogió un puñado del túmulo, que se guardó en el peto del mono, junto al pañuelo en el que almacenaba sus esputos. Buscarini, que había estado merodeando por las tumbas circundantes, hurtando crisantemos aquí y allá, se acercó portando un ramo de aspecto más bien mustio. Los crisantemos, que florecen en otoño, tenían un color lívido, como de carne descompuesta, y exhalaban un olor dulzón y aterido que se entremezclaba con el de la tierra.

—¡Yo tuve la culpa, Dios mío! —sollozaba Buscarini, dándose puñetazos en el pecho.

Gálvez lo sujetaba de los sobacos, para evitar que se arrojara sobre la tumba.

—Calma, Armando —le decía—. Eres inocente. La culpabilidad corresponde a otros.

Y me miraba con ojos inmóviles de hostilidad, como clavos que me crucificaban.

—Si no hubiésemos tenido que ir al sanatorio, esto no habría ocurrido —se lamentó Teresa, sacudiendo la cabeza.

La luz de la mañana tenía una blancura cenital y sarcástica, ensombrecida de cipreses cuyas copas cimbreaba el viento, en una coreografía unánime que arrojaba al suelo, de vez en cuando, una cosecha de proyectiles vegetales. Gálvez se abismó durante un par de minutos en un silencio hosco, para después pronosticar:

—Después de tu muerte vendrán muchas otras, Sara. —No había alarde en sus palabras, tan sólo una especie de premonición fatalista—. Pronto estallará el polvorín: por cada gota de tu sangre morirán cincuenta de esos mamarrachos.

Se refería a un grupo de falangistillas que se avistaba a lo lejos, observándonos con desprecio y ademán retador. Formaban parte de esos grupos de nuevo cuño, que se afiliaban a la Falange, atraídos por su parafernalia de uniformes y por esa aura de clandestinidad que les permitía reunirse entre desmontes y ortigas. Eran grupos descontrolados, reacios a la férula de José Antonio, que interpretaban la doctrina falangista a su libre arbitrio, con inclinación morbosa al exhibicionismo y la violencia. Vivaqueaban en los cementerios, profanaban los nichos, orinaban en los osarios, intentando acertar con el chorro en las cuencas vacías de las calaveras; iban armados de machetes que arrojaban sobre el tronco de los cipreses, para ensayar su puntería, y cantaban con voz beoda y degenerada una versión indecente del *Cara al Sol*:

—Cara al sol, al sol que más calienta,
sentado siempre en el café,
me hallará la muerte, si me pesca,
follando a tutiplén.
Tranquilito y bien alimentado,
viviré como un potentado,
impasible el ademán,
comiendo coños como un sultán.
Si te dicen que caí,
tú di: «Seguro que me escurrí».
Volverán banderas de ventura,
y borracheras al compás,
y yo siempre, con mi cara dura,
desfilaré atrás.

Andarían entre los catorce y los dieciséis años, pero su alianza, y la posesión de armas, los hacían temibles. Habían interrumpido sus cánticos obscenos, sus meadas larguísimas, y se agrupaban.

—¡Eh, vosotros! —nos interpelaron—. No nos gustan los intrusos. Vamos a mear sobre la tumba de vuestros muertos.

Y mostraban los falos apenas púberes, pero ya dilatados por un trasiego de masturbaciones, y los sacudían en sus manos, como badajos blandos, sin soltar los machetes, con los que hacían juegos malabares. Por el camino, se iban sorteando a Teresa.

—Y la tía, que se vaya bajando las bragas, porque la vamos a tupir.

A Teresa le temblaba la barbilla, sacudida de ira o pavor. El sol afilaba los machetes y los bañaba de una plata falsa.

—Gálvez, vámonos de aquí antes de que tengamos que lamentarlo —dije—. Esos niñatos son capaces de cualquier barbaridad.

—¿Que nos vayamos? ¿Y dejar que profanen la tumba de Sarita?

Me sobrecogió su temeridad, o su veneración por los asuntos de ultratumba. Los falangistillas se abrían en abanico, saltando sobre las hileras de túmulos (el cementerio tenía algo de campo arado), según los consejos estratégicos leídos en algún folleto de hazañas bélicas. Tenían unas fisonomías envilecidas, siniestras de acné y poluciones nocturnas, y movían la ingle convulsivamente, en una parodia del acto sexual. Gálvez salió a la vereda, dispuesto a hacer frente a la pandilla; parecía un viejo titán, enfrentado a una prole de demonios. Con una agilidad imprevista, se agachó y arrancó el epitafio de una tumba, una laja de granito que pesaría cerca de treinta kilos. Se dirigió al que parecía el cabecilla del grupo:

—Si das un paso más te descalabro, hijo de puta.

El cabecilla se pasó el filo del machete por la palma de la mano, demasiado encallecida para su edad. Una nube borró de un zarpazo el sol de diciembre, y el brillo de los machetes se extinguió, oscurecido por una herrumbre de cobardía. El cabecilla ya no parecía tan resuelto a orinar sobre la tumba de Sara, ni a *tupir* a Teresa.

—¿Y quién eres tú, si puede saberse?

Gálvez no desaprovechó la oportunidad de contribuir a su leyenda:

—Me llamo Pedro Luis de Gálvez, y os voy a abrir en canal y a comeros los cojones, chiquilicuatros.

Los falangistillas se detuvieron, amedrentados ante la expresión de ferocidad de su oponente. Uno de ellos, granujiento y cenceño, preguntó:

—¿Gálvez el poeta, el que paseaba niños muertos por los cafés? ¿El que estuvo en el penal de Ocaña por insultar al Rey?

De las braguetas colgaban los falos chiquitos, recogidos en su prepucio, como caracoles en hibernación. Gálvez escupió por el hueco del colmillo:

—El mismo.

Bastó que amagase una carrera para que los falangistillas huyesen despavoridos. Gálvez blandió el epitafio, como un discóbolo, y lo arrojó al aire; sobrevoló las cabezas de los fugitivos, que se dispersaron entre los cipreses. Luego, se volvió hacia nosotros, risueño:

—¿Habéis visto cómo me impongo entre las nuevas generaciones? Soy más temido que el sacamantecas.

Buscarini y Teresa lo recibieron con honores de héroe que él rechazó sólo a medias, con esa presuntuosidad legítima que nace del orgullo. Era ya casi un viejo (sus cincuenta y cinco años estaban muy ajetreados de cárceles y hambrunas), pero conservaba ese instinto del adolescente que se ha educado en la rapiña y sabe cómo imponerse sobre sus semejantes, haciendo verosímil su bravuconería. Hasta el cementerio ascendía el fragor de una ciudad que se preparaba para la guerra, entremezclado con el humo de las chimeneas, ese humo, sucio de partículas de hollín, denso de rencor, que se había almacenado durante décadas en un recipiente sin orificio de salida. De las tumbas brotaba un vapor apenas perceptible: eran las almas de los muertos, que escapaban de un Madrid sitiado (los muertos se anticipan a los acontecimientos), hacia regiones más habitables.

—Y nosotros, Teresa mía, nos volvemos a Valencia en el expreso de las ocho —dijo Gálvez.

«Esto de ahora es peligroso, pero está tenso y vivo; puede acabar en catástrofe, pero puede acabar en acierto», dijo José Antonio, comentando el triunfo del Frente Popular, después de que las candidaturas presentadas por Falange resultaran las menos votadas, después de perder su acta de diputado y, por tanto, esa inmunidad parlamentaria que le había permitido, durante el "bienio estúpido", coquetear con la ilegalidad y poner en solfa el sistema democrático. La alianza de las izquierdas incluía a los socialistas, a los burgueses menos timoratos y a los comunistas de signo estalinista y trotskista, que ya andaban a la greña: una mezcla demasiado artificial e inestable. Catástrofe o acierto, la victoria de las izquierdas supuso la recuperación de aquel espíritu inaugural que presidió el advenimiento de la República, un espíritu entre ingenuo y verbenero que los votantes de derechas no soportaban: quizá por eso decidieron invertir sus ahorros en el patrocinio de una sublevación que devolviera las aguas a su cauce, o que las alborotase todavía más, anegando al adversario, pero sin salpicar sus privilegios.

Había en Madrid un bullicio de revoluciones que despiertan, después de un letargo. Las masas, ese paisaje retórico de la Historia (perdón por la mayúscula), se congregaban en la Castellana, empachadas de propaganda y barquillos, para reclamar no sabían exactamente qué, lo que fuese. El Gobierno recién constituido decretó algunas medidas más premonitorias de la catástrofe que del acierto: se declaró la amnistía para los presos políticos (pero cuando se abrieron las verjas de las cárceles, hubo también algún preso común que se escaqueó, aprovechando la negligencia de sus vigilantes) y la ilegalidad de Falange. La represión sistemática del movimiento que acaudillaba José Antonio le atrajo las simpatías de muchos particulares que hasta entonces lo habían juzgado sin benevolencia y que, declarada su ilegalidad, empezaron a considerarlo una especie de religión perseguida, con su liturgia, su condena a las catacumbas, su martirologio, y, sobre todo, con un mesías que exponía su mensaje con palabras eufónicas, aunque confusas de contenido. Una redada fulminante, coordinada por el Ministerio de Gobernación y la Dirección General de Seguridad, abarrotó las celdas de la Cárcel Modelo con destacados militantes de la Falange, entre quienes se hallaba el propio José Antonio, que, aunque exhortó a sus devotos a que mantuviesen firme su posición, no logró detener la diáspora iniciada precisamente por esa cohorte de estetas, desde Sánchez Mazas a Foxá, que habían suministrado metáforas a sus discursos.

Privados del alto ejemplo de su jefe, huérfanos de sus consejos y advertencias, los falangistas que no habían ingresado en prisión se convirtieron en piezas cinegéticas más preciadas que el urogallo, y, desde luego, más fáciles de abatir. La caza del falangista ejercitaba el instinto y la puntería, liberaba los impulsos cainitas y constituía una gimnasia sencilla, pues el falangista solía ser un muchacho de entre quince y veinticinco años, cuyo uniforme —la camisa azul mahón que tanto se destacaba sobre el azul desvaído del cielo— no contribuía a su ocultamiento y camuflaje. La cacería del falangista, por barrancos y escarpaduras, entre malezas agrestes y escombreras urbanas, exigía una estrategia, un asedio, un regodeo, un paulatino arrinconamiento que hiciese más valiosa la captura de la pieza: convenía, por ejemplo, antes de rematarlo, dispararle a las rodillas, y contemplar su desangramiento, que es un espectáculo que el cazador avezado agradece, pues le hace sentirse importante, al disponer a su antojo de una vida mutilada. Los falangistas caídos solían aparecer arrumbados en una cuneta, o sobre unos raíles oxidados, con un tiro en la nuca disparado a bocajarro.

Bastaba una llamada anónima a la Dirección General de Seguridad para promover una de estas expediciones cinegéticas. Para alguien como yo, a quien los años comenzaban a hacer comodón y sedentario, el chivatazo resultaba más gratificante que la participación activa en estas cacerías, que por otra parte ya había saboreado sobradamente, desde el otro lado, durante la época en que comandé las escuadras de primera línea y me dediqué al exterminio de chíbiris. Algunos falangistas vendían cara su vida, que dice el tópico, y se subían a las azoteas, a paquear a sus perseguidores, como sagitarios que disparan desde una nube flechas de punta roma; a éstos, en castigo, se les infligía una muerte más parsimoniosa y ultrajante, y, como recordatorio de su rebeldía, se les pegaba un tiro por el ano que les recorría las tripas y el estómago y el esófago y la garganta, hasta estrellarse en el velo del paladar, con un mordisco abrupto.

Diariamente se anunciaba un golpe de Estado que al final resultaba una falsa alarma. Cuando por fin el general Franco logró entenderse con los moros de Marruecos (no hacía falta ser políglota para granjearse su ayuda: bastó con que se les expidiera una bula para follar gratis en el territorio conquistado), cuando por fin el general Mola logró entenderse con los carlistas en su idioma cerril de dinastías y antiguallas, cuando por fin se declaró la sublevación militar, el Gobierno presidido por Casares Quiroga se lo tomó a chirigota. Pocos días después, daba la orden desesperada de armar al pueblo, para detener la insurrección.

Los historiadores más proclives a la celebración de efemérides quisieron señalar como detonantes de la contienda el asesinato del teniente Castillo, oficial que se había significado en la represión callejera de la Falange, o el inmediatamente posterior de Calvo Sotelo, por afán simplificador. Pero la guerra se veía venir, con un aroma premonitorio de pólvora y listas de espera en los cementerios, desde hacía varios meses o años: que se lo pregunten a los estetas de la Falange, a quienes el dieciocho de julio pilló cruzando la frontera, o bien abrigaditos en una embajada, o por lo menos preparando la maleta y despidiéndose con mucho dramatismo de la novia que les había bordado en rojo la camisa: «Si te dicen que caí, etcétera, etcétera».

Los divanes del café Europeo y "La Ballena Alegre" mantuvieron durante algunos días el molde de las nalgas que durante años habían reposado allí. Resultaba sencillo distinguir, por la señal dejada en el terciopelo de los divanes, el culo alfeñique de Ruanito, quien, asqueado por el feísmo de las izquierdas, aceptó la corresponsalía de Roma y se entretuvo por el camino, en un viaje de placer por Marsella y Cannes y Niza. Resultaba también sencillo distinguir el nalgatorio escurridizo (su impronta, quiero decir) de Enrique Jardiel Poncela, que tras un encontronazo con las milicias populares, emigró a Valencia y Barcelona, y de allí a Buenos Aires, sepultado entre el *atrezzo* de una compañía teatral (era pequeñito y cabía en todos los baúles). Y el culo fondón de Agustín de Foxá, que salió de Madrid, en dirección a Bucarest, en misión diplomática al servicio de la República, y que, después de pegarse una vidorra de Grandes Expresos Europeos y cenas pantagruélicas, se pasó a la zona nacional, con todos los documentos que el Gobierno había depositado en su valija. Y el culo arrimadizo e inquieto de Giménez Caballero, que logró evadirse de Madrid, aportando un pasaporte que le había hurtado a un periodista belga, y recaló en Salamanca, donde incurrió en servilismos propios de un lacayo, para ganarse la amistad de Franco. Y el culo encogido, algo dolido de almorranas, de Rafael Sánchez Mazas, que aprovechó un permiso carcelario que le habían concedido para atender el parto de su mujer y se refugió en la Embajada de Chile, después de alguna huida deshonrosa y algún fusilamiento de mentirijillas. Y el culo escéptico y movedizo de Eugenio Montes, que también se asentó en Salamanca, y tantos y tantos culos, habituados a la molicie de los divanes, tantos y tantos culos estreñidos en la paz que, como encendidos de cagalera, tomaron el camino del destierro o la retaguardia o la poltrona oficial.

Entre la desbandada general, sólo los más ilusos o visionarios se mantuvieron firmes en su posición. Como Ramiro Ledesma, expulsado de la ortodoxia falangista, que, cuando los milicianos lo sacaron de su celda para darle el paseo, se abalanzó sobre ellos, gritando: «¡A mí me matáis donde yo quiera, no donde vosotros queráis!»; lo borraron de una descarga en el cráneo, cuyos restos hubo que recoger con pinzas. O como el propio José Antonio, que fue trasladado a una prisión de Alicante; un periodista americano que lo visitó en su celda, poco antes de que lo fusilaran, se refirió a su "lacónica dignidad", y al abatimiento que le producía haberse convertido en coartada y estandarte de unos generalotes analfabetos, que, por no leer, no habían leído ni las instrucciones de uso del arma que llevaban prendida en el cinturón: murió sin jactancia, con ese aplomo insoportable y estéril que practican los héroes. Sus contertulios de "La Ballena Alegre", los estetas de la Falange, acallaron su mala conciencia y le rindieron homenaje con sonetos más o menos lacrimógenos, y dejaron la dialéctica de los puños y las pistolas para los militares, que conocían mejor el oficio.

Yo solía acudir al café Lyon D'Or, frente al edificio de Correos, en cuya cripta, presidida por aquellas pinturas murales de Hidalgo de Caviedes, se habían reunido los poetas falangistas. A la cripta del Lyon D'Or, bautizada un tanto arbitrariamente "La Ballena Alegre", no bajaba la nueva clientela del café, más por la repulsa de respirar un aire infectado que por el miedo a ser relacionado con sus antiguos ocupantes. En el piso de arriba, en contraste con la desolación de aquel sótano puesto en cuarentena, se amontonaba una multitud de milicianos que festejaban su virilidad con blasfemias y gargajos, brigadistas que cantaban *La Internacional* en un pentecostés de idiomas y escritores extranjeros de segunda fila, barbudos o imberbes, que luego emplearían la guerra española como argumento de sus noveluchas. En el Lyon D'Or, como en los demás cafés que permanecían abiertos, se servía un coñac de garrafa, adulterado con el alcohol sanguinolento que suministraban desde los hospitales, e infusiones de achicoria, cuyos posos se adherían a la dentadura, como una nicotina de la pobreza. Los clientes más temerarios, frívolos o inconscientes se sentaban en la terraza, para contemplar el vuelo casi rasante de la aviación facciosa y el nuevo aspecto de la Plaza de Cibeles, con la fuente sepultada entre una pirámide trunca de sacos terreros. En la terraza del Lyon D'Or me encontré una mañana con Ramón Gómez de la Serna, a quien no veía desde hacía cinco años, allá por la época remotísima de su fuga con Sara. Había oído que estaba amancebado con una criolla de Buenos Aires, que le obligaba a colocar hasta cinco y seis artículos diarios en la prensa, para pagarle sus caprichos. Ramón tenía un aspecto como de botijo sobado, un abotargamiento de niño mamoncete. Estaba sentado ante un velador, con un vaso de horchata que se le había derramado sobre el mármol y le empapaba los pantalones. Temblaba sin pudor, supuse que conmocionado por mi presencia.

—Tranquilo, Ramón, que no pienso hacerte daño.

Se oía el retumbo de los morteros y obuses que los facciosos habían instalado más allá de la Casa de Campo; los proyectiles cruzaban el cielo, como asteroides sin brillo, rumbo al Retiro, entre cuya vegetación se resguardaban las baterías de grueso calibre que se utilizaban para abatir los aviones enemigos. Los artilleros facciosos tenían una puntería calamitosa, y sólo conseguían arrasar el barrio de Moratalaz. Le palmeé los hombros:

—¿O es que un hombretón tan machote como tú se acojona con los obuses? No me jodas, no me jodas.

Tenía una palidez de yeso o mascarilla mortuoria. Sonaban las sirenas de las fábricas a lo lejos, pero no para llamar a los obreros al trabajo, sino para que los madrileños se refugiaran en sótanos y bodegas, ante la inminencia de otro ataque aéreo. Casi nadie hacía caso de las sirenas.

—Lo he visto —dijo por fin Ramón, en un hilo de voz que sorprendía en alguien acostumbrado a gritar.

—¿Qué has visto? ¿Un fantasma? —me burlé, mientras arrimaba una silla a su velador.

Ramón tenía una virtud especial que le permitía encajar las pullas con indiferencia o afectación de sordera; en aquella ocasión, sin embargo, se descompuso:

—No te rías de mí, por favor —seguía hablando en un susurro—. Me refiero a Pedro Luis de Gálvez.

Discurría por la calle de Alcalá una caravana de camiones, con los remolques abarrotados de milicianos y milicianas que alzaban el puño y la bota de vino. Un forastero no hubiese sabido precisar si iban de romería o se dirigían al frente del Cerro de Garabitas.

—Gálvez está en Valencia —lo tranquilicé.

Ramón sacudió la cabeza a derecha e izquierda.

—Estaba. Se ha venido a Madrid, a matar facciosos. Dice que ya lleva en su lista a más de doscientos.

Los camiones ascendían por Alcalá, tirando de la pesadumbre de la calle y de la algarabía de su cargamento humano.

—Eso son fanfarronerías de Gálvez —dije, para tranquilizarme a mí mismo.

—Sí, sí, fanfarronerías... —Ramón intentaba recoger con una servilleta la horchata vertida—. Me enseñó un pliego de papel, en el que tiene anotada la lista de sus víctimas, pasadas y futuras. Las pasadas se distinguen porque, encima del nombre, hay una tachadura.

—¿Y qué? ¿Estamos en esa lista?

Caían bombas sobre el edificio de Telefónica, cuya fachada se parecía cada vez más a un queso de Gruyère. Enfrente del Lyon D'Or, en una tienda de ultramarinos cerrada por falta de suministro, se agolpaban noventa o cien personas, exigiendo a su dueño que les vendiese una ración de algarrobas y esgrimiendo sus respectivas cartillas de racionamiento.

—Va vestido con un mono de mecánico —prosiguió Ramón, ensimismado en su evocación—, lleva dos pistolas al cinto y un máuser al hombro. A su compañera, Teresa, le encomienda el asesinato de las mujeres, y le deja quedarse con sus joyas.

Se derrumbó sobre el velador, para ocultar un sollozo, pero sólo logró empaparse las mangas de la chaqueta con la sustancia dulzona y blancuzca de la horchata.

—Yo me largo de aquí, Fernando —gimoteó, perdido ya el rubor—. Me largo antes de que ese canalla me dé el paseo. Tengo un par de pasajes para la Argentina, donde se va a celebrar una reunión del PEN Club. Con esa disculpa aprovecharé para salir de España.

El PEN Club era una asociación de escritores que se reunían en congresos trasatlánticos y se gastaban las subvenciones en comilonas; inevitablemente, Ramón figuraba en el elenco del Club, ocupando el cargo de secretario sumiller. Al levantarse de su silla, el temblor se le extendió también a los mofletes:

—Adiós, Fernando, o salud, como se dice ahora. Que tengas suerte. Y cuidado con Gálvez.

Una partida de labriegos, procedentes de algún pueblo evacuado, utilizaban la calle de Alcalá como cañada para sus vacas, que esa misma noche serían sacrificadas y comidas crudas, con tetas y cuernos, por los milicianos famélicos; iban gritando la consigna del proletariado (¡U, hache, pe!; ¡U, hache, pe!), quizá para despistar. Ramón se alejaba, pegado a los edificios, puesto casi de perfil, temeroso de que alguna bala de cañón le fuera a rebanar el cuello, antes de embarcar para la Argentina. Noté un hormigueo desapacible en la boca del estómago, como si esa última recomendación de Ramón («Y cuidado con Gálvez») hubiese instalado en mi organismo un malestar que ya me acompañaría para siempre.

Empecé a tramitar mi escapatoria de aquella ciudad sitiada, yo también, urgido por esa desazón que crecía dentro de mí, como un tumor o un feto que me privase de aliento. Madrid iba adquiriendo una fisonomía hostil, bajo el cerco enemigo, que la aproximaba a una ciudad de pesadilla: la aristocracia había sido desposeída de sus mansiones y palacios, cuyas dependencias estaban ocupadas por radios comunistas, ateneos libertarios, sedes del Socorro Rojo, delegaciones de distrito de la CNT y la FAI, cuarteles de milicias del POUM, células sindicales de la UGT y demás burocracia de la revolución (porque las revoluciones también tienen su burocracia); en cada esquina, una pareja de guardias de asalto detenía a los viandantes (a los pocos viandantes que quedaban: los madrileños preferían quedarse en sus casas, como gusanos en su crisálida), los cacheaba, les exigía cédulas de identificación; por las noches, bajo la presencia meticulosa de las estrellas, se desarrollaban los registros, el pillaje, las sacas indiscriminadas; desde la Ciudad Universitaria, los soldados facciosos hacían incursiones hasta Cuatro Caminos, violaban y degollaban a las mujeres (a veces las degollaban primero), sembraban el suelo de minas y después volvían a las trincheras; los refugiados de las embajadas, aprovechándose de la inmunidad diplomática, disparaban desde los balcones a las criadas que volvían de hacer la compra y a los serenos que aún se atrevían a cubrir su itinerario. Así se depuran las especies, en eso consiste la higiene de las guerras.

Mi existencia discurría entre la rutina y el miedo, entre mi apartamento de Ferraz y el Teatro de la Comedia, con ocasionales desvíos a las oficinas que el Sindicato de Espectáculos poseía en Fuencarral, esquina con Javier Bueno, a cuya Junta tenía que rendir cuentas de mi labor. Este Sindicato de Espectáculos daba cobijo a autores bohemios, afiliados a tal o cual partido, que, aprovechando la coyuntura, escribían un bodrio en tres actos, donde se exponía el catecismo de la revolución, cuyo estreno imponía la Junta a los directores de compañía. Mis visitas al Sindicato de Espectáculos cumplían una función previsora: la frecuentación de aquel lugar me preservaba de soplones y denunciantes. Convenía ser dócil y transigir con las imposiciones del Sindicato, pues la expulsión del mismo, acompañada siempre de publicidad en prensa y radio, con esa muletilla de "desafecto a la revolución", significaba una persecución implacable por parte de más de cien patrullas, encargadas de suministrar una muerte nómada por los arrabales de Madrid.

Aunque los archivos de Falange habían sido incautados y minuciosamente examinados en la Dirección General de Seguridad, me mantuve indemne, pues mi nombre no figuraba por ningún sitio: las escuadras de primera línea que yo había dirigido durante una temporada —la más próspera de Falange, al menos en su cosecha de enemigos— se habían gobernado por una exigencia de estricto anonimato. Más que esta vinculación pretérita con José Antonio me preocupaban las quejas de tantas actricillas cuyo contrato habíamos incumplido, la delación de tantos autores cuya obra me había encargado de rechazar personalmente. Me amilanaba, sobre todo, la irrupción de Pedro Luis de Gálvez, ese fantasma con quien Ramón se había tropezado en los inicios de la guerra; aunque intenté localizarlo, deslizando preguntas discretas a los miembros de la Junta de Espectáculos, nadie me supo dar descuentos:

—¿Gálvez? ¿No se había marchado a Valencia? —me decían.

Como si se lo hubiese tragado una conspiración de olvido, o como si su figura quedase diluida en el aguafuerte de la normalidad. Pero la amenaza seguía ahí, como un sistema planetario que gravitase sobre mi cabeza, amenazando con desplomarse en cualquier momento. Mientras tanto, el Sindicato de Espectáculos había expropiado los teatros, sin abonar indemnización ni alquiler a sus dueños: don Narciso Caballero, lo mismo que yo, se convirtió en un empleado más de la compañía, como el acomodador o el traspunte, y comenzó a cobrar el mismo jornal de quince pesetas (un jornal simbólico, puesto que el dinero había perdido su valor). Yo fui removido de mi puesto de secretario y relegado a las funciones de figurinista y escenógrafo, o a las más humillantes de barrendero (el público que asistía a las representaciones, mixto de verduleras y guardias de asalto, comía muchas pipas): una penitencia degradante, sobre todo para alguien como yo, que se había propuesto hacer de su existencia un ejercicio ininterrumpido de estilo: «El estilo —había dicho José Antonio— es la forma interna de una vida que, consciente o inconscientemente, se realiza en cada hecho y cada palabra».

El Sindicato de Espectáculos había prohibido que se representaran en los escenarios obras de repertorio, a las que se atribuía, un tanto misteriosamente, una función embrutecedora del pueblo. En su lugar, se estrenaban vodeviles de asunto sicalíptico o revolucionario (a veces se entremezclaban ambos asuntos), protagonizados por actrices novatas que enseñaban el culo a poco que se agacharan (pero las restricciones de vestuario estaban impuestas por la pobreza, más que por la concupiscencia) y entonaban loas a la milicia popular, al amor libre y a la República de trabajadores. También se representaban dramas proletarios de argumento archisabido, donde los patrones de las fábricas, caracterizados de déspotas, contrataban a cambio de un sueldo misérrimo a obreras de hermosura intacta, a quienes, además de explotar con jornadas que abarcaban de sol a sol, exigían prestaciones carnales, amenazándolas con el despido; cuando las muchachas ya iban a sucumbir (pues tenían que alimentar a unos padres ciegos o paralíticos o perezosos), irrumpían en escena los demás obreros de la fábrica, como en Fuenteovejuna, y linchaban al tirano. Estos dramas folletinescos y elementales creaban un clima de solidaridad entre el público, que lloraba y aplaudía a rabiar; para detrimento de mi entereza, confesaré que, a veces, abandonado por esa aspiración de estilo que me había fijado en mi juventud, yo también me contagiaba de ese clima liberatorio, y lloraba lágrimas furtivas. Seguían llegando noticias poco halagüeñas del frente, el recuento inagotable de bajas, el rumor de posiciones perdidas, pero la derrota se hacía más liviana, gracias a aquellas representaciones.

Cuando no lloré lágrimas furtivas, sino desatadas, con esa indecencia que sólo se permiten las plañideras, fue cuando descubrí mi nombre citado en las listas de "desafectos a la revolución" que diariamente publicaba *El Liberal;* la aparición en aquellas listas equivalía —ya lo dije— a una sentencia de muerte, inapelable y fatídica. Noviembre pululaba por el cielo, como un enjambre pálido, y la tipografía defectuosa de aquel periódico decía así: «Fernando Navales, secretario del Teatro de la Comedia, que durante años ha favorecido la representación de obras retrógradas». Apoyé la frente sobre los ventanales de mi despacho, para sentir el contacto liso y reparador del cristal amortiguando mi fiebre, como la mano de una madre o el influjo de una medicina. Aquel nudo que soportaba desde hacía meses en la boca del estómago se atirantaba, hasta estrangularme por dentro. «Fernando Navales, secretario del Teatro de la Comedia, que durante años ha favorecido la representación de obras retrógradas», resonaba el veredicto, emitido por el gramófono de la conciencia.

—¿Te sucede algo, Fernando? —me preguntó don Narciso, a quien la revolución había desposeído de ese tratamiento de respeto.

—Nada, una jaqueca sin importancia.

Aguardé a que anocheciera para volver a mi apartamento de Ferraz y recoger las cinco mil pesetas que escondía en un cajón de doble fondo, esas cinco mil pesetas que me proporcionarían un salvoconducto para viajar hasta la frontera francesa. Caminé casi a oscuras por un laberinto de calles secundarias, arrimado a las paredes de los edificios, perfilado sobre las fachadas, igual que Ramón aquel día en el Lyon D'Or, evitando a los guardias de asalto apostados en cualquier esquina, cruzando un "Salud" apenas farfullado con los serenos embrutecidos de insomnio.

Mi apartamento de Ferraz tenía las luces encendidas, en un despilfarro inadmisible, y las ventanas abiertas: en la acera, se amontonaban mis pertenencias, hechas añicos después de un trayecto vertical. Aparcado con muy poca ortodoxia (las ruedas delanteras embestían casi contra la cancela), atisbé un automóvil negro, un Rolls quizá, incautado a algún marqués que ya no lo podría conducir, por exceso de plomo en el pecho; tenía escritas en las portezuelas, con brochazo y caligrafía firme, las iniciales de la FAI. Antes de que pudiese retroceder, salió el portero a la calle, como un centinela demasiado diligente; sus facciones, atemperadas durante años por el servilismo, mostraban una erupción de rencores. Al reconocerme, gritó:

—¡Ahí está el cabrón! ¡Correr, que lo pilláis!

Y me apuntaba con un índice cuya firmeza no alteraba el pulso. Del portal salieron, como fieras agazapadas, un par de milicianos bien adiestrados en la carrera; ambos llevaban monos azul mahón, correajes de cuero y el gorro cuartelero inclinado sobre la sien, cortado en diagonal por los colores rojo y negro. Me interné en los jardines de Pintor Rosales, en dirección al Parque del Oeste, abriéndome paso entre los arbustos, pisoteando los macizos de flores que exhalaban un aroma rendido y mortuorio; los milicianos, más jóvenes que yo, me ganaban terreno, y sus alientos se agigantaban a mi espalda, como respiraciones emitidas desde los pulmones de algún cíclope.

—¡Deténte, gilipollas, o te freímos a tiros!

Era una voz de reminiscencias conocidas, aunque enterradas

entre el ramaje de la edad adulta. Obedecí, porque había sonado próxima, casi junto a mi cuello, y me volví, con los brazos en alto (no me lo habían exigido, pero preferí precaverme contra reacciones desaforadas). La luna se afilaba como una hoz, sobre el cielo negrísimo, y contaminaba la noche con su quietud estremecida por el fragor lejano de las bombas. Mis perseguidores eran Pepito y Pedrito, los hijos de Gálvez, adolescentes ya, con el rostro enfurruñado de acné.

—Tienes que acompañarnos —dijo el mayor, Pepito, con una desgana que casi resultaba cortés.

Tuve la sensación no demasiado trágica de estar apurando los últimos instantes de mi vida.

—Pero, Pepito, tú me conoces de sobra —me lamenté, invocando familiaridades pretéritas—. ¿De qué se me acusa?

—Claro que te conozco de sobra, cacho cabrón. Y no me llames Pepito: mi nombre es José.

Su voz sonó ahora más autoritaria o inflexible. Pedrito, el más pequeño, me apresaba las muñecas con un hilo de bramante que me cortaba las venas, y me empujaba hasta el Rolls negro, que tenía amplitudes de coche funerario.

—Venga, métete dentro —me apremió Pedrito, encañonándome con su máuser.

—¿De qué se me acusa? —insistí, cuando Pepito o José ya pisaba el acelerador. Conducía a piñón fijo, siempre en primera marcha, y el Rolls se quejaba con bramidos que infamaban la noche.

—Eso ya te lo dirá nuestro padre. Nosotros, ni pinchamos ni cortamos.

Me sentí extirpado por dentro, como si las vísceras se me hubiesen encogido. El coche había alcanzado los sesenta kilómetros por hora en primera marcha, y amenazaba con descuajaringarse. Pepito pegaba volantazos que me sacudían de un lado a otro.

—¿Adónde me lleváis? —pregunté, desde los abismos de la angustia.

—A la cárcel de San Antón. Ya verás qué cómodo vas a estar allí. Como un diputao en Cortes.

Funcionaban en Madrid, desde comienzos de la guerra, casi doscientas checas, sucursales del infierno, ante cuyo umbral se detenía la legalidad republicana. Nada más sencillo que fundar una checa: bastaba con que un partido pidiese permiso para el establecimiento de un comité de investigación, que el Gobierno lo autorizase y que la Dirección General de Seguridad lo refrendara. Las checas eran una invención de los bolcheviques que había favorecido una represión científica durante los años inaugurales de la Unión Soviética, evitando así la acción represora realizada a título particular; checa (o cheka) era la denominación castellanizada de unas siglas escritas en alfabeto cirílico que significaban «Comisariado del Pueblo para el Interior», o algo por el estilo. Lenin había dotado este comisariado de agentes especializados en el allanamiento de morada, la detención nocturna e ilegal, la sustracción de documentos comprometedores, los interrogatorios de diez o doce horas, los tormentos físicos de diez o doce meses y otros primores de calabozo; este invento había sido trasplantado al suelo hispano con profusión y esmero: tan arraigado llegó a estar que, unos años más tarde, cuando las tropas facciosas *liberaron* la capital, en lugar de clausurarlas con exorcismos e hisopos de agua bendita, aprovecharon sus instalaciones y artilugios, e incluso los perfeccionaron, para su infinita maquinaria de depuración. Había que aprovechar lo poco aprovechable, y aquellas barracas macabras todavía iban a dar mucho juego, en la paz inquisitorial y bendita de Franco.

El colegio calasancio de San Antón, en la calle de Hortaleza, encajonado entre Santa Brígida y Farmacia, había resistido varias generaciones de curas, varios expolios a su iglesia (protagonizados por Gálvez, según se ha contado aquí) y varios bombardeos monótonos de la aviación alemana, aliada de Franco. A finales del mes de julio, recién comenzada la sangría, fue convertido en cárcel provisional, por disposición del Gobierno, y, un par de meses después, incorporó a su función penitenciaria otra más delictiva o martirizante, como conviene a cualquier checa que se precie. La checa de San Antón, regida por un coronel desertor del ejército mejicano a quien designaban con el mote nada original de Pancho Villa, había alcanzado cierto prestigio de exhaustividad y eficacia. Pepito detuvo el Rolls ante el portalón lóbrego del edificio con un frenazo seco.

—Abajo, maricona.

El hilo de bramante se clavaba en mi piel como un cuchillo en la mantequilla, me rozaba los tendones y me producía un vivísimo dolor. Crucé la calle de Hortaleza, socavada de proyectiles cuyos impactos mostraban el mismo aspecto que un cráter lunar; Pepito y Pedrito iban detrás de mí, azuzándome con empellones y culatazos. La cárcel de San Antón, con las luces apagadas, parecía un hospital de fantasmas; un par de centinelas de la FAI fumaban sendos cigarrillos, haciéndose señales luminosas, uno a cada lado del portalón, derrengados sobre sus fusiles, que utilizaban a guisa de báculos o muletas.

—¡Salud, compañeros! —saludaron mis aprehensores.

En el zaguán se respiraba una atmósfera viciada, un fermento de sangre y podredumbre y charcos de pus. Acababan de evacuar la Cárcel Modelo, por temor a un asalto de las tropas facciosas, y se intentaba alojar a sus más de mil presos en las galerías ya atestadas de San Antón. A mi lado, pasaban reatas de hombres; algunos milicianos mandaban levantar los rastrillos de las celdas, para ir distribuyendo a la nueva remesa de cautivos. Se acercó hasta nosotros un hombre de unos cincuenta años, de constitución linfática, rostro redondeado por la molicie, bigotazo casi mongol y ojos que apenas eran un par de rendijas oblicuas, en medio de tanta grasa; vestía con el uniforme del ejército mejicano, muy parecido a los antiguos trajes de los toreros. Era Pancho Villa, el alcaide de San Antón, soldado de fortuna que había cruzado el charco, al olor del holocausto, para practicar vivisecciones y profundizar en el conocimiento de las vísceras humanas. Encendió una linterna eléctrica para discernir la pieza que Pepito y Pedrito llevaban.

—¿Qué es lo que me traen acá, chamacos?

Había pegado la oreja a mi esternón, y me golpeaba con los

nudillos en el pecho, para escuchar la resonancia torácica. Luego, se alzó y volvió a deslumbrarme con su lámpara portátil:

—Bravo, gachupines. Me trajeron un espécimen sanito —dictaminó, con una sonrisa demasiado poblada de dientes—. Llévenlo al quirófano.

Apuntó el rayo de luz hacia un recodo que había al fondo del zaguán, justo en el arranque de la galería donde se hacinaban los presos. Tras los barrotes del rastrillo, creí atisbar una gran habitación de cuyo techo pendían colgados de los pies, como reses que aún necesitaban escurrir la última gota de sangre, quince o veinte personas que suplicaban el acabamiento de sus males. De Pancho Villa se rumoreaba que aplicaba descargas eléctricas y termocauterios a sus víctimas, para arrancarles la verdad.

—¿No me oyeron, chamacos? —dijo, con esa premura del matarife a quien aguarda una jornada laboriosísima—. Métanmelo ahorita mismo en el quirófano.

Había dejado de sentir los cortes que el hilo de bramante me había infligido en las muñecas, anestesiado quizá por el horror que se avecinaba. De las dependencias donde Pancho Villa tenía instalados sus instrumentos quirúrgicos o de tortura brotaba una tufarada de carne chamuscada. Cuando ya parecía que Pepito iba a acatar su orden, se sobrepuso:

—A éste no tienes que arrancarle ningún secreto, porque su delito es público y notorio —dijo—. Ha estado durante veinte años jodiendo a los escritores del pueblo que querían estrenar sus obras.

—No me chinguen ni me sean hijos de puta. —A Pancho Villa le temblaban las guías del bigote—. Me lo meten en el quirófano nomás, para que le den chicotazo.

—Nuestro padre nos ha ordenado que lo encerremos en la sala número 13, que está a su cargo.

Me conmovían la obstinación de Pepito (o José: merecía que se le retirase el diminutivo) y su devoción filial. La carcajada de Pancho Villa me llegó distorsionada por un zumbido que me azotaba los oídos: era el rumor efervescente de mi sangre, que ya pronto se derramaría. Seguían desfilando largas hileras de presos, procedentes de la Cárcel Modelo.

—¡No te aguanto más cojudeces! En esta santa casa mando yo, no tu papá, y hago lo que se me pone en los mismísimos.

Unos faístas dirigían el rebaño de nuevos inquilinos, y les mostraban el camino hacia las celdas, pinchándoles con la bayoneta que remataba sus máuseres. Un calor tibio en la entrepierna vino a socorrer mi agonía: me estaba meando por la pata abajo, incapaz de controlar mi uretra.

—Nuestro padre tiene un permiso de la Federación Anarquista, para disponer a su antojo de los reos que capture —alegó Pedrito, en última instancia.

—Pero vuestro padre no está acá, anda de pingo por ahí, conque no se platique más. —Pancho Villa me inspeccionó con una barredura de la linterna, a la vez que hacía un gesto a un par de milicianos, para que me condujeran hasta las dependencias de la checa—. Vaya, vaya, si nos ha salido meoncete.

Escuché, entonces, a mis espaldas, una voz tabernaria que discutía con uno de los faístas:

—Imbécil, éste es Ricardo Zamora, el gran jugador internacional de fútbol. Es un hombre bueno. ¿De qué se le acusa, vamos a ver?

El faísta, un bigardo en mangas de camisa, con la culata del pistolón asomando en la faja, escudriñó un pliego de papel en el que figuraban los nombres de los trasladados y los cargos que se les imputaban; fruncía el entrecejo en vano, porque era refractario al alfabeto.

—Trae acá, ceporro, que lo lea yo.

Gálvez le arrebató el documento sin pedir permiso. Iba vestido con un uniforme incongruente (siempre había mostrado cierta debilidad por los uniformes híbridos e incongruentes), mitad de capitán de carabineros, mitad de rebelde zapatista: me llamaron la atención el sombrero mejicano y el cinturón erizado de pistolas y puñales, como una panoplia. A su lado, estaba Teresa, con mono azul mahón y pañolón al cuello. Pancho Villa, al verlos, se retrajo un tanto, y desistió de ponerme bajo su jurisdicción.

—Aquí está. Ricardo Zamora... Por colaborar en periódicos de derechas —leyó Gálvez, con entonación sarcástica—. ¿Es que se puede condenar a un hombre que escribe un artículo de vez en cuando en *El Debate*? Yo mismo lo habría hecho, si me lo hubiesen ofrecido.

El portero Ricardo Zamora, un tipo altiricón, casi nórdico, asentía entre hipidos. Tenía unas manazas grandes como talegas, muy apropiadas para detener pelotas y balas de cañón.

—¡Es una injusticia que este hombre esté preso! Como alguien le toque un pelo de la ropa, me lo cargo.

Gálvez acariciaba con ambas manos las cananas que le cruzaban la camisa, distinguiendo al tacto el calibre de su munición. Revestía sus amenazas de una ferocidad disuasoria que se imponía sobre los milicianos, incluso sobre Pancho Villa, que en su presencia se inhibía, y olvidaba su talante homicida.

—¿Qué queréis, imbéciles? —proseguía Gálvez—. ¿Que la historia nos recuerde como a una panda de criminales?

Extrajo un puñal de su cinturón, diminuto como un abrecartas, y cortó el bramante que maniataba al futbolista.

—Eres libre, Ricardo —dijo, y nadie osó rechistar a su veredicto—. La revolución no mata a los hombres valiosos.

Zamora asentía con gratitud y desconcierto, incapaz de asimilar las motivaciones de aquel ángel redentor, que descendía hasta los subsuelos de la crueldad para liberar a quienes ya se habían resignado a su suerte. Tampoco yo podía comprender, a pesar de conocerlo desde hacía casi treinta años, la complicada psicología de Gálvez, marcada por el hierro de la desmesura, siempre en el difícil equilibrio entre la infamia y el heroísmo, la degradación de la venganza y la magnanimidad del perdón. Quizá todo héroe precise máscaras y afeites, disfraces y fingimientos, para sobrevivir en un mundo de hombres demasiado planos o rudimentarios.

—Márchate de aquí. Y refúgiate, si puedes, en una embajada.

Este último consejo se lo dio sin disimular su desaliento, como si aquel acto de generosidad le produjese, en los recovecos confusos de su alma, una voluminosa fatiga. Ricardo Zamora salió al portalón, lloroso por el excesivo favor que se le hacía, y se extravió en la oscuridad de la calle de Hortaleza. Gálvez giró sobre sus talones, esforzándose por mantener despierta esa fiereza que lo hacía respetable, entre tantos malandrines; increpó a Pancho Villa:

—¡Mejor sería que os preocuparais de matar alimañas como ésta! —Se refería a mí, al parecer, porque me recordó mi condición viril con una patada en los cojones—. Sí, retuércete, mamón, retuércete ahora que puedes. Dentro de una hora vas a estar más tieso que un palo.

Teresa, haciendo las veces de subalterno, me remató sobre el suelo, pisando con su sandalia la misma zona genital.

—Éste va a hacer el número trescientos veinticuatro de mi lista —fanfarroneó Gálvez—. Espero que no tengas ningún inconveniente en cederme el honor de su muerte, alcaide.

Al sonreír, Pancho Villa estrechaba aún más las ranuras de sus ojos, hasta afinarlas como cicatrices:

—Faltaría más, Gálvez. Se lo estaba reclamando a tus chamacos, para darle una sesión de quirófano, pero ante un tío corajudo como tú me aparto nomás.

De la checa brotó un alarido, como una bocina que suena por última vez, aplastada por una losa de piedra.

—Lo dejas en buenas manos, no te preocupes. —Gálvez se tocó el ala de su sombrero, en reconocimiento a esa delegación de funciones—. Ya sabes que a mí también me gusta regodearme lo mío: les meto tres o cuatro balas en la barriga, y luego mi compañera los remata. Ya tiene callo en el dedo de tanto pegar tiros de gracia.

Teresa sacudió la cabeza con una leve coquetería, como rechazando un piropo que venía grande a sus méritos. Un acceso de tos resonó en sus pulmones huecos como una sucesión de aldabonazos: seguía gustándome, porque tenía esa grandeza ruinosa de las musas de Baudelaire.

—José, Pedro —ordenó Gálvez, imponiendo una actividad frenética, para no tener que pensar en la enfermedad de su compañera—, coged a este cerdo y llevadlo a la sala 13, con la demás carnaza de paredón. Antes de sacarlo de paseíto tengo que rellenar los formularios.

—Tú siempre tan respetuoso de la cosa administrativa, Gálvez —ponderó Pancho Villa.

José y Pedro me tomaron cada uno de un brazo, adiestrados en una coreografía que ya habrían repetido muchas noches y que seguirían repitiendo incansablemente, hasta que otros vinieran a relevarles. Me levantaron en volandas y llevaron a través de galerías que olían a légamo, sumidas en una oscuridad que de vez en cuando rasgaba el chorro de luz derramado por alguna linterna, descubriendo una población de hombres anémicos en perpetua vigilia. Flanqueaban el rastrillo de la sala 13, donde Gálvez ejercía su jurisdicción, dos viejos conocidos: Alfonso Vidal y Armando Buscarini.

—Mirad a quién traigo —les dijo Gálvez, obligándome a mostrar mis facciones con un tirón en los cabellos—. Esta misma noche me lo cargo.

Buscarini se restregó la manga del blusón sobre las comisuras de los labios, para limpiarse las babillas:

—Mejor es morir que no pasar el infierno que yo estoy pasando, con este gusano que me carcome el cerebro.

Arrastraba un poco las palabras, en un estado próximo a esa afasia que anuncia la crisis final en algunos locos. Resultaba irónico, o simplemente aleccionador, que Buscarini, en pleno desquiciamiento bélico, hubiese encontrado un puesto como guardián de personas cuerdas. Vidal se agachó para alzar el rastrillo; el esfuerzo estuvo a punto de deslomarlo.

—Menos mal que te encontraron —susurró, en un tono que me sonó entre cómplice y enigmático.

José y Pedro me arrojaron de bruces sobre los otros presos que atestaban la sala, un antiguo dormitorio para alumnos internos, mientras su padre se paseaba a través de un mínimo pasillo que se le había hecho, entre el hacinamiento humano: parecía un príncipe pasando revista a sus súbditos. Un ventanuco, casi a la altura del techo, no bastaba para contrarrestar el tufo a jergones y mantas sudadas.

—¿Sabes que me largo con Elena a las Américas? —me informó Vidal, extemporáneamente—. Ya acabé mi curso de catedrático por correspondencia, y he conseguido un salvoconducto para salir de España.

Lo examiné con detenimiento, esperando encontrar en su fisonomía los estigmas de la demencia, pero sólo hallé la misma mirada de credulidad bonachona que había descubierto en él, desde el mismo día en que lo conocí. En la sala 13, Gálvez había reunido una clientela abigarrada: marqueses devorados por el reúma y la desamortización, oficiales supervivientes del cuartel de la Montaña, algún mecenas esporádico que había atendido a sus sablazos y escritores más o menos coetáneos. Para que la ociosidad no agigantase sus quebrantos morales, los había puesto a pelar patatas (unas patatas arrugadas, reventonas de raicillas) y a escoger unas lentejas que tenían más de gusanos que de lentejas. Reconocí, entre el barullo de hombres anónimos y cabizbajos, a Emilio Carrere, gran maestre de la cofradía de la bohemia, cronista del Madrid antañón, con el bigotillo a la borgoñesa y la barba pugnaz trepándole por las mejillas y los pómulos, tapándole las ojeras y las lágrimas; había adelgazado veinte o treinta kilos, y perdido esa aureola de poeta que bebe ajenjo para atrapar la inspiración. También estaba allí Pedro Muñoz Seca, el autor de *La venganza de don Mendo,* cuyo único delito había consistido en hacer reírse a la gente de sí misma; sufría un cáncer de duodeno que a otros hubiese agriado el carácter, pero que en él exaltaba su gracejo gaditano. Aunque la muerte lo acechaba por partida doble, reconfortaba a los otros presos con su optimismo:

—Aquí viene su Alteza Imperial, don Pedro Luis de Gálvez, a decirnos que el Gobierno ha decretado la amnistía de los presos políticos.

A Muñoz Seca le había dedicado Gálvez un soneto exaltado («Tiene de Lope el genio caudaloso, / y el donaire mordaz, recto, brioso, / de don Francisco Gómez de Quevedo»), y Gálvez no mataba a los destinatarios de sus sonetos, porque, sobre otras indignidades, levantaba esa dignidad insobornable del poeta que jamás contradice sus versos con sus acciones. Muñoz Seca calentaba un pocillo de agua sobre un infiernillo eléctrico; nada mejor que un consomé para distraer sus dolores intestinales.

—La amnistía no se la traigo, maestro, pero sí unos sobres de caldo —metió una mano entre los botones de la camisa y extrajo unos envoltorios con verduritas y fideos, después de cerciorarse de que nadie pasaba por la galería—. En Abastos ya no se pueden conseguir, así que he tenido que entenderme con los estraperlistas, que son unos usureros.

Muñoz Seca chasqueó la lengua, algo apabullado al recibir aquellas atenciones de alguien que, oficialmente, actuaba de verdugo.

—No tienes que molestarte, Pedro Luis.

Hablaban en un cuchicheo, al fondo de la sala. Muñoz Seca abrió uno de los sobres y trasegó su contenido al pocillo de agua, que dejó escapar un hervor tumultuoso.

—Claro que sí, maestro —Gálvez no descuidaba la vigilancia del rastrillo, no fuera a sorprenderlos alguien en tan amistoso coloquio. También Teresa hacía guardia en el corredor—. ¿Cree usted que mañana andará bien de fuerzas para soportar un viaje? Tengo un amigo transportista que sale para Barcelona y no tendría inconveniente en llevarlo oculto en el remolque. Dice que disfrutó mucho con su obra *Los extremeños se tocan,* y que un buen rato como ése no se paga con dinero. Yo, por mi parte, ya sabe que no tengo más misión ni más compromiso que salvar su vida.

Muñoz Seca estrechó la mano a Gálvez, curtida en la medición de endecasílabos y en el expolio. Llegaba hasta la celda el eco de unos pies que se arrastraban como sapos.

—¡Cuidado, Pedro Luis —lo alertó Teresa—, viene Pancho Villa!

Gálvez empezó a repartir puntapiés entre los presos que quedaban a su alcance, tumbados sobre los jergones o pelando patatas, en una metamorfosis que le hubiese envidiado el actor más veterano y virtuoso. Les voceó a Buscarini y Vidal, que no salían de su asombro:

—Y cuidadme a Muñoz Seca, ¿eh? Cuidádmelo... Ya sabéis que a éste no lo mata nadie más que yo.

Y, tomando la cabeza de Muñoz Seca entre las manos, le depositó un beso sobre la frente, haciendo ventosa con los labios:

—Justito en el entrecejo te voy a meter el balazo.

A lo que Muñoz Seca respondió, continuando con la farsa:

—Honradísimo, Gálvez, honradísimo.

Pancho Villa se asomó al barracón, y empotró su rostro abotargado entre dos barrotes; las pupilas le relumbraban, allá al fondo de las ranuras, como dos rescoldos avivados por la inminencia del asesinato.

—Gálvez, mis muchachos ya están preparando la saca —anunció—. Mira a ver a quién eliges hoy. Conviene que no te retrases.

Las furgonetas encargadas del transporte ya aguardaban en el costado del edificio, aparcadas en la calle de la Farmacia; por el ventanuco se colaba la trepidación de sus motores, y los vozarrones de los milicianos que dirigían la operación. Gálvez eligió casi a voleo:

—Hoy me llevaré a Fernandito y a Emilio Carrere. Hala, maniatadlos, mientras yo voy a la oficina a que me firmen las papeletas.

La burocracia de la guerra cultiva estas anticipaciones macabras: antes de darles el paseo, a los condenados se les introducía en el bolsillo de la camisa un acta de defunción donde figuraban algunos datos escuetos sobre su biografía y la causa de su muerte, que resumían en la palabra "hemorragia". Pancho Villa proseguía su ronda por las galerías de San Antón, repartiendo su viático de mal agüero; los hijos de Gálvez se abalanzaron sobre mí, mientras Buscarini y Vidal hacían lo propio con Carrere: además de asegurarme la atadura de las muñecas con un hilo de bramante que ya casi se me clavaba en el hueso, me birlaron la cartera, el reloj detenido en alguna hora inexacta y los zapatos. Carrere, menos estoico que yo, abría sus ojos de búho bizco, y lanzaba berridos de orate:

—¿Qué he hecho yo, Dios mío? ¿Cuál es mi culpa?

Se oía el chirrido de los rastrillos al alzarse, la voz tartajosa de un miliciano que leía la lista de elegidos (más de cien personas, casi todas oficiales del ejército que se habían sublevado contra la República y atrincherado en el cuartel de la Montaña) y el gañido prolongado, casi telúrico, de los elegidos.

—¿Es que nadie me va a decir cuál es mi culpa? —insistía Carrere.

Vidal le arrancó del cuello una cadenilla de oro con un crucifijo. Los integrantes de la saca desfilaban por la galería, camino de los camiones que los llevarían a los páramos de Torrejón, o a los campos sequizos de Paracuellos del Jarama, cortados por un río que era como una herida de cristal. Carrere demandaba insistentemente una explicación; miraba ya con ojos desmelenados, como instalados en una región de locura.

—Te parecerá barro haber estado toda tu vida fingiendo que eras un bohemio —le reprochó Vidal—, animando a los jóvenes a la aventura de los cafés, mientras tú cobrabas un sueldazo en el Tribunal de Cuentas.

Carrere lloraba con un llanto sordo, nada esbelto, como de tullido que lamenta su mal. Me acerqué a Muñoz Seca, que cocinaba su caldo en un rincón, sin atreverse a intervenir. Por el trozo de cielo que se veía a través del ventanuco comenzaban a rodar unos truenos todavía lejanos.

—¿Es verdad que nos va a matar? —le pregunté, en un tono algo compulsivo que parecía reclamar una negación—. Antes, en el zaguán, presencié con mis propios ojos cómo liberaba a un futbolista, y hace un rato escuché lo que hablaban.

El llanto de Carrere ponía música al silencio, una melodía reposada que de vez en cuando se sobresaltaba con algún sollozo. Muñoz Seca se atusó el bigote larguísimo, y formuló con los labios una mueca ambigua.

—¿Y qué quiere que le diga? Yo soy el primer sorprendido con su actitud. Debe de profesarme ese cariño porque alguna vez lo socorrí con alguna limosna. Pero es un hombre impredecible: a veces piadoso hasta la santidad, a veces sanguinario hasta la vileza. —El pocillo ya anunciaba el fin de la cocción con un borbolloneo que se sobreponía al llanto de Carrere. Muñoz Seca continuó—: Se ha fraguado una leyenda, para hacerse respetar por estos esbirros, a base de anécdotas truculentas, y las leyendas ya sabe usted que hay que alimentarlas, para que no decaigan.

Temblé ante la posibilidad de convertirme en pasto de esa leyenda. Afuera, en la calle de la Farmacia, los camiones ya arrancaban con su cargamento mortuorio, rumbo a Paracuellos; antes de ser fusiladas, las víctimas cavaban una zanja a sus pies, para caer sobre ella: así sus asesinos se ahorraban el enterramiento.

—Gálvez se vanagloria de haber matado a todos los infelices que cada mañana aparecen en los descampados —proseguía Muñoz Seca—. Le gusta exagerar, para infundir respeto. Pero asesinar, lo que se dice asesinar, no sé si habrá llegado a hacerlo... Aunque hay noches que parece predispuesto: antes de salir, se bebe una garrafa de coñac, para anegar el pensamiento, y parece preparado para cualquier salvajada. ¡Pobre hombre! ¡Qué vergüenza para este país, que un poeta de su talento y sensibilidad tenga que participar en esta matanza!

El primer relámpago alumbró brevemente la celda con un trallazo de luz. Me recosté sobre una pared, incapaz de sostener la flojera, después de escuchar las explicaciones de Muñoz Seca. Me afligía esa desazón que produce saberse partícipe de una lotería en la que se poseen la mitad de los boletos, ese sibaritismo del espanto que debe de acompañar a quienes practican el deporte de la ruleta rusa. Las manos, recogidas a la espalda y laceradas por el bramante, anunciaban con un cosquilleo la falta de riego sanguíneo.

—Yo creo que Gálvez padece todas las contradicciones del héroe clásico —reflexionó Muñoz Seca, como si yo necesitase alguna especie de consuelo intelectual—. Las circunstancias le obligan a actuar de modo contrario a sus convicciones. Pero en su semblante nunca se manifiestan las pugnas que mantiene en su alma: tampoco en la tragedia griega contemplábamos el rostro del héroe, había una máscara que lo vedaba a nuestros ojos.

Regresó Gálvez con una garrafa de la que bebía a morro, dejando que su contenido se le despeñara por las comisuras de la boca, como un espumarajo caliente.

—¿Qué? ¿Alguna novedad?

—Ninguna —dijo Teresa, que seguía apostada en el pasillo, divisando desde aquella atalaya la actividad de la prisión. Nos señaló con el índice—: Muñoz Seca y Fernando, que andan filosofando a tu costa.

Gálvez se aproximó a Carrere y a mí, y nos guardó a cada uno en el bolsillo de la camisa nuestras respectivas papeletas de defunción. Su aliento, apestoso de coñac, me abofeteó las mejillas, como una constatación a las palabras de Muñoz Seca. La humedad de mis pantalones, que ya se había enfriado, volvió a entibiarse, con un nuevo suministro de orín.

—Fernandito está acojonado —dijo José, el primogénito de Gálvez, que se vengaba así de mis diminutivos.

—Los camiones ya partieron hace un rato —informó Teresa.

—Mucho mejor. A mí me gusta que los paseos sean en familia. Iremos en el Rolls.

Carrere no se había meado, quizá porque padecía de próstata, o porque la orina se le había helado en la vejiga, pero a cambio gimoteaba y se retorcía como un garabato cuando José y Pedro lo tomaron, cada uno de un brazo, como antes habían hecho conmigo. Muñoz Seca me depositó una mano en el hombro.

—Guarde la entereza, amigo —me recomendó.

Los otros presos volvieron a replegarse contra las paredes, para hacer hueco a quienes nos íbamos, y Vidal y Buscarini me miraron con ese respeto protocolario que todos fingimos cuando desfila ante los balcones de nuestra casa un ataúd con todo su séquito mortuorio. Gálvez me marcó el camino hasta el portalón de la calle de Hortaleza, colocándome el cañón de su máuser en el espinazo. Respiré el aire indómito de la noche, previo ya a la tormenta, y sentí el contacto escabroso de los adoquines bajo mis pies desnudos.

—Tú conduces, José.

A Carrere y a mí nos adjudicaron el asiento trasero, flanqueados por Gálvez y Teresa, y Pedro ocupó el lugar del copiloto. El automóvil funerario se puso en marcha, con su rugido característico, y José comenzó a sortear los socavones del adoquinado con volantazos que me arrinconaban contra Teresa, contra su osamenta de cierva herida, que parecía a punto de desmigajarse. La ciudad desfilaba como un escaparate móvil a través de las ventanillas; se veían jirones de luz, edificios en ruinas, una geografía desolada de escombros y cadáveres ambulantes. La voz de Gálvez, a medida que se iba empapando de coñac, sonaba con un metal distinto:

—Pedro, dirígete a la Dehesa de la Villa. Ya sabes: en la revuelta de la derecha. Aprovecharemos el terraplén, para que no haya balas perdidas.

Hablaba desmenuzando las palabras, y esbozaba una mueca resignada, quizá socarrona, mientras se tocaba y retocaba el ala de su sombrero mejicano. El uniforme más o menos castrense le transmitía una juventud vicaria y absurda. Carrere se frotó la barba, como si quisiera desgastarla, limpiándose el caudal de sus lágrimas; aulló:

—¿Pero qué clase de monstruo eres?

Gálvez se enjuagó la boca con coñac, trasladándolo de uno a otro carrillo, y haciendo gárgaras con él. Las cananas que cruzaban su pecho resplandecían a la luz de los relámpagos como alfanges de oro.

—¿Que qué clase de monstruo soy? —Miró a través de la ventanilla, buscando inspiración en el paisaje—. Un canalla que a veces recuerda que ha sido poeta.

Su voz parecía arrastrar un peso milenario, compuesto de todos los pecados que la humanidad había perpetrado desde el inicio de los tiempos. El Rolls ascendía por Santa Engracia en primera, lentorro como una tartana (Pepito, o José, ignoraba el funcionamiento de la palanca de cambios), y torcía en Abascal. Más allá de los cipreses de San Martín, se percibía el rumor azulado de las nieves que coronaban la sierra, inconsútiles como una mortaja. Carrere gimió:

—¡Tú no puedes matarme, Pedro Luis! ¡Tú no puedes matar a un colega!

Nos deslizábamos por calles desconocidas, confusas de murciélagos y de mendigos que huían despavoridos a la luz de los faros. Caía una lluvia primero insignificante, luego más recia, sobre la chapa del automóvil. Pronto, las ventanillas estuvieron surcadas por goterones que discurrían como mercurio sobre la superficie pulida.

—¿Que no puedo, dices? —Y se sacudió el acoso de Carrere con imperiosidad—. ¿Que no puedo? ¿Cuál es mayor crimen: matar a un hombre, para que deje de penar, o hacer lo que tú, que engañas a tus discípulos, haciéndoles creer que vives de la literatura, para arrojarlos a la miseria? ¿Cuál es mayor crimen: matar a un hombre o plagiar el trabajo de otros, como ha hecho este mamón?

Para Gálvez, los atentados contra la literatura eran más imperdonables que los atentados contra la vida, quizá porque la literatura había llegado a suplantar su respiración, o se la había envenenado. No me defendí, por temor a delatar mi zozobra.

—¿No es peor delinquir por capricho, como hacéis vosotros? Al menos, yo lo hago por necesidad, para espantar mi desgracia. Voy a morir pronto, quizá mañana mismo, cuando los fascistas entren en la ciudad. El olvido quizá se trague mi obra, en la que he empeñado tanto esfuerzo: sería injusto que me sobrevivierais. Puesto que mi suerte está echada, por lo menos intentaré marcharme al otro barrio con las cuentas saldadas.

El aire se rasgó con otro relámpago, que iluminó el perfil de Gálvez, complicado de arrugas y cavilaciones. La ciudad parecía envuelta en un sudario fosforescente, pero Gálvez ya no miraba hacia el exterior: había entornado los párpados y alzado la garrafa, para emborracharse.

—Déjalo ya, Pedro Luis —le suplicó Teresa, en vano—. No merece la pena.

Se abrió un silencio tenaz, mientras la lluvia se estrellaba sobre el parabrisas, como una bandada de pájaros suicidas. Bajo el ala de su sombrero, Gálvez mostraba los estragos del alcohol: su piel se volvía amarillenta por momentos, como aquejada de una súbita ictericia. Al pasar por la calle de Francos Rodríguez, dejamos atrás la casa de Gálvez, de la que ya sólo perduraba, tras los bombardeos, la fachada principal. José y Pedro, quizá para aliviar la tensión, comenzaron a tararear una tonada, mientras el Rolls se aventuraba entre los matojos de la Dehesa de la Villa.

—Joven guardia, joven guardia,
al burgués implacable y cruel,
joven guardia, joven guardia,
no le des paz ni cuartel.

Gálvez contempló aquel estropicio que había sido su hogar con una nostalgia añeja, acuñada de pesadumbre. Sentí un repentino respeto por mi sangre, que pronto se derramaría. En la Dehesa de la Villa, entre tomillos y jarales, se fusilaba a mansalva, en las horas previas al amanecer, muy cerca de las líneas enemigas, como si se quisiera interponer una muralla de carne que intimidase a los sitiadores. Los relámpagos nos asaltaban con imágenes goyescas de hombres que blasfemaban o extendían los brazos en cruz o renegaban de su fe un segundo antes de caer, alcanzados por las balas. Los truenos añadían su percusión a las detonaciones.

—Al menos vosotros seréis mártires de la España que se avecina. Yo, en cambio, moriré clandestinamente, y mi nombre será tachado al frente de mis libros.

Gálvez hablaba para la posteridad, en un susurro apenas audible bajo el repiqueteo de la lluvia, que arrojaba su metralla simbólica sobre mí, anticipando el fusilamiento. Si me hubiesen solicitado un último deseo antes de morir, habría elegido acariciar a Teresa, posar mi mejilla sobre sus senos deshojados y retornar a un pasado del que entonces me arrepentía, aunque ya no lo pudiera cambiar.

—Hemos llegado, padre.

En el terraplén que Gálvez utilizaba como paredón aún se amontonaban los cadáveres de noches anteriores que nadie se encargaba de recoger, en diversos grados de descomposición, reconcomidos de gusanos y de pecados mortales que no habían podido confesar. Cuando Teresa salió del coche, tuve una impresión de desasimiento y orfandad. La tormenta era tupida, apretada de fragores, surcada de relámpagos como cicatrices. Carrere se había cagado en los pantalones, y la mierda tiraba de él hacia abajo, como un contrapeso que le impidiera caminar. Teresa volvió a meterse en la cabina del Rolls, queriendo encerrarse en una escafandra que la aislase del exterior, mientras sus hijos montaban los máuseres y acomodaban las culatas a los hombros ya fornidos, a pesar de la pubertad recién estrenada. El agua fría del cielo me iba empapando la camisa, y desleía la caligrafía urgente de mi papeleta de defunción, escrita con una tinta muy poco resistente. Carrere rezó una letanía improvisada, de ésas que no figuran en ningún devocionario, pidiendo una muerte indolora; de inmediato, como si alguien hubiese escuchado su ruego, cayó desmayado.

Gálvez lió un cigarrillo y le prendió fuego, mientras el agua le resbalaba por el ala de su sombrero mejicano, como por una cornisa. Un frío azul, inmenso como el miedo, me recorrió por dentro y me obligó a suplicar clemencia, puesto de hinojos.

—Esperad, no disparéis.

José y Pedro me apuntaban, impasibles al itinerario de los relámpagos. Gálvez se acercó, enjoyado de cananas y puñales, le tomó el pulso a Carrere, chasqueó la lengua y se volvió hacia mí. A la sombra proyectada por su sombrero, parecía un pajarraco reducido a plumas y esqueleto. El aliento de coñac me reavivaba, como ese algodón empapado de amoníaco que se aplica a los inconscientes:

—¡Te lo suplico, Pedro Luis! ¡Perdóname, por Dios! —imploré, rebozándome por el barro.

—No tenéis cojones para morir. La muerte es un castigo para hombres decentes. Los cobardes no merecéis que otros os eviten el trabajo de mataros. Ten, para cuando te decidas a hacerlo.

Se había sacado una bala del cinturón y me la había introducido entre los dientes que castañeteaban, como una gragea cuyo veneno se iría disolviendo con la saliva. Gálvez escupió por el hueco del colmillo, tambaleándose de clemencia o alcohol, y se perdió entre los cortinajes de la lluvia, seguido de sus hijos, a quienes parecía desagradarles aquel súbito cambio de planes. La bala me sabía a pólvora, pero al morderla dolía como un pedazo de mi propia carne.

Gálvez desapareció para siempre, como un ángel que vuelve al infierno, como un héroe enmascarado que al final de la función se aparta la careta y reniega de su heroísmo. Ya no lo volvería a ver. Detrás de mí, a una distancia de apenas medio kilómetro, más allá de los desmontes regados por una sementera de minas y de fémures, estaban los soldados de Franco, esperando a entrar en Madrid cuando volviese a reír la primavera de aquel año, o del siguiente, o del que fuera. Volvería con su sol pálido y vengativo, para que las cosas siguiesen como estaban, pero al revés.

IV. Coda

Y le contestó: « Te aseguro que hoy
estarás conmigo en el Paraíso».

Lc, 23, 43.

Esbirro del poder, ¿acaso piensas que él pensaba en ti?
¿Crees que él no vio más que las cuatro paredes de su celda
hasta que con desgana tú giraste la llave?
¡Pues te equivocas! ¡Mucho más dichosa y noble fue su suerte!
(...)
A regiones creadas por su maravillosa inspiración
se remontó feliz. ¿Quién podrá ensombrecer toda su fama
cuando tú y tu cuadrilla de ratas hayáis muerto?

JOHN KEATS
(Versión de Lorenzo Oliván)

En la madrugada del día 28 de noviembre de 1936, mientras el Gobierno republicano organizaba la evacuación a Valencia de un grupo de intelectuales, entre quienes se contaban Antonio Machado, José Moreno Villa y José Gutiérrez Solana, Fernando Navales lograba recorrer la distancia que lo separaba del frente faccioso, que alcanzó sin demasiadas complicaciones (una vez más, había jugado a la ruleta rusa y había ganado): no pisó ninguna mina, quizá porque un paso tambaleante y errático como el suyo no había sido previsto por los artilleros de los ejércitos rojo y azul, que tan concienzudamente habían sembrado el lugar de pólvora; tampoco los centinelas rebeldes le ordenaron detenerse o identificarse (labor muy complicada, pues sólo habría podido aportar una papeleta de defunción con la tinta desleída): la lluvia era tan intrincada que no lo descubrieron hasta que hubo alcanzado las trincheras. Por fortuna para él, la tromba de agua habría hecho desaparecer las manchas de líquidos menos nobles que condecoraban su pantalón, pues ya se sabe que la soldadesca es más bien poco comprensiva con estas debilidades fisiológicas.

Fernando Navales se negó a empuñar un arma (acababa de salvar su pellejo, y no le apetecía volver a ponerlo en venta) y, tras entrevistarse con oficiales, rellenar instancias y acreditar su lealtad a la Cruzada, *arribó a una Salamanca que por entonces era capital de la zona facciosa y campamento de retaguardia. Fernando Navales se empleó, o lo emplearon, en la Dirección de Prensa y Propaganda, al mando del general Millán Astray; allí, en compañía de otros lebreles y lacayos del fascismo español, como el escritor Ernesto Giménez Caballero, se inició en los entresijos de la censura, forma de abyección que aún no había transitado, y en la que llegaría a logros notabilísimos.*

Durante su estancia en Salamanca, Fernando Navales participó en conspiraciones y tertulias de café, en revistas literarias y libelos difamatorios, y entretuvo el aburrimiento (o lo fomentó) con paseos monótonos bajo los soportales de la Plaza Mayor, y también con algún que otro paseíllo menos inocente por la ribera del Tormes, a la hora estremecida del amanecer, que es la que más favorece a los fusilados, porque les lava la cara con un agua de rocío o escarcha. Todas estas menudencias las describe y desmenuza en la continuación de sus memorias, en unos capítulos que bien podrían titularse Salamanca, Cuartel General, *como aquella novela desaparecida o inexistente de Agustín de Foxá. Quizá algún día nos animemos a editar estos episodios salmantinos: no aquí, desde luego, puesto que no mencionan a Pedro Luis de Gálvez, ni siquiera de manera tangencial.*

Tras la "liberación de Madrid", Fernando Navales se incorporó a esa legión de oportunistas que, convenientemente adoctrinados, formaron la burocracia del Régimen, y que llegarían a disfrutar de rentas y subsidios oficiales. Invocó su condición dudosa de "camisa vieja" (que nunca logró demostrar, pues no figuraba en los archivos) para promocionarse en la Dirección de Prensa y Propaganda, donde llegó a expurgar más novelas y películas que el más frenético ingeniero del tijeretazo. Con su actitud, contribuyó activamente a la conversión de Falange en un partido al servicio del Estado franquista y de su perpetuación, un instrumento o testaferro para mantener la cohesión nacional, aportar gentío a las manifestaciones de la Plaza de Oriente y adecentar malas conciencias.

Quien nunca necesitó adecentar la suya fue Pedro Luis de Gálvez, pues actuó siempre, hasta el final de sus días, conforme a los dictados viscerales de su corazón. No negaremos que su participación en la Guerra Civil fue poco honrosa, pero es muy probable que esas tropelías que se le atribuyen, y de las que él mismo hacía alarde, con esa locuacidad bronca que infunde el alcohol, nunca las llegara a cometer: son adherencias que se incorporaron a su leyenda, o jactancias que él mismo inventó. Esa misma madrugada del 28 de noviembre de 1936, al regresar a la cárcel de San Antón, se enteraría de que, aprovechando su ausencia, el sanguinario alcaide había incorporado a Pedro Muñoz Seca a una saca tardía que, en un segundo turno, había salido en dirección a Paracuellos del Jarama, cementerio improvisado al nordeste de Madrid. Aunque biógrafos algo desaforados del autor de La venganza de don Mendo *hayan cargado con el oprobio de su asesinato a Gálvez, lo cierto es que el bohemio intentó por todos los medios protegerlo. Como afirma Ramón Gómez de la Serna en la semblanza poco amable que dedica a nuestro protagonista, «Pedro Luis no mataba a quien había dedicado un soneto, pues un soneto de él suponía una gran constancia en la dádiva, y Muñoz Seca debió de ser muy generoso con él».*

La muerte de Muñoz Seca suscitó agrias disputas entre Gálvez y el mejicano Pancho Villa, apoyado por unas milicias que comenzaban a sospechar de la ortodoxia de aquel poeta que incluía en su currículum más de trescientos asesinatos sin testigos y que, quizá, estuviese favoreciendo la huida y rescate de algunos sospechosos, en una labor callada que encubría tras la máscara de la crueldad. No andaban desencaminados: además de perdonar las vidas de Emilio Carrere y Fernando Navales, además de liberar al futbolista Ricardo Zamora, Pedro Luis de Gálvez ayudó a esconderse a su paisano, el escritor y académico Ricardo León, para quien había trabajado como negro, y alertó a otros escritores, como Cristóbal de Castro o Pedro Mata, aconsejándoles que abandonaran la capital, antes de que se les echasen encima. Perdido su predicamento en la cárcel de San Antón, espiado por los faístas que habían comenzado a recelar su doble juego, desarbolado su hogar en la calle de Francos Rodríguez por los bombardeos de la aviación enemiga, Gálvez marchó con toda su familia a Valencia, con la intención vana de mejorar su condición y estado, objetivo imposible en quien cambia de lugar, pero no de vida ni de costumbres, como ya le ocurriera al Buscón de Quevedo.

En Valencia, Gálvez se ganó el sustento escribiendo para el periódico sindicalista El Pueblo *e incurriendo en otras chapuzas más o menos literarias. Publicó, conmemorando el segundo aniversario de la Revolución, un ramillete de* Sonetos de Guerra, *dedicados a "héroes del pueblo", como el fallecido Durruti, Miaja, Líster, "El Campesino" o García Lorca. Eran sonetos, una vez más, muy meritorios, con flecos de desgarro que no destacaban, sin embargo, por sus dotes proféticas; en uno de ellos, titulado «Tarjeta de pésame», dedicado al general Franco, lo invitaba a volarse de un tiro la cabeza: «Demasiado no fíes en la suerte: / vas a perder muy pronto la partida. / En esta España por tu mano herida / no podrás alentar ni sostenerte», le auguraba.*

Por supuesto, Gálvez guardó lealtad a su conducta y a su talante, lo mismo en Valencia que en Madrid. Hay una anécdota muy jugosa, que define al bromista macabro que fue Gálvez, incapaz de pasar de las palabras a los hechos. Enrique Rambal, empresario teatral que en épocas de paz había rehusado sistemáticamente —igual que Fernando Navales— estrenar un drama de Gálvez, se vio de repente emigrado a Valencia, donde se le obligó a representar obras de contenido revolucionario, en las que desempeñaba al unísono tareas de actor y director. El suceso lo cuenta Tomás Borrás, en su biliosísimo libro Madrid, teñido de rojo: *Rambal acababa de entrar en su camerino, después de hacer un mutis, y se retocaba el maquillaje ante el espejo de su tocador. Llamaron a la puerta, y, al abrirla, se encontró con Pedro Luis de Gálvez, «en uniforme de la FAI, jefe de patrulla de asesinos en camiseta, cartuchera, pistola, fusil y lista de sospechosos», que le dijo: «—Ya sabes a lo que vengo; al terminar la función te espero». Rambal logró representar el tercer acto, a pesar de la consternación que le producía aquella expectativa fúnebre, y a la caída del telón se despidió de su mujer y sus hijos con gran efusión y aparato. Gálvez introdujo a Rambal en su coche pintarrajeado de siglas libertarias y lo llevó a una casa de los arrabales. Lo sentó en un sofá, le acercó una lámpara y, cuando ya el empresario se temía un interrogatorio con algo más que rasguños y cachetitos, Gálvez extrajo de su camisa un manuscrito y se sentó a su lado. «—Ahora te fastidias y escuchas mi comedia», le dijo, y empezó a leérsela.*

Más o menos el mismo escarmiento que había aplicado a Fernando Navales, el mismo "sibaritismo del espanto", las mismas amenazas no consumadas: así era Gálvez, asesino de pensamiento, nunca de obra. La guerra lo fue dejando baldado, pero devoto de su Teresa, que ya empezaba a agonizar, por culpa de aquella tuberculosis mal curada. Diez días después de que anidaran "las águilas de Roma" en Madrid, el 11 de abril de 1939, un tal Ramiro Valderrama Romo, natural de Benavente (Zamora), soplón y beato del nuevo régimen, huésped en la misma pensión en que moraba Gálvez, "La Posada del Mar", lo denunció por disipado y nocherniego. Ese mismo día fue detenido por un cabo y un número de la Guardia Civil, que ni siquiera necesitaron mostrarle la orden judi-

cial; Gálvez tranquilizó a la moribunda Teresa, apaciguó a sus dos hijos, y acompañó a los guardias civiles hasta el cuartelillo, donde le tomarían declaración.

El 12 de abril fue ingresado en la cárcel celular de Valencia. De allí fue trasladado a la prisión de Yeserías, cuando empezaron a llegar en tropel denuncias por sus presuntas atrocidades. El 5 de mayo de 1939 se inicia contra él un procedimiento sumarísimo de urgencia (la depuración exigía agilidad en los trámites y pleonasmos en la nomenclatura); varios memoriosos desmemoriados, habitantes de cloaca que suelen emerger al final de cada guerra, habían acusado a Gálvez de "mala conducta privada y pública" y colaboración en la prensa roja, así como de los asesinatos del comediógrafo Pedro Muñoz Seca, del general Navarro y Ceballos y de varias docenas de monjas (se solía añadir a los cargos el asesinato de monjas, que es crimen que impresiona mucho, para que el fallo se decantase infaliblemente por el lado del plomo).

Gálvez no compareció nunca ante este tribunal, pretextando una fatiga que nacía del fatalismo, más que de la edad o de las condiciones insanas que por entonces imperaban tras los muros de Yeserías, pero sí mandó un texto de descargo, redactado de su puño y letra, el 24 de junio, en el que, amén de manifestar su inocencia (si bien es cierto que con escasa o nula convicción, con esa voz chiquita que tienen los afónicos y los derrotados), ruega que comparezcan ante el tribunal, en calidad de testigos, el futbolista Ricardo Zamora y los escritores Pedro Mata, Ricardo León y Emilio Carrere, a quienes había ayudado en diverso grado. Como el miedo es bastante comodón y sedentario, los testigos no comparecieron, tampoco aportaron declaraciones por escrito, omisión de socorro que denota el grado de zanganería o pusilanimidad que asalta a las gentes que viven de la pluma, sobre todo en tiempos de penuria.

Por esas mismas fechas, Emilio Carrere publicaba en la colección "La novela del sábado" su narración La ciudad de los siete puñales, *en la que aparece un tal Vélez, capitán de carabineros, que es un trasunto de Pedro Luis de Gálvez; Carrere, quien, tras el episodio de la Dehesa de la Villa, se había presentado voluntariamente en un manicomio con los pantalones cagados, haciéndose pasar por loco (allí*

*iba a consumir los dos años y medio que aún duraría la contienda),
no escatima los piropos: llama a Gálvez "poeta-verdugo de la
República", "loco zambullido en alcohol", "fuerza mala de la naturaleza", "símbolo de esta hora infrahumana" y otras paparruchas
grandilocuentes que, en caso de haberlas leído los militares que tra-
mitaron el proceso de Pedro Luis de Gálvez, lo habrían hecho todavía
más sumarísimo y de urgencia. En* La ciudad de los siete puñales,
*Carrere le adjudica a Gálvez doscientos crímenes, con ojo de cubero
tuerto; cifra que palidece si la comparamos con la que aportan los
más exhaustivos contables: mil quinientos, casi nada.*

*El 24 de noviembre de 1939, reunido el Consejo de Guerra
Permanente para fallar el procedimiento de Pedro Luis de Gálvez, se
considera probada la participación del reo en la rebelión marxista, y
más que probable la comisión de esos infinitos asesinatos que se le imputaban, «por lo que procede imponerle la pena de muerte». Firman
y rubrican la sentencia los miembros del Consejo el 5 de diciembre,
con garabatos irreconocibles, como para pasar de incógnito, pero el
afectado no recibió notificación de la misma hasta abril de 1940:
para entonces, Pedro Luis de Gálvez estaba encerrado en su último
destino, la cárcel que se había establecido como antesala del paredón
en la calle del General Díaz Porlier, aprovechando las instalaciones
de un colegio de escolapios que ya los rojos habían utilizado con parecidos fines. Como diría Fernando Navales, «había que aprovechar lo
poco aprovechable, y aquellas barracas macabras todavía iban a dar
mucho juego, en la paz inquisitorial y bendita de Franco».*

*Como ya destacamos antes, las memorias de Fernando Navales,
que tan valiosas nos han resultado para bucear en el devenir de
Gálvez, desde 1908 hasta noviembre de 1936, no vuelven a referirse
a él, aunque se alargan hasta mediados de 1942. Esta desaparición
abrupta del personaje al que más páginas dedica Navales en su obra
(con excepción de sí mismo), nos espoleó a buscar las razones de tan
súbito cambio de proceder: Gálvez había marcado la existencia de
Navales, había arrojado su sombra heroica y envilecida sobre él,
había influido en su conducta, durante varias décadas, actuando,
por contraste y oposición, como ese* alter ego *que todos necesitamos,
para reafirmar nuestra personalidad; parecía improbable que no*

hubiese algo *más. Soledad Blanco, prima segunda de Navales y única heredera de su miserable legado (Navales hubo de recurrir al vínculo colateral a la hora de otorgar testamento, pues murió sin descendencia), que tan generosamente nos ha cedido parte de sus memorias para su publicación, nos facilitó también el documento que a continuación reproducimos. Se trata de una carta ológrafa de Pedro Luis de Gálvez, escrita en la Prisión de Porlier, el 29 de abril de 1940, pocas horas antes de su fusilamiento, sin esperanzas, pues, de respuesta; está escrita con un estilo algo deslavazado, que ya delata ese temblor que la muerte infunde en sus elegidos (nada que ver con el temblor santurrón o claudicante de los cobardes). Gracias al testimonio biográfico que el escritor Diego San José, inquilino también en Porlier, nos dejó, podemos figurarnos un retrato de este Gálvez postrero, puesto ya el pie en el estribo: «Ciertamente, que sólo por la voz pude reconocerle. Por la estampa, hubiérame sido difícil. Vi avanzar hacia mí a un viejo decrépito y cojo, con unas barbas blancas y enmarañadas, entre las que muy de tarde en tarde aparecía un hilillo de ébano. (...) Su pensamiento estaba reconcentrado a toda hora en Teresa, la última compañera de su vida, y en sus hijos, a todos los cuales escribía diariamente largas cartas, que seguramente formarán un precioso epistolario, interesantísimo para reconstruir algún día los últimos pasos por el mundo del mejor sonetista de su tiempo».*

A falta de ese epistolario, reproducimos íntegra la carta que Pedro Luis de Gálvez dirigió por conducto militar a Fernando Navales, poco antes de su fusilamiento:

A Fernando Navales, dondequiera que esté:

Tres meses y pico llevo en esta cárcel, donde —al igual que ocurría con aquélla que visitó el manco genial— toda incomodidad tiene su asiento y todo triste ruido su habitación. Cada noche, cuando el carcelero patrulla las galerías con un pliego entre las manos, leyendo los nombres de quienes van a ser ajusticiados en las tapias del cementerio de la Almudena, mientras los demás reclusos cruzan los dedos y elevan plegarias al cielo, para que su nombre no esté incluido en tan pavorosa lista, yo me mantengo expectante, deseoso de escuchar por fin ese "Pedro Luis de Gálvez" que me libere de mis ataduras mortales. Nada más doloroso e ingrato que querer entregar la vida y recibir a cambio el martirio de las declaraciones, los careos y los tormentos que me dejan sin resuello.

Cuando fui apresado en Valencia, quienes conocen las trapacerías judiciales me aconsejaron que me fingiera loco, para que los médicos declararan que no estaba en mi sano juicio y salvar así el pellejo: los militares del tribunal —me aseguraban— nunca dictarían sentencia de muerte contra un demente, y se "conformarían" con una condena de cadena perpetua o un internamiento en cualquier manicomio del país. No les hice caso, pues si algo he aprendido en todos estos años es que la vida es un don mucho menos valioso que la libertad, y que la muerte, para el condenado, es la única forma de libertad que le resta. Por eso aguardo la liberación de mi alma, ahora que mi cuerpo ya es sólo un cachivache que la aprisiona. Intuyo que hoy se consumará esa liberación, porque los celadores me miran con más compasión que dureza, y ni siquiera me escupen.

De puertas adentro de la cárcel no se busque la moral, ni la corrección, ni la delicadeza. Esto es un estercolero: caemos aquí, y, al poco tiempo, estiércol somos. A mí, cuando llegué a Porlier, procedente de Yeserías, me regalaron con un desayuno no del todo apetitoso, para acostumbrar mi organismo a las asperezas de la vida carcelaria: una jícara rebosante de aceite de ricino, en la que debía mojar, a modo de galleta, una pastilla de jabón, y comérmela. Ocurrió en el patio de la cárcel, a la vista de los demás reclusos, que se suponía que debían escarmentar en cabeza ajena; un par de soldados me apuntaban con sus pistolas, y yo tuve que ingerir alimentos tan poco apetitosos en menos de cinco minutos. El aceite de ricino, al llegar al estómago, actuaba como aquel salutífero bálsamo de Fierabrás, haciéndome vomitar sin descanso, hasta echar los bofes, con tantos trasudores y bascas que me vi morir; la pastilla de jabón, entretanto, se me había reblandecido, al calor de las tripas, y ascendía por la garganta su espuma, que se me derramaba por la boca, como un agua de seltz. A los soldados acometióles gran regocijo, y aun a los presos, sobre todo cuando al jaleo acudió don Félix, el capellán de la prisión, que al verme de aquella guisa, sacudido de espasmos y desaguando el brebaje por entrambas canales, empezó a recitar latinajos y a trazar por el aire el *signum crucis;* a lo que luego supe, me había echado un exorcismo, para que aquel demonio que habitaba dentro de mí me abandonase.

Y no fue lo peor aquel desayuno que me dispensaron a modo de salutación. Todos los días, a la hora de la siesta, una brigada de falangistas llega a Porlier y, con el pretexto de traer y llevar diligencias judiciales, campan por sus respetos en las galerías de la cárcel, y someten a los reclusos a todas las sevicias que en ese momento les inspira su caletre (y siempre suelen ser las mismas, porque la variedad imaginativa es patrimonio de los hombres inteligentes). A mí, desde que estoy aquí, me han flagelado las carnes con floretes de hoja finísima, me han dado tratos de cuerda, descoyuntándome los brazos, me han aplicado corrientes eléctricas en los testículos, y también irradiaciones luminosas de altísimo voltaje en las sienes, que punzan los ojos y transmiten una ceguera que dura muchas horas. Nada siento tanto, sin embargo, como la tortura que reservan para quienes hemos vivido del oficio de la escritura: nos clavan astillas en los dedos hasta arrancarnos casi las uñas, y luego les prenden fuego, y aplauden cuando la sustancia córnea de las uñas crepita y se retuerce, ante la proximidad de la llama; y no lo siento por el lancinante dolor que me aflige, sino porque, después del tormento, me resulta imposible empuñar la pluma durante al menos una semana. Las mujeres aún corren peor suerte: les traspasan los pechos con agujas y las violan, y, metiéndoles anzuelos por la vagina, les hacen desgarraduras en la matriz.

Muchos murieron como consecuencia de aquellas visitas bestiales de las brigadas falangistas. A Antonio de Hoyos y

Vinent, compañero de aventuras libertarias, le irrigaron los intestinos con una lavativa de aceite hirviendo que le produjo quemaduras incurables y una fiebre altísima que lo postró en la enfermería, de la que ya nunca salió, sino con los pies por delante. Cuando ya estaba a punto de expirar, solicitó verme, última voluntad a la que accedieron los esbirros que custodian este averno. ¡Pobre Hoyos! Sordo y ciego, estirado en la cama, con los ojos hundidos en las órbitas, el pelo encrespado, la palabra tartajosa, se aferraba a mi mano sin uñas con esa fuerza de los agonizantes, y lloraba lágrimas gordas como puños, lamentando quizá, más que su propia extinción, la extinción de esa utopía en la que ambos habíamos creído. Cuando por fin expiró, sus labios se aflojaron en una sonrisa de gratitud o consuelo, y los enfermeros bajaron su cadáver al patio, donde quedó arrumbado entre chatarras y desperdicios, hasta la mañana siguiente, en que unos empleados de la funeraria vinieron a recogerlo y se lo llevaron en un ataúd en el que apenas cabía. Aunque su cuerpo ya estaba amoratado, sus labios seguían dibujando esa sonrisa tranquila de quien se sabe, por fin, indemne a las claudicaciones de la carne.

Yo también me sé indemne, desde que me notificaron mi sentencia de muerte, que recibí como una promesa de alivio. Ahora, mientras escribo estas líneas, veo desde mi calabozo el patio sombrío e inmenso de esta cárcel, que fue colegio de niños, antes de que la insania detestable del hierro se apoderase de los hombres. A la hora del atardecer, el patio parece más desnudo, más sombrío, con sus luces tenebrosas, y los reclusos que aún pasean por él se reúnen en pequeños grupos, envueltos en sus harapos de arpillera, que son de ese color indefinido de la desdicha. Al ver cómo arrastran las plantas de los pies sobre el polvo renegrido del patio; al ver cómo inclinan el cuello, avergonzados y vencidos; al contemplar esa procesión de espectros, me siento rejuvenecido y dichoso. Sé que voy a morir, pero sé también que dejo detrás de mí palabras que han justificado mi vida y que servirán para explicar al hombre que las dejó escritas: podrán estar casadas con mayor o menor acierto, pero, en cualquier caso, son jirones de mí mismo. Pocos gozan de ese consuelo de morir dejando tras de sí algo que los justifica. No me arrepiento de nada de lo que hice, porque todo el mal y todo el bien que cometemos los hombres no son espontáneos, sino propiciados por quienes nos rodean. Con ello, no pretendo exculparme, pues tampoco me reconozco autor de mis buenas acciones, si es que las hubo.

Ya la noche desciende, y siento que me voy muriendo. Del techo de mi calabozo pende un farol, cuya luz de aceite, opaca y tristona, apenas consigue alumbrarme. De nada me arrepiento, ni a nadie pido perdón por el mal que haya podido causarle, pues otros me lo causaron a mí, multiplicado por cien, y el mal, como el rencor, es una enfermedad que se repercute involuntariamente sobre quienes nos rodean. Sólo dos penas me afligen: la pena de dejar aquí a un puñado de personas a las que quise y sigo queriendo, y la pena de ver a mi alrededor españoles pacíficos, castrados, resignados a sufrir como bestias de carga el latigazo de sus opresores.

¡Pobre pueblo español, a qué estado has venido a parar, lleno de alifafes, viejo, decrépito, acosado por curas y militares, cuando pudiste haber sido libre, y disfrutar de la tierra que el azar, o la providencia, pusieron en tus manos! Aquel irreductible orgullo del que tanto te vanagloriabas ha venido a parar a esta pasividad resignada y estúpida. ¡Pobre pueblo mendicante, que te arrastras a los pies de tus tiranos, para pedirles misericordia! ¡Pobre pueblo español, qué confiado te dejo en manos de tus verdugos, que irán exprimiéndote hasta que no quede en ti ningún vestigio de humanidad o rebeldía!

Yo, al menos, no tendré que padecer esa gangrena moral, ni tendré que verme convertido en animal sin raciocinio, pero temo por quienes puedan padecerla: por mis amigos Alfonso Vidal y Armando Buscarini, que persiguieron una quimera de fraternidad o gloria literaria que ahora se hace añicos; por mis hijos José y Pedro, a quienes la edad adulta

sorprenderá en plena esclavitud; por mi amada Teresa, sobre
todo, a quien diariamente escribo cartas que son mi único
testamento, y a quien dejo agonizante: por mi amada Teresa,
a quien quizá tú también amaste, a tu envilecida manera.

Temo por el destino de quienes tanto quise. Si está de tu
mano, remiéndales la vida, o abréviales la muerte: lo que sea,
con tal de que no sufran. No te pido nada para mí, pues ya
siento que me muero a toda prisa. Sólo deseo en esta hora
última que Dios exista, y que sea misericordioso, para que te
premie si cumples mi encomienda; sólo deseo que, si no la
cumples, Dios exista también, pero no acapare demasiado
poder, para que pueda ser yo —o mi espíritu— quien te
estrangule con mis propias manos.

En el cielo, o en el infierno, o en la pura nada te espero,
para que me rindas cuentas. No creas que vas a librarte de mí
tan fácilmente: vete haciendo el equipaje, que yo te iré buscando alojamiento, en alguna vivienda contigua a la que yo
habite. Seguiremos siendo vecinos en ultratumba, y quizá
por fin podamos dirimir nuestras diferencias.

Sigue mi ejemplo, y muérete pronto. Hasta que eso ocurra, no te mires demasiado en los espejos, pues descubrirás el
cáncer que corroe tu alma.

PEDRO LUIS DE GÁLVEZ

*Sabemos, gracias al testimonio arriba citado de Diego San José,
que Gálvez empleó sus últimos instantes de vida en la redacción de
un soneto dedicado a su compañera y a sus hijos, a quienes no había
dejado que acudieran a despedirse de él. «¡Figúrate lo que pondré en
sus catorce versos, para que sea el mejor que ha salido de mi pluma!»,
confesó Gálvez sin petulancia. «La suprema situación en que se encontraba —nos informa Diego San José— dejábale el pensamiento
en suprema libertad y la lengua expedita, y como quien está ya sobre
el bien y el mal y muy por encima de todas las convenciones de este
mundo, no se llevó con él a la tumba juicio ni opinión alguna que se
le ocurriera, pero sin rencor ni amargura ni jactancia, como quien*

habla desde los umbrales del más allá». Gálvez rechazó el consuelo de la confesión que el capellán de Porlier le ofrecía («Yo no necesito de intérpretes para hablar con Dios», explicó, haciendo un ademán brusco, como quien espanta un murciélago), y, cuando tuvo que despedirse de Diego San José, dijo con una voz que le temblaba en la garganta: «Dile a Teresa que, ante el piquete, su cara será la última imagen, junto a la de nuestros hijos, que quedará reflejada en mi pensamiento, y sus nombres, las últimas palabras que pronunciarán mis labios». Quiso darle aquel soneto que acababa de escribir, para que se lo hiciese llegar a su familia, pero un guardián que acababa de entrar en el calabozo, para abreviar las visitas, lo leyó trabajosamente y lo hizo añicos: «Sensibleces y ñoñerías de última hora», refunfuñó.

Pedro Luis de Gálvez fue fusilado en las tapias del cementerio de la Almudena, a las seis y media de la mañana del 30 de abril de 1940, un día antes de que cumpliera los cincuenta y nueve años; la primavera ya sonreía con una sonrisa escuálida, como un enfermo de disentería. Por supuesto, Fernando Navales no cumplió esa última encomienda que Gálvez le había solicitado por carta: Armando Buscarini murió pocos meses después, peregrino por algún manicomio de provincias, y Alfonso Vidal y Planas lo hizo unos años más tarde, al otro lado del océano, mendigando una cátedra universitaria que, según él, le pertenecía legítimamente, por haber completado aquel curso por correspondencia. Teresa y sus dos hijos desaparecieron, barridos por la ferralla gris de la derrota, tragados por el genocidio silencioso de la victoria. Nos cuenta Soledad Blanco que Fernando Navales, su pariente, se suicidó dos años más tarde, pegándose un tiro en el paladar: según le han manifestado quienes lo conocieron, padecía manías persecutorias, pesadillas e insomnios tenaces, y también esa inquietud de quien, cuando camina por la calle, vuelve la cabeza en cada esquina, esperando vislumbrar a algún asesino custodio que se agazapa detrás de él, para ejecutar una venganza. En su paranoia, Fernando Navales llegó a solicitar al Tribunal que había decretado el ajusticiamiento de Gálvez un certificado en el que se confirmara su muerte efectiva. Aunque le expidieron ese certificado, concedió más credibilidad y consistencia a sus fantasmas que a la caligrafía leguleya del tribunal, y se quitó la vida.

Por justicia poética, y también por satisfacer ese alivio estético que nos deparan las simetrías, queremos pensar que Fernando Navales cargó la pistola con aquella bala que Gálvez le había depositado en la boca, en la madrugada del 28 de noviembre de 1936, cuando decidió no matarlo, porque «la muerte es un castigo para hombres decentes», una bala que, al final, quizá sirvió para redimirlo de una vida demasiado corroída por un cáncer de alma que ya no podía extirpar. Fernando Navales murió sin estilo, él que tanto presumió de ser un estilista, en medio del más clamoroso olvido; Pedro Luis de Gálvez ya pertenece al cielo intacto de las mitologías, ese cielo que abandona de vez en cuando, con permiso de Dios, para descender al infierno que habita su contrincante y hacérselas pasar canutas, de aquí a la eternidad.

Pero basta, que estamos incurriendo en moralejas.

Ésta es una obra de ficción: incluso los personajes históricos que aparecen en ella están tratados de forma ficticia.

ÍNDICE

Otras Obras de JUAN MANUEL DE PRADA en *Valdemar:*

Coños   (fuera de colección)

El silencio del patinador   (El Club Diógenes nº 33)

Esta séptima edición
de *Las Máscaras del héroe*
de Juan Manuel de Prada
se terminó de imprimir
en el mes de noviembre de 1997
en los talleres gráficos de Rógar S.A.

Fotocomposición: MCF Textos
Fotomecánica: Zescán
Impresión de color: Rumagraf
Impresión de interiores: Rógar
Encuadernación: Felipe Méndez